Anna Zabini
Sanguen Daemonis

Anna Zabini

SANGUEN DAEMONIS

Roman
o⁄ ohneohren
VERLAG

Die Deutsche Bibliothek und die Österreichische Nationalbibliothek verzeichnen diese Publikation in der jeweiligen Nationalbibliografie. Bibliografische Daten:
http://dnb.ddp.de
http://www.onb.ac.at

© 2020 Verlag ohneohren, Ingrid Pointecker, Wien
www.ohneohren.com
ISBN: 978-3-903296-26-8

1. Printauflage
Autorin: Anna Zabini
Coverbild: Tithi Luadthong | shutterstock.com
Lektorat, Korrektorat: Verlag ohneohren
Druck: bookpress.eu

Das Werk, einschließlich seiner Teile, ist urheberrechtlich geschützt. Jede Verwertung ist ohne Zustimmung des Verlages und/oder des/der Autor:in unzulässig. Dies gilt insbesondere für die elektronische oder sonstige Vervielfältigung, Übersetzung, Verbreitung und öffentliche Zugänglichmachung.

Alle in diesem Buch geschilderten Handlungen und Personen sind völlig frei erfunden. Ähnlichkeiten mit lebenden oder verstorbenen Personen sind zufällig und nicht beabsichtigt.

INHALTSVERZEICHNIS

Hinweise zum Inhalt/Content Notes...9

2025, Samstag 14. Juni, Wien, Innenstadt..................................11
2020, Donnerstag 23. Jänner, Wien, Hauptbahnhof.................20
2020, Sonntag 2. Februar, Wien, HQ der Auserwählten...........41
2020, Sonntag 25. Oktober, Wien, Grand Hotel Wien..............52
2020, Montag 26. Oktober, Wien, Heldenplatz........................60
2019, Dienstag 31. Dezember, Wien, Silvesterpfad...................81
2020, Freitag 30. Oktober, Wien, HQ der Auserwählten..........89
2020, Freitag 24. Jänner, Wien, HQ der Auserwählten............107
2020, Freitag 30. Oktober, Wien, Familie Gönüls Haus...........115
2013, Montag 18. Februar, Wien, Donaukanal........................129
2020, Donnerstag 24. Dezember,
Wien, Danicas Apartment...137
2021, Donnerstag 15. April, London, Ein Taxi.........................141
2020, Sonntag 8. November,
Wien, Katakomben unter St. Stephan......................................155
2021, Donnerstag 15. April, Wien, Shannas Büro....................160
2022, Sonntag 27. März, Wien, Danicas Apartment................170
2022, Montag 3. Jänner,
Wien, U-Bahn Station „Wien Mitte"..177
2022, Dienstag 7. Juni, Wien, Innenstadt.................................189
2022, Dienstag 7. Juni, Wien, Danicas Apartment...................211
2022, Mittwoch 8. Juni, Wien, HQ der Auserwählten.............216
2022, Sonntag 19. Juni, Wien, Sivans Apartment....................223
2022, Donnerstag 4. August, Wien, Grund X...........................237
2023, Freitag 22. September,
Wien, Stadtrand, eine verlassene Baustelle............................245
2023, Samstag 23. September,
Wien, Notfallzentrale der Auserwählten................................250
2023, Donnerstag 2. März,
Wien, HQ der Auserwählten...265

2023, Mittwoch 01. März, Wien, Innenstadt..........................274
2023?, Wien?...289
2023, Mittwoch 20. September,
Wien, Innenstadt,
Sicherheitskonferenz der Zwillingsstädte..............................291
2023, Freitag 22. September, Wien, Innenstadt......................311
2022, Samstag 19. März, Bratislava, Stare Mesto 324
2024, Samstag 9. März,
Wien, Notfallzentrale der Auserwählten................................339
2024, Freitag 22. März,
Wien, Notfallzentrale der Auserwählten................................347
2024, Freitag 22. März,
Wien, vor dem HQ der Auserwählten.....................................354
2024, Samstag 23. März, Wien, Notfallzentrale der
Auserwählten..359
2024, Dienstag 30. April, Wien, Untergrund..........................366
2024, Donnerstag 04. April, Wien, Sivans Apartment.............375
2025, Mittwoch 30. April, Wien, Untergrund.........................382
2025, Mittwoch 30. April, Wien, Stadtrand............................397
2025, Frühling, Wien, Notfallzentrale der Auserwählten......409
2025, Freitag 2. Mai, Wien, Shannas Büro...............................415
2025, Samstag 17. Mai,
Wien, Park hinter der Notfallzentrale....................................422
2025, Samstag 31. Mai,
Wien, Notfallzentrale der Auserwählten................................428
2025, Sonntag 1. Juni, Wien, Stadtrand...................................433
2025, Donnerstag 12. Juni, Wien, Innenstadt.........................436
2025, Samstag 14. Juni, Wien, Innenstadt..............................442
2025, Freitag 23. Mai, Wien, Stadtpark...................................448
2025, Samstag 14. Juni, Wien, Innenstadt..............................453

Danksagung...458
Anna Zabini...459

für M.
(du fehlst)

HINWEISE ZUM INHALT — Content Notes

Unsere Bücher und Autor:innen sprechen mit vielen Stimmen – nicht alle davon sind angenehm. Damit Leser:innen nicht unvorbereitet ins Geschehen purzeln, folgt eine Liste mit Content Notes. Die folgende Liste erhebt keinen Anspruch auf Vollständigkeit, wurde aber so sorgsam wie möglich geprüft.

- (medizinische) Folter; Menschenexperimente
- Dis/Ableismus
- Gore/Splatter (Blut, Körperflüssigkeiten)
- Implizite Kindesmisshandlung; implizite häusliche Gewalt
- Impliziter Kannibalismus
- LGBTQI+-Hass (vorwiegend strukturell; ein konkreter Fall von konfrontativer Bi-/Homofeindlichkeit; kein transfeindlicher Hass, kein deadnaming, misgendering, keine körperlichen Angriffe)
- Mord; Exekution
- Pädophilie (implizit)
- Physische, psychische und (implizite, aber zentral thematisierte) sexualisierte Gewalt
- Psychische Krankheit; posttraumatische Belastungsstörung; Sucht (Alkohol, Nikotin) und Suchtmittelkonsum
- Psychopathologisierung
- Rassismus; Othering
- Selbstjustiz
- Selbstverletzung
- Sterbehilfe
- Suizid, Suizidabsicht/en, Suizidversuch/e
- Tod; darunter Kindstod und Tod von Partner:in

Mournful November
this is the image
you invent for me,
the dead sheep came out of your head, a legacy:

Kill what you can't save
what you can't eat throw out
what you can't throw out bury

What you can't bury give away
what you can't give away you must carry with you,
IT IS ALWAYS HEAVIER THAN YOU THOUGHT.

AUS: MARGARET ATWOOD, „NOVEMBER"[1]

---

[1] Atwood, Margaret: November. In: Atwood, Margaret: Selected Poems, 1965-1975. Boston: Houghton Mifflin Company 1976, S. 180. [Hervorhebung durch die Autorin]

CN Suizidalität, Selbstverletzung, Gewalt (explizit & implizit), Blut, Tod (erwähnt), [Brand]Narben (erwähnt)

2025, SAMSTAG 14. JUNI

WIEN, INNENSTADT

Es war das Ende.

Der Alarm gellte durch die Straßen. Beständig anschwellend und abschwellend, beinahe melodisch, wäre der Ton nicht so schrill gewesen, dass er sich mühelos durch Mark und Bein fraß.

Erste Sonnenstrahlen durchschlugen das graue Firmament. Sie schossen Lichtpfeile durch die fadenscheinige Dunkelheit und verwischten die Spuren der Nacht mit denen des Tagesanbruchs.

Sivan presste sich gegen eine Hausmauer. Sein Atem ging schwer, sein Kopf schien schier explodieren zu wollen. Die Sirenen erfüllten seinen Schädel, laut, immer lauter, intensiver, wuchtiger, bis er in die Knie brechen und brüllen wollte. Alleine das dämonische Zischen einer Stimme, die in seinen Knochen vibrierte, hielt ihn davon ab.

Laute, die Wörtern ähnelten, blitzten hinter seinen Augen auf; und nur eines davon, ein einziges, verstand er. Es war hart, metallisch und eisig auf seiner Zunge, klebte an seinem Gaumen, verätzte seine Eingeweide, wurde zum Rhythmus seines tobenden Herzens. Es brachte Schmerz und Hass und Verzweiflung. Zorn. Ungebändigten, mörderisch weiß glühenden Zorn, der in seinem Blut brodelte und ihn innerlich verbrannte.

Nikola.

Das Jagdmesser wog schwer in Sivans Hand, die Klinge schimmerte matt im Morgengrauen. Blut, jetzt getrocknet und zu bräunlichen Flocken geworden, hatte sich in dem schmalen Spalt zwischen Heft und Klinge gesammelt. Irrelevant, von wem dieses Blut stammte. Er würde sie töten. Er würde sie *alle* töten oder bei dem Versuch sterben.

Sterben.

Sivan spürte ein gurgelndes Lachen, das noch im Werden verendete. Sterben war seine kleinste Sorge. In Wahrheit sehnte er sich danach.

Er atmete ein – sagte sich selbst, dass es normal war, dass er zitterte, dass er kaum Luft bekam, egal wie sehr er nach ihr rang – und stieß sich von der Mauer ab. Geduckt lief er zur nächsten Ecke.

Die Erschöpfung hatte sich tief in seinem Körper eingenistet, so tief, dass ihm schlecht war und er ihre trägblutenden Bahnen aus seinem Fleisch schneiden wollte. Den Impuls unterdrückend, zwang er sich durchzuatmen und umfasste den Griff des Messers fester.

„Ich will dich nicht töten, Sivan. Aber ich werde es tun, wenn du mich dazu zwingst."

„Halt den Mund. Halt den Mund, halt den Mund, halt den Mund", grollte Sivan zu Shannas geisterhafter Form, doch ihre Worte blieben in seinem Gedächtnis hängen, wie Nebelschwaden oder Regenwolken, die in seine Nase krochen, zwischen seine Lippen, sich dort festsetzten und ihn erstickten. Sie würden ihn nicht lebendig fassen.

Die Straße war menschenleer. Nicht einmal Tauben waren zu sehen. Und dann, plötzlich, gab es einen Riss und nervenzerfetzende Stille verschlang die Stadt innerhalb eines Augenblickes.

Das Dröhnen seines Pulses erfüllte Sivans Ohren. Die Stimmen waren jetzt so laut, dass er sie nicht mehr beiseiteschieben, nicht mehr ignorieren konnte. Er schluckte hart, doch seine Kehle ließ es kaum zu.

Panik legte sich säuselnd um Sivans Hals.

Das Blut stand ihm in den Wangen, hitzig, als hätte er Fieber. Wäre es doch nur Fieber gewesen. Stattdessen gierte dämonische Energie überschäumend nach der Kontrolle über seinen Körper. Leckte mit glühender Flammenzunge über die Innenseite seines Brustkorbs. Spülte unerträgliche Hitze durch seine Adern.

Sivan spürte förmlich das Knistern der Goldblitze in seinen Augen.

Ein Knacken ließ ihn herumfahren. Gut fünfzig Meter entfernt stand ein schwarzer SUV, an dessen Dach Lautsprecher befestigt waren. Sie ragten wie verkümmerte Flügel empor, ein gestürzter Engel im Dienst der Auserwählten. Nein, nein, im Dienst des Widerstands.

„Du bist umzingelt. Wir sehen dich. Ich werde den Schussbefehl erteilen, wenn du dich nicht ergibst."

Shannas Stimme war ruhig. Ihr Ton bewies angemessene Distanz und ließ subtil platzierte Kälte mitschwingen.

Was hatte er erwartet? Natürlich wusste sie, wie sie sich zu verhalten hatte. Vor allem, wenn sie unter Beobachtung stand. Und jetzt, wo sie nur eine Marionette war, die an den Fäden anderer hing, wusste sie es umso besser.

Die Kameras wachten überall.

Gut so. Gut.

Sivans Körper bebte erwartungsvoll. Mit Hass und Drohungen, die auf einem Adrenalinschwall durch seinen Körper schnellten, konnte er arbeiten. Besonders unter der Aussicht einer potenziellen Öffentlichkeit. Er würde diese Hetzjagd nicht überleben und der Schatten seines Todes würde Shanna bis an ihr Lebensende verfolgen. Auf die eine oder andere Art.

„Du bist verletzt. Du bist halb tot. Und du bist ganz alleine. Es sieht nicht gut für dich aus, Sivan. Überleg dir zweimal, was du als Nächstes tust."

„Fick dich!", spie Sivan trotzig in Richtung des SUV. Seine Brandnarben juckten. „Ich wünschte, einer meiner Versuche für dich zu sterben, wäre erfolgreich gewesen. Dann hätte ich dich nie als Verräterin erleben müssen."

Das Messer glühte in seiner Hand, auffordernd flüsternd: *Auf zur nächsten Chance!* Und er machte einen Schritt aus der Deckung auf die Straße.

Sivan war auf den vertraut-sengenden Schmerz gefasst, wappnete sich innerlich dagegen. Doch die Kugeln durchlöcherten ihn nicht.

Es blieb still. So verdammt *still*.

„Na los. Bringen wir es zu Ende. Lass mich abknallen oder bring mich eigenhändig um!" Sivan stellte fest, dass seine Stimme von Spott durchzogen war und nicht so sehr zitterte wie sein restlicher verfluchter Körper. Der Triumph, der keiner war, schmeckte bitter wie Galle. „Du hast mein Todesurteil schon einmal unterschrieben. Aufgeschoben ist nicht aufgehoben, oder? Also tu es. Töte mich!" Seine Augen suchten Kameras, entdeckten keine, doch er lächelte trotzdem freudlos in ein unsichtbares Publikum. „Shanna, du musst endlich etwas tun oder ich werde mich als Nächstes den Zivilpersonen widmen."

Sivan ignorierte den brutal aufwallenden Selbsthass und leckte sich über die Lippen. Er ließ Shanna keine Wahl. Die Ankündigung, sein Werk an den Sterblichen fortzusetzen, war von allen Kameras festgehalten worden. Die Menschen mit den Präzisionsgewehren waren sicherlich bereits triggerhappy. Die Bewaffneten oder Shanna: Irgendwer *musste* ihn stoppen.

Eine einzelne Person stieg aus der Fahrerkabine des SUV. *Endlich.*

Ein Schauer glitt über Sivans Rückgrat, als er die Präsenz eines anderen Dämons spürte.

Seine Schwester war in die gleiche schwarze Auserwähltenuniform gehüllt, deren zerfetzte Reste an seinem Körper hingen. Sie kam mit gesenkten Händen auf ihn zu. Unbewaffnet. Ihr Haar war streng zurückgebunden, unterstrich die markante Form ihres Kiefers, die dunklen Abgründe ihrer Augen und die leicht geschwungene Form ihres Mundes, der keinerlei Regung zeigte.

Ihre Augen blieben goldlos.

„Das ist deine letzte Chance", sagte Shanna und das Donnern ihrer Stiefel auf dem Beton verstummte. „Ich werde dich nicht noch einmal bitten, Sivan."

„Ich zähle darauf", erwiderte er leise und löste den Blick nicht von ihren Augen. Shannas Augen, die ihn gefangen hielten, die ihn in Flammen setzen wollten, die ihn nicht mehr als Mitglied der Auserwählten sahen. Aber was waren die Auserwählten noch? Nichts von Relevanz, nicht mehr.

Viel schlimmer war, dass Sivan in Shannas Augen lesen konnte, dass sie ihn nur aus Pflichtgefühl nicht aufgeben wollte. Nicht, weil sie Zwillinge waren und sie ihn liebte. Nein, weil sie sich noch immer für ihn verantwortlich fühlte.

Der Schmerz zuckte heftig durch Sivans Kiefer und tropfte auf seine Brust. Er wollte ihr wehtun, aber sein Körper weigerte sich. Er presste die Klinge gegen seinen Oberschenkel, bis der Adrenalinstoß ihn mit Ruhe flutete.

„Sivan."

„Nein", flüsterte er und seine Stimme drohte, ihm endgültig zu entgleiten. „Hör mir zu. Hör mir zu, verdammt! Ich werde alles erzählen. Alles. Von deinen Lügen und Ausnahmen und Vertuschungen. Dass du eine Verräterin warst, lange bevor du uns an den Widerstand verkauft hast. Ich werde sowieso hingerichtet, was kümmert es mich also, ob du an meiner Seite endest?" Seine gesenkte Stimme widersprach dem Inhalt seiner Worte, doch es war Sivan egal. Ein groteskes Lächeln jagte über seine Lippen. „Wahrscheinlich macht es keinen Unterschied. Du würdest irgendwie überleben, nicht wahr? Dich bringt nichts um. Kein Verlust, kein Opfer, keine Wahrheit. Mich würde es nicht wundern, wenn du deine Position behältst. Das alte neue Gesicht der Auserwählten. Verbündete des Widerstands. Ein Happy End aus dem Bilderbuch. Für Erwachsene." Er grinste dreckig. „Ich weiß nicht, was sie dir gegeben haben, aber ich hoffe, es hat dich befriedigt."

Shanna verzog keine Miene. „An deiner Stelle würde ich jetzt schweigen, Sivan."

„Oder was?"

Ihr Gesicht blieb ausdruckslos. „Oder ich werde das Handy zerstören."

Das Handy – *Nikolas Handy* – zerstören. Sie würde nicht … Sie würde auf jeden Fall. Eine Klaue krallte sich in Sivans Herz. Nikola rotierte in seinen Gedanken, seine letzten Worte, die Erinnerung daran, dass …

„Lass das Messer fallen und ergib dich."

„Und dann?" Sivan wollte sich erbrechen. „Zerstörst du es trotzdem, um mich zu foltern, wenn ich in den Katakomben sitze und auf den Tod eurer Wahl warte?"

Shanna griff in ihre Hosentasche und fischte ein Handy heraus. Schmal, schwarz, mit zerfurchtem Display in einer abgegriffenen roten Plastikhülle. Es war Nikolas Handy. Das Refugium, das seine Stimme und Gedanken bewahrte, und ihn nicht greifbar, aber zumindest erlebbar machte. Alles, was von ihm geblieben war.

„Lass das Messer fallen", wiederholte Shanna mit Nachdruck.

Sivan lachte verzweifelt und schleuderte ihr das Messer vor die Füße. „Grausamkeit steht dir."

„Hände hinter den Kopf."

„Erschießt mich endlich."

„Hände hinter den Kopf."

„Und wenn ich um Gnade flehe? Um einen raschen Tod? Wirst du ihn mir gewähren?"

Die Mundwinkel seiner Schwester zuckten minimal, wie von Schmerz gereizt, doch ihre Züge blieben hart. „Das kann ich nicht."

Sivan nickte. Er hatte nichts Anderes erwartet. Er schloss die Augen und verschränkte die Hände hinter dem Kopf.

Sein Haar war schweißgetränkt, aber ihm war auf einmal unendlich kalt. Das dämonische Zischen gebot ihm, sich aufzurappeln und Shanna entgegenzustürmen, und sei es, um ein für alle Mal niedergestreckt zu werden, aber er konnte sich nicht bewegen. Sie war seine Schwester. Sie bewachte Nikolas Vermächtnis. Sie war und besaß alles, was für ihn unantastbar auf der Welt war. Sivan konnte sich nicht überwinden, diese letzte Grenze zu überschreiten.

„Auf die Knie."

Diesmal gehorchte Sivan ihr widerspruchslos. Er spürte kaum, wie seine Knie auf dem Beton aufschlugen, er spürte kaum, wie er gepackt und gefesselt und auf die Beine gezerrt wurde. Von irgendwoher hörte er Nikolas kraftlose Stimme und etwas in ihm bäumte sich im Todeskampf auf.

Verlor.

Verblich.

Shanna berührte sein Gesicht. Er öffnete die Augen. Ihre Fingerspitzen waren wie Eis auf einer brodelnden Feuerfläche. „Es tut mir leid, dass es so gekommen ist." Sivan erkannte aufrichtiges Bedauern, aber es berührte ihn nicht weiter. Es war alles egal.

Shanna nahm ihre Hand aus seinem Gesicht, straffte die Schultern, und wandte sich mit ruhiger Stimme dem leeren Platz, dem SUV, den Kameras zu. „Sivan Delcar, ich erkläre dich hiermit zum Staatsfeind. Du bist deiner Pflichten entbunden und verlierst gleichzeitig jeden Anspruch, den du als Auserwählter gehabt hast. Man wirft dir unter anderem mehrfachen Mord, Folter, und Entführung vor. Sobald die Anklage feststeht, wirst du vor ein Gericht gestellt, das über dein weiteres Schicksal entscheiden wird. Bis dahin wirst du im Namen der Regierung in Sicherheitsverwahrung unter Aufsicht der Auserwählten und des Widerstands bleiben. Hast du verstanden?"

„Ja, ja, ich habe verstanden. Ich kooperiere, ich mach alles, was ihr wollt, versprochen, okay?", beeilte Sivan sich zu versichern. „Gibst du es mir jetzt?" Er kannte die Antwort, doch das Wissen hielt ihn nicht davon ab, es zu versuchen. Flehend und gebrochen. „Bitte. *Bitte*, Shanna."

„Einem Hochverräter ist der Besitz persönlicher Gegenstände im Rahmen der Haft nicht gestattet", erwiderte sie kühl. Shanna beugte sich näher zu ihm, ehe sie mit sehr leiser Stimme hinzufügte: „Ich werde es für dich aufbewahren. Zur Motivation. Wenn alles glatt läuft, ist es sicher. Aber falls es zu Komplikationen kommt, kann ich für nichts garantieren. Tut mir leid."

Sivans Stimme versagte.

Eine Stichflamme schoss hinter seinen Augen empor und ließ sie goldflüssig zurück. Er begann zu brüllen und verzweifelt, zornbetäubt um sich zu schlagen. Die Hand- und Fußfesseln sorgten dafür, dass er nur sich selbst verletzte. Diesen Schmerz spürte er nicht durch den anderen Schmerz; den Nikola-Shanna-Schmerz, der so allumfassend war, dass er glaubte, sterben zu müssen. Doch er konnte nicht sterben.

Sie ließ ihn nicht. Sie ließ ihn einfach nicht.

Shanna würdigte Sivan keines weiteren Blickes. Im gewohnten Befehlston orderte sie: „Bringt ihn in die Katakomben. Und stellt ihn ruhig, sonst schafft er es nicht bis zur Anklagebank."

CN Othering, [sexuell] übergriffiges Verhalten, Machtgefälle bei One-Night-Stand, [SV-]Narben (erwähnt), Mord (erwähnt), Alkoholkonsum, Sex

2020, DONNERSTAG 23. JAENNER

WIEN, HAUPTBAHNHOF

Tosender Wind und harte Eiskristalle empfingen ihn im Mantel der Nacht. Oh, Wien. Einladend wie immer.

Nikolas Ankunft wäre planmäßig schon vor vier Stunden gewesen, aber eine Razzia des Zuges hatte die Fahrt aufgehalten; er alleine hatte sich mehrere Male ausweisen, seine Reiseabsicht erklären und einen verdammten Bluttest machen müssen (der ihm, zur Überraschung der Prüfenden, eindeutig bescheinigte, dass er ein Unantastbarer war), bevor sie ihn in sein Abteil hatten zurückkehren lassen. Und dort hatte die Warterei erst wirklich angefangen. Hatten sie die *dämonische Aktivität* bestätigen und eliminieren können? Nein, aber das war nebensächlich. Zumindest wenn man die Auserwählten danach fragte. Der Zug war immerhin gefahrenfrei in die Hauptstadt eingefahren … Nur das zählte. Offenbar.

Jetzt war es beschissen kalt und Nikola hatte seinen Administrationstermin verpasst, was bedeutete, dass er wohl auf der Straße übernachten würde. Mal wieder. *Warum mit Traditionen brechen, hm?* Er rieb sich die Hände und durchquerte den Bahnhof. Gelbes Licht und flackernde Reklametafeln waren seine Begleitung durch die weitläufige Halle, die an die Bahnsteige schloss.

Menschen gingen an ihm vorbei, ohne ihn anzusehen. Nur ein anderer Ausländer. Nur ein weiterer Fremder. Besser nicht zu genau hinzusehen, nicht im Angesicht dieser Dämonengefahr.

Nikola sah auf sein Handy – kein Anruf, keine Nachricht, nur die Meldung, dass das Gerät *dringend* aufgeladen werden müsse. Ein Lächeln zuckte über seine Lippen und er schüttelte den Kopf, ließ das Handy zurück in seine Tasche fallen, und versuchte, das schmerzhafte Ziehen in seiner Brust zu ignorieren. Warum hatte er etwas Anderes erwartet?

Das lautstarke Rollen des Koffers über den gerillten Boden begleitete jeden seiner Schritte. Er war laut und fehl am Platz, ein Fremdkörper. Diese verdammte Stadt würde nie sein Zuhause werden, egal wie lange er gezwungen war, sein Dasein hier zu fristen. Und wie lange das sein würde? Das wussten wohl nur die Auserwählten oder die Dämonen.

Nikola trat unwillig aus der Bahnhofshalle ins Freie, schirmte die Augen gegen das Schneegestöber ab. Kälte stach ihn in Hände und Gesicht. Er biss die Zähne zusammen. Warum hatte er sich nicht ordentlich vorbereitet? Warum hatte er sich nicht … Egal, es war zu spät.

Auf dem menschenleeren Platz stand ein rotes Auto, dessen Scheinwerferlicht den Schnee durchstieß. Nikola blinzelte. Auf der Anzeigetafel, die am Dach befestigt war, blinkte in LED-Buchstaben sein Name: *Kovar*. Man hatte also doch auf ihn gewartet und ihm eine Mitfahrgelegenheit gestellt, wie überaus freundlich.

Innerlich seufzend ging er zur Fahrerseite und drückte seinen Ausweis gegen die Scheibe. Eine Frau mit schmal in Form gezupften Augenbrauen studierte den Ausweis kurz, dann öffnete sie ihm die Tür, auch der Kofferraum machte ein Klickgeräusch.

Die Fahrerin machte keine Anstalten, ihm das Gepäck abzunehmen und es einzuladen. Nikola nahm es ihr nicht übel, wahrscheinlich war es jetzt Vorschrift, sich während des Diensts nicht aus dem Fahrzeug zu entfernen. Eine weitere Sicherheitsmaßnahme, die Freiheiten ein klein wenig beschnitt. Bald würde es keine Freiheiten mehr geben, die man beschneiden konnte, aber hey, *Sicherheit geht vor* (das viel zitierte Credo der Auserwählten).

Nachdem Nikola seinen Koffer nach hinten gehievt und die Tür zugeschlagen hatte, glitt er auf die Rückbank. Eine Glasscheibe – bestimmt war sie kugelsicher – trennte ihn von der Lenkerin. Es war warm, der Sitz war beheizt.

„Zíma an Zentrale. Rekrut Kovar befindet sich im Fahrzeug. Es ist ein Uhr dreiundzwanzig. Planmäßige Ankunft im Hauptquartier um ein Uhr vierundvierzig", sagte die Frau auf Deutsch, ehe sie einen Blick in den Rückspiegel warf und hinzufügte: „Unser Gespräch wird aufgezeichnet."

Dasselbe wiederholte sie auf Slowakisch, dessen Sprachmelodie Nikola schmerzhaft an zu Hause erinnerte.

Er nickte und schnallte sich an, sagte: „Danke, dass Sie gewartet haben. Mein Zug wurde aufgehalten."

„Das ist mein Job", erwiderte sie knapp und startete den Motor.

Nikola lehnte sich zurück, sah aus dem Fenster. Die vorbeiziehenden Straßen waren leer, schneebestäubt und hell erleuchtet. Eine Investition, die von der Stadtverwaltung – auf Hinweis der Auserwählten – gemacht worden war, um den Sterblichen die Illusion von Sicherheit zu geben.

Dabei war allgemein bekannt, dass Dämonen das Licht nicht scheuten, dass Helligkeit keinen Schutz bot. Aber die Augenauswischerei schien zu wirken. Die Propagandamaschinerie der Auserwählten Delcar funktionierte besser denn je und bewahrte, im Vergleich zu anderen Großstädten, eine unvergleichliche Stabilität innerhalb der Bevölkerung. Laut Umfragen (von der Lobby der Auserwählten in Auftrag gegeben und finanziert, verstand sich) war die Zufriedenheit hoch wie in den letzten zehn Jahren nicht mehr.

Nikola gähnte. Sie kamen zügig voran; es waren kaum andere Autos auf der Straße und die Ampeln waren fast immer grün. Er wollte fragen, ob die Beschränkungen verschärft worden waren, ob Sterblichen das Führen eines Fahrzeuges jetzt generell verboten war, aber er wollte die Fahrerin nicht in Verlegenheit bringen. Nicht, wenn ihre Gespräche aufgenommen wurden. Also schwieg er, während die Minuten dahinflogen.

In der Ferne schallten Sirenen durch die Nacht, doch Nikola sah das Fahrzeug nicht – es handelte sich entweder um Rettung, Feuerwehr oder eine Spezialeinheit der Auserwählten, vielleicht gar um alle drei.

Die Fahrerin warf ihm einen Blick durch den Rückspiegel zu und sagte auf Slowakisch: „Es ist ruhig heute." In ihrem Ton schwang Bitterkeit mit.

Nikola konnte sich ihre Bitterkeit nicht erklären, aber er konnte sich vorstellen, dass sie einen guten Grund dazu hatte. Den hatten sie alle unter dem *Protektorat* der Auserwählten.

Er betrachtete ihr Gesicht. Rund und übersät mit Sommersprossen verschiedener Schattierungen, die wirkten, als wären sie von Hand aufgetragen worden und dann wie Aquarellfarben ineinandergeflossen. Sie verliehen ihr etwas Bewegtes. Ihre Augen hingegen gaben keine Regung preis. *Zíma*. Nikola glaubte, sich an eine Kurzmeldung über einen dämonischen Vierfachmord an Weihnachten 2018 zu erinnern, in der dieser Name genannt worden war. Aber vielleicht irrte er sich oder es war eine zufällige Namensgleichheit. Nachfragen würde er nicht.

Plötzlich blieb das Auto stehen.

„Zíma an Zentrale. Rekrut Kovar bei Destination angelangt. Es ist ein Uhr zweiundvierzig." Die Fahrerin wandte sich zu ihm um, Verbitterung und Trauer nun klar in ihren

Zügen. „Ich muss Sie bitten, das Fahrzeug zu verlassen." Auf Deutsch. Auf Slowakisch sagte sie: „Bitte steig aus."

Aussteigen, unbestimmt. Sie verriet dem Aufnahmegerät nicht, was sie meinte, versteckte den Hinweis im Wechsel von Formalität zu Intimität, aber in ihrem Blick war es deutlich zu lesen – sie riet Nikola, Wien zu verlassen. Eine Aufforderung zur Desertion?

Nikola schluckte, nickte, bedankte sich leise. Für die Warnung. Stand es wirklich so schlecht? Was hatten die Auserwählten mit den Neuankömmlingen vor?

Ihm war eiskalt, als er wieder im Freien vor der Glastür zum Administrationszentrum der Auserwählten stand. Wie erwartet, war die Rezeption unbesetzt, der Vorraum ließ im schwachen Licht nur erahnen, dass sich dahinter ein Bürokomplex befand.

Kameraaugen folgten ihm. Nikolas Mundwinkel schossen nach oben. Er deutete eine Verneigung an. Würde er eben hier warten, bis sich jemand seiner erbarmte.

Um nicht auf dem Präsentierteller zu sitzen und sich etwas Privatsphäre zu sichern, ließ er sich um die Ecke im Schnee nieder, stellte den Koffer als Windschutz dicht an seinen Körper und bedeckte sich mit den übrigen Kleidungsstücken, die er mitgenommen hatte. Es waren zu wenige, um ihn warmzuhalten, aber zumindest würden sie ihm Erfrierungen ersparen.

Nikola war – vorschriftsgemäß – unbewaffnet, doch es kümmerte ihn nicht. So oder so: Falls die Dämonen ihn fanden, könnte er sich auch mit Waffen nicht wehren. Das Label *unantastbar* verschleierte, dass sie nur vor Besessenheit gefeit waren – nicht vor dem prinzipiellen Tod durch Dämonen.

Er nickte ein.

Schwere Schritte auf Schnee und heulender Wind weckten Nikola. Seine Hände waren taub und er spürte weder Gesicht noch Füße. Großartige Voraussetzungen für eine Konfrontation.

Er wischte sich über die Augen – sie brannten und tränten –, richtete seinen Körper auf. Jemand stolperte um die Ecke, offenkundig betrunken. Schwarze Kleidung, aufklaffender Ledermantel, Streifen nackter Haut.

Nikola sagte nichts. Der Fremde schien ihn nicht wahrzunehmen und summte eine einfache Melodie, während er den Zipp seiner Hose öffnete und … *Wow*.

Kommentarlos zerrte Nikola seinen Koffer auf die andere Seite seines Körpers, um ihn vor dem dampfenden Urinstrahl zu retten. Die Bewegung, das Geräusch, lenkte die Aufmerksamkeit des Fremden auf ihn.

„Oh, hey. Sorry, Kleiner, hab dich nicht gesehen", sagte der Fremde, seine Worte weniger undeutlich und verschliffen, als es seine schwankende Haltung hätte vermuten lassen.

Er grinste schief. Unbeeindruckt von der Gesellschaft, setzte er seine Erleichterung fort und begann wieder zu summen.

Nikola lehnte den Kopf gegen die Mauer, rieb seine Handflächen aneinander, und ignorierte den Fremden pointiert. Was sollte er zu dieser Aktion auch sagen?

Seine Glieder schmerzten und er wünschte sich einen windgeschützten, trockenen Raum, in dem er die restliche Nacht verbringen konnte. Ein harmloser, pissender Betrunkener war wirklich seine geringste Sorge.

Nikola griff ungeschickt nach seinem Handy, um die Uhrzeit zu erfahren, doch es war bereits tot. Diese Nacht wurde immer beschissener (falls das überhaupt möglich war).

„Hey, Kleiner, sitzt du da aus einem bestimmten Grund?", fragte der Fremde, jetzt wieder mit geschlossener Hose.

Für einen Betrunkenen schien er außergewöhnlich konzentriert. Er griff in seine Manteltasche und holte Zigarette und Feuerzeug hervor, ohne den Blick von Nikola abzuwenden. Die kleine Flamme flackerte, angezogen von Tabak und Filterpapier, und der Fremde machte einen Zug. Die Zigarette glomm wie ein Höllenauge. Rauchfäden quollen aus seinem Mund. „Willst du auch?"

Nikola antwortete nicht. Sein Blick fiel auf ein Jagdmesser, halb verdeckt von schwarzem Leder, das der Fremde am Gürtel trug. Eigentlich hätte er in dieser Situation Angst haben sollen, doch ihm wurde nicht einmal unwohl. Gleichgültigkeit unterdrückte jeden anderen Impuls. Sein Körper war zu sehr damit beschäftigt, warm zu bleiben.

„Verstehst du mich überhaupt, Kleiner?"

Nikola stemmte die Fäuste gegen den Boden und stand auf. Seine Gelenke quietschten, wie Schnee, in den man stieg, und vielleicht war es in Wirklichkeit auch nur der Schnee. Aufrecht überragte er den Fremden um gut einen halben Kopf. „Ich verstehe jedes Wort ... Großer."

Der Fremde sah zu ihm auf und lachte. „Ich mag dich. Und ich würde dich nur ungern erfrieren lassen, also wenn du mitkommen möchtest ...?" Er deutete auf die Wand, gegen die er uriniert hatte, grinste. „Ich wollte gerade hineingehen."

„Ins Hauptquartier der Auserwählten?" Die Vorstellung war verlockend.

„Exakt, Kleiner." Grinsend. „Also, kommst du?"

„Ja. Danke für die Einladung." Nikola beschloss, nicht zu fragen, wer er war, dass er autorisiert war, einen Fremden in die Zentrale mitzunehmen. Er beschloss außerdem, seinen Unantastbaren-Status vorerst nicht zu erwähnen.

In einem System, das klare Unterschiede zwischen Auserwählten, Unantastbaren, und Sterblichen machte, war es sicherer, nicht zu viele Informationen preiszugeben. Es herrschte eine seltsame Kultur der Anspannung, in der hinter vorgehaltener Hand spekuliert, aber nicht offen zu fragen gewagt wurde. Zumindest eine Sache, in der sich Bratislava und Wien nicht unterschieden (wenn es auch das Wiener System war, das auf Bratislava übergeschwappt war, aber auch darüber wurde nicht gesprochen).

Der Fremde beugte sich zu ihm und Nikola wollte gerade ausweichen – Körperkontakt war kein Teil des Deals gewesen –, als er seinen Koffer aufhob, einen Schritt zurückmachte, und entschuldigend meinte: „Ich hab dich vorher wirklich nicht gesehen."

„Ich hab's gemerkt."

„Hey, irgendwann wird das eine interessante Kennenlerngeschichte."

Der Fremde ging leicht schwankend voraus, warf die Zigarette in den Schnee und drückte seine freie Hand gegen den Scanner neben der Tür. Sie glitt auf und er machte eine Handbewegung, die hätte galant sein können, wenn er nicht unter Alkoholeinfluss gestanden hätte. Nikola lächelte fast, der Fremde sagte: „Nach dir."

Nikola ließ sich nicht zweimal bitten. Er trat ins Foyer. Sofort umhüllte ihn Wärme und er atmete erleichtert auf. Sein Körper bebte, als würde er auftauen. Endlich. Es bestand doch noch Hoffnung für all seine Gliedmaßen.

„Willkommen." Die Tür schloss sich hinter dem Fremden, der an ihm vorbei ging und seinen Koffer unter einen Schreibtisch stellte. Er deutete auf eine Tür. „WC. Falls du deine Hände auftauen möchtest."

Nikola nickte und öffnete die Tür, begleitet von einem hilfreichen: „Der Lichtschalter ist links!"

Er ignorierte sein Spiegelbild und ließ lauwarmes Wasser über seine Finger laufen. Minutenlang hielt er so inne.

Zum ersten Mal seit seiner Ankunft fühlte er sich ruhig. *Welch gutes Omen*, dachte er mit einem Augenrollen. Als er seine Hände getrocknet hatte und wieder hinausging, war das Büro hell erleuchtet.

Der Fremde hantierte mit einem blauen Fläschchen, dessen Geruch es als Desinfektionsmittel entlarvte, herum und ließ es fallen. Bückte sich und brauchte einen Moment, um das Gleichgewicht zu finden, ehe er wieder hochkam. Ohne Fläschchen.

„Erinnere mich daran, in Zukunft weniger zu trinken." Er schüttelte den Kopf, wischte sich schwarze Haare aus dem Gesicht. „Ich bin übrigens Sivan."

„Nikola."

„Erfreut, deine Bekanntschaft zu machen." Sivan grinste und ließ sich in einen der Bürosessel fallen. Im Licht waren schwarze Tätowierungen auf seiner Brust erkennbar. Ein Schriftzug, der nicht vollständig lesbar war. Sivans Stimme riss Nikolas Aufmerksamkeit wieder auf sein Gesicht: „Bist du neu hier?"

„Was hat mich verraten?" Nikola lächelte schmal. „War es der Koffer?"

„Der war tatsächlich ein Hinweis." Sivan lachte. „Aber eigentlich war es mehr die Tatsache, dass gerade Ausgangssperre ist und du trotzdem vor dem Hauptquartier kampiert hast, wo du eindeutig auf Video identifizierbar bist … Das spricht recht deutlich für einen Neuen." Er sah ihn fragend an. „Hattest du keinen Termin? Wer hat dich hier ausgesetzt?"

Nikola zögerte. Woher wusste er …?

„Ich werde morgen herausfinden, wer den Fehler gemacht hat. Das ist doch ein Witz." Sivan überging sein Zögern oder bemerkte es erst gar nicht.

Er rollte mit dem Sessel näher an den Schreibtisch und schaltete den Computer ein. Der Bildschirm strahlte. „Also. Wie dir vielleicht schon aufgefallen ist, bin ich ein bisschen beschwipst, aber ich kann dich registrieren. Dann bekommst du dein vorläufiges Zimmer und kannst duschen und schlafen. Wurdest du schon einem Team zugewiesen? Oh, warte, wenn du mir deine Daten gibst, kann ich nachschauen."

„Das ist wirklich nicht notwendig …"

„Und ob es notwendig ist, Kleiner. Hilf mir mal, das Passwort einzugeben. Meine Fingerfertigkeit lässt mich im Stich."

Nikola seufzte innerlich und folgte der Aufforderung. „Ich weiß nicht, ob meine Fingerfertigkeit deine übertrifft, aber versuchen wir es."

Er streckte seine Finger prüfend und spürte ein Kribbeln, das zwar nicht besonders angenehm war, aber zumindest Durchblutung verhieß. Sivan machte *Hmm*, klopfte Nikola mit Zeige- und Mittelfinger leicht auf den Unterarm.

„Probier mal *servimus*, alles in Kleinbuchstaben." Sivan beobachtete mit einer kritisch gehobenen Augenbraue, wie Nikola das Passwort eingab.

Nein, das war es nicht.

Er versuchte es mit Großbuchstaben. Wieder nichts.

Nur den ersten Buchstaben groß. Auch falsch.

Sivan schüttelte den Kopf. „Ich kann nicht glauben, dass es nicht mehr *wir dienen* ist. Hier beginnt doch alles. Da gehen jede Implikation und jede selbstaufopfernde Sentimentalität verloren." Er warf Nikola einen Seitenblick zu. „Dir haben wir bisher nicht besonders gut gedient. Aber ich versichere dir, normalerweise können wir das besser."

Nikola überging die Zweideutigkeit und sagte in mild sarkastischem Ton: „Ihr dient doch nicht nur, ihr wisst und bewacht auch noch. Soll ich vielleicht damit weitermachen?"

„Gute Idee."

Jetzt hob Nikola kritisch eine Augenbraue: „Sehr originell wäre das Passwort dann aber nicht."

Ein leises Lachen. „Ich werde die Kritik weitergeben."

Nikola tippte *scimus* und *servamus* in den drei Versionen ein, in denen er vorher *servimus* eingegeben hatte. *Benutzername oder Kennwort falsch. Bitte versuchen Sie es erneut*, blinkte wiederholt über den Schirm.

Nikola lächelte halbseitig. „Ihr habt euer System doch besser gesichert, als ich befürchtet habe."

„Tut mir echt leid, Kleiner." Sivan sah zerknirscht aus, zupfte unaufmerksam an der Haut neben seinem Daumennagel, während er auf den Bildschirm starrte. „Neue Sicherheitsbestimmungen, die Zugangsdaten werden … oft geändert. Wie oft genau, kann ich dir nicht sagen. Und ich kann mich beim besten Willen nicht erinnern, ob ich die Information bekommen habe." Er stand auf, hielt sich an Nikolas Schulter fest, als er fast das Gleichgewicht verlor. „Entschuldige. Ähm, ich ruf meine Schwester an. Sie wird mich hassen, aber im Endeffekt kann der Fehler sicher irgendwie auf sie zurückgeführt werden."

Nikola warf einen Blick auf die Uhrzeit am unteren Rand des Bildschirms: **03:42**. Er zuckte mit den Schultern. „Also meinetwegen brauchst du niemanden aufwecken. Ich warte, bis jemand kommt und sich darum kümmert." Er dachte an die Kälte und erschauerte unwillkürlich. „Wenn ich dich nur um eine Sache bitten darf? Lass mich drinnen warten."

„Sehe ich so aus, als würde ich dich wieder rauswerfen? Natürlich nicht. Aber ich darf dich nicht unbeaufsichtigt lassen. Vorschrift." Sivan verdrehte die Augen. „Also entweder bleiben wir hier oder du kommst mit zu mir. Da ist genug Platz für zwei."

„Kommt jetzt der Teil, wo du mir demonstrierst, wie gewissenhaft die Auserwählten dienen?"

„Es kommt wirklich so rüber, als würde ich dich unbedingt abschleppen wollen, oder?" Sivan grinste nicht, sondern lächelte unbeschwert.

Das muss der Einfluss des Alkohols sein, stellte Nikola in Gedanken fest, konnte aber nicht umhin, ein Lächeln zu erwidern.

„Ich warte hier mit dir. Meine Absichten sind durch und durch ehrbar, versprochen", versicherte Sivan und klang dabei vollkommen aufrichtig.

Das Lächeln spielte immer noch um seinen Mund, als Nikola einem dreisten Impuls folgte und ihn küsste. Nur einen Moment.

Heiß, vorsichtig, Lippen auf Lippen, bevor Nikola die Realität seiner Aktion einholte und ihn hastig einige Schritte zurückstolpern ließ. Seine Hände zitterten, Adrenalin schoss durch seinen Körper, und sein Herzschlag dröhnte in seinen Ohren.

Sivan blinzelte ihn an. „Danke …?"

„Tut mir leid. Tut mir so leid. Das hätte ich nicht … Es tut mir leid, Sivan", brachte Nikola hervor, drohte über seine eigene Zunge zu stolpern. „Ich wollte nicht … Du bist … Und ich würde niemals …"

„Hey, beruhig dich. Es ist nichts passiert." Sivan berührte wie beiläufig seine Unterlippe, lächelte schief. „Außerdem habe ich *dich* gebeten, mit mir mitzukommen. Gleich zweimal."

„Das ist nicht lustig. Du bist betrunken und du bist ein Auserwählter und ich … Ich werde draußen warten."

„Warte. Darf ich etwas dazu sagen?" Sivan machte einen Schritt auf ihn zu, blieb auf einem Bein stehen, schloss die Augen und führte seinen Zeigefinger an die Nase, ohne sie zu verfehlen. Er sah triumphierend aus, als er die Augen wieder öffnete und sagte: „Nicht betrunken, vielleicht angeheitert, aber immer nüchterner, okay? Wenn du mich nächstes Mal in dein Vorhaben einweihst, werde ich meinen Teil beitragen." Er machte einen weiteren Schritt auf ihn zu, seine Miene ernster, und Nikolas Herz raste. „Geh nicht hinaus. Es ist scheißkalt. Und so erbärmlich, wie dein Aufenthalt bisher war, kann ich dir das nicht zumuten. Bitte, Kleiner. Ich hab hier ein Zimmer. Du kannst im Bett schlafen und ich bleib am Sofa, keine Verpflichtungen, keine Hintergedanken."

„Wenn ich es nicht besser wüsste, würde ich glauben, dass du mich gerade zum dritten Mal gebeten hast, mit dir mitzukommen", erwiderte Nikola leise. Sein Herz schlug immer noch viel zu schnell, aber das Adrenalin ebbte allmählich ab. Nur seine Wangen blieben heiß.

Sivan deutete ein Schulterzucken an. „Erwischt. Vielleicht würde es mir gefallen, wenn du mitkommen würdest."

„Vielleicht würde es mir gefallen, mitzukommen."

„Hmm. Du hast mich geküsst. Ich glaube, meine Chancen stünden gar nicht *so* schlecht."

Nikola lachte kopfschüttelnd, spürte, wie sich seine Nervosität löste. „Ich glaube, du hast recht."

„Soll ich ein viertes Mal fragen?"

„Nein." Nikola kam den letzten Schritt auf Sivan zu, sodass sie wieder nahe beieinander standen. „Also, wo ist dieses … Zimmer?"

„Es ist wirklich nur ein Zimmer. Ich hab meine Wohnungsschlüssel verloren, sonst könnte ich mit zwei Zimmern dienen." Er lächelte schief. „Muss Schicksal gewesen sein."

„Vielleicht", erwiderte Nikola unverbindlich (was sollte er *darauf* auch sagen?).

„Lass uns gehen", meinte Sivan und nahm Nikolas Koffer.

Nikola folgte ihm durch die unbesetzten Büros.

„Ich weiß nicht, warum heute niemand oben eingeteilt ist", sagte Sivan und warf beiläufig eine Schreibtischlampe um. „Unten arbeiten sie noch."

„Muss Schicksal gewesen sein."

Sivan lachte und nahm Nikola an der Hand – die erste richtige Berührung, die nicht der Impulskuss war – und zog ihn zu einem Aufzug. Sie sahen einander im Spiegel an, als Sivan eine Kombination wählte, die den Lift mit einem sanften Ruck anfahren ließ.

Nicht nur nach unten, sondern auch irgendwie … seitwärts?

Sivans Augen glänzten, dunkelbraun, fast schwarz, und er lehnte sich gegen die Spiegelfläche. „Wir könnten fast überallhin in der Stadt fahren. Es gibt mehrere Docks pro Bezirk", sagte er und schlüpfte aus dem Mantel, den er achtlos fallen ließ. Darunter trug er nur ein fadenscheiniges schwarzes Langarmshirt. „Wir fahren aber nur in die Quartiere im … Hauptquartier. Also in die unterirdischen."

„Das hört sich bedrückend an."

„Hm, meine Schwester wohnt da unten", erwiderte Sivan in uneindeutigem Tonfall. „Ich habe es auch nicht ausgehalten."

Nikola setzte zu einer Antwort an, da kamen sie zum Stillstand und die Tür glitt auf.

Vor ihnen erstreckte sich ein gut beleuchteter Gang, der sich durch eine Vielzahl an Türen auszeichnete. Sivan schnappte sich den Koffer und ging mit langen Schritten voraus, hielt zielstrebig auf eine der Türen zu.

Kopfschüttelnd hob Nikola Sivans Mantel auf und lief ihm nach.

„Danke", sagte Sivan, als er die Tür hinter ihnen schloss. Er deutete in den Raum hinein. „Bett und Küche, und da", er machte einen Schritt zur Seite, „ist das Bad. Vielleicht willst du dich aufwärmen?"

Nikola nickte. Der Gedanke an heißes Wasser ließ ihn wohlig erschaudern.

„Lass dir Zeit", meinte Sivan und lächelte. „Ich glaube, es gibt hier irgendwo Kaffee."

„Du willst nicht mitkommen?"

„Wie gesagt, Kleiner, ich erwarte keine Gegenleistung."

„Gut zu wissen." Nikola berührte seinen Arm. „Aber aus Wasserspargründen ..." Er ließ seine Jacke fallen, streifte die Schuhe ab, lächelte. „Also, kommst du?"

Sivan zögerte nicht. Er öffnete die Tür zum Bad. Sehr klein, ziemlich eng, mit einer schmalen Duschkabine. Nikola fühlte sich in seine WG zurückversetzt.

„Darf ich dich küssen?", fragte er Sivan, während dieser seine Stiefel hinauskickte.

„Hmm." Sivan bugsierte ihn sanft gegen die gefliese Wand. Seine Lippen fühlten sich immer noch heiß an.

Diesmal ließen sie sämtliche Vorsicht zurück.

Nikola spürte, dass Sivan den Mund öffnete, während er sich näher an ihn drückte – sein Körper bestand für einen berauschenden Augenblick nur aus Spannung, Hitze und Bewegungsimpulsen.

Nikola fragte sich kurz, wie er in diese Situation geraten war.

Doch da war Sivan, der nach Nikotin und Sex schmeckte, und er befand, dass es ihm herzlich egal war.

Die Begegnung mit Sivan war eine glückliche Fügung in einer absolut unglücklichen Situation, die sich sein derzeitiges Leben nannte, und er wäre ein Narr, das bisschen Glück von sich zu weisen. Und wenn es nur für ein paar Minuten war. Mit den Konsequenzen könnte er in jedem Fall leben, denn der schlimmste Fall war bereits eingetroffen (er befand sich bereits zur Rekrutierung in Wien).

Nikola unterbrach ihren Kuss atemlos. „Darf ich weitermachen?"

Sivan nickte, wurde still, wartete. Dunkle Locken waren ihm in die Stirn gefallen. Nikola strich sie beiseite, während er seine andere Hand unter Sivans Shirt schob und ihn leicht auf den Mundwinkel küsste. Er tastete sich aufwärts über Bauch und Brust, wo er eine minimale Erhebung auf der Haut spürte.

Nikola zog das Shirt beiseite und betrachtete die Tätowierung, die er vorher nur erahnt hatte. Direkt über Sivans Herz stand in schwarzen Lettern: **REQUIESCAT IN DAMNATIONE**.

Er strich mit den Fingerspitzen über die Schrift, als sich Sivan mit gesenkter Stimme zu Wort meldete: „Hey, Kleiner … Eine Vorwarnung, ja?" Er löste sich etwas von Nikola. „Ich habe Narben. Sehen nicht schön aus. Aber ich hatte nicht vor, in ausgeleuchteter Umgebung …"

Nikola nahm Sivans Hand, führte sie an seinen Hinterkopf. Dorthin, wo die knotige Narbe seinen Schädel spaltete.

Sivans Fingerspitzen schickten einen Schauer über seine Wirbelsäule und Nikola sagte leise: „Man sieht sie momentan nicht. Aber glaub mir, sie ist auch nicht besonders schön."

Sivan fand ihn in einem weiteren Kuss, presste sich mit seinem ganzen Körper gegen ihn, und brachte seine Hand zwischen Nikolas Beine. Nikola schloss die Augen und hörte auf zu denken. Sein Kopf fühlte sich leicht an.

Es war ihm egal, dass er mit einem Fremden in einer fremden Stadt schlief. Er wollte. Er wollte *alles*. Er wollte so sehr, dass es ihm den Atem verschlug.

Sivan brach den Kuss, schwer atmend. Als Nikola die Augen öffnete, sah er, dass Sivans Augen golden leuchteten, so golden, dass weder Pupille noch Iris voneinander zu unterscheiden waren. Goldene Scheiben auf Weiß. Dämonenaugen.

„Sorry, ich, das … das ist nicht mit Absicht." Sivan blinzelte, doch seine Augen veränderten sich nicht, und er grollte in sich hinein, als würde er sich selbst in die Schranken weisen.

Nikola bemerkte, dass sein Angstgefühl zum zweiten Mal in dieser Nacht fernblieb. Vielleicht lag es daran, dass die beliebte *Auserwählte/Dämonen* Pornokategorie die Goldaugen quasi gesellschaftsfähig gemacht hatte (Videos, die Authentizität für sich beanspruchten oder besonders gut gefaked waren, verzeichneten etliche Klicks und führten die *Most Watched*-Listen an).

Nikola küsste Sivan und sagte leise: „Es stört mich nicht. Passiert das immer oder ist es, weil ich …?"

„Weil du unantastbar bist, ja."

„Ich spüre es auch. Das … das Wollen." Er hielt inne.

Sivan lächelte, ein weicher Gegensatz zu seinen Augen. „Mhm, ich spüre dein Wollen auch."

„Wusstest du deswegen Bescheid? Vorher, meine ich."

Ein rasches Nicken. „Das Erkennen ist beidseitig. Ihr werdet geschult, uns und euch gegenseitig zu … naja, zu erspüren."

Nikola lachte auf. „Danke für den Anschauungsunterricht."

„So war das nicht … Oh, du verarschst mich, wow, danke, kein Problem, ich unterhalte dich liebend gerne." Sivan grinste schief und auf einmal wich das Gold aus seinen Augen.

Das Gefühl, alles zu wollen, ließ nach. Zumindest ein bisschen.

Nikola sah Sivan an, lächelte. „Unterhalt mich in der Dusche weiter, ja?"

„Nichts lieber als das", versicherte Sivan, während er sich auszog und in die Duschkabine stieg. Als Nikola nackt zu ihm stieß, hatte er plötzlich Gleitgel – in Reisegröße – und Kondome in der Hand. „Allzeit bereit, also für den Fall …"

„Für den Fall, dass nicht nur geschickte Hände zum Einsatz kommen?" Nikola drehte das Wasser auf und zog Sivan unter den Strahl, küsste ihn. „Sag, kannst du noch andere Zaubertricks? Also außer der magischen Sexkitbeschaffung."

„Ich will ja nicht angeben, aber mein Trick-Repertoire ist beachtlich …"

„Ja? Zeig's mir."

(Und Sivan tat wie ihm geheißen.)

Hätte jemand Nikola gesagt, dass er in seiner ersten Nacht in Wien von der Straße in das Bett eines Auserwählten im Hauptquartier der Organisation upgraden würde, hätte er gelacht. Bitter gelacht, verstand sich. Jetzt, geduscht, warm, befriedigt, und im Besitz all seiner Glieder, lächelte er beim Gedanken.

Es war nicht so, dass er Wien und seine Rekrutierung weniger verabscheute, er war nur momentan zu zufrieden, um sich weiter damit auseinanderzusetzen. Die Realität würde ihn früher für sich beanspruchen, als es ihm lieb war, warum den Prozess also beschleunigen?

„Wie willst du deinen Kaffee?"

„Schwarz und ohne Zucker."

„Ein Kaffee ohne alles, verstanden", meinte Sivan lächelnd und schien zufrieden zu sein, dass Nikola ihn nicht verbesserte. Er setzte sich zu ihm aufs Bett und reichte ihm eine Tasse.

„Oh, und ein Ladegerät", sagte Sivan und legte das Kabel neben ihn. „Es ist zwar, ähm, schon vier Uhr früh vorbei, aber du solltest zu Hause Bescheid sagen, dass du heil angekommen bist. Sonst macht sich deine Familie vielleicht Sorgen."

„Danke für deine Rücksicht, aber es passt schon."

„Tut mir leid, ich habe angenommen … Ich hab dich nicht einmal gefragt, woher du angereist bist, oder?" Sivan trank einen Schluck Kaffee, seine Miene irgendwo zwischen entschuldigend und neugierig. „Also, Kleiner, wo warst du zu Hause, bevor du herzitiert worden bist?"

„Bratislava." Nikola spürte, wie ihn beim Aussprechen des Namens Sehnsucht ergriff. Dabei hatte er niemanden dort zurückgelassen, nur sein winziges WG-Zimmer und die Erinnerungen an zerbrochene Beziehungen; es sollte ihm also leichtfallen, davon zu sprechen, und emotional einen Mindestabstand einzuhalten. Sollte. *Scheiße.*

Die Worte der Chauffeurin kamen ihm wieder in den Sinn: *Bitte steig aus.*

Sivan runzelte die Stirn. „Ich wollte nicht … Wir kennen uns kaum. Ich werde dir keine trivialen Small Talk-Fragen mehr stellen, okay?"

„Okay." Nikola lächelte schmal. Die Tasse war heiß in seinen Händen. „Wir können den Small Talk überspringen und gleich zu den tiefgründigen Themen übergehen. Was soll es sein? Politik, Glaube, Ethik oder vielleicht zum Einstieg so etwas wie Ernährungsweise?"

„Oh, du willst mir gleich am Anfang mein Pflanzenfresser-Herz brechen?"

„Du trägst einen Ledermantel."

Sivan lächelte verschmitzt. „Es ist ein Kunstledermantel."

„Okay, okay, ich wollte nicht ernsthaft über diese Themen diskutieren", erwiderte Nikola rasch und lächelte dann. „Weißt du, ich habe dich ganz anders eingeschätzt. Das liegt aber vielleicht auch daran, dass mein erster Eindruck von dir dein Penis war."

„Ich bin entsetzt, dass du mir nicht zuerst ins Gesicht geschaut hast."

„Ich bin entsetzt, dass du nicht geschaut hast, wo du hinpisst."

„Okay, die Kritik ist fair." Sivan grinste. „Aber die Geschichte kommt echt gut. Ich kann es kaum erwarten, dich meiner Schwester vorzustellen."

„Und ich kann es kaum erwarten, deine berühmte Schwester kennenzulernen."

Sivan lachte. „Sie ist zumindest stadtbekannt. Warte, willst du ein Foto sehen?"

Nikola nickte, lächelte. Das war neu. Üblicherweise hatte er diese Gespräche, bevor er mit jemandem schlief, aber er musste zugeben, dass ihm diese Reihenfolge gefiel. Und er musste zugeben, dass er Sivan mochte. Es war komisch, sich das einzugestehen, besonders, weil es seiner ablehnenden Grundhaltung absolut widerstrebte.

Sivan stellte die Tasse weg und nahm sein Handy. Flippte durch die Fotogalerie. „Dick pic, dick pic, dick pic … sorry", er grinste schief, „dick, dick, di… oh, hier!" Er hielt Nikola das Handy hin. „Et voilà, das ist Shanna."

Auf dem Display war eine Aufnahme von Sivan, kaum jünger als er jetzt war, und einer Frau, die ihm wie aus dem Gesicht geschnitten war, zu sehen. Shanna. Die beiden standen auf dem Foto im Freien, Arm in Arm. Sie sahen einander sehr ähnlich. Seidig braune Haut, schwarze Haare, dunkle Augen, die gleiche Nase, die gleichen Lippen. Sivan grinste so, wie Nikola es schon kannte, seine Schwester deutete ihr Lächeln nur an und wirkte dadurch seriöser.

„Sie sieht aus wie du", meinte Nikola und Sivan grinste breit.

„Also attraktiv? Ehrlich, wenn die Delcar-Zwillinge für etwas berühmt sind, dann ist es Attraktivität."

Nikolas Miene fiel in sich zusammen, das Handy rutschte ihm aus der Hand.

Delcar. Sivan *Delcar*. Plötzlich erkannte er die Ähnlichkeit zu *den* Delcars. Fuck, fuck, fuck.

Nikola stand auf, hastig, verschüttete beinahe den Kaffee. Eine leise Stimme in seinem Kopf kicherte.

Hier war sie also, die Konsequenz.

FUCK.

(N dis/ableism (implizit), nicht-artgerechte Kaninchenhaltung (Einzelhaltung), Blut (erwähnt), Suchtverhalten (Nikotin; erwähnt)

2020, SONNTAG 2. FEBRUAR

WIEN, H.Q. DER AUSERWAEHLTEN

Shannas Morgenritual war seit ihren Jugendjahren unverändert geblieben: Toilettengang, Hände waschen, Zähne putzen, duschen, föhnen, Haare glätten, frisieren, Estrafem- und Androcurtablette schlucken, Morgenmantel überwerfen, ihrem Spiegelbild ins Gesicht sehen und dabei dreimal tief durchatmen. Sie vermied es, auf diesen fixen Einstieg in den Tag zu verzichten, doch wenn sie es musste, bestand sie auf den letzten Teil. Er half ihr, ihren Platz in der Welt in Perspektive zu setzen, wenn sich die Welt feindlich verhielt oder auf sie herabzustürzen drohte.

So wie heute.

Shanna wandte sich vom Spiegel ab, schüttelte den Kopf. Vielleicht war diese Ansicht doch etwas überdramatisiert. Nichts, was der Tag versprach, war offensichtlich feindlich oder erdrückend. Zumindest oberflächlich betrachtet.

Sie kräuselte die Lippen.

Ja, oberflächlich betrachtet, war heute ein vielversprechender Tag, der ihr die Belohnung für die letzten Jahre harter Arbeit in Aussicht stellte.

Auf den zweiten Blick, falls man ihn riskierte, so wie Shanna ihn riskiert hatte, wurde die Zweischneidigkeit dieses Tagesversprechens erkennbar.

Denn falls die Entscheidung des Tribunals heute gegen sie ausfiel, konnte sie sowohl ihre jetzige Position (provisorische Erste Auserwählte) als auch ihre sorgfältig geschmiedeten Zukunftspläne vergessen (tatsächliche Erste Auserwählte).

Ein Leben, geprägt von Dedikation, harter Arbeit und Verzicht – für *nichts*. Shanna hasste es, dass ihr Schicksal von einer Abstimmung abhing, die aus Tradition (einer Tradition, die etwa zwei Dekaden alt war, wohlgemerkt) einmalig und nicht wiederholbar war. Das Ergebnis war final. Sie würde es akzeptieren müssen, wie auch immer es aussehen mochte.

Der Kurs, den dieser Tag einschlug, trieb Shanna in Gewässer, die sie vermied: Unsicherheit, Machtlosigkeit, Zufälligkeit. Sich durch solch widrige Umstände zu navigieren, gehörte nicht zu ihren Stärken.

Mit langen Schritten, die zu fest und zu laut auf dem Boden dröhnten, ging sie in die Küche. Das Schlürfen der Kaffeemaschine und ihr ungeduldiges Klopfen auf der Arbeitsfläche bildeten die alleinige Geräuschkulisse.

Shanna überlegte, das Radio einzuschalten, doch was würde sie hören? Entnervende Musik und die Nachrichten, von denen die am breitesten diskutierte die Wahl der Leitung der Auserwähltenabteilung in Wien war.

Sie hatte keine Lust, den Spekulationen zuzuhören, die sie zwar als geeignete, jedoch zu junge Kandidatin handelten. Zu jung. Dass sie nicht lachte. Es war fast ironisch, wenn man das Durchschnittsalter einer Auserwählten, die regelmäßig im Einsatz war, in Betracht zog. Die Statistik sagte ihren Tod in knapp zehn Jahren voraus, worauf sollte sie also noch warten?

Plötzlich hörte Shanna, wie die Eingangstür entsperrt und geöffnet wurde.

„Schwesterherz, bist du schon wach?" Sivan klang gut gelaunt und seine Stimme schaffte es tatsächlich, einen Teil ihrer schlechten Laune wegzutragen.

„Küche", rief sie zurück und nahm ein zweites Häferl aus dem Regal.

Die Kaffeemaschine verstummte, ein rotes Lämpchen blinkte.

„Perfektes Timing." Sie warf einen Blick auf Sivan, der sich neben sie stellte und grinste.

Er legte einen Arm um ihre Schultern, meinte selbstzufrieden: „Danke. Das wird mir tatsächlich nachgesagt."

Shanna lächelte einseitig. „Ich habe nicht erwartet, dass du schon wach bist."

„An deinem großen Tag? Ähm, wofür hältst du mich?"

„Für den besten Bruder, natürlich. Allerdings mit einem Hang dazu, den Tag zu verschlafen."

Sivan lachte leise. „Okay, schuldig im Sinne der Anklage. Aber ich hab mir extra drei Wecker gestellt. Nur für dich."

„Das weiß ich zu schätzen." Sie deutete auf die volle Kaffeekanne. „Willst du auch? Entkoffeiniert."

„Warum würdest du dieses Zeug trinken, wenn es dir nicht einmal einen Koffeinkick gibt? Igitt."

Shanna schenkte ihm ein zuckersüßes, aufgesetztes Lächeln und drückte Sivan die zweite Tasse in die Hand: „Gut, dann nimm dir eben Saft … kleiner Bruder."

„Zu gütig, große Schwester."

Während Shanna sich Kaffee einschenkte, beäugte Sivan den Inhalt ihres Kühlschranks. Dann schlug er die Kühlschranktür zu, ohne sich Saft genommen zu haben, und zeigte mit einer Karotte auf sie. „Die gebe ich Mango und wir gehen dann frühstücken. Das, was du an Lebensmitteln hier hast, macht mich traurig."

Shanna verdrehte die Augen. „Ich hatte zu tun. Aber für das Kaninchen habe ich immer etwas zu essen, also zeig nicht mit einer nackten Karotte auf mich."

„Trink dein Teufelsgebräu und mach dich fertig, keine Ausreden", sagte Sivan über seine Schulter hinweg, während er über das Gitter stieg, das die Küche tagsüber vom kleinen Wohn- und Esszimmer abgrenzte, damit Mango frei herumlaufen konnte, ohne an die Starkstromkabel zu geraten.

Shanna verdrehte noch einmal die Augen, dann nahm sie ihre Tasse und ging ins Schlafzimmer. Der Raum war spärlich eingerichtet; ein Bett, ein schmaler Kleiderkasten, nichts Besonderes. Das Einzige, was auffiel, war ihr Schminktischchen.

Im Gegensatz zu der restlichen Einrichtung, die funktional und schlicht gehalten war, überschritt das Design des Tischchens fast die Grenzen des guten Geschmacks. Weiß, schnörkelig, mit rosa- und lilafarbenen Blütendetails, auf kleinen Sockeln. Dominiert wurde der Tisch von einem ovalen Spiegel, der extra beleuchtet werden konnte. Nagellacke waren nach Farbe geordnet aufgereiht, Pinsel sauber der Größe nach sortiert, Augenbrauen- und Kajalstifte, Eyeliner, Lipliner und dergleichen in verschiedenen Pennalen, Lidschatten, Rouge, Puderdosen, Wimperntuschen, Lippenstifte, und Make-up-Fläschchen sorgfältig in den kleinen Fächern verstaut.

Shanna setzte sich auf den Hocker, schaltete das Licht ein. Sie war schnell für den Alltag geschminkt. Eigentlich war es kaum mehr als ein bisschen Puder und Wimperntusche. Fast nichts von dem, was sie so leidenschaftlich und ausufernd sammelte, verwendete sie. Nicht in ihrer Funktion, nicht in der Öffentlichkeit – und da es für sie so etwas wie Freizeit kaum gab, blieben die meisten Sachen unberührt. Es war schade um das Geld, den Platz.

Shanna seufzte.

Ein ungeduldiges Klopfen ließ sie herumfahren. „Was dauert da so lange?" Auf die Stimme folgte prompt Sivan, der mit Mango auf dem Arm im Türrahmen stehen blieb.

Das Kaninchen wirkte sehr klein und zerbrechlich im Vergleich zu ihrem Bruder.

„Lass sie nicht fallen", warnte Shanna mit einem kritischen Blick.

„Das ist *einmal* passiert. Und da hat sie mich gebissen."

Es stimmte, Mango war wehrhafter als sie aussah. In ihrer Gruppe war sie gemobbt und regelmäßig attackiert worden, was letztlich zu Dreibeinigkeit und Einzelhaltung bei Shanna geführt hatte. Ein Resultat mit dem sie alle gut zurechtkamen. Außer Sivan bildete sich ein, sich als Kaninchenbespaßer versuchen zu müssen.

„Ja, ja, ich weiß", winkte Shanna ab. „Ich bin gleich fertig, okay? Gib mir noch einen Moment." Sie war entnervt und konnte es nicht verbergen. Wahllos zog sie ein Etuikleid aus dem Kasten, verabscheute den Gedanken, es zu tragen, warf es aber trotzdem auf ihr Bett. Sie drehte sich zu Sivan um. „Kannst du kurz rausgehen?"

Sivan tat das Gegenteil, kam näher und sah sie mit erhobener Braue an. „Darf ich dir meine Meinung dazu sagen? Weniger Kleid und mehr Lidstrich. Die Medien werden dich im Visier haben, da solltest du dich nicht unwohl fühlen. Ähm, ja, man sieht es dir an, Shanna, schau mich nicht so böse an. Außerdem, Arbeitskleidung ist praktisch und wirkt authentisch."

„Hmm." Shanna verschränkte die Arme vor der Brust. „Vielleicht stelle ich dich als Styling-Berater ein."

„Hey, ich nehme alles zurück. Bitte gib mir keine offizielle Anstellung." Sivan grinste. „Stell dir vor, ich wäre gezwungen, in irgendeiner Form für die Auserwählten zu arbeiten. Mama und Papa wären zufrieden und würden glauben, dass ich mich endlich angepasst habe. Das geht nicht. Von uns beiden muss doch wenigstens ich cool bleiben."

„Träum weiter."

Sivan streckte ihr die Zunge heraus und verließ das Zimmer.

Shanna zog den Morgenmantel aus und ihre bequeme Uniform an, schnallte sich den Gürtel mit dem Jagdmesser um, schlüpfte in die schweren Stiefel, und setzte sich dann wieder an den Schminktisch. Geübt zog sie einen Lidstrich, schwarz und dick, und betrachtete sich im Spiegel. Sie sah ernst aus, hart. Ein Lächeln schlich sich auf ihre Lippen. Perfekt.

Als Sivan sah, wie sie aus dem Zimmer trat, lächelte er. „Ich hatte recht."

„Diesmal, ja."

„Ich hab nur einen Verbesserungsvorschlag, wenn ich darf?"

„Bitte, Maestro."

Sivan setzte Mango vorsichtig ab. Dann trat er hinter Shanna und nahm ihre Haare. Behände flocht er ihr einen strengen Zopf, hatte sogar ein Gummiband, um ihn zu fixieren. Er klang stolz auf sich selbst, als er ihr seinen Arm anbot: „Wir sind bereit. Du könntest dich natürlich noch mal im Gesamtbild anschauen … oder du vertraust mir einfach und siehst dich morgen unter jeder Schlagzeile."

Shanna verdrehte die Augen, hakte sich aber bei Sivan ein. „Lass uns gehen."

Sie frühstückten in einem Kaffeehaus, das wenige Minuten vom Hauptquartier entfernt war. Shanna sah auf ihre Uhr: **08:43**. Es war nicht einmal eine Minute vergangen, seit sie das letzte Mal auf die Uhr geschaut hatte. Kontrollzwang, ein sich entwickelnder Tick.

„Wenn ich es nicht besser wüsste, würde ich sagen, du bist ungeduldig." Sivan grinste zwischen zwei Bissen und

Shanna wusste es besser, als sein Grinsen als hämisch zu interpretieren. Es war mehr mitfühlend als alles andere.

Sie zuckte mit den Schultern. „Erzähl mir was."

„Ich habe nichts zu erzählen …?"

Jetzt grinste Shanna, trank einen Schluck Tee, den entkoffeinierten Kaffee von vorher fast vergessen. Sie sah Sivan prüfend über den Tassenrand an: „Aha? Und was ist mit deinem Freund? Du weißt schon, der, den du von der Straße aufgelesen und mit nach unten genommen hast, und der mir dann bei seiner Flucht aus deinem Zimmer am Gang quasi in die Arme gelaufen ist."

Sivan wurde rot, legte die Semmel auf den Teller. Fahrig fischte er nach seinen Zigaretten, dem Feuerzeug. „Ich würde lieber nicht über diese ganze Geschichte reden …?"

„Und ich würde lieber nicht auf die Entscheidung des Tribunals warten, trotzdem sitzen wir hier." Shanna nahm ihm beiläufig die Zigarette aus dem Mund und zerdrückte sie unangezündet im Aschenbecher. „Hattest du eine Chance, die Sache mit ihm zu klären? Nikola?"

Sivan atmete resigniert aus, legte die Zigarettenschachtel und das Feuerzeug in die Mitte des Tischs, und fing an, die Haut an seinem Daumen wegzuzupfen. *Besser als zu rauchen*, dachte Shanna, und wartete.

Sivan zuckte mit den Schultern: „Wir hatten nicht die Gelegenheit. Nachdem er gegangen ist, weil ich unserer werten Familie angehöre, wollte ich nicht nachschauen, wem er zugeteilt ist oder wie ich ihn erreichen kann. Ich meine, das war doch genau sein Punkt? Dass ich meine Macht ihm gegenüber missbrauchen würde?" Er riss ein Stück Haut ab und es bildete sich ein kleiner Blutstropfen. „Dabei bin ich weder sein Vorgesetzter noch kann ich irgendwelche Entscheidungen treffen, die ihn betreffen. Ich bin quasi totes Gewicht für die Organisation." Ein bitteres Lächeln schlich sich auf seine Lippen. „Aber das kann ich ihm schlecht sagen, oder? Ich bin schon das Delcar-Arschloch, das ihn unter Vorspiegelung falscher Tatsachen ins Bett gelockt hat. Oder ins Bad. Wie auch immer."

Shanna erinnerte sich nicht, Sivan jemals derart betroffen wegen eines One-Night-Stands erlebt zu haben.

Sie hoffte, dass er seine Medikamente wie vorgeschrieben nahm. Die Möglichkeit, dass er es nicht tat, versetzte ihrem Herz einen Stich. Sie wollte ihn nicht fragen, nicht hier, und nicht nachdem er ihr seine Gefühle offenbart hatte.

Es wäre auch beschissen, ihm jede Zuneigung abzusprechen und chemischen Ungleichgewichten in seinem Gehirn anzurechnen.

Also sagte Shanna nichts und griff nur nach Sivans Hand. Sie war nicht nur ihre Tabletten und er war nicht nur seine Tabletten. Sie beide waren nicht nur ihre Dämonen. Sie waren das und mehr.

Und das Mehr wog schwerer.

„Er ist in Rowans Team", sagte Shanna nach kurzem Überlegen. „Ich habe ihn ihr zugeteilt, bevor die Administration so erbärmlich versagt hat. Ich könnte dir auch seinen Nachnamen verraten und in welchem Komplex er derzeit wohnt, aber vielleicht fragst du ihn das beim nächsten Mal, wenn du ihn siehst, selbst." Sie seufzte. „Im Ernst. Ich bin die Version von Delcar, die er nicht leiden kann, nicht du."

Sivan lächelte leicht. „Wir sind Zwillinge. Er kann mich nicht mögen, wenn er meine bessere Hälfte nicht leiden kann. Ich hoffe übrigens, dass das auch umgekehrt gilt."

„Dramatiker." Shanna lachte leise. „Natürlich gilt es auch umgekehrt."

„Ah, deswegen bist du Dauersingle."

„Gib dir nicht zu viel Credit, Bruderherz. Es liegt an mir und meinem Terminkalender. Ich habe keine Zeit für Beziehungen."

„Geschäftsbeziehungen ausgenommen."

„Zwillingsbrüder sind auch ausgenommen." Shanna lächelte verdrießlich. „Aber wer weiß, vielleicht habe ich ab heute Nachmittag extrem viel Zeit, um kurzweilige Beziehungen zu pflegen."

„Hör auf, es gibt kein Universum, in dem das Tribunal nicht erkennt, dass du am besten qualifiziert bist, um den Standort hier zu leiten. Es gibt doch nicht einmal offiziell nominierte Mitbewerbende."

„Du weißt doch, wie sie sind. Am Ende zaubern sie jemanden aus dem Hut."

„Aus dem metaphorischen Hut? Das wäre fad. Ich hoffe, dass es zumindest ein echter Hut ist."

„Sivan, das ist ernst."

„Nein, ist es nicht. Ich weiß, dass du ab Mittag die Erste Auserwählte sein wirst. Und falls ich mich irre, was vollkommen ausgeschlossen ist …"

„Was dann?"

Sivan grinste spitzbübisch. „Dann werde ich unseren Eltern meine Talente uneingeschränkt zur Verfügung stellen und wie ein Vorzeigesohn für sie arbeiten, *ohne* mich zu beschweren. Wenn du leidest, leide ich mit dir. Obwohl mein Los ein weit schlimmeres wäre, als wenn du dich in einer anderen Stadt um eine Führungsposition bewirbst und dann dort genommen wirst."

„Das wäre unzumutbar … Also für dich. Hoffen wir, dass es nicht dazu kommt."

„Oh, ich habe da so ein Gefühl." Sivan lächelte und wirkte so zuversichtlich, dass Shanna für einen Moment gewogen war, sich von seiner Zuversicht mitreißen zu lassen und ihm einfach zu glauben.

Sie trank ihren Tee aus, hörte Sivan zu, wie er über Themen sprach, die seine Augen zum Funkeln brachten, und aß nebenbei. Erst als ihre Uhr plötzlich zu piepsen begann, schaltete ihr Körper wieder auf Anspannung. Es war 11:00.

Sivan war auf den Beinen, noch ehe sie aufgesprungen war. „Ich zahle, das dauert dreißig Sekunden. Dann gehen wir. Bereit?"

„Bereit", log Shanna, ohne mit der Wimper zu zucken, und verließ das Kaffeehaus noch vor Sivan.

Vor der Hofburg herrschte bereits Gedränge. Akkreditierte Medien und ein paar internationale Leute, die für ihre Länder live aus Wien berichteten, hatten sich trotz Schnee und Kälte vor dem Gebäude eingerichtet.

Sivan funktionierte wie ein Keil, der ihr den Weg freimachte und sie relativ unbehelligt zum Seiteneingang brachte. Unter einem Torbogen umarmte er Shanna und sagte sacht: „Ich werde hier warten. Soweit ich weiß, dürfen nur geladene Gäste zur Verkündigung."

„Tut mir leid."

„Nein, mir tut es leid, dass ich nicht laut johlen kann, wenn du angelobt wirst."

„Ich werde nicht angelobt."

„Du kannst es nennen, wie du willst, du bist der Boss." Sivan zwinkerte. „Du wirst brillieren. Wir sehen uns auf der anderen Seite."

„Wir sehen uns auf der anderen Seite.", wiederholte Shanna leise und der Wind biss ihr in die Wangen. „Danke, dass du den Vormittag mit mir verbracht hast. Ich wäre sonst wahnsinnig geworden."

Sivan lächelte, doch es wirkte wie ein Rückzug. „Der Wahnsinn ist mein Department, das konnte ich dir einfach nicht überlassen."

„Tut mir leid. Ich habe es nicht so gemeint."

„Ja, ich weiß, ich weiß. Jetzt geh. Wie auch immer die Abstimmung ausgegangen ist, ich bin stolz auf dich. Nicht weil du zu viel arbeitest und die Erwartungen der anderen über dein restliches Leben stellst, sondern weil du die mutigste Frau bist, die ich kenne."

„Ach, sei still." Shanna spürte, wie ihr die Tränen kamen, und sie drückte Sivan ein letztes Mal. „Bis später, Bruderherz."

2020, SONNTAG 25. OKTOBER

WIEN, GRAND HOTEL WIEN

Die versammelten Medienleute erhoben sich fast gleichzeitig. Sessel schabten über das exquisite Parkett, ein Stimmenschleier lag über dem Saal, und Angestellte des Hotels mit Tabletts, auf denen Sektgläser aufgereiht waren, fingen sie von allen Seiten ein. Die Belohnung für ihr Ausharren: Alkohol und teure Snacks. So konnte man sich die Gunst der Presse auch erschleichen.

Nesrin blieb breitbeinig auf einem der samtbezogenen Sessel im Publikum sitzen und drehte konzentriert an ihrem Goldring. Sie beobachtete, wie Shanna Delcar – ja, *die* Shanna Delcar – ihre Notizen vom Podiumstisch einsammelte und sauber zusammenfaltete. Ihr Auftritt war so makellos wie ihre Rede, wie ihre Antworten, wie ihre Sorgfalt beim Zettelfalten.

Die Pressekonferenz war, nun ja, sie war eine Konferenz der Auserwählten gewesen, was sollte sie mehr dazu sagen?

Im Gegensatz zu den besprochenen Inhalten der letzten beiden Stunden, erwies sich das Studieren der neuen Ersten Auserwählten als durchaus informativ.

Nesrin lächelte dünn. Sie konnte Delcar den trockenen Charme nicht absprechen, wenn sie präzise und dennoch nichtssagend antwortete, wenn sie konkrete Themen in der vagsten Weise abhandelte, und dabei eine derartige Selbstsicherheit ausstrahlte, dass niemand ihre Ehrlichkeit oder Integrität bezweifeln würde. Sie war eine Strategin, der keine Fehler unterliefen. Eine Politikerin. Nesrin konnte sehen, warum das Tribunal sie gewählt hatte. Sie verkörperte die perfekte Auserwählte.

„Darf ich Ihnen etwas zu trinken anbieten?"

Nesrin warf der Kellnerin einen Seitenblick zu, lächelte, schüttelte den Kopf. Die Frau nickte knapp und wandte sich wieder den anderen Gästen zu.

Nesrin streckte die Finger und strich ihre Hose glatt, ehe sie aufstand und sich einen Weg durch die Menge bahnte. Sie tippte Notizen in ihr Handy (in Kürzeln und auf Türkisch), um eine Gedächtnisstütze zu dem offiziellen Audiomitschnitt zu haben, der allen geladenen Medienleuten am Ende der Veranstaltung von den Auserwählten zur Verfügung gestellt wurde.

Die Konferenz wirkte nicht nur wie eine einzige Farce, im Endeffekt war sie auch genau das; ein Mittel zur Propaganda und Selbstinszenierung der Auserwählten. Früher hatte Nesrin das zornig gemacht, aber Zorn war kein guter Gefährte, und sie hatte gelernt, Effektivität an ihre Seite zu locken. Eine weitaus bessere Gefährtin, wenn sie sich auch nicht so leicht halten ließ.

Natürlich arbeitete Nesrin nicht für den Widerstand – das wäre ihr Todesurteil –, es war nur so, dass sie nicht für die Auserwählten arbeitete. Und als kleine, unbedeutende Stimme unter dem ohrenbetäubenden Gebrüll der Auserwähltenmaschinerie fiel das nicht weiter auf. *Noch nicht.*

Die Toiletten waren ordentlich beschildert, alles weiß und golden und blank poliert, von schier endlosen Spiegelwänden gesäumt.

Nesrin versuchte vergebens, die Kameras zu entdecken. Sie wusste trotzdem, dass sie da waren. Unermüdliche Beobachter. Mit der Zeit gewöhnte man sich daran. Vielleicht war dieser Fakt das Erschreckende, die schleichende Akzeptanz und Normalisierung der unzähligen Augen, die in jedem Winkel der Welt zu lauern schienen.

Sie hielt ein Papierhandtuch unter den kalten Wasserstrahl und tupfte sich das Gesicht ab. Erschöpfung hatte sich um ihre Augen festgesetzt. Der Flug und die Aufgaben des Tages forderten ihren Tribut.

Nesrin graute, wenn sie daran dachte, dass sie bereits in wenigen Stunden wieder am Flughafen sein musste. Mit geübten Griffen richtete sie ihre Haare, zog den dunklen Lippenstift nach, zupfte Bluse und Sakko zurecht. Nicht perfekt, aber passabel.

Gerade als sie gehen wollte, betraten zwei dunkel gekleidete Personen die Toilette. Messer am Gürtel, Hände am Messer, teilten sie sich auf, um die Kabinen zu kontrollieren.

„Können Sie sich ausweisen?"

Nesrin holte kommentarlos ihren Presseausweis hervor.

Der Securitymann musterte sie von oben bis unten, nickte, und gab ihr den Ausweis zurück. „Danke, Frau Gönül." Er gab seiner Kollegin ein Zeichen und sie gingen gemeinsam hinaus.

Dafür betrat Shanna Delcar den Raum und verschwand in einer Kabine. Sie war kleiner, als sie auf der Bühne gewirkt hatte, stellte Nesrin fest. Und wenn sie ihren Aufbruch etwas hinauszögerte, lag das nicht nur an schierer Faszination. Eine Möglichkeit bahnte sich an und Nesrin ließ Möglichkeiten nur ungern ungenutzt verstreichen.

Delcar gesellte sich mit langen Schritten an ihre Seite und wusch sich die Hände. Ihr Blick haftete durch den Spiegel auf Nesrin.

„Zweite Reihe Mitte?", fragte sie mit einem schiefen Halblächeln. Die Regung verlieh ihr etwas Menschliches, das sie auf der Bühne wohl nie zugelassen hätte.

Nesrin wusste, dass sie ein Problem hatte, als es passierte. Faszination und Anziehung ballten sich in ihrer

Brust. Sie musste aufhören, so verdammt schwach für diesen Typ Frau zu sein, es war so *offensichtlich*. Anstatt zu bejahen und sich höflich zu entschuldigen, lehnte Nesrin sich gegen die Waschbeckenfront, während Delcar sich die Hände trocknete.

„Gutes Auge."

Delcar lächelte schmal. „Teil des Jobs."

„Ein gutes Auge und eine seidene Zunge sind also Teil des Auserwähltenjobs?" Nesrin lächelte und streckte ihre Hand aus. „Nesrin Gönül."

„Shanna Delcar." Ihr Händedruck war fest, aber nicht so fest wie der gewisser Kollegen, die ihre Dominanz mithilfe akzeptierter körperlicher Interaktion zum Ausdruck bringen wollten. „Gleich zum Du, wenn es in Ordnung ist?"

„Selbstverständlich." Der Thrill kitzelte Nesrins Eingeweide, als sie ihre Hand zurückzog.

Shanna warf das Papierhandtuch in den Mistkübel und sah sie interessiert an. „Für wen schreibst du?"

Nesrin lachte auf. „Das Internet."

„Du schreibst also für alle ... oder niemanden?"

„Beides. Alles eine Frage der Perspektive. Meistens kauft irgendwer meine Artikel, sonst könnte ich das eh nicht weitermachen."

„Du bist Wienerin." Keine Frage, eine Feststellung.

Nesrin nickte.

„Aber du bist nur geschäftlich hier?"

Nesrin nickte wieder, rang sich ein kleines Lächeln ab. „Es hört sich fast so an, als hätten dich deine Sicherheitsleute gebrieft, bevor du hereingekommen bist."

„Also, ich habe keinen Bericht erhalten. Oder angefordert." Shanna seufzte. „Das ist komisch, oder? Dieses Gespräch." Sie straffte die Schultern. „Tut mir leid, ich will dich weder aufhalten noch in Verlegenheit bringen. Es hat mich gefreut, deine Bekanntschaft zu machen, Nesrin Gönül. Ich hoffe, du hast einen angenehmen Abend."

„Warte." Nesrin unterdrückte den Impuls, Shanna am Handgelenk festzuhalten. „Vielleicht ist es nicht das Gespräch, sondern der Ort, der komisch ist?"

„Vielleicht." Ein schmales Lächeln.

„Lass es uns versuchen. Ein Drink, an der Bar. Wir sprechen über alles, nur nicht über die Arbeit. Was sagst du?"

Shanna lächelte und Nesrin wurde warm. „Ich zahle."

Dezente Lounge-Musik erfüllte den Raum, gerade so laut, dass sie das Gefühl vermittelte, nicht belauscht zu werden, und trotzdem leise genug, dass ein ungestörtes Gespräch möglich war. Dazu goldenes, gedimmtes Licht und rot akzentuierte Barhocker, Vollholzmöbel, Angestellte in Maßuniformen. Sehr exklusiv, diese Hotelbar. Dafür war sie bestimmt auch teuer genug.

Nesrin war wie elektrisiert. Sie schwenkte das breite Glas, sodass der pinke Drink fast überschwappte, und betrachtete Shanna, die wiederum sie betrachtete.

Sie spielten ein Spiel, das nur einen Ausgang kannte. Es war absurd, es war absurd und unbedacht und sie sollte sich schnellstmöglich verabschieden – aber genau das würde Nesrin nicht tun.

Wenn sie von Flammen angezogen wurde, war Shanna ein Inferno.

Gefährlich, wunderschön, Funken sprühend. Wahrscheinlich würde sie sonst niemand so beschreiben, der sie jetzt sah, nicht mit dem beherrschten Äußeren, der ungebrochenen Contenance, dem kühlen Blick. Aber dahinter? Dahinter *brannte* sie. Nesrin wusste es, weil sie auch brannte.

„Ich fühle mich betrunken", verkündete sie und Shanna lächelte dünn.

„Betrunken von Fruchtsaft?"

„Positiv."

„Hm. Mein Soda hat keine Nebenwirkungen."

„Dann mache ich etwas falsch."

Shanna lächelte, schüttelte den Kopf, sah weg. Schüchternheit, Verlegenheit, wegen eines harmlosen Kommentars?

Sie war ein Ensemble aus Widersprüchen, aber vielleicht waren es keine Widersprüche, vielleicht ergaben sie ein harmonisches Ganzes, das Nesrin sich nicht vorstellen konnte. *Noch nicht.* Allah, sie musste wirklich damit aufhören, ehe es zu spät war.

„Wann geht dein Flug?", fragte Shanna auf einmal.

„Kurz vor sechs?"

„Es ist nach eins."

„Stimmt. Also zu spät, als dass es sich noch auszahlen würde, schlafen zu gehen. Für mich, zumindest." Nesrin spielte mit dem Stiel des Glases, stützte ihr Kinn auf ihren Handrücken. „Wann beginnen die Nationalfeiertagsveranstaltungen?"

„Bald. Ich bin ab sieben im Einsatz."

„Und bestehst du auf deinen Schlaf? Falls nämlich nicht …" Nesrin ließ den Satz ins Leere laufen und lehnte sich näher zu Shanna. Sie gratulierte sich innerlich dafür, dass sie fast subtil war. Also je nachdem, wo man die Grenze zwischen *subtil* und *hoffnungslos offensichtlich* zog.

Shanna zögerte, dann stand sie auf. „Ich glaube nicht, dass das eine gute Idee ist."

„Warum nicht?"

„Warum nicht? Wegen allem. Schau uns an. Wer wir sind und was wir hier tun …?" Sie zuckte mit den Schultern.

„Kannst du mir einen einzigen Grund nennen, der das hier als gute Idee rechtfertigen würde?"

„Natürlich würdest du jede Entscheidung rechtfertigen wollen." Nesrin lächelte bitter und verbarg ihre Enttäuschung nur im Ansatz. „Nein, ich kann dir keinen Grund nennen, den du gut oder rechtfertigbar finden würdest."

„Dir fällt doch auch keiner ein", erwiderte Shanna und klang fast, als würde sie Nesrins Mangel an kreativen Rechtfertigungen für einen impulsiven One-Night-Stand zwischen der Ersten Auserwählten Wiens und einer kritischen Journalistin bedauern. Sie straffte die Schultern. „Wenn du möchtest, bekommst du hier ein Zimmer und jemand wird dein Gepäck holen. Und weil ich dich aufgehalten habe, würde ich dir gerne ein Auto schicken, das dich zum Flughafen bringt."

Nesrins Mundwinkel zuckte und sie schlug die Beine übereinander. „Danke, ich komme zurecht."

„Ich weiß. Gute Nacht, Nesrin."

„Gute Nacht."

Shanna lächelte schmal und ging zum Barkeeper, unterschrieb etwas. Wahrscheinlich die Rechnung.

Nesrin drehte sich weg und schluckte die Zurückweisung. Sie hinterließ einen unangenehmen Nachgeschmack. Es wäre einfacher, wenn es einen guten Grund … Oh nein, auf diesen Argumentationsstrang würde sie sich nicht einlassen.

Sie schüttelte den Kopf und spürte, wie sich die angespannte Aufregung löste, die sie in den letzten Stunden unter Kontrolle gehabt hatte. Es erstaunte sie, wie müde sie darunter war. Jetzt bereute sie es beinahe, Shannas Angebot so harsch abgelehnt zu haben. Aber was war schon eine impulsive Aktion unter vielen?

„Frau Gönül?"

Nesrin sah zum Barkeeper, der ihr einen gefalteten Zettel zuschob. Sie hob skeptisch eine Augenbraue.

„Für Sie. Wenn Sie noch etwas brauchen, wenden Sie sich bitte an mich oder die Rezeption."

„Was …?" Sie wandte sich um, doch ihre Augen suchten Shanna vergeblich. Sie war bereits fort. Ihr Herz sprang dennoch. „Danke."

„Jederzeit."

Der Barkeeper ließ sie wieder alleine, und endlich kam sie dazu, den Zettel zu lesen. Es standen eine Zimmernummer und zwei Telefonnummern darauf, und weiter unten in schwungvoller Schrift: *Mein Timing war schon immer schlecht, aber dafür ist meine Fahrerin immer pünktlich. Falls du wieder in Wien bist und dir doch ein guter Grund einfällt, ruf mich an. Guten Flug. S.*

Nesrin betrachtete den Zettel, drehte gedankenverloren an ihrem Goldring. Sie lächelte und hasste sich ein bisschen dafür, wie leicht sie sich dem Gedanken hingab, die Nummern zu behalten – und zu verwenden.

Aber warum auch nicht? Es war ein Gedanke, der ihre Wangen warm werden ließ. Nesrin straffte die Schultern und atmete tief ein, schloss die Augen.

Vielleicht würde sie den Zettel behalten. *Vielleicht.*

Nur für alle Fälle.

CN Suchtverhalten (Nikotin), Gewalt (explizit), Blut, Geiselnahme, Mordversuch, Mord/Hinrichtung, sexualisierte Gewalt (erwähnt), SV-Narben (erwähnt), Nadeln

2020, MONTAG 26. OKTOBER

WIEN, HELDENPLATZ

Ein neues Jahr, ein alter Nationalfeiertag. Kalt und klar, so präsentierten sich sowohl der Tag als auch das Unterhaltungsaufgebot.

Wie jedes Jahr herrschte reges Gedränge auf dem Heldenplatz und an den umliegenden Veranstaltungsorten. Das Programm gestaltete sich wie üblich: Das Bundesheer marschierte nur noch zu minimalen Teilen auf, es war praktisch obsolet geworden und existierte nur aus Gewohnheit und, naja, Tradition. Dafür war der Anteil der Auserwählten und Unantastbaren, die ihr Equipment und Können vor der Menge demonstrierten, umso größer.

Der Prozess hatte schleichend stattgefunden, denn noch vor zehn Jahren war die Verteilung genau umgekehrt gewesen. Auch die anwesenden Repräsentativen der Stadt wurden hauptsächlich von Auserwählten gestellt und nicht mehr von Abgeordneten der gewählten Regierung. (Ja, die Demokratie gab es noch, wenn der Widerstand das auch lautstark anzweifelte.)

Zeiten änderten sich, Agierende vielleicht auch, aber was sich nicht änderte, war das Potenzial eines ausgiebig zelebrierten Nationalfeiertags.

Sivan beobachtete die Leute kritisch, unterdrückte ein Gähnen. Er wollte nicht hier sein, aber Shanna hatte ihn gezwungen sichtbar anwesend zu sein. Familienzusammenhalt, Solidarität oder so etwas. Wie auch immer, jetzt musste er die nächsten Stunden sein Dasein im Freien fristen und durfte nicht einmal rauchen. Rauchen: Schlecht fürs Image! Nichtrauchen: Schlecht für seine Nerven!

(Leider war klar, dass seine Nerven dem Delcar-Image Vorrang geben mussten, also fand Sivan sich mit dem befristeten Nikotinentzug ab.)

Noch war es recht früh, dennoch trudelten bereits die ersten Medienmenschen ein und begannen, die Feierlichkeiten zu dokumentieren. Natürlich würden sie das gleiche wie jedes Jahr schreiben: strikte Sicherheitsvorkehrungen, ein risikominimierter Ablauf, Nähe zur sterblichen Bevölkerung, bla bla bla. All das, was man der breiten, also sterblichen, Öffentlichkeit eben zumuten konnte. Apropos, natürlich standen echte Auserwähltenteams bereit, sollte sich „ein Vorfall ereignen".

Sivan wusste, dass Rowan heute für einen Dienst eingeteilt war – Rowan, die Feiertage aller Art verabscheute – und dass ihr neuer Teampartner mit dabei war. Naja, nicht mehr wirklich neu, immerhin war ihre letzte Begegnung und damit auch Nikolas Teamzuweisung gut neun Monate her. Sivan kam es trotzdem so war, als wären keine neun Monate vergangen, seit er ihn gesehen hatte. Falsch, ihn aus der *Nähe* gesehen hatte. Nein, wieder falsch, neun Monate waren seit ihrem letzten Gespräch verstrichen. Dem ersten und letzten, wohlgemerkt.

Und jetzt stand Nikola im Hintergrund der Festtribüne vor der Nationalbibliothek, schwarz gekleidet, ruhig, unscheinbar; ein Understatement, das Sivan ins Herz stach.

Wann war er ein derartiger Feigling geworden, dass er eine Konfrontation scheute, die die Dinge wieder ins rechte Licht rücken könnte? Der Teil seines Hirns, der mit dieser Entscheidung betraut werden sollte, war zu sehr mit Selbstsabotage beschäftigt, um langfristige Ziele zu setzen.

Sivan zwang sich, den Blick aus der Ecke zu lösen und die Menschentrauben zu beobachten. Wasserlacken, die sich auf dem Kopfsteinpflaster gesammelt hatten, schimmerten in der Sonne, zertreten und aufgescheucht durch Schuhsohlen. Unruhiges Wasser, ein Gleichnis für die Angespanntheit der Auserwählten; der Organisation; der ganzen beschissenen Stadt.

„Sivan, du trägst dein Herz im Gesicht. Ich werde dir nicht sagen, dass du lächeln sollst, aber vielleicht … erreichst du einen neutralen Ausdruck? Für die Kameras?"

Sivan verdrehte die Augen und wandte sich zu Shanna um.

Sie sah streng, scharf und ungemütlich aus, aber auf eine Weise, die Betrachtenden Schauer der Bewunderung – und vermutlich Erregung – über den Rücken jagten. Sie war ein menschliches Skalpell. Unaufgeregt, tödlich, schlicht und trotzdem absurd elegant. Formvollendet. Sie trug auch zu diesem Anlass weder Kleid noch Hosenanzug, sondern ihre Auserwähltenuniform. Ganz in Schwarz, ohne rotweiß-rote Akzente, die die anderen Politikrepräsentierenden in ihre Kleidung eingearbeitet hatten. Die sture Aufrechterhaltung des Patriotismus, Nationalismus, der jedoch sichtbar an Bedeutung verloren hatte … Eine einsame Österreichflagge prangte über dem Heldentor. Das Meer aus Miniaturfahnen, die von der Zivilbevölkerung über den Platz und auf ihren Gesichtern getragen worden waren, kannte Sivan nur aus seiner Kindheit. Er verbuchte es als kleine Errungenschaft. „Wie lange darf ich dich heute mit meiner Gesellschaft beehren?"

„Bis zum bitteren Ende."

Sivans Mundwinkel zuckten nach oben. „Du weißt, ich werde für dich immer bis zum bitteren Ende bleiben. Ich bin ein Mann meines Worts. Und ein Masochist."

„Gleichfalls, ja, und nein", erwiderte Shanna ohne großen Enthusiasmus, während sie die Menge absuchte. Trotz offensichtlicher Konzentration wirkte sie bemühter als sonst.

„Mhm. Du bist aber auch nicht besonders gesprächig?"

„Vielleicht erzähle ich es dir später. Lass uns zuerst diesen Tag überstehen."

„Wie du meinst, Boss."

Sie schnaubte, lächelte dann aber. „Vielleicht führe ich diesen Titel als Alltagspraxis ein und führe Protokoll, wie lange du mich dann tatsächlich noch so nennst, bevor es dir zu langweilig wird oder du gegen eine betitelte Autorität rebellierst."

„*So* schlimm bin ich auch nicht."

„Nicht du bist so schlimm, aber dein Trotz ist eindeutig so schlimm. Aber keine Sorge, ich würde dich nicht gegen eine weniger trotzige Version eintauschen wollen. Versprochen."

„Danke. Ich würde dich auch nicht gegen eine weniger gemeine Version eintauschen wollen." Sivan grinste. „Und ja, ich meine gemein. Nicht ehrlich. Also spar dir den Einwand."

Shanna warf ihm nur einen vielsagenden Seitenblick zu. Ein Lächeln spielte um ihre Lippen. Okay, der Schatten eines Lächelns, das man nur erkannte, wenn man wusste, dass es eines war. Also ein privates Lächeln für Sivan. Er wünschte, er könnte jedes dieser Lächeln, die nur ihm galten, aufbewahren und abspielen, wann immer er es wollte. Eines nach dem anderen, bevorzugt in Endlosschleife.

„Ich werde mich unter die Menge mischen, falls du erlaubst. Das Rampenlicht steht mir nicht."

„Stimmt. Und deine Haltung ist auch nicht wirklich für die Bühne geeignet."

Sivan richtete sich demonstrativ auf, als Shanna sich plötzlich zu ihm beugte und einen Arm um ihn schlang. Sie sagte leise: „Danke, dass du mir den Rücken freihältst."

„Stets zu Diensten." Sivan sagte es leicht dahin, doch er wusste, dass Shanna wusste, dass er alles für sie tun würde. Sie wusste auch, dass er wusste, dass sie dasselbe für ihn tun würde. Sie wussten, dass sie es nicht dazu kommen lassen würde, dass sie sich füreinander opfern mussten. Sie teilten dieses Wissen, ohne es zu verbalisieren, als wäre es in ihre DNS eingeschrieben. Teil ihrer Identität, eines Selbstverständnisses, das in seinem Bewusstsein unerschütterlich war. Ein Sicherheitsnetz, das so engmaschig und stabil war, dass ein Fall seine Bedrohung verlor.

Shannas Blick fiel in Rowans Richtung. Ausgesprochen wie ein Nachgedanke, betont beiläufig, und in dieser Beiläufigkeit so gezwungen, dass sich Shanna diesen Akt wohl selbst nicht so recht abzukaufen schien, meinte sie: „Vergiss nicht, dein Earpiece einzuschalten."

Helena flog durch Sivans Gedächtnis, lachend, optimistisch – verschollen, vermutlich tot. Er schüttelte den Kopf. „Es ist eingeschaltet."

Und es war egal, er würde sowohl in Sicht- als auch in Rufweite bleiben. Er würde nicht Rowans Part in einer Neuinszenierung von Silvester 2019 übernehmen und sich lebenslang Vorwürfe machen; nicht, wenn er es verhindern konnte.

„Bis später, Bruderherz."

„Bis später, Boss." Er lächelte zum Abschied und zögerte kurz. Eigentlich wollte er Rowan bitten, ein Auge auf Shanna zu behalten, nur für den Notfall, nur falls er trotz aller Maßnahmen zu weit weg war, doch dann würde er Nikola so nahe kommen, dass er keine Ausrede mehr hatte, nicht mit ihm zu sprechen. Peinlich auf beiden Seiten, vermeidbar, und ernsthaft? Rowan war Profi, sie würde niemals das Leben der Ersten Auserwählten aufs Spiel setzen.

Sivan verließ die Tribüne. So sehr Shanna sich dagegen wehrte: Jede sterbliche Zivilperson war ihrem Leben untergeordnet.

Der Himmel hatte sich mit Regenwolken verdunkelt, dafür wurde die ebenerdige Bühne zu Füßen des Reiterdenkmals von mehreren riesigen Scheinwerfern ausgeleuchtet. Und wie die Motten hatten sich die Leute rings um die Bühne eingefunden, angezogen vom Licht und der Aussicht auf das Spektakel, das der Schaukampf verschiedener Auserwählter versprach. So sehr die goldenen Dämonenaugen gefürchtet waren, so sehr faszinierten sie; und ein Kampf versprach goldene Augen, aus der Nähe, ohne Gefahr, bloß zur Belustigung der Gäste.

Sivan saß auf einer Parkbank, die etwas abseits der Menge stand. Sein Bein wippte hektisch auf und ab, sodass es mittlerweile sogar ihn nervte. Es half nichts, er würde Shanna um eine Rauchpause bitten müssen. Wenig erfreut von dieser Aussicht, stand er auf und umging den Menschenring, der die Bühne mit Körpern verdeckte, versuchte, Shanna ausfindig zu machen. Dafür, dass sie eine auffällige Erscheinung war, war sie ganz schön unauffällig – ein Multitalent.

Sivan verdrehte die Augen und überquerte den Heldenplatz. Natürlich hatte Shanna bessere Dinge zu tun, als ihm in ihrer endlichen Gnade eine Dosis Nikotin zu gewähren, allerdings gab es jetzt noch ein kleines Zeitfenster, währenddessen er sie guten Gewissens aus den Augen lassen konnte. Sobald die Vorführungen begannen und der Fokus auf einen einzigen Punkt begrenzt war, begann die gefährliche Phase. Ob Shannas Sicherheitsteam das ähnlich sah, wusste Sivan nicht und es war ihm ehrlich gesagt auch egal. Wenn *er* sie ermorden wollte, würde er es während der Show tun. Sollte er schon zu nichts anderem gut sein (außer hübsch und nichtrauchend für die Presse auszuschauen), würde er zumindest den Mordversuch von jemandem verhindern, der sein Denkmuster teilte.

Ein unangenehmes Gefühl zwickte Sivan in den Rücken. Es war kein schöner Gedanke, dass es noch jemanden wie ihn geben könnte.

Er versicherte sich seines Jagdmessers und zog in Erwägung, das Earpiece für seine Zigarettenmission zweckzuentfremden. *Hah, als ob*. Shanna würde es ihm ewig vorhalten.

Sivan konnte sie praktisch hören: Er sei ein schlechtes Beispiel für alle Auserwählten, außerdem gäbe es keine VIP-Behandlung für Delcars, schon gar nicht wegen Zigaretten, und das ausgerechnet am Nationalfeiertag, bla bla bla. (Er konnte leider nicht behaupten, dass Shannas imaginierte Version unrecht hatte.)

Plötzlich stieß er mit einer anderen Person zusammen, hatte das Messer schneller in der Hand, als er denken konnte, und bemerkte erst dann seinen Fehler. Seine Ohren wurden heiß. „Sorry, Kleiner, hab dich nicht gesehen."

„Das passiert dir öfter." Nikola lächelte fast. Aber eben nur fast.

Er schien unbeeindruckt von der Klinge, die auf ihn zeigte – *verdammt*, Sivan beeilte sich, sie zurück in die Scheide zu stecken –, und deutete in die entgegengesetzte Richtung. „Ich bin spät dran. Schön, dich mal wieder zu sehen."

„Gleichfalls", erwiderte Sivan hastig. *Von wegen*. Er wandte sich ab, ohne Nikola nachzusehen. Er ging vielleicht einen Schritt zu schnell, stolperte vielleicht über seine eigenen Stiefel, *aber* er brachte Abstand zwischen Nikola und sich selbst.

Jetzt brauchte er diese Zigarette mehr denn je. Warum er nicht besser auf seine Umgebung achten konnte ... Er kannte sich doch. Über diese peinliche Begegnung würde er tagelang nicht hinwegkommen.

Scheiße. Shannas Stimme war auf einmal in seinem Gehör. Aber nicht nur in seinem. Ihre Stimme flog über den ganzen Platz. *Scheiße.* Sivan drehte auf dem Absatz um und visierte die Bühne an. Er konnte nichts sehen, nichts Relevantes, nur Menschenrücken, und fluchte leise. Wer hatte den Einfall mit der ebenerdigen Bühne gehabt? Eine absolute Scheißidee. Sie könnte glatt von ihm stammen. Tat sie aber nicht.

Shanna begrüßte die Menge und hielt eine kurze Ansprache. Es war eine Standardrede, aber sie lieferte sie mit solcher Pointiertheit ab, dass sie zustimmenden Applaus und Rufe aus dem Publikum lockte.

Sivan bahnte sich einen Weg zur Bühne.

Bürgermeisterin Häuserle sagte im Anschluss an Shanna einige Worte und sie machte ihre Sache gut, aber die Sensation um ihre Person fehlte. Sie war eine Sterbliche und heute wollten die Sterblichen sich lieber mit Auserwählten beschäftigen. Zumindest für die Dauer der Kämpfe.

Auch die Medien hatten ihre Positionen bezogen, Kameras filmten von oben, projizierten das Geschehen auf die Leinwände, die auf den Seiten angebracht worden waren. Sivan erkannte flüchtig einige von Shannas Sicherheitsleuten, dann eindeutig Rowan, und im Hintergrund Nikola. Hierfür war er also spät dran gewesen.

„Es ist mir eine Ehre und ein Privileg Ihnen zwei unserer Rekrutinnen vorzustellen. Sie werden heute eine Demonstration ihrer Fähigkeiten geben."

Die Menge teilte sich und eröffnete einen Gang, um die Angekündigten vortreten zu lassen. Sie trugen beide die

Lederanzüge der Auserwählten und hatten breite schwarze Tücher um ihre untere Gesichtshälfte gewickelt. Nur ihre Augen – das einzige Merkmal, das nicht anonym bleiben sollte – waren deutlich erkennbar. Noch blickten sie übergroß und menschlich von den Leinwänden herab.

Sivan verschränkte die Arme. Die Regie des Auftritts war seiner Meinung nach etwas dramatisch, schien aber für den gewünschten Effekt zu sorgen. Die Kontrahentinnen nickten einander zu, die Messer bereits in den Händen.

Es wurde ruhig unter den Leuten, aber angespannt. Die Spannung griff nahtlos auf Sivan über, allerdings aus ganz anderen Gründen. Was zur Hölle übersah er? Sein schlechtes Gefühl wurde immer greifbarer, wie ein Ballon, der sich in seinem Brustkorb ausdehnte und ihm die Organe langsam in den Rachen drückte.

Die Kamera schwenkte auf Shanna. „Beginnt."

Die Auserwählten flogen aufeinander zu, die Menge hielt kollektiv die Luft an. Sivan stockte der Atem. Für einen grausamen Moment glaubte er, seine Medikamente nicht genommen zu haben und von einer Panikattacke vor Livepublikum überwältigt zu werden.

Genau die PR, die Shanna nicht brauchen konnte, genau die PR, die er hätte verhindern müssen. Er ballte die Hände zu Fäusten und versuchte, sich zu konzentrieren. Zu erinnern. Vielleicht hatte er die Tabletten geschluckt? Er war sich fast sicher.

Über der Bühne schwebte das Geräusch der Klingen, die fauchend ins Leere fuhren. Noch. Der Kampf war erst in seiner Aufwärmphase, demonstrierte choreografierte Schritte und Bewegungen. Auf den Leinwänden wurde das Gefecht aus zwei verschiedenen Winkeln übertragen, eine Kamera folgte jeweils einer Auserwählten. Das Publikum war trotz dieser Maßnahme zu Aufmerksamkeit angehalten, denn sie ähnelten einander so sehr, dass es leicht war, sie in den Wirren des Kampfes zu verwechseln.

Sivan biss sich hart auf die Zunge. Fokus. Wenn es einen Fehler im Bild gab, würde er ihn finden; aber nur, wenn er sich endlich zusammenriss! Er stellte sich vor, wie er den Ballon in seiner Brust zerstach und tatsächlich – der Druck fiel etwas ab. Gepriesen sei die Macht der Selbstmanipulation.

Er atmete aus und beschloss, dass er näher zur Bühne musste, um einen Überblick zu gewinnen – also schob er sich zwischen den Sterblichen durch.

Plötzlich schallte ein Schrei über den Platz, die Menge rutschte zusammen, stolperte wie ein riesiges Kleinkind nach vorne, und quetschte Sivan zwischen mehreren Körpern ein. Er fluchte, sah auf die Leinwände.

Auf der Bühne atmete eine der Auserwählten schwer und hielt sich die Seite. Ihre Augen flackerten, vibrierten zwischen einem Blau- und Goldton, während Blut auf den Boden tropfte. Der erste Treffer, der wahre Beginn der Show.

Scheiße. Sivan stemmte sich mit seinem ganzen Gewicht gegen die Leute, die ihn einkesselten, doch er kam nur wenige Zentimeter frei. Mittlerweile raunte die Menge unruhig, die Auserwählten umkreisten einander in langsamen Schleifen.

Gold und Rot, das waren die Farben, die ab jetzt gefragt waren. Das war alles, worum es ging. Und vielleicht war es genau so geplant gewesen, vielleicht war alles hier eine größere Illusion, ein durchorganisierteres Spektakel, als er gedacht hatte. Es hätte nicht geschadet nachzufragen. Oder das Dokument zum Ablauf des heutigen Tages zu lesen. (Aber es war über vierzig Seiten lang und Sivan war damit beschäftigt gewesen … ähm, er war mit etwas beschäftigt gewesen, dessen er sich nicht spontan entsinnen konnte. Aber er *war* definitiv mit etwas beschäftigt gewesen.)

Sivan verfolgte den weiteren Kampfverlauf auf den Bildschirmen und zwang sich, locker zu bleiben. Seine Muskeln zuckten, als würden sie den Zustand des Verkrampfens vermissen oder üben, und er streckte seine Finger demonstrativ mehrere Male. Es schien, als würde er nun weniger gequetscht werden, als wäre er weniger in einem Käfig aus fleischlichen Körpern gefangen.

Die Auserwählten – jetzt klar daran zu unterscheiden, dass eine verwundet und eine unversehrt war – prallten wieder aufeinander. Sie waren von Stille umhüllt, wie zu Anfang, aber es war eine aggressive Stille. Die Verwundete gab keinen Ton von sich, obwohl ihre Seite blutnass war, und die Unversehrte schwieg, obwohl sie die Menge wohl schon mit wenigen Worten zur Euphorie getrieben und ihre Rivalin angestachelt hätte. Lautlosigkeit war eine Tugend, sie zu brechen eine Schwäche. So galt es zumindest inoffiziell für die Auserwählten. Der singuläre Schrei war für die Verwundete vermutlich Demütigung genug.

Sivan konnte sich nicht vorstellen, zu schweigen, wenn ihm eine Klinge unerwartet die Seite aufschlitzte. Wer konnte so eine Beherrschtheit überhaupt für sich beanspruchen? Er kannte niemanden, der sich so eisern unter Kontrolle hatte. Ja, gut, Shanna vielleicht, aber mit ihr begann und endete die Liste.

Plötzlich waren die beiden wieder aneinander, Messer schnitten, stachen, vollzogen Bögen, Hiebe und Stöße, Körper drehten sich, wichen, drängten – und alles in einem Tempo, mit dem sich Sterbliche nicht messen konnten. Ein Ellbogen in der Brust, eine Klinge am Oberarm, zischendes Atmen, dann: Goldaugen. Zwei Paar.

Blitzend in der Kamera, Großaufnahme, zwei Bildschirme und ein Motiv.

Die Menge raunte.

Sivan versuchte, einen Blick auf Shanna zu erhaschen, doch die Aufmerksamkeit der Kameras lag nun vollends auf den beiden Auserwählten, die ihre Dämonen entfesselt hatten. Faszination ließ die Menschen um ihn zu Puppen werden und *endlich* schaffte er es, sich zu bewegen.

Schritt für Schritt kam er dem Bühnenrand näher, bis er in der ersten Reihe stand und Shanna sehen konnte. Sie stand reglos im Hintergrund, von mehreren Sicherheitsleuten flankiert. Ihr Gesichtsausdruck war neutral.

Sivan atmete erleichtert auf. Es ging ihr gut, natürlich ging es ihr gut, was für eine absurde Frage, wie inhärent lächerlich, überhaupt daran zu zweifeln. Nur er konnte sich so in etwas hineinsteigern …

Die Unversehrte ging erneut in die Offensive – und rutschte auf dem Blut der Verwundeten aus, schrie erschrocken und knallte rücklings auf den Boden. Sie konnte ihren Sturz nicht abfedern. Ihr Kopf schlug auf, wurde von der Wucht einmal wieder hochgejagt. Wie ein Gummiball. Ihre Finger erschlafften und das Messer rutschte aus ihrer Hand. Dann rührte sie sich nicht mehr. Das schwarze Tuch um ihren Mund sonderte Blut auf den Bühnenboden ab.

Die Verwundete fiel neben ihr auf die Knie und gestikulierte dem Sicherheitsdienst, zu helfen. Funksprüche wurden geschickt. Die Kameras sendeten kein Bild mehr, die Bildschirme wurden schwarz.

Ein kleines Chaos entfaltete sich, nahm den Platz des Spektakels ein, als sich die Berufsrettung beeilte, von ihrem Standort aus zur Bühne zu gelangen, und zwei Dutzend Sicherheitsleute versuchten, die Menschen zu beruhigen. Es schien die gleiche Wirkung zu haben wie die Show, denn das Publikum war verdächtig ruhig und folgte den Anweisungen. Die Verwundete verließ die Seite ihrer bewusstlosen Kollegin und wurde weggeführt.

Auf einmal rannte eine Person auf die Bühne, fiel neben der Bewusstlosen auf die Knie wie die Verwundete zuvor und ergriff ihr Messer, presste es an ihre Kehle, zerrte sie halb auf ihren Schoß. Sie rührte sich nicht. Die Sicherheitsleute, die sie nicht rechtzeitig gestoppt hatten, rührten sich nicht. Niemand rührte sich. Alles blieb stehen.

„Einen Schritt näher und ich schneide ihr den Hals durch." Der Geiselnehmer – ein Mann, zitternd, unscheinbar, bleich und allem Anschein den Tränen nahe –, hatte eine dünne Stimme, die kaum in die hinteren Reihen der Menge drang. Die Sicherheitsleute folgten seiner Forderung. Vorerst.

Das ist es nicht. Das kann es nicht sein. Das ist falsch. Sivans Herz wollte schier bersten, sein Körper gefror, doch seine Gedanken rasten.

Der Mann stellte nur eine unmittelbare Gefahr für die Bewusstlose dar. Seine Energie war rein sterblich, es gab keinen Einfluss von Dämonenenergie, sonst wäre er nicht unbemerkt so weit gekommen. Und er schien selbst nicht überzeugt von seiner Aktion. Der Griff um das Messer blieb klammerartig, aber der Druck der Klinge auf den Hals seiner Geisel ließ immer mehr nach.

Sollte diese Unterbrechung politisch sein? Vom Widerstand organisiert? Es ergab keinen Sinn. Eine unbekannte Auserwählte so öffentlich zu töten, würde ihm nur eine Hinrichtung einbringen. Es war nicht logisch, sie als Ziel auszuwähl- *Oh nein. Shanna!*

Ohne weiter zu denken, stieß Sivan zwei Leute aus dem Weg, jemand schrie („Bitte nicht!" und „Tut ihm nichts!"), eine andere Person versuchte ihn zurückzureißen, aber er schaffte es auf die Bühne und warf sich auf Shanna, als es knallte.

Und sofort noch einmal.

Der dritte Knall ertönte, aber die Wucht des Kugeleinschlags in Sivans Körper blieb aus. Wen …?

Lärm breitete sich wellenartig über dem Platz aus und Shannas Sicherheitsleute bildeten einen engen Ring um sie. Sivan spürte nichts, aber er bekam kaum Luft und ihn fröstelte. *Oh*. Oh, das war nicht gut.

„Sivan …!" Shanna klang atemlos, als sie ihn vorsichtig von sich schob, seinen Kopf auf ihren Schoß legte. „Sivan, wage es ja nicht …" Das Echo ihrer Stimme über dem Chaos. „Macht das Mikrofon aus, verdammt!"

„Bist du …?"

Shanna zerrte Kabel aus ihrer Kleidung, zog sich das Earpiece aus dem Ohr, strich mit spitzen Fingern über seine Stirn. „Es geht mir gut, es geht mir gut. Sie haben den Mann. Er ist tot."

Sivan machte ein zustimmendes Geräusch. Er wollte sprechen, doch seine Zunge war schwer geworden; sie lag wie ein totes Stück Fleisch in seinem Mund, unbeweglich, und versperrte ihm die Atemwege. Oder vielleicht waren seine Lungen bereits mit Blut gefüllt? Nicht gut. Gar nicht gut.

„Bleib ruhig. Atme weiter. Sie evakuieren die Leute und werden dir helfen. Ich werde nicht zulassen, dass du stirbst."

„Befehle?" Es war Rowans Stimme, die Sicherheit im Ungewissen vermittelte. Sivan schloss die Augen.

„Hol den Notarzt. Du bist persönlich dafür verantwortlich, dass er rechtzeitig eintrifft." Shanna klang hart, als würde sie Rowan drohen. „Und du? Ja, du, komm her und drück auf die Wunden. Los, beeil dich."

Ein Luftzug, dann lagen Hände auf seinem Rücken. Sivan ächzte. Shanna sagte leise: „Wenn es wehtut, ist das gut. Sag mir, wenn es aufhört, wehzutun."

Plötzlich eine weitere Stimme. „Auserwählte Delcar, die Gefahrenquelle konnte nicht eliminiert werden. Sie müssen den Platz sofort verlassen. Ein Team bringt Sie in eine sichere Zone. Wir kümmern uns um Ihren Bruder."

„Ich lasse ihn nicht hier."

Sivan zwang sich, die Augen zu öffnen und zu lächeln. Es fühlte sich schwerfällig an, aber er sagte flach: „Hey, ich hab gerade zwei Kugeln für dich abgefangen, du schuldest mir was. Also geh."

Shannas Nasenflügel bebten. „Wehe du stirbst." Sie küsste seine Stirn und erhob sich. „Bleib bei ihm. Bitte."

Ihr Gang schwankte. Sivan hatte sie selten so aus der Fassung gesehen. Shanna war unerschütterlich, er wollte sie nicht so erleben. Als ihm die Augen wieder zufielen, wehrte er sich nicht.

„Tut es noch weh?"

Hmm? Nikola …? Der Druck auf die Wunden wurde stärker, ein gleichmäßiger Schmerz malträtierte seinen Brustkorb. „Sivan, spürst du das?"

Sivan nickte leicht. „Hi, Kleiner …"

„Hey, Großer. Diesmal war es gar kein Dreivierteljahr, das freut mich."

Sivan wollte lachen, aber er brachte nur ein tonloses Stöhnen hervor.

Nikola sprach scheinbar unbeschwert weiter: „Ich fühle mich geschmeichelt, aber du weißt, dass ich auch unter weniger lebensbedrohlichen Umständen mit dir gesprochen hätte, oder?" Ein Touch Humor klang in seiner Stimme mit. Vielleicht war es Galgenhumor.

„Tut mir leid."

„Du hast mir nichts getan, wofür du dich entschuldigen musst. Spar deine Kräfte, ja? Ich möchte deiner Schwester nicht sagen, dass du gestorben bist. Ich glaube niemand möchte das. Aber du traust dich gar nicht, ihr wegzusterben, oder?" Nikola sprach schnell und unbeirrt und Sivan vermutete, dass er nur irgendwie die Stille füllen wollte, aber es störte ihn nicht. „Jetzt zu sterben wäre auch nicht sehr clever von dir. Immerhin bist du gerade ein Held geworden. Oder sogar ein Nationalheld? Egal, die Details klären wir später. Mein Punkt ist: Es gibt schon genug tote Helden, also langweile uns nicht mit einer abgegriffenen Heldengeschichte und sei ein lebendes Exemplar, okay? Der Abwechslung wegen."

„Okay."

„Okay. Und Sivan?" Nikolas Worte waren leise: „Ich habe dich vermisst."

Desinfektionsmittel brannte in Sivans Nase. *Ah.* Das Jenseits stank nicht nach Desinfektionsmittel (vielleicht die Hölle, aber er glaubte nicht an die Hölle), also musste das bedeuten, dass er noch lebte. Naserümpfend und blinzelnd versuchte er, sich zu orientieren.

Sein Mund fühlte sich wie mit Watte gefüllt an, sein Hals war trocken und der Rest seines Körpers? Den spürte er kaum. *Scheiße.*

Die Wände waren weiß und sacht beleuchtet und ein Monitor maß seine Herzfrequenz mit regelmäßigem Piepsen, aber er konnte nirgends eine Uhr entdecken – der Raum war außerdem fensterlos, also gab es keinerlei Anhaltspunkt, wie spät es war.

Sivan schluckte schwer. Vielleicht war er doch tot, ewig gefangen in diesem sterilen, betäubten Albtraum. Er tastete mit seiner beweglichen Hand über seinen rechten

Unterarm, fand altbekannte Narben und unbekannte Schläuche und Kanülen.

Jetzt, da er wusste, dass sie da waren, begannen die Zugänge zu jucken und er überlegte, sie rauszuziehen. Bevor er eine Entscheidung treffen konnte, glitt die Tür auf und Shanna trat ein, sagte leise in ihr Handy: „Ich muss aufhören. Bis bald."

Sie kam zu ihm ans Bett. Der Schatten eines erleichterten Lächelns schwebte über ihren Lippen: „Bruderherz, du bist wieder wach. Lass mich die Belegschaft verständigen, ja? Dann bin ich ganz bei dir."

„Warte." Sein Mund schmeckte komisch, aber er konnte sprechen. Sivan war ein bisschen von sich selbst beeindruckt. „Du kannst gleich gehen, ich hab vorher nur … *drei* Fragen."

„Drei? Sehr spezifisch." Sie setzte sich vorsichtig an den Bettrand, nahm seine Hand. „Ich höre?"

„Mit wem hast du telefoniert?"

„Unwichtig."

„Mhm, also sehr wichtig." Sivan lächelte. Er hoffte, dass es so funktionierte, wie er es beabsichtigte. „Mach ruhig ein Geheimnis draus. Ich werde schon noch herausfinden, wer das war."

„Du hast noch zwei Fragen?", fragte Shanna geduldig.

„Wo sind wir?"

„In der Notfallzentrale, aber du kannst verlegt werden, sobald dein Zustand stabil genug ist." Sie legte den Kopf schief. „Dir bleibt eine Frage. Also?"

„Kann ich es sehen?" Sivans Puls stieg. „Das Überwachungsvideo?"

Shannas Züge wurden hart. „Ich habe befürchtet, dass du mich danach fragen würdest." Sie zückte ihr Handy, tippte, öffnete ein Video. Sie legte ihm das Handy in die

Hand, stützte seinen Griff ein wenig, sodass er freie Sicht hatte. „Du musst dir das nicht ansehen", sagte sie leise.

„Muss ich."

Shanna erwiderte nichts und drückte PLAY. Die Aufzeichnung war ruhig – nicht von einem Menschen mit wackelnder Handykamera gemacht, sondern von einer Kamera der Stadt – und gestochen scharf, dafür ohne Ton.

Sivan sah eine Menge, aus der ein Mann auf die Bühne rannte und sich bewaffnete. Für einen Moment passierte nichts. Dann lief ein weiterer Mann – er selbst – auf die Bühne und warf sich über eine Frau. Sein Körper zuckte zweimal, der Kopf des Fremden schnappte nach hinten, Chaos brach aus.

Sivans Herz raste und Shanna nahm ihm das Handy weg. Seine Stimme klang brüchig. „Mir ist es viel länger vorgekommen, aber das war nicht einmal eine Minute. Wurde noch wer …?"

„Nein."

„Wer hat geschossen?"

Shanna schnaubte verächtlich. „Der Widerstand. Wir haben nur das Scharfschützengewehr gefunden. Kurz darauf wurde allen Medien ein Statement zugespielt, in dem die Motivation dieser Aktion erklärt wurde."

„Also das übliche Vorgehen."

„Ja. Sie wollten mich töten, um Wien zu befreien. Was die zu erwartende Argumentationslinie war. Sie haben auch gerechtfertigt, warum sie Peter Otto – den Geiselnehmer – erpresst und erschossen haben. Sie haben in ihrer Aussendung behauptet, er sei wegen mehrfachen schweren sexuellen Übergriffs angezeigt, aber nie angeklagt oder verurteilt worden." Sie atmete scharf aus. „Die Polizei hat das bestätigt. Leider. Die Sympathie der Leute für einen mutmaßlichen Sexualstraftäter hält sich in

Grenzen, wie du dir vorstellen kannst. Manche begrüßen seine Ermordung sogar öffentlich."

Sivan zuckte mit den Schultern. „Wenigstens haben sie keine unschuldige Person instrumentalisiert."

„Das ist doch nicht der Punkt …" Shanna unterbrach sich, wurde noch ernster, falls das überhaupt möglich war. „Du bist fast gestorben und wurdest gerade notoperiert, ich möchte nicht mit dir streiten. Die letzten vierundzwanzig Stunden haben dich genug strapaziert."

„Vierundzwanzig Stunden?"

Shanna nickte.

„Haben sie dir gesagt, was …?" Sivan deutete vage auf seinen Rumpf und die Beine, versuchte, seine Angst zu zügeln. „Ich spüre nichts. Bin ich gelähmt?"

„Nein, nein, keine Sorge, das sind die Medikamente."

Sivan atmete innerlich auf und bemerkte, dass Shanna schuldig aussah, als sie weitersprach: „Deine Wirbelsäule ist intakt, dein linker Lungenflügel und die Milz wurden verletzt. Keiner der Schüsse war ein glatter Durchschuss, beide Kugeln wurden hier entfernt. Bei der Operation gab es keine weiteren Komplikationen. Deine Prognose ist exzellent und die Chefchirurgin wird dich über den weiteren Verlauf der Behandlung und Rekonvaleszenz aufklären." Sie wandte sich plötzlich ab, wischte sich mit dem Handrücken über die Augen.

„Hey … Was ist denn?"

„Es war meine Schuld. Das ganze Fiasko. Ein bisschen höher und sie hätten dich ins Herz … Es tut mir so leid, Sivan. Das hätte nicht passieren dürfen."

„Soweit ich mich erinnere, bin ich freiwillig auf die Bühne gelaufen. Ich gebe dir nicht die Schuld, okay? Du lebst, ich lebe, und am Ende zählt nur das."

„Danke. Dass du mir das Leben gerettet hast."

„Gern geschehen." Sivan lächelte schief. „Zumindest hast du Inspiration für Weihnachtsgeschenke. Im Zwillingslook. Ich spreche von kugelsicheren Westen, falls ich zu subtil …"

„Glaub mir, zu subtil warst du noch nie, Bruderherz." Sie drückte seine Hand. „Ich hole jetzt jemanden. Oh, und Nikola hat gefragt, ob er dich besuchen darf."

„Wann?"

„Wann was? Wann er hier war oder wann er dich besuchen will?"

„Beides."

„Es freut mich, dass du deine Ungeduld wiedererlangt hast." Shanna lächelte. „Er ist mit dir in der Rettung gefahren und hat dann hier gewartet. Als ich angekommen bin, hat er mich praktisch abgefangen. Meine Leute waren nervlich so ausgereizt, dass sie ihn fast …" Mit einem knappen Kopfschütteln fand sie den Faden wieder: „Jedenfalls habe ich ihm versprochen, dass ich dir seine Kontaktdaten weiterleiten werde. Du sollst dich melden, sobald es dir besser geht." Shanna wirkte ein wenig beeindruckt. „So etwas Dreistes ist mir lange nicht mehr passiert. Ich mag ihn."

„Ich auch."

Shanna lachte. „Wirklich? Ist mir gar nicht aufgefallen."

„Weil ich so subtil bin. Ich weiß, es ist ein Fluch."

„Wenn du es sagst, muss es wohl stimmen." Mild. „Ich hab dir seine Nummer eingespeichert, als du im OP warst. Zur Motivation."

„Danke, Shanna."

„Jederzeit. Also, wenn du nichts mehr brauchst?"

„Nein, mir geht's gut. Ähm, glaubst du, dass ich ein langärmliges T-Shirt oder so kriegen kann? Ich will nicht, dass alle sofort sehen, dass … du weißt schon."

Shanna nickte. „Wird erledigt. Jetzt ruh dich ein bisschen aus, ich bin gleich wieder da."

„Ja, bis gleich." Er sah zu, wie Shanna das Zimmer verließ.

Zufriedenheit setzte sich in seine Brust – und blieb. Sie lebten. Er würde keine Folgeschäden davontragen. Nikola wollte ihn besuchen. Ohne, dass man ihm Optimismus hätte vorwerfen können, aber alles in allem? Es hätte wirklich schlechter laufen können.

⚠ Entführung, Gewalt (explizit), Hinrichtung (staatlich sanktioniert), Gore/Splatter, Alkoholkonsum (erwähnt), Blut

2019, DIENSTAG 31. DEZEMBER

WIEN, SILVESTERPFAD

Knaller zerfetzten die Nacht. Menschen lachten.

Die Straßen der Innenstadt waren erleuchtet und glitzernde Eiskristalle trieben im Wind.

Rowan zog sich die Kapuze tiefer ins Gesicht und sah gleichzeitig auf die Uhr. Sie seufzte innerlich, verzog aber keine Miene. Eine halbe Stunde bis Mitternacht. Bis zum neuen Jahr.

Und, was noch wichtiger war, eine halbe Stunde bis zum Ende ihrer 18-Stunden-Schicht.

„Hey, Miss Griesgram, wir haben es gleich geschafft. Sogar rechtzeitig, um auf das neue Jahr anzustoßen. Freu dich wenigstens ein bisschen." Helena stieß sie mit der Schulter an und warf ihr einen Blick zu, den Rowan nur als schelmisch bezeichnen konnte. Ihr schien die Kälte nichts anzuhaben, obwohl ihre Ohren und ihre Nase rot waren, und Schneeflankerl in ihrem Zopf hingen.

Rowan widerstand dem Impuls, Helena die Jacke zu schließen; sie hatte es heute schon mehrmals versucht und jedes Mal war der Zipp nach einer Weile wieder auf ihr Brustbein gerutscht und ihr Hals nackt gewesen. Sonst könne sie nicht atmen, hatte Helena gesagt.

Rowan maß sie mit vorwurfsvollem Blick. „Ich werde mich freuen, wenn wir wieder im Warmen sind und ich keine Lungenentzündung mit nach Hause gebracht habe."

„Oha, sind wir heute wieder besonders pessimistisch?"

„Realistisch", korrigierte Rowan reflexartig und Helena lachte. „Du bist unmöglich und eines sag ich dir: Wenn du krank wirst, werde ich mich nicht um dich kümmern. Ich werde temporär ausziehen und ins Hotel gehen, bis du wieder vollkommen genesen bist."

„Ich hab dich auch lieb, Rowan."

„Ja ja. Du bist immer noch unmöglich."

Helena zeigte ihr die Zunge und *hüpfte* einige Schritte nach vorne. Rowan konnte kaum hinsehen, vermutete, dass sie jeden Moment ihre Zunge auf den Beton spucken würde, gefolgt von einem Schwall Blut, das die weiße Membran des Schnees wegspülte. Okay, vielleicht *war* sie eine griesgrämige Pessimistin.

Rowan verdrehte die Augen und folgte Helena.

Je näher sie dem Rathaus kamen, desto gedrängter wurde die Menschenmenge. Auch die Geräuschkulisse wurde dichter. Mehr Knaller, trotz des Verbots, – *Es ist noch nicht Mitternacht, verdammt, reißt euch noch die paar Minuten zusammen* –, mehr Stimmen, mehr Lachen, vereinzelte Feuerwerkskörper, die verfrüht abgeschossen wurden.

Rowan stieg auf eine Bierdose, fluchte leise. Überall der verdammte Müll, der Geruch von Bier und Wein und Urin und Zigaretten, der Rauch und Gestank der Knaller. Die Ringstraße war für den Verkehr gesperrt, das bedeutete, vor allem für Straßenbahnen und Busse, Privatautos durften ohnehin kaum mehr in Wien fahren, und so fand das lustige Treiben vorwiegend auf der Straße statt.

Statt Vergnügen sah Rowan eine riesige Gefahrenzone. Sie hoffte, dass innerhalb der letzten Minuten ihres Diensts nichts mehr passieren würde, aber das ungute Gefühl hockte ihr im Nacken. Sie konnte es nicht abschütteln.

Sich seiner Anwesenheit versichernd, strich sie über die Scheide des Jagdmessers, und behielt ihren Blick auf Helenas Rücken geheftet. Mit wenigen Schritten schloss sie auf. „Hast du dein Earpiece eingeschaltet?"

Helena drehte sich zu ihr und lächelte. „Was glaubst du? Natürlich." Sie klang nicht unfreundlich, nur etwas beirrt. „Du bist heute so *über*angespannt. Gibt's einen Grund?"

„Silvester, Sterbliche, Dämonen. Ist diese Kombination Grund genug, um angespannt zu sein?"

„Ich find's schön."

„Gut, dann hat wenigstens eine von uns Spaß", sagte Rowan mit einem halbseitigen Lächeln, das Helena zufriedenzustellen schien, denn sie lief wieder vor und stellte sich an die Bande des Eislaufplatzes, der vor dem Rathaus errichtet worden war. Eine Weihnachtstradition, die bis Neujahr fortgesetzt wurde. Farbige Lichter spiegelten sich auf der Eisoberfläche, einige Wagemutige drehten Pirouetten, manche glitten Hand in Hand über die Bahn, und wieder andere kämpften mit dem Gleichgewicht.

Rowan warf einen Blick auf die Uhr. Zwanzig Minuten bis Mitternacht. Gut, zwanzig Minuten waren machbar … Etwas knallte und zerbarst direkt neben ihr. Sie zuckte zusammen, griff nach ihrem Messer, fuhr herum. Die Schuldigen waren schnell ausgemacht; eine Gruppe Betrunkener, die kicherten und die Hände vor die Münder schlugen.

„Sorry!", rief jemand beschwichtigend. „Sorry, echt, wir gehen schon."

Rowan schluckte eine bissige Antwort und steckte das Messer zurück in die Scheide. Sie fragte sich, was noch geschehen musste, um mit dem gebührenden Respekt behandelt zu werden.

Die anderen Auserwählten, die Unantastbaren, und sie hielten die Dämonen jeden Tag davon ab, Sterbliche zu rauben, in ihren Körpern herumzuspazieren und andere Sterbliche zu töten, sobald die dämonische Energie die

Wirtsleiber zugrunde gerichtet hatte und sie eine neue Fleischhülle benötigten – mussten sie erst aufhören und eine bestimmte Totenzahl abwarten, bis die Öffentlichkeit begriff, wie fucking ernst es war? Dass es die Regeln nicht zum Spaß gab, dass sie Besessene nicht zum Spaß töteten? Verdammte Scheiße.

Der Wind peitschte Rowan ins Gesicht und sie schaute noch einmal auf die Uhr. Achtzehn Minuten bis Mitternacht.

„Komm, wir müssen weiter", sagte Rowan, während sie ihre Kapuze richtete. „Helena. Ich rede mit dir." Sie atmete verärgert aus und drehte sich zu den Banden.

Für einen Moment konnte sie nicht mehr einatmen. Panik schlitterte durch ihren Brustkorb und lähmte sie. Die Stelle, wo Helena gestanden hatte, war leer. Keine Spur von ihr. Eine Woge der Wut löste ihre Unbeweglichkeit, spülte Sauerstoff in ihre Lungen, und sie zischte: „Helena. Wenn das ein Scherz sein soll …!"

Rowan wartete nicht ab, begann, die Menge zu durchkämmen. Sie war wütend, *zornig*, und ihr Herz raste. Zumindest war ihr nicht mehr kalt. Sie sagte leise, sodass ihre Worte nur ans Earpiece gelangen konnten: „Rekrutin Mendez, ich habe Sichtkontakt verloren. Der neue Treffpunkt ist vor dem Rathaus. Beeil dich. Over."

Rowan versuchte die Umwelt und ihre Geräusche auszublenden, doch so sehr sie sich auch konzentrierte, sie hörte keine Antwort. *Fuck*. Ihre Schritte wurden unwillkürlich schneller und sie stieß Leute aus dem Weg, die ihr nicht rechtzeitig auswichen.

Doch es half nicht, *es half einfach nicht*, Helena blieb verschwunden.

Rowan hielt abrupt inne, konzentrierte ihre Aufmerksamkeit auf das dämonische Pulsieren unter ihrem Herzen. Es war dringlich, wie ein Hund, der eine Fährte aufgenommen hatte und noch nicht von der Leine gelassen worden war. Sie schloss die Augen.

Goldene Fäden fransten vor Rowans geschlossenen Augenlidern aus. Zuerst hauchdünn, dann drehten sie sich ineinander, gewannen an Volumen und Goldglanz. Helenas Energiesignatur und die einer anderen Dämonenpräsenz.

Rowan öffnete die Augen. Eine Windböe schleuderte ihr Eiskristallgeschosse entgegen, doch sie blinzelte nicht. Sie spürte nichts, außer dem Drang, den verwundenen Goldfäden zu folgen.

„Auserwählte Martin an Zentrale. Dämonenaktivität in Nähe des Rathauses. Exakte Koordinaten folgen. Martin out", meldete Rowan und hoffte, dass jemand auf der anderen Seite sie hörte. Sie begann zu laufen. Schnell, schneller, schneller.

Rowan ließ die Menge hinter sich, folgte dem Drang in eine Gasse, die vom Ring abzweigte. Ihr Atem hüllte sie in weißen Dampf, doch wo ihre Lungen hätten brennen müssen, spürte sie nichts. Die Goldfäden wanden sich zu dünnen Seilen. Doch etwas stimmte nicht.

Rowan wollte Helenas Namen rufen, doch ihre dämonische innere Stimme rief sie zur Vernunft. Der Feind durfte unter keinen Umständen vorgewarnt werden. Sie drosselte das Tempo, achtete auf den Klang ihrer Stiefel auf dem salzbestreuten Kopfsteinpflaster, bis er nicht mehr durch die Gasse hallte. Ein paar Leute kamen ihr entgegen und Rowan starrte sie mit goldfunkelnden Augen nieder und deutete ihnen, sofort weiterzugehen.

Wo bist du? Rowan leckte sich über die Lippen, spürte, dass der Drang mit jedem Schritt stärker wurde. Sie ließ sich von dem Teil ihres Selbst leiten, der dämonisch war.

Ein Raubtier, nein, ein erschreckend menschlicher Stalker mit Raubtierreflexen.

Die Knaller explodierten in kürzeren Abständen, mehr Feuerwerke ergossen sich in den Himmel. Sie störten Rowans Fokus, aber nicht den ihres Dämons. Ihr Schatten huschte über die Hausmauern. Ihr Spiegelbild blitzte ihr in Glasflächen entgegen, ihr Gesicht überstrahlt von goldenen Augen. Es gab kein Entkommen. Nicht für sie, aber auch nicht für den Feind.

Metallgeruch stach ihr in die Nase. Winzige Blutstropfen sprenkelten den Boden, als wären sie mit hohem Druck aus einer Wunde gesprüht. Rowan fletschte die Zähne. Ihre Hände fühlten sich klauenartig an, obwohl sie sich nicht verändert hatten.

Sie ging weiter. Dann sah sie einen rot verschmierten Handabdruck an einer Türklinke. Ohne nachzudenken, legte sie ihren Mantel ab, löste den Schal um ihren Hals. Nur noch in der Auserwähltenuniform betrat sie das Stiegenhaus.

Es war eng und schlecht beleuchtet. Sich voll bekleidet hineinzuwagen, wäre ein Fehler gewesen. Lautlos zog Rowan das Jagdmesser und nahm die Stufen in den ersten Stock. Die Goldfäden tanzten jetzt in pulsierenden Bahnen vor ihren offenen Augen. Ihr Herzschlag verlangsamte sich. Sie fühlte sich so lebendig, dass es tief in ihr vibrierte.

Geräusche, lallende Laute, und ein *Schmatzen* ließen Rowan innehalten. Alle Wohnungen schienen dunkel, doch sie kannte den Weg. Mit gezückter Klinge stieß sie die Wohnungstür – *Nummer 3, Winkler* – auf. Ein lang gezogenes Quietschen. Die Dämonengeräusche wurden leiser. Gut, die Fronten waren geklärt.

Rowan erhob die Stimme: „An alle Sterblichen in diesem Gebäude. Falls Sie sich in Ihren Wohnungen aufhalten, bleiben Sie dort, und rufen Sie 111. Öffnen Sie nicht die Tür." Ein Echo ihrer Stimme flackerte durchs Stiegenhaus, dann atmete Rowan einmal ein, betätigte den Lichtschalter.

Die Wohnung war so klein, dass sie jäh hell war. Rowan kannte kein Zögern, durchquerte das Vorzimmer.

„Helena." Keine Antwort, nur ein paar Schritte, die nicht von ihr waren. Sie kamen aus dem nächsten Raum. „Ich bin befugt zu töten." Der Satz gehörte zum Standardprotokoll. Nicht, dass Besessene etwas mit der Information anfangen konnten.

Rowan ging langsam weiter. Die Goldfäden schienen plötzlich blutgetränkt. Ein Rumpeln. Röchelndes Atmen. Ein Körper, der sie streifte.

Sie war schneller. Sie war nicht besessen. Ein Vorteil, wenn man über zwanzig Jahre lang in seinem eigenen Körper wohnte, ein Vorteil, den kein Dämon je hatte. Rowan trat zur Seite, der andere Leib knallte gegen die Wand und erzeugte dabei ein furchtbares Geräusch. Knochen, das Gesicht. Goldene Augen, ein Zungenstummel, der ihr aus dem aufgerissenen Mund entgegen ragte, knallrote Lippen.

Helena, die ihr die Zunge entgegenstreckte, raste durch Rowans Gedanken. Sie war tot. Die Erkenntnis traf sie so hart, dass ihr Tränen in die Augen schossen. Die Goldfäden verloschen. Sie taumelte. Schon sah der Dämon seine Chance. Gurgelnd warf sich ihr der Körper ein zweites Mal entgegen.

„Genug!"

Rowan packte blonde, blutige Haare und riss den Kopf zur Seite, rammte dem Besessenen die Klinge ins Auge, in den Schädel, und rüttelte, bis sie wieder frei war. Rammte sie in sein Herz. Ließ den Körper fallen, trat ihn so, dass er auf dem Rücken lag, setzte sich rittlings auf ihn und stieß wieder zu. Und wieder und wieder und wieder.

Die Klinge trennte Fleisch, kratzte auf Knochen, schnitt Rowan selbst, und plötzlich zischten die Feuerwerke, explodierten Knaller, und es war nicht mehr Neujahr, es war der beschissene Krieg. Es war Krieg und sie hatte verloren, Helena hatte verloren, sie hatte Helena verloren.

Rowan konnte niemanden dafür verantwortlich machen als sich selbst, sie konnte nicht einmal den zerstörten Körper, der unter ihr ausblutete, dafür verantwortlich machen. Die Schuld explodierte heftiger als alle Neujahrsknaller zusammen, gefolgt von unaufhaltsamen Tränen. Sie hielt es nicht aus, sie konnte nicht …!

Rowan brüllte und trieb das Messer tiefer in den toten Leib.

2020, FREITAG 30. OKTOBER

WIEN, HQ DER AUSERWAEHLTEN

„Moment, wann habe ich das unterschrieben?", fragte Shanna mit gehobenen Brauen, während sie durch einen Bericht über eine Razzia blätterte, die laut Protokoll vom Büro der Auserwählten – sprich von ihr persönlich – bewilligt, geleitet, und ausgeführt worden war. Vor zwei Tagen. Sie konnte sich beim besten Willen nicht daran erinnern, ein derartiges Dokument auch nur *gesehen* zu haben.

Rowan zuckte mit den Schultern. „Offenbar am achtundzwanzigsten Oktober, außer das ist nicht deine Unterschrift …?"

„Ist es. Ich glaube, ich erinnere mich", sagte sie und schob die Zettel zusammen, legte sie beiseite. Sie erinnerte sich nicht und Rowan wusste das natürlich, auch wenn sie es nicht kommentierte. Die Wahrheit war, dass es nicht genug koffeinhaltige Getränke gab, um einen Überblick über das Pensum der Papiere, die stapelweise für sie zur Durchsicht auf ihrem Schreibtisch lagen, zu behalten.

Shanna war müde. Sie war müde, seit der Mordversuch des Widerstands an ihr gescheitert war und sie sich mit den Konsequenzen herumschlagen musste.

Da war vor allem ein toter Zivilist, der mediale und politische Konsequenzen nach sich zog. Und dann war da noch Sivans Nahtoderfahrung, die mediale, politische und persönliche Konsequenzen nach sich zog. Abgesehen davon, wie es aussah, dass keine der zuständigen Sicherheitsbehörden von dem Plan gewusst hatte. Dass es Shannas Team nicht gelungen war, das Attentat zu vereiteln. Dass alles auf einen Inside Job hindeutete. Was an sich schon schlimm genug war, aber dass es dann noch ausgerechnet am Nationalfeiertag passiert war ... Die Kombination all dieser Faktoren warf kein gutes Licht auf die ersten Amtsmonate der *neuen* Delcar.

Es war ein verdammtes Debakel. Sogar ihre Eltern hatten sich für einen Besuch angekündigt – und zwar nicht, um etwa Sivan zu sehen und sich seines Wohlbefindens zu vergewissern, nein, es war ein kaum verschleierter Kontrollbesuch. Er schrie nach Schadensbegrenzung. *Scheiße.*

Shanna wischte sich über die Augen und bemerkte erst, dass ihre Kaffeetasse leer war, als sie sie schon an den Mund geführt hatte. Sie seufzte. Diese Fahrigkeit musste aufhören, sie konnte es sich nicht erlauben, derartige Schwäche zu zeigen. Nicht, solange alle Augen auf sie gerichtet waren (also bis zu ihrem Rücktritt oder Tod).

Rowan ließ sich in einen Sessel fallen, verschränkte die Arme. Ihr Blick war durchdringend, doch nicht auf unangenehme Weise. Kurzes Haar schmiegte sich wie ein bleicher Schatten um ihren Schädel. Sie hatte angefangen sich den Kopf zu rasieren, nachdem Helena zu Silvester verschwunden war, wirkte härter und ernster als früher.

Jetzt glitt eines ihrer seltenen Lächeln über Rowans Lippen. „Ich habe dich nicht mehr so aus dem Konzept gesehen, seit – wie war sein Name? Irgendetwas Alltägliches, es liegt mir auf der Zunge."

„Ich weiß nicht, wovon du sprichst", erwiderte Shanna mit einem schmalen Lächeln und schlug eine weitere Akte auf. Auf den zweiten Blick erkannte sie Umfrageergebnisse zu ihrer Person. *Nein, danke.* Sie legte sie wieder auf den Stapel. Die Lust, das Arbeitspensum aufzuholen, war verflogen. Sie war müde.

„Matthias, Manuel, Thomas ...?"

Shanna verdrehte die Augen: „Sebastian."

„Sebastian", wiederholte Rowan zufrieden. „Sag ich ja. Also, wer beschäftigt dich diesmal? Und versuch nicht, dich herauszureden."

„Und wenn ich sage, dass mir das alles hier einfach zu viel ist …?"

„Lügst du mir ins Gesicht."

„Erwischt." Shanna zog eine Grimasse und ließ sich in den breiten Drehsessel zurückfallen. Mit dem Blick zur Decke, die unaufgeregt weiß über ihr prangte und sie an Sivans Krankenhauszimmer erinnerte, gestand sie: „Ich hab's nicht einmal Sivan erzählt."

„Soweit ich das verstanden habe, ist dein Bruder mit zwei Schusswunden und meinem Partner beschäftigt", erwiderte Rowan trocken. Sie stolperte nicht über das Wort *Partner*, aber sie nannte Nikola auch nicht beim Vornamen, wie sie es bei Helena getan hätte.

Shanna machte ein zustimmendes Geräusch und unterband den Drang, sich dafür zu entschuldigen, dass sie bis heute keinen Hinweis auf Helenas Verbleib gefunden hatten. Sie schuldete Rowan Gewissheit und Gewissheit war das Einzige, was sie ihr nicht geben konnte. Schuld und Scham warfen seither Schatten über ihre Freundschaft; zumindest empfand Shanna das so. Was Rowan darüber dachte? Wusste nur sie, und sie weigerte sich beharrlich, darüber zu sprechen. Also schwiegen sie meistens, jedenfalls was Helena betraf.

„Du musst es mir nicht erzählen. Lass uns weiterarbeiten", sagte Rowan nach einer Weile. Sie klang nicht verärgert oder enttäuscht, nur als hätte sie ohnehin nicht mit einer ehrlichen Antwort gerechnet.

Shanna richtete sich kerzengerade auf. „Sie heißt Nesrin und ist Journalistin und ich hätte sie nach der

Pressekonferenz letzten Sonntag im Grand Hotel fast mit nach Hause genommen." Sie sprach schnell, war stolz, dass sie sich nicht verhaspelte.

Stille.

Shanna spürte, dass ihre Ohren heiß wurden.

Rowans Blick wurde wieder undeutbar. Dann schüttelte sie leise lachend den Kopf, glänzende Augen, strahlende Zähne. „Eine Journalistin als One-Night-Stand? Wie hast du das bewerkstelligt? Shanna Delcar, ich wusste nicht, dass so eine Aufreißerin in dir steckt."

„Wie gesagt, *fast*", korrigierte Shanna sie und versuchte, so würdevoll wie möglich dabei zu klingen. Ihr Herz rumpelte wie ein alter Wecker in ihrer Brust. Es fiel ihr schwerer, den Kern ihrer Aufregung über einen verdammten *Fast*-One-Night-Stand zu thematisieren. Zu konkretisieren. Obwohl, im Endeffekt war es ziemlich einfach, oder? Ihr Lächeln verblasste. „Du sagst gar nichts dazu."

Rowan begriff schnell. „Dass wir über eine Frau sprechen?" Auf Shannas Nicken hin, hielt sie einen Moment inne. Ruhig, überlegt meinte sie: „Ich bin froh, dass du mir das anvertraut hast. Und ich freue mich für dich ... falls du dich freust?"

„Ich weiß es nicht." Shanna stützte ihr Kinn auf ihren Handrücken. „Ich habe vorher nicht wirklich darüber nachgedacht." Kopfschüttelnd. „Weder über Frauen noch über Männer noch andere Menschen. Als ich in Sebastian verknallt war, war ich wie alt? Vierzehn vielleicht?"

„Stimmt. Verdammt, das ist bald *zehn* Jahre her."

„Davon spreche ich doch!" Shanna seufzte wieder. „Wie konnte ich so lange ...? Sivan wusste praktisch schon immer, dass er nur Männer mag. Wir sind Zwillinge. Ich hätte auch wissen müssen, dass ich nicht ... dass ich bi ... oder pan ... jedenfalls nicht hetero bin."

Rowan sah sie lange an, eine Milde und Weichheit in ihren Zügen, die sie normalerweise verbarg. „Vielleicht war bisher noch nicht der richtige Zeitpunkt."

„Der richtige Zeitpunkt, ja", sagte Shanna bitter. Sie stand auf, verschränkte die Arme vor der Brust. „Ich weiß, seit ich denken kann, *wer* ich bin. Ich habe immer dafür gekämpft. Für mich." Rowans Blick ruhte auf ihr und Shanna wich ihm aus, ging hinter dem Schreibtisch auf und ab. „Ich habe mich nicht verleugnet. Nie. Und jetzt … Ich weiß es auch nicht. Ich war feige und bin gegangen. Die Gründe, die ich vorgeschoben habe, sind nur kleine Hürden. In Wirklichkeit …" Sie spürte ein heftiges Ziehen in der Brust. „Wer will schon mehrere Buchstaben eines Akronyms besetzen? Ich habe mich vor mir selbst verleugnet. Ich habe mich verraten."

„Verrat? Bullshit."

„Und wie willst du es dann nennen?"

„Angst. Internalisierte Scheiße." Rowan lächelte halbseitig. „Glaub mir, ich kenne das. Diese Gefühle sind nichts, was man einfach so überwindet und hinter sich lässt. Ich arbeite immer noch daran. Täglich, wenn du es genau wissen willst. Es gehört leider zu den vielen Herausforderungen von Frauen, die nicht hetero sind." Sanft. „Du stehst unter öffentlicher Beobachtung und Bewertung. Ich kann mir nicht vorstellen, wie sich das anfühlt. Und ich kenne dich, Shanna. Dein Anspruch an dich selbst ist schon unmöglich zu erfüllen, aber wenn du dann auch noch den Ansprüchen aller anderen genügen möchtest?" Sie zuckte mit den Schultern. „Diese Standards kannst du nicht erfüllen, und auch niemand sonst kann sie erfüllen. Aber solange du alleine bist, kannst du es zumindest versuchen. Wenn ich also raten muss, denke ich, dass du deswegen gegangen bist."

Tränen brannten in Shannas Augen. Sie drehte sich weg. Der Spott in ihrer Stimme kaschierte ihre Traurigkeit: „Ich bin also eine einsame Wölfin und werde das immer bleiben. Danke für die rosige Zukunftsprognose."

„Hätte ich dich belügen sollen?", fragte Rowan flach. „Ich weiß, dass es hart ist. Und unfair."

Shanna sagte nichts, biss sich auf die Innenseite ihrer Wange.

„Hör zu, das war nicht alles. Das Gute an deiner derzeitigen Situation ist, dass du eine Wahl hast. Du kannst dich beim nächsten Mal dafür entscheiden, nicht allen zu gefallen, und so zu dir zu stehen, dass es sich nicht wie Verrat anfühlt. Oder du entscheidest dich dagegen und wartest einen besseren Moment ab. Dieser Sonntag, das war nicht deine einzige und letzte Chance. Du hast Zeit. Es wird noch viele nächste Male geben. Versprochen."

„Sagt diejenige, die seit Jahren mit Chloé zusammen ist."

„Wir haben auch einmal dort angefangen, wo du gerade bist. Dieser Prozess lässt sich nicht beschleunigen. Du bist bereit, wenn du bereit bist." Rowan stand auf und kam zu ihr. Sie legte ihr eine Hand auf die Schulter. „Wenn der Zeitpunkt passt, wirst du es wissen."

Shanna war selten so froh, dass ihr Handy läutete. „Ich muss gehen, entschuldige mich bitte", meinte sie knapp und schob sich an Rowan vorbei, hielt den Blick zielgerichtet auf alles, was nicht Rowan war.

Bevor sie das Büro verließ, sagte sie leise: „Danke, Ro."

Sonnenstrahlen stachen in Shannas Augen. Der Himmel über ihr war kalt und strahlend klar, und sie schirmte ihre Augen mit der Hand ab, als sie in den schwarzen SUV stieg.

Ihre Eltern – streng, beherrscht und doch vertraut – saßen sich bereits im Fahrzeugfond gegenüber. Beide in der

Uniform der Auserwählten, aber nicht im Missionsschnitt, sondern in den formellen Anzügen, die repräsentativ wirken sollten: weiter geschnitten, eleganter, weniger robust und praktisch. Sie erinnerten mehr an die Garderobe hochkurierter Regierungsmitglieder denn Auserwählte (keine ganz falsche Annahme). Die geschwungenen Messer, die gut sichtbar an ihren Gürteln angebracht waren, gehörten trotzdem zu dem Erscheinungsbild. Sie sprachen erst, als Shanna die Tür hinter sich zuzog.

„Shanna, schön dich zu sehen", sagte Said Delcar, ehemals Erster Auserwählter des Standortes Wien, jetziger Vorsteher des Auserwähltenausschusses der EU, und legte einen Arm um Shannas Schultern, nachdem sie sich neben ihn gesetzt hatte. Sarah Delcar, ehemals Erste Auserwählte des Standortes Wien, jetzige Chefin der europäischen Abteilung des internationalen Kommunikationsbüros der Auserwählten, hingegen meinte nur: „Du bist spät." Aber ein warmes Lächeln glitt über ihre Lippen, nicht unähnlich Sivans, und sie drückte Shannas Hand zur Begrüßung.

In dem halben Jahr seit ihrem letzten Besuch, schienen beide um mehr als diese Zeitspanne gealtert zu sein. Das Weiß in ihrem sonst so dunklen Haar prominenter, die Falten um ihre Augen ein wenig tiefer gemeißelt, die Haut dünner, knittriger. Als verlangten ihre Dämonen Tribut, obwohl sie schon lange keinen aktiven Dienst mehr verrichteten. Mit einem Knoten im Hals dachte Shanna daran, dass Auserwählte kaum das offizielle Pensionsalter erreichten. Sie zwang sich, nicht daran zu denken, wie bald ihren Eltern die Pension zustand.

Der Motor summte leise und sie fuhren mit einem kleinen Ruck los, die Sonne blass hinter den getönten Scheiben. Sicherheitsleute begleiteten das Gefährt der Familie Delcar in separaten Autos. Shanna saß betont gerade, lächelte ihre Eltern an, und sagte: „Mama, Papa, danke, dass ihr gekommen seid. Sivan freut sich, dass ihr ihn besucht."

„Wir wären sofort gekommen, aber wir konnten unsere Posten nicht eher verlassen", erwiderte Sarah und Said nickte, fügte hinzu: „Wir haben ein Zeitfenster von drei Stunden, dann müssen wir zurück."

Wir, dachte Shanna und schüttelte innerlich den Kopf. Manches änderte sich wohl nie. *Wir*. Dabei kamen Sarah und Said aus verschiedenen Städten, flogen nachher wieder in unterschiedliche Richtungen, sahen einander heute wahrscheinlich auch zum ersten Mal seit Monaten in Person. Das war der Preis für ihre Karrieren, die sie beide nicht bereit waren, aufzugeben. Wien war für sie erst der Anfang gewesen. Und falls Shanna die nächsten Monate im Amt überlebte, medial und körperlich, würde sie ihnen vielleicht irgendwann an die Spitze der Macht folgen. Es war ein sehr großes *Vielleicht*.

„Tut mir leid, dass ihr extra anreisen musstet. Der Zwischenfall am Montag hätte nicht passieren dürfen. Ich weiß, dass ihr deswegen hier seid, und ich übernehme die alleinige Verantwortung…"

Said fiel ihr ins Wort: „Dein Team hat versagt und wird die Verantwortung dafür tragen müssen. Das Einzige, was wir dir vorwerfen, ist ein Mangel an Strenge im Aufnahmeverfahren."

Da war es wieder, das *Wir*, als wäre es das Selbstverständlichste der Welt.

Ihr Vater sprach weiter: „Du wirst deinen Sicherheitsstab ersetzen müssen. Und dann musst du interne Untersuchungen anordnen, denn so viel ist klar: Irgendjemand hat einen Fehler gemacht, wenn nicht sogar mit diesen", die Verachtung in seiner Stimme war fast greifbar, „*Leuten* konspiriert. Es müssen öffentlichkeitswirksam Köpfe rollen, wenn du deinen behalten willst." Nachsichtiger: „Ich spreche von metaphorischen Köpfen, Shanna. Du musst den Medien etwas geben, wenn dein Ruf nicht weiteren Schaden nehmen soll. Es geht um Schadensbegrenzung im großen Stil."

„Dein Vater hat recht." Sarahs Züge waren unlesbar, aber eine kleine Falte hatte sich zwischen ihre Augenbrauen gestohlen. Sie schlug die Beine übereinander. „Die Medienarbeit ist auch der Grund, weswegen wir hier sind."

„Und Sivan", sagte Shanna leise.

„Und Sivan", wiederholte ihre Mutter ernst. „Selbstverständlich." Ihr Blick wurde weicher. „Mach dir keine Sorgen, Shanna. Noch gibt es keinen Grund, diese Grabesmiene zur Schau zu tragen. Wir werden die weiteren Details besprechen, sobald wir bei Sivan sind."

Ein Familienrat also. Shanna nickte, widersprach nicht, fragte nicht nach. Sie wünschte sich fast in ihr Büro zurück, wo Rowan sie mit unangenehmen Wahrheiten konfrontierte und noch unangenehmere Berichte über ihre Umfragewerte auf sie warteten.

„Lebt dein dreibeiniger Hase noch?"

Shanna nickte, ohne ihren Vater zu verbessern. Sie wusste nicht mehr, wie oft sie schon gesagt hatte, dass Mango ein Kaninchen war. Immerhin merkte er sich, dass sie drei Beine hatte. Sie honorierte den Versuch, an ihrem Privatleben teilzuhaben. Nicht, dass es über Mango hinausging, wie wieder anschaulich demonstriert worden war.

Said drückte ihre Schulter. „Gut, gut. Das ist doch einmal erfreulich."

Shanna nickte wieder, lächelte zustimmend. Während ihre Eltern ein Gespräch begannen, nahm sie ihr Handy und tippte eine kurze Warnung für Sivan. Sie hoffte, er las die Nachricht rechtzeitig und bereitete sich auf die Begegnung vor.

Noch während sie auf *Senden* drückte, wusste sie, dass ihre Aktion vergebene Liebesmüh war.

Shanna fühlte sich in die frühen Morgenstunden des Jännertags zurückversetzt, als Nikola mit gesenktem Blick aus Sivans Zimmer im Hauptquartier gekommen und wortlos an ihr vorbeigerauscht war. Diesmal sah er jedoch kurz auf, warf ihr ein Lächeln zu, ehe er um die Ecke ging und aus dem Sichtfeld der Delcars verschwand.

Weder Sarah noch Said schienen Notiz von ihm genommen zu haben, hinterfragten nicht, dass ein Unantastbarer das Krankenzimmer ihres Sohnes verließ.

Sivan erwartete sie in einem langärmligen Shirt und einer ausgebeulten Trainingshose am Bettrand sitzend. Sein Haar war wirr und wild im Kontrast zu Saids gebändigten Locken und Sarahs strengem Knoten. Die Freude auf seinem Gesicht war echt, gespiegelt auf den Gesichtern ihrer Eltern. Er mochte sich als Rebell sehen, als Außenseiter, doch in Wirklichkeit gehörte ihm der bedingungslose Rückhalt der ganzen Familie.

„Sivan", begann ihre Mutter.

„Bleib bitte sitzen", schloss ihr Vater.

Shanna ertappte sich dabei, der Bitte innerlich zuzustimmen. Sivan grinste als Antwort schief und stand ohne Umschweife auf, umarmte die beiden. Manchmal stockte er und korrigierte seine Bewegungen, machte sie kleiner, vorsichtiger.

Der Zugang hockte wie ein riesiges Insekt auf seinem Handrücken. Unter dem Stoff des Shirts zeichneten sich die dicken Patches ab, die über den Schusswunden angebracht worden waren.

Shanna schluckte die Schuld und erwiderte Sivans Lächeln, als er ihr um den Hals fiel. Sehr leise sagte er: „Es geht mir gut, schau nicht so, okay?"

„Okay, Bruderherz."

„Wenn ihr Kinder mit der Lagebesprechung fertig seid, setzt euch doch bitte." Sarahs Augen waren in dem Moment voller Zuneigung, doch sie veränderten sich, wurden ernst und sachlich. Ihr Blick wandelte sich von dem einer Mutter zu dem einer Managerin. Wie um den Worten seiner Gemahlin Nachdruck zu verleihen, deutete Said auf die Besuchersessel neben dem Bett.

Shanna stützte Sivan ein bisschen, als sie der Anweisung folgten und sich ohne Widerspruch setzten. Ihre Eltern blieben stehen, wie Vortragende auf einer weltpolitisch relevanten Konferenz, wirkten jetzt ganz in ihrem Element. Damit war wohl eindeutig geklärt, um welche Art von Familienrat es sich hierbei handelte. Eine Familien*beratung*.

„Ich werde es kurz machen", sagte Sarah und schaffte es, den unerschütterlich neutralen Gesichtsausdruck beizubehalten, den Shanna noch immer vor dem Spiegel übte. „Sivan, du wirst mit dem Zeitpunkt deiner Genesung einen repräsentativen Posten in Shannas innerem Kreis übernehmen. Es geht vorwiegend um die Position als Pressesprecher der Auserwählten in Missionsfragen. Erfolge, Misserfolge, beide brauchen ein öffentliches Gesicht. Das wirst du sein." Ein Muskel an ihrer Wange zuckte, als Sivan – wie erwartet – zum Protest ansetzte. „Ich möchte eine Sache klarstellen, bevor deine Zunge deinen Verstand überholt: Ich frage nicht. Es ist bereits beschlossen und in die Wege geleitet."

Beschlossen und in die Wege geleitet …? Dass ihr Bruder, der nicht einmal an Missionen teilnehmen durfte, zum öffentlichen Gesicht für Dämonenoperationen wurde? Shanna setzte nun ihrerseits zum Protest an, doch ehe sie etwas sagen konnte, fragte Sivan mit Bitterkeit in der Stimme: „Ist das eine Strafe? Und wenn ja, wen willst du bestrafen? Shanna oder mich?"

„Im Gegenteil", erwiderte Said und strahlte eine Ruhe aus, die Shanna in sich nicht finden konnte. „Seit deiner heroischen Einfältigkeit … Oder aber deiner brüderlichen Aufopferungsbereitschaft, wie auch immer man deine Tat rahmen möchte, sind deine Umfragewerte in der sterblichen Bevölkerung so hoch wie nie."

„Du meinst, sie sind zum ersten Mal überhaupt politisch relevant." Sivan klang noch bitterer als zuvor. „Ich habe Shanna nicht aus der Schusslinie gestoßen, damit ihr daraus politisches Kapital schlagt. Sie hätte sterben können. Ich hätte sterben können. Aber das berührt euch nicht, oder? Es geht euch schon wieder nur um die Marke Delcar und darum, jedes Ereignis in eurem Sinne zu nutzen. Es ist immer dasselbe", seine Stimme wurde brüchig. „Ich hätte es wissen müssen. Ich weiß nicht, warum ich überhaupt überrascht bin."

Shanna drückte Sivans Hand, schwieg, und hielt dem enttäuschten Blick ihres Vaters stand, bis er sich kopfschüttelnd abwandte.

„Ich glaube nicht, dass dir die Tragweite dieses *Ereignisses*, wie du es nennst, bewusst ist." Sarahs Züge blieben neutral, doch ihre Augen funkelten. „Ihr hättet *beide* sterben können. Glaub mir, ich bin mir dieser Tatsache schmerzlich bewusst. Doch was da am Nationalfeiertag – am *Nationalfeiertag* – passiert ist, kann durchaus noch Shannas politischen Tod nach sich ziehen. Wir haben eine Strategie, um das zu verhindern. Wir wollten nicht, dass sie von dir abhängt, aber leider fehlt uns eine Alternative."

Shannas Brust war eng. „Wann habt ihr das beschlossen? Und warum habt ihr das nicht im Vorfeld mit mir besprochen? Ich möchte Sivan da nicht hineinziehen. Er hat genug getan, um mich vor dem Tod zu bewahren, findet ihr nicht? Zwei Kugeln müssen reichen."

Diesmal drückte Sivan ihre Hand und schwieg.

„Wenn es so einfach wäre …"

„Okay, Papa, was genau ist daran nicht so einfach?", fragte Shanna und spürte, wie ihr Innerstes erkaltete. Sie stand auf, stellte sich schräg vor Sivan und bildete eine Einfraufront vor ihren Eltern.

„Wisst ihr was? Ich mache es euch einfach. Ihr habt keine Befugnis mehr, Entscheidungen auf dieser Ebene zu treffen. Ich bin die Verantwortliche. Für Wien, für mich und auch für meinen Bruder. Und ich werde ihn nicht zwingen, mein Versagen öffentlich auszubaden." Bemüht um einen versöhnlicheren Tonfall, fuhr sie fort: „Ich schätze euren Rat, aber ich bin nicht gewillt, ihn unhinterfragt anzunehmen. Schon gar nicht, wenn ihr über meinen Kopf hinweg entscheidet und meine Autorität untergrabt. Wenn ihr eure Strategie mit mir teilen wollt, werde ich sie gerne durchsehen und in Erwägung ziehen."

Zu ihrer Überraschung nickte ihre Mutter. Sie wirkte zufrieden. „Gut, ich werde dir das Konzept zukommen lassen. Du entscheidest, ob und in welchem Ausmaß du es annimmst. Obwohl ich dir dringend rate, deinen Stolz nur zweitrangig in die Entscheidung einzubinden, und uns in diesem Punkt zu vertrauen."

„Ich will auch eine Kopie", meinte Sivan plötzlich und nahm Shannas Einwand vorweg, indem er schulterzuckend weitersprach: „Ich habe ja nicht gesagt, dass ich mich prinzipiell weigere, Shannas Hintern zu retten, wenn die Lage wirklich so ernst ist, wie ihr behauptet."

„In Ordnung."

„Danke." Shanna atmete innerlich auf. Sie ließ ihren Blick zwischen Sivan und ihren Eltern hin und her pendeln. „Jetzt wo das geklärt ist … Bleibt ihr noch ein bisschen? Der Kaffee in der Cafeteria ist gar nicht so schlecht. Sivan, du sollst herumgehen, oder?"

Er nickte, lächelte – für sie. „Die Strecke schaff ich mit minimalem Zeitverlust."

Sarah nahm Said bei der Hand und Shannas Sichtfeld war für einen Augenblick gestört, gleißend golden, ehe sie die Gestalten ihrer Eltern blinzelnd wieder zurückbrachte. Sie sahen einander an, dann sagte Sarah: „Natürlich bleiben wir." Sie traten an die Tür. „Wir haben noch eine kurze Unterredung mit der Chefchirurgin und der Oberärztin. Gebt uns eine Viertelstunde, dann treffen wir uns direkt dort."

„Schwarz, kein Zucker. Richtig?"

Beide nickten. Said öffnete Sarah die Tür und bedachte Sivan und Shanna mit einem stolzen Blick. Er brachte seine Augen zum Glänzen. Shanna lächelte, bis er die Tür hinter sich geschlossen hatte. Dann, endlich zu zweit, atmete sie auf.

„*Fuck*", sagte Sivan, der auf einmal neben ihr stand, anerkennend. „Ich kann nicht glauben, dass sie dir nichts von ihren brillanten Plänen gesagt haben. Und dass du, eine berühmt-berüchtigte Eltern-Zufriedenstellerin, ihnen einfach … ich meine, wow. *Wow*."

Shanna lachte auf. „Danke. Glaube ich zumindest …?"

Sivan legte einen Arm um sie, stützte einen guten Teil seines Gewichts auf sie. Er sah sie schief an, grinste schief, startete einen schiefen Versuch: „Also … Jetzt sind wir quitt, okay?"

Sie klickte mit der Zunge.

„Nicht okay. Sie sind … eigen, aber du kannst die beiden nicht mit buchstäblichen Kugeln vergleichen."

„Ich hasse es, dass du dich schuldig fühlst."

„Ich weiß, Bruderherz, ich finde es auch nicht so prickelnd." Shanna fuhr mit den Fingerspitzen durch Sivans Locken, unsagbar erleichtert, dass er lebte. Die Schuld blieb unter all der Erleichterung eine Konstante. Sie seufzte. „So ist es eben. Was ich vorher gesagt habe – dass ich die Verantwortliche bin –, habe ich so gemeint. Ich werde mir weder verzeihen, dass du dich vor mich werfen musstest, noch, dass meinetwegen ein Zivilist umgekommen ist." Plötzlich erinnerte sie sich an die Beerdigung, zu der sie nicht erschienen war. „Scheiße. Ich muss kurz … fuck."

„Musst du gehen?", fragte Sivan besorgt.

„Ich. Nein. Es ist zu spät. Ob ich mich jetzt darum kümmere oder am Abend, ist auch schon egal." Sie machte eine mentale Notiz, zwang sich dann, ihre Konzentration auf die Gegenwart zu fokussieren. Sivan beobachtete sie unverhohlen. „Hey, schau nicht so, ich lass dich doch jetzt nicht mit ihnen alleine."

„Mhm." Sivan löste seinen Arm um sie, murmelte etwas Unverständliches. Dann sah er Shanna an. Die Ernsthaftigkeit in seinem Blick hätte direkt von ihrer Mutter stammen können. Er sprach leise: „Ist es wirklich so schlimm? Deine Lage, meine ich."

Shanna lächelte dünn, winkte ab: „Darüber können wir sprechen, sobald du entlassen wirst."

„Also doch so schlimm. Ich habe es mir schon gedacht." Sivans Blick war schmerzlich ehrlich. „Ich werde es tun. Was auch immer sie sich ausgedacht haben. Wenn es dir hilft. Sie haben ja recht, ich mache sowieso nichts den ganzen Tag, da kann ich zumindest dir den Rücken stärken."

„Sie sind also zu dir durchgedrungen", stellte Shanna überflüssigerweise fest. Das Lächeln schmeckte bitter. „Gegen ihre Worte habe ich leider keine kugelsichere Weste, tut mir leid."

„Daran liegt es nicht. Ich würde alles für dich tun. Und wenn ich der ganzen Nation etwas vorspielen muss, dann ist das eben der Preis. Ich meine es ernst", sagte Sivan und lächelte plötzlich. „Ich wollte ohnehin immer Schauspieler werden."

„Ich weiß, Sivan." Die Tränen lauerten schon wieder.

Sivan fuhr indes leichthin fort: „Ich bekomme praktisch die größte Bühne des Landes geschenkt und muss mich dafür nicht einmal sonderlich anstrengen."

Shanna verbiss sich eine Antwort. Er zählte Schusswunden wohl nicht als sonderliche Anstrengungen – ein weiterer Punkt, der schmerzte. Alles an dieser Situation schmerzte.

„Im Großen und Ganzen sind die Rahmenbedingungen also ganz in Ordnung, findest du nicht?"

Shanna versuchte, ihre Ruhe zu zentrieren. Es gelang ihr nicht. Sie fiel beinahe über ihre eigenen Worte: „Lass uns darüber sprechen, sobald wir das Konzept bekommen und du entlassen wirst. Bitte." Ein flaues Gefühl saß in ihrem Magen. „Ich glaube, wir sollten nach unten gehen."

„In Ordnung, Boss. Lass mich nur meine Schuhe anziehen."

„Kann ich dir …"

„Nein, ich brauche keine Hilfe, danke. Es geht mir gut."

Shanna nickte, obwohl sie nicht überzeugt war. Während Sivan umständlich mit seinen Schuhbändern herumhantierte, fragte sie: „Wie war es mit Nikola?"

Sivan sah auf, grinste. „Ich habe ihn nicht rechtzeitig weggeschickt, oder?"

„Nein. Aber falls es dich beruhigt, weder Mama noch Papa haben ihn beachtet. Er kann dich also ruhig weiterhin besuchen, ohne auf ihrem Radar zu sein."

„Ah, gut." Er sah wieder auf seine Schuhe, band sie aber nicht. Schwarzes Haar verdeckte seine Augen. „Aber es wäre nicht so schlimm. Sie hätten sowieso keinen Grund …" Leise. „Er hat eine Freundin."

Shit. „Tut mir leid."

„Mhm." Das war alles, was er sagte. Shanna bohrte nicht nach. Nachdem Sivan die Schuhe endlich angezogen hatte, blieb er sitzen und sah sie matt an. „Ich glaube, ich habe zu lange gewartet. Hätte ich mich früher überwunden … Ich weiß auch nicht, vielleicht wäre es jetzt anders."

Shannas Herz stach und sie dachte an Nesrin.

Sivan zupfte an der Haut seines Nagelbetts, als er leise weitersprach: „Es gibt Menschen, die … tauchen auf und du hast eine Verbindung. Weißt du, was ich meine? Ich kann es nicht erklären. Ich mag ihn einfach." Er atmete kopfschüttelnd aus. „Ich hoffe, diese Sexgeschichte steht nicht für immer zwischen uns und wir können … Freunde werden. Wie naiv ist das, deiner Meinung nach?"

Shanna dachte daran, wie Nikola mit Sivans Blut verschmiert darauf bestanden hatte, im Rettungswagen mitzufahren. Wie er von ihr verlangt hatte, seine Kontaktdaten an Sivan weiterzugeben. Dass er ihn bereits nach so kurzer Zeit besucht hatte. Die Fakten sprachen für sich. Sie drückte Sivans Schulter. „Ich denke, deine Chancen auf Freundschaft stehen sehr gut, kleiner Bruder."

„Ja, kann sein." Er lächelte schief, stemmte sich aus dem Sessel. „Wollen wir gehen?"

„Zieh dir noch was an. Es ist kalt."

„Zu Befehl, Mama. Boss. Bossmama …?"

Shanna verdrehte die Augen und Sivan grinste. Während er in seine Jacke schlüpfte, schrieb Shanna eine kurze Nachricht. (*Ein guter Grund: Das Leben ist zu kurz, um zu lange zu warten.*) Sie zu senden verlieh ihr ein furchtbar gutes Gefühl. Als wäre sie von einer Klippe gesprungen, berauscht vom freien Fall, und ohne zu wissen, ob der Fallschirm sie auffangen würde. Hoffentlich wurde es irgendwann leichter. Rowan würde ihr sicher sagen, dass es leichter wurde. Sivan würde … sie zu ihrer Nicht-Heterosexualität beglückwünschen. Sie musste es ihm erzählen. Aber nicht jetzt.

Konzentration. Shanna steckte das Handy in ihre Hosentasche zurück und fragte mit einem prüfenden Seitenblick auf ihren, jetzt angemessen bekleideten, Bruder: „Können wir?"

Sivan nickte. Sie bot ihm ihren Arm und er hakte sich ein.

Dem restlichen Nachmittag stellten sie sich gemeinsam.

(N Referenz auf Menschenexperimente und medizinische Folter, Referenz auf Gewalt

2020, FREITAG 24. JAENNER

WIEN, HQ DER AUSERWAEHLTEN

SCIMUS. SERVIMUS. SERVAMUS.

Das Motto der Auserwählten prangte in schmucklosen schwarzen Lettern an der Wand des Interviewraums. Und nicht nur hier. Das gesamte Stockwerk wurde von den Worten geziert.

Warum sich die Gründungsgeneration für ein lateinisches Credo entschieden hatte, war Nikola ein Rätsel. Die Organisation, so wie sie jetzt bestand, existierte erst seit den frühen Siebzigern. Aber wer war er schon, den Sinn dahinter zu beurteilen?

Wahrscheinlich galt es, eine lange Auserwählten-Tradition vorzugaukeln, die über die späte und grausige Schöpfungsgeschichte hinwegtäuschte. Darüber, dass Besessene in groß angelegten Projekten gezwungen worden waren, die erste Generation von Auserwählten auszutragen und zu gebären. Die Details waren immer noch unter Verschluss. Doch es war nicht schwer, sich vorzustellen, welche ethischen Grenzen übergangen und neu gesteckt worden sein mussten, um ein medizinisch-wissenschaftliches Novum dieser Größenordnung – die Erschaffung einer neuen, lebensfähigen halbdämonischen Subspezies – umzusetzen.

Diese Vergangenheit hallte in die Gegenwart nach: Bis heute kamen die Auserwählten eingangs aus dem Labor, waren allesamt steril. Der Preis für den Dämonenbund.

Nikola starrte die Buchstaben an. Trotz aller Bemühungen der Innenarchitektur merkte man dem Raum an, dass er tief unter der Erde lag. Das Zimmer war nicht eng, aber drückend. Künstliche Beleuchtung und offenes Design verschleierten die Lage nur auf den ersten Blick. Eine grüne Topfpflanze stand in der Ecke und er fragte sich, ob sie aus Plastik war. Wahrscheinlich. Lebendige Pflanzen würden hier kaum überleben.

Nikola lehnte sich im Sessel zurück – definitiv aus Plastik – und widerstand dem Drang, zu gähnen. Eine Kamera hatte ihr blankes Auge auf ihn gerichtet. Nicht das erste Kameraauge, das ihn im Hauptquartier aufnahm und einfing. Er fragte sich, wie viel die Kameras von seiner Nacht bezeugt hatten und ob er damit konfrontiert werden würde. Er hatte kaum geschlafen, nachdem er aus Sivans Zimmer geflohen und der nächstbesten befugten Person an die Oberfläche, zurück in die Kälte gefolgt war.

Sivan Delcar. Scheiße. *Scheiße*. Dabei hätte er es ahnen können: sein Vorname – wirklich, Nikola, hat er dir gar nichts gesagt? –, die ambitionierte Schwester, die hier so viel am Laufen hielt, die Zugangsberechtigungen, die Leichtfertigkeit seines Handelns unter dem strengen Protokoll der Auserwählten.

Nikola hatte einfach nicht nachgedacht, das war ein Fakt, und vielleicht hatte er es auch gar nicht so genau wissen wollen. (Auch das wurde immer mehr zu einem Fakt.)

Nächstes Mal würde er sich die Lokalpolitik genauer ansehen, bevor er in eine fremde Stadt fuhr und dort mit dem erstbesten Mann schlief, der ihm begegnete. Ohne ihn davor nach seinem vollen Namen zu fragen.

Nikola atmete scharf ein. Angekommen und sofort ein Fauxpas dieser Größenordnung? Jetzt blieb ihm nur die Hoffnung, für untauglich befunden und nach Bratislava zurückgeschickt zu werden.

„Rekrut Kovar. Guten Morgen. Danke, dass Sie gewartet haben", sagte eine Frauenstimme hinter ihm. Sie hatte das Zimmer lautlos betreten und wäre Nikola nicht so müde gewesen, hätte ihn die Überraschung hochgejagt.

Die Frau setzte sich ihm gegenüber an den weißen Tisch, reichte ihm die Hand, und stellte sich vor: „Weber. Ich bin für Ihr Erstinterview zuständig und werde Ihnen alle erforderlichen Unterlagen geben, damit Sie sich hier zurechtfinden."

Nikola deutete ein Nicken an, während etwas in seinem Nacken prickelte. Sie war eine Auserwählte. Er spürte es deutlich, auch ohne, dass es ihm die Uniform oder das Jagdmesser bestätigen mussten, als hätte sich sein Körper die nächtliche Lektion gemerkt. Immerhin etwas.

Auserwählte Weber blätterte durch eine Akte. „Ich werde Ihnen einige Fragen stellen, ist das für Sie in Ordnung?"

„Ja", erwiderte Nikola, obwohl sich alles in ihm sträubte. Webers Augen hatten einen kühlen Grauton. Ihr Blick war wie eine Präzisionsklinge. *Solche* Fragen also. Von wegen Interview, das würde ein Verhör werden.

„Wollen Sie etwas trinken? Nein? Gut, dann fange ich gleich an." Ihre Finger ruhten auf dem Papier. Vermutlich brauchte sie den Fragenkatalog nicht. Sie brauchte auch seine Akte nicht. Es war alles in ihrem Kopf, das hier war eine Farce. Sie hatte gewusst, was sie fragen würde, ehe sie den ersten Blick auf ihn geworfen hatte. Ihre erste Frage bestätigte Nikolas Theorie: „Kannten Sie Sivan Delcar vor gestern Abend?"

Nikola lächelte halbseitig. „Nein."

„Sind Sie sicher?"

„Ja."

„Sie wussten also nicht, wer er ist, als sie ihm begegnet sind?"

„Nein. Fragen Sie ihn. Er wird es Ihnen bestätigen."

„Hm." Weber lehnte sich ein wenig zurück, schlug die Beine übereinander. Es war unmöglich zu sagen, ob sie zufrieden war und ihm glaubte oder ob sie ihm ... *irgendetwas* unterstellte. Insgeheim. „Wieso wurden Sie nach Wien bestellt, Nikola?"

„Haben Sie darüber keine Unterlagen?", fragte Nikola und wusste, dass er einfach antworten sollte, damit er schnellstmöglich hier rauskam, aber er konnte sich nicht helfen. Diese Art von Fragerei reizte ihn normalerweise nicht, aber nach den letzten vierundzwanzig Stunden? Konnte sie ihn mal kreuzweise.

„Erzählen Sie es mir bitte noch einmal", sagte Auserwählte Weber mit nervenaufreibender Höflichkeit. „Der Vollständigkeit halber."

„Bratislava ist voll, Wien braucht Nachschub. Offenbar ist der Unantastbaren-Verschleiß durch die Trainingsreform nicht aus der Welt geschafft."

Weber zuckte nicht einmal mit der Wimper. Dabei war das Problem so alt wie die Organisation: Dämonen wurden von Unantastbaren angezogen und Unantastbare waren schlecht ausgebildet, meist unbewaffnet. Doch der Reiz dessen, was man nicht besitzen konnte – wortwörtlich, Unantastbare waren vor Besessenheit gefeit –, war so groß, dass selbst Dämonen, die ihre Wirtskörper nicht aufgeben *wollten*, dazu verführt wurden. Dabei gingen sie über Leichen. Sterblichen- und Unantastbarenleichen. Der Schutz der Unantastbaren als gefährdete Gruppe hatte erst vor rund zwanzig Jahren begonnen, eine Reform nach der anderen, aber bis heute starben Unantastbare wie die Fliegen.

Nikola schnaubte innerlich. „In Ordnung. Bratislava schickt Unantastbare mit Doppelstaatsbürgerschaften nach Wien. Ich habe eine Doppelstaatsbürgerschaft. Ich wurde nach Wien geschickt. Jetzt sitze ich hier", schloss er knapp. „Reicht das?"

„Vorerst. In Ihrer Krankenakte ist ein Schädelbasisbruch verzeichnet. Haben Sie in irgendeiner Form mit Spätfolgen zu tun?"

„Auf der Narbe wachsen keine Haare", meinte Nikola trocken und hielt die Erinnerung an die Verletzung eisern unter Verschluss. Weber lächelte leicht, wartete. „Nein, keine Spätfolgen", schloss Nikola nach zähen, stillen Sekunden.

„Sehr gut." Sie sah ihn lange an. „Hatten sie jemals Kontakt zum Widerstand?"

„Nicht, dass ich wüsste."

„Also können Sie es nicht ausschließen?"

„Wie gesagt, ich weiß es nicht."

„Sie haben zuletzt in einer WG mit einem sterblichen Paar zusammengewohnt, das sich aktiv für die Opposition engagiert hat. Die Eheleute Jankovic. Ich frage Sie also noch einmal. Sind Sie sicher, dass Sie keinen Kontakt zu Widerständigen hatten?"

Nikola verschränkte die Arme, dachte an Jana und Marko. Alte Sehnsucht zupfte an seinem Herz. Wut säuselte in seinen Ohren. Was sollte das werden? Nikola würde sicher nicht hier in Wien sitzen und sie diffamieren. Was sie taten, war schon im legalen Rahmen gefährlich genug, er würde nicht zur zusätzlichen Verschärfung ihrer Situation beitragen. „Darf ich etwas fragen? Sind in Wien alle, die Kritik am System üben, prinzipiell dem Widerstand zuzuordnen? Nur damit wir einander verstehen."

„Nicht, solange sie sich an das Gesetz halten."

„Okay, dann schließe ich es aus. Dass ich in irgendeiner Form Kontakt zum Widerstand oder Widerständigen hatte. Hatte ich nicht." Nikola hielt Webers Blick stand. „Ich hatte nur mit gesetzestreuen Demonstrierenden zu tun. Und ich vertraue darauf, dass auch Ihre Informationsbeschaffung gesetzesgetreu abläuft."

„Natürlich", erwiderte Auserwählte Weber mit einem undeutbaren Lächeln. „Denken Sie, dass Sie für den aktiven Einsatz geeignet sind?"

Nikola zuckte mit den Schultern. „Das kann ich nicht beurteilen."

„Sie waren also noch nie mit den Auserwählten involviert?"

„Bis gestern nicht", sagte Nikola und lächelte freudlos über die doppelschneidige Semantik. „Es gibt eine Aufnahme, oder? Und Sie kennen auch die Antwort auf professioneller Ebene. Also warum fragen Sie überhaupt?"

„Der Vollständigkeit halber", erwiderte Auserwählte Weber gelassen und freundlich. Nikolas Magen drehte sich um. Er wollte gehen, zwang sich aber auszuharren und es sich nicht allzu sehr anmerken zu lassen. Sie blätterte durch die Akte. „Nikola, Sie sind zweiundzwanzig Jahre alt. Sie wissen seit 2010, dass Sie ein Unantastbarer sind. Wie kommt es, dass Sie sich bisher nicht aus eigenen Stücken bei uns gemeldet haben?"

Nikola dachte dezidiert nicht an die letzten zehn Jahre. Stattdessen zuckte er wieder mit den Schultern. „Es hat sich nicht ergeben."

„Hm."

„Ich habe andere Jobs gemacht", setzte er nach und hasste es, dass er das Gefühl hatte, sich rechtfertigen zu müssen. „Steht sicher in Ihrer Akte. Oder soll ich sie Ihnen der Vollständigkeit halber auflisten?"

Auserwählte Weber schwieg abwartend.

„Ich weiß nicht, was Sie von mir hören wollen", sagte Nikola und spürte, wie die Situation an ihm zehrte, wie die Nacht ihren Tribut forderte. Frust und Unbehagen wühlten in seinem Brustkorb. Er wusste nicht, warum er plötzlich so mitgenommen war, aber seine Kehle war eng und ließ seine Stimme spröde klingen. „Ich bin doch hier, oder? Ich habe in der Scheißkälte gewartet, als ich vergessen wurde, und bin wieder pünktlich zu den regulären Öffnungszeiten hier aufgetaucht. Ich habe alles gemacht, was von mir verlangt wurde. Ich habe mich nicht beschwert. Also machen Sie es mir bitte nicht so schwer. Sagen Sie mir einfach, was Sie von mir hören wollen, damit wir hier fertig werden."

„Ich will nur hören, was Sie mir zu sagen haben."

„Dann war es das", meinte Nikola leise. „Mehr habe ich nicht zu sagen."

„In Ordnung, dann war es das auch von meiner Seite." Sie erhob sich, nahm die Akte auf. „Bitte warten Sie hier. Sie werden jetzt untersucht und wir nehmen Ihre Finger- und DNS-Abdrücke. Danach bekommen Sie Unterlagen bezüglich Ihres Quartiers. Falls Sie die Voraussetzungen erfüllen, werden Sie einem Team zugewiesen, in dem Sie ausgebildet werden. Damit der Unantastbaren-Verschleiß minimal bleibt." Weber lächelte kühl. „Alles Weitere wird dann mit Ihnen geklärt. Danke für Ihre Zeit, Nikola."

Nikola schüttelte ihre Hand, obwohl er sie am liebsten ignoriert hätte. Er hatte es sich bereits unnötig schwer gemacht. Kein Grund, das fortzusetzen. Mit etwas Glück würde er bald aussortiert werden und könnte diese unglückliche Wien-Episode hinter sich lassen. Zu Hause.

(Gott, er wollte nach Hause.)

„Noch immer da?"

Nikola drehte sich zu der Stimme um. Er erkannte die Fahrerin der Vornacht, die an einem der Tische saß, und zwang sich zu einem unverfänglichen Lächeln. „Ich hätte besser zuhören sollen", meinte er auf Slowakisch und fühlte sich plötzlich ein bisschen besser. „Eigentlich wollten sie mich sowieso nicht reinlassen."

„Nächstes Mal."

„Ja, nächstes Mal." Das Gespräch setzte sich auf Slowakisch fort. Zumindest schien es keine Regelung zu geben, dass Deutsch gesprochen werden musste.

„Musterung?", fragte die Fahrerin weiter. Zíma. Das war der Name, den sie für das Protokoll angegeben hatte.

Nikola nickte. Sie betrachtete ihn, eingehend, doch ohne lesbaren Ausdruck. Ihr Haar war rotstichig und bildete einen Farbkontrast zum dunklen Rollkragenpullover, dessen hochgeschobene Ärmel die Sicht auf die gleichen Sommersprossenfelder wie in ihrem Gesicht freigaben. Sie trug einen Ehering, den sie mit der rechten Hand halb bedeckte. Erst jetzt fiel Nikola auf, dass neben ihr Krücken standen. Sie bemerkte seinen Blick, lächelte schneidend und sagte: „Ich bin Danica und ich habe nur ein Bein, nett dich kennenzulernen."

„Ich bin Nikola und ich habe gestern einen bekannten Auserwählten erkannt, aber leider nur auf die biblische Weise – auch nett dich kennenzulernen." Nikola bereute seine Worte für den Bruchteil der Sekunde, den es brauchte, bis Danica schmal lächelte. Sie war schön, wenn sie lächelte, aber auch das täuschte nicht über die unterliegende Traurigkeit hinweg, die sie wie ein Schleier umgab.

„Dann wäre das geklärt", meinte sie und deutete ihm, sich zu ihr zu setzen. Nikola kam der Einladung nach. Er war fast nur gesessen, doch er war immer noch müde. Dass sie ihm einen gefühlten Liter Blut abgezapft hatten, verbesserte seine allgemeine Verfassung nicht unbedingt.

„Wer hat dein Aufnahmegespräch gemacht?"

„Eine gewisse Auserwählte Weber."

Danica erwiderte nichts, nickte nur. Betrachtete ihn eine Weile, ehe sie sich wieder ihrer Zeitung zuwandte. Sie schwiegen einander an und Nikola war froh, keine Konversation machen zu müssen. Er hoffte, dass der Tag so weiterging; in einvernehmlichem Schweigen.

Der Aufenthaltsraum war großzügig angelegt und wurde von Auserwählten und Unantastbaren gleichermaßen benutzt. Er sollte hier warten, bis entschieden wurde, in welches Team er kam. Ob er in ein Team kam. Bis er die nötige Sicherheitsfreigabe hatte, durfte er sich nirgendwo anders aufhalten. Als legte er es darauf an, sich im Hauptquartier zu verirren. Nein, danke. Der nächtliche Ausflug hatte ihm gereicht.

Nikola schloss die Augen und ließ die Geräuschkulisse über sich hinwegwaschen.

Er musste eingenickt sein, denn als er seinen Namen hörte und blinzelte, war der Raum fast leer. Danica deutete zur Tür. „Nikola. Sie erwarten dich."

„Danke." Er stand auf, zögerte. „Vielleicht können wir das mal wieder machen? Ich hätte nicht gedacht, dass ich so viel Glück hätte, jemanden zu treffen, der auch aus Bratislava kommt. Ich vermisse es."

„Ich weiß." Sie lächelte voll glänzender Traurigkeit. „Wir sehen uns, Nikola Kovar."

„Wir sehen uns, Danica Zíma."

Nikola ging zu der Person, die ihn über den Rest seines Wien-Verbleibs unterrichten würde. Er dachte daran, dass er Danica nicht einmal die Hand gegeben hatte. Er bemerkte, dass er es bereute. Doch es war zu spät.

Ein Fremder nahm ihn in Empfang. (Nikola gab ihm die Hand.)

„Kovar, nehme ich an? Rowan will dich kennenlernen."

⚠ Referenz auf Sekte/Kult, Referenz auf Suchtverhalten (Alkohol), Sex, Referenz auf Rassismus (racial profiling; erwähnt)

2020, FREITAG 30. OKTOBER

WIEN, FAMILIE BOENUELS HAUS

Shirin war eine harte Kritikerin. Sie zog ihre Brauen zusammen, während sie las, schüttelte leicht den Kopf und schürzte die Lippen. Den Rotstift führte sie wie eine Waffe. Zeile um Zeile färbte sich Nesrins Text. Sie hätte ihn auch einfach ganzseitig rot anmalen können.

„Bist du irgendwann fertig oder brauchst du vorher einen neuen Stift?", fragte Nesrin nach einer Weile – und einer weiteren roten Seite.

Shirin klickte leise mit der Zunge und deutete auf die Teetasse vor Nesrin.

Nesrin verdrehte die Augen und umfasste die dampfende Tasse. Immerhin, sie war noch heiß. Die Zeit, die sie neben ihrer Schwester auf dem Sofa saß, kam ihr länger vor, als sie es in Wirklichkeit war. Goldbraun schwenkte der Tee in perfektem Weiß. Sie kam nicht umhin, an die Auserwählten zu denken. Sie kam nicht umhin an die Nachricht zu denken, die sie vor ein paar Stunden bekommen hatte.

Die Dämmerung brach schon früh über Wien herein, warf dramatische Schatten, die mehr und mehr mit ihrer Umgebung verschmolzen. Von ihrem Platz aus hatte Nesrin einen guten Blick durch die Glastür, hinaus auf den rotgelb getupften Garten.

Sie war lange nicht mehr zu Hause gewesen und hatte viel verpasst. Dabei hatte sie sich eingebildet, oft genug hier gewesen zu sein. Tatsächlich aber waren es wieder Monate gewesen. Ihre Schwestern waren alle so erwachsen geworden. Aysin hatte die Schule abgebrochen, um arbeiten zu gehen. Nermin hatte sich verlobt und pendelte zwischen Wien und Berlin hin und her. Selin war ausgezogen, weg aus dem Elternhaus in eine WG. Shirin arbeitete an ihrer Promotion.

Nesrin fühlte sich alt, wenn sie ihre kleinen Schwestern so sah. Vielleicht kam sie deswegen so selten her. Vielleicht mied sie ihr Zuhause aber auch nur, weil sie Angst hatte, es zu zerstören. Falls sie in den Fokus der Zensur geriet, falls jemand sie mundtot machen wollte, dann wäre ihr Zuhause der perfekte Anfang. Ihre Schwestern, ihre Eltern in Gefahr zu bringen? Sie könnte es nicht verantworten.

„Ich bin fertig", meinte Shirin und ließ den Ausdruck des Artikelentwurfs auf Nesrins Oberschenkel fallen. „Darf ich ehrlich sein? Das war wirklich grauenhaft."

Nesrin lächelte schmal. „Hätte ein *nicht gut* nicht gereicht?"

„Nein, tut mir leid." Shirin streckte ihre Arme aus und ließ ihren Kopf kreisen. Dann schenkte sie sich selbst Tee nach und nahm einen Schluck. Nesrin überflog ihre Änderungsvorschläge. Am Ende stand nur: *Abgelehnt!*

„Okay, der Artikel hat dir nicht gefallen. Ist angekommen."

Shirin verdrehte die Augen, seufzte. „Gut, ich hätte ein bisschen konstruktiver sein können." Sie stellte die Tasse weg. „Aber wirklich, Nesrin? Ein Artikel über die Dämonenkirche und ihre Mitglieder? Wozu denn bitte? Inwieweit hat das etwas mit deinem Anspruch an Journalismus zu tun? Sowas Reißerisches, Polemisches will ich von dir nicht lesen. Das ist unter deinem Niveau. Und ich weiß, dass du das weißt. Also warum ... *das*?"

„Es hat sich angeboten", sagte Nesrin und ordnete die Zettel. Natürlich wusste sie, dass das hier nicht ihre beste

Arbeit war. Sie wusste, dass sie mehr auf Klicks abzielte als auf irgendetwas Anderes. Sie wusste, dass sie damit keinen relevanten Beitrag leistete. In Wahrheit hatte sie die Lust am Artikel verloren, als sie die erste – und letzte – Nacht mit einer der Anhängerinnen verbracht hatte und in einem überdekorierten Pensionszimmer am Stadtrand aufgewacht war. Nesrin verscheuchte die Erinnerung mit einem Kopfschütteln und stopfte die Zettel in ihre Tasche.

„Bist du jetzt böse?"

„Nein." Nesrin zwang sich, wirklich nicht böse zu sein. Es fiel ihr schwerer als erwartet. „Aber wir können nicht alle … an hoch komplizierten, streng geheimen Projekten für die Auserwählten forschen. Ich will auch essen. Irgendjemand wird die Dämonenkirche kaufen, und darauf kommt es an."

Shirin klickte mit der Zunge. „Du willst essen? Ich gebe dir gerne zu essen. Und dafür musst du deinen guten Ruf nicht einmal für", sie gestikulierte vage, „so etwas hergeben."

„Das weiß ich zu schätzen. Solange du nicht selbst kochst."

„Haha." Shirin verdrehte die Augen, lächelte aber. Sie zog die Beine an ihren Körper und drehte sich zu Nesrin. „Was ist in letzter Zeit mit dir los? Du bist komisch. Und seit du hier bist, bist du noch komischer."

„Danke?" Nesrin fühlte sich ertappt.

Sie hatte gehofft, dass es nicht so offensichtlich sein würde. Ihre Trotzreaktionen, die sich häuften, um gewisse Aufmerksamkeiten auf sich zu lenken. Die verdammte Dämonenkirche? Für wen hatte sie diesen Beitrag wohl geschrieben; also in Wirklichkeit, wenn sie ehrlich mit sich selbst war? Warum hatte sie diese Dämonenanbeterin mit aufs Zimmer genommen? Die Antwort war sehr einfach und unendlich frustrierend. Sie hatte nicht einmal den

Artikel geschrieben, für den sie eigentlich in Wien gewesen war. Stattdessen hatte sie sich von zufälligen Begegnungen und Sensationsstorys ablenken lassen, versucht, inmitten des Chaos, das seit ihrer Abreise in Wien herrschte, die Aufmerksamkeit auf sich zu ziehen. Wie eine blutige Anfängerin.

„Es geht um Shanna Delcar, oder?"

„Ich kann nicht glauben, dass ich dir das erzählt habe", meinte Nesrin und Shirin lachte. Ihr Lachen war leicht und ohne Hintergründe und löste einen Knoten in Nesrins Brust. Sie zeigte ihr die Zunge.

„Hey, ich mach dir keinen Vorwurf, ich kenne sie. Sie ist ziemlich cool."

„Ja, du findest sie ziemlich cool, weil sie deinem Institut die Erhöhung der Forschungsgelder genehmigt hat."

Shirin lächelte verschmitzt. „Vielleicht."

„Ich würde also behaupten, dass du in diesem Punkt voreingenommen bist."

„Tz, und du bist nicht voreingenommen? Es ist ja süß, dass du so verknallt bist, aber unter uns gesagt, langsam wird die Situation ein bisschen lächerlich."

Nesrin zog die Augenbraue hoch.

„Du willst ein Beispiel? Okay, gerne." Shirin setzte den Rotstift an Nesrin an. So jedenfalls fühlte es sich an, als sie weitersprach: „Ihr habt zum letzten Mal miteinander gesprochen, als ihr Bruder angeschossen wurde. Heute hast du zu Mittag eine SMS von ihr bekommen und bis jetzt nicht geantwortet. Soweit ich das verstanden habe, ist das ein großes Ding ihrerseits, bla bla bla, aber anstatt ihr zurückzuschreiben, sitzt du hier, lässt mich diesen Bullshit lesen und ignorierst sie. Und ganz ehrlich? Damit machst du uns alle nervös. Mama ist deswegen extra einkaufen gegangen und Papa macht Überstunden." Sie griff nach

Nesrins Tasche und ließ sie auf ihren Schoß fallen, wie zuvor den Artikel. „Also bitte, im Namen dieser Familie, schreib ihr zurück oder schreib sie ab. Aber entscheide dich. Am besten jetzt gleich."

Nesrin sah Shirin ein wenig fassungslos an. Dann musste sie lachen. „Hat dir schon mal jemand gesagt, dass du unmöglich bist?"

„Nein, nur dass ich unglaublich bin", erwiderte sie leichthin. „Bist du übrigens auch. Sogar, wenn du auf dem Höhepunkt dieses ... Shanna-Trips bist."

„Oh, jetzt ist es schon ein Trip?"

„Ich meine das nicht böse." Shirin rollte mit den Augen, wurde dann plötzlich ernst. „Aber du hast recht, das war daneben. Tut mir leid. Ich werde an meiner Wortwahl arbeiten."

„Mhm." Nesrin ließ ihren Kopf zurücksinken. „Ich bin mir der Ironie durchaus bewusst, dass ich so besessen von ihr bin. Ich weiß auch nicht, warum. Glaub mir, wenn ich es mir aussuchen könnte? Das Thema wäre längst erledigt und ich würde nach einer Story suchen, die es wert ist, erzählt zu werden."

„Dann tu es. Irgendwas."

„Hast du noch einen konkreteren Rat, oder war es das?", fragte Nesrin halbseitig lächelnd.

„Ich bin mir nicht sicher, ob du meinen konkreten Rat hören möchtest."

„Oh, ich bestehe darauf."

Shirin zuckte mit den Schultern. „Sex löst nicht alle Probleme, aber Sex löst sicher mindestens eines deiner Probleme. Also ist mein konkreter Rat: Bringt das zu Ende, was ihr angefangen habt."

„Okay, dann werde ich wohl einfach Sex mit Shanna Delcar haben", meinte Nesrin und versuchte ein ernstes

Gesicht zu bewahren. „Danke für den Tipp. Ich begreife jetzt, warum du das Genie der Familie bist."

„Mach dich über mich lustig, aber ich *bin* zertifiziert brillant."

Nesrin verdrehte die Augen. „Gib mir mein Handy."

„Sie hat sich entschieden, Allah sei Dank!"

„Sei ehrlich, es gibt eine Verschwiegenheitserklärung für solche Anlässe. Bindende Verträge", sagte Nesrin, während sie ihren Mantel ablegte. Sie lachte. „Weißt du, das erinnert mich stark an …"

„Bitte sag es nicht."

„Wir haben es doch alle gelesen."

Shanna lächelte flüchtig. Sie sah müde aus – und nach allem, was in den letzten Tag passiert war, war das nicht verwunderlich. Außerdem hatte sie Nesrin direkt von der Notfallzentrale aus getroffen. Es musste ein langer Tag gewesen sein. Nicht, dass sie darüber gesprochen oder sich gar beschwert hätte.

Shanna schaltete das Licht an und offenbarte mit einem Schlag die Größe – den Mangel der Größe? – ihrer Wohnung. Mit einer Geste Richtung Küche fragte sie: „Möchtest du etwas trinken?"

„Alles, was alkoholfrei ist, gerne."

„Das trifft sich gut, mein Haushalt ist nämlich trocken", meinte Shanna und hielt inne, als sie Nesrins verwirrten Blick auffing. „Das ist kein Geheimnis."

„Und du befürchtest nicht, dass ich eine … Enthüllungsstory über dich schreiben könnte?"

„Ich hätte dich kaum eingeladen, wenn ich das befürchten würde." Shanna zuckte leicht mit den Schultern. „Außerdem gibt es nichts, was du über mich in Umlauf bringen könntest, das nicht schon vor Jahren irgendwie medial aufbereitet worden ist. Ich bin ein offenes Buch. Und in Anbetracht des Desasters am Montag ist so ein Alkoholproblem fast schon langweilig, wenn man im Vergleich mit dem Widerstand die schlechteren Schlagzeilen macht. Also von A wie Alkoholismus über H wie Hormonersatztherapie zu Z wie Zwilling – du findest alles online. Oder gesammelt, ich habe eine Mappe, wenn du sie sehen willst?"

Nesrin deutete ein Kopfschütteln an.

Shanna lächelte angespannt. „Entschuldige."

Nesrin schlüpfte aus ihren Schuhen und war auf einmal acht Zentimeter kleiner. Jetzt befand sie sich mit Shanna ungefähr auf Augenhöhe. Sie folgte ihr ein paar Schritte, hielt sie sacht am Handgelenk zurück. „Also nur zur Klarstellung: Ich habe über dich nur bezüglich deiner Position Nachforschungen angestellt, nicht was dein Privatleben angeht. Für mich bist du ein Buch mit sieben Siegeln."

„Okay." Die Spannung wich ein wenig aus Shannas Lächeln. „Ich habe den Bericht zu deiner Person auch nicht gelesen."

Nesrin hob eine Augenbraue. „Oh, ein offizieller Hintergrundcheck? Passiert mir öfter." Meist nicht wegen ihres Jobs, sondern wegen ihres Namens, aber das musste sie nicht weiter ausführen.

„Alle geladenen Gäste der Pressekonferenz wurden vorher überprüft. Standardvorgehen."

„Ich erinnere mich. Bei Zusage wurde automatisch das Einverständnis zur vollständigen Überprüfung gegeben. Immerhin, es steht im Kleingedruckten. Aber ich nehme an, diejenigen, die abgesagt haben, wurden trotzdem überprüft." Nesrin brach ab, zwang sich, die aufdringliche Interview-Stimme in ihrem Kopf auszuschalten. „Keine Arbeitsgespräche. Entschuldige."

Shanna nickte, ihr Ausdruck mild. „Tee?"

„Mhm."

Während Shanna Wasser kochte, sah sich Nesrin um.

Die Wohnung war verhältnismäßig klein, ausgelegt für eine, höchstens zwei Personen. Funktionalität dominierte jeden Winkel; es war so ganz anders als in Nesrins Elternhaus, wo es zahllose, kunstvoll drapierte Kleinode zu entdecken gab. Hier waren die einzigen Fotos schlichtschwarz gerahmt, sauber über dem Esstisch aufgereiht, und zeigten Shanna mit ihrem Bruder, Shanna mit ihren Eltern, Shanna mit einer alten Frau, die ihre Großmutter oder Großtante sein könnte, und Shanna mit einem Hasen. Oder Kaninchen. Einem von beiden jedenfalls.

Nesrin dachte an ihr Jugendzimmer, das sie sich mit ihren Schwestern geteilt hatte. Sie hatten fast jede Oberfläche mit Fotos, Magazin- und Zeitungsausschnitten, Postkarten und Zeichnungen beklebt, bis von der Wand darunter kaum mehr etwas zu sehen gewesen war. (Ihre Mama hatte bis heute nichts daran geändert, obwohl das Zimmer zum Gästezimmer avanciert war.)

Sie warf einen Blick in Badezimmer und Toilette, öffnete die Tür zu dem Raum, in dem sie das Schlafzimmer vermutete, aber nicht. Shirins Rat geisterte durch ihren Kopf. Sie schüttelte den Kopf. Noch offensichtlicher ging es wohl nicht, oder?

Nesrin schnaubte innerlich über sich selbst. Es dämmerte ihr erst jetzt, dass das alles vielleicht doch keine so gute Idee gewesen war. Aber für einen Rückzieher war es zu spät. Zu verlockend. Sie hatte schon lange nicht so geballt fragwürdige Entscheidungen getroffen; und das durch eine Person, die wahrscheinlich nur äußerst überlegte Entscheidungen traf.

Nesrin ging zum Esstisch zurück, setzte sich.

„Warum hast du deine Meinung geändert?"

„Ganz ehrlich?" Shanna setzte sich ihr gegenüber, schob ihr eine Teetasse hin. „Eine persönliche, nennen wir es Tragödie meines Bruders."

Nesrin hob die Augenbraue.

„Die Kurzfassung: Er hat zu lange gewartet."

„Oh", sagte Nesrin und drehte an ihrem Ring. „Und wenn du zu lange gewartet hättest, wäre das auch … eine persönliche Tragödie geworden?"

„Die Antwort auf diese Frage ist wohl recht offensichtlich." Shanna lächelte dünn, wischte sich eine Haarsträhne aus dem Gesicht. „Ich wollte nicht warten, bis ich auch eine Nahtoderfahrung mache. Obwohl es sich gerade ein bisschen danach anfühlt. Nichts für ungut."

„Hmm, also ich habe schon gehört, dass ich atemberaubend sei … Das ist ganz normal", meinte Nesrin lächelnd. Das elektrische Gefühl kehrte zu ihr zurück. Summte in ihren Fingerspitzen. In ihren Zehen. Zwischen ihren Schenkeln. Sie nahm einen Schluck Tee. Herb. (Wie Shanna.)

Shanna betrachtete sie eingehend, berührte den Rand ihrer Tasse mit den Fingerspitzen. Dann lachte sie leise, ließ sich nach hinten gegen die Sessellehne fallen und atmete hörbar ein. „Es tut mir leid, ich weiß nicht, wie man so etwas für gewöhnlich macht. Ich fürchte, ich bin wirklich schlecht darin."

Nesrin zuckte mit den Schultern. „Übung macht die Meisterin." Sie stand auf und reichte Shanna die Hand. „Wenn du willst?"

Shannas Augen leuchteten; goldlos. Sie lächelte; golden. Nahm Nesrins Hand. Und obwohl der Dämon nicht in ihren Augen brannte, brannte er als spannungsgeladene Energie zwischen ihnen.

Das Schlafzimmer bestand aus einem Bett, einem Kleiderkasten und einem Schminktischchen. Oh, und einem eingezäunten Stall in der Ecke.

„Kaninchen oder Hase?"

„Kaninchen. Mango."

„Hi, Mango", sagte Nesrin und winkte in Richtung des Kaninchenstalls, während sie sich auf die Bettkante setzte. Die Bettwäsche war angenehm kühl unter ihren Handflächen. Sie ließ sich nach hinten fallen und seufzte. „Im Gegensatz zum Rest der Wohnung ist dein Bett ganz schön groß."

„Man gönnt sich ja sonst nichts." Shanna ließ sich neben ihr nieder, sah sie nur halb an. Sie wirkte kontrolliert und ihre Miene verriet keine Regung. Eigentlich bewegte sie sich überhaupt nicht.

Nesrin drehte sich auf die Seite, berührte Shannas Arm. „Alles okay?"

„Wie gesagt, das alles ist nicht ..." Sie ließ den Satz ins Leere laufen, schüttelte leicht den Kopf. Ihr Profil wurde hart vom Licht umrissen, doch sie sah trotzdem schön aus; nicht, dass es ihr etwas von dem kontrollierten Ausdruck nahm, nein, der beherrschte sie immer noch vollends.

„Verstehe. Dann lass uns den Tee trinken, bevor er kalt wird", meinte Nesrin leise und lächelte. Die Enttäuschung der Abweisung war sanft, nichts im Vergleich zu dem Abend an der Hotelbar. Diese Art der Zurückweisung konnte sie nachvollziehen. Und vielleicht war es besser so? Nein, keine Frage, es *war* besser so. Immerhin würde sie es jetzt abschließen und sich wieder auf die wichtigen, die realen Dinge konzentrieren können.

„Ich will den Tee nicht. Ich will", Shannas Lächeln war gequält, „dich. Aber ich weiß nicht, ob ich das kann, Nesrin. Ich wollte dich nicht an der Nase herumführen. Es ist nur so ... mit allem. Ich weiß nicht, ob das der richtige Zeitpunkt ist."

Nesrins Herzschlag pochte an ihrem Hals. „Musst du das jetzt endgültig entscheiden oder hat das bis morgen Zeit?"

„Sag du es mir."

„Okay." Nesrin setzte sich auf. „Wenn du mich fragst, sieht es so aus: Wir kennen einander nicht besonders gut. Wir machen einander keine Versprechungen. Ich erwarte nicht, dass du mich heiratest. Aber ich glaube, dass du dich schon vorher, als du mir geschrieben hast, entschieden hast. Mir brauchst du keinen Ausweg zu geben. Ich bin erwachsen. Aber wenn du dich umentschieden hast, akzeptiere ich das. Ohne Fragen, ohne Widerspruch. Es liegt bei dir, Shanna."

Shanna sagte nichts. Ihre Augen funkelten, die einzigen Anzeichen ihres Konflikts, der sich auf mehr zu erstrecken schien, als die Frage, ob es klug war, sich ausgerechnet mit einer Journalistin einzulassen. Sie biss sich in die Unterlippe. „Scheiß drauf."

Shanna küsste Nesrin und Nesrin lächelte gegen ihre Lippen, rutschte näher, strich über ihren Nacken, ihren Rücken. Das Bett quietschte, als sie beide zum Liegen kamen. Shanna berührte sie sanft am Hals und Nesrin nahm ihre Hand, lenkte sie tiefer, über ihr Schlüsselbein, ihre Brust, den Bauch. Sie bog sich in die Berührung, atmete flach. Nesrin löste die Knöpfe ihrer Bluse – Shirins Idee, Shirins Bluse – und spürte kühle Luft auf ihrer Haut.

Shanna ließ von ihr ab und zog sich den dünnen Pullover über den Kopf. Nesrin war nicht überrascht, dass sie keinen BH trug. Ihre Haut war bis auf einige lange bleiche Narben glatt und makellos braun. Sie konnte jede ihrer Muskelbewegungen nachvollziehen; oder so dachte

Nesrin zumindest. Eine perfekte Auserwählte. Alles, was die Auserwählten verkörperten. Oder verkörpern wollten.

Shanna zog die Augenbrauen zusammen. „Stimmt was nicht?"

„Alles gut. Ich bin nur ein bisschen overdressed."
Shanna lächelte.
Nesrin küsste sie und ließ sich von ihr ausziehen.

„Wie ist es, alleine zu leben?", fragte Nesrin in die Stille.

Shanna lag nackt neben ihr, das Gesicht vom Display ihres Handys bestrahlt. Sie blinzelte, machte *Hmm*, ehe sie sich ihr zuwandte. Ohne das kalte Displaylicht, wirkte sie im Schein der gelben Nachttischlampe wie weichgezeichnet. (Ein wahrer #NoFilter-Moment, der Nesrin zur Gänze gehörte.)

„Wie bitte?"

„Ich habe nie alleine gewohnt."

Nesrin war aus ihrem Elternhaus in eine WG, dann zu diversen Liebhaberinnen gezogen, sodass sie de facto immer nur bei verschiedenen Leuten übernachtete, wenn es sie in die Gegend verschlug. All ihre Sachen waren eingelagert. Sie lebte aus Koffern. „Also, wie ist es, alleine zu leben?"

„Ich bin nicht so oft hier", antwortete Shanna und lächelte dünn. „Früher hat Sivan mit mir zusammengewohnt, aber weder ich noch seine Bekanntschaften waren von der Situation angetan, einander dauernd in die Quere zu kommen."

„Vermisst du ihn?"

„Ja, aber es ist besser so. Ich muss übrigens in zehn Minuten aufstehen, wo wir gerade davon sprechen, nicht so oft hier zu sein."

„Es ist fünf Uhr morgens."

„Ich muss zum Training. Sonst komm ich nicht mehr dazu. Falls ich irgendwann wieder einen Einsatz habe, der mich aus dem Büro bringt … sollte ich vorbereitet sein."

Nesrin stellte sich Shanna glühend und verschwitzt vor. Sie musste ihre Fantasie nicht besonders anstrengen, griff auf Referenzmaterial aus ihrer Erinnerung zurück. Ihr Blick fiel auf die Lecktücher, die nach Gebrauch achtlos aus dem Bett verbannt worden waren – von ihr, nicht Shanna, die sie wahrscheinlich am liebsten sofort angemessen entsorgt hätte, wenn sie nicht zu *beschäftigt* gewesen wäre. Ein Lächeln stahl sich auf ihre Lippen.

„Kann ich dich wohin bringen?", fragte Shanna und setzte sich auf. „Es kommt mir sehr unhöflich vor, dich um diese Zeit einfach wegzuschicken."

„Ich werde es überleben", erwiderte Nesrin lächelnd. „Ein früher Tag bringt mich vielleicht auch mit der Arbeit voran." Sie wollte fragen, ob sie einander wiedersehen würden, aber stattdessen berührte sie Shannas Schulter. „Wie viele Minuten hast du noch?"

„Acht."

Nesrin zog sie zu sich, küsste sie innig, und flüsterte gegen ihren Mund: „Völlig ausreichend."

⚠ Referenz auf Suchtverhalten (Alkohol), Gewalt (explizit), Hinrichtung (staatlich sanktioniert), Gore/Splatter, Blut

2013, MONTAG 18. FEBRUAR

WIEN, DONAUKANAL

Unantastbare waren Leuchtfeuer für Dämonen. Eigentlich im übertragenen Sinne, aber die Haare des Mädchens, das ihren Einsatz begleitete, leuchteten weiß im schummrigen Licht der Straßenlaternen. Der Wind fegte über den Beton, wühlte die Wasseroberfläche auf. Schwarzes, eisiges Wasser rollte gegen die Dämme. Es war eine unruhige Nacht. Metaphorisch und wortwörtlich.

Rowan blieb auf Distanz, wusste nur Shanna in ihrer unmittelbaren Nähe. Sie wirkte beherrscht und konzentriert, ganz nach Delcar-Manier, und hatte ihre Hand bereits am Messerknauf. Ihr Haar war zu einem strengen Zopf geflochten. Rowan bereute es ein bisschen, es nicht auch so gemacht zu haben. Die Haare wirbelten ihr um den Kopf, schnalzten ihr ins Gesicht. Unprofessionell, so *unprofessionell*, ausgerechnet bei ihrem ersten Einsatz …!

Rowan zwang sich, ruhig zu bleiben. Das Gefahrenpotenzial war hoch genug, ohne dass sie sich von ihren verfluchten Haaren ablenken ließ. Es hatte bereits zwei Notrufe wegen einer Dämonensichtung in dieser Gegend gegeben; und die Zentrale hatte sie geschickt, Anfängerinnen, die gerade mal die Pflichtausbildung hinter sich hatten.

Shanna hatte dieses Vorgehen natürlich nur richtig gefunden – „Wie sollen wir es sonst lernen?" – und Rowans Bitte, ihre Eltern um einen anderen Einsatzort zu bitten, ignoriert. Beste Freundin, wofür? Bei aller Liebe, sie teilte weder Shannas Ehrgeiz noch ihren Optimismus. Sie strebte auch nicht nach einer hohen Position in der Organisation. Dafür fehlten ihr Name und Anpassungsfähigkeit.

„Ro", flüsterte Shanna, „da ist etwas."

Rowan sagte nichts. Sie hatte es auch gespürt, eine Vibration in der Luft, als hinge sie an einem Faden, der vom anderen Ende aus bewegt worden war. Hinter geschlossenen Lidern sah sie eine hauchdünne goldene Spur, die weiter am Kanal entlangführte.

Der Dämon.

Wind rauschte über sie hinweg und Rowan trat näher an Shanna heran. „Sollen wir sie nicht warnen?" Sie meinte das Mädchen, Helena, das ihnen so weit voraus war, dass es sie nicht hören konnte.

Shanna zuckte mit den Schultern. „Sie ist unantastbar. Sie weiß Bescheid."

Rowan schwieg und entfernte sich wieder einen Schritt von Shanna. Ärger, noch lau wie ein Sommerabend, prickelte unter ihrer Haut. Wozu hatten sie die verdammten Earpieces, wenn sie nicht einmal in solchen Situationen verwendet werden durften? Wäre Shanna am anderen Ende – vielleicht würde sie eine Warnung begrüßen, oder auch nur die Anerkennung, dass sie sich alle auf dem gleichen Wissensstand befanden. Im Sinne des Teamgeists. (Aber Rowan vergaß manchmal, dass Shanna keine Teamplayerin war, dass sie am liebsten für sich alleine kämpfte; es wunderte sie fast, dass sie akzeptiert hatte, eine zweite Auserwählte auf ihre erste offizielle Mission mitzunehmen, obwohl das Einsatzprotokoll je eine Auserwählte und eine Unantastbare vorsah.)

Schweigend, pfeifenden Wind und unruhiges Wasser im Ohr, folgten sie der Spur eine Weile.

Rowan entsann sich ihrer Lektionen: Sie würden Sterbliche im Umkreis des Dämons – korrekter wäre von *Besessenen* zu sprechen, was zwar in der Öffentlichkeit penibel getan wurde, unter den Auserwählten jedoch von

Person zu Person variierte – evakuieren. Dass der Dämon sichtbar als solcher auftrat, läutete die kritische Phase ein und offenbarte seine Absicht, den Wirtskörper zu wechseln. Die typischen Anzeichen von Besessenheit (Verwirrtheit, motorische und sprachliche Veränderungen sowie erhöhte Aggression und schließlich markante Goldaugen) begleiteten den Verfall des Wirtskörpers. Ihnen wurde ausschließlich anhand normativer Körper beigebracht, diese Anzeichen zu erkennen. Behinderung war kein Faktor, den die Lehrpläne für potenzielle Besessene vorsahen – aber warum sollten die Auserwählten mitdenken, wo die Gesellschaft kaum mitdachte? Diese Ignoranz kostete Leben im Alltag und in Ausnahmesituationen, etwa wenn Dämonen unerkannt umherwanderten. Der Befreiungsschlag erfolgte unter radikaler Zerstörung des Körpers, in dem der Dämon residierte. Zeit und Ort waren ausschlaggebend für seinen Erfolg. Er musste einen neuen Körper finden und in Besitz nehmen, bevor der alte aufgebraucht versagte, aber bereits so schwach war, dass er sich von ihm lösen konnte. Es hieß zwar, Auserwählte würden Dämonen töten, doch in Wirklichkeit verhinderten sie neue Inbesitznahmen – ohne ein Bett aus sterblicher Materie, hörten sie einfach auf, in dieser Dimension zu existieren. Um das Potenzial seines Überlebens zu maximieren, bevorzugte jeder Dämon Sterblichengruppen und auch ihrer würde keine Ausnahme sein. Heute allerdings würde ihn die Anziehung der Unantastbarenenergie ans Ende ihrer Klingen locken - hoffentlich. (Dämonenkunde war vieles, nur keine exakte Wissenschaft.)

Plötzlich zog etwas an Rowans Herz, schmerzhaft. Sie griff sich reflexartig an die Brust, warf einen Blick auf Shanna, die auf einmal sehr blutleer wirkte. Mit geschlossenen Augen entdeckte sie eine zweite Goldspur, deutlich materieller und greifbarer als die erste.

„Scheiße", fluchte Rowan leise und zog ihr Messer aus der Scheide. Die Dämonen hatten sich zusammengerottet. Ein Verhalten, das weder gewöhnlich noch ungewöhnlich war, wenn man erfahrenen Auserwählten glauben wollte. Es passierte einfach manchmal. Und *selbstverständlich* war es heute passiert. Zwei Dämonen, die jetzt irgendwo auf die Unantastbare lauerten; nicht, weil sie es wollten, sondern weil ihr Instinkt es nicht anders zuließ. Die Situation drohte nicht nur zu eskalieren, es war ganz klar, dass sie eskalieren musste, wenn sie nichts unternahmen.

Rowan packte Shanna am Arm, zischte: „Wir brauchen Verstärkung."

„Nein." Shanna machte sich los, Trotz und Ehrgeiz als goldene Einsprengel in ihren Augen. „Wir sind zwei vollwertige Auserwählte, es herrscht Gleichstand. Lass uns die Mission zu Ende bringen."

„Du verarschst mich." Der laue Ärger wandelte sich zu brüsker Wut und Rowan spürte, wie Gold in ihre Augen blutete. Ihre Nasenflügel bebten. „Willst du heute unbedingt sterben?"

„Seit wann bist du so feige?"

„Seit ich bei klarem Verstand bin, danke." Rowan lachte freudlos. „Ich würde dich ja fragen, seit wann du so rücksichtslos bist, aber wir beide kennen die Antwort. Hast du vorher auch getrunken? Oder bist du zur Abwechslung mal nüchtern?"

„Ha, du denkst das ist der richtige Zeitpunkt, mir so etwas an den Kopf zu werfen? Fick dich doch, Ro. Mach, was du willst, ich habe einen Auftrag zu erledigen." Shannas Augen funkelten, ihre blanke Klinge funkelte, ihr verdammter Ehrgeiz funkelte.

Rowan schnaubte, schirmte ihren Mund vom tobenden Wind ab, während sie das Earpiece aktivierte und sagte: „Sie sind zu zweit. Mendez, hast du verstanden? Zwei. Ich wiederhole, sie sind zu zweit." Sie sah Helena in der Ferne, ein weißer Haarschopf von halbdurchlässiger Dunkelheit umwoben, und ihrer Brust versetzte es einen Stich.

Die leise Antwort drang kaum durch das Rauschen des Windes: „Sie stehen vor mir."

„Fuck."

Rowan und Shanna liefen gleichzeitig los. Die Goldspuren umschwirrten sie, kreuzten sich, verdickten sich, je näher sie den Dämonen kamen.

Das Jagdmesser wog vertraut in Rowans Hand. Ihre Schritte wurden vom Wind geschluckt, das wabernde Licht empfing sie etappenweise, während die Schatten der Bäume nach ihnen haschten.

Helena stand sehr still. Der Wind zerrte an ihren Haaren, doch sie bewegte sich nicht von der Stelle.

Rowan erkannte zwei Gestalten: Eine flankierte Helena, die andere musste frontal vor ihr stehen. Ein goldenes, netzartiges Wirrwarr umtanzte den Standort. Shanna zögerte nicht lange und nahm die Gestalt an Helenas Flanke ins Visier.

Scheiße, *scheiße*! Priorität musste sein, die Unantastbare aus der Gefahrenzone zu bringen, aber diese Aktion? War eine Provokation, eine unüberlegte Provokation, die vor allem für Helena gefährlich war. Als wäre sie nicht mehr als ein verdammter Köder.

Rowan grollte innerlich, fluchte, und rief: „Ins Wasser, sie schwimmen nicht gut!"

Helena reagierte erst, als Rowan sie fast erreicht hatte. Sie berührten einander beinahe, als sie zur Seite ausbrach und das Ufer hinablief, auf das schwarze, gierige Wasser zu.

Der Dämon – eine Frau, blass, mit blauen Lippen und blutigen Fußsohlen – schrie, setzte Helena kopflos nach. Sie war nicht sicher auf den Beinen, stolperte, doch das hielt sie nicht auf. Ob er diesen Körper zerstörte, war dem Dämon egal. Rowan betete zu einem Gott, an den sie nicht glaubte, dass keine Sterblichen in der Nähe waren. Sie hatte keine Zeit, um auf Shanna zu achten. Sie würde schon zurechtkommen, wie Miss Perfect immer zurechtkam.

Rowan rannte auf den Dämon zu, stieß ihn um, fand sich halb auf einem windenden, kreischenden Körper liegend wieder und versuchte, die Klinge irgendwie in die Nähe der Goldaugen, der Ohren, des Herzens zu bringen. Doch die Besessene wehrte sich und Rowan konnte die Klinge nicht positionieren. Nicht verletzen, töten. *Keine zweiten Chancen.* Der erste Stoß musste sitzen.

Knochen knackten, als die Besessene ihre eigenen Finger brach, um sich Rowans Griff zu entwinden. Etwas krachte. Knirschte. Splitterte. Die Geräusche waren ungefiltert in Rowans Kopf und sie biss die Zähne zusammen, um sich nicht zu übergeben.

Auf einmal schrie die Frau wie am Spieß auf und erschlaffte.

Etwas Heißes traf Rowan und perlte über ihr Gesicht. Sie setzte sich atemlos auf und sah Helena, die über ihnen stand. Dann erst sah sie den Stein, der den Kopf der Frau zertrümmert hatte. Ein zittriges Lächeln glitt über ihre Lippen. Sie stand auf, unsicher leicht und bleiern zugleich, und hielt sich am Messergriff fest.

Rowan entdeckte Shanna etwas abseits am Weg in einem Sprühnebel aus Blut, goldrot verzerrt. Ein langer Schnitt zog sich über ihre Bauchdecke, ein zweiter und dritter über ihren Rippenbogen. Sie atmete schwer, stützte sich gegen einen Laternenmast.

Fuck. Rowan stürzte zu ihr, Helena im Schlepptau. Der zweite Dämon – ein Teenager mit tot starrenden Augen und durchschnittener Kehle – lag ihr zu Füßen. Er war unbewaffnet. Wie hatte er …? Außer er hatte ihr das Messer entwunden. Etwas, das niemals passieren durfte. Nie. Die wichtigste Lektion im Messerkampf und Shanna hatte sie nicht einhalten können? Der Grund war schmerzlich, *frustrierend* offensichtlich.

„Scheiße, Shanna." Rowan suchte den Boden nach dem Messer ab. Der Wind heulte in ihren Ohren, konnte aber das geisterhafte Echo des zerbrechenden Körpers nicht übertönen. Übelkeit krallte sich in ihren Magen.

Shanna stöhnte. „Ruf das Aufräumkommando."

„Ich ruf den Krankenwagen."

„Nein, ruf … ruf Sivan an, okay? Bitte. Er soll mich abholen."

Helena meldete sich leise zu Wort: „Ich ruf das Aufräumkommando. Und das Messer. Es ist dort." Sie deutete auf die Blutlache unter dem Toten, während sie ihr Earpiece aktivierte.

Scheiße. Rowan drückte den Körper mit der Stiefelspitze weg, um Shannas Messer und Earpiece aus dem Blut zu fischen. *Ugh.* „Danke", sagte sie trotzdem und Helena winkte ab.

Sie meldete sich bei der Zentrale und ging ein Stück von Rowan und Shanna weg. Shanna sank indes ächzend zu Boden. Ihre Goldaugen waren erloschen. Die Wunden bluteten gleichmäßig, benetzen ihren Anzug. Rowan ging neben ihr in die Hocke, drückte prüfend auf eine der Wunden.

„Aua."

„Du bist die verantwortungsloseste, rücksichtsloseste, leichtsinnigste Auserwählte, mit der ich jemals zusammenarbeiten musste", sagte Rowan und meinte es so. Tränen und Hilflosigkeit pressten gegen ihre Kehle. „Ich werde es deinen Eltern sagen. Dass du trinkst. Heute ist das erste und einzige Mal, wo dein Blut an meinen Händen klebt."

„Okay." Shanna ließ den Kopf zur Seite fallen, kniff die Augen zusammen. „Tut mir leid."

„Ich weiß. Ich ruf jetzt den Krankenwagen und werde Sivan sagen, dass er dich auf der Notfallstation treffen soll."

„Okay."

Rowan wischte sich über den Mund. Ihre Haare waren in Blut getaucht, zeichneten rote Striemen auf ihr Gesicht. Sie strich über Shannas Kopf, ignorierte die feuchten Striche auf ihrer Haut. Als sie den Notruf wählte, wusste sie nicht, wie es mit Shanna oder ihrer Karriere weitergehen würde, aber sie wusste zwei andere Dinge: Erstens, sie würde sich die Haare auf eine einsatzfähige Länge schneiden lassen. Zweitens, sie würde Helena einen ausgeben.

CN Selbstverletzung, Referenz auf Kindstod und Tod des Partners, Referenz auf Sekte/Kult, Referenz auf dis/ableism, Sex

2020, DONNERSTAG 24. DEZEMBER

WIEN, DANICAS APARTMENT

Danica wollte nicht, dass es dämmerte.

Regentropfen schlängelten sich über die Fensterscheiben. Sie waren von bunten Lichtflecken überzogen, die sich im Spiegel des Wassers fingen und mit ihm verliefen. Eine typische Weihnachtsnacht: feucht, schneelos, urban. Die triste Einheitlichkeit wurde bloß von Beleuchtung und Dekoration unterbrochen, als hätte man Streusel auf den grauen Nachtbrei geworfen und gehofft, die Verbesserung würde ein feierlich-andächtiges Ergebnis ermöglichen.

Vorletztes Jahr hatte Danica selbst Streusel geworfen, sich der Illusion hingegeben, dass es anders sein könnte. Dass es normal sein könnte. *Normal*. Danica spürte, wie ihr die Tränen kamen und sie biss sich auf die Zunge, verlagerte ihr Gewicht auf das Bein, das von der Prothese getragen wurde. Zwei Schmerzherde begannen zu glühen und ließen die Tränen erkalten.

Danica atmete tief ein. Sie war naiv gewesen und hatte es mit allem bezahlt, was sie gehabt hatte. Kurz entschlossen kippte sie die Jalousien so, dass sie weder den Regen noch die bunten Lichter sehen musste.

Sich anzuziehen erforderte mehr Kraft, als sie hatte. Irgendwie schaffte sie es trotzdem. Sie hatte es fast zwei ganze Jahre geschafft.

Alexander lächelte sie zuversichtlich an. Sein Leib franste an den Rändern aus, verschwamm vor ihren Augen, flackerte, war ein Schatten, eine Spiegelung auf Glas, eine Silhouette unter Wasser, eine Erinnerung und ein Geist – sie bekam ihn nie richtig zu fassen. Danica hasste ihn dafür. Dafür, dass er sie verlassen hatte. Und dafür, dass er ihre Kinder nicht beschützt und sie mitgenommen hatte.

Der Hass auf ihn erfüllte Danica mit brennender Scham. Sie ging in Flammen auf, brannte und verbrannte, musste ewig weiterbrennen. Es gab keine Erlösung. *Keine Erlösung*. Wie konnte sie es wagen, das zu denken? Danica atmete zittrig aus. Mit geschlossenen Augen trat sie durch Alexanders Geist. Ihre Wirbelsäule kribbelte und das Bein, das ihr amputiert worden war, schmerzte wie nach dem Überfall.

Danica presste die Zähne zusammen und öffnete die Augen. Alexander war weg.

Der Hass jedoch blieb und zog die Aura der Scham enger um ihren Körper, bis sie sich in ihr Fleisch brannte und mit ihrer Haut verschmolz. Es war so oft passiert, dass Danica sich fragte, ob sie noch eine Zelle besaß, die nicht mit Hass infiziert war. Und wenn dem so war, wenn es tatsächlich noch hassfreie Zellen in ihrem Leib gab, ob sie frei von Zorn und Trauer sein durften – aber da schimmerte sie wieder durch, nicht wahr? Die naive, unbedarfte Danica vor dem Überfall, die sich nur allzu bereitwillig trügerischen Illusionen hingegeben hatte. Sich ihnen immer noch hingeben wollte. (Und nicht nur ihnen, möge Gott, möge *Alexander* ihr verzeihen.)

Danica wischte sich über Nase und Mund, schluckte hart. Wie konnte sie in eine Kirche vor Gott treten und so tun, als trüge sie Dankbarkeit ob Christi Geburt im Herzen? Sie war nicht dankbar. Jede Geste, so gut gemeint sie auch war, bestärkte sie darin, nicht dankbar zu sein.

Und so hatte sie jene, die ihr helfen wollten, vor den Kopf gestoßen, immer und immer wieder, bis sie ihr Ziel endlich erreicht hatte: Niemand bot ihr mehr Hilfe an. Die Nachbarinnen sahen nicht mehr nach ihr. Das Hauptquartier hatte sie informiert, dass ihr Therapeut nicht mehr darauf bestand, dass sie zu ihm in die Praxis kam; es würde ohnehin keinen Unterschied machen. Ihre Bekannten und Verwandten riefen nicht mehr an, schrieben nicht mehr. Der Einzige, der sich ihr noch verpflichtet fühlte, war Mohamed. Alexanders Auserwählten-Partner, der Taufpate ihrer Kinder. Er kaufte regelmäßig für sie ein, ließ die Sachen vor der Eingangstür stehen und vermied den direkten Kontakt mit ihr. Was Schuld und Trauer mit einem machten … Aber Danica sollte es recht sein.

Sie war alleine und ungebunden – und wäre nicht Nikola gewesen, hätte Danica keinen weiteren Gedanken an die Lebenden verschwendet. Er war ihr Anker, doch sie war nicht sicher, ob sie überhaupt an Ort und Stelle gehalten werden wollte. Vielleicht war er eine Kette und fesselte sie an den Grund, während das Wasser stieg und stieg.

Danica wand ihr Haar zu einem Knäuel und band es im Nacken fest. Sie wollte es abschneiden, am besten abrasieren, doch wie konnte sie, wenn Alexander ihre Haare so geliebt hatte, wenn ihre Kinder sie geflochten, gezogen, und zwischen ihren Fingern gedreht hatten? Es waren Kleinigkeiten, die sie nicht gehen lassen konnte.

Sie hatte nichts von ihrer Familie behalten. Keine Kleidung, keine Spielsachen, keine Gebrauchsgegenstände; nur ein paar Fotos, ihren Ehering und die drei goldenen Schutzengelanhänger ihrer Kinder. Obwohl die Schutzengel sie jeden Tag eine Närrin spotteten, trug Danica sie an ihrem Herzen; auch Alexanders Ring hatte dort seinen Platz gefunden.

Danica schlüpfte in den grauen Regenmantel und zog sich die Kapuze ins Gesicht, ehe sie das Licht abschaltete und ihre Wohnung verließ. Der Lift bewegte sich stockend, aber er kam ohne Spiegelverkleidung aus – wofür Danica dankbar war.

Kühle Luft, prasselnder Regen. Danica schloss die Augen. Sie konnte keine Goldspuren unter dem unruhigen Blinken der Lichter entdecken. Aber das bedeutete noch lange nichts. Welche Familie in dieser Nacht von einem Dämon anstatt dem Geist der Weihnacht heimgesucht werden würde? Welches Kind sich zu ihren Kindern unter die gefrorene Erde gesellen würde?

Nikola begrüßte sie leise und Danica öffnete die Augen. Er versuchte sich an einem Lächeln für sie, klitschnass und von der Kälte in Gesicht und Hände gebissen. Sie gab ihm einen flüchtigen Kuss auf die Wange, vertraute ihrer Stimme nicht. Außerdem hatte sie ihm nichts zu sagen, nichts Wichtiges zumindest. (Und was wichtig war, konnte sie ihm kaum zumuten, oder?)

„Möchtest du zur Messe?", fragte Nikola, als sie seine Hand nahm. „Es gibt eine in der Nähe. Aber falls du woanders hinwillst, bekommen wir ein Auto."

Danica schüttelte den Kopf. Sie konnte nicht aufhören, an die schlaffen blutverschmierten Puppen zu denken, zu denen Katarína, Daniel und Gabriel nach dem Überfall geworden waren. Bittere Übelkeit füllte ihren Mund und ihr Herz.

Sie verfluchte sich und Alexander dafür, Kinder bekommen und ins Verderben gerissen zu haben. Als hätten sie es nicht vorher gewusst. Als wäre es nicht weithin bekannt, dass Unantastbarenkinder die höchste Sterblichkeitsrate der Population aufwiesen. Aber sie hatten die Risiken ignoriert. Das Resultat war landesweit bekannt. Die Statistik hatte recht behalten. Ihre Familie – ein Dämonenmagnet, tot, und der Kollateralschaden nur durch Alexanders Entscheidung, sie anstelle der Sterblichen zu opfern, minimal.

Er hatte immer schon das Richtige getan. Das Richtige für das Gemeinwohl. Gott, wie sie ihn dafür *hasste. Gott,* wie sie ihn dafür verachtete.

„Dan?"

„Keine Menschen", brachte sie mühevoll hervor. „Es ist nicht sicher."

Nikola nickte. „Willst du wieder raufgehen?"

„Nein", erwiderte Danica tonlos. Sie wünschte, sie wüsste, was sie wollte. Nein, sie wünschte, dass das, was sie wollte, etwas Anderes wäre. Irgendetwas, das erfüllbar war und die existenzielle Leere vertrieb. Aber alles, was sie wollte, war außer Reichweite. (Alles, bis auf Nikola.)

„Wir haben eine Kapelle versiegelt. Die, wo sich ein Dämonenkult getroffen hat."

Danica sah ihn blank an.

„Dort ist sicher niemand. Lass uns …" Nikola lächelte einseitig. „Diese heilige Nacht nutzen und sie gebührend verabschieden."

„Du willst in eine Kapelle einbrechen."

Er zuckte mit den Schultern. „Ich würde dir gerne irgendetwas schenken. Und wenn es ein Einbruch ist. Natürlich nur, wenn du einverstanden bist."

Die Zuneigung spießte Danica mit glühendem Speer auf, durchbohrte ihr Herz. Sie schaffte es, zu nicken. Nikola küsste ihre Hand.

„Ich hol das Auto."

Die Kapelle stand vor einer Hochhausschluchtenkulisse. Neongelbes Band, das im Regen schwang, umzingelte sie mit gut einem Meter Abstand. Eine Warnung der Auserwählten.

Nikola duckte sich darunter hinweg, drehte sich zu Danica, hielt inne – dann schüttelte er den Kopf und zerschnitt das Band. Es fiel zitternd wie eine gelbe Schlange auf den Beton. Der doppelköpfige Adler über dem Tor schien auf das Band zu lauern.

Die rostigen Türflügel waren ungesichert. Ein reflektierendes Siegel war vertikal zwischen die Torhälften geklebt worden. Nikolas Taschenmesser durchtrennte es mit Leichtigkeit. Die Sperre hatte mehr Symbolcharakter als praktischen Nutzen. Das galt für vieles, was die Auserwählten in der Stadt taten.

Danica suchte im Dunkeln nach Kameras. Aber eigentlich waren sie ihr egal. Die Tür schwang auf und ihr Quietschen vermischte sich mit dem Choral, den der Regen sang, und dem Wispern der Geister.

Danica folgte Nikola ins Innere der Kapelle. Es war überraschend warm und roch nach Honig. Oder vielleicht roch Nikola nach Honig und sie konnte das eine nicht vom anderen unterscheiden. Bei geschlossener Tür versanken sie in weicher Finsternis.

„Moment", meinte Nikola und schaltete das Licht an seinem Handy ein, ein harter Balken in der sanften Schwärze. „Ist es so besser?"

Danica lächelte, hoffte, dass ihr Lächeln keine schneidende Kante hatte.

Die Kapelle war bis auf drei Bankreihen in zwei Kolonnen und den Altar leer – der kleine Raum hätte allerdings kaum Kapazität für weiteres Inventar gehabt, ohne überfüllt zu wirken. Danica sah nach oben. Die Wandmalereien waren verblasst, die Fenster vergittert, ein schlichtes Oculus blickte auf sie herab. Es schien lange keine Gelder für Instandhaltung oder gar eine Restaurierung gegeben zu haben.

Dass sich ein Dämonenkult hier eingenistet hatte, erfüllte sie mit Zorn, der ihr Herz gefrieren ließ. Ihr Beinstumpf pulsierte, aber es war kein Schmerz, es war Abscheu, die sich in den abgetrennten Nervenenden staute. Sterbliche waren die Einzigen, die so verklärt waren, die Dämonen zu akzeptieren, gar zu verehren. Dass sie die primären Opfer waren, schien sie nicht zu berühren. Dass andere starben, um sie zu beschützen, ebenso wenig. Hauptsache, sie konnten ihrer Überzeugung frönen.

Danica konnte die Predigt fast von den Wänden widerhallen hören: *Dämonen werden nur gefährlich, wenn sie die Energie ihrer Wirtsleiber aufgebraucht haben und eine neue Residenz suchen. Sie sind chaotisch, nicht böse. Sie morden nicht aus Lust, sondern Notwendigkeit. Ein Körpertausch ist nichts Einfaches, Brüder und Schwestern. Aber wenn wir uns freiwillig schenken …! Wir können das Leid beenden. Wir können Frieden bringen. Wir sind die wahren Auserwählten …*

„Dan? Alles okay?"

Danica biss die Zähne zusammen, bis sich die Stimme aus ihrem Kopf zurückzog. „Entschuldige. Ich habe … nachgedacht."

„Sollen wir gehen?"

„Nein." Sie riss sich zusammen, verschloss die Ohren vor allem, was tot und in der Vergangenheit war. Mit wenigen Schritten verringerte sie den Abstand zu Nikola. Seine Nähe fühlte sich sicher an. Nicht tröstlich; nichts konnte sie trösten. *Blasphemie*, schimpfte die Danica der Vergangenheit. „Danke, dass wir hier sind", sagte sie und Nikola lächelte leicht.

Er nahm ihre Hand und sie gingen durch den schmalen Gang zwischen den Bänken, setzten sich in die erste Reihe. Das Holz knarzte, als würde es ihre Anwesenheit begrüßen. Der Altar war leer. Hinter ihm prangte ein heller Schatten, wo die Wand nicht nachgedunkelt war. Danica war nicht sicher, ob der Schatten das Fehlen des Kreuzes milderte oder verstärkte.

Und der Schatten des Glaubens auf ihrer Seele – milderte oder verstärkte er ihre Undankbarkeit? Machte er ihr Leben erträglicher oder quälte er sie bloß? Und wenn sie Nikola ansah, so unerschütterlich glaubend, wurde der Schatten zu einer Wunde, die ihr keine ruhige Sekunde bescherte, oder war er ein Trostpflaster vergangener Hoffnung? Sie versperrte sich vor der Antwort.

Danica schluckte. Sie hielt Nikolas Hand ein wenig zu fest. „Ich denke manchmal an sie. Die Besessene, die … Aber ich denke an sie als Mensch." Die Luft in ihrer Lunge fühlte sich säureversetzt an, ihr Speichel schmeckte nach Asche und Blut. „Ihr Name war Judith. Sie war alleinerziehende Mutter. Und manchmal frage ich mich, was mit ihren Kindern passiert ist."

„Tut mir leid", flüsterte Nikola.

„Es ist nicht deine Schuld." *Es ist Alexanders*.

Nikola legte einen Arm um Danica und sie ließ sich gegen ihn sinken. Ihr Herz pumpte die bleierne Schwere durch ihren Körper. Sie wusste nicht, wie sie jemals wieder leicht sein konnte. Der Honiggeruch überlagerte den Blutgeschmack.

Sie wollte Nikola bitten, ihr etwas zu erzählen, aber er erzählte ihr immer alles – und sie schwieg ihn an. Vielleicht war es ihr Weihnachtsgeschenk an ihn, ihm die Bürde des Sprechens abzunehmen. Nur für eine Nacht.

Leise, die Mattheit nicht verleugnend, begann Danica: „Am Anfang haben alle so getan, als könnten sie mich in Ordnung bringen, wenn sie mein *Bein* in Ordnung bringen. Ich musste auf die Amputation bestehen, sonst würde ich immer noch in diesem weißen Raum liegen und darauf warten, dass ihre erbärmlichen Heilversuche Früchte tragen. Ich könnte nicht gehen oder arbeiten oder irgendwie autonom weiterleben, und sie würden ihre Methode immer noch für die beste halten. Sie verstehen bis heute nicht, dass mein Bein nicht das Problem ist. Dass es das Einzige ist, das ich verloren habe und ersetzen kann. Und dass dieser Schmerz erträglich ist." Sie lachte auf. „Aber nein, sie konzentrieren sich trotz allem lieber auf mein verdammtes Bein. Ich verstehe es schon, es ist einfach, darüber zu sprechen. Daran herumzubasteln. Es zum Zentrum des Verlusts zu machen, weil es ja theoretisch noch rettbar ist." Müde Trauer machte ihre Stimme brüchig. „Ich bin ihre Blicke leid. Ihr abgenutztes Mitleid. Ich will nicht, dass ich sie morgen sehen muss. Irgendwen. Ich bin es so leid, Nikola."

„Wir können hierbleiben." Nikola klang todernst – und dafür liebte Danica ihn mehr, als sie ihm je sagen würde. „Oder wir gehen woanders hin. Wo uns niemand kennt."

„Du würdest mit mir desertieren?"

„Ohne zurückzuschauen."

Danica wünschte, sie könnte ihm glauben. Statt ihm zu antworten, küsste sie ihn. Seine Lippen waren trocken, sein Haar regennass. Nikola küsste den versteckten Leberfleck auf ihrem Hals und Danica lehnte sich in seine Berührung. Sie befürchtete, dass sie nur mit ihm schlafen wollte, um einen Toten zu bestrafen. Sie befürchtete, dass sie mit ihm schlafen wollte und es nicht das Geringste mit Alexander zu tun hatte.

(In der Therapie hatte man sie gewarnt, nicht zu früh wieder eine Beziehung einzugehen. Aber die Therapie konnte ihr gestohlen bleiben. Sie wollte das. Sie wollte Nikola.)

„Dan ..."

„Ich hab das Implantat", sagte sie, als würde das alles Weitere vorwegnehmen: dass sie beide ohnehin regelmäßig getestet wurden, dass sie sicher war, ja, ganz sicher, und dass sie den Moment ihretwegen nicht zerreden mussten. „Wenn du auch willst … Dann lass uns einfach später reden."

Nikola flüsterte seine Zustimmung und Danica küsste ihn noch einmal. Seine Hände waren kühl auf ihrer Haut, doch es störte sie nicht. Ihre Finger glitten über feuchten Stoff, glattes Metall, raues Leder. Wärme brandete durch ihren Körper. Die Bank knarrte. Ihr Atmen, ihr stimmloses Seufzen geisterte durch die Kapelle.

Wenn der Dämonenkult die Kapelle entweiht hatte, so weihten Danica und Nikola sie an diesem Heiligabend neu. Sie bemerkte nicht, wie Mitternacht vorbeizog und den Tag einläutete, vor dem ihr so graute. Nikola ließ sie vergessen.

Und Danica vergaß, wenn auch nur für eine Weile.

2021, DONNERSTAG 15. APRIL

LONDON, EIN TAXI

Dicke Tropfen bahnten sich über die Scheiben, während London in der Dämmerung an ihr vorbeizog. Nesrin sah aus dem Fenster, drehte an ihrem Goldring und hoffte, dass sie ihr Ziel bald erreichte.

Sie hatte ihr Handy ausgeschaltet, nachdem sie mit Shanna gesprochen hatte. Am liebsten hätte sie es ganz zurückgelassen, aber dafür war sie zeitlich zu knapp an die Kreuzung bestellt worden.

Sie wehrte sich gegen die Paranoia, doch die Kameradichte war so hoch, dass sie kaum einen Finger heben konnte, ohne dabei aus drei verschiedenen Winkeln beobachtet zu werden. Auch deswegen war dieses Treffen so gefährlich.

Der Fahrer war schweigsam, beobachtete sie aber konstant durch den Rückspiegel. Er traute ihr nicht. Sie traute ihm auch nicht. Aber sie hatten beide keine Wahl: Er war geschickt worden, um sie abzuholen, und sie war von ihrer Quelle in dieses Taxi bestellt worden.

Es handelte sich um ein offiziell zugelassenes Taxi. Alles andere wäre zu riskant gewesen. Falls sie auf Weisung der Auserwählten halten mussten, wäre ein falsches Taxi potenziell tödlich.

Nesrin fragte sich, wie schnell sie des Verrats und der Verschwörung angeklagt werden würde. Welche Strafe darauf stand. Ob ihre Verhandlung, ihre Verurteilung in den Londoner oder Wiener Zuständigkeitsbereich fiel. Sie wollte es eigentlich nicht so genau wissen. (Manche Details blieben besser unrecherchiert, oder sie könnte ihre Berufung gleich aufgeben und sich dem sicheren System fügen. Sie wäre weder die Erste noch würde sie die Letzte sein.)

„Sie werden verfolgt." Der Fahrer sprach sie auf Deutsch an, bewegte dabei kaum die Lippen.

„Wie bitte?"

„Sie haben es also nicht bemerkt." Er warf Nesrin einen düsteren Blick zu, der sich aber kaum von seinem standardmäßigen Blick unterschied. „Das Treffen wird unter diesen Umständen nicht stattfinden."

Nesrin wusste es besser, als sich nach dem Fahrzeug umzusehen, das ihnen – angeblich – folgte. Ihr Herz klopfte.

„Können Sie mir sagen, wer …?"

„Schwarzes Motorrad. Londoner Nummernschild. Schwarzer Helm, schwarze Kleidung. Keine Auffälligkeiten. Das Fahrzeug wahrscheinlich eines von vielen. Regierung, Auserwählte, Widerstand: Es passt auf sie alle." Er blieb an einer roten Ampel stehen. „Wie lange werden Sie schon beschattet, können Sie es eingrenzen?"

Nesrin spürte, dass ihre Hände zitterten. „Ich weiß es nicht. Ich habe nichts … Es gibt keinen Grund, mich zu überwachen."

Ein freudloses Lächeln zuckte über das Gesicht des Fahrers. „Sie brauchen keinen Grund."

„Und was machen wir jetzt? Wie erreiche ich meine Kontaktperson?"

„Sie erreichen niemanden. Man wird Sie kontaktieren, falls sich wieder eine Gelegenheit bietet. Aber Sie müssen Ihre Verfolger loswerden, sonst ist das Risiko keinesfalls tragbar."

„In Ordnung." Nesrin warf einen Blick auf ihre Uhr. Die Ausgangssperre würde in ungefähr drei Stunden in Kraft treten. „Wenn ich es schaffe, das innerhalb der nächsten Stunde zu erledigen, kann das Treffen heute doch zustande kommen?"

„Sie haben Selbstbewusstsein", meinte der Fahrer und klang ein wenig beeindruckt, auch wenn es sich nicht in seinem Gesicht spiegelte. „Ich werde Sie absetzen und zwei Querstraßen weiter wird genau siebenundfünfzig Minuten später ein Taxi vorbeifahren. Die Nummerntafel ist bis auf die erste und letzte Stelle ident. Ihr Erkennungszeichen bleibt das rote Halstuch, aber befestigen Sie es diesmal an Ihrer Tasche. Sollten Sie ohne ungeladene Gesellschaft da sein, werden Sie zum Treffpunkt gebracht – wenn nicht, war es das."

„Einverstanden." Nesrin holte Puderdose und Lippenstift aus der Handtasche. Durch den kleinen Spiegel erhaschte sie einen Blick durch das Rückfenster auf das Motorrad, das ihnen hinter zwei Autos folgte. Das konnte wohl nicht wahr sein …! Sie trug das dunkle Rot auf und ließ den Spiegel zuschnappen. „Kennen Sie zufällig ein belebtes Lokal in der Nähe?"

Der Fahrer grunzte. „Wir sind in London. Wonach suchen Sie?"

Im Mantel des Regens stieg Nesrin aus dem Taxi, nachdem sie ihre Fahrt ordnungsgemäß mit Karte bezahlt hatte. Schließlich hatte sie nichts zu verbergen. Der Wind blies ihr durch die diversen Stoffschichten direkt auf die Haut. Jedes Haar an ihrem Körper stellte sich auf.

Nesrin widerstand der Versuchung, sich nach dem Motorrad umzusehen. Warme Luft und eine Musikblase umfingen sie, als sie die Bar betrat. Das Publikum war jung und durchgestylt; Nesrin vermied es, an sich herabzusehen, und bestätigt zu wissen, dass sie für diese Location eigentlich underdressed war.

Sie öffnete ihren Trenchcoat und setzte sich an die Bar. Hinter den mehrreihig aufgestellten Alkoholflaschen war ein Spiegel angebracht, der die ganze Länge des Barbereichs abdeckte. Perfekt. Nesrin strich sich feuchte Haarsträhnen aus dem Gesicht und bestellte einen Virgin Mojito, behielt die Eingangstür im Auge.

Sie musste nicht lange warten, bis eine schwarz gekleidete Person das Lokal betrat. Ihr fehlte ein Motorradhelm, aber ihr Blick fand sie fast sofort. Es war eindeutig. Nesrins Verfolger war ein junger bartloser Mann mit einem nervösen kleinen Finger; er blieb ruhig, doch sein kleiner Finger? Bewegte sich beständig. Als würde er Sekunden zählen.

Zucker, Zitrone und Minze glitten über Nesrins Zunge, als sie an dem Strohhalm saugte. Der Verfolger hielt sich im Hintergrund, doch auch er passte nicht zum hiesigen Publikum. Sie waren die zwei Faktoren, die das Gesamtbild störten. Vielleicht war das nicht so schlecht. Sie sah auf die Uhr. Sie würde auf Zeit spielen.

Nesrin war – Allah sei Dank – noch nie in die Situation gekommen, einen Verfolger abschütteln zu müssen. Und sich davonzuschleichen war eigentlich auch gar nicht ihre Art. Sie wusste, dass es riskant war, riskant und unüberlegt und potenziell gefährlich, doch was sollte sie tun? Irgendwie hatte sie es gewusst. Dass sie nicht versuchen würde, zu entkommen.

Also wartete sie.

Der Verfolger wartete auch. Nesrin versuchte, ihn einem Lager zuzuordnen. Vergebens. Wer würde am meisten davon profitieren, wenn ihre Story unter Verschluss bliebe? Oder nie zu einem Abschluss kam? Die Antwort darauf war auch wieder: Alle. All jene, die nach Macht heischten oder sie halten wollten. Vielleicht war es aber auch ein Konkurrent aus der journalistischen Szene. Wie auch immer: Er hatte sich das falsche Ziel ausgesucht.

Nach fünfzig Minuten und zwei Virgin Mojitos rutschte Nesrin vom Hocker. Sie straffte die Schultern und nahm das halb volle Bierglas, das ein anderer Gast stehen gelassen hatte, vom Tresen. Schnurstracks ging sie zu ihrem Verfolger, und ehe er ihr ausweichen konnte, schüttete sie ihm die Bierreste ins Gesicht.

„Malcolm, hör auf mich zu verfolgen! Wir sind getrennt!", schrie sie auf Englisch über die Menge und über die Gespräche und über die Musik hinweg. Alle Augen waren auf ihr. Auf *ihm*. Sein kleiner Finger zuckte, sein Wangenmuskel auch, als ihm Bier und Schaum vom Kinn troffen. Doch er schwieg, blinzelte kaum. Nesrin drückte ihm das Bierglas in die Hand. „Ich werde gehen und du lässt mich in Ruhe!"

Mit laut klopfendem Herzen und rauschendem Adrenalin, schritt Nesrin aus der Bar. Sie drehte sich nicht um. Ein Verfolger, der sich erwischen ließ, quasi enttarnt war und keinen Mordauftrag hatte, würde seine Mission wohl nicht fortsetzen. Hoffte sie. Hoffte sie *sehr*. Regentropfen prasselten auf sie herab und sie löste das rote Halstuch, knotete es um den Henkel ihrer Tasche, knöpfte ihren Mantel zu.

Ein Blick auf die Uhr verriet ihr, dass sie noch ungefähr vier Minuten hatte, um zum Treffpunkt zu gelangen. Sie lief nicht. Laufen war auffällig und auffällig gefiel ihren Kontaktpersonen nicht. Und so ging Nesrin zwischen Fremden, die ihr Anonymität schenkten. (Hoffte sie.)

Sie überquerte die Straßen im Grün der Ampeln, obwohl sie das wertvolle Sekunden kostete, und bog schließlich in die vereinbarte Straße. Dort sah sie, wie ein Taxi bereits zum Abbiegen blinkte.

Nein! Jetzt lief sie, schwenkte ihre Handtasche, und rief nach dem Taxi.

Es blieb stehen. Es blieb tatsächlich stehen! Nesrins Adrenalinspiegel schwoll noch etwas an, bevor er jäh abfiel, als sie auf die Rückbank glitt. Sie zitterte, grinste unkontrolliert. Sie hatte es geschafft. Sie hatte es tatsächlich geschafft. Sie würde ihre Quelle treffen.

Die Fahrerin warf ihr einen anerkennenden Blick zu. Klar geschnittene Züge, breite dunkle Augenbrauen, geschwungene Lippen. Das Auto fuhr an und drückte Nesrin in den Sitz.

„Sie sind wirklich alleine. Beeindruckend", meinte die Fahrerin auf Arabisch. Sie lächelte. Dann wechselte sie auf Deutsch: „Frau Gönül, ich freue mich, Sie kennenzulernen. Ich bin Aja, Ihre Kontaktperson. Ich bringe Sie zu Ihrem Hotel. Wir haben ein paar Minuten. Also lassen Sie uns gleich anfangen, ja?"

Nesrins Kopf schwirrte, als sie in ihrem Bademantel auf dem Hotelbett saß und versuchte, Ordnung in ihre Notizen zu bringen. Natürlich waren sie kodiert. Natürlich war auch das keine Sicherheit und sie würde ihre Aufzeichnungen vernichten, sobald sie sich alles eingeprägt hatte.

Draußen tobte ein Regensturm, der sich gegen die Fensterscheiben warf. Die Geräusche jagten Nesrins Puls in die Höhe. Aber vielleicht waren sie auch nur ein Ventil für das, was sie wirklich fürchtete. Die Wahrheit. Sie hatte sich noch nie vor der Wahrheit gefürchtet, doch diesmal wünschte sie, dass sie diese einfach ignorieren könnte. Doch sie lauerte, halb entblößt, halb im Schatten, ein graues Etwas, das sie nicht mehr schlafen lassen würde, bis sie es zutage gefördert hatte.

Laut Ajas Aussage war sie nicht die Einzige, die der Wahrheit auf der Spur war. Sie waren viele. Ein Kollektiv, das sich nicht kannte. Das sich kennenlernen sollte. Es war an der Zeit ein Netzwerk aufzubauen. Leichter zu entdecken, ja, aber auch leichter, sich gegenseitig zu helfen. Wenn sie das wirklich beweisen wollten, würden sie ihre gemeinsame Kraft einsetzen müssen. Global. Gleichzeitig. Sie musste …

Das Telefon neben ihrem Bett läutete schrill und Nesrin fuhr zusammen. Sie wollte nicht abheben. Sie hob ab. „Ja, bitte?"

„Zimmer 237?"

„Nein."

„Oh, ich sehe es gerade, bitte verzeihen Sie die späte Störung. Gute Nacht, Frau Gönül", sagte eine Männerstimme und Nesrin kam nicht umhin, das Gesicht ihres Verfolgers zu sehen.

Nesrin sagte nichts und legte den Hörer zurück. Ihre Hand bebte. Sie war sich jetzt fast sicher, wer sie verfolgte. Sie wusste nur nicht, wer ihn geschickt hatte. Und sie wusste nicht, warum er nicht besser ausgebildet war, wenn er für die Auserwählten arbeitete.

Die Informationen, die sie bekommen hatte, waren … furchtbar. Sie klangen absurd und verschwörerisch, und leider machte sie das irgendwie plausibel.

Nesrin spielte mit dem Gedanken, Shanna anzurufen, entschied sich aber dagegen. Sie wusste nicht, ob sie nicht auch involviert war. Sie fragte sich, ob sie jemals nach der Wahrheit fragen durfte.

Eine Welle der Verzweiflung schwappte durch Nesrins ganzen Körper. Dann eine größere Welle, diesmal voll heißen Zorns. Wahrscheinlich war gerade jemand unterwegs in ihr Zimmer – aber von ihr würden sie nichts erfahren, *nichts*! Sie wischte sich über das Gesicht, zerfetzte ihre Notizen und brachte sie ins Bad. Als der Sog der Toilette die Papierschnipsel verschlang, fühlte Nesrin sich leer. Leer, aber entschlossen.

Sie hätte nie gedacht, dass die Suche nach dem Verbleib der Widerstandskollaborateurinnen des Nationalfeiertags sie hierher führen würde. Sie hätte nie gedacht, dass sie sich solche Fragen stellen müsste.

Recent Google Searches: Wie frage ich meine Auserwählten-Freundin nach geheimen Labors und Experimenten an Menschen, die nach der Verurteilung durch ihre Organisation nie wieder gesehen werden? (Wie frage ich sie das und lebe mit der Konsequenz?)

Einzelhaft, Referenz auf Polizeigewalt und staatlich sanktionierte verfahrenslose Hinrichtungen, Gewalt (psychisch), Suizidalität (implizit)

2020, SONNTAG 8. NOVEMBER

WIEN, KATAKOMBEN UNTER ST. STEPHAN

Bleiche, ewig grinsende Schädel starrten Miriam von allen Seiten an. Manchen fehlten Zähne, andere wiesen feine Risse in der Schädeldecke auf. Manche waren halb zertrümmert, sichtbar misshandelt, offenbar an diesen Misshandlungen verendet. Der Ort der gestapelten Schädel suggerierte, dass es sich um Pesttote handelte. Weit gefehlt. Die Schädel waren nicht älter als ein paar Jahrzehnte.

Auserwähltenschädel neben Unantastbarenschädeln.

Die Schädel derer, die es gewagt hatten, sich gegen das System zu stellen.

Sie hier gefangen zu halten diente der Abschreckung. Es war ein stilles Exempel. Hinrichtungen waren seit 2007 verboten. Offiziell jedenfalls. Und von Folter und anderen Mitteln, die unbeabsichtigt zum Tod führten? Tja, davon war keine Rede.

Es war wie mit Polizeigewalt: Sie existierte offen in der Gesellschaft, gut dokumentiert, und doch blieben die Konsequenzen aus. Während die Polizei ungeachtet der Beweislage jedoch immer eine strenge Dementierungslinie fuhr, hielten sich die Auserwählten bei Gewaltvorwürfen schweigend zurück. Dass sie befugt waren, Besessene zu töten und sich dabei an keinerlei ethischen oder gesetzlichen Code halten mussten, machte es umso leichter, Misshandlung und Folter während der Missionen ungeahndet in Schweigen zu kleiden. Dass jetzt extra eine Pressestelle dafür eingerichtet worden war, grenzte an Hohn.

Miriam schloss die Augen. Die Zelle war so klein, dass sie es nicht ertrug, die Schädelwände lange zu betrachten.

Sie kamen immer näher. Das jedenfalls wollte ihr Hirn ihr weismachen. Wenigstens war es hier unten warm und trocken und sie wurde regelmäßig grundversorgt. Noch hatte sie kaum Schmerzen, also beschloss sie, das Gefühl zu genießen und zu hoffen, dass sich die Erinnerung in ihrem Körper verankerte. Nicht frei, aber fast schmerzfrei. Kein Grund sich zu beschweren, nicht wahr? Den Umständen entsprechend war die Inkarzeration milde.

Noch.

Noch ...

Die schweren Fesseln um ihre Hand- und Fußgelenke waren zu eng. Sie waren die einzige Möglichkeit, zu verhindern, dass sich ihr Dämon mit Gewalt befreien würde. Das Risiko, ihren Körper so zuzurichten, wie es notwendig wäre, um die Fesseln abzulegen, würde er nicht eingehen. Mit gebrochenen Händen und Füßen wäre eine Flucht ausgeschlossen. Und noch hoffte sie, erwartete ihr Dämon eine Flucht, den widrigen Umständen zum Trotz.

Aus der Nachbarzelle drang leises Weinen. Es war das einzig konstante Geräusch, noch konstanter als das Flickern der kaputten Glühbirne, die draußen vibrierte, sobald der Gang durchquert wurde. Noch vor wenigen Tagen hatte Miriam versucht, Anna – ihre Zellnachbarin, Mitverschwörerin, Mitverräterin, Mitkollaborateurin, *Freundin* – zu beruhigen. Doch sie war nicht zu ihr durchgedrungen. Sie hatte sogar den Eindruck gehabt, dass jedes Wort, das sie sagte, die Situation verschlimmerte. Was sollte sie denn auch versprechen? Dass alles gut werden würde? Miriam log nicht, tröstete nicht. Sie hatte also nur gesagt, dass es schnell vorbei sein konnte, wenn sie es richtig anstellten. Das hätte ihr inneren Frieden schenken können – doch Anna wollte das nicht, sie wollte raus, wollte leben.

Doch leben würden sie nicht. Es war ausgeschlossen, dass Shanna sie lebendig davonkommen lassen würde, egal wie umfassend ihr Geständnis wäre. Also wozu Informationen preisgeben? (Informationen, die jetzt ohnehin hinfällig waren; sie war nur über ihren Einsatz informiert worden, sie wusste *nichts* Anderes.)

Miriam dachte an den Chip, der über ihrem obersten Rückenwirbel saß. Der Widerstand hatte sie damit versehen, sie beide, um sie jederzeit orten zu können. Jetzt wünschte sie, dass ihr eine Zyankalikapsel im Fleisch hocken würde, die sie per Fernzünder dem Verhör und der Folter entziehen konnte.

Ein guter Vorschlag für künftige Operationen. Schade, dass Miriam ihn nie einbringen können würde. Niemand konnte ihr jetzt noch helfen. Für den Widerstand war sie ohnehin wertlos, jetzt wo sie aufgeflogen war. An ihre Stelle würde ein neues Gesicht treten und der Kampf würde weitergehen. Ja, es würde weitergehen, ob sie dabei war oder nicht. Und eines Tages würde die Erste Auserwählte nicht so viel Glück haben. Sie hatten Zeit. Es war ein langer Krieg, den sie führten. Ihre würde nicht die einzige Schlacht sein, die sie der Gegenseite überlassen mussten. Miriam atmete tief ein und aus. Sie hatte keine Angst mehr. Sie hatte nichts mehr zu verlieren. Egal, wie es weiterging: Sie konnte nur gewinnen.

Ihr Dämon lauerte unter der Oberfläche, golden brodelnd, wie ein Vulkan vor dem Ausbruch. Sie fühlte sich unberechenbar. Es war ein berauschendes Gefühl, als würde sie aus großer Höhe fallen und wissen, dass sie immensen Schaden anrichten konnte, egal ob sie den Aufprall überlebte oder nicht.

Jemand öffnete die quietschende Tür zum Gefängnissektor. Auch nur Show, ein Effekt, immerhin waren sie praktisch vom unterirdischen Büro der Auserwählten umgeben. Nur dieser Teil war nicht von Hightech bestimmt, sondern verließ sich auf bewährte Methoden. Das hatte auch die neue Leitung nicht geändert.

In einer anderen Welt, zu einer anderen Zeit, hätte Shanna eine gute Anführerin abgegeben. Scheiße, Miriam *mochte* Shanna. Sie war höflich und kompetent, hatte jeden Rang durchlaufen und kannte die Stadt wie keine andere. Aber das war irrelevant.

Shanna war nicht nur Shanna, Shanna trug das System. Und das System musste um jeden Preis gestürzt werden. Wenn das also bedeutete, dass sie ihren Auftritt am Nationalfeiertag so versaute, dass Chaos ausbrechen und die erste Repräsentantin des Systems erschossen werden konnte? Dann tat sie das. Hatte es getan.

Die Aufsicht stand jetzt vor ihrer Zelle. Miriam öffnete die Augen und sah in knochenblanke Augenhöhlen. Von draußen erklang eine Stimme. Sie war gedämpft, aber Miriam erkannte sie. Sivan Delcar. Er sprach wohl gerade auf der angekündigten Pressekonferenz, in der es um Anna und sie ging.

Ein cleverer Schachzug, ausgerechnet ihn zu schicken. Den Helden, der aus dem Schatten seiner Schwester trat, nur um sie mit seinem Leib vor den Kugeln abzuschirmen. (Auch ihn mochte Miriam. Aber das war ebenfalls irrelevant. Hätte ihr Befehl gelautet, seine Kehle durchzuschneiden, hätte sie es ohne Reue getan.)

„Wie stellt er sich an?", fragte Miriam nach draußen und wurde keiner Antwort gewürdigt. Auch gut. Dann eben nicht. Nebenan hatte Anna aufgehört zu weinen. Sie wimmerte nur noch. Miriam wollte sie daran erinnern, dass sie sich freiwillig für die Mission gemeldet hatte. Sich jetzt selbst zu bemitleiden? Sinnlos. Jedem strahlenden

Abstrakt folgte ein hässliches Konkret. Das war unausweichlich.

Aber wahrscheinlich ging es Anna auch nicht um sich selbst. Sie hatte einen Bruder bei den Auserwählten. Familie in Wien. Sie hatte Menschen, mit denen man ihr wehtun konnte. Alles, was Miriam nicht hatte. Es war leichtsinnig gewesen, das zu riskieren. Aber es bedeutete doch nur, dass die Not so groß war, dass selbst dieses Risiko letztlich kein Hindernis dargestellt hatte.

Das und mehr wollte Miriam Anna sagen. Aber sie konnte nicht. Sie hörte ihr ohnehin nicht zu. Zur Stimme Sivan Delcars und unter der blicklosen Beobachtung der Schädel, schloss Miriam wieder die Augen. Der Chip juckte unter ihrer Haut. Vielleicht doch Zyankali …

Miriam lächelte so gespannt und knochig wie ihre Gefährten.

Sie durfte wohl noch Wünsche hegen.

CN Überwachung der Partnerin, Suizidalität, Selbstverletzung und Suizidversuch (off-page, aber Referenz auf die Art), Gewalt (explizit & implizit), Referenz auf vergangene Suizidversuche (teils konkret/graphisch), Referenz auf Suchtverhalten (Alkohol), Alkoholkonsum, Blut

2021, DONNERSTAG 15. APRIL

WIEN, SHANNAS BÜRO

Shanna klopfte mit der Spitze des Kugelschreibers auf ein Dokument, das sie lesen sollte, aber schon minutenlang keines Blickes mehr gewürdigt hatte. Die Lampe beschien ihren Arbeitsplatz, sodass die Papierstapel Schatten warfen. Rings um sie waren die Lichter bereits gedimmt, die Plätze verwaist. Ein weiterer Abend, an dem sie das Büro als Letzte verließ – oder überhaupt nicht mehr verließ, wenn sie realistisch blieb.

Ihre Augen hingen am Bildschirm ihres Laptops. Sie lächelte. Schüttelte den Kopf und wischte sich das Lächeln aus dem Gesicht. Doch es kam sofort zurück, sobald sie sich nicht mehr darauf konzentrierte, eine neutrale Miene zu wahren.

Nesrins neuester Artikel befasste sich mit der Frage, wie Dämonen im Laufe der Zeit sprachlich zugeordnet und erfasst worden waren, und was in künftigen Entwicklungen angestrebt wurde, um sie – und in weiterer Folge die Besessenen – als menschenunähnlicheres Konzept aufzubauen. Die Informationen waren im Grunde frei zugänglich, hier aber übersichtlich gebündelt.

Nesrin interviewte darin mehrere Expertinnen, von denen eine dafür plädierte, einen neutralen Artikel für die Dämonen zu verwenden, wie es im Lateinischen der Fall war. *Das Dämon(ium)* anstelle von *der Dämon*.

Auf den ersten Blick war das eine kleinliche Unterscheidung, auf den zweiten Blick vielleicht auch, aber es war eine Frage mit der sich Auserwählte in hohen Positionen (viel höheren Positionen als Shannas derzeitiger) auseinandersetzten. Das Gesamtprogramm der Auserwählten setzte schließlich auf ein weitgreifendes Maß an Abstraktion, um den Sterblichen die Tötung der von Dämonen Besessenen plausibler zu machen. Sie neutral zu benennen schien ein logischer Schritt in diesem Prozess. So auch die Expertin.

Gleich darauf zitierte Nesrin allerdings eine anonyme Quelle unter den Auserwählten, die trocken kommentierte: „Ob ich das Dämon oder den Dämon töte, macht für mich keinen Unterschied. Ich habe keine Wahl als zu töten. Wenn sich die Obrigen mehr dafür interessieren würden, eine Rettung für Besessene zu finden als sich mit Wortklaubereien aufzuhalten, *das* würde meinen Job verbessern. *Das* wäre eine echte Veränderung."

Shannas Lächeln verblasste. Die – angebliche? – Quelle hatte nicht unrecht. Allerdings wussten Auserwählte und Unantastbare, dass es unmöglich war, eine Besessenheit umzukehren. Es gab kein Zurück. Sich damit abzufinden und die Sterblichen dazu zu bringen, sich ebenfalls damit abzufinden, und die Besessenheit durch präventive Maßnahmen zu verhindern, hatte Priorität. Aber natürlich hatte Nesrin diesen Punkt nicht mehr inkludiert, sondern den Artikel mit diesem Zitat geschlossen. Als würde sie sich weigern, altbekannte Argumentationen zu wiederholen.

So sah er also aus, der freie Journalismus …

Shanna schloss den Tab. Kein Wunder, dass sich der Widerstand inoffiziell immer wieder an Nesrin wandte. Ihre Beiträge schrammten ständig an der Grenze dessen, was die Auserwählten duldeten. Dulden konnten. Wenn sie zumindest unter einem anderen Namen schreiben würde. Aber dann hätte sie keine Integrität oder so. Sturheit, Mut und Idealismus. Eine gefährliche Mischung.

Shanna nahm ihr Handy und wählte Nesrins Nummer.

Es läutete kurz, dann meldete sich Nesrin.

„Du hast diesmal aber lang gebraucht", sagte sie und klang neckisch. Im Hintergrund waren Straßenlärm und Stimmen zu hören. „Hat dir mein Artikel gefallen?"

Shanna drehte sich in ihrem Sessel, schlug die Beine übereinander. „Ich würde wirklich gerne wissen, wo du deine Quellen herbekommst." Die Wahrheit.

„Du kennst mich doch. Ich habe überall Kontakte."

„Mhm." Shanna klopfte mit Zeige- und Mittelfinger auf die Armlehne. „Wo bist du gerade?"

„Recherche."

„Oh, geht das noch ein bisschen vager?"

„Das Mysterium ist Teil der Verlockung, Shanna. Aber wenn du es unbedingt wissen musst, kannst du mein Handy ja orten lassen", sagte Nesrin unbeschwert und klang dabei so sicher, dass sie das nie tun würde, dass Shanna sich schämte, es bereits getan zu haben. London, heute. Vor ein paar Tagen war es noch Istanbul, dann Berlin gewesen.

Sie musste wirklich damit aufhören.

Aber bei den Storys, die Nesrin recherchierte, schrieb *und* veröffentlichte? Sie hatte keine Wahl. Ihre Sicherheit stand auf dem Spiel. Zumindest gegenüber anderen Ersten Auserwählten konnte Shanna ihre Hand über Nesrin halten. In Wien wäre es trotzdem sicherer, aber nein, Nesrin musste die Welt bereisen.

Shanna schluckte die Scham, konzentrierte sich auf die Notwendigkeit ihrer Entscheidungen, und fragte: „Wann kommst du zurück?"

„Hmm. Das klingt als würdest du mich vermissen." Sie lächelte. Shanna wusste, dass sie lächelte. „Ich lasse es dich wissen, sobald ich es weiß." Plötzlich Hupen, mehr Autolärm. Schritte auf Asphalt. Rauschen. Darüber

Nesrins Stimme, ein wenig undeutlich: „Ich muss jetzt Schluss machen. Ich werde mich bei dir melden, okay?"

„Natürlich. Pass auf dich auf."

„Und du auf dich", erwiderte Nesrin in sanftem Ton. „Bis bald."

Shanna kam nicht mehr zu einer Antwort. Die Leitung war bereits tot. Verdammt, in welche Sache verstrickte Nesrin sich da bloß wieder?

Die Versuchung, ihre Kontakte sofort zu fragen, war groß. Andererseits würde sie ohnehin einen detaillierten Bericht am Morgen bekommen. Und Shanna hatte selbst noch Arbeit zu erledigen. Die Einsatzdokumente würden sich nicht von selbst lesen. Leider.

Shanna seufzte. Sie legte das Handy verkehrt auf den Tisch und streckte ihre Finger. Ihr Blick fiel auf die Uhr. Es war spät und demotivierend. Sie wollte ins Bett, aber das war keine Option. Also zwang sie sich, das Dokument zumindest anzusehen. Eine Zeile nach der anderen.

Auf einmal gingen die Lichter auf der Etage an. Stiefelsohlen fielen schwer auf den Boden. Wer …? Shanna stand auf, ihre Hand fest am Messergriff, und verließ den Schreibtisch. Das Öffnen und Schließen der Glastür verursachte einen Luftzug.

Shanna ging den Schritten entgegen. Sie wurden unsteter. Was zum …? Sie ging um die Ecke und ihr Herz setzte einen Schlag lang aus.

Sivan war blutverschmiert und zitterte, nur seine Hand zitterte nicht. Er hielt ein Messer, von dem Blut tropfte. Seine Augen bestanden aus kaltem Gold.

„Nimm mir das Messer ab", sagte er und hörte sich dabei kein bisschen nach ihrem Bruder an.

Shanna wusste prompt, was passiert war. Wütende, hilflose Tränen stachen ihr in die Augen. Sie kam der Aufforderung von Sivans Dämon nach und löste seine Finger vom Messerknauf. Er wehrte sich nicht, doch sie hatte alle Mühe, seinen Griff zu lockern, ohne ihm die Finger zu brechen. Keine weitere Reaktion.

Sivan sah sie an, blank und golden. Er stank nach Alkohol und Schweiß und einem Aftershave, das nicht seins war. Nicht schwer, den Hergang des Abends zu rekonstruieren. *Get off or off myself, you know?*, flüsterte Sivan, kaum neunzehn Jahre alt, verzweifelt in ihrem Hinterkopf.

„Sivan. Sivan, hörst du mich?", fragte Shanna leise, während sie das Messer in ihren Gürtel steckte, und ihn nach Verletzungen absuchte. Seine Unterarme bluteten aus Längsschnitten. An seiner Kehle war ein feiner Schnitt, der ein dünnes rotes Rinnsal absonderte. Es hätte schlimmer sein können. (Es war schon schlimmer gewesen.) Dass Sivans Dämon nicht mit seinen Heilkräften eingegriffen hatte, bestärkte die Tatsache, dass es sich um relativ harmlose Wunden handelte. Ihr Hals war trotzdem eng. Sie wollte trotzdem weinen.

Shanna straffte die Schultern: „Komm, ich bring dich nach Hause …"

Sie nahm ihn an der Hand. Seine Haut war kalt. Sivan folgte ihr ein paar Meter, als wäre er in Trance oder würde schlafwandeln. Dann verdrehte er plötzlich die Augen und brach zusammen. Shanna schaffte es gerade noch, ihn aufzufangen.

Gold schoss durch ihre Adern, nur ein wenig, gerade genug, um die Situation zu beherrschen. Sie zerrte Sivan in den Lift, wählte das Stockwerk ihres Apartments. Etwas Warmes rann über ihre Haut. Sivans Blut. Sie war durch den Dämoneneinfluss so emotional distanziert, dass die Information sie als reiner Fakt erreichte. Ein zweiter Fakt:

Die Schnitte waren so oberflächlich, dass Shanna sie selbst verarzten konnte, ohne professionelle Hilfe hinzuzuziehen. Und ein dritter: Der Vorfall würde zwischen ihnen bleiben, sobald sie die Löschung der Videoaufnahmen veranlasste.

Sie gelangten zu ihrem Apartment. Während Shanna die Tür öffnete, kam Sivan zu sich. Er begann sofort wieder am ganzen Leib zu zittern, war kaum imstande sich aufrecht zu halten oder zu gehen. Sie hielt ihn fest.

„Es wird alles gut", versprach Shanna und versuchte über die Nüchternheit des Dämons hinwegzukommen. Dämonen waren keine gute Hilfe, was solche Situationen betraf. Sie brauchte das Eis nicht. Nicht mehr, nicht in dieser Situation. Ihre Sorge und Fürsorge brachten das Eis in ihren Adern zum Schmelzen und es lief in kalten Schauern über Shannas Wirbelsäule.

„Tut mir leid. Tut mir leid, tut mir leid, Shanna … Es tut mir so leid."

„Alles gut", sagte sie leise und wünschte, es wäre die Wahrheit.

Shanna begleitete Sivan zum Sofa, auf das er praktisch fiel. Dann rührte er sich nicht mehr. Sie strich über sein Haar.

Sie versuchte, nicht daran zu denken, wie es das erste Mal gewesen war. Doch die rote Linie an seinem Hals erinnerte sie an das Quetschmal, das der Gürtel hinterlassen hatte. Sie versuchte, das zweite Mal zu verdrängen. Doch Sivans bleiche Lippen erinnerten sie daran, wie er halb nackt und halb tot im Schnee gelegen war. Sie versuchte, jede dieser Erinnerungen einzudämmen. Doch sie waren alle da, schwirrten um sie herum wie Insekten, die vom Licht angezogen wurden.

Sivan war in einer Endlosschleife von geflüsterten Entschuldigungen gefangen. Shanna konnte nicht sagen, wofür er sich entschuldigte: Dafür, dass er versucht hatte, sich umzubringen oder dafür, dass er es nicht geschafft hatte, oder dafür, dass sein Dämon ihn zu ihr gebracht hatte. Und das Einzige, wofür Shanna dankbar war, war der Dämon, der Sivan nicht sterben ließ. Jeder Erinnerung folgten Goldaugen. Jede Erinnerung endete mit Ohnmacht. (Was Sivan wohl sah, wenn er sie ansah und sie von Übelkeit fahrig war? Eine sturzbetrunkene Frau, die sich übergebend über der Kloschüssel im Backoffice hing?)

„Ich bin da. Ich bin da, Sivan", sagte Shanna sacht und nahm ihn in den Arm. Unter den Schichten von Schweiß und Alkohol lag Metall. Sie wollte sich die Verletzungen genauer ansehen, aber es bestand keine akute Notwendigkeit und Sivan brauchte einen Anker. So war es immer gewesen. Sie würde ihm das nicht verwehren. Wer wusste, was er sonst als Nächstes tat?

Sivans Augen waren leer und voller Tränen. „Tut mir leid."

„Ich verzeihe dir. Hörst du? Ich verzeihe dir. Es ist alles gut", sagte Shanna mit so viel Überzeugung, wie sie aufbringen konnte. Die Eiskristalle in ihrem Herzen hatten sich gelöst. An ihrer Stelle wurzelte jetzt Verzweiflung. Traurigkeit. Eine seltsame Art von Erleichterung. „Nichts passiert. Es ist nichts passiert."

Sivan verbarg sein Gesicht an ihrer Brust. Er zitterte. Nein, er wurde von Weinkrämpfen geschüttelt. Shanna biss sich so fest auf die Lippe, dass der lokale Schmerz über den anderen Schmerz herrschte. Sie malte mit den Fingerspitzen Kreise auf seinen Rücken und zwang sich, normal weiter zu atmen.

„Ich erinnere mich nicht", gestand Sivan mit brüchiger Stimme. „Ich weiß nicht mehr, wie … Ich kann mich nicht erinnern."

„Du musst dich nicht erinnern. Es ist jetzt nicht wichtig", erwiderte Shanna leise. „Glaubst du, wir können ins Bad gehen?"

Sivan nickte stumm.

„Okay, ich helfe dir, ja?"

Wieder ein stummes Nicken. Shanna stützte Sivan und gemeinsam schafften sie es ins Badezimmer. Im gelben Licht sahen die Schnitte tiefer aus. *Eine optische Täuschung*, versicherte sich Shanna selbst, und ließ Sivan auf dem Badewannenrand Platz nehmen. Nebenbei legte sie ihren Gürtel mit den Jagdmessern, ihrem und Sivans, ab, schob ihn mit dem Fuß in die Ecke.

„Glaubst du, ich mach dir was?"

„Nein", sagte Shanna und wusch sich die Hände, ehe sie nach dem Erste-Hilfe-Kasten griff. „Wir sind zu Hause. Ich brauch jetzt einfach kein Arbeitswerkzeug."

Sivan sah nicht überzeugt aus. Er hatte nicht genug Kraft, um zu diskutieren. Widerspruchslos ließ er sich mit der abgerundeten Schere aus dem Shirt schneiden. Seine Wimpern waren Schatten, die mit den dunklen Ringen unter seinen Augen verschmolzen.

Shanna säuberte und desinfizierte die Schnitte. Sivans Reaktion war minimal; ein Zucken hier, eines da. Seine Augen blieben leer.

„Ich hab deine Tabletten da. Und ein Beruhigungsmittel. Und ein Schlafmittel. Und ein Schmerzmittel", sagte Shanna, während sie Sivans Unterarme verband. Den Schnitt an seiner Kehle ließ sie frei. Er war bei näherer Betrachtung nicht mehr als ein tiefer Kratzer. Der Dämon musste unverzüglich eingegriffen haben. Und wem auch immer sie dafür zu danken hatte; sie war dankbar.

Shanna holte die Tabletten. Es waren vier Stück. Klein, größer, rund, oval. Weiß und bunt. Sie kam sich vor, als würde sie Sivan wie ein Kind mit Zuckerln füttern. Er nahm sie entgegen und sah sie teilnahmslos an.

„Weißt du. Ich bin nicht ich. Ihr wollt alle, dass ich diese Medikamente schlucke, damit ich normal bin, aber, dann werde ich nur mehr wie er. Golden. Und das bin ich nicht. Ich bin so", sagte Sivan und deutete vage auf die Messer in der Ecke. „So bin ich in Wirklichkeit." Dann nahm er alle Tabletten auf einmal in den Mund und schluckte sie.

Shannas Herz brach. Es hörte gar nicht mehr auf zu brechen.

„Ich wollte dich nicht traurig machen", sagte Sivan matt. „Tut mir leid. Ich wollte nicht … Du hättest es leichter, wenn ich weg wäre. Ich sollte weg sein."

Shanna bemerkte, dass ihre Lippe bebte. Sie riss ihre Selbstkontrolle an sich. Dann umarmte sie Sivan. „Ich hab dich lieb, Sivan. Ich hab dich immer lieb. Ich will, dass du da bist. Und das wird sich nicht ändern."

„Ich weiß", flüsterte Sivan und klang trostlos.

„Komm. Ich bring dir was zu trinken und dann gehen wir schlafen. Außer du hast Hunger? Nein? Okay, dann komm."

Shanna brachte Sivan in ihr Schlafzimmer, legte ihm ein weites T-Shirt hin und holte ein Glas Wasser. Als sie zurückkam, hockte Sivan neben dem Kaninchenstall. Mango berührte seine Hand mit ihren Vorderpfoten, schnupperte an seinem Verband. Es war fast alltäglich.

„Shanna?", begann er leise, ohne aufzublicken. „Ich hab dich auch lieb. Ich mach das nicht, um dir wehzutun."

Jetzt war sie es, die trostlos klang: „Ich weiß." Shanna verbannte die Trostlosigkeit aus ihrer Stimme, kniete neben Sivan und Mango nieder: „Das weiß ich, Bruderherz. Versprochen."

Es war ein paar Jahre her, seit sie das letzte Mal in einem Bett geschlafen hatten. Es war auch ein paar Jahre her, seit ihr Bett derart nach Alkohol gestunken hatte.

Shanna hatte nicht gedacht, dass sich ihr bei dem Geruch einmal nicht der Magen in übelkeitserregendem Verlangen umdrehen würde. In dieser Nacht stimulierte der Alkoholgestank einen anderen Teil ihres Hirns. Wirkte fast beruhigend. Er war ein Beweis, dass Sivan lebte. Und darauf kam es an, oder? Dass Sivan lebte. Überlebte.

Ob ihn das Dämon oder der Dämon zu Shanna gebracht hatte? Vollkommen irrelevant.

CN Referenz auf Tod eines Angehörigen, Referenz auf Kindstod und Tod des Partners, Referenz auf Selbstverletzung und dis/ableism, Referenz auf Suchtverhalten (Nikotin)

2022, SONNTAG 27. MAERZ

WIEN, DANICAS APARTMENT

Als es leise klopfte, war Danicas erster Impuls, ins Schlafzimmer zu fliehen und die Tür hinter sich zu schließen. Es war zu früh für Nikola, um vom Zentralfriedhof zurückzukommen. Die Beerdigung seines Stiefvaters hatte erst begonnen, von den Festlichkeiten – sie lächelte bitter – danach ganz zu schweigen. Ein unangekündigter Gast verhieß nichts Gutes.

Danica sammelte sich. Sie riss sich nur zusammen, um keine Aufmerksamkeit zu erregen, klappte den Laptop zu, nahm ihre Krücke und öffnete die Tür.

Sivan zu sehen, war keine Überraschung. Ein Teil von Danica hatte bereits in den letzten zwei Stunden mit ihm gerechnet. Der Boden quietschte unter ihrem Gewicht, unter der kleinen Plastikaufliegefläche der Krücke, während sie die Tür aufschwingen ließ.

„Er ist noch nicht da", sagte sie, bevor Sivan sie nach Nikola fragen konnte.

„Ah. Tut mir leid. Ich kann wieder gehen. Oder draußen warten", erwiderte Sivan und lächelte schief, hielt ihren Blick nur kurz, ehe er an die Wand hinter ihr sah. Er war auf dem Sprung. Bereit, sich umzudrehen und zu gehen, um der Situation zu entkommen.

Danica seufzte innerlich. „Komm rein. Vielleicht verzichtet Nikola auf den Leichenschmaus und kommt bald."

Sie machte einen Schritt zur Seite und ließ Sivan vorbei, der ein Danke murmelte.

Die Stimmung zwischen ihnen hatte sich monatelang aufgebaut, sie war komisch, gespannt, und das, obwohl sie nicht offen miteinander konkurrierten. Keinen Grund dazu hatten. Eigentlich.

Sivan um sich zu haben, fühlte sich … nicht richtig an, wenn Nikola nicht dabei war. Sie hatten außer ihm nichts gemeinsam. Und vielleicht war das ihr Hauptproblem. Danica ging wortlos in die Küche und goss den restlichen Kaffee in eine Tasse. Sie schaffte es, nichts zu verschütten.

„Ich, ähm. Danke. Tut mir leid, dass ich … Ich wollte dich wirklich nicht stören."

Danica zuckte mit den Schultern. Sie wusste, dass Sivan sie nicht stören *wollte*. Dass er es trotzdem oft tat, war, nun ja, nicht immer seine Schuld. Nicht beabsichtigt. Sie nahm es ihm nicht – mehr – übel. Hatte kein Recht dazu, ihm seine Dämonen vorzuhalten, während sie selbst ihren Friedhof im Schlepptau hatte.

Ein abwartendes Schweigen breitete sich aus.

Sivan saß am Sofarand und nippte an seinem Kaffee. Seine Schlüssel, die Zigarettenschachtel und sein Handy lagen neben der Untertasse.

Danica setzte sich an den Tisch. Unruhe hauste in ihrer Brust. Sie hatte was zu tun. Und ihre Recherche involvierte Dinge, die einen Auserwählten nichts angingen. Dass er hier war, bedeutete eine Zwangspause. Sie sah bewusst nicht auf den Laptop, konzentrierte sich auf das stete Ticken der Uhr.

Irgendwann meinte Sivan leise: „Danke. Ich weiß, was du für ihn getan hast." Danica bedachte ihn mit einem prüfenden Blick und er fügte rasch hinzu: „Niemand weiß davon. Ich werde es ihm nicht sagen. Aber trotzdem … danke. Sonst hätte ich es getan."

Danica lächelte schmal. „Ich weiß." Nach einer Weile meinte sie: „Ich weiß, was du für dich getan hast. Und für mich. Danke."

Jetzt sah Sivan sie prüfend an, bis sie hinzufügte: „Ich werde es ihm nicht verraten."

„Danke", sagte Sivan tonlos.

Danica lächelte nicht mehr. Sie fühlte sich schwer und müde, als würde ein offenes Grab sie hinabziehen, um sie neben ihre Familie zu betten. Sie wusste nicht, was sie davon abhielt. „Du liebst ihn wirklich."

Sivan lächelte weiter, gequält, deutete ein Schulterzucken an. „Ja, und?"

„Er liebt dich auch."

Sivan wandte den Blick ab. „Ja, vielleicht." Sein Bein wippte nervös auf und ab. „Aber ich würde nicht. Ich versuche nicht. Und er würde dich ohnehin nie … Er liebt dich."

„Und ich ihn." Danica war nach Weinen zumute. „Das sage ich dir und ihm sage ich es nicht."

„Er weiß es."

„Vielleicht." Sie presste ihre Handfläche auf den Oberschenkel ihres halben Beins, hielt die Krücke mit der anderen Hand fester als notwendig.

Bei Gott, sie hatte diesen Moment herbeigesehnt und gefürchtet. Er markierte die Endgültigkeit einer Entscheidung, die sie bisher nicht für endgültig gehalten hatte. Aus einem Gedanken, einer Idee, einer Fantasie war eine Realität, die Zukunft geworden. Sie hasste, wie leicht ihr die Entscheidung plötzlich gefallen war. Sie hasste noch mehr, wie erleichtert sie darüber war.

Danica stand auf und sagte ernst: „Versprich mir, dass du nicht damit aufhören wirst, ihn zu lieben."

„Keine Sorge. Ich könnte es nicht, selbst wenn es mich umbrächte." Sivan vermied ihren Blick. Um ihn eine Aura, in der sich die Endgültigkeit *seiner* Entscheidung manifestierte.

Sie waren sich vielleicht doch ähnlicher als sie es sich eingestehen wollten: Er würde bleiben, selbst wenn es ihn umbrachte. Sie würde gehen, selbst wenn es sie umbrachte. Das war die Basis, auf der sie einander respektieren konnten.

Sivan erhob sich, seine Augen von einer Ehrlichkeit durchdrungen, die Danica kaum ertrug. „Es tut mir leid, was passiert ist. Nichts kann das jemals entschädigen. Und ich … Wenn es irgendetwas gibt. Du kannst dich immer an mich wenden."

„Und was machen diejenigen, die keine Verbindungen zu den Delcars haben?" Danica war nicht wütend. Nicht traurig. Sie wollte Sivan für sein gut gemeintes, aber vollkommen verfehltes Angebot nicht einmal einen Vorwurf machen. Sie fühlte nichts, als sie weitersprach: „Ich brauche nichts von dir, deiner Familie oder den Auserwählten. Meine Kinder sind tot. Mein Mann ist tot. Wenn ihr die Toten nicht wiedererwecken könnt, könnt ihr nichts für mich tun. Wenn ich damit lebe, wirst du auch damit leben."

Sivans Blick hing einen Augenblick zu lange an ihrem Beinstumpf, ihren Krücken. Sie lächelte entseelt. „Meinem Bein geht es blendend, danke."

„Ich wollte nicht … Tut mir leid."

Danica zuckte mit den Schultern und wandte sich ab. Sie zog es vor, zu schweigen. Nichts, was sie hätte sagen können, hätte ihn erreicht. Sivan verstand es nicht, konnte es nicht verstehen. Sie hoffte sogar, er würde es niemals verstehen müssen. Einen derartigen Verlust zu überleben …? Danica hatte es ihr gewünscht, der obersten Riege der Auserwählten, sie hatte es auch Irina Neubauer gewünscht, aber jetzt wünschte sie es ihnen nicht mehr. Der Wunsch war so rasant ausgebrannt wie die Wut, der Zorn, wie alles, was sie getrieben hatte. Da war nichts mehr. Nicht einmal Asche.

„Soll ich gehen?", fragte Sivan leise, beschämt.

„Nikola wird bald kommen." Ihre Antwort war keine Antwort und sie beide wussten das, lebten damit, hielten es in ihrer gegenseitigen Präsenz aus. *Nikola wird bald kommen.* Der Lichtblick für sie beide. Der galante Ausweg aus dieser Situation.

Sivan zögerte, ehe er sich wieder hinsetzte. Danica nahm bei Tisch Platz, betrachtete Sivan lange. Sie wusste nicht, warum sie fragte, aber sie tat es: „Kennst du überhaupt ihre Namen?"

Sivan nickte sacht, umgeben von den Geistern derer, die er zu benennen vermochte. Danica wusste nicht, ob es ein Trost war. Doch sie nickte, ruhig, und fand sich damit ab. Reine Sentimentalität. Sie wollte nicht, dass sie vergessen wurden; jede Person, die ihre Namen kannte, sorgte dafür, dass sich das unausweichliche Vergessen hinauszögerte. Um einen Tag, ein Jahr. Um die endliche Zeit, die ihrer Erinnerung gewährt wurde, bis sie verblichen und sich in die unendlichen Reihen der Vergessenen reihten. Sie sollte beten, doch sie konnte sich nicht dazu aufraffen. (Sie hatte sich schon lange nicht mehr dazu aufraffen können.)

Sivan schob seine Ärmel hoch und verschränkte die Arme. Danica betrachtete die Narben auf seinen Armen. Er sah, dass sie hinschaute, doch er verdeckte sie nicht. Seine Reaktion war nur ein angedeutetes Lächeln. „Es ist warm."

Danica nickte still. Es störte sie nicht, dass Sivan sie ohne Prothese sah. Und vielleicht störte es Sivan nicht, dass sie sah, dass auch er nicht unversehrt war. Damit hätten sie zwei Dinge gemeinsam. Immerhin.

Nach einer Weile stand Sivan auf, griff nach den Zigaretten. „Ich geh rauchen. Wenn du auch willst …?"

„Nein, danke", erwiderte Danica leise. Sie erzählte ihm nicht, dass sie ihrer Kinder wegen mit dem Rauchen aufgehört hatte, schon vor ihrer ersten Schwangerschaft. Daniel lächelte sie an, grau und mit matten Augen, halb durchscheinend. Er stand vor Sivan und sie musste ihn wegblinzeln. Ihre Kehle schmerzte. „Lass die Tür ruhig angelehnt."

„Danke." Sivan ließ seine Sachen liegen, nahm nur die Zigarettenschachtel mit und verließ die Wohnung. Er war schnell. Er brauchte die Pause und Danica brauchte … Sie brauchte Sivans Handy. Nur für einen Anruf, der nicht abgehört werden konnte. Sie konnte ihn nicht darum bitten, er durfte nichts davon wissen, sonst würde Nikola es erfahren. (Warum fühlte sich die Vorstellung, dass Nikola es erfahren könnte, schlimmer an, als wenn es die Auserwählten erfuhren?)

Danica stand kurz entschlossen auf, nahm das Handy an sich und strich über das Display. Das Handy war nicht gesperrt. Eine Sicherheitslücke auf Mikrolevel. Innerlich dankte sie Sivan für seine Nachlässigkeit.

Danica wählte die Nummer, die sich in ihr Gedächtnis geätzt hatte, als sie ihre Familie zu Grabe getragen hatte. Ein Entgegenkommen. Eine Anwerbung. Sie hatte sich so lange nicht entschieden. Sie war des Wartens leid. Es wurde nicht besser. Nicht solange sie hier blieb. Gott leitete sie nicht mehr und sie würde auch auf ihn nicht länger warten. Das Telefonat dauerte nicht einmal zehn Sekunden. Sie löschte den Anruf aus dem Log, wischte das Handy ab, legte es zurück, und setzte sich auf ihren Platz.

Ihre Kinder umarmten sie, Alexander küsste sie auf die Stirn. Danica schloss die Augen. Sie wusste nicht, ob sie ihr weiterhin folgen würden; sie wusste nicht, ob sie es über sich brachte, sie zu verlassen; sie wusste nicht, was sie erwartete.

Aber sie würde es tun.

Danica würde gehen.

CN Gewalt (explizit), Hinrichtung (staatlich sanktioniert), Kindsmord, Gore/Splatter, Blut, Körperflüssigkeiten (Erbrechen)

2022, MONTAG 3. JAENNER

WIEN, U-BAHN STATION "WIEN MITTE"

Das Schrillen in ihrem Schädel blendete das Tosen der vorbeifahrenden U-Bahn aus, als Rowan sich an der nächstbesten Bank auf die Beine zog. Blut floss in die Rillen des Streifens, der blinden Fahrgästen den Weg zu den Aufgängen zeigte. Rote Tropfen rannen an der kugelsicheren Scheibe herab, die das Gleis vom Steig trennte.

Sie griff sich an den Hinterkopf. Nass und heiß. *Fuck.*

Taumelnd, den Griff fest um ihr Messer geschlossen, verfolgte Rowan den Besessenen. Er kroch auf dem Boden, schleppte sich mit dem Rest seiner Kraft weg von ihr, der Einzigen, die ihm gefährlich war. Sein ursprüngliches Ziel, so unantastbar und verlockend es auch war, vergessen.

Adrenalin und Gold legten sich kapselartig um den Zorn, der sich in ihrer Körpermitte staute. Zorn war dieser Situation nicht zuträglich; und auch wenn er spürbar pulsierte, wisperte, wusste ihr Dämon, dass jetzt keine Zeit dafür war, und schirmte sie von ihm ab.

Rowan biss die Zähne zusammen, lief ein paar Schritte und sprang dem Besessenen in den Rücken, rammte das Messer durch Knochen und Hirn. Er zuckte, länger als ein Mensch es normalerweise tun dürfte, ehe er erschlaffte. Vielleicht hatte er geschrien – wenn, dann hatte das Schrillen in ihrem Kopf es übertönt. Blut sickerte in sein Haar, als sie die Klinge freirüttelte.

Rowan kam nicht umhin zu bemerken, wie ähnlich ihre Wunden platziert waren. Beschissene Ironie, wirklich.

Sie wollte aufstehen, doch ein plötzlicher Schwindel verschleierte ihren Blick und nagelte ihn an der Leiche fest. Vor geschlossenen Augen erschienen ihr Goldbahnen, Explosionen aus goldenem Glitter, gemischt mit der leichtesten Vermutung von Rot. Die toten Körper der Besessenen wogten in Goldstaub, der Essenz der Dämonen, die wirtslos aufhörten, zu existieren. Ihre letzte Spur eine goldene.

Tote Auserwählte umgab die gleiche Aura. Tote Unantastbare nicht. *Fuck.*

Rowan spürte, dass etwas gleichzeitig aus ihrer Nase und in ihren Rachen troff, und spuckte aus. Alles schmeckte nach Metall, nach Blut, verdorben durch die süßliche Note der Dämonenenergie. Schweiß klebte auf ihrer Stirn. Die Zügel des Dämons hielten ihr Herz in Schach.

Sie rappelte sich hoch. Der Boden war glitschig von verdrecktem, geschmolzenem Schnee und Blut. Der Balanceakt gelang nur, weil ihr Dämon ihr ein Sicherheitsnetz spannte.

Nikola stand an derselben Stelle wie zu Beginn ihres unglücklichen Kampfes. Er war bleicher als sonst. Blutspritzer benetzten sein Gesicht. Seine Hände waren zu Fäusten geballt und trotzdem nutzlos. Alleine das Zittern verlieh ihm etwas Lebendiges.

Sie entdeckte einen Kratzer an seinem Hals. Goldglänzendes Dämonenblut glitt auf die Wunde zu. Rowan knurrte. Gemeingefährlicher Dilettant …! Zorn glühte hinter ihren Augen. Jeder Schritt schmerzte auf eine kleine, widerliche Weise, die sie zum Fluchen brachte.

Rowan stieg über eine Kinderleiche mit verdrehten Gliedern und packte Nikola am Kinn. Drehte seinen Kopf, rieb das Dämonenblut, das so gerne in den Unantastbarenkörper gekrochen wäre, von seiner Haut.

Nikola wisperte etwas.

Ohne ihn weiter zu beachten, wandte Rowan sich der Kinderleiche zu. Ihr Dämon rationalisierte das tote Kind zu dem, was es geworden war: eine Bedrohung für das Allgemeinwohl, ein Wirtskörper. Sie ließ sich daneben nieder. Was sie berührte, war kein Mensch mehr. Dafür hatte die Besessenheit gesorgt.

Es war tot. Und Rowan musste es wissen, immerhin hatte sie sich um das Kind gekümmert, als Nikola keine Anstalten gemacht hatte, sich gegen seinen Angriff zu wehren; nur deswegen hatte sie dem erwachsenen Besessenen, dem gefährlicheren der beiden, den Rücken zugekehrt; nur deswegen hatte sie jetzt eine Platzwunde.

Nikolas Stimme war leise, brüchig: „Ro-"

Sie schnaubte, sah Nikola nicht an. Der Schmerz klopfte in rhythmischem Takt in ihr Hirn. „Spar es dir. Ruf einfach das Aufräumkommando."

Nikola schwieg – wie erwartet, wie die Erfahrung sie über viele Monate gelehrt hatte – und Rowan wischte sich über Mund und Nase. Was für eine beschissene Sauerei. Goldbeflügelt steckte sie das Messer weg und stand wieder auf. Der Drehschwindel war eine sekundäre Empfindung, als würde sie sich beim Schwanken bloß zusehen. Sie ließ zu, dass sie sich immer weiter aus ihrem Körper entfernte.

Ihr Dämon wusste, was zu tun war.

Die Presse war bereits vor Ort.

Rowan grollte innerlich und presste sich das Coolpad in den Nacken, wie von der Sanitäterin angeordnet. Ihre Kopfhaut prickelte als würde sie einfrieren. Blut trocknete in ihrem Haar. Es war warm und draußen war es kalt und sie hatte eine klare Präferenz. Sie wollte nach oben, nach Hause, weg von Nikola, doch vorerst saß sie in der Station fest.

Der Zugverkehr wurde weitergeleitet, die Gleise beidseitig gesperrt, die Scheiben verdunkelt. Eingänge gesperrt, die Station großräumig evakuiert. Durch Nachlässigkeit auf Auserwähltenseite würden die Medien jedenfalls keine Fotos bekommen.

Man würde meinen, irgendwann hätten sie sich am dämonischen Elend sattgesehen, doch weit gefehlt: Fotos von toten Besessenen brachten hohe Auflagen, Handyaufnahmen gingen viral. Jetzt war Polizei abgestellt, um Schaulustige fernzuhalten.

„Kann ich dir was bringen?", fragte Nikola leise. Das Dämonenblut, das Rowan ihm aus dem Gesicht gewischt hatte, lag immer noch wie ein Schatten über seinen Zügen. Seine Augen hafteten an der Kinderleiche. Je länger er sie anstarrte, desto leerer wurde sein Blick.

Rowan ignorierte ihn. Sie war so verdammt wütend, dass eine zivile Interaktion mit ihm unmöglich schien. Und eine Eskalation? Ha, die würde sie sich nicht leisten. Sie würde sich nicht nachsagen lassen, sich unprofessionell verhalten zu haben. Im Gegensatz zu Nikola hatte sie sich nichts vorzuwerfen. Sie hatte ihn vor einem grausamen Tod bewahrt, obwohl er sie im Stich gelassen hatte.

Dass Nikola die Arme verschränkte und wieder verstummte, besänftigte Rowan kaum. Doch es war besser, als sich mit ihm auseinandersetzen zu müssen; und sei es in Form eines störenden Hintergrundgeräuschs, zu dem seine Worte verkamen. Ihre Lider waren schwer, doch sie erlaubte es sich nur, zu blinzeln – auf Anweisung der Sanitäterin hin durfte sie nicht einschlafen.

Rowan beobachtete den Bahnsteig. Das Aufräumteam dokumentierte die Szene akribisch für die Akten. Fotoblitze brachten ihren Schädel zum Brummen, doch sie biss die Zähne zusammen und folgte weiterhin dem Fortgang der Arbeiten. Schließlich wurden die Leichen in weiße Säcke gepackt, auf deren plastikähnlicher Oberfläche das

Licht zu matten Strichen zerfloss. Das Weiß schluckte die Goldauren und so wirkten die Leichensäcke selbst mit Dämonenblick wie gewöhnliche Leichensäcke.

Ein Helfer trat an Rowan heran und hielt ihr den Ausweis des Mannes hin. „Vater und Sohn, wie es aussieht. Hier wurde niemand gefunden, der zu den beiden gehört."

Rowan sah die Schrift nur verschwommen, ließ es sich aber nicht anmerken. Sie nickte, während sich der Schmerz ihre Wirbelsäule hinabfraß. „Sucht nach dem zweiten Elternteil und Geschwistern, falls vorhanden. Vielleicht hat es alle erwischt."

„Verstanden."

„Wie lange wird es oben noch dauern?", fragte sie und der Helfer zerstörte ihre Hoffnung mit einem Schulterzucken und einem entschuldigenden Lächeln. Rowan schnaubte. „Schon gut, ich warte."

Ein beständiger Summton klirrte in ihren Ohren. Die metallene Bank erwärmte sich unter dem Griff ihrer freien Hand. Sie legte sie auf eine andere Stelle. Die Wärme fühlte sich übelkeitserregend an. Sie war sich mittlerweile zu neunzig Prozent sicher, dass sie eine Gehirnerschütterung davongetragen hatte. (Die Sanitäterin war sich zu hundert Prozent sicher, aber Rowan hatte sich geweigert, in die Notfallzentrale gebracht zu werden.)

„Es tut mir leid", sagte Nikola – schon wieder.

Anstatt ihm zu antworten, holte Rowan ihr Handy hervor. Das Display strahlte so hell, dass sich das Licht direkt in ihr Hirn bohrte. Sie konnte die Zeichen kaum erkennen, doch die Gewohnheit war auf ihrer Seite.

Am anderen Ende hob Chloé ab. Ihre Stimme war die einzige Wärme, die Rowan vertrug: „Babe, geht's dir gut? Du warst nicht übers Earpiece erreichbar …"

„Ja, alles okay", meinte Rowan und schluckte stur eine Welle des Erbrechens, die sie überrollen wollte. Das Earpiece hatte sie vergessen. Sie glaubte, dass der Schlag es ihr aus dem Ohr geschleudert hatte. Aus dem Augenwinkel sah sie, wie Nikola schuldhaft tiefer in sich zusammenfiel. Zurecht. Trotzdem bemühte sie sich um einen neutralen Ton: „Ich bin noch vor Ort. Ich weiß noch nicht, wann ich rauskomme. Aber mach dir keine Sorgen. Es ist alles in Ordnung."

„Bist du sicher? Moment, ich hab Shanna gerade ... Sie sagt, dass sie sich darum kümmert. Wir holen dich ab, okay?"

„Danke." Leise fügte sie hinzu: „Lieb dich."

„Ich dich auch", erwiderte Chloé sacht. „Bis gleich."

Rowan steckte das Handy in den Rucksack zurück und schloss für einen Moment die Augen. Erst jetzt fiel ihr ein, dass heute das Treffen des TransNetworkVienna stattfand, zu dem Chloé und Shanna jeden Monat gemeinsam gingen; zumindest, wenn kein Dämonenzwischenfall ihre Pläne zerschlug. Deswegen waren sie gerade zusammen. *Fuck.*

Sie könnte protestieren und darauf bestehen, dass sie sich diese Zeit nicht nehmen ließen, aber sie kannte Chloé besser. Kannte Shanna besser. Und bei Shanna kam noch der Schuldfaktor hinzu, der sich seit Helenas Verschwinden nicht verringerte.

Plötzlich musste Rowan sich übergeben. Ihre Schleimhäute brannten und dahinter pulsierte ein Schmerz in ihrem Kopf, der sie in die Knie zwingen wollte. Sie schob es auf die Gehirnerschütterung. Sie dachte nicht an Helena. Sie dachte an alles und jeden – aber nicht an Helena.

Tränen rannen über ihr Gesicht und der Zorn verbrannte sie fast von innen. Nikola drückte ihr wortlos etwas Weiches in die Hand. Seinen Schal. Sie wischte sich Speichel und Magensäure vom Kinn, dem Oberkörper. Nikolas Geruch drang in ihre Nase und war so anders als das, was sie liebte, dass er sie irgendwie in der Realität verankerte, wo Helena schon lange tot war. Wo es nicht mehr ganz so weh tat. Wo sie damit leben konnte.

„Tut mir so leid, Ro", flüsterte Nikola und sie wusste nicht, was ihm diesmal leidtat. Und was es auch war, es war ihr egal. Sie atmete scharf ein und aus. Die Luft stickig und dampfig in ihrer Lunge. Der Gedanke an eiskalte Winterluft ein Versprechen, das ihr die Zukunft gegeben hatte.

Rowan sah Nikola an. Der Hass thronte mit stechender Klarheit in ihrer Brust. „Du hast dich und mich in Gefahr gebracht", sagte sie und wunderte sich, dass sie trotz allem so ruhig war. „Das werde ich dir nie verzeihen."

„Ich weiß." Nikola klang trostlos und schuldig. „Aber es war ein Kind."

Verachtung vibrierte in Rowans Stimme. „Es war *dein Job*. Glaubst du, mir macht das Spaß? Aber du hast nicht einmal das beschissene Dämonenblut …" Die Ruhe holte sie wieder ein. „Ich verliere keine Unantastbaren mehr."

„Es tut mir sehr leid", erwiderte Nikola tonlos und meinte diesmal eindeutig Helena.

Rowan lächelte falsch durch den Würgereflex hindurch. „Ich werde nicht mehr mit dir zusammenarbeiten."

Nikolas Mundwinkel zuckte als hätte man ihn geschlagen. „Ich wollte dich nicht in diese Situation bringen. Du bist meine Partnerin."

„Nicht mehr." Rowan sah weg, fuhr sich mit der Zunge über die Lippe. „Ich werde beantragen, dass du keinen aktiven Dienst mehr verrichten darfst. Es ist unverantwortlich, dich weiterhin auf Missionen zu schicken."

Nikola schwieg.

Rowan schluckte und der Schmerz in ihrem Kopf schwoll an. Sie presste das Coolpad gegen ihre Schläfe und das Pulsieren wurde noch heftiger. Gold schoss ihr in die Augen. Sie wollte nicht mit Nikola sprechen, schaffte es aber nicht, sich davon abzuhalten.

„Ich wollte mich auf dich verlassen können. Shanna zuliebe. Fuck, *Sivan* zuliebe. Ich habe es wirklich versucht." Übelkeit kroch ihr durch den Leib wie ein Parasit. „Aber Tatsache ist: Im besten Fall bist du während des Einsatzes eine Bürde und im schlechtesten eine Gefahrenquelle. Du bist unberechenbar. Dein Verhalten ist fahrlässig. Ich *kann* dir nicht vertrauen – und ich weiß, dass es dir schwerfällt, das zu glauben, aber es liegt nicht an mir. Bei deiner Zuteilung muss ein Ermessensfehler passiert sein. Entweder kannst oder willst du deine Pflichten nicht erfüllen." Helena tanzte durch ihre Gedanken. „Wir haben zwei Jahre verschwendet. Das ist meine Schuld. Ich hätte dich früher melden müssen." Rowan sah auf die Leichensäcke und ein Muskel an ihrem Kiefer zuckte. „Aber es reicht. Heute reicht es."

Nikola ging weg. Seine Schritte klangen glitschig im Schneeblutdreckgemisch. „Das ist das meiste, was du zu mir gesagt hast, seit ich dir zugeteilt wurde", erwiderte er schließlich und lachte leise, freudlos. „Ich habe mich bemüht, Rowan. Ich wollte …" Er zuckte mit den Schultern. „Aber du hast recht: Ich kann es nicht. Ich bin nicht Helena. Du wolltest mich nicht, aber ich wollte das alles hier", er gestikulierte vage, „auch nicht, okay?"

Rowan schnaubte.

„Es tut mir leid, was heute passiert ist." Nikola sprach sehr leise. „Und was davor war auch. Ich wollte dich nicht enttäuschen. Gefährden wollte ich dich schon gar nicht, auch wenn du an meiner Integrität zweifelst." Er wirkte besiegt und schicksalsergeben – trotzdem lächelte er. „Ich werde deinen Antrag befürworten. Du bist mich los. Zwei Jahre reichen."

Rowan wandte den Blick von ihm ab. Ein banges Gefühl ätzte sich in ihr Herz, doch sie überschüttete es mit Gold und Hass. Sie fragte sich, ob Nikola wusste, dass sie ihn hasste. Sie fragte sich, ob sie ihn so sehr hasste, wie sie es sich, wie der Dämon es ihr weismachen wollte. Sie fragte sich, wozu sie ihn hasste – sie lebte, sie würde nicht mehr mit ihm zusammenarbeiten, sie war frei. Das Gleiche galt für Nikola. (Es galt nicht für Helena.)

Sie schwiegen, bis Shanna ihr Versprechen erfüllte und mit einem kleinen Team die außer Betrieb gesetzte Rolltreppe herunterkam. *Endlich*. Ihr folgten Chloé – sie trug eine andere Perücke als die, in der Rowan sie morgens geküsst hatte – und Sivan. Natürlich, nichts ohne ihren Zwilling. Schwach hob Rowan eine Hand zum Gruß und Shanna nickte ihr zu. Dann wurde sie sofort von den verbliebenen Aufräumleuten in Beschlag genommen. Man bekam die Erste Auserwählte schließlich nicht jeden Tag zu sehen.

„Hey, Babe ..." Chloé setzte sich neben Rowan auf die Bank und umarmte sie vorsichtig. Sie roch nach Kaffee und Zimt. Rowan ließ den Kopf gegen ihre Brust sinken. Der Dämon zog sich zurück und gab das Kommando ab – an Chloé, nicht an Rowan. Sie fühlte sich gefunden. (Hatte sie sich vorher verloren gefühlt?)

Aus dem Augenwinkel sah sie, wie Nikola indes von Sivan in Empfang genommen wurde – und Rowan fragte sich, ob sie Helena auf dieselbe Weise angesehen hatte, wie Sivan Nikola ansah. Ob Chloé es bemerkt hatte, wie Danica es bemerkte. Ihr war schlecht.

Chloé tastete sie mit spitzen, geübten Fingern ab. Eine Sterbliche und noch dazu Ärztin? Die Kontrolle und Bestandsaufnahme nach einem Einsatz war ein alteingespieltes Ritual zwischen ihnen.

„Es geht mir gut", sagte Rowan leise, aber Chloé ignorierte ihre Behauptung und vergewisserte sich lieber selbst. Zum Glück hatte Rowan ihren Zustand diesmal nicht allzu krass verharmlost. Eine Gehirnerschütterung war nichts im Vergleich zu den Wunden, die sie schon mit nach Hause gebracht hatte. Und ein kleines Schädelhirntrauma war nichts im Vergleich zu den anderen Traumata, die sie erlebt – und überlebt – hatte.

Shanna trat an Rowans Seite und berührte sie sacht an der Schulter. Sie hatte sich die Reportmappe, die ihr übergeben worden war, unter den Arm geklemmt. Schön, jetzt hatte sie den Bericht doppelt. Sie musterte sowohl Rowan als auch Nikola kritisch, fragte mit gesenkter Stimme: „Alles in Ordnung zwischen euch?"

„Es gibt kein *Uns*. Ich arbeite nicht mehr mit ihm."

Shanna hob eine Augenbraue.

Rowan löste sich ein wenig von Chloé. Der Kopfschmerz machte sie schwer und schwindlig, doch darunter schwelte von Verrat, Hass und Enttäuschung angefachter Zorn. „Lies das Protokoll. Schau dir die Überwachungsvideos an." Shanna sah sie immer noch aufmerksam an. „Frag Nikola."

„Das werde ich." Shanna wandte sich an Chloé. „Du kommst zurecht?"

„Natürlich."

„Gut. Dann werde ich mich darum kümmern, dass wir oben ungestört durchkommen", meinte Shanna, während sie ihren Blick ein letztes Mal zwischen Rowan und Nikola hin und her schweifen ließ. Dann straffte sie die Schultern und nahm die Reportmappe in die Hand. „Nesrin wartet mit dem Auto."

Weil sie zur verfluchten Presse gehört, dachte Rowan, und auch Chloé schien einen ähnlichen Gedanken zu haben, denn sie hielt einen Moment inne. Sie lächelte verschwörerisch, jedoch so, dass Shanna sie nicht sehen konnte, und küsste Rowan zart auf die Wange.

„Soll ich Sivan bitten, Nikola mitzunehmen?"

Rowan antwortete nicht – was für eine Frage …? –, doch Chloé war diplomatischer, versöhnlicher, höflicher. „Ich glaube, das wäre gut. Danke, Shanna. Wir kommen nach."

Shanna lächelte halbseitig. „Ich werde euch holen lassen."

Auf ihrem Weg nach oben sammelte sie beiläufig ihren Bruder plus Nikola ein, und geleitete sie auf die Rolltreppe. Rowan hoffte, dass sie mit dem Lift fahren können würde. Der Gedanke an die endlosen Stufen und die etwas weniger endlosen, aber umso steileren Rolltreppenstufen verursachten ihr Brechreiz.

„Möchtest du darüber reden?", fragte Chloé und Rowan deutete ein Kopfschütteln an.

Der Schmerz wandelte sich zu einem Pingpong-Ball, der von einer Seite ihres Schädels auf die andere geschmettert wurde. Trotzdem fragte sie: „Möchtest du über dein Treffen mit Shanna und Nesrin reden?"

Chloé lachte. „Das ist wohl kaum auf dem gleichen Level. Sie sind sehr süß miteinander."

„Also habt ihr schon Doppeldates geplant?"

„Vielleicht. Würdest du mitkommen?" Sie lächelte und nahm Rowans Hand. Ernst schlich sich in ihre positive Fassade. „Aber darüber können wir ein anderes Mal reden. Lass uns zuerst nach Hause fahren, hm?"

Rowan nickte. Sie berührte Chloés Perücke, hoffte, sie nicht mit Blut und anderem Zeug zu beschmutzen. Es war die Perücke, die sie bei ihrer ersten Begegnung getragen hatte. Es machte ihr Herz schwer und leicht zugleich. „Du bist schön heute", sagte Rowan und kannte Chloés Einwand, kam ihm zuvor. „Und klug, charismatisch, liebevoll und aufrichtig."

Chloé legte den Kopf schief. „Heute?"

„Immer", erwiderte Rowan lächelnd und meinte es so.

CN Referenz auf getötete Kinder, Gewalt (explizit), versuchter Mord, Selbstverletzung, Suizidalität, PTBS, dis/ableism, Blut, Körperflüssigkeiten (Erbrechen)

2022, DIENSTAG 7. JUNI

WIEN, INNENSTADT

Die beschuldigende Totenstille hielt an und auch das Gewicht des Scheinwerferlichts wurde nicht leichter. Sivan nickte knapp, *Danke für Ihr Kommen*, und verließ das Podium der Pressekonferenz.

Seine Schritte hallten durch den Saal. Erst als er die Tür zum Backstagebereich geschlossen hatte, sich gegen die Tür lehnte, die Fäuste geballt, erhoben sich gedämpfte Stimmen unter den Presseleuten.

Er biss die Zähne zusammen, bis es weh tat, und fragte sich, wann sich der Saal endlich leerte und der Fahrservice ihn abholte. Ihm war heiß und der Anzug fühlte sich zu eng an, aber er konnte nicht riskieren, ohne formale Kleidung fotografiert zu werden. Nicht nach einer derartigen Pressekonferenz.

Sivan atmete tief aus. Er zitterte. Nicht weil er bestürzt war, nicht weil er die toten Gesichter der Kinder vor seinem inneren Auge sah, *nein*, weil er vor Zorn kaum einen klaren Gedanken fassen konnte. Die Euphorie bei geglückten Einsätzen konnte ihm nicht über die übelkeitserregende rot glühende Verzweiflung hinweghelfen, die ihn überkam, wenn er über solche Einsätze informieren musste. Was half es, wenn er sich als Held inszenierte, wenn er die Verantwortung für acht tote Kinder auf sich nehmen musste?

Er hatte nie einen Einsatz gesehen. Aber acht tote Kinder. Es war nicht *fair*.

Sivan leckte sich über die Lippen. Ein dumpfer Schmerz pochte durch seinen Kiefer. Er wählte Shannas Nummer.

Es läutete zweimal.

„Hey, Bruderherz. Der Wagen ist unterwegs. Oder kann ich dir anders behilflich sein …?" Shanna klang etwas abgelenkt. Im Hintergrund konnte Sivan seine eigene, echoartig verzerrte Stimme hören. *Ich trage die Verantwortung.*

Sein Statement war also bereits auf Sendung und Shanna hatte gerade den besten Teil, also den für die Auserwählten besten Teil, gehört. Er ballte seine freie Hand wieder zur Faust.

„Wer?" Sivans Stimme gaukelte Beherrschung vor. Es musste genügen, das *Wer* inkludierte jede seiner weiterführenden Fragen.

„Ich werde dir keine Auskunft über irgendwelche *wers* geben, aber ich leite deine Verbesserungsvorschläge an relevante Stellen weiter", sagte Shanna matt.

Sivan schluckte hart. Ja, er hatte einen Verbesserungsvorschlag: keine kleinen Kinder verrecken und ihn als Sündenbock vor die Medien treten lassen. Ob das konstruktiv genug für die *relevanten Stellen* war?

Doch er wusste, dass er bei Shanna mit emotionalen Ausbrüchen keinen Eindruck schinden würde. Sie ließ sich von seinen Launen nicht beeindrucken, das hatte sie noch nie. „Ich komme zu dir ins Hauptquartier."

Sie seufzte am anderen Ende der Leitung. „Gut. Bis dann, Sivan. Pass auf dich auf."

Er machte ein *Mhm*-Geräusch und legte auf. Dem Impuls, den Kopf zu schütteln, widerstand er, indem er sich von der Tür abstieß und das Zimmer mit langen Schritten durchquerte.

Der Hinterausgang war mit Neonröhren und weißer Schrift markiert und als Fluchtweg in einer Brandsituation konzipiert. Trotzdem war er nicht elektronisch gesichert.

Niemand war so lebensmüde, sich mit unlauteren – sprich dämonischen – Absichten in ein Gebäude einzuschleichen, das von Auserwählten besetzt war. Da gab es leichtere Ziele. Eine Volksschule, beispielsweise.

Sivans Speichel schmeckte bitter, als er in die Dämmerung trat. Es würde nicht mehr lange dauern, bis die Ausgangssperre in Kraft trat. Zumindest eine kleine Erleichterung nach dem heutigen Tag.

An der Ecke stand ein schwarzes Auto, dessen Scheinwerfer grell und kegelförmig in das Zwielicht stießen. Während Sivan einstieg, seine Destination nannte, und zähneknirschend an seinem Sakko zupfte, fragte er sich, wie lange es dauern würde, bis der Widerstand diesen Vorfall für sich nutzte. Bei acht toten Kindern war es nur eine Frage der Zeit – und sie hatten recht, diese Leichen gegen die Auserwählten zu verwenden.

Es war unverzeihlich.

„Wir haben Ihr Ziel erreicht, Herr Delcar."

Sivan bedankte sich und beeilte sich, auszusteigen. Er wollte von der Straße weg. Nicht, dass er jemanden gesehen hätte, aber der Moment für einen raschen, effizienten Vergeltungsschlag bot sich an dieser Stelle förmlich an.

Sivan wünschte, irgendwer würde ihn überwältigen und aus dem Verkehr ziehen. Dann müsste er nicht mehr daran denken, was passiert war. Dann würde es endlich aufhören, wehzutun.

„Scheiße. Verfickte *Scheiße*." Sivan drosselte seine Stimme, obwohl er schreien, zerstören, sich eine Klinge über den Arm ziehen, und jemandem ins Gesicht schlagen wollte. Noch nicht. Bald. *Gleich*.

Sivan sah sich selbst in der Glasfront des Hauptquartiers und wollte sich übergeben. Er rammte seine

Handfläche gegen den Scanner, der ihm – *Sivan Delcar, Status: Auserwählter, Zutritt: gewährt* – die Glastür zum HQ öffnete.

Lautlos glitten die beiden Schiebetürhälften auseinander. Seine Schuhe machten nicht so viel Lärm wie sonst das Stiefelpaar, aber seine Schritte waren deutlich hörbar, als er zum Lift ging.

Sein Spiegelbild, Anzug, Krawatte, Haargel, empfing ihn im Aufzugsinneren und Sivan wandte den Blick angewidert ab. Er hasste diesen Aufzug, ha, Anzug, er hasste diese Falschheit, und er *hasste* es, dass Shanna ihm nicht verraten wollte, wem er diesen beschissenen Tag zu verdanken hatte.

Der Lift kam zum Stehen, das *Ping* der sich öffnenden Aufzugtüren schoss in sein Gehirn, und er zog das Sakko aus, ließ es fallen, lockerte die Krawatte.

„Kein Empfangskomitee? Enttäuschend."

Die Lichter waren hier an, vierundzwanzig Stunden täglich. Und eigentlich waren die unterirdischen Büros ausreichend besetzt, aber niemand schien Interesse daran zu haben, ihm zu begegnen. Wenn Sivan bereits wütend war, steigerte sich seine Wut jetzt zu blankem Zorn.

Er ballte seine Hände zu Fäusten, steuerte auf Shannas Büro zu. Einige Personen saßen mit ihr am Konferenztisch. Er war sich sicher, dass eine von ihnen die Schuld trug, die *wahre* Schuld.

Plötzlich drehten sich alle zu ihm um, nur Shanna studierte einen Zettel mit gerunzelter Stirn.

Sivan stieß die Tür auf, grinste falsch und voller Zähne: „Hey, hey, wem verdanke ich diesen wunderbaren Abend? Hat hier jemand etwa acht Kinder auf dem Gewissen? Keine Eile, ich kann warten."

Betretenes Schweigen.

Schweiß prickelte auf Sivans Nacken, als er sagte: „Ich störe doch nicht etwa? Das tut mir aber leid."

„Sivan. Wenn du wirklich warten kannst, warte bitte, bis das Meeting vorbei ist." Shanna sah ihn an, ohne Wut, ohne Enttäuschung, ohne enerviert zu wirken. Sie sah *müde* aus. „Danke für deine Professionalität vor der Presse, aber dieser Job ist noch nicht beendet. Wir haben noch eine lange Nacht vor uns. Ich bitte dich, warte draußen, oder besser, geh einfach nach Hause."

„Wenn du nicht zufällig dabei bist, die Personen zu bestrafen, die diesen Einsatz verschulden, werde ich nicht gehen. Du warst es nicht, Shanna, du bist nicht so verdammt nutzlos, dass Kinder von Dämonen zerfetzt werden, weil du ihre Evakuierung hinten anstellst." Sivan war schlecht und er wünschte sich fast, dass sein Dämon ihm eine Runde Gold spendierte. „Also. Freiwillige vor. Ich warte."

Sivan fuhr sich mit der Zunge über die Lippen und musterte die Anwesenden. Die meisten kannte er nicht und die, die er kannte, kannte er nur flüchtig – namenlos, ohne ihr Vorgehen benennen zu können. Leider wand sich niemand allzu offensichtlich unter seinem Blick. Aber der Raum stank vor Schuld.

Schließlich stand Shanna auf. Sie seufzte, als sie ihr Handy zückte. „Ich werde den Sicherheitsdienst bitten, dich hinauszubegleiten. Ich bitte *dich* noch einmal nachdrücklich, dass du einfach gehst und die Situation nicht eskalieren lässt."

„Du schützt sie? Du bist meine *Schwester*!"

„Du hast es erfasst. Deswegen werde ich nicht zulassen, dass du etwas Impulsives tust, das du nicht mehr zurücknehmen kannst." Sie sprach von Mord und es wurde auf den Gesichtern aller Anwesenden bestätigt.

„Ich werde dich nicht dein Leben ruinieren lassen, weil jemand diese Kinder auf dem Gewissen hat", schloss Shanna. Die Verachtung in ihrer Stimme war so minimal, dass man sie leicht überhören konnte.

Aber da – ein Mann, den Sivan nicht kannte, der unter seinem Blick standhaft geblieben war, wurde bleich. Sein Auge zuckte. Er konnte es nicht kaschieren. Er hatte sich verraten.

Sivan dachte nicht darüber nach. Als er spürte, hörte, wie der Glastisch unter seinem Gewicht zerbrach, und er seine Hände in das oh-so-weiße Hemd des Kindermörders krallte, war es zu spät. Er konnte es nicht mehr verhindern.

„Alle raus!", fuhr Shannas Stimme durch den Raum.

Sivan lag halb auf dem Mann, packte ihn und schlug ihm ins Gesicht. Blut spritzte aus aufgeplatzter Haut. Knorpel krachten, Knochen knackten. Ein hoher Pfeifton drang in sein Bewusstsein.

Goldrausch.

Sivan schlug um sich, traf, traf, *traf*.

Er wusste nicht, was die anderen Auserwählten taten; ob sie zusahen, oder auf Shannas Befehl hin rausgegangen waren, er wusste nur, dass niemand versuchte, ihn zu stoppen. Und er wusste, dass er sich nicht selbst stoppen konnte.

„Sivan! Hör auf. Um Gottes Willen, *hör auf.*" Vertraut, ein Anker. Nikola …?

Sivan riss den Blick von der blutigen Masse los, begriff, dass die Stimme tatsächlich zu Nikola gehörte. Er ließ los. Der Mann rührte sich nicht, doch er atmete. Bewusstlos.

Sivans Körper gehorchte ihm nur widerwillig, das Adrenalin machte seine Bewegungen fahrig und unpräzise, und er stolperte beinahe über seine eigenen Beine. Moment, das waren nicht …

„Shanna." Sivan stürzte sich zu ihr auf den Boden, sie blutete, sie *blutete*, ihr Haar war nass und warm, und er umfasste ihr Gesicht. Glasscherben schnitten in seine Knie. „Shanna, bitte, es tut mir leid, ich wollte das nicht, es tut mir so leid …"

„Sivan, bitte, wir müssen …" Nikola unterbrach sich selbst, sein Tonfall jetzt dringlich: „Das Notfallteam ist unterwegs. Du solltest jetzt wirklich mitkommen."

„Fick dich …" Sivans Stimme rutschte weg, er konnte nicht weitersprechen, er konnte nicht … Shanna war seine *Schwester* und jetzt lag sie da, *einfach so*, und er hatte nicht einmal gemerkt, dass er sie getroffen hatte. Dass sie gefallen war und sich den Kopf aufgeschlagen hatte. Er zitterte. Plötzlich packte Shanna ihn an den Handgelenken. Sie blinzelte, verzog ihr Gesicht wegen des Schmerzes.

„Ist er tot?", fragte sie und ächzte, als sie versuchte, sich aufzusetzen.

„Er atmet", antwortete Nikola statt Sivan aus dem Hintergrund.

Shanna war die Erleichterung anzusehen.

Sivan wusste nicht, was er machen sollte, er wollte weinen, aber ihm fehlten die Tränen, also flüsterte er nur: „Tut mir leid. Ich wollte dir nicht wehtun." Und noch einmal. Und noch einmal, als wären es die einzigen Worte, die er noch aussprechen konnte. Als würde er Abbitte leisten wollen. Obwohl sein Ausraster unverzeihlich war.

Shanna deutete ein Nicken an. „Ich weiß. Hilf mir auf?"

Glas knirschte, bohrte sich in Sivans Knie und Handflächen, aber er hörte es nur und spürte nichts.

Blut sickerte aus der Wunde an Shannas Hinterkopf, langsam, behäbig, und sie hielt sich an ihm fest. Sie war sein Spiegel, sein Ebenbild, nur reiner, ein Engel, eine

Lichtgestalt, und er hatte ihre Unverwundbarkeit gebrochen. Er hatte sie gestürzt. Er hielt ihre Hände fest, verbarg sein Gesicht hinter ihnen, und konnte sich nicht mehr bewegen.

„Sivan. Ich werd's überleben. Sivan. *Sivan*." Shannas Stimme hatte an Schärfe verloren. „Nikola, kannst du bitte …?"

Sivan spürte Hände unter seinen Armen, die ihn sanft auf die Beine bugsierten. Dann presste Nikola seine Stirn kurz gegen seine, sagte sehr leise: „Ich mach das. Warte auf mich. Geh nicht weg."

Sivan beobachtete durch einen Tränenschleier, wie Nikola Shanna vorsichtig aufhalf, einen Arm um ihre Taille geschlungen, ihr blutender Kopf an seine Schulter gelehnt. Sie sagte etwas, das Sivan nicht hörte, und Nikola nickte, führte sie zu einem leeren Sessel, von dem er die Glasscherben mit der Hand fegte.

Shanna hielt sich die Schläfe, warf einen Blick auf den Bewusstlosen, und sah dann Sivan an, ein blasses Lächeln auf ihren Lippen: „Wenn du es nicht getan hättest, hätte ich es getan." Sie log für ihn und Sivan wollte sterben. „Ich bin dir nicht böse. Aber jetzt musst du gehen, Bruderherz."

„Komm, Sivan. Gehen wir gemeinsam."

„Nein", flüsterte Sivan.

Shanna sah ihn ernst an. „Ich kläre das. Und das ist keine Bitte, Sivan. Geh jetzt."

Verzeih mir, dachte Sivan, brachte es aber nicht über die Lippen. Nikola führte ihn weg. Hinter ihm ein halb totgeschlagener Kindermörder und seine Schwester, die seinetwegen blutete.

Sie waren in einem Quartier der Auserwählten, tief unter der Stadt.

Sivan presste die Zähne so fest aufeinander, dass er glaubte, sie würden bersten. Die Tränen, die er so verzweifelt zurückhielt, hatten ihm Hände um den Hals gelegt, die würgten, *würgten,* und den Druck in seinem Schädel so in die Höhe trieben, dass er jeden Augenblick in Stücke gefetzt werden würde.

Etwas würde explodieren, er wusste es, es passierte *jeden Moment.* Sivan sehnte sich nach der Dunkelheit seines Schlafzimmers, der kalten Gesellschaft seiner Klingen, dem Vergessen, der Erlösung, dem Druckabbau. Er kam sich in dem Zimmer wie ein Fremdkörper vor, der alles um sich herum infizierte und tötete. Fast rang ihm der Gedanke ein Lachen ab, doch er brachte keinen Ton hervor.

Kommentarlos rollte Nikola ihm ein Gummiband übers linke Handgelenk, strich ihm flüchtig über den Rücken, und schaltete die Klimaanlage ein; dann sagte er leise: „Ich kann dir auch Eiswürfel bringen."

Sivan schüttelte den Kopf, zog an dem Gummiband und ließ es gegen die Innenseite seines Handgelenks schnalzen. Ziehen, loslassen, ziehen, loslassen, ziehen, loslassen. Der Schmerz war nicht derselbe wie der seiner Klingen, der des Desinfektionsmittels auf seiner Haut, aber er war besser als nichts. Er atmete zittrig aus, wollte etwas sagen, doch ihm fehlten die Worte.

Ziehen, loslassen.

Nikola wartete schweigend. Er sah traurig aus und Sivan fragte sich, ob er der Grund dafür war. Schon wieder.

Irgendetwas löste sich in seinem Kopf, der Druck fiel jäh ab, und plötzlich weinte er. Konnte nicht mehr aufhören. Er drehte sich weg und hielt sich die Hände vors

Gesicht. Das war nicht die erwartete Explosion, es war eine Implosion, und er wollte in sich zusammenfallen.

Bevor er sich zusammenreißen konnte, legte Nikola ihm eine Hand auf den Rücken und sagte: „Ich möchte dich trösten, aber wenn du willst, dass ich dich alleine lasse …?"

Der erste Impuls – *Geh weg, geh weg* – wurde vom zweiten überwältigt: *Bleib hier.* Sivan wollte sich nicht in Nikolas Umarmung stürzen, aber er tat es, und Nikola fühlte sich solide an, wo er bebte. Ihn zu umarmen war eine andere Art von Schmerz als der seiner Klingen, er war nicht auf seiner Haut und erlösend und rasch, nein, er war in seiner Brust und unstillbar und zäh.

Nikola hielt ihn fest. Minutenlang. Und während Sivan aufhörte zu schluchzen und nur noch still an die Wand starrte, als immer mehr Tränen über sein Gesicht liefen, sagte Nikola: „Es tut mir leid."

Sivans Herz schmerzte. Ehe er sich daran hindern konnte, sagte er: „Ich wünschte, es wären mehr gewesen. Dann wären sie eine tragische Masse. Dann müsste ich ihre Gesichter nicht mehr einzeln sehen. Ich wünschte, der Dämon hätte doppelt so viele …"

Seine Stimme brach, Verzweiflung und hilfloser Zorn raubten ihm den Atem, und Nikola umarmte ihn fester.

„Es ist ungerecht. Dass sie tot sind. Und dass du vor den Medien sprechen musstest. Nichts von alldem ist gerecht. Aber sag nicht, dass du lieber den Tod von noch mehr toten Kindern auf dich genommen hättest. Ich weiß, dass das nicht stimmt. Du weißt es auch."

„Es wird passieren. Der Tag wird kommen, an dem eine ganze Klasse, eine Kindergartengruppe …"

„Nicht heute. Acht sind für heute genug."

„Und Shanna-"

„… geht es gut. Es geht ihr gut, okay?" Nikola löste ihre Körper voneinander und nahm stattdessen Sivans Hände, drückte sie sanft. „Shanna hat mich gebeten, dass ich heute bei dir bleibe, aber eigentlich wollte ich dich fragen, ob du heute bei mir bleibst. Hier."

„Warum hier?"

Nikola lächelte traurig. „Dan hat mich heute verlassen und bis sie … solange darf ich hier unterkommen."

Sivan war auf einmal todmüde. Träge Tränen fielen aus seinen Augenwinkeln und er zog die Hände zurück. „Das wusste ich nicht. Tut mir leid, dass du …" Seine Kehle war eng, aber nur so, als verenge sie sich aus Gewohnheit. „Ich habe nicht einmal gefragt, warum du im HQ bist."

„Ich wollte dich nicht mit meinem Beziehungsende belasten", erwiderte Nikola leise. „Als ich gehört habe, was passiert ist, bin ich sofort … aber du warst schon weg. Dann hat Shanna angerufen und ich bin zurückgefahren. Den Rest kennst du." Er schüttelte den Kopf. „Und es tut mir leid, dass ich nicht abgehoben habe, als du angerufen hast. Ich hätte … Tut mir leid."

Sivan wischte sich über die Augen. Er war so wütend auf Nikola gewesen, bevor er auf das Podium getreten war. Er war nicht mehr wütend. Er war nur noch müde.

„Können wir schlafen gehen?", fragte er und Nikola nickte. Sie gingen gemeinsam ins angrenzende Schlafzimmer – ein kleiner Raum mit einem Bett und einem Beistelltischchen, über dem eine Panoramaaufnahme von Wien in Posterform hing -, legten sich angezogen aufs Bett. Nikola löschte das Licht.

„Gute Nacht, Sivan."

„Gute Nacht."

Nikolas Atmen hörte sich komisch an. Sivan drehte sich zu Nikola. Sein Körper fühlte sich bleiern an.

Es war stockfinster, aber er konnte Nikola erahnen.
„Weinst du?"
„Ja."
„Warum?" Schuld presste ihren Finger in die Wunde, die seine Beziehung zu Nikola war.
„Weil Danica mich verlassen hat." Nikola wurde immer leiser. „Und weil ich nicht der Typ Mensch sein möchte, der sich in der gleichen Nacht wünscht, seinen besten Freund zu küssen, weil er Angst hat, dass es sonst nie passieren wird."
Sivan schluckte hart. „Du willst mich …?"
Der Schmerz war zurück, überraschend scharfkantig.
„Ja", gestand Nikola tonlos. „Tut mir leid."
„Aber warum?"
Anstatt zu antworten, nahm Nikola seine Hand und legte sie sacht auf seinen Hals. Unter Sivans Fingerspitzen raste Nikolas Puls, er spürte, dass er schluckte, dass sich die Härchen auf seiner Haut aufstellten. Dann führte Nikola seine Finger weiter hinauf, über sein Kinn, seinen Mund, seine Wange. Warm, feucht von Tränen.
Sivan hatte Nikola nackt gesehen, sie hatten Sex gehabt, und trotzdem war das die intimste Berührung, die sie jemals geteilt hatten. Sein Herz tat so weh, dass er nicht atmen konnte.
Nikola nahm Sivans Hand erneut und drückte sie sanft, ehe er losließ, sich aufsetzte. „Es tut mir leid, das hätte ich nicht … Ich schlafe auf dem Sofa, ja?" Seine Stimme verriet Scham und Hilflosigkeit.
Sivan hielt Nikola fest. Er hörte Nikola zittrig ausatmen; er selbst wusste nicht, wie er weiteratmen konnte, aber irgendwie, *irgendwie* tat er es.
Sivan rutschte näher und tastete nach Nikolas Händen. Er traute seiner Stimme nicht – und vielleicht war es

Nikola vorher auch so gegangen? -, also führte er Nikolas Hände zu seinem Herz und ließ die Schlagfrequenz für sich sprechen.

Sekunden verstrichen ohne eine Reaktion. Nikolas Hände waren wie Brandeisen auf seiner Brust und ihm war schlecht, nein, bang. Ihm war schon sehr lange nicht mehr so bang gewesen. Sivans Fluchtinstinkt meldete sich und er wollte gerade aufstehen, weg, *raus*, als Nikola leise fragte: „Darf ich dich küssen …?"

Sivan wusste, dass seine Stimme versagen würde, also antwortete er nicht, sondern tat es einfach; er küsste Nikola in der Dunkelheit eines anonymen Zimmers, irgendwo in den unteren Etagen des Hauptquartiers der Auserwählten. Und Nikola küsste ihn, seine Lippen über seinen, unter seinen, auf seinen, sanft. Auch Nikolas Griff in sein Haar war sanft, seine Berührung leicht und kitzelnd, die Art, wie seine Hand über Sivans Hinterkopf in seinen Nacken glitt, unaufdringlich, fast vorsichtig.

Sivan wusste nicht, womit er diese Sanftheit verdient hatte; er spürte, dass ihm die Tränen kamen und sich sein Körper verkrampfte. Er hasste sich dafür, er hasste sich so sehr, dass er sich ins Gesicht schlagen wollte.

Nikola reagierte sofort und brachte Abstand zwischen sie, nahm aber seine Hand. „Hey … Ist alles okay?"

Sivan schluckte hart, aber er schaffte es nicht, die Tränen zu schlucken. „Es ist nichts", log er und seine verfluchte Stimme brach. Nikola umarmte ihn wortlos und Sivans verräterischer Körper bebte und schluchzte und weinte. Er versteckte sein Gesicht an Nikolas Schulter und brachte atemlos hervor: „Ich wollte das so lange und jetzt … jetzt … fuck, es tut mir leid, dass ich so … es tut mir leid, dass ich es ruiniere-"

„Du ruinierst nichts, Sivan."

„Also willst du noch immer …?"

„Ja. Ja, natürlich will ich", sagte Nikola sanft und streichelte über seinen Rücken. „Und ich werde meine Meinung auch nicht ändern. Wir haben Zeit, versprochen."

Zeit …? Sivan wollte lachen und weinen. Die Zeit lief ihm davon und er versuchte immer nur ihr nachzukommen, ohne es jemals zu schaffen, so sehr er es auch wollte, er *schaffte* es einfach nicht – und ausgerechnet *Zeit* war Nikolas bestes Argument? Zeit, ha, dass sie die hätten, hatten sicher auch die Kinder geglaubt. Beschissene Zeit, beschissene Dämonen, beschiss-

Nikola drückte ihn fester. „Hey, Sivan, hör mir kurz zu, ja?", bat er leise. „Ich weiß nicht, was dich gerade beschäftigt. Ich kann es mir vorstellen, aber ich weiß es nicht. Was ich aber mit Sicherheit weiß, ist, dass du deinen Beitrag für heute geleistet hast. Du darfst aufhören. Du darfst schlafen. Und morgen kannst du weitermachen."

Sivan biss sich in die Unterlippe, widersprach aber nicht. Die Erschöpfung verlangsamte seinen Körper, seine Reaktionen, aber sie erreichte nicht seinen Verstand.

Zeit. Tote Kinder. Eine blutige Masse, wo vorher ein Gesicht gewesen war. Nikolas Mund. Zeit. Zeit, Zeit, Zeit. Eine wirbelnde Endlosschleife, die sich drehte, schnell, schneller, bis er seine Gedanken nicht mehr auseinanderhalten konnte, bis Nikolas Gesicht eine blutige Masse war und ihm ein Chor toter Kinder mit offenen Mündern sein Leid klagte, während Sand rieselte, eine Uhr tickte und Wasser rauschte. Ihm war speiübel. Er musste sich übergeben, jetzt sofort.

Sivan machte sich aus der Umarmung los und hastete ins Bad. Die Klobrille war kalt und der Geruch des Duftsteins flog in seine Nase und er würgte. Speichel hing ihm von den Lippen, Tränen standen ihm in den Augen, aber so sehr sich sein Leib verkrampfte, er konnte sich nicht erbrechen.

Sivan umklammerte die Kloschüssel, bis der Brechreiz abebbte und durch eine Flut von Müdigkeit ersetzt wurde. Seine Gedanken kamen endlich zum Stillstand. Er wischte sich mit Klopapier das Gesicht ab, zwang sich auf die Beine, drückte automatisch die Spülung. Durch das Wasserrauschen hörte er Nikola im Nebenraum gehen.

Sein Herz stach, als er daran dachte, wie widerlich er war und dass Nikola ihn so sehen würde. Immer noch sah. Er atmete zittrig ein und zog an dem Gummiband. Er atmete zittrig aus und ließ es los. Er hätte nach Hause gehen sollen, als er die Chance dazu gehabt hatte. Jetzt war es zu spät.

Sivan kam aus dem Bad und fand Nikola auf dem Bett sitzend vor. Er hatte das Licht angeknipst, die große Hängelampe und das Leselicht. Auf dem Nachttischchen stand ein Glas Wasser, ein paar Scheiben trockener Toast und zwei Tabletten lagen auf einem Teller. Sivan wurde die Kehle eng, doch er zwang sich zu einem Lächeln: „Sind wir schon beim Frühstück am Morgen danach?"

„Ist das deine Art, dich für eine romantische Geste zu bedanken?" Nikola lächelte schmal, ohne Ernsthaftigkeit einzubüßen. „Bitte iss etwas. Und nimm deine Medikamente, falls du das heute noch nicht gemacht hast."

Sivan setzte sich neben Nikola. „Du musst das nicht tun." Er deutete auf die Tabletten, spürte, dass sich brennendes Schamgefühl in seiner Brust festsetze. „Die solltest du nicht einmal haben." Er konnte Nikola nicht in die Augen sehen. „Du bist nicht für mich verantwortlich."

„Das ist mir bewusst."

„Warum bist du dann überhaupt noch hier? Du solltest … du solltest zu Danica gehen und mit ihr reden. Ihr habt eine Chance. Und wenn du nach all dem trotzdem mit mir schlafen willst, dann komm morgen zurück und wir bringen es hinter uns, und du wirst dich erinnern, dass es das nicht wert ist."

Sivan ließ das Gummiband gegen die Innenseite seines Handgelenks schnalzen, hielt trotzig die Tränen zurück, und weigerte sich, das Hämmern seines Herzens zu beachten. Die Wahrheit hatte die Angewohnheit, wehzutun, damit war zu rechnen gewesen. Er würde es aushalten.

Für einige schmerzhafte Herzschläge schwieg Nikola. „Was willst du mir genau sagen?" Er klang irritiert. „Dass ich sehen werde, dass es *das* nicht wert ist … oder dass du es nicht wert bist?"

„Ist doch egal. Tu nicht so, als wärst du nicht nur aus Mitleid und Pflichtgefühl hier."

„Aus Mitleid und Pflichtgefühl?" Nikolas Wiederholung klang beinahe so bissig wie Sivans Original. „Okay, vielleicht ist diese ganze Situation meine Schuld. Es tut mir leid, wenn ich vorher nicht deutlich war", sagte Nikola wütend. „Also lass es mich ein für alle Mal in aller Deutlichkeit sagen: Vor allem anderen, was ich für dich sein könnte, bin ich dein Freund. Ich bin dein *Freund*, Sivan." Er atmete hörbar aus, und als er weitersprach, sprach er wieder sacht: „Entschuldige, ich wollte nicht laut werden."

Sivan sah ihn nicht an – er konnte nicht –, doch er sagte tonlos: „Macht nichts."

„Macht es schon. Sivan … Ich bin hier, weil ich hier sein will. Ohne versteckte Absichten, ohne Mitleid oder Pflichtgefühl." Schuldgetränkte Stille. „Ich hoffe, du kannst mir verzeihen, dass ich dich geküsst habe, obwohl du einen Freund gebraucht hättest. Ich bin nicht hier, weil ich darauf abziele, mit dir zu schlafen."

Sivans Inneres zog sich jäh zusammen. Er hob den Kopf und sah Nikola direkt an. „Findest du mein Rumgeheule und Gekotze etwa nicht attraktiv? Habe ich nicht sexy genug gewürgt? Ich hab mich so bemüht. Und mehr habe ich leider nicht zu bieten."

Nikola sah betroffen aus, wandte seinen Blick jedoch nicht von ihm ab.

Sivan fühlte sich leicht. Die Worte ausgesprochen zu haben, war wie sich eine Klinge über die Haut zu ziehen; ein heißer Schmerz, der ihn kurzzeitig von seinen anderen Schmerzen erlöste. Dass er Nikola ebenfalls verletzt hatte, erreichte ihn als Fakt nur oberflächlich. Die Wahrheit tat weh, so war es einfach, und damit würden sie sich beide abfinden müssen.

„Sivan." Nikola sagte seinen Namen wie eine Bitte, leise und trotzdem eindringlich. Seine Augen waren traurig. „Bitte tu das nicht."

„Was? Ehrlich sein? Einer von uns beiden muss ja damit anfangen."

„Nein, du bist nicht ehrlich. Du bist grausam zu dir und du bist grausam zu mir. Das ist nicht fair."

„Fair. *Fair*." Sivans Augen brannten und er schüttelte den Kopf. „Ich verstehe dich einfach nicht. Ich verstehe nicht, wie du … So wie jetzt! Du siehst mich so an und ich bin nicht … Du irrst dich. Ich bin es nicht wert. Bitte hör auf, mich so anzusehen."

Tränen schwemmten Sivans Augen. Nikola zögerte, ihn zu berühren, behielt seine Hände bei sich. Sein Ausdruck schwankte zwischen hilfloser Traurigkeit und verzweifelter Zuneigung: „Sivan … Ich kenne dich und nichts, was du mir von dir zeigst, wird mich davon abhalten, dich so anzusehen. Du glaubst es mir jetzt nicht, aber vielleicht glaubst du es mir eines Tages. Du kannst mich so oft wegstoßen, wie du musst, aber zerstör nicht die Möglichkeit zurückzukommen."

„*Das* willst du freiwillig aushalten?" Tränen rollten über Sivans Wangen. „Es wird sich nichts ändern. Ich werde immer so sein. Du kannst mich nicht reparieren."

Jetzt ergriff Nikola seine Hand, drückte sie sanft. „Das will ich nicht, das wollte ich nie. Ich will nur, dass es dir so gut wie möglich im Rahmen der gegebenen Umstände geht. Und wenn ich dich unterstützen kann, indem ich deine Medikamente bei mir habe, dann lass es so sein. Ich mache es gerne."

„Du gibst mir zu viel."

„Ich gebe dir nur so viel, wie ich geben kann. Ich kenne meine Kapazitäten. Aber ich werde es dir sagen, wenn es zu viel wird."

„Versprich es mir", verlangte Sivan stimmlos. „Versprich mir, dass du meinetwegen nichts aufgibst."

Danicas Schatten schwebte zwischen ihnen.

„Versprochen."

Sivan kaute auf seiner Unterlippe und hielt Nikolas Hand; fester als notwendig, doch Nikola beschwerte sich nicht. Der Schmerz in seiner Brust war zu einem blassen Echo verkommen. Sein Magen machte ein pfeifendes Geräusch und ihm fiel auf, dass er durstig war.

„Ein Snack, bevor wir schlafen gehen?"

„Mhm."

„Ich bring dir …"

Er hielt ihn fest. „Nikola?"

„Hm?"

Sivan schluckte das unvermeidbare, abgenutzte *Tut mir leid* und sagte stattdessen: „Danke."

Nikolas Antwort war ein Lächeln. Er wünschte, ein simples Wort würde die emotionale Überstrapazierung wettmachen, der er Nikola ausgesetzt hatte. Er wusste, dass es nicht so einfach war.

Routiniert schluckte Sivan die Tabletten und leerte das Glas, das Nikola ihm reichte. Dann stopfte er sich Toaststücke in den Mund. Er fühlte sich besser und sich deswegen nicht so schuldig, wie er wahrscheinlich sollte. Sein Blick glitt über Nikola, der ihm das Geschirr abnahm und sagte: „Ich bring das in die Küche und geh kurz ins Bad, ja?"

Sivan nickte. Während Nikola nicht im Zimmer war, zog er die Schuhe aus, nahm endlich die verdammte Krawatte ab, und knöpfte sein Hemd auf. Seine Haare fühlten sich unangenehm hart an, und er fragte sich, warum Nikolas Hände nicht klebrig von Haargel gewesen waren. Er würde es in der Früh auswaschen. Fahrig streifte er das Hemd von seinem Körper und warf es zu den anderen Sachen auf den Boden. Dann ließ er sich auf die Matratze fallen und schloss die Augen. Nur für einen Moment. Er war so müde.

Der Lichtschalter klickte leise, die Dunkelheit hinter seinen Augenlidern vertiefte sich, und Nikola sagte sacht: „Sivan? Ich schlafe am Sofa. Wenn du etwas brauchst, ruf mich, okay?"

Sivan setzte sich auf. Nikola wurde nur noch sanft vom Leselicht umschienen. Er stand im Türrahmen, der Saum seines Shirts war nass und er verbarg seine Mattheit nicht mehr. Er war verlassen worden und hatte sich dann mit Sivan herumschlagen müssen, das zeigte sich jetzt überdeutlich.

„Das ist dein Bett. Wenn du nicht mit mir … dann schlafe ich auf dem Sofa."

Nikola deutete ein Kopfschütteln an. „Bleib bei mir." Er stieg zu ihm ins Bett, löschte das Licht am Beistelltisch, und sagte leise: „Gute Nacht."

„Gute Nacht, Nikola."

Die Decke raschelte und die Matratze gab unter dem Gewicht von Nikolas Körper nach, als er sich hinlegte und ausstreckte. Sivan versuchte, ihn in der Dunkelheit auszumachen, doch es gelang ihm nicht. Die Schuld glomm in seiner Brust auf und er sehnte sich danach, Nikola zu berühren. Nach Intimität. Er war ein blutsaugender Parasit, immer nach Aufmerksamkeit heischend, das wusste er, doch er konnte sich nicht helfen, der Drang war zu mächtig. Sivan drehte sich zu Nikola: „Darf ich deine Hand halten?"

Nikola drehte nur seinen Kopf zu Sivan. Sein Atem roch nach Pfefferminz. „Du darfst", sagte er und tastete im Dunkeln nach seiner Hand. Sivan ergriff sie. Er war gierig, er wollte Nikolas ganzen Körper an sich reißen, aber er tat es nicht.

„Darf ich mich zu dir legen?", fragte er stattdessen.

„Komm her."

Nikolas Körper war warm unter der Decke. Sivan rutschte näher und ließ sich ebenfalls zudecken. Er legte einen Arm über Nikolas Brustkorb, bettete seinen Kopf auf seiner Brust, und spürte, wie Nikolas Fingerspitzen von seiner Schulter aus über seinen Rücken glitten. Ein Schauer rieselte über seine Wirbelsäule. In die Stille fragte er: „Wir haben Zeit, oder?"

Nikola legte seine Handfläche auf Sivans Seite und antwortete sacht: „Wir haben Zeit."

Als Sivan aufwachte, war Nikola nicht mehr neben ihm. Ein Anflug von Panik versetzte ihm einen Stich in die Brust, und er setzte sich fahrig auf, wischte sich über die Augen, blinzelte.

Wie spät war es? War etwas passiert …?

Dann hörte er Nikolas Stimme aus dem Nebenraum. Er sprach Slowakisch und das Einzige, was Sivan ohne Zweifel verstand, war Danicas Name; *Dan*, eine Beschwörung, die Nikola noch leiser und sanfter als alle anderen Worte sagte, eine Beschwörung, die ihm heilig war. Natürlich. Natürlich würde er sie anrufen. Es ergab Sinn. War unausweichlich.

Sivan schluckte und ließ sich auf die Matratze zurückfallen. Panik wurde von einem schweren Schuldgefühl abgelöst, das zwischen seine Rippen kroch und ihm das Atmen erschwerte. Er hätte darauf bestehen sollen, dass Nikola … Er hätte ihm die Peinlichkeit ersparen müssen.

Der alte Schmerz flammte auf. Sivan zog sich die Decke über den Kopf und biss sich in die Innenseite seiner Wange, bis seine Augen heiß wurden. Er hätte sich nicht der Hoffnung hingeben dürfen. Was für ein erbärmlicher Anfängerfehler, was für ein beschissener Selbsttäuschungsversuch, was zur Hölle hatte er sich nur dabei gedacht?

„Sivan?" Nikolas Stimme war auf einmal sehr nahe und Sivan wünschte, die Erdkruste würde aufplatzen und ihn unter ohrenbetäubendem Dämonengeheul verschlingen. Er fragte sich kurz, ob sein Hang zur Dramatik psychisch, dämonisch, oder aber charakterlich bedingt war. Alle drei waren gefräßige Abgründe. Er war ein gefräßiger Abgrund und er würde Nikola nicht opfern. *Lächeln und faken, immer nur lächeln und faken, reiß dich zusammen.*

Sivan stemmte sich in eine aufrechte Position, zog sich die Decke vom Gesicht. Er wusste nicht, ob sein Lächeln Nikolas Blick standhalten würde, oder ob sein verdammter Körper schon wieder gegen ihn arbeitete, aber er versuchte es.

„Hab ich dich geweckt?", fragte Nikola und setzte sich zu ihm. Feine Falten zeichneten sich auf seiner Stirn ab. Die Falten waren neu. Die Augenringe auch. Überbleibsel der vergangenen Nacht, keine Trophäen, nur eine Ansammlung subtiler Warnungen. Wie lange, bis sie die Wandlung von subtil zu brachial vollziehen würden? Kein Wispern mehr, nur noch raues Brüllen, das ein Ende verkündete, dass es zu spät war, dass er kurz davor war, gefressen zu werden?

Sivan tastete über das Gummiband an seinem Handgelenk, schüttelte den Kopf. Es tat weh, Nikola anzusehen. Die Gründe waren mannigfaltig und verworren, aber sie waren durch einen einzelnen, dicken Strang verbunden. Er wagte es nicht, ihn zu benennen, aber er glühte und wuchs und wuchs und wuchs, als versuchte er, seinen Leib zu überwinden und sich in die Unendlichkeit zu erstrecken. Als versuchte er, ihn zu sprengen.

Nikola fing seine Hand ein und nahm ihm das Gummiband ab. Seine Finger lagen sacht auf Sivans. „Ich habe Danica angerufen. Ich hab sie nicht erreicht. Nur ihre Mailbox." Er sah so müde aus, dass Sivans Herz schmerzte. „Ich glaube, sie hat Wien verlassen. Sie hat es schon länger geplant, aber ich hätte nicht gedacht, dass sie desertiert. Wenn sie gefunden wird ... Ich mache mir Sorgen."

„Shanna wird ihr einen Vorsprung geben", sagte Sivan mit der größten Überzeugung, die er aufbringen konnte. „Für dich. Und falls nicht, werde ich ..." Er griff impulsiv nach Nikolas Hand. „Ich würde alles für dich tun."

„Ich weiß." Ein *aber* hing unausgesprochen zwischen ihnen, bis Nikola es durch ein schmales Lächeln zerstäubte. „Da du alles für mich tust, ist jetzt für dich Frühstückszeit."

Essen? Wenn es nur das war, ja, das konnte Sivan tun.

2022, DIENSTAG 7. JUNI

WIEN, DANICAS APARTMENT

Es war bereits später Nachmittag, als Danica sich endlich hinsetzen und die Prothese ausziehen konnte. Sie legte die Prothese vorsichtig neben sich auf das Sofa und betrachtete ihren Beinstumpf. Er war wund und rot; er verzieh weder der Hitze noch dem Schweiß, und er verzieh schon gar nicht deren Kombination.

Der Schmerz war unbeständig, ein Geist, der sich an ihren Oberschenkel gesaugt hatte und auf- und niedersank. Der Geist hatte vier Namen. Beide rückten ihre Entscheidung in Perspektive, erinnerten sie an das *Warum*.

Heute, am Stichtag. Danica schloss die Augen und konzentrierte sich auf ihren Atem. Der Schmerz saß als Echo in ihrem Hinterkopf, an ihrem Bein, aber sie schaffte es, ihre Gedanken zu sammeln.

Sie sah erst auf, als sie Nikola nach Hause kommen hörte. *Nach Hause*. Der Schmerz strahlte in ihre Brust, rau und schwer und ohne, dass sie sich ihm entziehen konnte.

„Hey." Nikola stand in der Tür, sein Blick zuerst auf ihrem Gesicht, dann ihrem Bein, und dann wieder auf ihrem Gesicht. Er verzog keine Miene – er verzog nie eine Miene, und manchmal fragte Danica sich, was sie tun musste, damit er sich endlich vergaß. „Brauchst du etwas?"

Danica schüttelte den Kopf, fühlte schmierigen Schweiß in ihrem Nacken und Haarsträhnen auf ihrer Haut kleben. Sie sollte duschen, aber sie wusste nicht, wie sie auch noch dafür die Kraft aufbringen sollte.

Nikola lächelte flüchtig und sagte: „Okay. Möchtest du etwas essen? Ich koche."

Sie schüttelte noch einmal den Kopf und sah Nikola an, dass er enttäuscht war, ihr nicht ein einziges Wort abringen zu können. Er verbarg es hinter einem weiteren Lächeln, einem Nicken, als würde er noch im Moment denken, dass er es verstand. Dass sie nicht mit ihm sprechen wollte. Danica wollte ihm sagen, dass es nicht seine Schuld war, aber er würde es nicht glauben. Die Hitze schien ihm ebenfalls zugesetzt zu haben. Stundenlanges Stehen in der Sonne als Dämonenmagnet vor einem Schulzentrum, *Präsenzdienst*, hatte wohl diesen Nebeneffekt. Er versuchte nicht, ein Gespräch zu beginnen (einen seiner leichten Monologe, der die Stille füllte und einen Anschein von Normalität verhieß), sondern drehte sich um und verließ das Zimmer.

Danica schloss die Augen, als sie hörte, wie Nikola sich die Hände wusch und dann in der Küche herumhantierte. Sie schluckte aufwallende Tränen hinunter und legte ihre Hände auf die Oberschenkel. Ihre Haut war warm unter dem Stoff, auf dem Stoff, und der Schmerz saß tief in ihren Knochen.

„Dan?"

Sie wollte die Augen nicht öffnen. Ihr blieb keine Wahl. Nikola kniete neben ihr, wartend, besorgt, aber ohne sie zu berühren. Ihre Zunge fühlte sich schwer an, als sie sagte: „Ich werde weggehen, Nikola." Sie wusste nicht, warum sie es auf Deutsch gesagt hatte, ahnte jedoch, dass sie es auf Slowakisch nicht über die Lippen gebracht hätte.

„Weggehen …?"

Sie nickte. Und diesmal hatte sie es geschafft: Nikolas Beherrschtheit rutschte weg und wurde von Fassungslosigkeit ersetzt. Traurigkeit. Verrat. Wut. Rapide wechselnd, um Vorrang ringend, bis er aufstand und sich von ihr wegdrehte. Er fuhr sich mit beiden Händen durch die Haare, schüttelte den Kopf, wusste nicht, was er mit seinen Armen tun sollte.

Danica hingegen hatte keinen Bewegungsdrang, sie wollte den Raum nicht verlassen, sie wollte nicht einmal aufstehen. Sie war so schwer.

„Warum?", fragte Nikola leise, ohne sich umzudrehen, ohne sie anzusehen.

Danica wartete mit ihrer Antwort. Nikola wartete mit ihr. Sie holte sich den Schmerz ins Bewusstsein, den Schmerz, der so weit über den wundgescheuerten Beinstumpf hinausging, dass sie ihn nicht in Worte fassen konnte. Sie hielt ihn so lange aus, bis sie glaubte, sterben zu müssen. Keinen großen, hochdramatischen Tod, sondern einen leeren, leisen Tod, der ihr im Vorfeld sogar die Sprache genommen hatte.

Sie spürte, wie ihr die Tränen über die Wangen liefen. „Ich habe alles verloren. Ich kann nichts mehr geben. Dieser Stadt nicht, diesem System nicht. Dir nicht. Ich muss weggehen. Ich muss endlich weggehen."

Durch den Tränenschleier sah sie, wie Nikola sich umdrehte, aber keinen Schritt näherkam. Seine Hände waren zu Fäusten geballt. „Willst du, dass sie dich jagen? Und hinrichten?" Seine Stimme bebte. „Willst du deswegen weggehen? Damit du auch tot sein kannst?"

Nikolas Wut verletzte sie nicht, sie konnte sie ihm nicht einmal übel nehmen. Danica wollte ihn berühren, aber er würde es nicht zulassen. „Du verstehst nicht", sagte sie leise. „Ich habe hier alles verloren."

„Ich verstehe dich wirklich nicht. Erklär es mir." Nikola schluckte. „Ich bitte dich." Er machte einen Schritt auf sie zu und plötzlich läutete sein Handy. Der Klingelton wirkte deplatziert und Nikolas Gewissenskonflikt zog eine Furche über seine Stirn.

„Das ist Sivan." Danica fragte nicht. „Du solltest abheben."

„Ich werde nicht abheben." Nikola drückte Sivan weg, schaltete das Handy stumm, legte es auf den Tisch. Es leuchtete auf: *Ein verpasster Anruf von Sivan Delcar.*

Nikola setzte sich auf den Sofarand, wischte sich über die Augen. „Du wolltest sagen?"

Danica zuckte mit den Schultern. „Ich glaube nicht mehr." Sie brauchte *an Gott* nicht auszusprechen. Nikola schaute sie an, als hätte sie ihm ins Gesicht geschlagen. Von Wut war keine Spur mehr zu erkennen, an ihrer Stelle standen Verständnislosigkeit und Erschütterung.

„Seit wann?"

„Es war vor einer Weile."

Sie versuchte, die Leere in ihrem Herzen mit Schmerz zu füllen, damit sie weitersprechen konnte. Für einen Moment wünschte sie, sie könne Nikola schonen und ihn belügen. Sie wusste, dass er ihr eine Lüge noch weniger verzeihen würde als die Wahrheit. Also sagte sie die Wahrheit, leise, aber klar und deutlich. Auf Slowakisch. „Ich glaube nicht mehr, seit ich dich kenne. Und zu wissen, dass ich nie wieder das Vertrauen in Gott haben werde, das dir so leicht fällt ... Ich hasse dich dafür. Jeden Tag ein bisschen mehr. Ich hasse dich dafür, dass dir der Glauben bleibt und du mich mit meinem Unglauben alleine lässt. Es ist nicht deine Schuld, aber ich kann dir einfach nicht verzeihen. Ich habe es nicht in mir, dir zu vergeben, dass du jetzt das Letzte behältst, wovon ich geglaubt habe, es nicht verloren zu haben. Es tut mir leid, Nikola. Ich will dich nicht hassen, aber je länger ich hier bleibe ... Ich will dich nicht hassen." Ihr Gesicht war nass und heiß und sie starrte auf ihren Beinstumpf.

„Dan ..."

„Bitte sag nichts."

Nikolas Augen glänzten mit Tränen, doch er schwieg. Er nahm ihre Hand, drückte sie sacht. Danica drückte sacht zurück. Sie konnte, wollte, und würde nicht seinetwegen bleiben. Er wusste das. Sie hatten alles gesagt.

Es blieb ihnen nichts Anderes übrig, als in stiller Übereinkunft beieinanderzusitzen und die Wahrheit zu ertragen. Dass sie wünschten, es wäre anders gewesen. Dass es ungerecht war. Dass sie einander liebten. Und, schlussendlich, dass all das nichts an den Tatsachen änderte. Sie saß neben Nikola und hatte ihn verlassen.

Danica zog ihre Hand zurück.

Sie war alleine.

Er auch.

Sie waren wieder am Anfang.

2022, MITTWOCH 8. JUNI

WIEN, HQ DER AUSERWAEHLTEN

„Einen Moment", rief Shanna dem vehementen Türklopfen entgegen, das sie aus ihrem – hart verdienten – Nachmittagsschläfchen riss. Sie setzte sich auf, etwas zu schnell, denn Schwindel und betäubter Schmerz wirbelten in ihrem Kopf. Den Morgenmantel abstreifend, durchquerte sie die Wohnung. Zum Glück war sie so klein oder sie hätte es nicht unfallfrei zur Tür geschafft.

„Ja, bitte …"

Nesrin betrat das Apartment wortlos, würdigte sie keines Blickes, und blieb zwischen Esstisch und Küche stehen. Sie trug ein schlichtes graues Kleid, das mit jeder ihrer Bewegungen in großem Stil mitschwang. Es anzusehen machte Shanna schummrig. Hatte sie etwa vergessen, dass …? Wie war sie überhaupt nach unten gekommen?

Shanna schloss die Tür. „Waren wir verabredet?", fragte sie schließlich und Nesrin schnaubte. „Tut mir leid, die Arbeit hat mich in Beschlag genommen."

Sie musste sich hinsetzen oder zumindest abstützen; entschied sich in Anbetracht der Situation für Letzteres und hielt sich am Türrahmen fest. Es war ihr ein Rätsel, wie sie Nesrin milde stimmen sollte. Sie hatten sich nie gestritten, dafür war einfach keine Zeit gewesen. Und es war mehrere Wochen her, seit sie einander gesehen hatten, mehrere Tage, seit sie in irgendeiner Form miteinander kommuniziert hatten. Shanna war sich nicht einmal sicher gewesen, ob sie Nesrin überhaupt wiedersehen würde.

„Ich wollte dich nicht versetzen", sagte Shanna in die Stille und wusste nicht, was sie sonst noch sagen könnte.

Sich auf den gestrigen Tag zu berufen, erschien ihr geschmacklos.

Nesrin fuhr herum. Ihre Augen funkelten mit zornigen Tränen und Shanna wünschte, ihre Gedanken wären klarer.

„Nikola hat mich angerufen und gefragt, wie es dir geht", sagte Nesrin und ihre Stimme bebte, „und ich wusste nicht, wovon er spricht. Er hat es mir dann gesagt. Dieses Gespräch war peinlich und …" Sie brach ab, schüttelte den Kopf, und verschränkte die Arme vor der Brust.

„Es ist nichts passiert", erwiderte Shanna und versuchte, ihre Erschöpfung in die Schranken zu weisen. „Wenn ich dich über jeden Kratzer informieren würde …"

„Oh, es ist also ein Kratzer? Keine Platzwunde, die genäht werden musste, weil du zwischen deinen Bruder und seinen lebenden Boxsack geraten bist? Interessante Interpretation der Fakten."

Nesrins Ton war scharf, fast schneidend, und die Wut ließ sie größer wirken. Als hätte sie ihre unpraktischen Plateaus an. „Und die Großdemo da draußen ist was, hm? Eine winzige Versammlung?"

Shanna seufzte. „Du hast recht, das war die Light-Version."

„Warum hast du mir nichts gesagt?"

„Ich dachte nicht, dass es dich interessiert." Oh, *scheiße*. So schnell öffnete sich also die Büchse der Pandora.

Nesrins Augenbrauen schnellten in die Höhe, ihr Mund für einen Augenblick zu einem stummen *Oh* verzogen. „Wenn das so ist."

Shanna wollte das nicht jetzt besprechen, nicht so, nicht wenn der Mix aus Schmerzmitteln, Kopfschmerz und schwindelerregender Müdigkeit sie in die Defensive drängte, aber Nesrin ging and ihr vorbei und ließ ihr keine Wahl. Sie hielt sie am Handgelenk zurück. Sanft, nur kurz.

„Bitte bleib. Ich würde dir nachlaufen, aber ich glaube, ich muss mich hinsetzen."

Nesrins Nasenflügel bebten, doch sie blieb stehen. „Du siehst so aus, als müsstest du dich hinlegen."

Unaufgefordert schlang sie einen Arm um Shannas Taille und begleitete sie ins Schlafzimmer. Während Shanna sich ins Bett sinken ließ, ging Nesrin vor dem Kaninchenstall in die Knie. Sie lockte Mango mit leisem Singsang und wartete, bis sie ihre Pfoten auf ihre Hand stellte.

Shanna schloss die Augen. Blut rauschte durch ihre Ohren und ihr Schädel pulsierte. Sie wollte schlafen, aber die toten Kinder und Sivan ließen ihr keine Ruhe. Was für eine absolute Shit Show. Sie hätte dem Neuen nicht das Kommando überlassen dürfen. Zwar hatte Sivan ihn halb tot geprügelt (nur halb tot, es gab vielleicht doch einen Gott), aber in Wirklichkeit war es ihre Schuld.

Versagen und Erfolg ihrer Leute oblag Shannas Verantwortung. Der Tod dieser Kinder oblag ihrer Verantwortung. Es war die größte Tragödie, die Kinder im Volksschulalter involvierte, seit dem Zíma-Fall vor vier Jahren. Nur, dass der nicht unter ihrer Leitung geschehen war, und das gestrige Massaker schon. Kein Wunder, dass die Sterblichen in Massen durch die Straßen zogen. *Scheiße, was für ein Albtraum.*

„Brauchst du was?", fragte Nesrin und zog Shanna aus ihrer Gedankenspirale. Sie blinzelte und sah, dass Nesrin aufgestanden war, im Türrahmen wartete und an ihrem Ring drehte.

„Eine Zeitmaschine, ja."

„Ich wünschte, damit könnte ich dienen", erwiderte Nesrin mit einem gequälten Lächeln. „Ich hab die Presseansprache gesehen", fügte sie leise hinzu. „Geht's Sivan gut?"

Shanna deutete ein Kopfschütteln an. Zumindest hatte Sivan ihr eine Nachricht geschrieben, irgendwann in der Früh, und Nikola hatte ihr versichert, dass er ihn nicht alleine lassen oder ihn zuerst zu ihr bringen würde. Nikola machte ihre Sorge um Sivan erträglich. (Obwohl auch sein Zustand ihre Schuld war.) Blieben nur noch die unzähligen anderen.

„Und dir?"

„Ich werd's überleben", meinte Shanna und lächelte dünn. „Was ist mit dir?"

Sie fragte, obwohl sie allabendlich detaillierte Berichte über Nesrins Aktivitäten bekam. Aber im Moment war sie zu beschäftigt, um deswegen ein schlechtes Gewissen zu pflegen; sie war einfach froh, dass sie ein Auge auf sie haben und im Notfall intervenieren konnte.

„Das Übliche."

„Das übliche Mysterium, verstehe."

Nesrin zuckte einseitig mit der Schulter. „Du kennst schon zu viele meiner Geheimnisse."

Shanna war nicht sicher, ob das der Wahrheit entsprach, doch sie sagte nichts. Sie sahen einander eine Weile an. Die Spannung zwischen ihnen änderte ihre Dynamik, wurde schwächer, subtiler.

„Wieso glaubst du, dass es mich nicht interessiert, wenn du verletzt wirst?", fragte Nesrin irgendwann. Sie klang enttäuscht. „Bin ich dir so eine schlechte Freundin gewesen?"

Ihr Gesicht verriet keinen Zorn, keine Wut mehr. Stattdessen erkannte Shanna in ihr die gleiche matte Sorge, die sie von sich selbst kannte.

„Ich weiß es nicht. Bist du überhaupt meine Freundin?"

Scheiße. Nein, diese Konversation wollte Shanna nicht führen, und sie konnte nicht glauben, dass sie gerade damit anfing. Sie stemmte sich hoch, verbannte das Schwingen in ihrem Schädel aus ihrer akuten Wahrnehmung. „Du meidest mich."

Nesrin sah auf ihre Hände. Sie leugnete es nicht, widersprach nicht.

Müde, bestätigte Traurigkeit sickerte in Shannas Brust. „Du bist mir nicht verpflichtet, Nesrin. Ich werde mich dir nicht aufdrängen. Deshalb habe ich auch unsere Kontaktpause nicht unterbrochen."

„Du verstehst das falsch", sagte Nesrin tonlos. „Ich wollte dir Freiraum geben."

„Mir? Aha."

„Dir, Shanna. Du hast andere Optionen." Nesrin wich ihrem Blick aus. „Ich bin die erste Frau, mit der du geschlafen hast, aber deswegen musst du dich nicht auf mich festlegen. Und ich hätte dir das schon vor langer Zeit ans Herz legen müssen, aber ich war zu egoistisch." Sie seufzte. „Du bist Tag und Nacht eingespannt, ich bin dauernd unterwegs, und wir sehen uns kaum. Das ist doch keine Basis für … für irgendetwas. Außerdem passen wir nicht zueinander. Rein objektiv betrachtet. Deine Freundinnen hassen mich für meinen Beruf und du kennst meine nicht, weil sie fürchten, die negative Aufmerksamkeit des Auserwähltenapparats auf sich zu ziehen."

Shanna hob eine Augenbraue. „Okay. Ist das alles?" Sie fühlte sich atemlos, wollte lachen und konnte es nicht. „Deine Argumente waren schon einmal besser." Unterschwellige Verzweiflung kratzte an ihr, machte sie wagemutig – denn sie wollte nicht verlassen werden, sie wollte nicht alleine sein, sie wollte dieses Gespräch nicht zu einem bitteren Ende führen – und Nesrin fuhr sich mit der Zunge über die Unterlippe.

„Ich versuche nur, das Richtige zu tun."

„Ist es richtig oder nur einfacher?"

Nesrin schüttelte den Kopf. „Mach's mir nicht so schwer, Shanna."

„Ich mach's dir leicht." Sie lächelte unglücklich. „Ich hab's dir die ganze Zeit leicht gemacht. Du hast mich geghosted und ich habe es akzeptiert, ungeachtet meiner Gefühle für dich. Das sind die Fakten. Mich brauchst du nicht von deiner Entscheidung überzeugen."

Nesrin lachte auf, doch es hörte sich nach einem Schluchzen an. „Ich will mich nicht selbst überzeugen. Ich könnte es vielleicht, aber ich will nicht. Ich habe gehofft, du würdest mir diesen Part abnehmen."

„Tut mir leid."

„Und was machen wir jetzt?"

Shanna fühlte sich hilflos, in der Schwebe. „Ich weiß es nicht."

„Ich hab dich noch nie mit Locken gesehen", meinte Nesrin leise. „Und ich hab dich auch nie beim Haareglätten gesehen."

„Ich hab dich noch nie ungeschminkt gesehen."

„Okay, fair." Nesrin lächelte matt. „Ich glaube, das ist ein Sinnbild dieser Beziehung."

„Ich kann dir nicht folgen, aber das liegt vielleicht an meiner Gehirnerschütterung."

Nesrin setzte sich an die Bettkante. Sie war so nahe, dass Shanna sie hätte berühren können – wenn sie den Mut dazu aufgebracht hätte. Ehe sie es sich versah, brachte Nesrin den Mut für sie beide auf und umarmte sie. Mit zittriger Stimme flüsterte sie in Shannas Haar: „Wenn wir weitermachen, dann richtig. Keine halben Sachen mehr. Und wir müssen besser kommunizieren, sonst werden uns die Umstände wieder in diese Situation bringen."

Shanna nickte leicht.

„Und falls wieder etwas passiert, rufst du mich an. Oder lässt mich anrufen." Nesrin küsste sie auf den Mundwinkel. „Und lass mich in eine offizielle Gästeliste oder so eintragen, ich kann nicht jedes Mal Rowan bitten, mich vor deine Tür zu eskortieren."

„Du hast dich an Rowan gewandt?" Shanna musste lächeln. „Du liebst mich wirklich, oder?"

Nesrin schnaubte. „Offensichtlich." Sie strich sacht über Shannas Haar, vermied die ausrasierte Stelle auf ihrem Hinterkopf, wo dicke Fäden die Haut zusammenhielten. „Ruf mich nächstes Mal an."

„Versprochen."

CN [SV]Narben (erwähnt), Referenz auf Selbstverletzung,
Suchtverhalten (Nikotin), Machtmissbrauch

2022, SONNTAG 19. JUNI

WIEN, SIVANS APARTMENT

Fahle Sonnenstrahlen stahlen sich durch die Jalousien, als Nikola alle Fenster in der Wohnung aufriss. Ein Luftzug strich über sein Gesicht, kühl und nicht heiß wie ein Föhn. Noch nicht. Nikola setzte sich aufs Fenstersims, schob den vollen Aschenbecher beiseite und sah auf die Straße.

Es war kurz nach sechs in der Früh, ein Sonntag, und die einzige Person, die er entdeckte, war eine Frau, die ihren Hund ausführte. In Pyjamahose und einem weiten Shirt, gähnend, ihr Blick abwechselnd auf dem Hund und dem Handydisplay. Sie wirkte unbesorgt, oder zumindest so, als wäre die Situation, in der sich die Welt befand, bereits zum Normalzustand geworden; und in einer normalen Welt musste der Hund Gassi, das Leben ging weiter, vielleicht eingeschränkt, aber es ging trotzdem weiter.

Nikola seufzte, nahm den Aschenbecher, und ging leise in die Küche. Er wollte daraus Zuversicht ziehen, dass sich das Leben immer irgendwie anpasste, doch er schaffte es nicht recht. Er war müde. Asche und Zigarettenstummel stanken derart, dass er den Mistsack zuschnürte und vor die Tür stellte. Ganz normal, wie es die Leute wohl immer noch überall machten.

Allmählich gewann die Morgensonne an Intensität und Nikola schloss die Fenster wieder, verdunkelte die Zimmer mit Jalousien, bis er in dämmrigem Zwielicht stand. Am liebsten würde er den ganzen Tag in diesem Zustand verbringen, selbst dämmrig und weit weg von der absurd hellen Außenwelt.

Zeit, wieder ins Bett zu gehen und so zu tun, als könne er schlafen. So zu tun, als würde er schlafen, wenn Sivan aufwachte. So zu tun, als hätte er geschlafen, wenn Sivan ihn nach der Nacht fragte.

Bemüht leise öffnete Nikola die Tür, lehnte sie vorsichtig an, und legte sich neben Sivan ins Bett. Das Zimmer schwamm im Dunkeln, doch Nikola konnte Sivans Züge erkennen, die trotz Schlaf nicht entspannter wirkten als zur Wachzeit.

Er strich ihm über das Haar, vermied es, auf die Innenseite seiner Arme oder Oberschenkel zu sehen und die neuen Wundmale zu zählen. Es ging nicht um ihn, wenn Sivan sich selbst verletzte, und es stand ihm nicht zu, seine Gefühle in den Vordergrund zu stellen. Das wusste er, machte es sich bewusst – und trotzdem tat es weh.

Nikola drehte sich auf den Rücken und starrte an die Decke. Er dachte an Danica. Sie war nicht ergriffen worden. Zumindest hatte er nichts davon erfahren. Würden ihn die Auserwählten überhaupt ehrlich davon unterrichten? Oder gab es eine Anweisung, eine Anweisung der Zwillinge Delcar, ihn zu schonen?

Nikola schluckte. Er glaubte nicht, dass Sivan ihn belügen würde, nicht aus böser Absicht, aber er wusste, dass Shanna ihm die Wahrheit vorenthalten würde, um die Stabilität zwischen ihnen zu wahren. Nicht aus Vertrauensgründen, nicht unbedingt. Und dennoch würde er niemals erfahren, was mit Danica passiert war, wenn sie es ihn nicht persönlich wissen ließ oder er sie in den Katakomben mit eigenen Augen sah. Nikolas Kehle war eng und sein Herz raste. Er schloss die Augen. Sie wurden nass, schneller als er sich zusammenreißen konnte.

Sivan regte sich neben ihm, sein Gewicht und seine Bewegung vibrierten durch die Matratze, und Nikola wischte die Tränen weg. Er setzte sich halb auf, bereit zu gehen, bevor Sivan richtig aufwachte, doch er hielt ihn unkoordiniert am Unterarm fest.

„Hey … warte kurz", bat Sivan. Seine Stimme war rau vom Schlaf, aber dennoch sanft. Ihr fehlte die Note der schlechten Laune, die sonst um diese Zeit mitschwang.

„Schlaf weiter. Ich werde …" Nikola löste Sivans Griff um seinen Arm, schluckte weitere Tränen, schluckte die Trauer, bis sie ihm im Hals stecken blieb. Er konnte ihm schlecht sagen, welche Vermutungen er bezüglich Danica hegte, oder? Und er konnte ihm schlecht sagen, dass die Ungewissheit ihres Schicksals ihn Stück für Stück umbrachte. Er konnte ihm nur sagen: „Ich muss nach Hause und beten."

„Nikola …" Sivan stemmte sich hoch, rutschte näher zu ihm, berührte ihn sacht im Nacken. Seine Finger waren kühl, ähnlich der Morgenluft.

Nikola lächelte verzweifelt und zuckte mit den Schultern: „Ich weiß, dass ich jetzt nicht nach Hause kann. Ich weiß es, okay? Du brauchst mich nicht … Ich weiß es."

Sivan legte den Arm um seine Schultern. „Nikola. Ich wollte fragen, ob ich dich fahren darf."

„Du willst mich nach Bratislava fahren?"

Sivan nickte und Nikola spürte, wie weitere Tränen über seine Wangen rollten. Er lehnte sich gegen Sivan und nahm seine freie Hand, küsste sie, flüsterte: „Danke. Danke."

Sivan gab ihm einen Kuss auf die Schläfe. „Gib mir zehn Minuten und wir können los."

Die Autobahn war praktisch leer, bis auf die Kolonnen der Lastwagen, die im Staatsdienst unterwegs waren.

Sterbliche Privatpersonen wurden angehalten mit den öffentlichen Verkehrsmitteln zu reisen, außer sie schafften es, eine seltene – und teure – Lizenz zu erwerben. Pech nur, wenn die Wohlhabenden als Wirtskörper auserkoren wurden. Das war jedoch ein Risiko, das man willens war, einzugehen.

Doch das betraf Nikola ohnehin nicht. Er hatte weder Geld noch einen Führerschein und außerdem den Eindruck, dass Unantastbaren noch weniger Lizenzen ausgestellt wurden als Sterblichen. Nicht dass es ihn kümmerte. (Er schob den Gedanken an Danica weg.)

Nikola sah aus dem Fenster. Der Himmel war makellos blau, die Sonne stieg auf, und die Klimaanlage atmete kalte Luft in seine Richtung. Die Normalität, die der Tag beschwor, trat dem Status quo unbeugsam entgegen. Machte diesen Roadtrip zu einem gewöhnlichen Sonntagsausflug. Zeigte alltägliche Motive in Feldern, Wiesen, ausgedünnten Ortschaften, die sich hinter Lärmschutzmauern erstreckten, und grün schillerndem Donauwasser.

Nikola wandte den Blick zu Sivan, der am Steuer saß; in einem langärmligen schwarzen Shirt und einer langen schwarzen Hose, als würde die Sonne später nicht gnadenlos herabbrennen. Sie spiegelte sich bereits jetzt in seiner Sonnenbrille (mattschwarzer Rahmen, runde überdimensionierte Gläser, Cat Eye Finish – entwendet aus Nesrins Kollektion), zeichnete helle Streifen in sein Gesicht und floss in seine Locken.

Nikola lächelte. Obwohl er traurig war, fühlte er sich mit jedem Kilometer, der ihn weiter aus Wien und näher nach Bratislava brachte, leichter.

Sivan stahl eine Hand auf Nikolas Knie, ohne dabei die Straße aus den Augen zu lassen. „Ich hab Shanna geschrieben. Sie hat die Grenzkontrolle informiert. Wir müssen bis spätestens Mitternacht wieder einreisen. Tut mir leid, dass es nur so kurz ist …"

„Es ist ausreichend", sagte Nikola und legte seine Hand auf Sivans. „Und für einen Kirchenbesuch sowieso."

„Sag mir nur rechtzeitig, wo ich dich absetzen soll – oder gib's gleich ins Navi ein? Und auch, wo ich auf dich warten soll. Ich möchte dich nicht in Bratislava verlieren."

„Vielleicht kommst du dann lieber mit. Ich meine. Also nur, wenn möchtest. Du musst nicht …"

„Ich will."

Nikolas Hals wurde eng. „Danke."

Es bedeutete mehr als das, natürlich bedeutete es mehr als es ein einfaches *Danke* je ausdrücken konnte, aber wie sollte er Sivan das sagen? Er konnte nur hoffen, dass Sivan es wusste. Dass er es spürte. Dass er die richtigen Schlüsse zog, obwohl er es ihm nicht gesagt hatte. Nie sagen würde. Aber vielleicht war das in Ordnung, vielleicht war Sivan derjenige, der es doch irgendwie verstehen konnte.

„Stört's dich, wenn ich das Radio einschalte? Keine Nachrichten, nur Musik."

„Nein." Nikola schloss die Augen, ließ seine Gedanken mit der Musik treiben, und hielt auch den Rest der Fahrt Sivans Hand.

Die Kirche war menschenleer. Staubpartikel wogten in der Luft und die Heiligen, die von den Fenstergläsern aus auf sie herabblickten, waren von brillanter Lebendigkeit, die sich nicht durch ihre Form oder Machart erklären ließ. Ikonen, goldumblättet auf Holz, säumten den Altar. Es roch nach Holz, nach Weihrauch, nach etwas *Altem*, das die Zeit überdauern würde. Es roch nach Trost.

Nikola schluckte. Tränen, Schmerz, allumfassende Erleichterung. Er fühlte sich, als würde er jeden Moment in die Knie brechen, auf dem Boden dieser Kirche, zwischen den Sitzbänken, vor dem Altar. Hier, an dem heiligsten

Ort, den er kannte, an dem Ort, wo es angebracht wäre. Doch da war Sivan und er hielt ihn aufrecht.

Trotz der Außentemperaturen war es hier kühl und eine Gänsehaut kroch über Nikolas Arme. Seine Fingerspitzen glitten über das Holz einer Sitzbank; wärmer als erwartet. Er traute seiner Stimme nicht, also deutete er Sivan stumm, dass er sich hinsetzen würde.

Als ihre Schritte nicht mehr durch die Kirche hallten, die Bank nicht mehr quietschte, war es, als wäre Nikola alleine mit seinem Herzschlag und Atem und Gott. Er war alleine, ein gutes, friedliches Alleinsein, obwohl Sivan neben ihm saß und die Glasfenster betrachtete. Er störte ihn durch seine Präsenz nicht – und vielleicht war das der Augenblick, in dem Nikola zum ersten Mal das volle Ausmaß seiner Liebe für Sivan begriff. Er bekreuzigte sich.

Sonnenstrahlen schnitten wie Lichtklingen durch den Raum. Sie berührten den Steinsockel, auf dem ein schlichtes Holzkreuz angebracht war. Es war neu, hatte das Kruzifix ersetzt, das bei seinem letzten Besuch noch an dieser Stelle gestanden war. Eine Kerze in der Mitte des Altars leuchtete stet, umkränzt von getrockneten Tränen aus Wachs.

Nikola senkte den Blick und faltete die Hände. Er wollte weinen. Stattdessen betete er.

Danica war bei ihm und verließ ihn erst, als er wieder aufsah. Sie war nicht hier. Sie war aber auch nicht tot. Das musste reichen. Die Gewissheit, dass sie lebte. Nikola nahm Sivans Hand und drückte einen Kuss auf seine Fingerknöchel. „Wir können gehen."

„Aber der Gottesdienst …?"

Nikola schüttelte den Kopf und Sivan zögerte einen Moment, als hätte er einen Einwand, stand dann aber kommentarlos auf und ging voraus. Mit einem letzten

Blick auf den Altar folgte Nikola ihm und trat von der unwirklichen Atmosphäre der Kirche in die grellheiße Wirklichkeit.

Nikola atmete aus und fand, dass ihm das Lächeln leichter fiel.

Sivan hingegen sah aufgewühlt aus: besorgt, unangenehm berührt, unglücklich, und als wäre er sich einer Schuld bewusst geworden, die er zuvor nie in Betracht gezogen hatte. Er setzte die Sonnenbrille auf, schob sie mit Zeige- und Mittelfinger hoch. Griff wie im Reflex nach seiner Tasche, den Zigaretten, hielt in der Bewegung inne, seine Hand nutzlos an der Seite. Biss sich in die Unterlippe. Schwieg.

Nikola nahm seine Hand und drückte sie. „Danke."

Sivan antwortete nicht, drückte seine Hand aber leicht zurück.

„Möchtest du die Stadt sehen?"

Sivan nickte.

Sie schlenderten ziellos durch die Altstadt. Nikola erwartete, dass Sivan anmerkte, dass es hier aussah wie ein Mini-Wien, dass er die Leute und ihr Verhalten kommentierte, dass er *irgendetwas* sagte – doch er schwieg beharrlich. Er schwieg sogar, wenn Nikola versuchte, ein Gespräch zu beginnen, also gab er es auf.

Die Sonne brachte die urbane Idylle zum Glühen. Schweiß rann über Nikolas Rücken. Als sie schließlich den Hauptplatz erreichten, griff er nach Sivans Handgelenk und zog ihn mit sich zum Brunnen. Wassertropfen besprühten Nikolas nackte Haut und er setzte sich auf den Brunnenrand, tauchte die Hand in die erfrischende Kühle. Sivan blieb mit etwas Abstand stehen, verschränkte die Arme.

Nikola spürte einen Stich in seinem Herz.

„Okay. Wirst du mir sagen, was dich so beschäftigt oder wirst du mich den ganzen Tag ignorieren?"

Sivan zuckte mit den Schultern, murmelte etwas, fluchte dann und holte seine Zigaretten hervor. Erst als er einen Zug getan hatte, entspannten sich seine Schultern und fielen etwas ab. Er schüttelte den Kopf, als würde er mit sich kämpfen, setzte sich dann aber doch neben Nikola. Sein Bein wippte unruhig auf und ab.

Nikola wartete, während Sivan den Rauch aus seiner Nase blies und auf seine Hände starrte. Schließlich fand er Stimme und Worte und sagte sehr schnell: „Ich kann's nicht. Ich kann dich nicht zwingen, wieder mit nach Wien zu kommen. Ich werde dich nicht zwingen."

„Was meinst du?"

„Du gehörst hierher." Sivan zog an der Zigarette (etwas zu heftig, um es genießen zu können) und klopfte die Asche von der Spitze (etwas zu heftig, um es beiläufig zu tun). „Ich habe es nicht gesehen. Die ganzen Jahre nicht. Und es tut mir leid, weißt du, ich wollte dich nicht von deinem Zuhause fernhalten. Ich habe es einfach nicht begriffen. Und das ist natürlich mein Fehler, aber ich hab's nicht absichtlich gemacht. Das musst du mir glauben."

Nikola unterbrach ihn sanft. „Sivan. Wovon sprichst du?"

Sivan atmete hörbar aus, erstickte die Zigarette am Brunnenrand und schnipste sie auf den Boden. „Ich bin daran schuld, dass du in Wien bleiben musstest, nachdem du als missionsuntauglich eingestuft wurdest. Shanna hat dich meinetwegen nicht gehen lassen. Ich habe sie angefleht, eine andere Position für dich zu finden … Dieser beschissene Präsenzdienst." Sivans Blick war schuldgetränkt. „Und ich wusste nicht, was das für ein Opfer- Ich habe dich auch nie gefragt. Es tut mir leid, dass ich angenommen habe, dass es für dich okay ist."

„Sivan …"

„Nein, ich weiß jetzt, was ich getan habe. Und ich werde dich nicht zwingen, mitzukommen und weiterhin unglücklich zu sein. Du kannst hierbleiben und ich werde die Formalitäten für dich klären. Das schulde ich dir. Ich will nicht, dass du …" Er brach ab. Die Ader an seinem Hals pulsierte rasch. „Ich werde dich sehr vermissen."

„Sivan …"

„Bitte sag nichts."

„Und ob ich etwas sage. Hör mir zu, ja?" Die Situation überforderte Nikola, aber er schaffte es, einen logischen Beginn zu finden: „Hier ist mein Zuhause, das stimmt. Aber was soll ich hier? Ich habe hier niemanden. Alle, die mir etwas bedeuten, sind in Wien. Du bist in Wien. Und solange das so ist, kann ich es aushalten, nicht zu Hause zu sein. Glaub mir. Ich war heute nur … Es ist nicht immer so schlimm. Eigentlich ist es nur sehr selten so schlimm. Ich wollte dir kein schlechtes Gewissen machen."

„Ich weiß. Aber du sagst es mir nie. Wenn es dir so geht. Dabei habe ich ein Auto und eine uneingeschränkte Reiseerlaubnis, und dass du mich erträgst, sollte doch zumindest einen Vorteil haben, oder?"

„Ich mag es nicht, wenn du so über meinen Freund sprichst. Das hat er nicht verdient." Nikola legte den Arm um Sivans Schultern, küsste ihn auf die Schläfe. „Das hat er verdient." Er küsste ihn noch einmal. „Und das auch. Aber nicht solche Spitzen."

Sivan sagte leise: „Du nimmst mich nicht ernst." Er klang enttäuscht.

„Doch, ich nehme dich ernst. Nächstes Mal, wenn ich Heimweh habe, erfährst du es als Erster. Aber bitte sag nicht, dass ein Auto und eine Reiselizenz der einzige Grund sind, aus dem ich mit dir zusammen sein soll."

Widerwillig murmelte Sivan: „Naja, ich seh' auch gar nicht so schlecht aus."

Nikola lächelte halbseitig. „Besser. Nicht gut, aber besser." Es war ein unpassender Zeitpunkt, zu gestehen, dass Nikolas Teenagerzeit so viel erträglicher gewesen wäre, wenn er gewusst hätte, dass Sivan Teil seiner Zukunft war – also behielt Nikola den Gedanken für sich und stupste Sivan mit der Schulter an. „Jetzt, wo das geklärt ist … Wollen wir weitergehen, bevor wir schmelzen? Es gibt noch ein paar Sehenswürdigkeiten, die ich …"

„Zeig mir, wo du gewohnt hast." Sivan zog ihn auf die Beine, die Sonne stand im Zenit, und Nikola blinzelte, als Sivan ihm seine Sonnenbrille aufsetzte.

„Ich. In Ordnung. Ich zeige dir meine alte WG."

Sie aßen bei geöffnetem Dachfenster auf der Rückbank des Autos, während die Sonne in einer strahlenden Flut aus rosa, lila, und gelb versank, die sich auf der Donau spiegelte. Es war ein friedlicher, eindrucksvoller Sonnenuntergang und Nikola ließ seinen Kopf gegen die Lehne sinken. Sivan zerknüllte die Verpackungsreste und warf sie auf den Boden, grinste, als würde er sich den Mist nicht selbst zu Fleiß machen.

Nikolas Herz schwappte fast mit Zuneigung über. Er wollte Sivan küssen. Er wollte ihn küssen und ausziehen und spüren und weiterküssen, bis sie verschwitzt nach Atem rangen. Aber ihre Berührungen und Küsse waren seit der Nacht der Pressekonferenz vorsichtig geblieben, als fürchteten sie, dass sie zu weit gehen könnten.

Nikola sah Sivan lange an.

„Was?" Sivan bedachte ihn mit einer gehobenen Augenbraue, immer noch grinsend, und ließ sich gegen die Lehne fallen. „Ich mach das Auto nachher sauber, falls es das ist."

Nikola schüttelte den Kopf. „Kann ich dich etwas fragen?"

„Ähm, ja?"

„Willst du. Ich meine, wollen wir. Nicht jetzt, aber irgendwann. Miteinander schlafen." Nikola machte ein frustriertes Geräusch. „Ich weiß nicht, warum … Darf ich noch einmal anfangen?" Sivan nickte und Nikola seufzte. „Was ich meine, ist … Wir sind nicht unter den besten Umständen zu dem Schluss gekommen, dass Sex etwas ist, was wir vielleicht miteinander haben wollen. Wenn sich dieser Schluss also geändert hat, ist das für mich selbstverständlich in Ordnung. Ich wollte nur fragen, ob du die Möglichkeit immer noch erwägst."

„Mit dir zu schlafen?"

„Ja, mit mir zu schlafen, Sivan."

Sivans Mundwinkel zuckte in altbekannter Manier, doch er wirkte etwas hilflos. „Wenn ich ehrlich sein darf? Ich habe nicht gedacht, dass du – wie hast du gesagt? –, ähm, die Möglichkeit noch erwägst. Mit allem, was passiert ist … Ich wollte dich nicht drängen. Und ich wollte die Antwort auch nicht so genau wissen. Wir waren zusammen, und das war … das *ist* das, was ich mir gewünscht habe. Ich will es nicht ruinieren."

„Das hast du schon einmal gesagt", erwiderte Nikola und nahm Sivans Hand. „Wir haben noch immer Zeit. Wenn du das willst."

„Nikola, ich will das schon viel länger als diese paar Tage." Er lächelte traurig: „Ich liebe dich schon lange. Weißt du das nicht?"

Für einen Augenblick fürchtete Nikola, dass Sivan aussteigen und weggehen würde, weil ihm dieses Bekenntnis nur rausgerutscht war, doch er blieb sitzen, starrte auf seine Hände. Nikola schluckte und rutschte näher, berührte

Sivans Wange. „Ich weiß es. Ich weiß es, Sivan. Weißt du auch, dass ich dich …?" Er brach ab, brachte den Satz nicht heraus, und das Herz schlug ihm bis zum Hals. Wie konnte er sich an einem einzelnen Wort aufhängen, wo er doch wusste, wie viel es Sivan bedeutete …?

Plötzlich nahm Sivan sein Gesicht in die Hände und sie waren einander so nahe, dass Nikola glaubte, seine Lippen zu spüren. Er sagte leise: „Ich weiß es."

Nikola nickte, dankbar, so erleichtert, dass er sich auf einmal den Tränen nahe fühlte. Er ließ seinen Kopf nach vorne kippen, sodass seine Stirn gegen Sivans Stirn drückte. Dichte Wimpern und dunkelbraune Augen, mehr sah er nicht. Mehr musste er nicht sehen. Nikola verschränkte seine Finger in Sivans Nacken. „Küss mich?"

„Hmm, vielleicht." Sivans Augen glänzten schelmisch. „Wenn du dich anders hinsetzt."

Nikola lächelte, setzte sich auf Sivans Schoß, ohne sich von ihm zu entfernen (was auf dem Rücksitz eines Autos einer akrobatischen Meisterleistung gleichkam, wenn man ihn fragte). „Besser?"

Anstatt zu antworten, zog Sivan ihn mit Nachdruck näher und küsste ihn. Er schmeckte nach Salz. Nikola spürte Sivans Atem, das Heben und Senken seiner Brust, seine Finger auf seinem Rücken, seinem Kreuz, und er erlaubte sich, die Traurigkeit wegfließen zu lassen, zumindest für den Moment, und drückte sich enger an Sivan.

Der Rhythmus kam von alleine. Sivan schob seine Hände unter Nikolas Shirt, unter seinen Hosenbund, nur beiläufig, nur ein bisschen. Die Erregung traf ihn unverhältnismäßig heftig, als hätte sie bereits seit Langem auf ihn gelauert und würde nun ihre Chance ergreifen. Nikola atmete scharf ein, lehnte sich in die Berührung, doch Sivan hielt inne. Er grinste schief und fragte mit gehobenen

Brauen: „Erwägst du die Möglichkeit, in diesem Auto mit mir zu schlafen?"

Nikola lachte leise, nickte, wollte ihm sagen, *ja*, er erwog diese Möglichkeit, *zumindest hand stuff*, und dass er erwog, das Risiko einzugehen und glücklich zu sein. Doch er flüsterte nur: „Irgendwann werde ich es sagen. Versprochen. Bitte lauf bis dahin nicht weg."

„Ich werde immer für dich zurückkommen."

Nikola spürte, dass die Tränen letztlich doch gewonnen hatten. Er wischte sich über die Augen, lächelte, deutete ein Schulterzucken an: „Wenn es dich nicht stört, dass ich eklig bin …"

„Bist du nicht." Sivan küsste ihn auf den Mundwinkel. „Nur ein bisschen salzig." Er küsste ihn noch einmal, diesmal auf den Mund. Mit gesenkter Stimme und erhobenem Kopf gestand er: „Im Ernst, ich will dich so sehr, dass es mir fast Angst macht."

„Sag mir wie sehr." Nikola schluckte. „Wie sehr willst du mich?"

„Mit Haut und Haar", antwortete Sivan sofort. Seine Augen leuchteten nicht golden. Kein dämonisches Wollen zog Nikola näher zu ihm. Sivan sagte es als Mensch, durch und durch.

Und vielleicht war das der erste Moment, in dem Nikola verstand, nein, begriff, *wirklich begriff*, dass Sivan ihn so begehrte wie Sterbliche einander begehrten. Dass Nikola ihn begehrte wie ein Sterblicher. Unberührt, unberührbar von jedem dämonischen Einfluss. Simpel, alltäglich, ganz normal.

Die Einsicht sickerte als unerschütterliche Gewissheit in Nikolas Verstand und er erwiderte leise: „Du bekommst mich mit Haut und Haar und allem, was sonst noch dazugehört."

Sivan sagte nichts, machte nur ein Geräusch, das irgendwo zwischen scharfem Ein- und erleichtertem Aufatmen lag.

Das letzte Sonnenlicht umschmeichelte ihn, fast zärtlich, floss über sein Gesicht und seine Locken und verfing sich in seinen Augen. Hätte sich der Rücksitz in einen Goldhintergrund verwandelt, Nikola schwor bei Gott, Sivan wäre zu einer lebendigen Engelsikone geworden. Der Augenblick hätte ewig dauern können und Nikola hätte sich nie sattgesehen, aber die Realität funkte dazwischen, buchstäblich, als Sivans Handy läutete.

„Ich muss …" Der Augenblick verflog und Sivan zog sein Handy hervor, sah auf das Display. Er seufzte. „Shanna. Tut mir leid."

„Ich weiß." Nikola küsste ihn sacht auf die Wange und rutschte von seinem Schoß. „Wir können gleich losfahren, ich will mich nur kurz verabschieden."

Sivan nickte, hob ab („Ja?"), und öffnete gleichzeitig die Autotür. Er stieg aus und vorne auf der Fahrerseite wieder ein. Während Nikola dabei zusah, wie die Dämmerung über Bratislava hereinbrach, sprach Sivan nicht. Erst bevor er das Telefonat beendete, sagte er: „Verstanden, ich bin auf dem Weg." Zu Nikola, seinen Blick meidend: „Tut mir leid, wir müssen los."

Nikola sah ihn an und musste nicht fragen, ob alles in Ordnung war. Der Anruf bedeutete eine Pressekonferenz – und hatte Sivan um die eine Komponente ergänzt, die ihn wahrlich ikonenhaft aussehen ließ: stilles Leid.

2022, DONNERSTAG 4. AUGUST

WIEN, GRUND X

Der Bass dröhnte durch den Boden, durch ihren Körper, und es war, als würde sich ihr Herzschlag den Bassschlägen angleichen. Bunte Lichter tanzten, bunte Menschen tanzten, Nesrin tanzte. Und alles in allem sollte sie glücklich sein, tanzend, umgeben von bewegten Körpern und Lichtern und Hitze – aber die Atmosphäre erdrückte sie.

Sie schluckte sauren Speichel, warf den Kopf in den Nacken und schloss die Augen. Falls es die kleinste Chance gab, dass Sturheit sie motivierte, die Nacht zu genießen, wollte sie es zumindest versuchen.

Immerhin war es ihr Geburtstag. Sie war seit einer gefühlten Ewigkeit endlich wieder tanzen. Um sie herum waren Menschen wie sie: stolz und laut und sichtbar. Die Ausgangssperre war seit Stunden in Kraft und sie würde den Club erst wieder verlassen, wenn sie nicht mehr galt. Nesrin hatte jeden Grund, glücklich zu sein.

Dass sie es nicht war, oder nicht so, wie sie es sich vorgestellt hatte, lag an einer einzigen Person. Natürlich war es lächerlich. Sich derart von jemandem abhängig zu machen. Die Beziehung so internalisiert zu priorisieren, dass sie ihre Tanzpläne sabotierte. Der Frust haftete an Nesrin wie das Kleid, das durchgeschwitzt an ihrem Körper klebte.

„Hey", tönte eine Stimme durch die Schichten der Musik, fremder Stimmen und ihrer eigenen Gedanken. Nesrin öffnete die Augen und sah Nikola, der ihr ein Glas Wasser entgegenhielt.

Nachdem sie ihre Familie und Freundinnen zum Abendessen getroffen und nur Absagen fürs Tanzen bekommen hatte, war Nikola der Einzige gewesen, der sich dazu bereit erklärt hatte, mit ihr in das Grund X zu kommen. Bisher hatte er die Nacht an der Bar verbracht und quasi auf sie gewartet. Jetzt brachte er ihr etwas zu trinken. Als wäre er ihr … Aufpasser oder, schlimmer, Bediensteter.

Nesrin nahm das Glas dennoch, formte mit den Lippen ein stummes *Danke*. Eiswürfel schwammen an der Oberfläche und klinkten gegen den Rand, sie spürte es, hörte es aber nicht. Während sie an dem Getränk nippte (Wasser mit einem Schuss Zitrone, die gute Art von sauer, anders als ihr Speichel), beobachtete sie, wie der Glitter in Nikolas Haaren die Scheinwerfer reflektierte. Er sah auch nicht aus, als wäre er besonders glücklich. Oder hätte besonders viel Spaß. Eine Aura des Unwohlseins umgab ihn; wenn sie auch glitzerte.

Nesrin lehnte sich zu ihm, schlang einen Arm um seinen Hals. Seine Haut war warm und klebrig, wie ihre. Sie forcierte ein Lächeln: „Geh nach Hause, Nikola. Es ist spät. Du musst nicht meinetwegen bleiben."

„Hm. Ich glaube schon, dass ich das muss. Es gibt nur eine Regel, wenn man fortgeht, und die lautet: Keine schmollenden Freundinnen alleine in irgendwelchen Untergrund-Clubs nach Inkrafttreten der Ausgangssperre zurücklassen", sagte Nikola. Sein Lächeln war aufrichtig. „Außerdem habe ich trotzdem eine bessere Zeit als du."

„Ist es so offensichtlich?", fragte Nesrin und verdrehte die Augen, wiegte leicht mit dem Bassbeat. Lose Haarsträhnen klebten ihr im Nacken, an den Schläfen, und sie wünschte, dass Shanna hier wäre, um sie ihr wegzustreichen und sie zu küssen. Diese Nacht hätte so gut werden können …

„Dass du schmollst und keinen Spaß hast? Ja. Tut mir leid."

Nesrin schnaubte. „Sag's ihr nicht."

„Kein Wort." Nikolas Augen waren ernst und ehrlich, dann bot er ihr die Hand. „Möchtest du mit mir tanzen?"

„Ich glaube nicht, dass das der Stil ist, der hier gefragt ist", meinte Nesrin, doch Nikola zuckte nur mit den Schultern und lächelte, voller blinkendem Glitter. Sie verdrehte wieder die Augen, doch diesmal musste sie lächeln. „Okay. Okay, lass uns tanzen." Sie stellte das Glas auf einen Tisch, ergriff seine Hand. „Aber blamier mich nicht, ich war früher Stammgast. Ich habe einen Ruf aufrechtzuerhalten."

Nikola lachte. „Ah, man kennt dich hier also. Ich wusste nicht, dass ich heute das Vergnügen habe, mit einer Berühmtheit zu tanzen. Ich hoffe, ich kann dem Druck standhalten."

„Du wärst nicht der Erste, dem der Druck zu viel wird", erwiderte Nesrin und zwinkerte ihm zu. Lange, aufgeklebte Wimpern folgten der Bewegung ihres Augenlides, gefühlt etwas zu langsam, aber der Effekt war unter dem Stakkato der wechselnden Lichter der gleiche.

Sie hielt Nikolas Hand, hatte die andere auf seiner Schulter, und er fasste sie locker an der Taille. Es war die Haltung eines sehr schlampigen Standardtanzpaares.

Nikola tanzte gar nicht so schlecht, etwas reserviert und einfallslos, aber immerhin so, dass er den Rhythmus behielt. Er überließ es Nesrin, sich zu drehen oder ihn zu drehen, ihre Körper zu steuern.

Nesrin schloss die Augen. Sie liebte es alleine zu tanzen. Sie liebte es gemeinsam zu tanzen. Sie liebte beides, aber heute wollte sie das zweite und wenn Shanna nicht da war, war das ihr Pech. Früher hätte sie sich eine

Fremde gesucht, einen Fremden, den Thrill des Neuen, aber sie musste feststellen, dass sie das Bekannte schätzte. Dass es sie mehr anzog als das Unbekannte. Es war gut, dass Nikola hier war.

Nesrin sah auf, lächelte. „Danke."

Nikola lächelte, nickte. Er wirkte etwas entspannter als zuvor. Okay, das war eine Wende zum Besseren – für sie *und* ihn. Mehrere Lieder vergingen, bis sie so dicht aneinander tanzten, dass sie sich bei jedem Schritt, jeder Bewegung berührten. Es war ein gutes Gefühl. Ein wenig erregend. Nesrin fragte sich, wie viel von der letzten Empfindung von Trotz motiviert war. Wie viel von Verletztheit. Wie viel eine ordinäre körperliche Reaktion war. Sie fragte sich, ob sie Nikola wirklich attraktiv fand. Sie fragte sich, ob das einen Unterschied machte.

„Früher hätte ich dich jetzt geküsst", sagte sie kopfschüttelnd und hielt inne. Das warme Gefühl schlug in Hitze um, die auf ihren Wangen brannte. Sie schämte sich.

Nikolas Stimme war sanft. „Früher hätte ich dich auch geküsst."

„Die untreuen Bisexuellen. Was für ein Klischee", meinte Nesrin und lachte ein wenig hilflos. „Tut mir leid. Ich wollte es nicht komisch machen."

„Hey, wir sind hier und wir küssen einander nicht, also würde ich sagen … Wir beweisen hier gerade irgendeiner bifeindlichen Person irgendwas. Das ist praktisch unsere Pflicht." Er drückte ihre Hand. „Lass uns eine Pause machen und etwas trinken?"

Nesrin nickte und ließ sich von Nikola durch die Menschenmenge leiten. Sie hatte beinahe vergessen, wie es war mit einem Mann zu tanzen. Sie hatte aber auch vergessen, dass Männer sie bei der Hand nahmen und sie wie selbstverständlich führten.

Der Barhocker war speckig und die Theke feucht. Sie bestellten zwei Mineralwasser. Nesrin seufzte. Ihr war heiß. Im Sitzen schlich sich Müdigkeit in ihren Körper. Ein Blick auf die Uhr im Barbereich verriet, dass sie die Nacht hinter sich ließen und in die frühen Morgenstunden schlitterten: fast vier Uhr. Kein Wunder also, dass sie schwächelte.

Das Ambiente trug das Seinige dazu bei: Sie waren dem Kegel der Musik entkommen, dem schlagenden Herz des Clubs. Hier war es leiser. Melancholischer, obwohl die Beats bis hierher drangen und die bunten Lichtimpulse auch durch dieses Areal hüpften.

„Ist alles okay?", fragte Nikola nach einer Weile und sah besorgt aus.

„Es ist nicht mein bester Tag." Nesrin lächelte gequält. „Weißt du, früher war ich diejenige, die keine Zeit für so etwas Triviales wie Geburtstagsfeiern hatte. Ich war nicht greifbar, immer unterwegs und mit Arbeit beschäftigt. Ich habe es nicht ausgehalten, einen Beziehungsalltag zu haben. Meine Freundinnen mussten sich damit abfinden. Und wenn sie das nicht konnten oder wollten … Dann war ich eben ganz weg. Und jetzt bin ich in derselben Position." Sie schnaubte, zuckte mit den Schultern. „Es ist wirklich zum Kotzen auf der anderen Seite dieser Konstellation zu sein, das ist alles. Aber ich habe es wahrscheinlich verdient. Ausgleichende Ungerechtigkeit oder so etwas."

„Ich mag dieses Konzept von ausgleichender Ungerechtigkeit nicht", meinte Nikola und zog die Augenbrauen zusammen.

Nesrin musste lachen. „Ist es komisch, dass du mich manchmal an sie erinnerst?"

Nikola überlegte einen Moment. „Wenn ich dich an meine Schwägerin erinnere, müsste ich Sivan an seine Schwester erinnern und das Szenario wäre mir nicht recht, ehrlich gesagt", erwiderte er dann. Plötzlich lachte er. „Aber jetzt wo du es sagst? Manchmal erinnerst du mich an Sivan."

Nesrin tat so, als wäre sie schockiert und schüttelte den Kopf. „Nikola Kovar, ich bitte dich, pass mit deinen Vergleichen auf."

Er lächelte nur. „Vielleicht ist es ein Zeichen, dass wir zu viel Zeit in dieser Viererkombination verbringen. Oder wir sind den beiden so verfallen, dass wir uns einbilden, sie in anderen Leuten zu sehen."

„Das wäre ein bisschen erbärmlich." Nesrin lächelte leicht. „Kannst du mir sagen, was uns geritten hat, uns von allen Menschen auf der Welt ausgerechnet Delcars auszusuchen?"

„Ich würde an der Basis anfangen und fragen, warum wir uns ausgerechnet Ausgewählte ausgesucht haben."

„Guter Punkt. Es gibt zu diesem Thema sicher eine psychologische Studie. Aber ich persönlich tippe auf die unnahbare gefährliche Aura ... und die Goldaugen."

„*Dazu* gibt es auf jeden Fall eine Studie." Nikola strich mit den Fingerspitzen über den Rand seines Glases, sah Nesrin lange nicht an. Schließlich blickte er auf, sagte: „Tut mir leid, dass der Abend nicht so gelaufen ist, wie du ihn dir vorgestellt hast."

„Es ist, wie es ist, oder?" Nesrin biss sich auf die Unterlippe. „Mir tut's leid, dass ich dich in meinen Selbstmitleidskreis hineingezogen habe."

„Ich weiß."

„Danke, dass du mitgekommen bist."

„Danke für die Einladung." Nikola lächelte, hob sein Glas. „Alles Gute zum Geburtstag."

„Alles Gute!", ertönte eine weitere Stimme hinter Nesrin und sie drehte sich skeptisch um.

Sivan – in einer schwarzen tiefsitzenden Jeans und einer langärmligen weißen Kunstfelljacke - grinste schief, umarmte Nesrin und küsste Nikola zur Begrüßung auf die Wange. „Hey Kleiner. Ohne mich selbst loben zu wollen, aber mein Timing? Perfekt."

Nesrins Mundwinkel zuckte und sie wandte sich ihrem Getränk zu. Sie wollte nicht undankbar erscheinen oder schlimmer, verbittert, doch es fiel ihr schwer, nicht zu weinen. Nein. Es wäre schade um das Make-up, die Wimpern, den ganzen Abend.

Nikola berührte sie sanft an der Schulter. „Hinter dir."

Nesrin warf widerwillig einen Blick nach hinten. Sie brauchte einen Moment, um Shanna zu erkennen. Ihr Herz sprang gefühlt in den Hals.

„Entschuldigt mich", sagte sie leise und sah noch aus dem Augenwinkel, wie Nikola Sivan zu sich zog und in Shannas Richtung winkte.

Shanna trug einen weißen lose geschnittenen Overall, dessen Ausschnitt über ihrem Nabel endete. Das lange dunkle Haar war unter einer rosafarbenen Kurzhaarperücke verschwunden. Nesrin hatte sie noch nie so stark geschminkt gesehen. Silber- und Goldtöne schmiegten sich um ihre Augen, schimmerten auf ihren Wangen und Lippen. Sie fügte sich nahtlos in das Ambiente ein. Die Typveränderung war vollkommen.

Nesrins Hals war eng. Sie bereute ihre Zweifel, bereute, dass sie mit dem Gedanken gespielt hatte, Nikola … *Scheiße*. Als sie Shanna erreichte, fiel sie ihr in die Arme. Sie klang vorwurfsvoll und erleichtert gleichzeitig: „Ich dachte, du kommst nicht."

„Tut mir leid, dass es so spät geworden ist", sagte Shanna leise. „Alles Gute zum Geburtstag."

„Wusste Nikola, dass ihr kommt?"

„Nein. Aber er hat Sivan geschrieben, wo ihr seid. Er wollte auch Bescheid sagen, falls ihr geht. Damit euch jemand abholen kann. Wegen der Ausgangssperre."

Nesrin lachte. Ihr war schwindlig. „Ich kann nicht glauben, dass du gekommen bist. Die Ausgangssperre. Deine Position. Dein Image."

„Es gibt wichtigere Dinge." Shanna deutete an sich herab. „Außerdem hat Sivan für unsere Stealth Mission extra diese Outfits ausgesucht. Unauffälligkeit durch Overkill."

„Hm. Dann werde ich mich nachher bei ihm bedanken."

Shanna lächelte und strich sanft über Nesrins Nacken. „Ich habe ein Geschenk für dich. Wenn du es willst."

„Nur wenn du vorher mit mir tanzt."

„Ich hoffe, du kannst mit meiner perfekten Technik mithalten", meinte Shanna ernst und Nesrin lachte. Sie küsste sie. Ihre Lippen waren weich. Die Lichter tanzten über ihnen, alle konnten sie sehen, gemeinsam, und ihr Puls übertönte sogar den mächtigen Bassschlag.

Als sie sich voneinander lösten, blinkte ein schmaler Goldring in Shannas Hand. „Es ist nicht deiner, aber …"

Der Ring glitt über Nesrins Finger, an die gleiche Stelle wie ihr verlorener Ring, als wäre er speziell für sie angefertigt worden. Was wahrscheinlich zutraf. Sie lächelte, wild und überschäumend mit Liebe. „Vielleicht erwarte ich jetzt doch, dass du mich heiratest."

„Mhm. Also gefällt er dir?"

„Nicht so gut wie du", flüsterte Nesrin und drückte sich eng gegen Shanna. Sie lächelte.

Dann küssten sie einander im bunten Licht.

CN Machtmissbrauch und Vertuschung, Gewalt (explizit), Mord, Gore/Splatter, Blut, Kannibalismus (implizit), Selbstverletzung, Selbstverbrennung, Körperflüssigkeiten

2023, FREITAG 22. SEPTEMBER

WIEN, STADTRAND, EINE VERLASSENE BAUSTELLE

Shanna folgte dem Blutgeruch. Es war zu dunkel, um viel mehr als Bauschutt, nackte Gerüste und halb aufgezogene Wände über mehrere Etagen hinweg zu erkennen. Die Baustelle ähnelte einer Ruine. Sie warf den Fall ihrer Schritte zurück, als kündigte sie ihre Gegenwart an. Shannas Herz schmerzte, und das? Unterschied diesen Einsatz von anderen.

Der kleine Sender an ihrem Gürtel machte sie für die Kameras der Stadt unsichtbar; dennoch mied sie deren wachsame Augen. Besser übervorsichtig als dreist. Das Fehlen einer Unantastbaren an ihrer Seite machte sich so schwer bemerkbar wie das Fehlen ihres Handys. Sie hatte es in ihrem Büro in der Zentrale gelassen, damit sie hier nicht ortbar war, falls jemand – *irgendjemand* – auf die Idee kam, nach ihr zu suchen.

Shanna fragte sich, wer die Sicherheitsfreigabe hatte, nach ihr suchen zu lassen. Sie fragte sich, warum sie sich so eine Frage stellte, wo sie doch eigentlich wusste, dass sie diejenige war, die diese Sicherheitsfreigabe lizenzieren musste.

Ein paranoider Schatten flackerte über ihr. Wenn sie aufflog … Shanna biss die Zähne zusammen und schob das Gefühl des Verfolgtwerdens beiseite. Sie wurde nicht gejagt, sie *jagte*. Und wenn sie jede Emotion verleugnete und sich auf die Fakten berief, befand sie sich auf einer Dämonenjagd, die sich nicht von ihren anderen Dämonenjagden unterschied. *Lügnerin*, schalt sie sich selbst, *natürlich ist das etwas Anderes*.

Im Grunde war es simpel: Sie war auf der Jagd nach Sivan und hatte den Notruf aus den offiziellen Logs gelöscht, um ihn vor allen anderen zu finden. Das Filtersystem nach ihrem Namen, das bereits ihre Eltern eingeführt hatten, bewährte sich – leider. Der ultimative Test ihrer Loyalität, ihrer Priorität als Anführerin, und wofür hatte sie sich entschieden? Für ihren kleinen Bruder. (Und wenn sie bereute, dass sie eine schlechte Erste Auserwählte war, bereute sie nicht, dass sie eine gute Schwester war; und vielleicht war dies das Zünglein an der Waage, das über ihre charakterlichen Qualitäten entschied.)

Shanna wog das Messer in ihrer Hand, während sie festen Schrittes um eine Ecke ging. Unter den Blutgeruch mischte sich explosionsartig eine weitere Note, die ihr in Nase und Hirn stach. Shanna spürte, wie ihre Augen innerhalb eines Blinzelns die Farbe wechselten.

Die Goldaugen durchdrangen die Dunkelheit und ließen sie erkennen, was den dämonischen Impuls ausgelöst hatte: Fleischfetzen, Eingeweidereste, Fäkalien, Urin.

Shanna rümpfte die Nase und schluckte Speichel, der sich in ihrem Mund gesammelt hatte. Er schmeckte nach Verwesung. Was hatte Sivan bloß getan?

Der dämonische Fokus drängte Sorge und Betroffenheit zurück, sodass sie beides nur gedämpft wahrnahm. Sie musste sich an kurzfristigen Zielen orientieren:

1. Sivan finden.
2. Sein Opfer identifizieren.
3. Die Leiche beseitigen.
4. Ihre Spuren verwischen.

Für alles andere wäre später noch Zeit. (Hoffte sie zumindest.) Shanna ging weiter. *Einsturzgefahr*, vermeldete ihr Instinkt und sie behielt die baufällige Decke im Auge, ohne allerdings ihr Tempo zu drosseln. Goldene Linien wirbelten vor ihr in der Luft. Es war seltsam. Vorher hatte es zwar Blutspuren gegeben, aber nur minimale Rückstände von Dämonenenergie. Was das bedeutete … Ihr Herz lag an der Kandare des Dämoneneinflusses und schmerzte kaum, sonst hätte Shanna es wahrscheinlich nicht über sich gebracht, das Offensichtliche als Möglichkeit, wahrscheinlicher aber als Tatsache zu erwägen. So aber dachte sie das Szenario zu Ende und befand, dass es nichts an der akuten Situation änderte.

Blutstropfen waren jetzt auf den Wänden in jeder Höhe zu sehen. Einige Spritzer reichten sogar an die Decke, Blutschlieren prangten am Boden, dazwischen Schuh- und Handabdrücke. Die Blutspur verbreiterte sich, als hätte jemand einen Körper hinter sich hergezogen. *Scheiße*. Haarbüschel, ganze Fleischklumpen, Innereien, und Körperflüssigkeiten säumten den Weg. Die Spur wurde zu einer kreischenden rot-braun-stinkenden Fahrbahn, ein ausgerissener Arm zu einem Richtungsweiser, und ein graues Herz schließlich zu einer Stopptafel.

Shanna blieb stehen. Die Körperreste unter ihren Stiefeln waren schmierig. Das tote Herz leuchtete schwach. Eine Sinnestäuschung, ein Abglanz des Lebens, das sie als Sterbliche niemals wahrnehmen könnte.

Shanna spürte, wie ihr Würgereflex arbeitete und wie ihre Dämonenseele dagegenhielt. Es gab kein Zurück. Sie wappnete sich für das Schlimmste und war trotzdem nicht darauf gefasst, Sivan zu finden. Ihr stockte der Atem, ihr Magen krampfte, und etwas Heißes rann über ihre Wange.

Sivan lag blutbesudelt, reglos, *atmend* auf einem kastrierten Leichnam, dem ein Arm fehlte, dessen Brustkorb aufgebrochen war, dessen Bauch als zahnloses Maul in den Raum gähnte, dessen Gesicht bis zur Unkenntlichkeit zerschlagen worden war.

Kaltes Grauen krallte sich in Shannas Herz. Eisige Resolution erfüllte ihren Verstand. Kälte würde sie nicht lähmen, sie war kälter, sie war so kalt, dass sie das Grauen abstreifte und den toten Menschen umrundete, obwohl ihr Stiefel ein glitschig-saugendes Geräusch machte, als sie auf einen geplatzten Augapfel stieg.

„Sivan." Ihre Stimme klang unwirklich über der Todesszenerie. Ohne dem Beachtung zu schenken, wiederholte sie Sivans Namen und stieß ihn mit der Stiefelspitze an. Das Messer behielt sie in der Hand, nur für den Fall, dass Sivan nicht bei sich war, wenn er aufwachte.

Shanna wusste nicht, was schlimmer wäre: Sivan, sterblich, in vollem Bewusstsein über das Ausmaß des Massakers, das er angerichtet hatte, oder Sivan, dämonisch, im Rausch reuelos nach weiterem Blut heischend. Im Endeffekt war es egal, oder? Er würde in beiden Fällen den Kürzeren ziehen. Dieses Wissen brannte eine Wunde in Shannas Brust. Sie brauchte einen Moment, um sie zu vereisen und zu akzeptieren, dass das weitere Geschehen nicht in ihrer Hand lag.

„Sivan." Diesmal stieß sie ihn härter an. Er machte ein knurrendes Geräusch, zuckte, und die Leiche zuckte mit ihm. Das war genug. Shannas Kiefer knackte. Sie ließ das Messer fallen und stürzte sich auf Sivan, packte ihn an den Schultern, schüttelte ihn heftig. Er war so beschmiert mit Blut, Schweiß und anderen Abscheulichkeiten, dass sie kaum einen festen Griff um ihn bekam.

Wut gefror in ihren Adern und sie spürte, wie Shanna davon schlitterte, dass sie sich kaum halten konnte, und schlimmer noch, dass es ihr nichts ausmachte.

Im letzten Moment hielt Sivan sie davon ab, indem er die Augen aufschlug: Dunkelbraun mit übergroßen Pupillen, ohne jeden Goldfunken. Desorientiert, zittrig, *hilflos* suchte Sivan nach seiner Stimme, fand sie nicht, und irgendetwas daran musste Shannas Dämon besänftigen.

Die Farben und Details um sie erloschen und sie fand sich in der gleichen Dunkelheit wie ihr Bruder. Sie spürte, dass ihr Gesicht feucht wurde, und umarmte ihn. Und wenn ihre Umarmung ein Käfig war, dann nur, damit er sich nicht sofort umsah und die Erinnerung weckte. In schweißnasses, kaltes Haar sagte sie: „Ich bin hier, Sivan. Es wird alles wieder gut. Ich werde es richten. Es wird alles wieder gut."

„Shanna …" Sivans Stimme war gebrochen. „Da ist Blut und … es ist in meinem Mund … und … mir ist schlecht. Mir ist so schlecht. Wo sind …? Was …?"

Shanna schwieg. Sie wünschte sich den Dämon zurück, als Sivan sich gegen ihre Umarmung wehrte, als all die Teile an ihren Platz rutschten, als er von der vollen Wucht der Schuld, der Verantwortung, der Konsequenz getroffen wurde. Er würgte, weinte, krümmte sich, aber Shanna ließ ihn nicht los. Sie drückte ihn noch fester und sagte: „Ich werde es richten. Es wird alles wieder gut. Ich versprech's dir. Es wird alles gut."

Lügnerin.
Lügnerin.

Shanna saß hinter dem Lenkrad und massierte ihre Schläfen. Es war der falsche Moment für eine Migräneattacke und der Gestank nach Tod, der das Auto füllte, war der Situation nicht zuträglich. Überall Blut, DNS, Leichenpartikel – sie würden sich nicht komplett entfernen lassen. Und so setzte sie mental noch einen Punkt auf ihre Liste: das Auto loswerden.

Shanna wollte fluchen, biss stattdessen die Zähne zusammen, bis ein sengender Schmerz durch ihren Schädel fuhr. *Gut*. Der Gestank war vorerst vergessen. Sie hatte keine Ahnung, wie sie dieses Chaos zu ihren Gunsten dirigieren sollte. Es schien unmöglich. Es durfte aber nicht unmöglich sein.

Sivan war indes sehr ruhig geworden. Er hörte nicht auf zu zittern, starrte mit leerem Blick in die Nacht, und wurde von Zeit zu Zeit von Wellen des Würgens überrollt. Er war am Ende.

Shanna hatte ihn an seinen Tiefpunkten erlebt, aber sie hatte ihn noch nie so gesehen. Kein Aufbäumen in Zorn, kein Ansatz von Selbstdestruktion, keinerlei andere Ausbrüche, er war einfach ... still geworden, als würde er dissoziieren. Nicht dass Shanna ihm das nach dämonisch motiviertem Kannibalismus und dem Auskotzen roher Fleischbatzen vorwerfen konnte. Aber so würde man sie am Tatort vorfinden, so würden sie *alles* verlieren, und das konnte sie nicht zulassen.

Shanna ignorierte den pulsierenden Schmerz in ihrem Schädel und ergriff Sivans Kinn, drehte seinen Kopf so, dass er sie ansehen musste. Unwillig, blank, wässrig.

„Ich weiß, dass du diesen Menschen angegriffen und verletzt hast, bevor du von den Augen überwältigt worden bist." Sie beschuldigte ihn der Aggression, noch nicht des vorsätzlichen Mords. Es klang besser als *bevor du – absichtlich? – die Kontrolle verloren hast*, aber nicht viel besser. Sivan reagierte nicht, also fragte sie so neutral wie möglich: „Warum wolltest du ihn töten? Warum wart ihr hier? Wer war das überhaupt?"

Sivan sah sie direkt an, aber es fehlte der Ausdruck in seinen Augen, seinem Gesicht. Seine Stimme war genauso ausdruckslos, als er antwortete: „Milan Sokol."

Der Name war ihr bekannt, doch sie konnte ihn nicht sofort zuordnen. Ihre Gedanken überschlugen sich beinahe, dann traf es sie wie ein Blitz. „Nein. Du hast nicht. Das hast du nicht. Du warst nicht so verdammt impulsiv …!"

Shanna konnte ihre Beherrschtheit nicht aufrechterhalten. Sie wollte Sivan anschreien, sie wollte vor Frust brüllen, sie wollte ihren Kopf gegen das Lenkrad schlagen. Stattdessen ließ sie Sivan los und verschränkte die Arme. Ihre Muskeln standen unter solcher Spannung, dass sie sich anfühlten, als würden sie reißen.

Ekel und Verachtung schlichen sich in ihre Stimme: „War das dein … *Wolltest* du das?"

Sivan schnappte in seinen Körper, atmete schwer, schüttelte den Kopf. „Nein. Nein, nein, nein, ich schwöre bei … *nein*." Tränen fluteten seine Augen von Neuem. „Shanna, bitte, du weißt, dass ich kein …" Das Wort *Mörder* blieb ihm in der Kehle stecken.

Sein Gesicht war zerkratzt – DNS unter Sokols Fingernägeln, noch ein Problem – und Blutergüsse begannen Schatten zu werfen, und es fiel Shanna erst auf, wo Sivan wieder mehr wie ein Mensch und weniger wie ein Geist wirkte.

„Ich werde das jetzt nicht mit dir diskutieren." Shanna hatte nicht die Energie, sowohl die Absichten ihres Bruders zu hinterfragen als auch seinen Mord, Unfall oder was auch immer zu vertuschen. Und nur eine der beiden Angelegenheiten war zeitsensitiv: „Wir brauchen eine zweite Leiche. Und dann müssen wir das Gebäude abbrennen und das Auto loswerden. Du brauchst ein Alibi, ich brauch ein … Wir müssen diese Story hinbekommen, hast du mich verstanden?"

„Nimm mich fest", verlangte Sivan matt. „Ich bin schuldig. Ich habe ihn ermordet und so zugerichtet." Er lächelte verzweifelt. „Und weißt du, was das Schlimmste ist? Es tut mir nicht leid, dass er tot ist. Ich hätte ihn nicht so … und das wollte ich nicht, ich wollte ihn nicht töten, aber ich bereue es nicht."

Shanna lachte freudlos auf. „Schön, dass du mit dir im Reinen bist. Ich hatte schon befürchtet, eine entstellte Leiche würde an deinem Gewissen kratzen." Sie war so bitter, dass sie sich fast übergeben musste. „Ich sage dir jetzt, was passieren wird. Ich werde dich nicht festnehmen. Du wirst mir helfen, die Sache so sauber wie möglich zu Ende zu bringen. Ich bin deine Komplizin, seit ich den Notruf gelöscht habe und alleine hergekommen bin, und ich werde nicht meinen Kopf dafür hinhalten, dass es dir gerade scheißegal ist, was mit dir passiert. Das Mindeste, was du tun kannst, ist dich zusammenzureißen."

Sivan überraschte sie, berührte sie am Arm. Er wirkte gefasst. „Danke, dass du für mich hergekommen bist. Ich werde dich nicht tiefer mit hineinziehen. Was soll ich tun, Boss?"

Shannas Migräne hatte sich fast ins Unermessliche gesteigert. Ihr Sichtfeld verschwamm zunehmend und Tränen brannten in ihren Augenwinkeln.

Sie saßen bereits eine dreiviertel Stunde in diesem verdammten Auto und ihr Zeitfenster verkleinerte sich rasant. Eine Lösung hatte sie immer noch nicht gefunden, obwohl Sivan versuchte, sich konstruktiv einzubringen. Aber auch er war in seiner Konzentration stark eingeschränkt, erschöpft, verletzt – verdammte Scheiße! Warum hatte er diese Eskalation riskiert? Sie verstand nicht, *warum* er einen Fremden so sehr hasste, dass er ihn buchstäblich ausweidete und bereits darüber hinweg zu sein schien.

Ihr Bruder war kein Killer. Die einzige Person, die er von Zeit zu Zeit umbringen wollte, war er selbst. Der Mord ergab einfach keinen Sinn. Und dass er keinen Sinn ergab, bereitete ihr zusätzliche Kopfschmerzen. Sie konnte kaum denken, doch die Ungewissheit quälte sie zunehmend.

„Shanna?" Sivan lehnte sich zu ihr. „Du musst nach Hause."

„Haha", murmelte sie und war angewidert darüber, wie schwächlich sie klang. Ausgerechnet jetzt. *Scheiße*.

„Nein, hör mir zu. Der ganze Plan scheitert daran, dass wir versucht haben, mich aus der Szenerie zu entfernen. Es ist belegbar, dass ich der Letzte war, der ihn lebendig gesehen hat. Überwachungskameras, die Leute von der Veranstaltung. Ich wurde gesehen, wie wir gemeinsam gegangen sind. Überwachungsbilder sind die eine Sache, Anwesende, die gerne einmal gegen einen Delcar aussagen würden, die andere. Wenn ich verschwinde, bin ich verdächtiger, als wenn sie mich neben der Leiche finden. Ich muss bleiben."

„Nehmen wir an …" Schmerz hämmerte gegen ihre Augen. „Nehmen wir an, du bleibst. Wer hat ihn getötet? Der unbekannte Dritte?"

„Vielleicht hat er sich mit den falschen Leuten eingelassen." Sivan sagte es so nüchtern, dass Shanna über die Absurdität lachen wollte. Nach einer kurzen Pause: „Er hatte Kontakt zum Widerstand. Er wollte Nikola …" Sivans Züge wurden hart. „Er wollte einen Insider bei uns. Das ist die Wahrheit."

Hast du ihn deswegen ermordet? Shanna nickte, doch selbst diese leichte Erschütterung trieb ihr Tränen in die Augen. „Sagst du, der Widerstand hat ihn umgebracht? Deine DNS ist überall auf ihm. Seine auf dir. Solange die Leiche …"

„Du hast recht." Sivan zuckte mit den Schultern, dann lächelte er flüchtig. „Was, wenn Milan der Täter war? Der unbekannte Dritte ist sein Opfer. Der Widerstand wollte eine Ratte aus ihren Reihen loswerden und sie haben ihn als Henker geschickt. Ich war der Köder und Bonus. Natürlich würden sie nicht riskieren, die Identität ihrer Mitglieder aufzugeben. Zu viele Verbindungen, die entdeckt werden könnten. Sie würden Sicherheitsvorkehrungen anordnen." Diesmal lächelte er nicht. „Zwei Probleme, eine Lösung. Ich breche ihm die Zähne raus und sammle seine Hände ein. Dann brenne ich alles nieder. Niemand wird auf die Idee kommen, den Körper als den offiziell Flüchtigen zu identifizieren. Und selbst wenn … sie können es gerne versuchen."

Shanna ließ das Szenario auf sich wirken. Es klang fast … glaubhaft. Absurd simpel. Ohne Rücksicht auf Verluste, zu risikoreich, als dass sie es unter anderen Umständen jemals zur Debatte zugelassen hätte, aber was blieb ihr übrig? Alles oder nichts. Und Sivan schien seine Chancen erwogen und sich mit dem Ergebnis abgefunden zu haben. Er wirkte vollkommen unbeteiligt.

Shanna hatte keine Angst vor ihm, aber wenn sie das hätte ändern wollen, wäre das der geeignete Zeitpunkt gewesen. „Einverstanden", sagte sie schließlich und konnte kaum glauben, dass sie diese Idee absegnete. „Was ist mit dir?"

„Milan geht davon aus, dass ich tot bin, und will mich mit dem Verräter verbrennen. Ich hoffe, ihr findet mich rechtzeitig."

„Das kannst du nicht …"

„Doch. Du musst nur Zähne und Hände mitnehmen und zusammen mit dem Auto vernichten. Sein Handy auch. So hast du mich doch gefunden …?"

Shanna dachte an den Anruf und nickte.

Sivan erwiderte ihr Nicken und fuhr sachlich fort: „Ich werde Nikola anrufen. Ihn vor Milan warnen. Dann muss ich ohnmächtig werden. Es ist unrealistisch, dass ich mich selbst retten kann." Er lächelte miserabel. „Und dann wird er entscheiden, ob er Rettung, Feuerwehr oder die Auserwählten ruft."

„Die Leitung ist nicht gesichert. Du kannst ihm den Kontext nicht erklären. Er wird glauben, dass das alles wirklich passiert. Das ist", Shanna stellte sich vor, an Nikolas Stelle zu sein und wollte brechen, „Folter. Tu ihm das nicht an. Und was willst du überhaupt damit sagen, dass er entscheidet, ob …? Vergiss es. Davon werde ich dein Überleben nicht abhängig machen."

„Nikola ist das Verbindungsglied. Wenn Milan seine Verbindungen hier kappen möchte, würde er ihn beseitigen. Und ich würde lieber sterben, als dass ich ihn nicht warne."

„Stopp. Das passiert nicht wirklich. Das ist eine Performance und deswegen verbiete ich es. Du wirst ihn nicht so unvermittelt in die Sache hineinziehen und glauben lassen, dass du stirbst. Vertrau mir, ich weiß, wie sich das anfühlt. Es ist nicht schön." Shannas Kopf dröhnte. „Du hast es für ihn getan, oder? Du brauchst nicht. Ich will nicht. Aber ich verbiete dir, dass du aktiv versuchst, zu sterben. Hast du verstanden? Sobald es brennt, gehst du hinaus und rufst den Notruf."

Shanna schluckte hart.

Sivan mied ihren Blick.

„Ich wollte diese Karte nicht ausspielen, aber du lässt mir keine Wahl." Sie zwang sich, aufrecht zu sitzen und zwang ihn, ihr in die Augen zu sehen. „Wenn du stirbst, werde ich es spüren, und wenn du tot bist, wird ein Teil von mir tot sein. Das habe ich nicht verdient, Sivan. Ich bin müde. Ich will dich nicht bis an mein Lebensende missen müssen. Ich will dich nicht zu Grabe tragen. Ich *werde* dich nicht zu Grabe tragen. Versprich es mir. Oder wir stellen uns gemeinsam und beenden es auf diese Weise. Es ist deine Entscheidung."

„Okay." Leise, besiegt. „Okay. Ich verspreche es." Shanna nickte und Sivan drückte ihre Hand, dann fragte er: „Ist der Werkzeugkasten im Kofferraum?" Ein schiefes Lächeln flog über seine Lippen. „Und deine Handschuhe brauch ich auch."

Das Auto wurde vom schwarzen Donauwasser in die Tiefe gezogen. Die abgetrennten Identifikationsmarker von Milan Sokol ruhten in Plastik verpackt am anderen Ende der Stadt auf einer Mülldeponie. Sein Telefon hatte sie zerlegt und in verschiedene Mistkübel verteilt. Shanna musste nur noch ihre Kleidung loswerden, dann hatte sie ihre Pflicht für die Nacht erfüllt. Unwahrscheinlich, dass alle Beweisherde gefunden und zusammengefügt wurden. Ein kleiner Sieg in dieser unheilvollen Nacht.

Shannas Kopf war kurz davor, zu explodieren. Sie wusste nicht, wie sie ins Hauptquartier zurückkommen sollte. Sie wusste nicht, wo sie Wechselgewand herbekommen sollte. Es galt die Ausgangssperre, also fuhren keine Taxis. Ohnehin besser, wenn niemand sie so zu Gesicht bekam. Besser, wenn sie sich in Zurückhaltung übte. Sie musste nur irgendwie …

Sie stolperte und der Schmerz raubte ihr für einen Moment die Sinne. Fast hätte sie das Bewusstsein verloren. Fast hätte sie es zugelassen, doch sie war zu weit gekommen, um jetzt aufzugeben. Sie wusste auf einmal, wohin sie gehen konnte.

Shanna zog sich die Kapuze tief ins Gesicht und kämpfte sich Schritt für Schritt vorwärts. Sie dachte daran, wie Sivan sie schief angegrinst hatte, als er ihr die Stiefel mit einem benzingetränkten Fetzen abgewischt hatte. Wie er sich den Mund mit Benzin ausgeschwemmt und seine Haut damit abgerieben hatte. Wie er das abgezapfte Benzin in einem Kanister zu der Baustelle getragen und ihr zugewunken hatte, als der Motor leise gebrummt hatte und sie weggefahren war.

Das letzte Mal. Jetzt bereute Shanna es, ihr Handy zurückgelassen zu haben. Sie würde keine Informationen erhalten, bis sie wieder im Hauptquartier war. Sie würde nicht wissen, ob er lebte oder tot war, oder ob er aufgeflogen war und sie die Nächste sein würde.

Trotzige Tränen rannen über ihre Wangen. Die Sorge um Sivan lenkte sie etwas von der Migräne ab, beflügelte ihre Schritte. Sie erreichte den nächsten Abstieg in den Bauch Wiens. Ihr letzter Blick galt dem Himmel, der hell von Sternen und Straßenlaternen erleuchtet war. Er sah friedlich aus. Hoffnungsvoll. Sie würde jedes gute Omen als solches nehmen und sei es so etwas Banales wie ein ruhiger Nachthimmel.

Der Scanner verifizierte ihren Zutritt – *Shanna Delcar, Status: Erste Auserwählte, Zutritt: gewährt* – und öffnete ihr die Tür. Geräuschlos schloss sie sich wieder hinter ihr. Im dämmrigen, warmen Schacht presste Shanna ihre Handfläche gegen den Scanner auf der Innenseite, bis sie wieder als Erste Auserwählte authentifiziert war und sich ein Menü für sie öffnete. *Mehr.* Einträge poppten auf. *Eintrag löschen.* Sie wählte die Option. *Sind Sie sicher, dass der Eintrag [Shanna Delcar, Zutritt Tunnelsystem am 23/09/2023 um 01:28 Uhr durch Tor 1190-A08] gelöscht werden soll?* Shanna bestätigte. *Eintrag erfolgreich gelöscht.*

Dann stieg sie in den Lift und nannte ihr Ziel. Die Fliehkraft zerrte an ihrer Schädeldecke und sie hielt sich mit geschlossenen Augen an der Stange fest. Die Fahrt dauerte nur ein paar Minuten, doch sie kam Shanna endlos vor.

Endlich konnte sie aussteigen. Hier gab es nur vereinzelte Kameras, deren Standorte Shanna kannte (es zahlte sich aus, ihre Arbeit tatsächlich zu machen), und sie schaffte es, ihnen bis zum Ausgang auszuweichen. Falls die Technik versagte und sie nicht mehr schützte … So hatte sie ihren Teil dazu beigetragen, Sivan und sich selbst zu retten. Der Scanner ließ sie hinaus und kühle Luft schlug ihr entgegen. Sie löschte auch diesen Eintrag und folgte der Gasse bis zu einem unauffälligen Haus.

Shanna spürte, wie Erschöpfung in ihren Knochen schmorte, und läutete an. Dreimal kurz, einmal lang. Schon einen Augenblick später surrte der Öffnungsmechanismus und Shanna betrat das Stiegenhaus. Scheinbar unbehelligt.

Nur ein paar Stufen. Sie würde es schaffen. Shanna konnte es kaum glauben. Alles waberte, begann sich zu drehen. *Nein, nur noch ein Stockwerk* – sie musste trotzdem stehen bleiben.

Schritte echoten durch das Haus. Nikola. Er kam ihr auf halbem Weg entgegen, musterte sie wortlos und bot ihr seinen Arm an. Shanna ergriff ihn wie einen Rettungsanker. Tonlos: „Danke."

Sie sehnte sich nach Nesrin.

Gemeinsam erreichten sie die Wohnung und Nikola half ihr aufs Sofa, ehe er umkehrte und die Eingangstür schloss. Zusperrte. Shanna atmete flach und fürchtete, dass sie jeden Moment zusammenbrechen würde, aber vorher musste sie … wenn ihr Schädel nicht gleich zerspringen würde …!

„Ist Sivan tot?", fragte Nikola in die Stille. Seine Stimme war leise. „Ist das sein Blut?"

Mit Schrecken stellte sie fest, dass sie die Kleidung noch immer trug. „Nein, nicht seins. Er lebt. Sivan lebt", beeilte sie sich durch das Dröhnen zu sagen. „Ich werde dir die Details nachher genau ... Migräne. Ich kann gerade nicht. Wenn sie dich anrufen, weck mich auf. Was sie sagen ... Es stimmt so nicht. Mach dir keine Sorgen."

Shanna sah, dass der Zweifel trotz seines Nickens dunkel über Nikolas Gesicht lag. Wie konnte sie von ihm erwarten, anders zu reagieren als sie selbst? Ihr zu vertrauen, wenn sie ihren eigenen Worten nicht traute?

Shanna wusste nicht, wen sie überzeugen wollte, als sie sagte: „Es wird alles wieder gut. Ich habe es versprochen. Es wird alles gut."

Lügnerin.

„Ich glaube dir." Nikola sah ernst aus. „Ich bekomm das raus."

Shanna wollte nicht wissen, warum er sich damit auskannte, Blut aus Kleidung zu waschen.

„Willst du dich ins Bett legen? Ich geb dir auf jeden Fall etwas Frisches zum Anziehen. Und ein Glas Wasser, Schmerzmittel?"

„Bitte." Ihre Ohren rauschten. „Danke, Nikola."

Ein blasses Lächeln glitt über seine Lippen. „Du bist auch meine Familie."

Shanna hörte die Nuance von Traurigkeit, die leise Enttäuschung in Nikolas Worten, doch es gelang ihr nicht, den Zusammenhang zu erschließen. Sie atmete vorsichtig ein, während ihr Gehirn mit den Zähnen knirschte und Nikola das Zimmer verließ. Kein Problem. Nur ein weiterer Punkt auf ihrer Liste. Sie würde sich später darum kümmern.

Alles wird gut, alles wird gut, alles wird gut, alles wird gut, alles wird gut ...

2023, SAMSTAG 23. SEPTEMBER

WIEN, NOTFALLZENTRALE DER AUSERWAEHLTEN

Die Ironie brachte Nikola fast zum Lachen. Zum Weinen. Er wusste es nicht, er wusste nichts, er registrierte nur, dass Sivan in dem gleichen Zimmer lag wie vor drei Jahren. Fensterlos, weiß, unter Neonlicht und einem Desinfektionsschleier. Diesmal gesellten sich zwei weitere Komponenten in die Geruchsarie: Brand und verkohltes Haar.

Sivans Gesicht war fast komplett unter der Beatmungsmaske versteckt, rotes Fleisch an seinem Kopf, Bandagen, Verbände, Schläuche, Kabel. Er sah mehr tot als lebendig aus und wäre da nicht das leichte Heben und Senken seines Brustkorbes gewesen, das monotone Geräusch des Herzmonitors, dann hätte Nikola gedacht, dass er ihn hier das letzte Mal sah. Trotz der regelmäßigen Bestätigung der Maschinen, dass Vitalfunktionen vorhanden waren, fühlte es sich wie ein Abschied an.

Nikola atmete zittrig aus. Er durfte sich nicht so hineinsteigern. Obwohl er jetzt wusste, dass er mitverantwortlich … Nein, nicht mitverantwortlich. Er war nicht schuld. War er nicht. Doch es zu wissen und es zu empfinden waren zwei sehr verschiedene Angelegenheiten.

Nikola schluckte hart. Er wünschte, er hätte den verdammten Brief nicht geschrieben.

Shannas Augen streiften ihn. Sie hing an einer Schmerzinfusion und wachte über Sivan wie ein Geist, ausgezehrt und bleich. Sie hielt seine Hand, etwas, das Nikola nicht wagte. Er konnte ihn nicht berühren, wo er eine einzige schlafende Wunde war, die durch jegliche Störung geweckt werden könnte. Er wollte sich nicht vorstellen, wie es sein würde, wenn Sivan aufwachte. Falls. Wenn. *Wenn.*

Verbrennungen, großflächige Blutergüsse, Kratzer, und eine Stichwunde, die er sich selbst zugefügt haben musste – keine Stelle seines Körpers war verschont geblieben. Bis auf das verfluchte Tattoo, das die Stelle über seinem Herz dominierte. **REQUIESCAT IN DAMNATIONE**. Nikolas Brust schmerzte. Das war nicht mehr ironisch, es war zynisch, bitter und grausam. Er schaffte es nicht, Sivan länger anzusehen, und senkte seinen Blick.

„Tut mir leid", sagte Shanna in den Raum. Sie legte ihr Handy auf die Oberschenkel und plötzlich ertönte ein hochfrequenter Pfeifton, der sich nach einigen Herzschlägen so ins Ambiente einfügte, dass Nikola ihn nicht mehr aktiv wahrnahm. Ein Störton. Erst nach einer Weile sprach Shanna weiter. „Ich wusste nicht, dass er so ... Ich wollte seinen Zustand nicht verharmlosen." Sie klang todmüde.

„Er hat es dir versprochen." Die Worte fühlten sich brüchig an. So brüchig wie Sivans Versprechen. Nikola hoffte, dass Sivan wusste, dass er ihm niemals verzeihen würde, wenn er es endgültig brach.

„Er lebt." Ein schweres *noch* hing zwischen ihnen. Shanna wischte sich mit ihrer freien Hand über das Gesicht. „Die Löscharbeiten sind noch nicht beendet. Das Gebälk ist eingestürzt und das Feuer ist auf das Nachbargebäude übergesprungen." Sie fing seinen Blick auf. „Es ist verlassen. Das hätten wir nicht riskiert." Ihr Mund glich einer farblosen Linie. „Aber bis sie ... Sie werden nicht mehr viel finden."

Sie werden nicht mehr viel von Milan finden. Der Gedanke löste bei Nikola keine Reaktion aus. Er war leer.

Shanna hatte ihn vorher gefragt, ob er nur die groben Fakten wissen wollte oder ob sie ins Detail gehen sollte.

Sie würde ihm nichts verschweigen, wenn es das war, was er wollte. Sie hatte unglücklich, aber entschlossen gewirkt, ihm die ganze Geschichte zu erzählen. Doch Nikola wollte keine Einzelheiten hören. Es reichte aus zu wissen, dass Milan tot war und Sivan ihn getötet hatte.

Nikola kannte die Frage, die Shanna beschäftigte. Sie war simpel. *Warum?* Die Antwort darauf war nicht so simpel. Oder vielleicht doch. Vielleicht war sie sogar zu simpel.

Nikola setzte sich gegenüber von Shanna an Sivans andere Seite, betrachtete sein Gesicht. Ihm fehlten Teile der Augenbrauen, Wimpern, von seinen Locken waren nur einzelne Büschel übrig. Rote Kratzer auf rot gebrannter Haut. Er wollte ihm sagen, dass es das nicht wert gewesen war, stattdessen schob er seine Hand vorsichtig unter Sivans.

„Wenn du wissen musst, warum er es getan hat. Warum ich glaube, dass er es getan hat … Dann frag mich. Ich werde dir die Wahrheit sagen."

Nikolas Hals war eng, aber er sah Shanna an. Sie schien es für einen Augenblick zu erwägen, dann winkte sie ab und deutete ein Kopfschütteln an.

„Nein, ich muss es nicht wissen."

„Danke." Erst als es bereits zu spät war, ging Nikola auf, dass er sich laut bedankt hatte. Shanna lächelte dünn, ging aber nicht weiter darauf ein und sah an ihm vorbei, zur Glastür hinaus. Es war ruhig.

Nikola betete still. Für die Lebendigen, nicht die Toten. Gott würde es verstehen. Seine Gedanken glitten zu Danica. Wenn der Widerstand für diese Tat verantwortlich gemacht wurde … Er hoffte inständig, dass sie sich abgesetzt und dieses Chaos hinter sich gelassen hatte. Aber er wusste es besser. Leider.

„Darf ich dich etwas Anderes fragen?"

Nikolas Kopf schnappte in Shannas Richtung. Sie hatte ihre Augenbrauen zusammengezogen. Er nickte und sein Herz sprang fast in seine Kehle.

„Was hast du vorher gemeint? Ich bin auch deine Familie?"

Oh. *Das*. Ein kleiner Teil der Spannung fiel von Nikola ab. Er zuckte mit den Schultern, sagte: „Nichts weiter. Nur dass du nicht befürchten musst, dass ich dich verrate." Eine kleine Pause. „Ich habe das Gefühl, dass du ständig erwartest, dass ich dir in den Rücken falle. Als ob du buchstäblich jeden Moment damit rechnen würdest." Er lächelte traurig. „Du wirkst jedes Mal überrascht, wenn ich mich dir gegenüber wie ein anständiger Mensch verhalte. Wenn ich dir helfe. Besonders seit …"

Nesrin war beinahe physisch anwesend, warf einen Schatten, der Danica war.

Shanna betrachtete Nikola und ihren Zügen fehlte die Härte. Ob der Schmerzen, des Morphins, oder einer anderen Ursache wegen, konnte er nicht sagen. Sie erwiderte leise: „Das war nicht meine Absicht."

„Ich mache dir keinen Vorwurf. Es ist mir nur aufgefallen."

„Mhm." Shannas Augen waren schwarz. „Aber Nikola? Ich bin heute zu dir gekommen, weil ich dir vertraue. Weil du …" Sie lächelte, voller Schmerz und bedingungsloser Liebe. „Du bist der Einzige, der versteht, wie es ist."

„Ich weiß", flüsterte Nikola und meinte es. Er wünschte sich so sehr, dass Sivan jetzt, *jetzt* in diesem Moment aufwachte, dass ihm fast die Tränen kamen. Aber er rührte sich nicht, atmete nur, atmete und atmete. Bis er aufhören würde.

Nikola war so bange, dass ihn ein Tremor schüttelte. Er wünschte sich, die Zeit zurückdrehen zu können, um Sivan aufzuhalten. Um Sivan nie davon erfahren zu lassen. Um ihn nicht verlieren zu müssen. Tränen und Übelkeit wallten derart heftig auf, dass er kaum atmen konnte.

„Als Nesrin …" Shanna unterbrach sich selbst und sammelte sich, ehe sie gewohnt ruhig fortfuhr: „Du hast mir gesagt, dass ich ihr vertrauen soll, dass sie es schafft. Dass es das Einzige ist, was ich tun kann. Und du hattest recht." Sie drückte Sivans Hand. „Wir müssen ihm vertrauen, dass er es schafft. Und sei es, weil er zu stur ist, um es nicht zu schaffen."

Nikola schwieg und nickte. Die Panik ebbte so plötzlich ab, wie sie gekommen war, und ließ ihn bleiern zurück. Tränen rollten über seine Wangen. Sie waren heiß und schwer und müde. *Bitte wach auf*, stumm. Lauter, an Shanna gerichtet: „Bleibst du da?" Sie wussten beide, was er wirklich meinte: *Lass mich bitte nicht alleine*.

Sie nickte bestimmt. „Ich gehe nirgendwo hin." Ein undeutbares Lächeln. „Du bist auch meine Familie, weißt du."

Nikolas Nasenflügel bebten und er nickte. Schloss die Augen. Hoffte, dass Sivan es gehört hatte. Sie waren eine Familie. Sie waren *seine* Familie. Und er konnte sie nicht im Stich lassen. Das durfte er nicht.

Sivan würde ihnen das nicht antun. Und Nikola konnte Shanna nicht im Dunklen lassen. Er würde ihr erzählen, was Sivan nun nicht konnte. Nur noch einen Moment der Stille, dann würde er ihr alles sagen.

Nur einen Moment noch.

CN Selbstverletzung, Referenz auf bzw. Wunsch nach Rückfall in Suchtverhalten (Alkohol), Referenz auf Mord (politisch), Referenz auf vergangenen Suizid (konkret), Erbrechen, Blut

2023, DONNERSTAG 2. MAERZ

WIEN, HQ DER AUSERWAEHLTEN

Kalter Schweiß bildete eine glitschige Membran auf ihrer Haut, perlte über ihre Lippen. Shanna machte sich nicht die Mühe, sich über den Mund zu wischen. Sie spürte das Kitzeln kaum, als der Schweiß über ihr Kinn rann und auf ihre Brust fiel.

Shanna hatte das Gefühl in den Beinen verloren, doch das Laufband fing jeden ihrer Schritte auf, stöhnte nicht, so wie ihre Lungen stöhnen wollten. Stechender Schmerz zentrierte sich in ihrem Brustkorb, durchwob ihre Lungenflügel. Metallgeschmack prickelte auf ihrer Zunge und ummantelte ihren Rachen. Wenn sie schluckte, schluckte sie Blutscherben. Wenn sie atmete, atmete sie Blutscherben.

Sie starrte geradeaus. Vor dem Laufband stand ein Sessel, auf dem sie eine Flasche Whiskey und ihr Jagdmesser aufgebahrt hatte. Der Schrein war ihr Fokuspunkt, ihr Ziel. Sie hatte sich noch nicht entschieden, in wessen Trost sie sich stürzen würde, aber sie hatte es auf diese beiden Möglichkeiten reduziert.

Der Weg dorthin, das endlose Laufen auf dem Band, war nur eine Zwischenetappe. Shanna wollte nicht denken, konnte aber nicht damit aufhören. Zu laufen beschäftigte ihren Körper. Die Grenzen ihrer physischen Belastbarkeit auszuloten, beschäftigte ihren Dämon. Der damit einhergehende Schmerz beschäftigte ihr Bewusstsein. So gewannen alle.

Künstliches Licht, zu weiß und zu kühl, erfüllte den Trainingsraum. Eigentlich war er für alle Auserwählten und Unantastbaren nutzbar, aber niemand wagte es, sich ihr zu nähern. So war sie alleine und ihre Schritte hallten einsam durch die Luft. Kurze, flache Atemzüge untermalten die Geräuschkulisse.

Das Laufband surrte vor sich hin.

Die Eintönigkeit ließ Zeit bedeutungslos erscheinen. Shanna wusste nicht, wie lange sie schon lief. Sie wusste nur, dass sie nicht aufhören konnte, wollte. Dass sie nicht aufhören würde.

Shannas Blick fiel auf ihre wundgescheuerten Hände. Sie atmete scharf ein, ballte die Hände zu Fäusten, und reckte ihr Kinn empor, um nicht in Versuchung zu geraten. Das offene Fleisch protestierte gegen den Druck, gegen die stumpfen Nägel, gegen den salzigen Schweiß – und Shanna atmete aus, erleichtert.

Sie lief weiter.

Irgendwann wurde das Licht schwächer, nein, schlagförmiger auf die Geräte gerichtet; das Stockwerk befand sich im Energiesparmodus. Es war also nach zwei Uhr. Shanna hielt sich davon ab, die Stunden zu zählen, indem sie mit der flachen Hand auf die Geschwindigkeitsregelung des Laufbands einschlug. *Piep, piep, piep, piep …*

Das Momentum zerrte Shanna beinahe vom Band, und sie stolperte, ihr Herz raste und krachte gegen ihre Rippen, doch sie spürte, dass Gold in ihre Augen schoss. Plötzlich hielt sie mühelos mit der neuen Geschwindigkeit mit. Sie konnte die Kontrolle abgeben. Und ihr Dämon filterte Gedanken und Erinnerungen so meisterhaft, dass sie genauso gut hätten leer sein können.

Shanna lief weiter.

Als sich zwei verschiedene Schrittpaare näherten, schnappte Shanna in die Kontrollposition zurück. Kurzzeitig überfordert, katapultierte es sie beinahe vom

Laufband, aber sie riss sich zusammen und fand den Rhythmus, den ihr Dämon vorgegeben hatte.

Der Schweiß kleidete sie in erschöpfte Gleichgültigkeit. Ihre Muskeln brannten, ihre Lungen wurden bei jedem Schritt von hunderten Nadeln punktiert, und ihr war latent übel. Aber was kümmerte sie das? Sie konnte weiterlaufen.

„Shanna …" Chloés Stimme war sanft, aber entschlossen.

„Ich will es nicht hören", brachte Shanna hervor und biss die Zähne zusammen. Die Straße, das Blut, Nesrins Blut an ihren Händen, zerrten sie in die jüngste Vergangenheit. Ihr Atem stockte und sie packte die Seitenstangen, um weiterlaufen zu können. Sie waren kalt und glatt und das bedeutete, dass ihre Handflächen heiß und nass waren. Es erklärte nicht den eisigen Schauer, der über ihren Rücken rann.

„Wir bringen dir etwas zu trinken. Und zu essen", meinte Nikola leise. „Du bist hier seit …"

„Ich will es nicht hören!", wiederholte Shanna schroff. Sie wusste, dass ihre Stimme drohte, wegzurutschen, also hoffte sie, dass die beiden es dabei belassen würden. Etwas Heißes glitt über ihre Wange.

Es erinnerte sie an Nesrin, an ihr Blut. Das viele Blut. Überall. In der Farbe ihres Lippenstifts, ein roter Quell aus ihrem Mund, ihrer Nase, ihrem Oberkörper, der sich zu einem Strom auf der dreckigen Straße sammelte, zu einem See um ihre Leiche.

„Du bist dehydriert", stellte Chloé fest und trat in Shannas Blickfeld. Sie war von Schlaflosigkeit gezeichnet, trug keine Perücke, sodass die feinen Haarsträhnen auf ihrer Kopfhaut unter dem Kunstlicht schimmerten. „Wenn du weitermachen willst, solltest du trinken. Sonst wirst du ohnmächtig."

Shanna fixierte die Whiskeyflasche. Sie war bauchig, brandneu, mit goldener Verheißung gefüllt. Wenn sie etwas trank, dann das. Doch das konnte Chloé sich selbst denken.

Kommentarlos stellte Chloé eine Plastikflasche in die Halterung. Sie sah sie an und ihre Augen schwammen vor Mitleid. *Eine Ärztin sollte ihre Gefühle besser verbergen können*, dachte Shanna und lief weiter.

„Lass uns gehen", sagte Chloé sacht und Nikola erwiderte nichts. Folgte ihr wie ein geschlagener Hund. Es erinnerte sie daran, wie er über Nesrins leblosen Körper gebeugt gewesen war, und sich nicht bewegt hatte, bis sie es ihm befohlen hatte.

„Das Essen steht bei der Tür", sagte Chloé zum Abschied, ehe die Tür wieder zufiel und Shanna von der Außenwelt abschottete. Das Surren des Laufbands verankerte sich in ihrem Gehör, eine Konstante, auf die sie sich konzentrieren konnte. Sie lockerte ihren Kiefer.

Shanna lief weiter.

Sivan kam ohne jedes Wort. Er sah sie nicht an, als er an ihr vorbeiging. Er sagte nichts zum Whiskey, der prominent auf dem Sessel darauf wartete, dass sie nachgab und ihre Schuld, ihre Trauer, ihren Schmerz in ihm ertränkte. Er verschränkte die Arme vor der Brust und starrte an die Wand. Das Schwarz seines Shirts wurde von unregelmäßigen hellen Flecken gezeichnet. Wie von Bleichmittel. Einige Haare hafteten an seinem Shirt, dunkel und gelockt wie seine eigenen, nur viel länger. Er roch nach Rauch.

„Ich hab mich um sie gekümmert." Sivans Stimme war leise, nahe an einem Flüstern, als würde er die Worte nicht aussprechen wollen. „Sie ist jetzt weg."

Shanna schluckte blutige Metallsplitter, die ihren Mund zerschnitten und ihre Speiseröhre und ihren Magen. Die irgendwie gleichzeitig ihre Lungen perforierten. Das war es also. Es war vorbei und Shanna fühlte sich, als wäre ihr eigenes Leben vorbei.

Sivan drehte sich zu ihr. Schatten prangten unter seinen Augen und er hatte die Ärmel seines Shirts über die Hände gezogen. „Tut mir so leid."

„Geh", bat Shanna tonlos, während das Band unter ihr einfach weiterlief. Es könnte ewig laufen. Sie könnte ewig laufen. Bis ihnen die Energie ausging. Vielleicht könnte sie dann sterben – oder töten.

„Ich weiß, wie es ist. Und es ist ... es ist furchtbar." Sivan sah auf seine Stiefel. „Es ist das furchtbarste Gefühl, das es gibt. Aber es wird besser. Irgendwann wird es besser."

Es war so viele Jahre her und er konnte immer noch nicht darüber sprechen. Nicht einmal den Namen konnte er aussprechen. Musste er auch nicht. Shanna wusste mit Gewissheit, dass Sivan ihren Verlust nachempfinden konnte. Dabei hatte er damals nicht einmal die Fotos gesehen. Shanna schon. Im gleichen Moment hatte sie beschlossen, dass sie Sivan das nicht antun würde. Dass niemand Sivan das antun würde. Egal, was der Abschiedsbrief verlangt hatte.

Damals hatte sie David verflucht. David, der Sivan eine Notiz geschrieben und sich dann eine Bolzenschusspistole an den Kopf gehalten und abgedrückt hatte. Hätte Sivan gewusst, wie er sich das Leben genommen hatte ... Er hätte es ihm gleichgetan. Shanna hatte David verflucht und sie hatte es bereut, aber ein unbelehrbar irrationaler Teil von ihr hasste ihn immer noch. Glaubte daran, dass Sivan ohne diesen Verlust gesünder wäre.

Dass sein Herz nicht in Verdammnis ruhen müsste. Jedes Mal, wenn sie dieses verfluchte Tattoo sah, starb ein Teil von ihr.

„Du bist nicht schuld gewesen, Sivan", erwiderte Shanna schließlich mit brüchiger Stimme. „Ich schon. Ich bin an allem schuld, was passiert ist."

„Das weißt du nicht. Es war …" Er brach ab, als fehlten ihm die Worte.

„Sie wurde auf offener Straße ermordet, obwohl ich zwei Leute auf sie angesetzt hatte." Shanna glaubte, jeden Moment brechen zu müssen. „Ich habe sie überwachen lassen und ihr Vertrauen missbraucht und was hat es genützt? Nichts. Sie wurde getötet und ich kann nicht einmal sagen, ob es der Widerstand war oder ob der Mord aus unseren Reihen beauftragt …" Sie konnte kaum atmen. „Es ist egal. Ich werde sie nie wieder sehen."

„Das weißt du nicht. Ich hab den Ring genommen, für den Fall, dass …"

Nesrins Ring … Nesrins Ring. Wie konnte er es wagen? Plötzlich wurde Shanna von weißem Zorn überwältigt. Sie packte die Plastikflasche und schleuderte sie Sivan vor die Füße. Mit einem Knall platzte der Hals und Wasser spritzte umher, als die Flasche am Boden abprallte – wieder und wieder. Doch Sivan zuckte nicht einmal.

„Raus hier", zischte Shanna und musste jeden Funken ihres Willens bemühen, nicht die Fassung zu verlieren. Sie spürte, wie das Gold hinter ihren Augen aufwallte, blinzelte es weg, und bemerkte, dass ihr Tränen über die Wangen liefen.

„Ich leiste Mango Gesellschaft, bis du nach Hause kommst", flüsterte Sivan und machte einen Schritt auf sie zu. In der Bewegung überlegte er es sich anders und berührte sie nicht. „Wenn du mich brauchst, bin ich in der Nähe."

Sivan ging und Shanna lief weiter, doch das Schluchzen blieb. Ein feuchter Film bedeckte ihren Leib. Aber innerlich? Innerlich war sie ausgetrocknet. So gut wie tot.

Sie hatte zwei Möglichkeiten: sich ins Vergessen zu saufen oder Rache zu nehmen. Eine verlockender als die andere. Der Dämon drängte auf Rache, bündelte den Zorn und schoss ihn durch den Nebel ihrer Gedanken, freie Sicht hinterlassend. Shanna konnte nicht sagen, wie sehr sie sich nach dem Whiskey sehnte. Er gab den zweitbesten Kuss, den sie in ihrem Leben genossen hatte. Sie wollte den Nebel verdichten, bis er alles war, was sie wahrnahm, wollte im süßen Taumel niedersinken und einfach schlafen.

Weder Shanna noch ihr Dämon wichen von ihrem Begehren ab, also lief sie weiter. Ihr Kopf wurde leicht und die Beine schwer. Ein Säuseln in ihrem Ohr überschwemmte das Dröhnen ihres Herzens, zersetzte es zu einem diffusen, unterbrochenen Klopfen. Sie musste schneller atmen, um das Schwindelgefühl zu vertreiben. Es gelang ihr nur in geringem Maße.

Das Band war jetzt zu schnell. Sie stolperte, knallte auf Hände und Oberkörper, und wurde nach hinten geworfen; der Boden war eiskalt und Shanna begann zu zittern. Etwas troff aus ihrer Nase, nein, ihrem Mund, und das Taubheitsgefühl wollte nicht aus ihren Fingern verschwinden.

„Scheiße", fluchte sie schwach und rollte sich auf den Rücken. „Scheiße, scheiße, scheiße, scheiße …"

Ein Schatten fiel über Shanna. „Sag mir, was ich tun kann. Ich werde es tun."

Rowan kniete neben ihr nieder und Shanna packte ihr Handgelenk, brachte kein Wort hervor. Speichel, Blut und Schweiß hingen an ihren Lippen. Sie dachte, dass sie zitterte, doch sie spürte es nicht.

Rowan tupfte ihr mit einem feuchten Handtuch über das Gesicht, strich über ihren Kopf. Sie sagte nichts. Shanna weinte stumm. Das Surren des Laufbands schwirrte in der Luft. Die Wut schmeckte sauer, säureartig, und die Verzweiflung gab ihr einen bitteren Nachgeschmack. Sie musste sich dringend übergeben, schaffte es aber nicht einmal, den Kopf zu drehen.

„Ich sehe, du hast dir zwei Optionen zurechtgelegt", sagte Rowan ruhig und half ihr in eine Sitzposition. Während Shanna sich krümmte und erbrach, fuhr sie fort: „Ich verstehe es. Du hast sie zweimal verloren. Also sag mir, was es sein soll."

Shanna wischte sich mit dem Handrücken über den Mund. Sie fühlte sich elend. Ihr Blick glitt über die Whiskeyflasche – zu ihrem Messer. „Sie sollen bezahlen, aber ich weiß nicht wie. Ich kann nicht …"

„Lass uns gehen."

„Gehen? Um was zu tun? Großrazzien, Massenverhaftungen zu veranlassen?"

„Das machst du morgen, wenn dir immer noch danach ist. Heute gehen wir auf die Jagd."

Shanna lachte verzweifelt. „Auf den Widerstand oder meine eigenen Leute?"

„Dämonen", erwiderte Rowan trocken. „Glaubst du, ich lasse dich in diesem Zustand auf die Menschheit los?" Ihre Berührung war sanft, ihr Gesicht ernst. „Ich werde dich nichts machen lassen, was du dir und mir vorwerfen könntest, sobald der erste Schock vorbei ist."

„Es tut so weh", brachte Shanna erstickt hervor. „Ich will nur, dass es aufhört."

„Es hört nie auf", erwiderte Rowan. „Aber du wirst lernen damit zu leben."

Von wegen es wurde besser. Shanna nickte knapp. Sie hatte es gewusst. Befürchtet.

Rowan seufzte und nahm sie in den Arm. „Scheiße, Shanna, es tut mir leid."

„Ich weiß", sagte sie tonlos.

Ihr tat es auch leid. Aber das änderte nichts.
Sie hatte Nesrin verloren.
Im Hintergrund surrte das Laufband.

⚠ Gewalt (explizit), Mord, Selbstverletzung, Blut, Referenz auf Überwachung der Partnerin, Referenz auf Menschenexperimente

2023, MITTWOCH 01. MAERZ

WIEN, INNENSTADT

Sie waren alle tot.

Nesrin zog den Mantel enger um ihren Körper, senkte den Blick, ging schneller. Als würde das irgendetwas ändern, falls jemand sie verfolgte und töten wollte. Die Furcht saß ihr im Nacken. Nein, in der Brust. Sie hatte Wurzeln zwischen ihren Rippen geschlagen, wand sich ihre Wirbelsäule hinab, griff nach ihrem Hals. Nesrin konnte kaum atmen.

In all den Jahren als Journalistin hatte sie nie Angst gehabt. Es war trotz allen Ernstes ein Spiel geblieben. Doch das Spiel war vorbei. Sie waren alle tot. Tot oder schlimmer.

Nesrin biss die Zähne zusammen, als ihre Sicht verschwamm und Tränen über ihr Gesicht liefen. Die Straßenbeleuchtung war schummrig und wurde zu gelb zerfließenden Feldern.

Bald trat die Ausgangssperre in Gang. Ihr Herz konnte unter dem Druck der Furcht kaum schlagen, die Impulse drangen nach innen und zerfetzten es beinahe. Und da war sie, die Schuld. Subtil schleichend, aber immer präsent, immer unter der Furcht, immer in ihrem Hinterkopf. Die Schuld stach in ihr Gehirn: eine dünne Nadel, die unablässig die gleiche Stelle bearbeitete.

Sie waren tot. Sie waren so vorsichtig gewesen und trotzdem waren sie jetzt tot. Dass die Zielscheibe auf ihren Rücken gewandert war, war nur die logische Schlussfolgerung. Nesrin war übel. Die Stimme ihres französischen Kontakts, die plötzlich wegbrach, hallte durch ihren Schädel. Ein Echo, das nicht leiser wurde. Scheiße, scheiße, *scheiße*.

Wie nahe waren sie der Wahrheit gekommen? Sie waren so viele gewesen. Waren innerhalb der letzten Monate immer weniger geworden. Als hätte sie jemand systematisch ausgeschaltet. Jetzt war Nesrin die Letzte.

Es gab eine Frage, die ihr auf der Seele brannte: Wer hatte den Abschussbefehl gegeben? Die Auserwählten, die Regierung, der Widerstand? Nesrin traute ihnen sogar zu, zusammenzuarbeiten, nur in dieser einen Sache, nur, um die Wahrheit zu verschleiern. Vielleicht waren sie unterlaufen worden. Oder sie hatten jemanden von ihnen gefangen und gefoltert und zum Verrat gezwungen.

Zu viele Möglichkeiten, zu wenige Antworten.

Nesrin bemerkte, dass sie zitterte. Sie hasste es, Angst zu haben. Doch sie wusste zu viel. Sie alle hatten zu viel gewusst. Sie wusste von den geheimen Labors der Auserwählten. Sie wusste von den Pendants des Widerstands. Sie wusste, dass die Regierung von den einen wusste und wegsah und von den anderen keine Ahnung hatte oder nichts wissen wollte. Und das nicht nur in Österreich oder Europa. Die Labors waren über alle Kontinente verstreut. Sie konnte nur schlussfolgern, dass auch der Widerstand seine Labors global verteilt hatte.

Sie waren so kurz davor gewesen, stichhaltige Beweise zusammenzutragen. Doch jetzt waren sie alle tot.

Eine Windbö zerrte an Nesrins Haaren. Sie wusste nicht, wohin sie gehen sollte. Sie hatte nicht geplant, fliehen zu müssen. (Wie beschissen naiv sie gewesen war!) Zu ihrer Familie konnte sie nicht. Wollte sie nicht – Shanna. Nein, sie war keine Option. Sie hatte sich wochenlang nicht gemeldet, sie wusste nicht, ob Shanna nicht involviert war, ob sie sie überhaupt empfangen würde.

Das Land auf legalem Weg zu verlassen war ebenfalls nicht möglich. Sie durfte keine Spur hinterlassen. Sie musste weg, sich neu organisieren, hoffen, dass irgendjemand nicht tot und bloß untergetaucht war.

Nesrin konnte *unmöglich* die Letzte sein. Sie durfte nicht die Letzte sein. Die Hoffnung war ein winziges Licht und es flackerte unter der erstickenden Furcht.

Nesrins Rückgrat kribbelte. Kälte sickerte in ihren Körper. Ein Taubheitsgefühl breitete sich in ihren Gliedern aus. *Scheiße*. Sie konnte nicht einmal sagen, ob sie es sich nur einbildete oder nicht. Sie musste eine Unterkunft für die Nacht finden. Nicht auszumalen, was passieren würde, wenn die Auserwählten sie während der Ausgangssperre aufgriffen und offiziell festnahmen. Sie würde auf dem Präsentierteller landen. Der Gedanke drehte ihr den Magen um.

Nesrin zog kurz in Erwägung, eines der Verstecke des Widerstands aufzusuchen. Doch auch das war eine beschissene Idee. Sie konnte niemandem mehr trauen. Ihre Gedanken glitten zu Shirin. Arbeitete sie auch in einem dieser Labors? Experimentierte sie an Menschen? Sie konnte es sich nicht vorstellen. Aber nichts war unmöglich. Und falls Shirin in einem Auserwähltenlabor arbeitete, bedeutete das, dass Shanna ihr die finanziellen Mittel genehmigt hatte.

Ob sie davon wusste? Natürlich. Natürlich musste Shanna davon wissen. Es war absolut unmöglich, dass sie nichts davon wusste. Es ging um riesige Forschungseinrichtungen, systematische Vorgehensweise, nicht um ein paar unglückliche, verurteilbare Einzelfälle. So weit außerhalb jeder Rechtfertigbarkeit, sogar für Auserwähltenverhältnisse, dass es im Geheimen geschah. Und natürlich eiferte der Widerstand ihnen nach. Scheiße, was blieb ihnen denn übrig? Was blieb irgendjemandem von ihnen noch übrig?

Nesrin wurde angerempelt, wich wortlos aus und hastete weiter, ihr Herz ein unruhiges Schlagwerk. Sie sah auf die Uhr. Eine gute halbe Stunde, bis die Ausgangssperre begann. Panik stieg in ihr hoch. Sie war geliefert. Ohne Handy, ohne eine Möglichkeit, Kontakt zu jemandem herzustellen. Aber sie wüsste nicht einmal, zu wem.

Ein paar Menschen gingen an Nesrin vorbei. Sie hatte ein ungutes Gefühl. Das war untertrieben. Sie hatte ein beschissenes Gefühl. Vielleicht war es beginnende Paranoia. Wer konnte es ihr verübeln? *Scheiße*.

Plötzlich explodierte weißer Schmerz in Nesrins Seite. Sie stolperte, brach in die Knie, schrie, doch kein Ton drang über ihre Lippen. Eine Drahtschlinge fraß sich in ihren Hals. Dann ein weiterer Schmerz, diesmal im Rücken.

Mit Grauen verstand Nesrin, dass der Schmerz durch Messerstiche verursacht wurde. Mit Grauen erkannte sie, dass sie sterben würde. Sie wand sich vor Schmerz und versuchte, ihre Finger zwischen den Draht und ihr Fleisch zu schieben. Vergebens. Panisch trat sie nach hinten, kratzte, schlug, doch sie konnte sich kaum bewegen. Ihr Gesichtsfeld flimmerte. Sie hatte nicht gedacht, dass es so enden würde. Etwas Goldenes schwang in der Luft und sie hustete, rang nach Luft, spürte, wie heißes Blut über ihre Lippen rann, über ihren Körper, überall. Ein weiterer Stich. Noch einer. Doch der Schmerz steigerte sich nicht mehr, wurde schwer, sank in ihre Knochen.

Nesrin fragte sich, wie lange es dauern würde, bis sie verblutet oder erdrosselt war. Hoffentlich zierte sie morgen nicht die Titelseiten. Sie mussten doch wissen, dass eine Ermordung auf offener Straße schwerer zu vertuschen war als in einem geschlossenen Raum …?

Ihre Gedanken wurden fransig. *Ah*, sie verlor wohl das Bewusstsein. Nesrin wehrte sich nicht, konnte sich nicht wehren, und betete zu Allah, dass es nicht allzu lange dauern würde. Dann gab sie ihren Widerstand auf.

(Sie waren alle tot.)

Der Tod trug Shannas Gesicht. Nesrin war nicht überrascht, dass der Tod ihre Gestalt annahm, es ergab irgendwie Sinn, aber dass sie überhaupt einen Sinn erfassen konnte …? Das wiederum ergab keinen Sinn.

Der dumpfe Schmerz in ihrer Kehle und der ziehende, glühende Schmerz in ihrem Torso ergaben keinen Sinn. Nesrin wollte sich bewegen, doch das Klirren von Metall auf Metall machte sie auf den Fakt aufmerksam, dass sie mit Handschellen an die Seite eines Krankenhausbetts gefesselt war. Die Eisenringe lagen straff um ihre Handgelenke. Warum …?

Eine zartgoldene Aura umschloss Shanna, wie eine halbdurchlässige Patina. Sie schlief. Konnte der Tod schlafen? Nesrin atmete – und der Schmerz kratzte an ihrem Bewusstsein, kratzte ununterbrochen, als sei er ein Hund, der verzweifelt um Einlass in sein Heim bat. Sie sah auf ihre Hände. Braune Halbmonde prangten unter ihren Fingernägeln. Sie schimmerten in einem ähnlichen Goldton wie die Aura des Todes, schwächer, aber eindeutig golden.

Auf einmal überkam sie unerträglich weißes Licht und sie wollte sich die Hände vors Gesicht schlagen, doch die Handschellen hielten sie zurück. Das Licht brannte in ihren Augen. Sie schrie. Erfolglos. Ihre Stimme war zu einem heiseren Krächzen verkümmert. „Gott, Nesrin."

Das Licht zog sich schlagartig zurück, hinterließ alles in gewohnter Helligkeit. Tränen rollten über Nesrins

Wangen. Blinzelnd versuchte sie zu erkennen, wer sie beim Namen genannt hatte. Die Person zog sie in einer Weise an, die ihre Zellen auf einen einzelnen Punkt neu ausrichtete, ohne dass sie sich dessen erwehren konnte. Aber das ergab keinen Sinn, sie war … Sie war doch …

Der Tod öffnete die Augen. Goldene Scheiben. Warum war der Tod ein Dämon, warum war er ausgerechnet Shanna? Sie war kein Dämon.

„Ich … Nesrin? *Nesrin*." Shanna berührte sie nicht, zögerte, und trotzdem spürte Nesrin … etwas. Es war rotgolden. Der Nebel um ihre Erinnerung lichtete sich. Sie war gestorben. Und dann.

„Nikola. Warum hast du das Licht wieder ausgeschaltet?"

„Es ist zu hell. Es tut ihr weh."

Shanna schluchzte und stand auf, wandte sich ab. Ihre Bewegungen hinterließen ein zittriges Abbild, das in der Luft stand, ehe es zu Goldflocken zerfiel.

Nesrins Herz hämmerte jetzt gegen seinen beschädigten Käfig. Es wunderte sie, dass es so gerne ausbrechen wollte. Fast fühlte es sich so an, als würde es sich zum Erfolg hinarbeiten, Fleisch und Knochen weich und mürbe schlagen. An anderer Stelle – es mussten die Stichwunden sein – fühlte es sich hingegen so an, als würde sich ihr Gewebe darauf konzentrieren, sie im Inneren zu behalten. Sie, wer auch immer sie war. Wie auch immer ihr Körper das machte.

„Es tut mir so leid", flüsterte Shanna am anderen Ende des Raums und es war, als würde sie direkt in Nesrins Ohr flüstern. Sie schwankte und Nikola fing sie auf. Nesrin spürte, wie sie einander berührten. Goldfunken sprühten.

Plötzlich begriff Nesrin. Sie war gestorben, aber das war nicht ihr Ende gewesen. Sie schrie und weinte und hasste Shanna, Nikola, hasste ihre Mörder für ihre Schwäche. Die Tatsache blieb trotzdem bestehen. Die Tatsache blieb unabänderlich.

Nesrin war besessen.

Sie hatte sich an die Helligkeit des Lichts gewöhnt. Alles war hart umrissen, wie nachgeschärft und überbelichtet, aber jetzt hielt sie es aus. Die Kontraste wirkten krass, aber sie würde sich auch daran gewöhnen.

Nesrins Handgelenke waren wund. Sie beobachtete, wie ihr Fleisch wieder zusammenwuchs. Nahtlos. Sie riss grob an den Fesseln und Blut rann über ihren Unterarm. Wieder wuchs ihr Fleisch allmählich zusammen, sonderte zuerst Blut, dann klare Flüssigkeit ab, errötete, und bildete braune Haut nach. Intakt kam auch der Goldschimmer zurück.

Ihre Regenerationsfähigkeit übertraf die der Auserwählten bei Weitem. Sie wurden von ihren Dämonen erst geheilt, wenn akute Gefahr für ihr Leben bestand – und auch dann nur in begrenztem Ausmaß, bis ihr Überleben gesichert war. Eine Lappalie wie aufgeschundene Handgelenke? Nicht relevant für die Dämonen der Auserwählten. Offenbar relevant für den Dämonenschlag, der von Nesrin Besitz ergriffen hatte. Als wäre sie die nächste Evolutionsstufe, direkt aus dem Labor auf die nichts ahnende Bevölkerung losgelassen.

Nikola saß neben Nesrin. Die Fassungslosigkeit stand ihm ins Gesicht geschrieben, doch sie war zweitrangig zu der Sorge, die ihn umschattete. Als sie wieder dazu ansetzte, sich selbst zu verletzen, hielt er sie zurück. Seine Berührung war intensiver als sie es sein sollte, durfte, und Nesrin wollte ihm zugleich ausweichen und seine Hand packen.

„Soll ich dich losmachen?", fragte er leise. Nesrin spuckte ihm nicht ins Gesicht, obwohl sie es gerne getan hätte. Ihre Augen brannten. Sie wusste, dass sie ihre Stimme seit einiger Zeit zurückerlangt hatte, aber sie wollte nicht mit ihnen sprechen. Weder mit Nikola noch mit Shanna. Besonders nicht mit Shanna.

Es war ihre Pflicht gewesen, sie zu töten, sobald sie besessen war, aber sie hatte ihre Pflicht verabsäumt; ausgerechnet Shanna, die Pflichterfüllung in Person, ausgerechnet sie hatte sie derart verraten und im Stich gelassen. Und jetzt war sie auch noch gegangen! Hass schwelte so großflächig in Nesrin, dass sie kaum eine Stelle fand, wo sie ihn nicht spürte.

Nikola schüttelte leicht den Kopf. Ohne viel Umschweife schloss er die Handschellen auf und wich nicht zurück, als Nesrin sich abrupt aufsetzte und sich in seinen Arm krallte. Sie zitterte und ihre verheilenden Wunden sangen.

„Warum?"

Shanna betrat das Zimmer. (Nesrin hatte vor einer Weile bemerkt, dass sie sich in der Notfallzentrale der Auserwählten befand, aber sie verstand nicht, warum man sie hier akzeptierte und nicht ermordete; ein zweites Mal.) Sie hatte ihre Fassung zurückgewonnen, strahlte in souveränem Gold.

„Nesrin …"

„Warum?", wiederholte Nesrin leise und hasste sich dafür, dass ihre Stimme so erbärmlich bebte. „Warum habt ihr mich nicht einfach tot sein lassen?"

Shanna ballte die Hände an ihrer Seite zu Fäusten. Gefasst, aber noch immer hilflos. Sie schaffte es kaum, Nesrin anzusehen. Der Hass antwortete mit einer heißen Welle, die durch Nesrins Leib donnerte und ihren Griff um Nikola fester zurrte. Als Shanna sprach, klang sie tonlos: „Ich. Ich spüre dich nicht. Nicht anders als sonst."

„Ich auch nicht", meinte Nikola sacht.

„Du bist nicht besessen. Nicht. Nicht so. Da ist keine dämonische Energie an dir."

Nesrin lachte. Brüchig und etwas heiser, rutschend, nicht wie sie selbst. „Ich bin gestorben." Die Tränen überfielen sie wie eine Horde wilder Tiere. „Ich war zufällig dabei, als ich ermordet wurde. Und jetzt bin ich wieder hier und habe Heilkräfte wie eine Auserwählte. Und Dämonen. Und ich sehe … Was bin ich, wenn nicht besessen?"

„Ich weiß es nicht", gestand Shanna mit gesenktem Blick. So viel Demut, so viel Reue, so viel ungewohnte Unsicherheit in ihrem Ausdruck.

Nesrin lachte und schüttelte den Kopf. Nikola schwieg. Sie ließ ihn los und sank auf das Bett zurück. „Wie habt ihr mich gefunden?"

Shanna vermied ihren Blick. Sie zuckte mit den Schultern, drehte sich ein wenig von ihr weg, fixierte einen Punkt an der Wand. „Ich habe dich bewachen lassen. Zu deiner eigenen Sicherheit."

Nesrin war auf den Beinen, ehe sie sich dessen bewusst war. Wut schweißte ihre Wunden zu, Zorn drückte den Schmerz in die Abgründe ihrer Wahrnehmung. Sie war nichts, nur heiß und wütend und hungrig und voller Gold. Ihr Atem ging wie unter großer Anstrengung. Die Welt drehte sich, wackelte, und plötzlich fand sie sich mit Shanna an der Wand wieder.

Nesrin presste sie dagegen. Die Spannung zwischen ihnen hielt ihren ganzen Körper an Ort und Stelle gefesselt, das Gefühl fraß sie beinahe vollends auf, griff nach ihrer Substanz. Sie wusste nicht, woher ihre Kraft kam, warum sie nicht blutleer und schwach in diesem Bett lag. Es interessierte sie nicht. (Sie kannte die Antwort.)

„Du hast mich beschatten lassen?"

Shanna leistete keinen Widerstand. Sie sah sie endlich an. Lächelte unverhohlen verzweifelt. *„Bewachen*, Nesrin, ich habe dich bewachen lassen. Und bei den Sachen, die du geschrieben hast? Was hatte ich für eine Wahl?"

„Wie lange?" Eine Träne lief über ihre Lippe, salzig, so salzig, dass sie sich beinahe erbrach.

Shannas Augen waren leer. „Jahrelang."

„Du hast mich. Seit Jahren …?" Als hätte ihr jemand in die Brust geboxt, nein, sie getreten, immer und immer wieder, stockte ihr der Atem. Sie zitterte, doch sie ließ nicht von Shanna ab. „Wie konntest du …? Du hast mir eine Zielscheibe auf den Rücken gemalt. Du hast." Ihre Stimme brach.

Nesrin spürte, wie es nass an ihrer Seite herablief. Aber sie spürte den Schmerz nicht, spürte nur den Verrat, die Schuld, den *Verrat*. „Ich war die undichte Stelle. Sie sind tot. Sie sind *deinetwegen* tot." Horror fiel ihr in den Rücken und trieb seine Klauen tief in ihr Fleisch.

Shanna erwiderte nichts, leugnete nicht, reagierte nicht. Als wäre sie aus Stein. Nur ihre Augen waren aus Metall.

„Hast du den Befehl gegeben? Hast du sie ermorden lassen? Wolltest du mich …?"

„Ich wollte dich nur beschützen", beteuerte Shanna und klang ehrlich, Steinantlitz und Goldaugen zum Trotz. „Ich weiß nichts von anderen."

Nesrins Nasenflügel bebten. Sie hatte keinen Grund ihr zu glauben. Sie hatte keinen Grund ihr nicht zu glauben. Nur Grund, zu brüllen und nicht mehr aufzuhören.

„Nesrin-"

„Nein. Ich will es nicht hören. Was auch immer du zu sagen hast … Spar es dir." Nesrin musste ihre gesamte Kraft aufbringen, um Shanna loszulassen. Sie machte drei Schritte zurück, bemerkte, dass ihr Blut den Boden sprenkelte. Es roch nach Gold und Ewigkeit. Leckte sich über die Lippen und schmeckte es. Ekel kroch über ihre Zunge. „Du wirst mir meine Fragen beantworten und dann wirst du mich gehen lassen."

„Nesrin …"

Ihr Kopf schnappte in Nikolas Richtung. Er war aus ihrem aktiven Bewusstsein verschwunden, aber ihr Körper wusste genau, wo er war. Konnte seinen Herzschlag erahnen. Pulsierend und hypnotisch.

Nesrin riss sich von dem Drang los, schürzte die Lippen. „Du hast es zugelassen. Sprich mich nicht an. Ich bin mit dir fertig."

Nikola nickte. Ein Teil von Nesrin wünschte sich, dass er protestieren würde. Dass Shanna um sie kämpfen würde. Aber den Teil schüttete sie mit Hass zu. Erst jetzt erkannte sie, dass sie nichts außer einem Krankenhaushemdchen trug. „Wo sind meine Sachen?"

Shanna deutete auf den schmalen Kasten in der Ecke. Nesrin riss die Tür auf – und da war ihre Kleidung. Dreckig und zerfetzt. Sie warf sie aufs Bett. Die blutenden Stichwunden waren wie kleine spitze Steine in einem Schuh, die sich während des Gehens und Stehens anders anfühlten. Nervig, vor allem. Nesrin streifte das Hemd ab. Die Verbände waren rot. Mit Goldschimmer. Das beschissene Gold, noch beständiger als Glitter. „Ich will die Videos haben."

„Okay", sagte Shanna leise.

„Wurde jemand festgenommen?"

„Nein."

„Habt ihr etwas gefunden?"

Shanna lachte freudlos. „Deine Leiche. Sterbliche. Die Presse."

Nesrin schrie innerlich.

„Und dämonische Energie, aber sie war alt. Verblasst. Du wurdest von Menschen überfallen."

„Es wäre mir auch neu, dass Dämonen gezielt Journalistinnenmorde begehen", erwiderte sie bissig. „Sonst noch was?"

„Wir haben dich gefunden und du warst tot. Und dann warst du es nicht mehr. Es war ..." Shanna schluckte hart. „Es war ein Wunder."

„Ein Wunder? Hat Nikola das gesagt?", fragte sie und warf ihm einen verächtlichen Blick zu. „Ich glaube, der korrekte Begriff ist Besessenheit. Aber danke für deine Schönrederei."

Nikola sah sie an, als hätte sie ihm sein Wunder ruiniert. Aber er schwieg. Seine Passivität machte sie wütend. Wie Sivan das aushielt? Wie irgendwer dieses beschissene Nichtstun aushielt?

Sie schälte sich die Verbände vom Leib, ließ sie fallen und zog ihre Sachen an. Sie stanken nach Blut – echtem Sterblichenblut – und Schweiß und Tod. Ihr Mantel hatte Löcher, wo die Messer eingedrungen waren. Es gab keine Spiegel, aber sie wusste, dass sie kostümiert wie für Halloween aussah. Sie nahm ihre Tasche, wandte sich an Shanna. „Ich will etwas wissen. Und ich will, dass du ehrlich bist. Kannst du. Kannst du diesmal ehrlich sein?"

Shanna nickte bloß.

„Arbeitet Shirin in einem dieser Labors?"

„In einem *dieser* Labors?"

„Menschenversuche, Shanna."

„Ich weiß nicht, wovon du sprichst."

Nesrin krallte sich an ihre Tasche. Sie wollte das Folgende nicht sagen, konnte sich aber auch nicht stoppen: „Wenn du mich liebst, lügst du mich nicht an."

„Ich lüge nicht."

„Toll. Shirin kann ich jetzt wohl nicht mehr fragen, oder? Jetzt, wo ich tot bin." Sie lachte. „Ich bin tot, versteht ihr?"

Ein Muskel an Shannas Wange zuckte. „Tut mir leid."

„Das ist mir ehrlich gesagt scheißegal", erwiderte Nesrin tränenerstickt. „Ich muss hier weg. Ich brauche eine neue …" Sie wischte sich zornig über das Gesicht. „Eine neue Identität mit uneingeschränkter Sicherheitsfreigabe. Ohne Identifikationspflicht, die über einen Ausweis hinausgeht. Niemand darf Fragen stellen. Das schuldest du mir. Und es ist mir egal, wie du es machst, tu es einfach."

Shanna kam einen Schritt auf sie zu, hielt sich zurück, verschränkte die Arme hinter ihrem Rücken. Sie nickte knapp. „Auf welchen Namen?"

„Ist das wichtig?" Nesrin lächelte schmerzlich. Sie fühlte sich, als würde sie sich selbst zu Grabe tragen, als sie sagte: „Elif Can."

„Elif Can", wiederholte Shanna leise. Final. „Gib mir zwei Stunden."

„Ich gebe dir eine", sagte Nesrin. „Und schwör mir, dass du mich nicht weiter verfolgst. Wenn ich ein zweites Mal wegen dir ermordet werde …"

„Ich habe verstanden."

Nesrin zog den dünnen Goldring von ihrem Finger, legte ihn auf das Bett. „Ich will dich nach heute nie wiedersehen."

„Verstanden."

„Gut." Nesrin deutete auf die Tür. „Da ich mich nicht frei bewegen kann, bitte ich euch, zu gehen. Bis ich weg kann."

Shanna sah sie an. Ihre Augen funkelten. Dann öffnete sie die Tür und ging.

Nikola lächelte Nesrin traurig an. „Ich werde dich vermissen. Pass auf dich auf."

Nesrin antwortete nicht.

Sie hatte ihre Haare zurücklassen müssen. Die Haare, die sie so geliebt hatte, auf die sie so stolz gewesen war. Neben ihrer Menschlichkeit schmerzte dieser Verlust am meisten. Das redete sie sich zumindest ein. Eine Nacht und sie musste ganz von vorne anfangen. Alleine.

Das hatte sie nicht verdient.

Sivan war irgendwann nach Shannas wortlosem Abschied aufgetaucht und hatte ihr ein neues Set Kleidung gebracht, eine Schere, Blondierung, Make-up. Er war goldumflammt gewesen und sie hatte ihren Frust an ihm ausgelassen; dennoch hatte er ihr geholfen, sich von Nesrin in Elif zu verwandeln. Dann hatte er sein Werk, sie, für ihren neuen Ausweis fotografiert. Sie hasste ihn dafür. Sie hasste ihn so sehr, den Delcar-Zwilling, den sie eigentlich nicht hassen sollte. Als das schmerzhafte Prickeln auf ihrer Kopfhaut abebbte, war sie ihm schluchzend um den Hals gefallen.

Ich spüre es auch nicht, hatte Sivan ihr zugeflüstert. Aber was änderte das schon? Sie war ein Dämon. Besessen. Nicht mehr sterblich, aber auch nicht auserwählt und schon gar nicht unantastbar. Eine Laune, ein zufälliges Produkt zufälliger Faktoren.

Nesrin rückte die Fensterglasbrille zurecht. Sie hatte keine Familie mehr. (Ihre Familie würde nur eine Urne mit fremder Asche haben.) Keine Freundin. Niemanden. Das Einzige, was sie hatte, war eine Schuld gegenüber Nesrin, die so medienwirksam den Tod gefunden hatte. Gegenüber all den anderen, die vor ihr, *wegen ihr* gestorben waren.

War das Allahs Strafe dafür, ihre Ideale verraten zu haben? Hatte sie dieses Übel heraufbeschworen, als sie zu schwach gewesen war, Shanna hinter sich zu lassen? Verdiente sie dieses Schicksal? Wahrscheinlich. Aber sie würde die Mörder finden. Sie würde sie für jeden Mord büßen lassen. Und wenn es das Letzte war, was sie in diesem zweiten Leben tat.

Nesrin Gönül war Journalistin gewesen.

Elif Can hingegen war ein Schatten. Etwas, das nicht hätte sein dürfen. Ein Niemand.

Und sie hatte nichts mehr zu verlieren.

CN Gewalt (explizit), Mord, Referenz auf Selbstverletzung und Selbstverbrennung

2023?

WIEN?

Sivan träumte von blauen Augen, Blut und Feuer. Er träumte von Knochenknirschen, Zähneknirschen und Fleisch in seinem Mund. Er träumte, dass er sich selbst dabei zusah, wie er den Kadaver zerlegte und mit Benzin übergoss. Er träumte von Rauchschwaden, die ihn in Stimmengewirr hüllten, und zähem Blut, das zu seiner zweiten Haut wurde. Er träumte von dämonischem Wispern, das er nicht verstand, nicht verstehen konnte, und dessen Frage ihm trotzdem klar war: *Wirst du ihn wirklich gehen lassen?*

Nein. *Nein.* Sivan träumte, dass er eine Entscheidung traf. Dass er beschloss, sein Messer zu ziehen und es rot zu färben. Dass er beschloss, die Kontrolle aufzugeben, im Wissen, was dann passieren würde. Er träumte, aber vielleicht war es kein Traum, vielleicht war es eine Endlosschleife dessen, was er verbrochen hatte und nicht bereute.

Der Schmerz saß tief unter der Oberfläche und direkt über ihr. Es war eine heikle Angelegenheit den Schmerz anzuerkennen. Sogar im Traum schlich er sich ein, tauchte seinen Körper in weißes Vergessen. Ihn wieder zu verbannen, ihn als Hirngespinst abzutun, als Traumschmerz, Schmerztraum, kostete Sivan Kraft, die er nicht hatte. Er musste weiterschlafen.

Mörder.

Monster.

Dämon.

Die Stimmen waren mannigfaltig, unterschieden sich aber nur in ihrer Lautstärke und Intensität, nie in Intonation oder Tonfall. Die Stimmen entsprangen einem Quell. Sie durchwoben seine Träume, auf der Jagd nach seinem Gewissen, geisterhaft und allgegenwärtig. Zu spät. Sivan steckte sein Gewissen mit allem anderen in Brand. Feuerzungen leckten und verkohlten und fraßen es, bis es zu Asche zerstäubte.

Er träumte, dass Nikola ihm mit der Asche seines Gewissens ein Kreuz auf die Stirn zeichnete und der Stimmenchor aus seinem Mund drang: „Ich bete für deine Seele."

Er träumte, dass sich die Asche in seine Stirn durch den Schädelknochen in sein Gehirn ätzte. Der Schmerz war glühend und rüttelte an ihm. Der Rauch drohte sich zu lichten, und er atmete ihn gierig ein, doch sobald er ausatmete, war da kein Rauch mehr. Bloß gleißendes Licht, das hinter seinen Augen tanzte und aus seinen Ohren brach, aus seiner Nase troff, über seine Lippen kroch. Es hatte eine scharfe Kante, schärfer als seine Klingen, und prickelte in seinen Fingerspitzen.

Sivan träumte, dass der Schmerz ihn aus tiefem schwarzem Wasser an Land zog. Hier brannte alles. Er wehrte sich gegen den Schmerz, versuchte sich wieder ins Wasser zu stürzen, doch er hatte ihn an die Oberfläche gefesselt. Der Feuerschlund spuckte Lichtbrocken in die Finsternis und verdampfte das Wasser. Sivan weinte ihm nach. Die Stimmen wurden leiser und verließen ihn schließlich ganz. Für einen Moment schmerzte ihr Verlust so sehr wie Feuer, Licht, und Fesseln. Nein. Tränen kratzten über sein Gesicht, hinterließen tiefe Furchen und kreischendes Rot. So durfte es nicht enden …! Er musste weiterschlafen. Er musste weiterträumen. Er konnte nicht zurück, er konnte nicht weitergehen.

Die Helligkeit wurde unerträglich und Sivan presste die Lider aufeinander, doch es war zu spät: Er war im Licht.

⚠ PTBS, Panikattacke, sexualisierte Gewalt und Pädophilie (implizit, aber konkret thematisiert), victim blaming, Suchtverhalten (Nikotin), Körperflüssigkeiten (Erbrechen), Blut, Selbstverletzung

2023, MITTWOCH 20. SEPTEMBER

WIEN, INNENSTADT, SICHERHEITSKONFERENZ DER ZWILLINGSSTAEDTE

Ein Stimmengemisch aus Deutsch, Slowakisch und Englisch überschwemmte den Raum. Präsentiert wurde in der jeweils ersten Sprache der geladenen Vortragenden, während dunkel gekleidete Personen, fast wie Schatten, auf ihrer jeweiligen Position standen und simultan für die wichtigen Leute übersetzten. Wichtige Leute wie Shanna Delcar, Erste Auserwählte Wiens, und Kamila Novak, Erste Auserwählte Bratislavas.

Unabhängig von Landeszugehörigkeit stellten sie ihre übergeordnete Zugehörigkeit zur Schau: die zu ihrer Organisation. Schwarz gekleidet, schmucklos, bewaffnet sogar in dieser auf Friedfertigkeit und Sicherheit ausgelegten Konferenz. Sie saßen in der vordersten Reihe, nebeneinander, und hörten dem Sprecher am Podium zu.

„Das wird noch ewig so gehen", stellte Sivan leise – und verdrießlich – fest. Sein Bein federte nervös auf und ab und er kaute auf seiner Unterlippe. Nikola legte eine Hand auf sein Knie, fragte ebenso leise: „Und wie lange bist du offiziell verpflichtet zu bleiben?"

Sivan seufzte. „Offiziell? Bis zum Ende. Inoffiziell … auch." Ein Lächeln schlich sich auf seine Lippen. „Aber du kannst jederzeit gehen. Wir müssen ja nicht gemeinsam leiden."

Nikola nickte. Tatsache war, dass die Aspekte, die hier diskutiert wurden, zwar theoretisch informativ waren, die tatsächlichen Maßnahmen jedoch unter den Ersten Auserwählten besprochen wurden – später (wie auch immer diese *Maßnahmen zur engmaschigeren Kontrolle der Risikogruppe zur Prävention und Eindämmung urbaner Dämonengefahr* dann aussahen). Es war also mal wieder – um den Widerstand zu zitieren, der sich im Vorfeld deutlich und in aller Anonymität dazu geäußert hatte – eine Performance, die die Diktatur der Auserwählten mit Demokratiegefühl übertünchen sollte.

Nikola mochte es zwar, den slowakischen Gesandten zuzuhören, aber gleichzeitig schürten ihre Reden seine Sehnsucht nach Bratislava. *Gott.* Natürlich idealisierte er sein Leben dort im Nachhinein, aber das änderte nichts daran, dass er die Stadt, die Leute, das *Gefühl* vermisste.

„Kleiner?"

„Hm?" Nikola sah zu Sivan, der ihn mit gehobenen Brauen betrachtete. „Oh, nein, es ist nichts. Ich glaube. Ich werde gehen. Schreib mir, wenn die Konferenz schließt und ich hol dich dann ab, okay?"

„Okay", sagte Sivan und küsste ihn zum Abschied auf die Wange. „Bis später, Kleiner."

Nikola musste lächeln, beugte sich zu Sivan und küsste ihn sanft auf den Mund. Die Gefühle gegenüber Konzepten wie Zuhause und Zugehörigkeit mochten kompliziert sein, aber seine Gefühle für Sivan waren unkompliziert. Er bündelte seine Sehnsucht und legte sie in den Kuss. Das Unerwartete geschah: Er fühlte sich besser. „Bis dann."

„Mhm. Pass auf dich auf."

„Ja, ja. Hier, vergiss nicht, die wieder …" Nikola drückte Sivan die Ohrstöpsel, aus der die deutsche Simultanübersetzung von Shannas Übersetzerin drang, in die Hand und bekam ein dramatisches Seufzen zur Antwort. Er ließ sich nicht beirren, lächelte: „Gern geschehen."

„Ich kann nicht glauben, dass du mich wirklich verlässt. Das ist kalt. Kalt und hart."

„Stimmt. Schreib mir nachher", sagte Nikola und stand auf. Sivan hielt ihn am Handgelenk zurück, stand ebenfalls auf, und küsste ihn noch einmal. Sie ließen sich Zeit, bis Nikola einen Abschied gegen seinen Mund flüsterte und Sivan sich in seinen Sitz zurückfallen ließ. Ihm war nicht anzumerken, dass er bis vor wenigen Tagen in so prekärer psychischer Verfassung gewesen war, dass er das Bett nicht hatte verlassen können. Jetzt winkte Sivan ihm mit den Ohrenstöpseln zu, als kannte er keine Sorge in der Welt, und Nikola schüttelte lächelnd den Kopf. Sein Bauch kribbelte. (In Wien war es doch nicht so schlecht.)

Nikola ging aus dem Séparée und versuchte, die Halle – sie erinnerte an das Parlament, wenn er einen Vergleich wagen müsste – so leise wie möglich zu verlassen. Im Hintergrund wechselten die Vortragenden und eine Frau mit tiefer Stimme ergriff das Wort auf Englisch.

Sicherheitspersonal, Medienleute, auserwähltes, unantastbares und sterbliches Publikum: Sie waren über die Gesamtfläche verstreut, aber besonders häufig an den äußersten Rängen und an den Ein- und Ausgängen anzutreffen. Die Logenplätze waren ihnen verwehrt, anders als Sivan – oder ihm.

Nikola warf einen letzten Blick in Sivans Richtung, erhaschte allerdings nur einen Blick auf den Sichtschutz. Natürlich, das Séparée … Diese Verliebtheit wirkte sich nachteilig auf sein Gedächtnis aus.

Er griff nach seinem Ausweis, zeigte ihn den Sicherheitsleuten, die vor der Tür standen, und schob sich zwischen ihnen nach draußen durch. Auch im Empfangsbereich hatten sich Menschentrauben gebildet, aber hier wurde vorwiegend Deutsch gesprochen. Nikola hielt inne und atmete durch. Das war weder der Ort noch die Zeit, um melancholisch zu werden. Er warf einen Blick auf sein Handy. Früher Nachmittag. Die Konferenz würde sich sicher bis in die Abendstunden hinein ziehen. Auch gut. Ein bisschen Zeit alleine würde ihm nicht schaden.

Die Sonne fiel in breiten Bahnen durch die Glasscheiben des Ausgangsportals und Nikola zückte seine Sonnenbrille. Samtige Wärme umschmeichelte seine Haut. Es gab schlimmere Schicksale als unter freiem Himmel zu lesen – die Figuren standen *so kurz* vor ihrem Happily Ever After – und eventuell eine Romcom zu schauen. (Nesrin hätte dieses Programm sicher gefallen und er wünschte, sie wäre hier.)

Plötzlich spürte Nikola eine Hand auf seiner Schulter. Sein Kopf schnappte zur Seite. Die Erkenntnis, das *Wiedererkennen*, traf ihn blitzartig. Eine Schockwelle brandete durch seinen Körper, gefolgt von einer Adrenalinsturzflut. Die Brille in seiner Hand begann zu vibrieren. Schlagartig erreichte ihn die Wärme der Sonne nicht mehr, isoliert vom Schatten der Vergangenheit. Nein, nein, nein, nein, nein, nein, *unmöglich* …

„Nikola."

Das Lächeln, das sein Gesicht zerriss, war genauso eine Reaktion wie die Panik, die sich um seinen Brustkorb spannte. Unkontrolliert. Automatisiert. Er sprach ihn auf Deutsch an, wusste nicht genau, warum. „Milan, ich. Was machst du …?"

Nikola konnte nicht weitersprechen, die Hand war ein bleiernes Gewicht, das nicht nur seine Schulter niederdrückte. Es drückte sein Herz. Es schrumpfte ihn.

Milan – groß, blond, blauäugig – lächelte – weiß, strahlend, makellos – und überging seine Frage. Er nahm auch seine Hand nicht von Nikolas Schulter. Stattdessen trat er näher, antwortete ebenfalls auf Deutsch: „Dich habe ich hier wirklich nicht erwartet. Ich habe gehört, dass du nach Wien beordert wurdest, aber ich wusste nicht, dass du wichtig genug bist, um zur Konferenz geladen zu sein." Er klickte mit der Zunge. „Ah, verzeih, du bist mit *ihm* gekommen, nicht wahr? Mit Delcar."

Nikola war speiübel, doch er nickte und konnte sein Lächeln nicht eindämmen. Dabei wollte er weinen. Trotz der anderen Anwesenden war er völlig alleine mit Milan. Milan Sokol. Alleinerbe der einflussreichen Sokol-Familie. Was auch der Grund für seinen Aufenthalt in Wien sein musste.

„Nikola …", sagte Milan und zog seinen Namen unnötig lang. „Es ist so lange her. Lass uns einen Kaffee trinken gehen."

Es war keine Frage. Milan fragte nicht. Er hatte in der Vergangenheit nicht gefragt und er fragte nicht in der Gegenwart. Warum hätte sich auch ausgerechnet das ändern sollen? Und warum hätte Nikolas Reaktion sich auch ausgerechnet heute spontan ändern sollen? Tränen drückten ihm die Kehle zu und so konnte er nur stumm nicken.

Eine Formalität. Bedeutungslos. Denn es war bereits entschieden.

Nikola war kalt, obwohl die Sonne unerträglich heiß auf seinem Gesicht brannte. Sein Hemd klebte ihm am Rücken. Er zitterte. Er konnte nicht aufhören. Mit unsicheren Fingern tippte er eine Nachricht an Sivan. (*tut mir leid schaffs nicht mehr zurück treff dich zu hause*)

Er schluckte hart. Sein Speichel schmeckte nach Erbrochenem. Nach Kaffee, den er in eine Seitengasse gespieben hatte. Er trug die Sonnenbrille nur, um zu verbergen, dass seine Augen in Tränen schwammen.

So fühlte es sich also an, von einem Albtraum aus der Vergangenheit heimgesucht zu werden. Nur dass es kein Traum gewesen war. Es war die beschissene Realität.

Nikola wollte nach Hause und sich in der Wohnung einschließen, aber fürchtete, verfolgt zu werden. Und er wollte Milan nicht vor seine Haustür führen. Obwohl es irrelevant war, oder? Natürlich wusste Milan bereits, wo er wohnte. Er wusste alles. Hatte gewusst, dass er bei der Konferenz sein würde und das „zufällige" Treffen eingefädelt. Ihn abgefangen, als Sivan nicht in seiner Nähe gewesen war. Er musste auf ihn gelauert haben.

Der Gedanke drehte ihm beinahe wieder den Magen um. Nikola hastete, ohne zu schauen, über die Straße und suchte Anonymität zwischen anderen Menschen. Er hatte nur einen Trost; Milans Aktion hatte nicht auf ihn als Person abgezielt, sondern auf ihn als ... Funktion, Position.

Warb der Widerstand so seine Quellen an? Indem sie den Horror ihrer Ziele ausfindig machten, ihn schickten, und auf *Zusammenarbeit* pochten?

Nikola hätte allem zugestimmt, um der Situation zu entkommen. Theoretisch war er zum Verräter geworden.

Milans Einfluss und seine Macht, über Nikola zu verfügen, hatten sich über die Jahre hinweg erhalten. Ein Wort, eine Berührung genügten und Nikola war wieder ein Teenager mit gebrochenem Willen und gebrochenem Schädel, der aus seinem Elternhaus rausgeworfen worden war. Er war so jung gewesen. Mittel- und schutzlos, verstoßen. Milan hatte das erkannt, bewusst ausgelotet und missbraucht. Hatte ihm Liebe vorgegaukelt, bis er das Interesse an Nikola verloren und ihn fallen gelassen hatte. Ihre Beziehung, falls sie denn diese Bezeichnung verdiente, war niemals gleichberechtigt, sondern von klaffenden Machtgefällen geprägt gewesen – aber das zu wissen, machte es nicht besser. Änderte nichts daran, dass *er* Milan geliebt hatte. Trotz allem.

Nikola atmete zittrig aus, wischte sich eine nasse Strähne aus der Stirn, und lief weiter. Er heftete seinen Blick starr auf den Weg vor sich. Der Beton verschwamm zu grauem Brei. Vorwärts, weiter, schnell.

Als er in seine Straße einbog, wünschte er sich verstärkte Sicherheitsmaßnahmen (oh, die Ironie). Eine Kamera, ein besseres Schloss, *irgendetwas*. Aber so war es nur das gleiche Holztor, das gleiche hallende Stiegenhaus, die gleiche einfach verschlossene Eingangstür. Ohne Sivan fühlte es sich hier jetzt nicht sicher an.

Nikola versperrte die Tür hinter sich, ließ sich gegen sie auf den Boden sinken und biss in seine Unterlippe. Fremde Schritte erklangen im Stiegenhaus und die Panik jagte Tränen über sein Gesicht. Er konnte sich nicht erinnern, wann er das letzte Mal ein derartiges Wrack gewesen war. Wann er sich das letzte Mal so sehr gefürchtet hatte, dass er kaum atmen konnte. Dass er sich nicht mehr bewegen konnte. *Deine Hilfe wäre unersetzbar. Um der alten Zeiten willen, hm? Wie dem auch sei – ich muss wieder hinein. War schön, dich mal wieder gesehen zu haben. Das ist deine Nummer, oder? Ah, perfekt. Dann sehen wir uns bald. Pass auf dich auf, Nikola.* Milans Monolog lief in Endlosschleife in seinem Kopf und Nikola konnte ihn nicht stoppen. Er ballte die Hände zu Fäusten, schlug sich gegen die Schläfen. Doch die Stimme verschwand nicht. Die Bilder verschwanden nicht. Die Erinnerung an jede beiläufige Berührung hatte sich in sein Fleisch gebrannt, Mahnmale der Vergangenheit, Omen der Zukunft. Er konnte nicht … Das konnte er nicht ertragen.

Dabei fühlte es sich so lächerlich an. So klein. So übertrieben. Nach all den Jahren? Er war erwachsen, er hatte überlebt und war über all das hinweggekommen. Er sollte nicht so erschüttert darüber sein, dass ... Dass was? Dass Milan ihn in einer anderen Stadt, in einem anderen Leben, eingeholt hatte? Oder dass es ausgerechnet seine Beziehung zu Sivan und Shanna war, die ihn jetzt wieder für Milan – und den Widerstand, den verfluchten *Widerstand* – interessant machte?

Die Sehnsucht nach Bratislava war in Grauen versunken. Wenn es bedeutete, dass er Milan nie wieder sehen musste? Würde er Bratislava aufgeben. Und vielleicht war genau das die Quelle des Hasses, der so stechend hinter seinen Augen brannte: dass Milan ihm *seine* Stadt abtrünnig gemacht hatte. Dass Nikola sie ihm abtreten würde. Dass er seine Freiheit aufgeben würde, um sich frei zu fühlen. Die Ironie wurde immer beißender und er biss sich die Lippe auf. Er schmeckte das Blut kaum, fühlte keinen Schmerz.

Die Sonne ging unter.

Nikolas Panik verebbte allmählich. Er war so erschöpft, dass er reglos verharrte, bis Sivan ihn irgendwann anrief. Sich aus der Starre zu lösen, war ein Kraftakt, den er kaum vollbrachte. Er hob ab und schaltete den Lautsprecher ein, ließ das Handy neben sich liegen.

„Nikola? Geht's dir gut? Ich hab dir geschrieben, aber du hast nicht ... Aber du bist auf der Securityfootage drauf, also weiß ich, dass du nach Hause gekommen bist. Nikola? Tut mir leid, dass ich erst jetzt ... Hey, bist du da?"

Nikola schluckte und schluckte, konnte aber nicht sprechen. Er wusste, dass er nur schluchzend in Tränen ausbrechen würde, wenn er es versuchte. Und das half niemandem, am wenigsten ihm selbst. Am anderen Ende schwieg Sivan für einen Moment. Im Hintergrund

Stimmen, Schritte. Dann fragte Sivan: „Nikola, wenn du da bist, kannst du eine Taste drücken?"

Nikola tastete blind über das Display. Hohe Tastentöne erklangen. Er hörte Sivan aufatmen – als würde er neben ihm atmen, als wäre er physisch anwesend – und sagen: „Wenn's dir gut geht, mach das bitte noch mal."

Gut? Das war eine Sache der Definition. Verschiedene Fassungen dieser Definition sprachen sich tendenziell jedoch gegen ein *Gut* seinerseits aus. Aber auch das war in der Situation nicht hilfreich, also drückte Nikola wieder die Tasten.

„Okay, gut. Okay." Das Schlagen einer Autotür. „Ich bin gleich bei dir. Soll ich dranbleiben?"

Ein Geräusch quetschte sich aus seiner Brust und Nikola schlug sich die Hände vors Gesicht, atmete in seine eigene heißfeuchte Haut, die sich eigentlich eiskalt anfühlte. *Ja. Ja, bleib dran. Bitte lass mich nicht alleine.* Kein Wort schaffte es über seine Lippen. Ihm war schlecht und seine Kehle schmerzte. Wieder diese Panik, gekoppelt an Verzweiflung, die in einen Strudel mündete, der ihn nach unten zog. Alles wurde immer schlimmer und er konnte sich nicht helfen, er konnte sich einfach nicht helfen …

„Nikola … Ich bin fast da. Es ist kein Verkehr. Ich fahr gerade vom Ring ab, vielleicht hörst du den Blinker."

Sivan sprach weiter, beschrieb seinen Weg, was er sah, und Nikola wusste, dass er das gleiche tat, was er selbst machte, wenn Sivan nicht mehr ansprechbar war. Und obwohl er es nicht schaffte, zu antworten, war Sivans Stimme ein Fokuspunkt, der ihn davor bewahrte, vollkommen abzustürzen.

Nach einer Weile, die mit Nichtigkeiten und Trivialitäten (Sivans) und Tränen (seinen) gefüllt war, verkündete Sivan: „Ich steig grad aus." Ein Einrastegeräusch.

„Abgesperrt. Ich bin gleich unten an der Tür. Da, das sind die Schlüssel. Du müsstest mich jetzt im Stiegenhaus hören?" Er hatte recht. „Waren das immer schon so viele Stufen? Okay, okay, ich bin da." Ein Schlüssel, der im Schloss kratzte, Druck gegen seinen Körper. „Nikola, sitzt du vor der Tür …? Nikola?!"

„Warte. Warte kurz", sagte Nikola mit bröckelnder Stimme. Er schob sein Handy beiseite, brachte es nicht übers Herz, den Anruf zu beenden, und rutschte auf Knien so weit weg, dass Sivan die Tür öffnen konnte.

Sivan – Anzug, Handy, Sorge – kam herein, drückte die Tür zu, und ließ sich neben ihm nieder. Ohne ihn zu berühren, sacht, sanft, eindringlich sagte er: „Hey. Hey, ich bin da."

Nikola nickte, Verzweiflung und Erleichterung konkurrierende Emotionen auf dem Schlachtfeld, zu dem seine Brust verkommen war. Ihm war, als würde es ihn innerlich zerfetzen. Er wischte sich mit dem Handrücken über die Augen, die Nase, und fragte sich, wie er das jemals erklären sollte. Er hatte es noch nie jemandem erklärt. Wie konnte er …?

„Darf ich mich zu dir setzen?"

Tränen verschleierten Nikolas Blick aufs Neue, doch er nickte erneut. Sivan schlüpfte aus dem Sakko und schob sich die Ärmel hoch, rutschte näher und wartete. Leise meinte er: „Ich verspreche dir, dass es besser wird. Nicht gut, aber besser. Ich versprech's dir, Nikola."

Nikola lächelte verzweifelt. Ein Spiegel seiner eigenen Worte. Er wollte sie gerne glauben, aber er schaffte es nicht. (*Noch nicht*, würde er Sivan jetzt sagen.) So viel Drama um nichts. So viel Drama, nur weil er … Nikola presste die Lippen aufeinander.

„Kann ich …? Irgendwas?"

Sivans eigene Hilflosigkeit zeichnete sich um seine Augen ab, aber er versuchte tapfer, sich nicht davon irritieren zu lassen. Er fragte nicht, was passiert war, er fragte nur, ob er es besser machen konnte.

Nikola war ihm unsagbar dankbar dafür, dass er nicht nachhakte. Sivan hatte ihn nie zu etwas gedrängt und er fing auch jetzt nicht damit an. Das war mehr wert als jeder Liebesschwur. Und ironischerweise wollte Nikola ihm deswegen sagen, dass er ihn liebte. Es waren die einzigen Worte, die er hervorbrachte: „Ich liebe dich. Ich hoffe, du weißt das."

„Und ich dich. Immer. Ich hoffe, du weißt das auch", erwiderte Sivan sacht. Nikola nickte und spürte, dass die Panikattacke ihren Tribut einforderte. Die Müdigkeit traf ihn wie eine Keule am Hinterkopf. Er lehnte sich gegen Sivan, nahm seine Hand, etwas zu krampfhaft, und fragte: „Stört es dich, wenn wir einfach ein bisschen hier sitzen?"

Sivan legte seinen freien Arm um Nikolas Schultern, strich vorsichtig über seinen Oberarm, und drückte seine Hand. „Wir sitzen hier, solange du willst."

Der heiße Wasserstrahl der Dusche drückte auf Nikolas Scheitel und das Rauschen füllte seine Ohren. Die Stimme war verschwunden, die Berührungen von roter Taubheit weggewaschen, die Enge um Kehle und Brust gelockert. Er fragte sich, wie lange er bereits im Bad war – und wie lange er bleiben könnte.

Tatsache war, dass er Sivan erzählen musste, dass der Widerstand auf ihn zugekommen war. Dass ein Mitglied der Sokol-Familie offenbar mit dem Widerstand zusammenarbeitete. So viel war auf den Überwachungsaufnahmen zu erkennen; Milan Sokol, der mit Nikola in einem Café saß. Nichts Ungewöhnliches, wenn man bedachte, dass sie einander von früher kannten. Er musste Sivan das nicht erzählen, zumindest nicht detailliert, aber er wusste nicht, wie er die Lücke in der Logik der Geschichte schließen sollte, ohne das zu tun. Ein Gesprächseinstieg schien absolut unmöglich.

„Hey, alles okay bei dir?"

Nikola seufzte. Er stellte das Wasser ab und wischte sich triefende Haare aus dem Gesicht. Seine Stimme war sicherer als erwartet: „Ja, alles okay. Ich bin schon fertig."

„Gut", erwiderte Sivan und konnte die Sorge nicht aus seinem Tonfall verbannen.

Nikola stieg aus der Dusche, versuchte die schlechten Gefühle zurückzulassen. Der Dampf hatte den Spiegel beschlagen – gut so, er wollte sich nicht ansehen müssen – und die Fliesen überzogen. Er rieb sich trocken, so gut es ging, und schlüpfte in frisches Gewand, das nicht nach Angstschweiß stank.

Für einen Moment hielt er inne, doch es gab keinen Anlass, die Konfrontation mit Sivan länger hinauszuzögern. *Konfrontation.* Nikolas Mundwinkel zuckte. Das fing ja mental schon gut an. Er verließ das Bad, schaltete das Licht aus und ließ den Abzug laufen.

Sivan wartete in der Küche, sah aus dem Fenster. Eine ungeöffnete Schachtel Zigaretten und ein Feuerzeug lagen neben ihm. Er hatte sich umgezogen, sah aber auch in der legeren Kleidung nicht entspannter aus. Seine Finger trommelten unablässig auf die Arbeitsfläche.

„Hey", sagte Nikola leise und Sivan drehte sich zu ihm um. Seine Lippe blutete und er hatte sich die Hände aufgekratzt. Er schien es nicht einmal bemerkt zu haben.

„Hey, Kleiner. Besser?"

Nikola nickte, versuchte sich an einem Lächeln. Bereute es schon eine Sekunde später. Anstatt Sivan zu beruhigen, löste es das Gegenteil aus. Die Muskeln an seinem Kiefer zuckten und er kam auf ihn zu, umarmte ihn wortlos. Sivans Herz hämmerte wild, fast wütend, und sein Atem ging schwer. Sein Körper vibrierte. Dämonische Energie, Hilflosigkeit und unbestimmbarer Zorn; eine explosive Mischung.

„Hey …", begann Nikola vorsichtig und sah, wie Sivans Augen hart und golden aufblitzten.

Sivan machte einen reflexartigen Schritt zurück, ballte die Hände zu Fäusten. „Tut mir leid, Nikola, ich …" Seine Goldaugen wurden weicher, als würden sie schmelzen. „Ich hatte noch nie solche Angst um dich."

„Ich weiß. Ich weiß, Sivan."

„Tut mir leid."

„Ist schon okay. Komm, lass uns reingehen", sagte Nikola und nahm Sivans Hand. Mit der freien Hand nahm er Zigarettenpackerl und Feuerzeug. „Komm."

Nikolas Herz tat weh und ihm war schlecht, aber dass Sivan hier war (mit braunen oder goldenen Augen, egal), ließ ihn ruhig bleiben.

Sivan folgte ihm widerspruchslos, half ihm kommentarlos die Jalousien und Vorhänge im Wohnzimmer zu schließen, und setzte sich dann auf die Sofakante. Weiß, Braun und Schwarz bluteten in das Gold, bis es durchlässig wurde und schließlich aus seinen Augen wich.

Nikola setzte sich neben ihn, löste das Plastik um die Schachtel und zog zwei Zigaretten heraus. Er rauchte eine an und gab sie Sivan. Dann zündete er die zweite für sich selbst an.

„Du rauchst nicht", sagte Sivan leise. „Und du willst nicht, dass ich in der Wohnung rauche."

Nikola lächelte etwas hilflos. „Heute schon. Warte einen Moment." Er holte eine leere Kaffeetasse vom Esstisch, stellte sie hinter sich auf die Sofalehne. Sitzend, die Zigarette zwischen den Fingern drehend, meinte er: „Ich weiß nicht, wie ich es am besten sage, also sage ich es dir einfach, okay? Was vorher passiert ist." Leiser. „Aber versprich mir, dass du hierbleibst. Bitte."

Sivans Anspannung war greifbar. Rauch quoll aus seinen Nasenlöchern, er fuhr sich mit der Zunge über die Lippen, kratzte an seinem Daumen. „Okay", meinte er schließlich. „Versprochen. Ich bleibe hier."

Das war er also. Der Moment vor dem ihm gegraust hatte. Blut rauschte in seinen Ohren, als Nikola begann: „Der Widerstand hat jemanden geschickt, um mich zu überzeugen, Shanna und dich für sie auszuspionieren. Vorher, als ich von der Konferenz gegangen bin. Er hat mich einfach … Er wusste, dass ich da war, und hat mich abgefangen."

Er wartete auf eine Reaktion von Sivan, doch seine Miene war wie aus Stein gehauen. Überbeherrscht. Nikolas eigene Beherrschung wurde brüchig, doch er schluckte Bitterkeit und Galle, und fuhr fort: „Ich kenne ihn von früher. Milan. Deswegen haben sie ihn ausgesucht. Oder er mich."

„Und? Was hat er dir angeboten? Womit wollte er dich kaufen?", fragte Sivan nüchtern. Seine Augen waren kalt.

Kaufen. Der Schmerz war unerwartet und scharf. Nikola wandte den Blick ab. „Nur zu deiner Information, er hat mir gar nichts angeboten. *Nichts*." Seine Hände zitterten und er wusste nicht, warum. Asche fiel auf seinen Schoß. „Du unterstellst mir … aber du hast keine Ahnung."

„Mag sein. Aber ich weiß, wie das läuft." Sivans Worte – der implizierte Vorwurf – waren sachlich. Er war wie ausgewechselt. Nikola wusste, dass es an den Resten der Dämonenenergie liegen konnte, an seiner Angst, verraten und betrogen zu werden, aber das machte es nicht besser.

Jedes Wort tat weh.

Sivan warf die Zigarette in die Tasse und stand auf, verschränkte die Arme. Er sah Nikola an, doch er hätte genauso die blanke Wand anschauen können. Die Emotion war die gleiche. Keine. „Der Widerstand kann die Gegenseite nur rekrutieren, wenn er sie kaufen oder erpressen kann. Außer du hegst aktive Sympathien für ihre Sache, weiß ich nicht, wie sie auf die Idee kommen, dass du als Spitzel verfügbar bist. Also, was haben sie gegen dich in der Hand?"

Tränen stiegen Nikola in die Augen. Er hatte nicht damit gerechnet, dass Sivan so ... so reagierte, als hätte Nikola sich etwas zuschulden kommen lassen. Es brachte ihn fast zum Lachen. Stattdessen rannen zornige Tränen über seine Wangen. *Scheiß drauf.* Wenn er es so wollte, wenn er dieses Spiel wirklich so wollte, würde er ihm die Wahrheit eben vor die Füße spucken. Sollte er damit machen, was er wollte.

„Milan hat mich missbraucht, Sivan." Es auszusprechen war schwieriger und leichter, als Nikola es sich jemals vorgestellt hatte. Jetzt war es zu spät, damit aufzuhören. „Er hat mich missbraucht und manipuliert, da war ich fünfzehn und obdachlos und absolut von ihm abhängig. Und heute wollte er die alte Dynamik nutzen, um mich einzuschüchtern und weiter zu manipulieren." Seine Stimme bebte. „Und weißt du was? Er hatte Erfolg."

Sivans Nasenflügel bebten, doch er schwieg. Blieb sterblich. Sterblich und kalt.

„Und, ist das genug?" Nikola wischte sich fahrig über die Augen, atmete zittrig aus. „Oder brauchst du noch etwas, was sie gegen mich in der Hand haben?"

Schweigen. Dann löste sich Sivan abrupt aus seiner Starre und ging schnurstracks aus dem Zimmer.

Nikola schloss die Augen und schluckte hart. Eine Sache. Er hatte ihn nur um eine einzige Sache gebeten. Und nicht einmal die konnte Sivan ihm geben. Seine Befürchtungen – erfüllt. Er wusste nicht, warum er überhaupt überrascht war. Warum es so verdammt wehtat, dass er sich wunderte, wie er weiteratmen konnte. Er schluchzte und biss sich in die geschlossene Faust.

Plötzlich nahm ihm jemand die Zigarette aus der Hand. Nikolas Herz peitschte und er öffnete die Augen. Sivan kniete mit gesenktem Kopf vor ihm. Er bewegte sich nicht, schien aber gleichzeitig jeden Moment zerspringen zu wollen. Reiner Wille hielt ihn an Ort und Stelle. „Es tut mir so leid. Es tut mir leid, Nikola. Es tut mir so verdammt leid", flüsterte er. Immer und immer wieder.

„Ich weiß." Nikola hörte sich antworten, ohne dass er es beabsichtigt hatte. Er befand, dass es die Wahrheit war. Er wusste, dass es Sivan leidtat. Alles. Er wusste auch, dass er es ihm nicht verzeihen konnte. Nicht jetzt. Nicht hier. „Ich bin müde, Sivan", sagte er matt. „Ich will das heute nicht bereden. Ich wollte dir nur sagen, dass der Widerstand auf mich zugekommen ist und ich herausgehört habe, dass ihr bereits infiltriert seid." Er schüttelte den Kopf. „Ich hätte gleich zu Shanna gehen sollen."

Sivan sah auf. Seine Augen waren gefrorenes Gold. „Mach dir seinetwegen keine Sorgen. Ich kümmere mich darum."

Nikola hasste sich selbst, als er dem Impuls folgte und über Sivans Haare strich. Er hasste sich, als Sivan seine Hände ergriff und küsste und er ihn nicht abwies. So saßen sie eine Weile da. Schweigend. Schließlich sagte Nikola tonlos: „Er ist es nicht wert."

„Ich weiß", erwiderte Sivan. „Ich weiß."

Nikola war so ausgebrannt, dass er nicht mehr einschlafen konnte. Die Decke über ihm erstreckte sich Grau in Grau mit blauen Schatten, die in die Dunkelheit flossen. Stunde um Stunde krochen sie weiter, wechselten Position, fast als würden sie einer Choreographie folgen.

Es war komisch, neben Sivan zu liegen. Es wäre komischer, nicht neben ihm zu liegen. Nikola könnte ihn berühren, wenn er den Arm ausstreckte. Er tat es nicht. Sivan aber auch nicht. Sie waren beide wach und gaben vor, sich dieser Tatsache nicht bewusst zu sein.

Irgendwann begann Sivan mit gesenkter Stimme zu sprechen: „Ich habe diese Sachen gesagt, weil ich eifersüchtig war. Ich dachte ... Ich habe dir nicht zugehört." Er atmete schwer aus. „Und jetzt schäme ich mich so dafür, dass ich am liebsten weggehen würde. Vorher war ich schon fast weg, aber ich konnte dich nicht noch mehr enttäuschen. Ich wollte das nicht. Nichts von dem. Und jetzt kann ich es nicht mehr zurücknehmen oder wiedergutmachen. Deswegen würde ich auch am liebsten gehen." Seine Stimme wurde noch leiser. „Ich will nicht, dass du mich hasst ... aber ... Du hasst mich, oder?"

„Ich hasse dich nicht", erwiderte Nikola leise. „Du hast mich ..." *Alleine in meinem persönlichen Horrorszenario sterben lassen?* Er brach ab.

„Tut mir leid. Dass ich dich verletzt habe."

Nikola drehte sich ein wenig zu Sivan, konnte sein Gesicht nicht erkennen. „Das weiß ich. Und vielleicht waren meine Erwartungen an dieses Gespräch schon im Vorhinein nicht ganz fair, aber ... deine Reaktion." Er lächelte traurig. „Deine Reaktion war das Schlimmste, was mir heute passiert ist. Ich meine nicht einmal ... Du konntest es nicht wissen, das weiß ich. Es gibt wahrscheinlich keine richtige Reaktion. Aber es ist so ... so aus dem Ruder gelaufen. Und jetzt weiß ich nicht einmal mehr … Ich weiß gar nichts mehr."

„Möchtest du, dass ich gehe?"

„Nein. Nein, ich will nicht alleine sein."

Sivan sagte nichts. Dann, leise: „Weißt du noch, unser erster Kuss? Ich verstehe es jetzt." Leiser: „Ich verstehe dich jetzt. Und es tut mir so leid, dass ich es nicht früher begriffen habe. Ich habe nicht immer gefragt, ob ich dich … Ich wollte dir nie das Gefühl geben, dass ich dein Nein nicht respektiere."

Nikola spürte, dass eine Träne über seinen Nasenrücken lief. Er tastete über Sivans Handrücken. „Ich weiß. Aber danke, dass du es sagst."

Sivan drehte seine Hand, sodass er sie ergreifen konnte. „Was machen wir jetzt?", fragte er leise. „Wenn der Widerstand … Dich einfach so …? Und sie haben schon einmal versucht, Shanna zu ermorden."

Nicht nur Shanna, dachte Nikola.

„Und wenn ihr Stand in den Auserwählten wirklich so sicher ist – was hält sie davon ab, es wieder zu versuchen? Mit dem Ergebnis, dass sie diesmal erfolgreich sind? Ich kann das nicht zulassen."

Nikola schluckte, versuchte seine Stimme zu ebnen, seinen Puls einzudämmen. „Milan weiß sicher etwas. Wenn es notwendig ist, werde ich … Vielleicht erzählt er es mir."

„Nein", erwiderte Sivan und klang endgültig. Die Erleichterung trieb Nikolas Puls ein weiteres Mal in die Höhe. „Du musst ihn nicht wiedersehen. Nie wieder. Ich verspreche es dir, Nikola. Es gibt einen anderen Weg."

„Okay. Aber wie willst du …?"

„Auch Widerständler kann man umdrehen." Sivan hörte sich fast an, als hätte er praktische Erfahrung damit.

Oder vielleicht war er einfach ein besserer Schauspieler, als Nikola erwartet hatte. Bevor Nikola etwas dazu sagen konnte, drehte sich Sivan so zu ihm, dass nur wenige Zentimeter ihre Gesichter trennten. „Ich kümmere mich darum. Du hast ab jetzt nichts mehr damit zu tun, okay? Und wenn er noch einmal versucht, dich zu kontaktieren … werde ich mich auch darum kümmern." Wieder diese Endgültigkeit in seiner Stimme.

„Was ist mit Shanna, wirst du ihr vor deinem Alleingang Bescheid sagen?"

„Nein. Ich werde erst mit ihr sprechen, sobald ich Fakten habe. Mit Spekulationen will ich sie nicht belasten. Wer weiß, wie viel an dieser Infiltrationsgeschichte dran ist. Und selbst wenn – je weniger Leute davon wissen, desto geringer die Chance, dass die Abtrünnigen gewarnt werden."

Nikolas Mundwinkel zuckte. „Und wenn niemand anderer davon weiß, kann niemand dir helfen. Was ist, wenn zwei Kugeln diesmal dein geringstes Problem sind? Das ist …" Er brach ab. Sein Herz stach. „Du kannst nicht ernsthaft erwarten, dass ich dich das einfach tun lasse."

„Mir wird nichts passieren." Nikola sah es nicht, doch er wusste, dass Sivan lächelte. „Shanna hat mir doch diese Schutzweste geschenkt. Damit kann gar nichts schiefgehen."

„Das ist nicht lustig."

„Tut mir leid."

„Ich kann dich nicht verlieren, Sivan. Also was auch immer du denkst, dass du tun musst … Lass mich nicht alleine. Das ist alles, worum ich dich bitte."

„Ich verspreche es. Ich versprech's dir, Nikola."

Nikola wünschte sich nichts mehr, als ihm glauben zu können. Es war zu viel passiert. Er wusste nicht, wie er sich fühlte, wo er stand, was passieren würde. Und vielleicht musste er diese Fragen auch nicht mehr in dieser Nacht beantworten.

„Kannst du …?", fragte Nikola leise und Sivan verstand, rutschte näher und schlang einen Arm um ihn. Sein Atem war warm und seine Hände sicher. Nikola spürte, wie sein Körper die Müdigkeit allmählich zuließ. Ihm fielen die Augen zu, er flüsterte: „Danke."

„Ich liebe dich", sagte Sivan mit so viel Aufrichtigkeit, dass es nach einem Schwur klang.

„Ich weiß." Nikola drückte seine Stirn gegen Sivans, strich mit den Fingerspitzen über seine Wange. „Ich liebe dich auch."

CN Gewalt (explizit), Gore/Splatter, Mord, Psychopathologisierung; dis/ableism (implizit), Suchtverhalten (Nikotin), Blut

2023, FREITAG 22. SEPTEMBER

WIEN, INNENSTADT

Das Klinken von Glas an Glas klirrte durch die Luft. Es wurde in selbstgefälliger Gratulation auf den Abschluss einer erfolgreichen Konferenz angestoßen. Diese frühe Soirée bildete den Ausklang des dreitägigen Vortragsmarathons – ausschließlich für geladene Gäste. Zu denen er gehörte. Eine Art unglücklicher Glücksfall. Oder glücklicher Unglücksfall – am Ende war das Ergebnis gleich.

Milan lächelte und fiel in den kurzen Beifall ein, der durch die Menge schwappte. Ja, Selbstgerechtigkeit und Selbstgefälligkeit, die Linke und Rechte der Auserwählten. Was würden sie nur ohne sie tun? Ihre Arbeit, vielleicht. Aber wahrscheinlicher nicht.

Der Himmel strahlte blau, die Luftperlen im Champagner waren zahlreich, und der überdachte Garten beherbergte fast so viel Personal wie Gäste. Und was sich hier für eine exquisite Liste an Teilnehmenden zusammenstellen ließ: slowakische und österreichische Sicherheitsbeauftragte, Big Players der Politik, PR-Leute.

Bis auf wenige Ausnahmen waren die Gäste Auserwählte oder Unantastbare. Sterbliche? In der absoluten Unterzahl. Selbstverständlich, immerhin zählten sie auf dieser Ebene nicht. Obwohl es doch im Grunde um ihre Sicherheit gehen sollte. Aber so war das mit den Mächtigen, die ihre Subjekte zu schützen suchten; sie taten es so, wie sie es für richtig hielten.

Hätte ihn seine Kontaktperson nicht angewiesen, die Veranstaltung zu besuchen, wäre Milan wieder nach Bratislava gefahren oder hätte die restliche Zeit in Wien anders verbracht. Fruchtreicher. Aber bitte, wenn der Widerstand wissen wollte, worüber hier gesprochen wurde, war er sein Ohr. Er nahm einen Schluck Champagner. Kühl und teuer, so wie jede Annehmlichkeit, die ihm bisher geboten worden war.

Milan mischte sich unter die Leute. Schweigsam, aber umso aufmerksamer, was die Gespräche betraf. Seine Erwartungen bestätigten sich allerdings, ungeachtet dessen, wessen illustren Kreis er betrat: Selbstbeweihräucherungen und Nichtigkeiten waren das, was ausgetauscht wurde. Vielleicht wechselten die Anwesenden aber auch die Themen, sobald er näherkam. Immerhin gehörte er nicht zu ihnen. Sterblich und nur durch seinen Familiennamen auf der Gästeliste, zwei nicht besonders vertrauenswürdige Voraussetzungen. Zumindest nach Auserwähltenlogik.

„Wir haben einen wichtigen Schritt zum Schutz der Zivilbevölkerung gemacht. Die Statistiken werden das bestätigen, sobald die Konzepte flächendeckend umgesetzt werden. Damit wird auch der Grundstein für weitere Maßnahmen gesetzt."

Augen scannten ihn, als von der Zivilbevölkerung die Rede war. *Ah*, wie angenehm der Quoten-Sterbliche in einer auserwählten Runde zu sein. Milan nickte trotzdem lächelnd. Das Gespräch ging in die gleiche Richtung weiter. Er trank noch einen Schluck Champagner.

Gott, dieser Bericht würde sterbenslangweilig werden. Milan fragte sich, ob er damit davonkommen könnte, jetzt zu gehen und einfach etwas zu erfinden. So weit von den Tatsachen würde er nicht liegen und er müsste den Nachmittag nicht mit diesen Leuten verschwenden … Ein schöner Gedanke. Nicht durchführbar, aber schön.

Milan zog weiter seine Bahnen.

Geschwätz, mehr Geschwätz, zweisprachiges Geschwätz, bla bla bla. Seine Anwesenheit war unnötig. Bei der Rekrutierung von Insidern hätte er mehr bewirken können. Alleine in den letzten zwei Tagen hatte er mehrere Unantastbare angesprochen – und mehr als die Hälfte war der Sache gegenüber aufgeschlossen. Unter ihnen sein Nikola. *Tsk.* Dass sich ausgerechnet Nikola einmal so weit hochschlafen würde?

Nikolas Beuteschema erwies sich als Glücksfall. Jemand mit so viel Zugriff auf die Delcars war noch nie in realistischer Reichweite gewesen. Aber jetzt? Sie waren so nahe. Operation Agrotera würde endlich ins Rollen kommen. Ein Langzeitziel, endlich verwirklicht. Aber man hatte ihm verboten, die Rekrutierung zu beschleunigen. *Kovar ist zu wertvoll*, hatten sie ihm unmissverständlich mitgeteilt, *wir werden nicht riskieren ihn zu verlieren*.

Milan kräuselte die Lippen. Sie hatten ihn noch nicht einmal gewonnen, aber natürlich war bereits vom Verlieren die Rede. Und warum hatten sie ihn noch nicht auf ihrer Seite? Hauptsächlich, weil er kaltgestellt und zu diesem verdammten Empfang geschickt worden war, anstatt, dass er seine Arbeit machen durfte.

Er war ihr bester Rekrutierer. Nicht so gut wie Viola, zugegeben, aber da sich seine Frau wegen ihrer Schwangerschaft schonen musste (was sie nicht gerne und nur auf ausdrückliche Anweisung der Hebamme tat), befand Milan sich im Ranking auf dem ersten Platz. Er brachte die höchsten Erfolgsquoten. Er war unersetzbar. Trotzdem behandelte ihn die Führungsspitze als wäre er einer ihrer gemeinen Agenten, der nur unter Anleitung funktionierte.

Ein paar Jahre und er würde die Organisation *leiten*, aber sie taten so, als wäre er einer unter vielen. Das hier war eine ärgerliche Machtdemonstration, aber er würde sie erdulden und sogar einen Bericht abfassen, der jedes Details dieses ereignislosen Nachmittags enthielt. Auch er hatte Langzeitziele.

Gerade als Milan sein leeres Glas gegen ein volles tauschen wollte, stieß ihn jemand von hinten an. Er stolperte, stieß seinerseits fast in den Kellner, der ein Tablett mit vollen Champagnergläsern balancierte, doch jemand hielt ihn fest.

„Verzeihung. Verzeihung, ich habe Sie nicht gesehen."

Milan drehte sich um, hatte bereits ein mildes Lächeln auf seine Lippen gepinselt, als er erkannte, wer ihn gerempelt hatte.

„Bitte entschuldigen Sie", sagte Sivan Delcar und lächelte schief. Für den Bruchteil einer Sekunde drehte es Milan den Magen um. Ein Gefühl reinen Grauens lauerte in seinem Nacken, die Gewissheit, dass Nikola seinen Lover eingeweiht hatte. Der professionelle Part übernahm jedoch rechtzeitig die Kontrolle, versicherte ihm, dass alles, was er mit Nikola besprochen hatte, so vage war, dass ihm niemand etwas anhaben konnte, solange er seine Familie im Rücken hatte.

„Kein Problem, nichts passiert", erwiderte Milan und zog sein Lächeln breiter. „Auserwählter Delcar, es ist mir eine Ehre, Ihre Bekanntschaft zu machen. Ich wusste gar nicht, dass Sie kommen."

„Ähm, ja, ich musste für meine Schwester … also für die Erste Auserwählte übernehmen." Er lächelte und zog eine Zigarette aus seiner Brusttasche. „Stört es Sie …?"

„Nicht, wenn Sie eine zweite haben."

Delcar lächelte und reichte ihm eine Zigarette. Ihre Finger berührten sich nicht zufällig. Er bot Milan Feuer an, sagte: „Es tut mir leid, falls ich Sie kennen sollte. Ich gebe zu, ich bin nicht besonders gut vorbereitet. Also von vorne: Ich bin Sivan."

„Milan."

„Ist du okay?"

„Selbstverständlich", sagte Milan leichthin und zog an der Zigarette. Er musterte Delcar diskret, während er im Hinterkopf die Fakten abrief, die er über den jüngeren Delcar-Zwilling hatte.

Charmant, ja, das konnte er bestätigen. Chaotisch, auch das hatte er binnen weniger Momente anschaulich bewiesen. Der Hang zum Wahnsinn war ihm nicht sofort anzusehen, aber Milan wusste, dass er daran kratzte. *Angeblich* lauteten die Diagnosen Borderline-Persönlichkeitsstörung und Depression und *angeblich* bezog er Medikamente. Das Gerücht, dass er bereits mehrmals versucht hatte, sich umzubringen, und dass es ihm fast gelungen wäre, hielt sich hartnäckig. Leider bewahrten die Mitwissenden striktes Stillschweigen. Es fehlten ihm Härte und Schärfe seiner Schwester. Kein Wunder, dass er nur ein Gesicht war, eine erfundene Figur für die Öffentlichkeit. Für die echte Politik, die hinter geschlossenen Türen stattfand, war er irrelevant. Aber ihm stand jede Tür offen, und wenn sie ihm offenstand, stand sie auch Nikola offen.

Gut, dass er geblieben war. Diese Wendung präsentierte eine einmalige Chance und Milan würde sie nutzen, Befehle hin oder her. Sie würden es ihm noch danken.

„Ich habe nicht viel verpasst, oder?", fragte Delcar nach einer Weile und Rauch quoll ihm über die Lippen. Die Sonne floss über seine braune Haut, verlieh ihr einen goldenen Schimmer. Er sah gut aus, befand Milan innerlich, während er antwortete: „Nicht wirklich. Das Highlight bisher war unser Zusammenstoß."

„Für Zusammenstöße habe ich ein Talent, fürchte ich. Aber wenn ich dir damit einen Höhepunkt beschert habe ..." Delcars Lächeln war strahlend und sein Ton war suggestiv.

Milan spiegelte sein Lächeln. „Allerdings. Anstatt dich zu entschuldigen, hätte ich mich lieber bedanken sollen." Er fuhr sich mit der Zunge über die Lippen. „Danke."

„Mit Vergnügen."

Ein weiterer Fakt, bestätigt: Delcar flirtete ungehemmt. Dass ihm nachgesagt wurde, sich durch Wien geschlafen zu haben, erschien Milan immer plausibler. Aber mit dem Namen, wen wunderte es? Dass er ansehnlich war, war nur ein Bonus. Die Objekte seiner Begierde würden ihm auch zu Füßen liegen, wenn er abstoßend wäre. Nikola hatte es sich gut zurechtgelegt. Status hatte ihn immer schon angezogen. Manches änderte sich wohl nie.

„Von wo bist du angereist?"

„Wer sagt, dass ich nicht von hier bin?"

„Das wäre mir nicht entgangen", meinte Delcar und checkte ihn offen von oben bis unten ab. „Nein, definitiv nicht."

Milan lachte leise. „Danke. Ich bin aus Bratislava. Nach dieser Veranstaltung werde ich zurückfahren."

„Schade." Dann, lächelnd. „Mein Freund ist auch aus Bratislava. Scheint eine gute Stadt zu sein, was die Gene betrifft."

„Ich nehme dich beim Wort", meinte Milan zwinkernd, während Nikola durch seinen Hinterkopf streifte.

„Hey, was hältst du von einer privaten Stadttour? Ich könnte es mir nicht verzeihen, wenn unser Zusammenstoß der einzige Höhepunkt deines Nachmittags bliebe."

Milan zog an der Zigarette, schmeckte bitteren Rauch und genoss das Prickeln auf seiner Zunge. Er hatte Befehle. Dieses Treffen musste dokumentiert werden. Allerdings hebelte eine *private Stadttour* mit Delcar jeden Befehl aus. Das Potenzial war unbeschreiblich. Und mit Ausgewählten zu schlafen gehörte mittlerweile quasi zu seinem Job. Außerdem war es seine Pflicht, diese Gelegenheit wahrzunehmen. Dieser Bericht würde sich auch viel interessanter lesen als die Alternative. *Tja*. Da hatte er wohl seine Antwort.

„Lass uns gehen", sagte Milan lächelnd.

Delcar erwiderte sein Lächeln, eine Lichtgestalt unter dem versinkenden Sonnenball, und ging voraus.

„Du fährst privat nach Hause, oder? Da ist kein Zug, den du verpassen könntest, weil ich dich in Beschlag nehme?", fragte Delcar und rollte eine glühende Zigarette zwischen seinen Fingern. Es war eine in einer langen Kette von Zigaretten, die noch nicht so bald zu Ende sein dürfte. Das Ausmaß seiner Nikotinabhängigkeit war so nicht aus den Akten hervorgegangen. Ein Vermerk, der sich bei einer … Interrogation auszahlen würde.

Milan musste sich immer mehr dazu überwinden, mitzurauchen. Seine Kehle war rau, sein Mund trocken. Trotzdem saugte auch er an einer Zigarette, hielt mit Delcar Schritt, stieß den Rauch durch seine Nase aus: „Nein. Mein Fahrer wartet."

„Wie praktisch." Delcar grinste schief. „Er kann dich auch abholen, nehme ich an. Falls es später werden sollte …"

„Solange ich nicht gegen die Ausgangssperre verstoße … können wir die Grenzen des Späten ausreizen."

Delcar klickte mit der Zunge, wirkte zufrieden. „Ein Vorteil daran, mein Gast zu sein, ist, dass du dir wegen einer Formalität wie der Ausgangssperre keine Gedanken zu machen brauchst."

„Hört, hört. Ich bin gespannt, welche Grenzüberschreitungen mich heute noch erwarten."

„Ist das so?" Delcars Augen waren dunkel, die Pupillen geweitet, seine Hand absolut ruhig, als er sie ihm auf das Kreuz legte. Ein Kitzeln strahlte über Milans Wirbelsäule. „Beschwerden über meinen Service gehen bitte direkt an die Zentrale."

„Das Lob auch?"

„Hmm, nein. Darum kümmere ich mich persönlich."

„Gut zu wissen", meinte Milan und suchte beim Gehen immer wieder Delcars Nähe, berührte ihn wie beiläufig. Tja, eine Herausforderung sah anders aus. Wenn er gewusst hätte, welch leichtes Spiel er haben würde, hätte er Delcar längst getroffen. Aber wie hieß es? Besser spät als nie.

Während sie die Innenstadt verließen, die Donau überquerten, erzählte Delcar von diversen Bauvorhaben, die sich auf die Reformen der Sicherheitskonferenz bezogen, beschwerte sich im gleichen Atemzug über seine Schwester, redete und hörte überhaupt nicht mehr auf zu reden. Was ihm wie Small Talk erscheinen musste, war für Milan eine Goldgrube. Sie bot ihm ein Plateau für eine Angriffsfläche, für Ansatzpunkte, für kleine Fakten, die zu bedeutenden Fakten heranwachsen konnten.

Die Dämmerung zog über den Himmel und Delcar zog ihn in eine Straße voller Baustellen. Er grinste. „Das werden Quartiere für neue Unantastbare. Es ist alles noch ziemlich roh, aber ein Gebäude ist quasi bezugsfertig. Gleich da vorne."

Milan machte ein zustimmendes Geräusch. „Und wie oft kommst du her?"

„Wann immer es sich ergibt", antwortete Delcar leichthin. „Nikola mag es nicht, wenn ich Fremde nach Hause bringe." Als Nachsatz: „Ähm, Nikola ist mein Freund."

Milans Herz sprang bei der Erwähnung von Nikolas Namen, doch er lächelte unverbindlich. „Ah, ich kannte auch einmal einen Nikola."

„Hah. Noch etwas, das wir gemeinsam haben."

Milan hatte das vage Gefühl, einer Falle entgangen zu sein, konnte aber nicht sagen, woran es lag. Erst als Delcar das Thema wechselte und sich nicht anders verhielt, wich das Gefühl von ihm. Verdammt, er musste sich wirklich zusammenreißen. An Nikola sollte das hier nicht scheitern. Er straffte die Schultern.

Sein Ziel war klar – und es schien sich mit Delcars zu decken.

Die Straße verzweigte sich, öffnete einen kleinen Platz, auf dem ein Bau in ungestörter Unvollendetheit und Verlassenheit thronte. Spärlich beleuchtet, hoch, hauptsächlich nackte Mauern und Baumaterialien. Delcar führte ihn unbeirrt auf die Baustelle.

„Wir sind gleich da. Dahinter ist es, eine Art Nebengebäude. Du kannst die Koordinaten dann direkt an deinen Fahrer schicken, wir haben nämlich noch keine Adresse dafür. Das ist also eine ungenehmigte Exklusivvorschau. Verrat mich nicht, okay?"

„Meine Lippen sind versiegelt."

„Oh, das will ich nicht hoffen", sagte Delcar leise und zerrte Milan plötzlich in den Rohbau, schubste ihn gegen eine Wand. Körper an Körper. Blut rauschte in seinen Ohren.

Delcar summte. Plötzlich schabte die Breitseite einer Klinge über Milans Kehle. Er keuchte erschrocken auf, versuchte auszubrechen, doch Delcar presste ihn gegen die Wand. Er wollte etwas sagen, doch ihm fehlten die Worte.

Hatte er sich so sehr getäuscht …? Unmöglich. *Unmöglich*. Das musste sein Fetisch sein.

Delcar sprach nicht.

Seine Augen waren auf ungute Weise menschlich. Hart und hasserfüllt. Er war kleiner als Milan, doch Milan war ihm und dem verfluchten Jagdmesser ausgeliefert. Scheiße, scheiße, *scheiße*!

„Gibt es … gibt es ein Problem, Sivan?", fragte Milan mit so viel Ruhe, wie er aufbringen konnte. Seine Stimme ging trotzdem in der Baustelle verloren. Er spürte, dass sich Schweiß in seinem Nacken bildete. Mit der linken Hand tastete er nach seinem Handy. Es war in seiner Hosentasche, er musste nur den Notruf … Nicht an seine Leute, aber … Ob er hier überhaupt Netz hatte?

„Ich weiß alles", sagte Delcar schließlich mit Finalität im Tonfall. „Und ich kann nicht zulassen, dass du einfach so weitermachst."

Er wusste also von seinen Rekrutierungen. Wahrscheinlich hatte Nikola geredet. Dreckiger kleiner Mistkerl …! Milan gewann seine Fassung zurück, schluckte die Panik, und spürte das Handy unter seinen Fingern. „Okay. Okay, ich verstehe. Du weißt also Bescheid. Aber du bist hier mit mir und ich lebe. Also willst du etwas. Und ich kann es dir geben. Sag mir einfach, was." Impulsiv, ungewollt: „Meine Familie ist bereit, jeden Preis zu zahlen." Er verfluchte sich innerlich, dankte Gott, dass er Viola nicht hineingezogen hatte, dass niemand von ihrer Heirat und dem Kind wusste.

Delcar lächelte einseitig. „Preis? Das würde voraussetzen, dass du etwas hast, was ich will. Aber ich will nichts von dir oder dem Sokol-Imperium."

Milan setzte zur Antwort an, doch Delcar schüttelte den Kopf und erhöhte den Druck auf seine Kehle. „Nein. Mich interessieren auch deine Insiderinformationen zum Widerstand nicht. Ich fürchte, du kannst dich aus dieser Situation nicht freikaufen."

„Was willst du dann von mir?" Sein Puls raste in seinen Ohren, jagte schmerzhaft durch seine Adern. Gottseidank hatte er sein Handy auf lautlos und die Tasten blieben stumm, als er die Auserwähltennotfallnummer, 111, wählte.

„Nichts. Und das erweist sich als Problem. Was mache ich jetzt mit dir?"

„Du lässt mich gehen", sagte Milan leise, aber bestimmt. Die Klinge irritierte seine Stimme diesmal nur minimal. „Im Gegenzug komme ich nicht mehr nach Wien und verrate dir die Namen von den Leuten, die ich bei euch eingeschleust habe. Du bist doch kein Amateur. Du weißt, dass ich nur lebend und in Sicherheit nützlich bin." Er drückte die Stelle auf dem Display, von der er hoffte, dass sie die Wahlfläche war.

Delcar sah ihn sekundenlang reglos und ausdruckslos an. Milans Herz raste, doch er streckte sein Kinn hervor, stur, widerständig. Dann nahm Delcar das Messer von seiner Kehle.

Ha! Milan atmete auf, doch plötzlich explodierte überwältigender Schmerz in seinem Bauch. Sein Hemd wurde nass. Delcars Atem war an seiner Wange, Delcars Klinge zwischen seinen Beinen. Blut tropfte auf seine Schuhe und den Boden.

Milan rang nach Luft, stimmlos, hielt seine Hände über die Wunde, drückte. Übelkeit wogte in Strömen durch seinen Körper. Er konnte sich nicht bewegen, sein Verstand hatte sich auf den Schmerz reduziert, er war nichts, da war nichts, nur Fassungslosigkeit und Schmerz.

„Nikola hat gesagt, dass du es nicht wert seist", sagte Delcar leise. „Und ich war geneigt, ihm zuzustimmen. Um seinetwillen. Aber das war, bevor ich die Details kannte." Er machte einen Schritt zurück, ließ Milan wimmernd gegen die Wand gelehnt zurück, wischte das Messer beiläufig an seiner Hose ab. Goldadern rankten sich durch seine Augen. „Ein anderer Mann hätte dir eine faire Chance gegeben. Ich gebe dir eine Chance, aber sie ist nicht fair."

„Ich habe nichts falsch ... es war legal, wir waren ... Du kennst nicht beide Seiten der Geschichte ...!"

Delcar fuhr sich mit der Zunge über die Lippen. „Es reicht." Die Goldadern platzten in seinen Augen und schluckten jede übrige Farbe. „Lauf. Ich zähle bis drei ... Dann komme ich dich holen."

Milans Überlebensinstinkt schrillte eindringlicher als Schock und Schmerz.

„Eins."

Er stieß sich von der Wand ab, unterdrückte einen Schrei, presste die Hand auf seine aufklaffende Bauchdecke, und umklammerte das Handy mit glitschigen Fingern.

Er lief tiefer in die Bauruine, hing am Hörer wie an einem Rettungsseil. Seine Schritte klatschten auf dem Boden. Es läutete und dann auf einmal nicht mehr. Mit angestrengtem Atem, verzogen, zischte er in den Hörer: „Sivan Delcar hat mich angegriffen, hören Sie? Sivan. Delcar. Orten Sie mein Handy und schicken Sie Hilfe!" Wenn es sonst nichts war, würde er zumindest seinen Mörder nennen. „Sivan Delcar wird mich töten!"

„Zwei."

Es war dunkel. Tränen vernebelten Milans Sicht und er verfing sich in einem losen Kabel, stolperte hilflos über Bauschutt. Das Handy rutschte ihm aus der Hand. Panik flutete ihn, begleitet von Zittrigkeit und Unkoordiniertheit. Das Display war schwarz, das Handy unauffindbar. Nein! So sehr er sich auch bemühte, Milan konnte es nicht ausmachen. *Nein*, das durfte nicht wahr sein! Ohne Abschied, ohne …? Er wurde fast ohnmächtig, als er auf die Knie fiel, um nach dem Handy zu tasten. Kühler Beton, Schutt – kein Handy. Kein Handy …!

„Drei", sagte eine ruhige Stimme hinter ihm, darunter ein Knirschen, als würde ein, *sein*, Handy zerbrechen. Milan fuhr panisch herum und Goldaugen blitzten in der Finsternis auf. Goldaugen und eine Klinge. Er schrie, doch es war zu spät.

Goldaugen waren das Letzte, was er sah.

CN Referenz auf Kindstod und Tod des Partners, Gewalt (psychisch, verbal, physisch - explizit), Bifeindlichkeit (verbal), Referenz auf Kindesmisshandlung (Schädelbruch) und häusliche Gewalt, Rassismus, dis/ableism, Mord, Othering, Misogynie, Suchtmittelkonsum

2022, SAMSTAG 19. MAERZ

Bratislava, Stare Mesto

Der Tag präsentierte sich in trübem Grau. Es war nicht kalt, aber es wirkte kalt, und Danica fröstelte. Das Gefühl durch die Stadt ihrer Jugend zu gehen war ... seltsam. Zerrissen zwischen teurer Erinnerung und stechendem Schmerz. Sie war hier mit Alexander gegangen, durch die gleichen Straßen, unter dem gleichen Himmel.

Alles war gleich und alles war anders. Jetzt war Alexander tot, ihre Kinder waren tot, und sie ging immer noch hier entlang. Auf einem Bein und einer Beinprothese, begleitet von den Schatten derer, die sie geliebt und verloren hatte.

Nikola – lebendig, fleischlich, greifbar – ging neben ihr. Die Anspannung machte seinen Mund schmal und seinen Blick rastlos. Er trug einen Anzug und sah trotzdem aus, als würde man ihn nackt durch die Stadt treiben. Je näher sie dem alten Rathaus kamen, desto langsamer wurden seine Schritte, bis er schließlich stehen blieb. Menschen passierten sie. Nikola wandte sich zu ihr, schaffte es jedoch nicht, für sie zu lächeln.

„Wir können zurückfahren", sagte Danica und berührte ihn sanft am Arm. „Du behauptest, dir sei kurzfristig die Reiseerlaubnis entzogen worden. Wir waren nie hier. Wir müssen auch nicht wieder zurückkommen, wenn du nicht willst."

Nikolas Mundwinkel zuckte nach oben. „Ich will nicht lügen, das hört sich verlockend an." Er seufzte. „Zu einem anderen Zeitpunkt ... Aber sie ist krank und ich muss sie noch einmal ... Bevor sie ..." Traurigkeit schimmerte durch die Abgeklärtheit, die er sich in Anbetracht seiner Familiensituation antrainiert hatte. „Ich weiß nicht, ob es in nächster Zeit wieder einen Anlass geben wird, bei dem ich geduldet bin. Ich habe vielleicht nur diese Chance."

„Sie verdient es nicht, dich zu sehen. Und sie verdient es nicht, dass du ihr verzeihst." Danica wusste, dass sie hart klang, aber sie dachte an die lange Narbe, die über Nikolas Hinterkopf verlief, und Verachtung fror in ihrer Brust. „Du solltest sie im Ungewissen sterben lassen. Für eine Wiedergutmachung ist sie zehn Jahre zu spät, oder? Und selbst wenn sie nicht zu spät wäre, ist sie immer noch mit dieser Bestie verheiratet. Es hat sich nichts geändert, außer dass der Tod für sie näher gerückt ist." Sie sah ihn ernst an. „Du weißt, wie das enden wird. Ich verstehe nicht, warum du dir das antust, nur damit sie sich besser fühlt."

„Du hörst dich an wie Sivan", sagte Nikola blass lächelnd. „Ich wollte dich nicht in diese Sache verwickeln. Tut mir leid, dass mir das nicht gelungen ist. Ich weiß, dass es für dich schwer ist, überhaupt hier zu sein."

Neben der eisigen Verachtung erhob sich heiße, fast schmerzende Zuneigung. Danica atmete aus, ein. „Du hast mich um nichts gebeten und du brauchst dich für nichts zu entschuldigen. Ich habe dir angeboten, dich zu begleiten. Ich stehe zu dir."

Nikolas Augen waren dankbar, überrascht.

Danica hasste, dass ihm vielleicht nie jemand gesagt hatte, dass sie zu ihm standen. Sie wollte ihn umarmen, küssen, aber das war weder der Ort noch die Zeit. Klammer Wind strich durch ihr Haar. Danica lächelte nüchtern und sagte: „Ich war schon lange nicht mehr in einer Schlangengrube. Sie werden nicht damit rechnen, dass ich giftiger bin als sie alle gemeinsam. *Obwohl* ich aus der Übung bin."

Nikola lächelte und bot ihr seine Hand an. Sie schüttelte leicht den Kopf und nahm sie. Im Gehen begriffen, küsste Nikola ihre Wange. Danica drückte seine Hand.

Das würde ein langer Tag werden.

Das Wiedersehen und die Vermählung waren unspektakulär verlaufen. Auf die unterkühlte Begrüßung – weder Nikola noch seine Familie hatten viele Worte füreinander übrig –, folgte eine emotional distanzierte Trauung, auf die eine unterkühlte Einladung zum Essen in das Haus der Neubauers folgte. In Nikolas Elternhaus. Sofern man überhaupt von einem Elternhaus sprechen konnte. *Wollte*. Was definitiv nicht auf Danica zutraf.

Sie wich nicht von Nikolas Seite. Er wich nicht von ihrer. Während der Zeremonie hatte er sie leise gefragt, ob sie lieber draußen warten wollte. Alexanders Geist war neben ihr gesessen und nicht vor dem Priester neben der Braut gestanden, also hatte sie verneint. Die Szenerie wirkte so unecht. Sie hatte sich fast einreden können, dass sie nur träumte. Der Tüll, die Bibelstellen, die Tränen, der erste Kuss des Brautpaares: Nichts von all dem erreichte sie, nicht wirklich.

„Wir bleiben nicht lange. Ich verspreche es dir", sagte Nikola, während sie zum Auto gingen. Danica nickte. Er wirkte unglücklich und die Ruhe, die er ausstrahlte, war nicht die, die sie von ihm kannte. Es war die Ruhe einer Person, die sich nicht fragte, *ob*, sondern *wann* die Situation eskalierte, einer Person, die sich mit ihrem Schicksal abgefunden hatte.

Ihn so zu sehen, machte Danica wütend. Nicht auf ihn, nein, auf die verdammte Bagage, die sich seine Familie schimpfte. Wenn sie bloß an das falsche Lächeln dachte, das Stefan Neubauer – Irinas Ehemann, Nikolas Stiefvater und Tormentor – ihr entgegen geschleudert hatte, packte sie kalter Zorn. Diese Farce war eine Zeitverschwendung. Das Leben war zu kurz, um sich mit solchen Leuten herumzuschlagen. Danica hatte das auf die harte Weise gelernt und auch Nikola würde dieser Lernprozess nicht erspart bleiben.

Die Fahrt dauerte nur wenige Minuten. Das Haus, zweistöckig, lag am Stadtrand, umrundet von einem Garten, der mit Fackeln erhellt war. Blumengestecke, blaue und weiße Maschen auf dem Zaun. Geschmackvoll, fast idyllisch, wären da nicht die Geschichten, die hinter diesen hübschen Mauern lauerten.

Klassische Musik brandete ihr entgegen, während sie aus dem Auto stieg.

„Danke, dass du da bist", flüsterte Nikola und Danica hielt seine Hand fester. Gemeinsam gingen sie den Weg entlang, über die Türschwelle. Früher war es das Haus von Nikolas Großmutter, einer geborenen Kovar gewesen. Alles, was von ihr noch übrig war, war der Name, den Nikola trug.

Sie waren die letzten Gäste, die ankamen. Die Feierlichkeiten fanden im oberen Geschoss statt. (Sie lehnte Nikolas Hilfe ab, die Stiegen hinaufzugehen.) Die Runde blieb klein, es waren bloß die Familien des Brautpaares und ein paar Bekannte eingeladen.

Danica lächelte freudlos, als sie daran dachte, dass sie wohl diejenige war, die diesen Menschen am fremdesten war, und dass sie trotzdem mit mehr Respekt behandelt wurde als Nikola.

Irina war eine zarte Frau, hochgewachsen, aber dünn und unscheinbar. Sie sah aus, als könne sie jeden Augenblick mit ihrer Umgebung verschmelzen und unsichtbar werden.

Die Ähnlichkeit zu ihrem Sohn war nicht zu leugnen. Sie entdeckte Nikola und lächelte.

Danicas Speichel wurde sauer, aber sie sagte nichts, als er sich von ihr löste und seine Mutter in die Arme schloss. Ihr Gespräch war leise, mehr gewispert als gesprochen, und wurde jäh von einem Mann mit falschem Lächeln und grausamen Augen unterbrochen. „Na, wen haben wir denn da?"

Nikola erstarrte für eine Sekunde, dann ließ er seine Mutter los und wandte sich um. Sein Gesicht war ausdruckslos. „Stefan." Er war größer als sein Stiefvater, aber er wirkte kleiner, als wäre er wieder ein Kind. Danica machte einen Schritt zu Nikola und er schien wieder aufrechter zu stehen.

„Schön, dass du es geschafft hast." Stefan legte einen Arm um seine Frau, die unter seiner Berührung zusammenzufallen schien. „Es freut mich, dass du rechtzeitig für die Hochzeit deines Bruders wieder normal geworden bist. Du hast in der Vergangenheit genug Gerede und Sorgen über uns gebracht."

„Ich enttäusche dich nur ungern, aber ich bin noch immer bi", erwiderte Nikola leise und wandte den Blick ab, als hätte er einen Schlag ins Gesicht bekommen. Danica spürte die Demütigung als wäre es ihre eigene.

„Bi? Ich erinnere mich, halbschwul." Verachtung und Abscheu waren greifbar. „Ich hätte es wissen müssen. In dir steckt eben kein richtiger Mann. Deswegen hast du auch nur ein Gör abgekriegt, das kein Deutsch kann, nicht wahr?"

Danica fuhr sich mit der Zunge über die Lippen, zog es aber vor zu schweigen. Ihr Moment war noch nicht gekommen. Wenn sie sich einmischte, würde die Situation zu früh eskalieren. Nikola machte einen Schritt auf Stefan zu. „Du kannst mich beleidigen, aber du verlierst kein Wort über Danica. Das werde ich nicht dulden. Verstehen wir einander?"

Stefan schnaubte, seine Augen Funken sprühend. „Es reicht dir also nicht, dass du dich hier blicken lässt und jemanden mitbringst, der nicht eingeladen war, nein, du bedrohst mich sogar in meinem eigenen Haus. Hast du keinen Anstand, Sohn?" *Sohn*. Nikolas Schultern sackten nach unten. Stefans Stand wurde noch breiter, als er fortfuhr: „Reiß dich gefälligst zusammen, wenn du hier auf Besuch bist. Mir steht es bis *hier*." Eine zackige Handbewegung und Nikola zuckte zusammen, wich den Schritt, den er vorher auf ihn zu gemacht hatte, wieder zurück. „Irgendwann ist es wirklich genug. Vergreif dich noch einmal im Ton und wir werden das draußen klären. So wie damals. Verstehen wir einander?"

Nikola schluckte und nickte, griff sich unbewusst an den Hinterkopf. Irinas Augen waren glasig. Beide schwiegen, wagten es kaum zu atmen. So lief es also im Hause Neubauer. Danica spürte nichts mehr, ihr Zorn war so eisig geworden, dass er sich in eine rationale Stimme verwandelte, die ihr sagte, was sie zu tun hatte.

Auf Deutsch, kalt lächelnd, sagte sie: „Wir verstehen. Danke für Ihre Aufklärung." Sie erntete einen überraschten Blick von beiden Neubauers, den sie ignorierte. Sanft ergriff sie Nikolas Hand. Sie war kalt geworden. „Komm, wir sollten deinem Bruder gratulieren."

Nikola nickte sacht und ließ sich von Danica aus dem Kreis ziehen, dessen Zentrum Stefan war und Nikola bewegungsunfähig machte. Im Wohnzimmer blieben sie stehen. Er atmete zittrig. „Tut mir leid. Tut mir so leid, Dan." Nikolas Stimme war papierdünn.

„Du kannst nichts dafür."

Er glaubte ihr nicht, sagte aber nichts weiter. Danica schlang ihre Arme um Nikolas Hals und küsste ihn auf die Lippen. Er hielt sie fest, als würde er sie nicht mehr loslassen wollen.

Ja, Stefan hatte recht, irgendwann war es genug. *Jetzt* war es genug. Danica wusste, wie sie die restliche Zeit hier verbringen würde. Er wusste es noch nicht, aber Stefan Neubauers Schreckensherrschaft neigte sich ihrem Ende zu.

Der Abend wurde in Sekt, Wein und Bier ertränkt. Danica saß auf dem Sofa und versuchte das schmerzhafte Pulsieren ihres Beins zu ignorieren. Sie dachte daran, die Prothese abzunehmen, wusste aber, dass sie sie vielleicht noch brauchen würde. Abgesehen davon, dass sie sich keine Blöße vor den Neubauers geben wollte. Sie war Zielscheibe genug, sich noch angreifbarer zu machen, würde an Masochismus grenzen.

Nikola behielt sie immer im Auge, tauschte Höflichkeiten mit Bekannten und Verwandten aus. Sie lachten, er lachte nie; falls es ihnen auffiel, kümmerte es sie nicht weiter. Warum auch? Wer war er schon für sie? Eine Geschichte aus der Vergangenheit, über die man sich ab und an das Maul zerriss. Kein verlorener Sohn, überhaupt kein Sohn mehr, wenn es nach ihnen ging.

Danicas Herz tat weh. Ihr Hass auf Irina war das Einzige, was den Schmerz betäubte. Eine Frau, die ihr Kind verstieß, zuließ, dass es von einem fremden Mann verstoßen wurde, und nicht wusste, wie es war, sein Kind zu Grabe zu tragen. Nicht wusste, welches Privileg es war, es aufwachsen zu sehen. Zu beobachten, wie es sein Glück fand oder es versuchte. Immer wieder versuchte. So wie Nikola es versuchte und bei jedem Schritt vom Schatten seines Elternhauses verfolgt wurde. Es war nicht fair.

Danica wünschte niemandem den Schmerz, der ihr ständiger Begleiter war, aber Irina? Irina und ihre Tatenlosigkeit verdienten den Schmerz, der es war, sein Kind unter der kalten Erde verrottend zu wissen. Aus dem Leben gerissen, alleine zurückgelassen, mit einer unerträglichen Schuld beladen. Das eigene Kind zu überleben – es sollte eine Todsünde sein.

„Hey, möchtest du gehen?", fragte Nikola leise, als er sich neben sie setzte. Danica schüttelte bloß den Kopf. Es war noch nicht vorbei, sie war hier noch nicht fertig. Die Hitze, die sich im Wohnzimmer gestaut hatte, überlagert von Essensgerüchen und Stimmen und Musik, lenkte sie ab. Sie ließ ihren Blick über die Menge gleiten, sah, dass Stefan sein Glas mit einem Zug leerte – eines von vielen – und sich prompt nachschenkte. Perfekt. Sie würde sich nicht mehr lange gedulden müssen, aber Nikola wirkte sehr überzeugt: „Ich bringe dich nach Hause, okay? Das war genug Scheiße für einen Tag."

„Da werde ich dir nicht widersprechen", sagte Danica und strich über seine Wange. „Aber du hast noch nicht mit deinem Bruder gesprochen. Er hat dich immerhin eingeladen. Und deine Mutter …"

„Du willst das hier länger ertragen, damit ich mit zwei Leuten sprechen kann, die du verachtest?" Nikolas Stimme war sanft, seine Augen müde. Er lächelte schmal. „Wenn ich es nicht besser wüsste, würde ich glauben, dass du etwas vorhast."

Danica zuckte mit den Schultern. „Du hast gesagt, dass du dich verabschieden willst. Das verstehe ich. Ich verstehe, dass du sie bewusst loslassen möchtest." Die Pause war gefüllt mit Daniel, Gabriel, und Katarína. Mit Alexander. Sie waren nicht da und doch blieben sie und es war kaum zu ertragen.

Sie sagte tonlos: „Ich würde alles geben, um mich verabschieden zu können."

„Dan ..."

„Nein, ist schon gut. Geh und sag das, was du zu sagen hast. Du hast recht. Du bekommst keine zweite Chance und du würdest es bereuen."

Nikola küsste sie auf die Wange, unter Alexanders milchigem Blick, und stand auf. Danica schluckte und blinzelte Tränen weg. Sie beobachtete, wie er zu einem Mann ging, der ihm nicht ähnlich sah; sie ähnelten einander jedoch in der Gestik, der duldenden Aura. Jakob. Er war der Erste hier, der Nikola wie ein Mitglied der Familie begrüßte. Sogar wie einen Bruder. Seine Braut, Lýdia, umarmte Nikola und verwickelte ihn in ein Gespräch.

Gut. Den Schmerz in die hinterste Ecke ihres Bewusstseins drängend, kämpfte Danica sich auf die Beine. Ihre bleichen Geisterkinder mischten sich in die Menge, so offensichtlich tot unter den lebendigen Körpern, dass ihr Herz welkte. Übelkeit krallte sich in ihren Magen. Sie hatte nie Rache bekommen. Keine Gerechtigkeit. *Nichts*. Nur diese Leere, diese ewige verdammte Leere. Und wenn sie diese Leere nur füllen konnte, wenn sie dafür töten musste? Dann sollte es so sein.

Es waren bessere Menschen gestorben als Stefan Neubauer. Sie waren unschuldig gewesen, etwas, was man von ihm nicht behaupten konnte. Er war so schuldig, dass ihn die Schuld wie eine Patina umgab – die er pflegte, auf die er stolz war. Danica kannte Schuld, kannte das Schuldigsein, aber zumindest bereute sie. Jeden wachen Augenblick, jede Sekunde, immerzu, atmete sie Reue, und sie würde bis zu ihrem Ende nicht damit aufhören.

Stefan leerte ein weiteres Glas. Seine Wangen waren rot, seine Ohren auch, und das Weiß seiner Augäpfel war von ausblutenden roten Adern durchzogen. Danica umging die Grüppchen der Gäste, ignorierte Alexanders stummes Kopfschütteln, und stellte sich neben Stefan Neubauer. Er lächelte.

„Ah, das ungeladene Gör." Er schenkte sich nach, reichte Danica dann die Weinflasche. Sie war bis auf einen kleinen Rest leer. Kommentarlos nahm sie die Flasche an, wich nicht zurück, als er ihr noch einen Schritt näherkam. Stefan musterte sie so unverschämt, dass es ihr hätte unangenehm sein müssen. Doch seine Aufdringlichkeit machte sie noch ruhiger. Blendete Geräusche, Geister, Gewissen aus.

„Haben Sie eine Zigarette?", fragte Danica schließlich auf Deutsch.

Die erste Antwort war ein schmieriges Lächeln. Die zweite war: „Selbstverständlich. Ich begleite Sie sehr gerne in den Garten."

„Das Gör kann nicht so weit gehen", erwiderte sie kalt lächelnd. „Haben Sie einen anderen Vorschlag?"

„Der Balkon ist auf dieser Ebene. Falls es der Prinzessin gut genug ist …?" Stefan deutete ihr, mitzukommen. Aus dem Augenwinkel sah sie, dass Nikola mit dem Rücken zu ihr stand. Danica folgte Stefan in das separate Schlafzimmer, an das der Balkon grenzte, der Ausblick auf den Garten bot. Perfekter als erwartet.

Stefan öffnete die Tür: „Ladies first."

Danica beachtete den suggestiven Unterton nicht und betrat den Balkon. Ein kleiner Tisch mit zwei Sesseln, ein Aschenbecher, eine Laterne. Sie stellte die Weinflasche auf den Tisch und ging zur Brüstung. Einige Meter trennten sie vom Boden. Die Luft war frisch, der Garten lag undurchdringlich schwarz unter sternlosem Himmel. Fast hätte Danica gelacht. Das war die Umgebung, in der man tötete oder getötet wurde, und sie traute Stefan zu, sie hinunterzustoßen.

Als hätten sie den gleichen Plan, schloss er die Tür und trat neben sie, sein Weinglas in der einen und ein Zigarettenpackerl in der anderen Hand. Danica zog mit spitzen Fingern eine Zigarette aus der Schachtel.

„Feuer."

Stefan grinste, bot ihr eine Flamme. Im Schein des Feuerzeugs sah sein Gesicht wie das eines vermenschlichten Teufels aus, halb umschattet, in Orange getaucht, tiefe Abgründe auf seiner Stirn, unter seinen Augen, zwischen seinen Lippen. „Du überraschst mich."

Danica hielt die Zigarette kommentarlos in die Flamme, zog, bis der Tabak verglühte. Der Rauch brannte sich in ihre Nasenschleimhaut. Sie erinnerte sich, dass sie das letzte Mal vor ihrer ersten Schwangerschaft geraucht hatte. Das war fast neun Jahre her. Auch egal, sie hatte keinen Grund mehr, nicht zu rauchen. Der Rauch stieg in dünnen Fäden in den Nachthimmel, umfloss Stefan. Höllengesandt. Eine Kreatur des Bösen.

„Es gibt zwei Gründe, aus denen du mit mir alleine sein wollen könntest", begann Stefan und trank einen Schluck. Er wartete nicht, bis sie antwortete. „Aber ich denke nicht, dass du mich verführen möchtest. Du bist unterkühlt und, ehrlich gesagt, sowieso nicht mein Typ. Ich mag sie gerne … ganz."

„Und was wäre der zweite Grund, Herr Neubauer?", fragte Danica, ohne ihn anzusehen, und ließ den Rauch in ihre Lungen dringen.

„Konfrontation natürlich." Ein kleines Lachen. „Du hast mehr Mumm als mein Stiefsohn. Er konnte noch nie seinen Mann stehen. Du hingegen … Ich frage mich, was du mit so einem Versager anfängst."

„Ich frage mich auch etwas. Macht es Ihnen eigentlich Spaß? Oder erregt es Sie? Können Sie nur so ihren Mann stehen, Stefan?" Danica blies ihm Rauch entgegen und es fühlte sich an, als wiche auch die Leere aus ihrer Brust. Ruhige Abgeklärtheit setzte sich an ihre Stelle.

„Du solltest dir überlegen, wie du in meinem Haus mit mir sprichst, Gör."

„Oder was?" Sie schnipste Asche von der Zigarettenspitze. „Wollen Sie mich auch schlagen? Oder behalten Sie das für den engeren Familienkreis vor?"

Er lächelte, schien nicht besonders betroffen zu sein. „Charakterbildung ist ein Lernprozess – einige verstehen schneller als andere, manche lernen nie. Wenn du eigene Kinder hättest, würdest du verstehen, wovon ich spreche."

Eis panzerte Danicas Herz. „Schädelbrüche gehören also zu Ihren Erziehungsmethoden. Notiert."

„Also geht es nur darum?" Stefan schnalzte mit der Zunge. „Typisch Nikola, seine kleine Freundin vorzuschicken. Er hat es nicht gelernt. Er wird es auch nicht mehr lernen. Davon habe ich gesprochen, Unbelehrbarkeit. Anstatt, dass er etwas unternimmt, spielt er hier weiterhin das Opfer. Typisch." Er trank den Wein aus, lachte leise. „Wie soll das jetzt weitergehen? Hat er dich geschickt, damit ich … mich entschuldige?"

„Nein", sagte Danica mit einem süßen Lächeln und drückte die Zigarette an der Balkonbrüstung aus. „Er hat mich nicht geschickt. Er hat auch nicht gesehen, dass wir gemeinsam hierher gegangen sind. Und er weiß nicht, was ich tun werde."

„Ah, doch der erste Grund." Das Glas machte ein helles Geräusch, als es abgestellt wurde. „Typ oder nicht … für dich mach ich eine Ausnahme."

Danica sagte nichts.

Ihr Schweigen, ihre Passivität, sie reizten Stefan Neubauer, so wie sie es bereits den ganzen Abend lang getan hatten. Die meisten Männer, die Danica kannte, spürten bei Schweigen einen Drang zur Handlung, als wäre es ein Freifahrtschein. Als wäre es eine Einladung. Er trat ungeniert neben sie, ergriff ihr Handgelenk. Sein Griff war grob und Danica konnte sich nur allzu gut vorstellen, wie er Irina auf die gleiche Weise packte.

„Wissen Sie …" Danica wehrte sich nicht gegen seinen Griff. „Sie haben es mir wirklich leicht gemacht."

Mit der freien Hand, jetzt eine Faust, boxte sie Stefan gegen den Kehlkopf. Er keuchte, ließ sie los, und Danica stieß ihn rücklings gegen die Brüstung. Drückte ihn mit ihrem Gewicht so nach hinten, dass er sein Gleichgewicht verlor. Stefan Neubauer war ein betrunkener alter Mann, als er stimmlos schrie und mit den Armen ruderte. Das leere Glas fiel in den Garten. Danica brauchte nichts weiter zu tun, als ihm einen letzten Schubs zu versetzen. Sie musste sich nicht überwinden, tat es einfach. Während Stefan nach hinten fiel, drehte sie sich um.

Ein dumpfer Aufprall. Dann nichts mehr, außer Grillenzirpen und Geräusche aus dem Haus. Ein Ende wie im Märchen. Danica war ruhig, ihr Herz schlug nicht verräterisch, sie fühlte sich sogar leichter als in den vergangenen Monaten. Das Gutachten der Auserwählten hatte sie wohl falsch eingeschätzt, als sie statt in den aktiven Einsatz auf Fahrtendienst geschickt worden war. Sie war eine Mörderin. Sie war eine Mörderin und ihr Gewissen schwieg. Alexander schwieg.

Gott schwieg.

Fick dich, dachte Danica und sammelte den Zigarettenstummel und die Flasche ein, öffnete die Balkontür. Sie ließ sie weit offenstehen. Die Weinflasche behielt sie bei sich, den Zigarettenstummel steckte sie in ihre Hosentasche. Ihr Bein schmerzte, ein vager, gehemmter Schmerz, doch sie gelangte ohne Aufmerksamkeit auf sich zu ziehen zur Partygesellschaft zurück.

Nikola sprach immer noch mit seinem Bruder, hatte die Arme vor der Brust verschränkt. Er war in der Defensive, dieses Haus drängte ihn in eine Ecke, aber wenn er das nächste Mal herkam, würde sich das ändern. Auf die eine oder andere Weise.

„Wir sollten uns öfter sehen. Jetzt, wo du so eine nette Freundin hast. Vielleicht wirst du sogar bald Onkel", sagte Jakob breit lächelnd zu Nikola, dessen Mundwinkel zuckten. Die Seitenhiebe seines Bruders waren schwächer als die seines Stiefvaters, vielleicht gar unbeabsichtigt, doch sie trafen ihr Ziel. Aber Nikola sagte nichts.

„Oh, da ist sie ja! Danica, komm zu uns!" Lýdia bemerkte sie zuerst, winkte sie mit ausholenden Bewegungen zu sich. Danica stellte die Flasche auf einem Tisch ab, wo bereits leere Flaschen, Bierdosen und benutzte Gläser standen, und ging zu Nikola. Er entspannte sich etwas und sie nahm seine Hand.

Jakob klopfte Nikola kameradschaftlich auf die Schulter. „Ich habe gerade gesagt, dass wir euch gerne öfter sehen würden."

„Ja." Sie lächelte dünn. Die nächste Gelegenheit wartete schon, auch wenn das noch niemand außer ihr wusste. Mit gesenkter Stimme wandte sie sich an Nikola: „Ich bin erschöpft. Ich werde mich ins Auto setzen und dort auf dich warten."

„Dein Bein?"

Danica nickte und er drückte ihre Hand.

„Ich beeile mich." Er küsste sie auf den Scheitel. „Lýdia, Jakob, wir müssen leider fahren. Ich werde kurz zu Mama gehen und mich verabschieden." Der zweite Anlass, sich wiederzusehen, über den alle in der Runde Bescheid wussten. „Wir sehen uns bald. Und danke noch mal für die Einladung. Herzlichen Glückwunsch."

„Schön, euch kennengelernt zu haben", sagte Lýdia und umarmte zuerst Nikola, dann Danica. Ihre Augen strahlten. Im Gegensatz zum Rest der Familie schien ihre Freude über ihren Besuch aufrichtig zu sein. Sie verdiente jemand Besseren als Jakob. Er wusste es noch nicht, aber er würde sie zugrunde richten; er war zu sehr wie sein Vater, um es nicht zu tun. Es war unausweichlich.

Danica erwiderte leise: „Gleichfalls. Alles Gute." Sie verabschiedete sich von Jakob, der ein weiteres Mal darauf bestand, dass sie einander bald wiedersahen. Sie entgegnete das gleiche nichtssagende Lächeln wie zuvor.

„Wir treffen uns im Auto, ja?"

„Ja. Lass dir Zeit, Nikola."

Er lächelte und konnte seinen Schmerz nicht verbergen. Danica fragte sich, ob es ihn trösten würde, wenn er erfuhr, dass Stefan vom Balkon gefallen war. Sie kannte die Antwort (nein). Als sie das Haus der Neubauers verließ und vom bleichen Mond in Empfang genommen wurde, fragte sie sich, ob Nikola recht gehabt hatte, als er sie am Morgen mit Sivan verglichen hatte. Sivan hätte Stefan auch nicht am Leben gelassen.

Danica schnaubte und sank in den Autositz. Sie warf einen Blick in den Rückspiegel und sah nur ihre tote Familie auf der Rückbank. Keinen weiteren Geist. Das war es also. So unspektakulär lebten Mörderinnen weiter, so unspektakulär fühlte sich Skrupellosigkeit an.

Und Gott?

Gott schwieg.

CN Referenz auf sexualisierte Gewalt (erwähnt), Referenz auf Tod und Mord, Narben (Selbstverbrennung)

2024, SAMSTAG 9. MAERZ

WIEN, NOTFALLZENTRALE DER AUSERWAEHLTEN

Elif Can betrat die Notfallzentrale der Auserwählten dank ihrer exzellenten Sicherheitsfreigabe unbehelligt. Es war später Vormittag und die Stadt war ruhig, als müsse sie erst aus der Winterruhe erwachen. Die Fensterglasgläser ihrer Brille beschlugen minimal.

Hier war es warm. Kein Wind fegte durch die Gänge und ummantelte sie mit tanzenden Blättern und scharfen Eiskristallen. Anstatt die Brille abzunehmen, wischte sie das Glas mit Zeigefinger und Daumen ab.

Sie kannte den Weg. Wann immer sie Personal begegnete, nickte sie knapp. Ohne zu lächeln. Ihre Brust schmerzte vage. Sie wusste, dass sie hier sein musste, aber sie wusste nicht, ob sie das auch wollte.

Erinnerungen an Blut und Sterben und Abschied hatten sich beim Betreten des Gebäudes an ihre Fersen geheftet. So schnell sie auch ging, sie entkam ihnen nicht. Sie erwischte sich dabei, wie sie an ihren Finger griff, obwohl sie schon lange keinen Ring mehr trug.

Das Zimmer war das gleiche. Natürlich. Was hatte sie erwartet? Sie vermutete mittlerweile, dass es sich hierbei um die private Suite der Delcars handelte. Der Gedanke zog einen Schatten hinter sich her, der ihr einen Schauer über den Rücken jagte. Ihr Brustschmerz wurde heftiger, als sie sacht gegen die Glastür klopfte.

Die Tür öffnete sich. *Nikola*. Er sah sie sekundenlang mit leerem Blick an, ehe er jäh lebendig wurde und sie kommentarlos in die Arme schloss.

Sie erwiderte die Umarmung und Tränen vibrierten hinter ihren Augen.

Sie wollte ihm sagen, dass es ihr leidtat. Die Fakten hinter Sivans Tat. Dass er damit nicht alleine war und dass sie beide überlebt hatten. Doch sie schluckte die Worte und drückte ihr Gesicht gegen seinen Hals.

„Nesrin, was machst du … Weiß Shanna, dass du …?", fragte Nikola und lächelte mit tränenglänzenden Augen. „Ich habe gedacht, wir würden einander nie wiedersehen. Ich bin so froh, dass du hier bist."

„Ich auch", sagte Nesrin erstickt und stellte fest, dass es die Wahrheit war. Sie war froh, bei Nikola zu sein. Sie wünschte sich bloß, es wäre nicht hier, an diesem Ort. Trotzdem fragte sie: „Können wir drinnen weiterreden?"

Ein Schatten zuckte über Nikolas Gesicht, doch er nickte. „Ja, Shanna hat es sicher gemacht. Komm rein."

Nesrin betrat das Krankenzimmer. Fast erwartete sie, von der Erinnerung erschlagen zu werden, wie sie in dem Bett lag und tot war und sich selbst beim Totsein zusah, doch stattdessen war es Sivan, reglos, maschinengebunden, vernarbt. Er sah auch aus wie tot. Ihr wurde übel und sie wandte sich ab, fing Nikolas traurigen Blick auf.

„Ich weiß."

„Tut mir leid." Die Worte klangen hohl. War das alles, was sie sagen konnte? Nach fast einem Jahr? Nesrin suchte nach etwas Anderem, doch sie fand nichts. Spürte nur, dass Nikola sich anders anfühlte. Sie fuhr sich mit der Zunge über die Lippen, setzte die Brille ab und löste den Hijab. Elif Can trat in den Hintergrund, machte Platz für Nesrin Gönül, die sonst tot sein musste.

Nikolas Blick wurde weich. „Mir tut es auch leid."

„Ich wollte früher kommen. Ich konnte nicht." Nesrin faltete das Tuch und legte es über die Sessellehne.

Shanna war nicht hier, aber Nesrin nahm den Abglanz ihrer Präsenz wahr. Als würde sie in ihrem Augenwinkel stehen, als wäre sie eine Unschärfe, die sich ihrem Fokus entzog. Auch dafür hasste sie ihre dämonisch aufgelevelten Sinne.

Die Nacht im September, als Shanna sie verzweifelt weinend angerufen hatte, saß Nesrin im Ohr. Ihre Stimme. Ihr Flehen, sie möge zurückkommen. Ihre zahllosen Entschuldigungen. Ihre Verletzbarkeit, rau, roh. Nesrin hatte sie abgewiesen, hatte aufgelegt, obwohl Shanna haltlos geschluchzt hatte. Es tat noch immer weh.

Nesrin atmete tief ein und drängte Shanna in den Hintergrund. Stattdessen konzentrierte sie sich auf Sivan, schaffte es, ihn für einen Moment zu betrachten. „Wie geht es ihm?"

„Unverändert", antwortete Nikola und schluckte hart – schien es aber nicht zu bemerken. Er setzte sich zu Sivan an die Bettkante, strich über seine Stirn. „Seine Wunden sind fast verheilt, sogar die Verbrennungen. Manche Narben verblassen schon. Alles ohne Hauttransplantationen." Er berührte sanft Sivans Wange. „Sein Dämon hat ganze Arbeit geleistet. Und die Untersuchungen attestieren ihm gute Werte. Kein Hirnschaden, keine Irregularitäten. Wenn es nur nach den Ergebnissen geht, ist er gesund." Abgenutzte Verzweiflung schlich sich in seine Stimme. „Aber er wacht nicht auf und manchmal hört er einfach auf zu atmen. Sie können es nicht erklären." Er lächelte gezwungen: „Also warten wir und teilen uns den Tag, damit jemand hier ist, falls sich sein Zustand doch ändert."

„Tut mir leid", sagte Nesrin mit enger Kehle.

Besser in diesem Bett zu liegen, als an diesem Bett zu wachen, dachte sie. Scham folgte prompt. Sie wünschte sich beinahe, sie wäre nicht so hart zu Shanna gewesen. Doch dafür war es ein bisschen spät, oder? Und deswegen war sie auch nicht hergekommen. Nesrin setzte sich auf den Sessel und faltete die Hände in ihrem Schoß, um sich davon abzuhalten, weiter nach einem nichtexistenten Ring zu tasten.

Sie sah Nikola an. „Ich habe gehört, du versuchst, dich dem Widerstand anzuschließen."

Nikola blickte auf, lächelte schwach. „Wenn du das gehört hast, bin ich wohl nicht besonders diskret."

Nesrin saß so gerade, dass es wehtat. „Spionierst du für die Auserwählten oder willst du überlaufen?" Nesrin wusste nicht, warum sie so wütend war, aber ihr Herz raste. Sie hatte gehofft, dass ihre Informationen falsch waren. (Sie hatte gewusst, dass ihre Informationen verlässlich waren.)

„Ich versuche mich einzuschleusen." Nikola zuckte mit den Schultern. „Wie gesagt, offenbar bin ich nicht sonderlich gut geeignet."

Nesrin schnaubte. „Warum?"

„Ich schulde es ihnen."

„Also stimmt es. Der Mord und die Vertuschung."

„Wieso fragst du, wenn du es schon weißt?", fragte Nikola sanft. Er sah erschöpft aus, ausgezehrt, und Nesrin erkannte an seinem Blick, dass er sie ebenso sah.

Sie waren beide in erbärmlichem Zustand und beide Male waren Delcars involviert. Er war ihr Spiegel. Sie wollte nicht sehen, wie Nikola brach; sie wollte nicht wissen, dass sie gebrochen war.

Nesrin biss ihre Tränen zurück, zischte: „Wenn ich es herausgefunden habe, glaubst du nicht, dass sie es auch wissen? Sie werden dich umbringen." *So wie sie mich umgebracht haben*, starb ihr auf der Zunge.

„Ich weiß. Ich hoffe, sie finden es nicht heraus", meinte Nikola, immer noch unmöglich sanft.

Nesrin wollte weinen und ihn ohrfeigen. Sie blieb sitzen. „Du weißt, dass ich meine Recherche vernichtet habe. Ich habe die restlichen echten Beweise zerstört. Deine Anzeige gegen Sokol von 2017, die die Polizei hat verschwinden lassen. Ich habe sogar eure manipulierten Beweise bestärkt. Das falsche DNS-Ergebnis. Den Tathergang." Nikola setzte zu einem *Danke* an, doch sie unterbrach ihn harsch: „Ich habe es für dich getan." *Und für mich*, dachte sie, sagte aber stattdessen: „Und für sie. Weil ich es verstehe. Aber ich kann nicht glauben, dass du so verblendet sein würdest ... Dass Shanna es zulässt, dich auf diese Suizidmission zu schicken."

„Ich habe sie darum gebeten."

„Das macht es nicht besser."

„Es tut mir leid, dich zu enttäuschen."

„Es tut dir leid?" Nesrins Mundwinkel zuckte. „Du warst dabei. Du warst dabei, als ich alles verloren habe. Ich werde meine Schwestern nie wiedersehen. Meine Mama. Papa. Meine Freundinnen. Es gibt mich nicht mehr. Ich könnte genauso gut tot sein." Nesrin lachte bitter. „Ich *bin* tot. Elif hat überlebt, aber ich bin tot." Sie stand auf, die Hände zu Fäusten geballt. „Und du hast die Chance, es darauf beruhen zu lassen, aus meinen Fehlern zu lernen, und du wirfst sie weg? Bestenfalls wirst du wie ich, ein Geist ohne Vergangenheit. Im schlimmsten Fall wirst du sterben. Und wenn Sivan aufwacht ..."

Nikola fuhr plötzlich hoch. „Er wird nicht mehr aufwachen." Seine Stimme zitterte und seine Augen schwammen in Tränen: „Er wird nicht mehr aufwachen, okay? Ich weiß das und Shanna weiß das auch und wir tun so, als ob wir es nicht wüssten, obwohl es nichts ändert. Er wird nicht mehr aufwachen." Gesammelter. „Sie haben Shanna geraten, die Geräte abzuschalten, sobald die Sechsmonatsgrenze überschritten ist. Das ist in zwei Wochen. Sie wollen ihn – wie sagen sie immer? – *gehen lassen*. Sie hat den Bescheid unterschrieben." Er wischte sich die Tränen aus dem Gesicht und wiederholte sacht: „Er wird nicht mehr aufwachen."

„Tut mir leid. Das habe ich nicht gewusst."

Nikola verschränkte die Arme, schaffte es nicht, weiter in Sivans Richtung zu sehen oder in seiner Nähe zu bleiben. Er ging zum Fenster, wurde leise: „Zuerst habe ich Danica verloren. Dann habe ich dich verloren. Und jetzt ihn." Er biss sich auf die Unterlippe. Schüttelte den Kopf. „Und deine Shanna? Die gibt es nicht mehr. Du warst weg und jetzt ist er weg und sie ist mit euch weg. Meine einzige Chance, sie vielleicht nicht zu verlieren, ist das zu tun. Shanna will Rache und ich will ihr helfen. Also bitte verzeih mir, dass ich dich damit verletze, aber ich habe keine Alternative."

Nesrin hasste sich für das, was sie als Nächstes sagte: „Geh mit mir weg."

Zuerst blieb Nikola ganz still. Als er Nesrin endlich in die Augen sah, war er nicht wütend. Er schien nicht einmal schockiert von ihrem Vorschlag zu sein. Er war auch nicht angewidert. Nur ein Abgrund an Müdigkeit. „Und dann?", fragte er leise. „Werden wir sie dann zu zweit aus der Ferne beschatten und so tun, als würden wir nicht bei ihnen sein wollen? Du hast Shanna verlassen und trotzdem beschützt du sie noch. Und ich weiß, dass du es auch für mich getan hast, und ich bin dir unendlich dankbar dafür, aber im Grunde geht es doch um sie. Du bist fortgegangen, aber du bist nicht von hier losgekommen. Was würde sich ändern, wenn ich mit dir komme?"

Nesrin forcierte ein maskenhaftes Lächeln. „Willst du, dass ich es ausspreche?"

„Ja, sag es mir."

„Ich wäre nicht mehr alleine einsam", sagte sie und hasste sich dafür und hasste Nikola dafür, dass sie sich seinetwegen hasste.

„Dann komm nach Hause."

„Ich habe kein Zuhause mehr, Nikola", erwiderte Nesrin matt. Sie wollte zornig sein, doch Nikolas Müdigkeit war ansteckend.

Der Zorn war erloschen, die Wut erkaltet. Glimmende Asche. Alles, was Nesrin noch hatte, war eine falsche Identität und ein Herz, das in der Vergangenheit festhing. Alles, was sie noch hatte, waren Reue und Schmerz und Erinnerungen. Also in Summe? Hatte sie nichts mehr. Besonders kein beschissenes Zuhause.

Nikola kam zu ihr und berührte sie am Oberarm. Er sprach sehr leise. „Shanna ist hier und sie lebt."

Nesrin reagierte nicht, presste die Lippen aufeinander. Sie ignorierte seinen unausgesprochenen Vorwurf, dass Shanna lebte und sie nicht in Betracht zog bei ihr zu sein, und dass Sivan sterben würde und er nicht mehr bei ihm sein konnte. Er verstand es nicht. Er konnte es nicht verstehen.

Als sich das Schweigen ausbreitete, sprach Nikola weiter: „Ich bin hier und noch lebe auch ich. Und am wichtigsten: Du bist jetzt hier und du lebst, Nesrin."

Sie schluchzte ungewollt. „Was ist, wenn ich ihr nie verzeihen kann?"

Nikola lächelte traurig. „Dann werden wir uns gemeinsam damit auseinandersetzen. Ich weiß auch nicht, ob ich Sivan verzeihen kann. Aber dann sind wir wenigstens nicht alleine."

„Ich bin es so leid, alleine zu sein", wisperte Nesrin.

„Ich bin es so verdammt leid. Ich will das nicht mehr."

„Ich weiß."

„Das heißt nicht, dass ich bleibe. Das ist kein Ja. Ich habe mich nur meinem Freund anvertraut."

„Ich weiß."

Nesrin weinte und Nikola hielt sie im Arm. Zum ersten Mal seit ihrem vorgetäuschten Tod fühlte sie sich nicht wie ein Geist, der dazu verdammt war, die Lebenden heimzusuchen, sondern wie Nesrin. Nur Nesrin.

Vielleicht war es Zeit, nach Hause zu kommen.

CN Sterben, Tod, Trauer/Verlust (zentral thematisiert)

2024, FREITAG 22. MAERZ

WIEN, NOTFALLZENTRALE DER AUSERWAEHLTEN

„Unsere Eltern kommen morgen", sagte Shanna, ohne von ihrem Handy aufzuschauen. Sie stand mit dem Rücken zu Sivans Krankenbett, im Profil zu Nikola. „Falls es länger dauert, werden sie zur Beisetzung wiederkommen."

Nikola schluckte Magensäure, während Shanna unbeirrt fortfuhr: „Es ist alles arrangiert. Nachher kommt eine Ärztin, die ihn von den Sonden nimmt. Morgen entfernen sie die restlichen Zugänge und den Tubus und beenden die lebensverlängernden Maßnahmen."

Sie redete wie eine Maschine oder als würde sie ein Skript vortragen, das sie vorher so lange einstudiert hatte, bis ihrer Stimme jede Emotion fehlte. Bis sie über keine Silbe mehr stolpern konnte. Dabei vermied sie jede Kombination von *Sivan* und *Sterben*. Vermied es, ihn oder Nikola anzusehen. Sie war hochprofessionell, keine Angehörige, sondern die Erste der Auserwählten.

„Shanna ...", sagte Nikola leise und legte einen Arm um ihre Schulter, doch sie machte einen Schritt zur Seite und deutete eine Stopp-Geste an. Ihre Augen klebten am Display, beschienen von kaltem Licht.

„Ich habe noch einen Termin. Stört es dich, wenn du meine Schicht übernimmst? Ich werde dafür morgen ein bisschen früher kommen."

Nikolas Hals war eng. „Shanna, ich glaube nicht, dass ... Er ist dein Bruder. Dein Zwilling. Du kannst nicht. Bitte. Bitte, geh jetzt nicht."

Shanna löste endlich ihren Blick vom Display. Ihre Augen waren dunkel und ihr Gesicht beherrscht. „Du hast recht, ich kann nicht. Und wenn du auch nicht kannst, verlange ich es nicht von dir. Es macht ohnehin keinen Unterschied." Sie zuckte mit den Schultern, steckte das Handy in die Tasche und zog sich Handschuhe über. „Er bekommt es nicht mit. Er wird nie wissen, wer wann an seinem Bett gesessen ist." Ihr Tonfall verriet keinen Vorwurf: „Wir waren jeden Tag hier, für ein halbes Jahr. Es hat nichts geändert, oder? Also wird es unsere Abwesenheit auch nicht."

„Ich kann ihn nicht alleine lassen."

„Dann bleib hier. Es ist eine sehr liebe Geste. Sivan würde dasselbe für dich …" Shanna brach ab und ihre Unterlippe zitterte, Goldpartikel schimmerten in ihren Augen. „Tut mir leid, ich kann das nicht. Ich kann nicht." Ihre Hand lag auf dem Messergriff, als würde er ihr Halt geben. „Wir sehen uns morgen."

„Shanna …"

„Gute Nacht, Nikola."

Shanna war aus der Tür, so schnell, so endgültig, als wäre sie nie hier gewesen. Nikola wusste es besser als zu versuchen, sie vom Gehen abzuhalten. Sein Gesicht war heiß. Er erlaubte sich nicht, zu weinen. Das Risiko, nicht mehr aufhören zu können, war praktisch kein Risiko, sondern eine Gegebenheit.

Gott, er hoffte, dass Sivan wirklich nichts mehr mitbekam und nicht wusste, dass Shanna es nicht mehr ausgehalten hatte und in der letzten Nacht einfach gegangen war.

„Sieht so aus, als wären wir unter uns", sagte Nikola leise und setzte sich auf den Sessel, in dem er so viele Stunden verbracht hatte, dass er sich vertrauter anfühlte als das Bett in seinem – in Sivans – Apartment. Dieser Platz war auch weniger leer, weniger einsam. Obwohl es der Ort war, an dem Sivan ihn verlassen würde, fühlte Nikola sich hier lebendiger als woanders.

Er nahm Sivans Hand. Sie war warm.

Das Grauen überkam ihn, als er daran dachte, dass sie in zwölf Stunden auskühlen, und danach kalt und tot sein würde. Die Tränen überkamen ihn. Nikola biss sich die Innenseite seiner Wange blutig. Es half, wenn auch nur ein bisschen.

Er strich über Sivans Kopf. Sein Haar war bis auf wenige kahl bleibende, narbige Stellen nachgewachsen, und einige Strähnen waren so lang, dass sie sich so lockten, wie sie es vor dem Feuer getan hatten. Seine Augenbrauen, Wimpern, der Schatten eines Barts – sie waren wieder da. Absurd, ihn jetzt zu verlieren, wo er immer mehr dem Bild entsprach, das Nikola in seiner Erinnerung bewahrte. Absurd, ihn überhaupt zu verlieren.

„Jetzt wäre ein guter Zeitpunkt, aufzuwachen. Der tot geglaubte Held kehrt am Höhepunkt des Dramas zurück. Ehrlich, Sivan, du hast uns lange genug warten lassen. Bitte erlös uns endlich", flüsterte Nikola und wusste, dass die pure Verzweiflung aus ihm sprach. Dass sie von der trügerischen Hoffnung getrieben wurde, die sich weigerte, sich mit den Fakten abzufinden.

Sivan blieb still. Reglos. Er atmete und Nikola spürte seinen Herzschlag am Handgelenk, und das machte alles noch viel schlimmer. „Ich weiß nicht, wo du gerade bist, aber du hast es versprochen, du hast es Shanna und mir versprochen …" Ein Echo seiner eigenen Stimme, seiner eigenen Worte, ein Echo, das seit Monaten durch das Zimmer irrte.

„Es tut mir leid. Es tut mir leid, Sivan."

Nikola schluckte heißes Metall. Er küsste Sivans Handinnenfläche.

„Ich hoffe, du hast keine Schmerzen. Und ich hoffe, du weißt, dass ich … Ich liebe dich. Ich möchte dir verzeihen. Ich werde daran arbeiten, okay? Mach dir keine Sorgen um uns. Wir werden irgendwie … Das müssen wir, oder? Wir werden weitermachen. Und ich werde bei ihr bleiben, solange sie mich duldet. Ich versprech's dir."

Nikola glaubte, er würde an seinen nächsten Worten ersticken. Er wünschte, er würde an ihnen ersticken. Doch er konnte sie aussprechen: „Du musst dich unseretwegen nicht weiterquälen. Du darfst gehen, Sivan. Bitte vergib mir, dass ich dich nicht früher losgelassen habe. Ich habe nur an mich gedacht, daran, dass ich nicht ohne dich sein will. Ich weiß nicht wie. Aber wenn es unerträglich ist, aufzuwachen und zu atmen, können wir das nicht von dir verlangen. Du musst nicht hierbleiben. Du bist frei."

Nikola musste sich fast übergeben, tränennass, ein überlebensgroßer Schmerz, der in seinem Rachen hockte. Seine Zähne knirschten. Er ließ Sivans Hand los. Der Drang, Shannas Beispiel zu folgen und wegzulaufen, war fast überwältigend.

Er stand auf, schlug sich die Hände vors Gesicht, schluckte jeden Schrei, jedes Flehen, schluckte, bis sich nur noch atemlose Schluchzer aus seiner Kehle rangen. Einem Impuls folgend, schaltete Nikola jedes Licht ein, bis das Zimmer taghell war. Ein steriles, weißes Licht, aber zumindest war es nicht mehr dunkel.

Nikola hielt inne und wischte sich das Gesicht mit dem Ärmel trocken. Sivan atmete, bewegte sich nicht. „Ich hoffe, es stört dich nicht, wenn ich mich zu dir lege. Ich will nur ein letztes Mal …"

Etwas unkoordiniert streifte Nikola seine Schuhe ab, warf den Pullover auf den Boden. Es war gerade genug Platz, dass er sich an den Bettrand legen konnte. Darauf bedacht, keine Schläuche zu knicken oder abzusperren (war das nicht absurd und zum Heulen?), schlang er seinen Arm um Sivans Oberkörper, lehnte seinen Kopf gegen seine Schulter.

Sivans Haut war warm auf seiner. Mit ein bisschen Fantasie waren sie zurück im Apartment, nicht aus Platzmangel zusammengequetscht, sondern weil sie es wollten. Nikola kamen wieder die Tränen. „Du wirst mir so fehlen. Du wirst mir so verdammt fehlen, Sivan."

Sivan schlief, atmete.

„Fuck, das ist so unbequem. Jetzt weiß ich, warum ich das nicht schon früher versucht habe. Tut mir leid", sagte Nikola mit einem kleinen, verzweifelten Lachen. „Wenn du mich loswerden willst, sagst du es mir, okay? Bis dahin werden wir es wohl aushalten müssen."

Sivan atmete, schlief.

„Ich weiß, dass du nicht an Gott glaubst. Ich wünschte, du würdest es tun, dann wäre es einfacher. Dann wüsste ich, dass du in guten Händen bist." Nikola legte seine Hand auf Sivans Herz.

REQUIESCAT IN DAMNATIONE. Von wegen. „Sei mir nicht böse, aber dieses Tattoo ist wirklich das Dümmste, was dir je eingefallen ist, oder? Ich will dich irgendwann wiedersehen, und zwar dort, wo nicht die Verdammnis herrscht. Egal, was dein beschissenes Tattoo sagt." Er lächelte und es fühlte sich an, als würde er sich das Lächeln mit einer Klinge ins Gesicht schneiden. „Ehrlich, wenn du kein Auserwählter wärst, hätten dich die Leute dafür ausgelacht. Und das zurecht. Wenn du schon ruhen musst, dann in Frieden. Das ist nicht diskutabel. Und glaub ja nicht, dass Shanna das ernsthaft auf deinen Grabstein gravieren lässt. Wenn du das willst, wirst du aufwachen und es selbst veranlassen müssen."

Sivan atmete weiter.

„Ich glaube, ich werde beten. Für dich. Also, du weißt, wie ich das meine. Ich bete für mich, aber deinetwegen. So sehr ich dich bei mir behalten will, ich will nur. Ich will nur, dass es dir gut geht, verstehst du? Und ich glaube, dass es mir besser geht, wenn …" Nikola schloss die Augen, als sein Blick zu einem weiß umsprenkelten Feld verschwamm. „Fuck, Sivan, du brichst mir das Herz."

Sivan schlief weiter.

„Ich bin bei dir", flüsterte Nikola mit brüchiger Stimme. „Ich werde bis zuletzt bei dir bleiben. Danke, dass du mich …" Seine Stimme versagte. „Ich werde jetzt den Mund halten, okay? Du weißt alles, was du wissen musst."

Die Zeit floss zäh dahin. Oder vielleicht flog sie auch. Nikola wollte es nicht wissen. Er war so erschöpft, dass er zwischendurch immer wieder einnickte.

Einmal öffnete jemand die Tür, trat aber nicht über die Schwelle. Vielleicht die Ärztin, die sich seiner erbarmte und ihn nicht fortjagte, um Sivans Sonden zu entfernen.

Nikola öffnete die Augen nicht. Das Licht schien durch seine Lider, durchwoben von Farben, die es in dem weißen Zimmer nicht gab. Vielleicht war es so. Das Übergehen in den Tod. Vielleicht war es nicht so schlimm. Vielleicht war es friedlich und voller Farben.

Plötzlich zuckte Sivan.

Nikola schreckte hoch. Er stürzte aus dem Bett und schlug sich den Kopf am Bettgestell an. Seine Augen waren verklebt von Tränen, das Blut rauschte in seinen Ohren, und das Grauen hatte ihn wieder fest im Griff, übertünchte das Dröhnen seines Schädels. Er rappelte sich hoch, flüsterte verzweifelt durch Tränen: „Sei nicht tot, sei nicht tot, sei nicht tot, noch nicht, bitte …"

Sivan sah ihn aus weiten, wirren Augen an. Nikola fiel neben ihm auf die Knie, als befände er sich vor einem Altar, läutete die Glocke, dachte, dass er Shanna anrufen musste, doch die Erleichterung raubte ihm fast die Sinne. Nikola zitterte so stark, dass er sich kaum aufrecht halten konnte. Er wollte etwas sagen, doch er schaffte es nicht. Fahrig griff er nach Sivans Hand – und Sivan schloss seine Finger schwach um seine.

Nikola weinte ungehemmt.

Diesmal weinte er aus Dankbarkeit.

⚠ Referenz auf bzw. Wunsch nach Rückfall in Suchtverhalten (Alkohol), Referenz auf Selbstverbrennung

2024, FREITAG 22. MAERZ

WIEN, VOR DEM HQ DER AUSERWAEHLTEN

Nesrin spürte Shannas Anwesenheit schon bevor sie um die Ecke bog. Sie war golden und flirrte, durchsetzt von rot glühenden Fäden, die nach außen züngelten und um sich griffen, als bestünden sie aus Flammen. Wenn sie die Augen schloss und sich nur auf sie konzentrierte, brannte sie lichterloh.

Nesrin atmete tief ein, warf einen Blick in den Nachthimmel. Klar, samten und kühl – alles, was Shanna für sie nicht war. Ihre Schritte fielen gut hörbar auf den Gehsteig. Das Letzte, was sie wollte, war Shanna zu überraschen; sie konnte nicht einschätzen, wie sie reagieren würde.

Als sie vor den gläsernen Türen des Hauptquartiers stehen blieb, saß Shanna dort an den Handscanner gelehnt. Das Licht der Straßenlaternen tauchte sie in schummriges Gelb. Neben ihr lagen ein Flachmann und eine Schachtel Zigaretten. (Sie waren von der Marke, die Sivan rauchte, *die er geraucht hatte*, und Nesrins Brust tat weh.)

Sie trat näher. „So bietest du der ganzen Welt eine Zielscheibe", meinte sie ruhig. „Ich nehme an, das ist der Zweck der Übung? Abbitte durch Martyrium?"

Shanna sah sie flüchtig an, dann lächelte sie beißend und schüttelte den Kopf. „Heute nicht, okay?"

„Wann dann?" Nesrin versuchte ihren Zorn und ihre Bitterkeit zu zügeln, doch es gelang ihr nicht recht. „Du wusstest, dass ich in Wien bin. Du wusstest, wo ich bin. Und du bist trotzdem nicht gekommen. Warum glaubst du eigentlich, bin ich noch immer hier?"

„Ich sagte, heute nicht."

„Okay, wie du willst. Aber dann sag mir, warum du nicht bei ihm bist, sondern planst, dich ausgerechnet hier zu betrinken. Warum bist du draußen, wenn du nicht gefunden werden willst?"

Shanna lachte hohl. „Natürlich, du durchschaust wieder einmal alles. Das kannst du doch am besten." Sie schraubte den Flachmann auf, hob ihn in einer prostenden Geste in die Höhe. „Auf deine unfehlbare Beobachtungsgabe. Auf deinen Verstand und deine Menschenkenntnis. Ich gratuliere, Sherlock Holmes selbst wäre dir nicht gewachsen."

Shanna setzte den Flachmann an die Lippen und Nesrin schlug ihn ihr aus der Hand. Er schlitterte auf die Straße, hinterließ eine dünne nasse Spur.

Shanna fluchte und ihre Augen glommen golden auf. Doch Nesrin war zu wütend, um von ihr eingeschüchtert zu sein. Außerdem war sie keine Sterbliche mehr. Sie hatte keine Angst.

Shanna zog sich am Scanner hoch. Dafür, dass sie – noch – nicht getrunken hatte, war sie unsicher auf den Beinen. Sie fixierte Nesrin mit Goldaugen, senkte die Stimme: „Wenn du nicht willst, dass diese Situation eskaliert, rate ich dir, jetzt zu gehen. Ich rate es dir nur einmal. Ich spiele heute nicht."

„Und wenn ich nicht gehe? Wirst du mir das Leben nehmen, das du mir aufgezwungen hast?", fragte Nesrin und lachte, verzweifelt und wütend und trostlos. „Das kannst du besser. Drohen."

„Ich wünschte, ich hätte dich sterben lassen", sagte Shanna leise und Nesrin konnte nicht aufhören zu lachen.

Tränen mischten sich in ihr Lachen. Es schmeckte, als würde sie Blut weinen. Nesrin schloss die Distanz zu

Shanna, war ihr so nahe wie seit einem Jahr nicht mehr, und sie konnte es kaum ertragen, doch sie drückte Shannas Hand auf das Messerheft an ihrem Gürtel, und wisperte in ihr Haar: „Ich bin noch hier. Tu es. Mach deine Drohung war. Und dann erfüll dir deinen Wunsch."

Shanna stieß sie von sich. Ihre Augen waren wild, gleißendes Gold unter einem Tränenfilm, und sie bebte am ganzen Leib. Sie riss das Messer aus der Scheide und Nesrin lächelte traurig. Das hatte sie also davon. Wenigstens würde es enden. Sie hatte noch immer keine Angst, sie war … leer. Die Resignation fesselte sie an Ort und Stelle. Schicksalsergeben ließ sie ihre Arme zur Seite fallen.

„Wie kannst du …?" Shannas Stimme war rissig, sie konnte kaum sprechen, und plötzlich schrie sie gellend auf.

Nesrins Herz blieb stehen. Schmerz stach zwischen ihre Rippen. Shanna schleuderte das Messer zu Boden, *ping*, und schlug die Hände vors Gesicht, während sie in sich zusammensackte.

Die Klinge brach das Straßenlicht. Nesrins Herz schlug weiter. Sie zitterte und ihre Knie waren weich und sie wankte zu Shanna. Ihre Sicht bestand aus Tränen, dahinter das dämonische Feuer, das Shanna umhüllte und immer schwächer wurde. Sie erreichte sie und sank neben ihr auf den Boden.

Es fühlte sich wie der Moment der Entscheidung an.

Nesrin schlang ihre Arme um Shanna und weinte. Hilflosigkeit, angestaute Verachtung und Wut und Verletztheit brachen unaufhaltsam aus Nesrin. Minutenlang saßen sie so beieinander. Irgendwann verebbten ihre Tränen und sie konnte wieder atmen.

Auch Shanna verstummte. Ihre Augen waren braun und ziellos, ihre Bewegungen fahrig, als sie sich das Haar aus der Stirn wischte. „Ich verstehe, dass du mich hasst ... Aber wie kannst du glauben, dass ich dich *so sehr* hasse?"

„Es war einfacher als die Alternative", erwiderte Nesrin wahrheitsgemäß. Sie war erschöpft, ausgebrannt. Ihr Hijab war verrutscht und sie war froh, dass sie zumindest auf die Brille verzichtet hatte.

Shanna sah sie an. Ihre Züge waren offen und voller Bedauern und schmerzlicher Zuneigung. „Es tut mir leid."

„Ich weiß." Nesrin schluckte hart. „Tut mir leid, dass ich bei deinem letzten Anruf ..."

Shannas Kopf schnappte in die andere Richtung, ihr Kiefermuskel zuckte. „Ich hätte nicht anrufen sollen. Dass Sivan stirbt. Es ist nicht deine Bürde. Es ist meine und ich werde sie alleine tragen."

„Warum bist du nicht bei ihm?", fragte Nesrin leise.

„Wie denn? Wie kann ich ihn ansehen und wissen, dass es seine letzte Nacht ist, obwohl es meine Schuld ist?" Sie schluckte hart und zog Rotz hoch. „Nikola hat gesagt, du weißt es. Aber du weißt nicht." Ihre Fingerknöchel waren weiß. „Ich hätte ihn einfach festnehmen können. Er hat sich gestellt. Aber ich wollte weder ihn noch meine Position aufgeben. Und deswegen habe ich zugelassen, dass er ... Er stirbt meinetwegen." Sie senkte den Blick, kämpfte verbissen gegen die Tränen. „Ich habe meinen *Zwillingsbruder* auf dem Gewissen. Und diesmal kann ich die Schuld auf niemand anderen abwälzen. Er hat sich für mich Kugeln eingefangen und dann hat er sich für mich verbrannt." Sie schluchzte. „Er hat sich mit Benzin übergossen, Nesrin. Mit Benzin. Dabei hat er es mir versprochen. Er hat versprochen, dass er überleben wird."

Nesrin wusste nicht, was sie sagen sollte. Wortlos drückte sie Shannas Hand, lehnte sich gegen sie. Ihr war schlecht. Sie wusste nicht, ob es ihre eigene Übelkeit war oder ob sie Shannas Übelkeit als ihre wahrnahm. Es war auch egal. Ihre Finger streiften die Zigarettenschachtel.

Nesrin hob sie auf und schüttelte die Packung. Sie war voll. „Lass uns eine rauchen. Auf ihn. Und dann gehen wir zur Zentrale."

Wir. Eine weitere Entscheidung.

Shanna nickte. Sie erinnerte Nesrin an eine Puppe, als sie die Zigarette zwischen ihren Fingern drehte. Unkoordiniert, verzögert in ihren Bewegungen. Nesrin gab ihr Feuer, zündete auch ihre Zigarette an. Das Glimmen der Spitzen tanzte in ihren Augen.

„Auf Sivan", sagte Shanna tonlos, trostlos, umwabert von Rauchfäden.

Nesrin küsste sie sacht auf die Schläfe. „Auf Sivan."

2024, SAMSTAG 23. MAERZ

WIEN, NOTFALLZENTRALE DER AUSERWAEHLTEN

Sivan war von Stimmen und Licht umgeben, einer unruhigen Mischung, die ihm die Ohren verstopfte und die Augen vernebelte. Ein bisschen, als würde er in einem Meer zwischen Realität und Illusion treiben. Nicht unbedingt so schlecht, hätte er dem Geschehen folgen können.

Nikola hatte ihm erzählt, was geschehen war, was er verpasst hatte. Es fühlte sich falsch an, zu wissen, dass er klinisch tot gewesen war. Dass er so lange nicht aufgewacht war. Dass sie die Maschinen hatten abschalten wollen.

Sivan warf einen Seitenblick auf die Monitore, die seine Lebensfunktionen maßen. Sie hatten ihm den Schlauch aus dem Mund gezogen, doch die Beutel der Stomata blieben bis auf Weiteres eine Verlängerung seines Körpers. Seine Glieder spürte er trotz reduzierter Schmerzmitteldosis kaum.

Von dem unerträglichen Schmerz, der Sivan aus der Dunkelheit ins Licht gezerrt hatte, war nichts mehr übrig. Es musste sein Dämon gewesen sein. Das erste Mal, dass er ihn nicht ins Finstere gelockt, sondern in die Helligkeit gezwungen hatte. Der Gedanke war komisch und surrte irritierend hinter seiner Stirn.

Es war jedoch nicht das erste Mal, dass der Dämon ihn am Leben erhalten hatte. Sivan, den Körper, in dem er wohnte, und den er sich durch keine Suizidabsicht nehmen lassen würde. Sein Dämon hatte ihn in der Mordnacht nur gewähren lassen, weil er ehrlich nicht vorgehabt hatte, zu sterben. Diesmal schien es allerdings verdammt knapp gewesen zu sein.

Nikola saß neben ihm, wich nicht von seiner Seite. Tränenspuren zeichneten sein Gesicht. Er strich in kreisenden Bewegungen mit seinem Daumen über Sivans Unterarm und Sivan brachte es nicht über sich, ihm zu sagen, dass die Stelle bereits taub war. Außerdem war es egal.

Nikola war der einzige stabile Punkt in der schunkelnden Masse, die ihn einsaugte. Er wollte sich bei ihm entschuldigen und ihn um Vergebung bitten, aber seine Zunge war schwer. Oder vielleicht war sein Gewissen zu bleiern, die Schuld zu erdrückend, als dass er sich zu Worten hätte durchringen können.

Die Tür schloss sich hinter einer weiß gewandeten Person. Die Stimmen ebbten ab, ließen ihn im Licht schweben. Sivan blinzelte. Er wollte Shanna sehen. Doch weder das Personal noch Nikola hatten sie erreichen können. Sivan schluckte und glaubte, dass ihm der Speichel trotzdem aus dem Mund lief. Wenn diese verdammte Gefühllosigkeit endlich verschwinden würde …! Er wollte seine Hand heben und sich über die Lippen wischen, doch ihm fehlte die Kraft.

„Hey, kann ich dir helfen?", fragte Nikola sacht. Seine Stimme vibrierte in Sivans Brust. Sie war warm.

„Tut mir leid", sagte Sivan leise. Der Klang seiner Stimme passte nicht zu dem Klang seiner Gedanken. Er wusste, dass er zu langsam sprach, dass er die Worte seltsam in die Länge zog. Vielleicht lag es an den Verbrennungsnarben in seinem Gesicht? Sie saßen wie Raupen auf seiner Haut. Auch wenn ihm niemand einen Spiegel bringen wollte, wusste er Bescheid.

„Was denn? Es ist alles okay, mein Herz."

Sivan wiederholte die Worte, schwächelte. Frust grollte in seiner Kehle. Er wollte erklären, dass es ihm leidtat, dass er so lange fort gewesen war. Sechs Monate. Ein halbes Jahr. Er hatte so viel verpasst. Und er wollte erklären, dass es ihm leidtat, dass es ihm nicht leidtat, Milan umgebracht zu haben. Dass er die Konsequenz dafür tragen würde. Doch er schaffte es einfach nicht, sich zu artikulieren. Jetzt war sein Gesicht definitiv nass.

„Hör mir mal zu, ja?" Nikola wischte ihm die Tränen von den Wangen, küsste seine Stirn. Sivan spürte den Kuss ohne Dämmung. Nikola trug eine Aura von Realität und schenkte sie ihm mit seiner Berührung. Er sah ihn sanft, ernst, nein, sanft an. „Es ist mir egal, was vorher war. Alles. Bei mir musst du dich dafür nie mehr entschuldigen. Ich bin einfach nur … Ich dachte, ich hätte dich verloren und dann bist du zurückgekommen. Nur das zählt für mich."

Sivan deutete ein Nicken an. Er hatte Nikola nicht verdient, aber er wollte zu dem Mann werden, den Nikola verdiente. Vielleicht hatte er dafür sterben müssen. Im Koma liegen. Die Schuld rastete unter seiner Haut. Er wusste noch nicht, wie er Shannas Vergebung erlangen sollte.

„Hasst sie mich?"

„Shanna? Nein. Nein, natürlich hasst sie dich nicht. Sie war jeden Tag hier. Sie war auch vorher da."

Sivan tastete nach Nikolas Hand. Er war müde und weinerlich und wusste nicht recht, warum. Er hatte doch so lange geschlafen. „Liebst du mich noch?", fragte er leise.

„Immer." Nikola lächelte ihn an. Er war blass und müde und sein Körper war in gespannter Alarmbereitschaft. Trotzdem wirkte er glücklich. Die Widersprüche schienen keine zu sein.

„Ich dich auch", sagte Sivan und versuchte zu lächeln. Er wollte in Nikolas Armen liegen und schlafen. Als könne er seine Gedanken lesen, meinte Nikola: „Ruh dich aus. Ich bin hier. Wenn Shanna kommt, wecke ich dich."

Ein Schatten aus Licht lag über seinen Augenlidern. Ein Schatten aus Licht …? Sie mussten das Morphium wieder voll aufgedreht haben.

Sivan blinzelte und seine Wimpern fühlten sich klebrig an. Er war in einem weißen Raum. Goldene Finger strichen über seine Stirn. „Hey, Bruderherz."

Sivan atmete Shannas Namen mehr als er ihn vokalisierte. Die Goldfinger berührten seine Wange. Seine Brust krampfte in Erleichterung. Ein Krampf in Erleichterung …? Halluzinierte er? War er wieder im Koma?

Plötzlich bekam er keine Luft mehr.

Shannas Stimme schnitt klar durch jede seiner Empfindungen, war ein kaltes Gegengewicht zu dem Schweiß, der ihm am ganzen Leib ausbrach: „Sivan. Sivan, *sieh mich an*."

„Zu Befehl, Boss", flüsterte er und sammelte seine Konzentration, bündelte seine Aufmerksamkeit, bis er eine Hand, einen Arm, einen Körper, ein Gesicht (ein Gesicht!), zu den goldenen Fingern erkannte.

Shanna sah aus wie in der Nacht, in der er sie gezwungen hatte, ihn zurückzulassen. Nein, nicht ganz, sie sah gleichzeitig besser und schlechter aus und er konnte es sich nicht erklären, aber sie leuchtete golden. Ein schwaches, aber stetes Leuchten, als würde sie indirekt beschienen werden. Nein, es war als würde sich eine goldene Lichtquelle von innen gegen ihre Haut drücken, durch ihr Fleisch scheinen. Sie reflektierte nicht, sie war von keiner Aura umgeben, sie *selbst* erzeugte … Wie war das möglich? Das war es nicht. Es war unmöglich. Es war einfach unmöglich.

Sivan schluckte und sein Mund blieb trocken. Er griff nach Shannas Hand; sie war kühl, aber vielleicht war seine auch heiß? Ihm fehlte die Kraft, aber er wollte sie für immer festhalten. Bei sich. Er konnte nicht noch einmal so lange wegbleiben. „Tut mir leid. Alles. Tut mir so leid."

Shanna nickte. Sie wusste es, natürlich wusste sie es. Ihre Augen waren ernst, der Griff ihrer Finger um seine Hand wurde annähernd so groß, wie Sivan es sich von seinem eigenen wünschte.

„Tut mir leid, dass ich dich aufgegeben habe", sagte sie sehr leise. Schuld – oder war es Sorge? – trübte ihr Leuchten. Erstickte es wie eine Decke, die über ein Feuer geworfen wurde.

Sivan flüsterte ihren Namen. Shanna schüttelte den Kopf und Tränen rannen über ihre Wangen. Sie musste doch wissen, dass sie die Einzige war, die ihn nie aufgegeben hatte, egal wie schlimm es geworden war. Die Einzige, die sich zwischen ihn, alle Dämonen, jede Stimme in seinem Kopf gestellt hatte.

Shanna wischte die Tränen weg, zuckte mit den Schultern. „Ich war nicht da. Ich hätte hier sein sollen. Du wärst hier gewesen."

„Du hast mich gerettet."

„Gerettet? Ich hätte dich nie …" Mit ihrer Wut flammte das Gold wieder auf. Nur Shannas Augen blieben braun und voller Reue. „Wenn ich wieder bereit bin, alles zu opfern, um meine Position zu wahren und den Familiennamen zu schützen, erinnere mich daran, dass ich dich ins Feuer geschickt habe. Erinnere mich daran, dass du gebrannt hast, wenn ich wieder so hochmütig bin, dass ich glaube, über den Dingen zu stehen."

„Shanna, hör auf", sagte Sivan leise und bemerkte, dass es wie eine Bitte klang. Es war tatsächlich eine Bitte, wem wollte er hier etwas vormachen? „Du hast es für mich getan. Und ich werde dich nicht mehr in diese Lage bringen. Ich verspreche es."

„Und ich werde dich nicht mehr in diese Lage bringen."

Sivan lächelte, drückte Shannas Hand. „Also keine überschwänglichen Freudentränen mehr, nur weil ich so etwas Simples mache wie aufwachen?"

„Sei doch still, du Dramatiker."

„Ich hab dich auch lieb."

Shanna lachte, doch sie weinte. „Du hast ja keine Ahnung, Sivan."

Das Leuchten griff auf Sivan über, aber nur dort, wie Shanna ihn berührte. Es war kein warmes Leuchten. Es war kühlend, schmeichelnd, und gab Sivan das Gefühl, unversehrt zu sein.

„Du hast mir gefehlt", sagte er, doch die Wahrheit, die tief greifende Wahrheit, darüber wie sehr sie ihm gefehlt hatte, blieb unausgesprochen.

„Du mir auch. Ich bin so froh, dass du … Wie hätte ich Mama und Papa den verfluchten Grabstein erklären sollen?"

Sivan schluckte, versuchte sich an einem Lächeln. „Das war fast ein Witz." Ernsthaftigkeit spülte über ihn hinweg, die Haut über seinem Herzen, wo schwarze Tinte saß, kribbelte. „Ich werde es entfernen lassen, okay?"

„Hm. Eine gute Entscheidung." Shanna lächelte. „Dann wird sich Nikola künftig weniger Sorgen um dein Seelenheil machen."

Nikola. Sivans Herz machte einen Sprung, gejagt von einem Stich des Zweifels, der Angst. „Hast du ihn …? Er wollte mich aufwecken, sobald du ankommst."

„Wir wollten dich schlafen lassen. Hey, es geht ihm gut, er ist mit Nesrin in der Cafeteria."

„Mit deiner Nesrin?"

„Mit Nesrin. Ohne Possessivpronomen."

Sivan badete in dem goldenen Licht. „Wollte sie zu meinem Begräbnis kommen oder …?"

„Zu früh, Sivan."

„Also werde ich auch keine Kannibalismusanspielungen …? Okay, okay, nicht lustig. Tut mir leid." Er warf einen Blick zur Tür. „Hat Nikola etwas gesagt? Deswegen?"

„Er wollte es nicht wissen und ich habe es ihm nicht gesagt. Er kennt den groben Ablauf. Und ich glaube, es reicht ihm. Dass du lebst und …" Shanna brach ab, seufzte. „Wenn du mit jemandem darüber reden möchtest … Ich habe vergessen, dass du kein ausgebildeter Mörder bist. Nicht so wie ich. Du hast keine Routine, du bist nicht …"

„Jetzt schon", erwiderte Sivan behutsam.

Er dachte an Milans ausgeweideten Leichnam. Die Reue blieb aus. Der Ekel auch. Schuld, Bedauern, Mitleid – sie schwiegen. Er dachte an das Messer, den Widerstand des Fleischs, dachte an seine Hände, die sich in den Körper gruben, und empfand dabei nichts.

„Ich kann damit leben. Tut mir leid, falls du gedacht hast …"

Shannas Lächeln war indifferent. „Wenn es dich nicht belastet, bestehe ich nicht darauf, dass es zu deiner Bürde wird."

„Ist es deine Bürde?" Die Übelkeit, die bei der Erinnerung ausgeblieben war, schlich sich ihm unter dem unlesbaren Blick seiner Schwester in den Magen.

„Nicht mehr." Shanna wandte sich zur Tür um, wieder zu ihm. Als sie ihn diesmal ansah, konnte Sivan ihren Blick lesen. Erschöpfung, Erleichterung, Liebe. „Hey, Sivan …? Danke, dass du dein Versprechen gehalten hast."

„Für dich immer."

„Ich weiß."

„Lügnerin."

Shanna lächelte. „Ich weiß es … Jetzt."

CN Entführung, politische Gefangennahme, Referenz auf Menschenexperimente (teils konkret), psychische Folter, gewaltsames Unter-Drogen-Setzen, Manipulation, Gewalt (psychisch), Narben (erwähnt), Nadeln

2024, DIENSTAG 30. APRIL

WIEN, UNTERGRUND

„Helena, wir brauchen dich im V1", verkündete eine blecherne Stimme durch den Lautsprecher über ihrer Liege.

Helena fuhr aus leichtem Schlaf hoch, blinzelte, doch die verwaschenen Farben blieben trüb, als hätte das künstliche Licht einen Schleier über sie gelegt, den ihr Blick nicht durchdringen konnte. Ihre Glieder waren schwer und sie konnte sich kaum erinnern, wie es sich anfühlte, wach zu sein. Nicht nur wach, sondern präsent. Lebendig. Wie es war, etwas anderes als diese Müdigkeit zu spüren. Aber nach vier Jahren … Wozu diese Fragen?

Sie würde hier unten sterben. Falls sie Glück hatte.

V1 also. Helena hievte sich von ihrer Liege, folgte der Aufforderung der Wache. Sie durfte sich frei bewegen. Fesseln trug sie schon lange nicht mehr. Das Einzige, was von ihnen geblieben war, waren die dicken weißen Narben, die sich um ihre Handgelenke wanden. Nicht die einzigen Narben. Aber was waren schon Narben. Geschichten, die mit der Zeit verblassten. Und wen interessierte die Geschichte ihrer gescheiterten Fluchtversuche nach vier Jahren noch?

Die Tunnel waren hoch genug, um aufrecht in ihnen zu stehen. Helena ging trotzdem leicht geduckt unter dem schleichenden Gefühl, dass die Decke über ihr einstürzen wurde. So lange sie auch hier war, sie würde sich nie daran gewöhnen.

Das unterirdische System des Widerstands unterlief sogar das der Auserwählten, grub sich tief in den Erdleib, so weit hinab, dass moderne Technik größtenteils versagte. So verließ sich der Widerstand auf altbewährte Methoden der Kommunikation, was im Angesicht der Generalüberwachung Wiens vermutlich auch unabhängig vom Standort eine geschickte Lösung darstellte.

Helena kannte die unzähligen Wege nicht, kannte nur die Route zum Labor und den Verhörräumen. Hier brauchte sie keine Führung, kannte jeden Stein, jede Wende, jeden Höhenunterschied. Ihr Radius reichte von ihrer Zelle bis zu den zwei Destinationen, die sie fast täglich besuchen musste. Sie mochte frei sein, körperlich, doch sie war genauso gefangen wie in jener Silvesternacht, als der Widerstand sie vor Rowans Augen entführt hatte.

Sie fragte sich nicht, was sie im Verhörraum 1 erwartete. Es war irrelevant. Immer, wenn sie dachte, sie hätte alles gegeben, alles, was sie geben *konnte*, fanden sie neue Fragen. Neue Theorien. Neue Experimente, Forschungsansätze, Langzeitstudien. Aber sie fragte sich nicht mehr, wie viele Liter ihres Blutes sich in den Händen des Widerstands befanden, wie viel ihres Gewebes sie konserviert und für ihre Zwecke parat hatten. Sie wusste, dass sie sie am Leben ließen, damit der Nachschub nicht versiegte.

Das medizinische Personal, das im Labor arbeitete, war den Umständen entsprechend freundlich zu ihr. Sie misshandelten sie nicht mutwillig, versuchten effizient zu arbeiten. Umringt von anonymen Gesichtern hinter weißen Masken, fühlte Helena sich wie ein Tier beim Tierarzt. Oder ein geschätztes Tier im Versuchslabor. Man sprach mit ihr, redete beruhigend auf sie ein, aber wenn sie sich wehrte, wurde sie ruhiggestellt. Niemand reagierte je auf ihre Schreie, auf ihr Toben.

Aber das gehörte der Vergangenheit an. Helena schrie nicht mehr. Sie schwieg und kooperierte und gehorchte und war geistig woanders. Sie löste sich in Sonnenlicht auf, schmolz, zerstäubte, und war weg. Vielleicht waren es die Drogen, die sie zu Licht werden ließen. Es waren die einzigen Momente, in denen sie die Farben brillant sah, wo echte Wärme durch ihre Adern floss. Bis sie als Unantastbare unter der Erde wiedergeboren wurde und nichts fühlte außer unendlicher Müdigkeit. Das Ganze war ein Zyklus, ein ewiger Kreislauf, aus dem sie nicht erlöst wurde. Nur die Lichtmomente machten ihr Dasein erträglich. Die Verantwortlichen wussten das. Sie versorgten sie regelmäßig mit diesen Momenten, regelmäßig genug, um sie nicht in den Selbstmord zu treiben jedenfalls.

Helena begegnete keiner Seele. Die Luft war stickig, im Hintergrund dröhnten die Ventilatoren, die das Atmen in dieser Tiefe erleichtern sollten. Sie waren riesige rotierende Augen, hinter denen die Oberfläche lag. Irgendwo. Sie hatte es nie weit genug geschafft, um sich zu vergewissern.

In jedem Tunnel hingen verblasste Goldspuren über dem Boden. Helena hatte schon früh bezeugt, dass sie weder die einzige Unantastbare war, die hier unten gefangen gehalten wurde, noch dass der Widerstand davor zurückschreckte, Besessene zu fangen. Sie hatten sich immun gemacht, irgendwie, wahrscheinlich mit Unantastbarenblut, und forschten an Wirtskörpern. Und offenbar gab es auch Auserwählte und Unantastbare, die freiwillig an diesen Studien teilnahmen.

Der Widerstand war Jahr um Jahr zahlreicher geworden, hatte sich von der Basis nach oben ausgebreitet. Eine schleichende Infektion oder ein Brand. Was konnte Helena schon beurteilen? Sie wusste nur, dass es mehr Daten Freiwilliger gab, mehr Genmaterial, mehr Gewebeproben. Immerhin wurde sie zum Vergleich zu jeder Einzelnen herangezogen. Sie und alle anderen.

Früher hatte Helena sich Gedanken darüber gemacht, was das Ziel dieser Forschung sein mochte, doch mittlerweile kümmerte es sie nicht mehr.

Sie dachte nur ungern weiter als an die nächste Strecke, die nächste Befragungsrunde, die nächste Nacht. Oder den nächsten Tag. Wann auch immer sie schlief. Sie hatte jedes Zeitgefühl verloren, nein, es war ihr ausgetrieben worden, alles war gleich, immer gleich, und die einzigen Informationen, die sie bekam, wurden vom Widerstand an sie herangetragen. Helena konnte sie glauben oder nicht; doch auch, ob sie belogen wurde oder nicht, kümmerte sie nicht mehr. Die Wahrheit änderte nichts an ihrer Situation.

„Helena."

Helena vermied es, die Wache anzusehen. Stattdessen sah sie auf ihre Schuhe, die dreckig und kurz vor dem Zerfall waren. Der Stoff war bei ihren großen Zehen beinahe durchgewetzt, die Sohle so dünn, dass es sich wie Barfußlaufen anfühlte. Die Schuhe waren einmal blau gewesen. Jetzt waren sie so grau wie sie.

„Komm mit."

Es war mit der Zeit leicht geworden, sich wie ein Schatten hinter anderen zu bewegen. Nicht wie ein gefährlicher Schatten, den man aus den Augenwinkeln wahrnahm, vor dem man sich hütete, nein, wie ein Schatten, der sich in den eigenen Schatten fügte. Sie stellte keine Bedrohung mehr dar. Vielleicht hatte sie nie eine Bedrohung dargestellt. Vielleicht war sie aus diesem Grund entführt worden.

Warum es ausgerechnet sie getroffen hatte, hatte Helena lange beschäftigt. Und dann immer weniger, bis es wie alles andere zu einem Fakt geworden war, mit dem sie lebte. Die Gründe waren so abstrakt, so irrelevant, dass sie sich manchmal fragte, warum sie überhaupt nach ihnen gesucht hatte.

Sie folgte der Wache zum Verhörraum, sah ihre Reflexion in einer Scheibe und erkannte sich nicht. Ob ihre Familie sie erkennen würde? Rowan? Aber es war besser, wenn sie einander nie wiedersahen. Wenn sie glaubte, dass sie tot war. In Wirklichkeit war sie ohnehin gestorben.

Helena gab es nicht mehr, nur dem Namen nach. Ihre Essenz war zerbrochen. Übrig geblieben war ein Testsubjekt, das der Beschaffung von organischem Material diente.

Sie wollte die Tür zum Raum öffnen, als eine Hand sie zurückhielt. „Nein, nein. Da hinein." Der Zeigefinger wies auf die zweite Tür, die hinter die verspiegelte Scheibe führte. An den Platz, von dem aus die wichtigen Widerständigen alle Verhöre mitverfolgten.

Helena nickte sacht und ging durch die andere Tür. Das Klima war gleich. Das Geräusch der Ventilatoren auch. Stimmen drangen in ihre Richtung.

Für einen furchtbaren Moment kümmerte sie das Schicksal der Obenwelt wieder. Für einen furchtbaren Moment glaubte sie, dass man ihr Team gefangen hatte, jemanden, der ihr einmal nahegestanden war. Doch als Helena durch die Scheibe sah, erkannte sie den Mann, der alleine auf ihrem Platz saß, nicht. Er war groß, auffällig unauffällig, hatte weiße Haut und dunkles Haar. Keine Fesseln, also ein Freiwilliger …? Nichts davon erklärte, warum sie hier war.

„Helena", begrüßte die Leiterin sie und strich sich eine Haarsträhne hinter das Ohr, während sie auf einen Sessel deutete. „Nimm doch bitte Platz."

Helena folgte der Anweisung. Die Höflichkeit gab ihr kein menschliches Gefühl zurück. Sie war ein Stück Fleisch in einem Kühlraum, an dem man herumschnitt, wenn man

Lust dazu verspürte, bevor man es wieder in der Dunkelheit einschloss. Das machte ihr nichts mehr, aber dieser Rollentausch rüttelte eine schlafende Unruhe wach.

Es war merkwürdig, als die Unruhe die Müdigkeit durchstieß und ihren Körper flutete. Helena fühlte sich auf einmal wacher, echter. Ihr Blick glitt wieder zum Mann im Verhörraum. Der Monitor fing sein Gesicht in Großformat. Sie hielt es nur kurz aus, ihn so nahe zu sehen.

Eine Frau betrat den Verhörraum. Die Leiterin schob Helena eine Akte zu. Sie starrte reglos auf das braune, poröse Papier des Umschlags.

„Du bist hartnäckig, Nikola", meinte die Frau im Verhörraum – sie kam Helena bekannt vor, aber alle kamen ihr bekannt vor, als würde ihr Gehirn sich weigern, Unterschiede wahrzunehmen und alle Gesichter zu einem Allgemeingesicht kombinieren – und nahm auf der anderen Seite des Tischs Platz. Das Kunstlicht beschien beide kalt.

Der Mann, Nikola zuckte mit den Schultern, lächelte nicht. „Ich schätze, das bin ich."

„Jemand, den wir schätzen, hat sich für dich verbürgt. Also bring dein Anliegen vor, wir hören zu."

„Ich …" Nikola schüttelte leicht den Kopf, fuhr sich mit der Zunge über die Unterlippe. „Ich habe Informationen. Bezüglich Milan Sokols Tod."

„Seinen Tod?"

Helena wusste nicht, wer Milan Sokol war. War er eben tot. Was hatte das mit ihr zu tun? Warum durfte sie nicht weiterschlafen?

Als hätte die Leiterin ihre Gedanken gelesen, schob sie ihr den Akt mit spitzen Fingern noch ein Stück näher. Dann verschränkte sie die Arme, zog die Brauen zusammen, und studierte den Monitor. Die anderen Anwesenden wirkten kritisch, manche hatten die Hände an ihren Waffen.

Nikolas Lächeln war klein und verzweifelt. „Ihr wisst es doch. Ich bin nur hier … weil es stimmt. Dass Sivan Delcar ihn … Er hat ihn ermordet, weil er mit mir gesprochen hat. Und Shanna Delcar hat den Mord vertuscht. Der ganze Fall ist manipuliert."

„Er ist aufgewacht."

„Das ändert nichts", erwiderte Nikola leise.

Helena verstand nicht. Sie kannte Sivan und er war kein Mörder. Shanna war keine Lügnerin. War das … ein Täuschungsversuch?

Aber warum sie täuschen, wenn sie keinerlei Wert besaß, der nicht in der Vergangenheit lag? Das Unruhegefühl wandelte sich in ein klammes Bangen. Helena wünschte, sie wäre wieder müde. Sie wäre Licht. Trotzdem öffnete sie die Akte und überflog das Profil.

NIKOLA KOVAR.

UNANTASTBAR.

SEIT 2022 VOM AKTIVEN DIENST AUSGESCHLOSSEN.

EX-PARTNER VON ROWAN MARTIN (2020 BIS 2022).

Ex-Partner von Rowan Martin. Helena spürte, wie etwas Nasses über ihre Wangen glitt. Sie machte sich nicht die Mühe, die Tränen aus dem Gesicht zu wischen. Darum ging es also. Er war ihr Nachfolger gewesen. Sie hob die Seite an und sah den matten Schimmer eines Fotos darunter. Und noch eines.

Mit zittrigen Fingern schloss Helena die Akte. Sie wollte diese Bilder nicht sehen. Sie wollte nicht wissen, wie das Leben oben weitergegangen war. Sie wollte die Leiterin bitten, sie in ihre Zelle zurückgehen zu lassen.

„Gut. Du bestätigst etwas, das wir bereits wussten. War das alles oder bringst du uns Beweise?"

„Nein. Ich möchte … Ich kann nicht mehr für die Auserwählten stehen. Sie morden und vertuschen und lügen. Milan hat mich vor seiner Ermordung gefragt, ob ich die Ohren für ihn offenhalten kann. Das werde ich, in seinem Andenken. Ich habe durch Sivan eine privilegierte Position, die hilfreich für eure … unsere Sache ist. Falls ihr meine Hilfe wollt."

„Dein Privileg ist gleichzeitig dein Makel. Deine intime Beziehung zu den Delcar-Zwillingen macht es schwer zu glauben, dass du mit Integrität für uns arbeiten könntest. Diese Nähe hat bereits einen guten Mann das Leben gekostet. Warum sollten wir weitere Leben riskieren?"

Nikola schluckte. „Ich bin hier. Wenn sie herausfinden, dass ich mich … Das ist Hochverrat. Sie würden mich töten. Das sollte meine Aufrichtigkeit zumindest ein wenig glaubhaft machen."

„Oder sie haben dich geschickt. Vielleicht sollten wir dich töten, als Vergeltung."

„So geht der Widerstand nicht vor", sagte er und hörte sich so sicher an, dass Helena die Fäuste ballte. Mit leiser Stimme fuhr Nikola fort: „Ich würde mir auch nicht trauen. Ich bin bereit, mir euer Vertrauen zu erarbeiten. Also, falls ihr in irgendeiner Form Verwendung für mich habt … Bin ich euer Mann."

Helena wandte den Blick ab. Sie sah auf ihre Hände. Ein blaues Adergeflecht unter bleich gewordener Haut. Irgendwann würde sie durchscheinend werden. Und dann würden Pilze aus ihrer Haut sprießen und sie mit fluoreszierendem Licht bescheinen und sie wäre endlich mit der Welt im Reinen.

„Du hast mit Rowan Martin zusammengearbeitet."

Helena schnappte in die Realität zurück, bemerkte, dass sie auf einmal alleine im Raum war. Ihre Ohren rauschten, ihr Herz hämmerte wild – sie wollte das nicht, sie wollte wieder zurück in die Zelle, wollte schlafen und sich im Licht vergessen. Doch die Szene stoppte einfach nicht.

„Das stimmt."

Die Frau drückte einen Knopf und Helenas Haare stellten sich auf. Nikolas Blick traf sie wie eine Kugel. Sie fühlte sich nackt, schaffte es aber nicht, sich zu bewegen. Er sah sie lange an, sein Gesicht eine Maske, seine Augen steinern. Dann wandte er sich von ihr ab und Helena sackte etwas zusammen, als er weitersprach: „Ihr habt sie also."

„Offenbar. Und du hast jetzt diese Information. Wir werden sehen, was du damit anfängst."

„Nichts." Nikola verriet Helena und sein Verrat berührte sie kaum, weil sie ihn nicht kannte, und weil die Erleichterung, dass Rowan nichts hiervon erfuhr, den Verrat bei Weitem überbot. Etwas in ihr klickte und plötzlich war sie wieder müde.

„Hmm." Die Frau drückte wieder den Knopf. „Du wirst hinausbegleitet."

Nikola nickte und stand auf.

„Du solltest dich fragen, ob du dich nicht schon vor Jahren dem Widerstand angeschlossen hättest, wenn deine unglückliche Zuneigung zu Delcar nicht gewesen wäre." Sie lächelte kalt. „Vielleicht hörst du wieder von uns."

Helena schloss die Augen. Sie dachte an die Sonne. Schritte kündigten die Anwesenheit der anderen an, doch es kümmerte sie nicht. Niemand sprach mit ihr. Das Schweigen war vollkommen. Die Tränen trockneten und spannten auf ihrer Haut. Sie verdrängte das Gefühl und begrub es unter der Müdigkeit. Eine Nadel drang in ihren Arm – oder auch nicht.

Nach einer Weile bat Helena mit fremder Stimme: „Begleitet mich bitte in meine Zelle."

CN Narben (erwähnt), Referenz auf Selbstverbrennung und Mord, Referenz auf sexualisierte Gewalt

2024, DONNERSTAG 04. APRIL

WIEN, SIVANS APARTMENT

Das Unmögliche war wahr geworden: Sivan war in sein altes Leben zurückgekehrt, in das Leben bevor er zum Mörder geworden war. Oder in das Leben, in dem er zwar ein Mörder war, alle Beteiligten aber geflissentlich über diesen Umstand hinwegsahen. In ein neues Leben, das seinem alten bis aufs Haar glich, von den neuen Narben mal abgesehen.

Die Wohnung zu betreten fühlte sich alltäglich an. Als würde er nach einem Hotelaufenthalt nach Hause kommen. Sivan fühlte sich nicht wie ein Mörder, obwohl er das müsste. Er war glücklich, obwohl er das nicht sein dürfte. Jede seiner Empfindungen lief gegenläufig zum gesellschaftlich akzeptablen Protokoll ab; und auch sein Verhalten ließ keine soziale Konformität erkennen.

Nikola lag neben Sivan im Bett, eine Hand auf seinem Herzen, und tat so, als würde er seine Atmung und seinen Puls nicht überwachen. Er war ihm seit seinem Erwachen nicht von der Seite gewichen, als hätte er Angst, dass er einfach wieder verschwinden könnte. Und vielleicht war das eine Möglichkeit in diesem neuen Leben.

So fucking what? Der Tod lauerte an jeder Ecke, es war völlig sinnlos, sich deswegen jetzt anders zu verhalten. Was war schon der Tod? (Unumgänglich und halb so wild.)

Sivan seufzte, nahm sanft Nikolas Hand von seiner Brust und küsste sie. „Ich bleibe bei dir. Diesmal bleibe ich, okay? Ich werde nicht wieder aufhören zu atmen."

Nikola zog seine Hand nicht zurück, sondern rutschte ein Stück näher, legte seinen Kopf auf Sivans Brust.

„Vielleicht höre ich einfach nur gerne, dass du lebst", meinte er leise, lächelte matt. „Oder ich will einfach nur bei dir sein, während du wach bist. Suchs dir aus."

Der Reflex jagte ihm ein *Es tut mir leid* ins Hirn, das er nur durch das zweiwöchige Training filtern und schlucken konnte.

Sivan sagte nichts. Er strich über Nikolas Haar, seinen Hals, seinen Nacken. Nikola mochte nicht von seiner Seite gewichen sein, doch Sivan konnte seinerseits nicht aufhören, ihn zu berühren. Er war echt, er war da, er war immer noch bereit, ihn zu lieben. Das war der unglaublichste Teil dieses neuen Lebens. Der Teil, den er nicht fassen konnte. Nikola hingegen war fassbar. Die Zufriedenheit glühte besänftigend in Sivans Körper.

Sivan unterdrückte ein Gähnen. „Bist du mir böse, wenn ich einschlafe?"

„Ein bisschen", erwiderte Nikola, klang aber nicht, als würde er es ihm wirklich übel nehmen. Er drehte den Kopf so, dass er ihn ansehen konnte. Schatten ruhten unter Nikolas Augen. Sie waren in den letzten Tagen heller geworden. Vielleicht würden sie bald ganz verschwinden. Er strich sanft über Sivans Wange, küsste seinen Hals. „Ich lasse dich schlafen, aber ich sag's dir gleich: Ich werde regelmäßig kontrollieren, ob du noch atmest."

„Dann lass mich nicht schlafen", sagte Sivan lächelnd. „Weißt du, wie du dir ganz sicher sein kannst, ob ich atme? Wenn du mich küsst."

Nikola verdrehte die Augen, deutete lächelnd ein Kopfschütteln an. „Ich glaube, du bist ein bisschen eingerostet."

„Geröstet, aber nicht gerostet, Kleiner."

Nikola stemmte sich hoch, plötzlich ernst. Traurig. „Ich werde mit dir Witze darüber machen, wenn es dir hilft, aber wenn … wenn es nicht sein muss, lassen wir es. Bitte?"

„Wenn du nichts sagst, muss ich es tun, oder?" Sivan griff sich bewusst nicht ins Gesicht. Der Dämon mochte die meisten Verbrennungen geheilt haben, um ihn dem Tod zu entreißen, doch einige hatten prominent sichtbare Überbleibsel hinterlassen. Keine Bedrohung für sein Leben, bloß für seine Eitelkeit. Sivans Wangen waren heiß. Er bildete sich ein, dass das Gefühl dem von Feuer ähnelte. Am Anfang. Er zuckte mit den Schultern. „Ich habe überall Narben. Und ich meine *überall*. Lange Ärmel helfen jetzt auch nicht mehr. Du musst es anschauen, nicht ich. Also wenn wir so tun sollen, als wäre nichts, dann okay. Von mir aus."

„Da ist nichts. Nicht so, wie du glaubst. Ich schaue dich gerne an. Und ich …" Nikola rutschte wieder näher, seine Lippen an Sivans Wange, seinem Mund, seine Finger in seinen Haaren, auf seiner Brust. „Ich küsse dich gerne. Es hat sich nichts geändert. Nicht für mich."

Die Unsicherheit – die alte Unsicherheit seines alten Lebens – brannte auf Sivans Haut, wo er die Narben nicht mehr spürte. Bisher hatte er die Unsicherheit umschiffen können, ausmanövrieren, doch jetzt hatte sie ihn in eine Ecke gedrängt. Es gab keine Ausweichmöglichkeiten, nicht im Privaten, nicht, wenn er mit Nikola alleine in ihrem gemeinsamen Zuhause war.

Sivan atmete flach in Nikolas Kuss. „Ich würde dir gerne glauben."

Nikola erwiderte nichts. Er küsste ihn weiter, sanft, zärtlich, aufrichtig, und Sivan schloss die Augen. Die Farben, die vor seinen Lidern tanzten, beschränkten sich auf Rottöne. Nicht die aggressiven, sondern die warmen. Die heißen, die ihn trotz ihrer kribbelnden Hitze nicht verletzten. Er fühlte sich sicher, in jede Nuance von Rot gehüllt.

„Okay, vielleicht glaube ich dir", flüsterte Sivan gegen Nikolas Lippen.

Nikola hielt inne, atmete leise aus: „Für dich hat sich auch nichts geändert, oder?"

Sivan öffnete die Augen. Hatte er nicht …? Nein. Er hatte nie … Ein Mord ersetzte kein Gespräch, ein Mord versicherte nicht das, was er hätte versichern müssen. *Scheiße.*

Es beschämte ihn, dass er die Tage vor seinem Koma damit gefüllt hatte, Milan auszukundschaften, sich einen Plan zurechtzulegen, von Rache zu fantasieren. Dass er Nikola aus dem Weg gegangen war. Dass er seinen Brief gelesen und wortlos beschlossen hatte, es nicht bei einem Plan zu belassen, sondern Milan zu stellen. Und jetzt hatte Nikola ein halbes Jahr auf eine Fortführung gewartet, zwei Wochen, in denen er sogar wach gewesen war …?

Er zog Nikola näher. „Natürlich hat sich nichts geändert. Ich dachte, das wüsstest du."

„Meistens weiß ich es. Ich wollte es nur noch einmal hören."

„Tut mir leid. Ich hätte es dir besser früher gesagt."

Nikola lächelte leicht, winkte ab. „Hey, alles gut, der Moment hat sich nicht ergeben. Es gab Wichtigeres zu tun."

„Nichts ist wichtiger als du."

„Sivan …"

„Ich meine es ernst", beschwor Sivan leise. Sein Herz stand in Flammen, doch es verbrannte nicht. Es wurde nicht schwarz und zerfiel, es blieb intakt und strahlte. Nicht golden, nur rot. „Ich würde für dich …" *Töten.* Aber das hatte er bereits unter Beweis gestellt, nicht wahr? Er lächelte, hatte sein Lächeln kaum unter Kontrolle. „Ich würde für dich sterben, Nikola."

„Ich weiß", erwiderte Nikola tonlos.

Er sah traurig aus. „Versprich mir, dass du es nicht tust. Stirb nicht für mich. Nicht noch einmal."

Sivan antwortete nicht. Er sollte keine Versprechen geben, die er nicht vorhatte zu halten. Denn wenn der Moment kam, in dem er gezwungen war, sich zwischen Nikolas und seinem eigenen Leben zu entscheiden? Gab es keinen Zweifel, wessen Leben er wählen würde. Also küsste er Nikola noch einmal, so sanft er konnte.

Nikolas Hand ruhte auf Sivans Herz. Er diskutierte nicht, rang ihm das Versprechen kein weiteres Mal ab.

„Ich liebe dich. Mindestens so sehr, wie du mich liebst", sagte Nikola sehr leise. „Nur, um das klarzustellen."

„Ich weiß."

Sie küssten einander für eine gefühlte Ewigkeit.

Sivan wünschte sich, dass sie nie wieder damit aufhören mussten, dass er nie wieder ohne das Gewicht von Nikolas Körper auf seinem leben musste, dass sie nicht mehr getrennt werden konnten. Sie hatten sechs Monate nachzuholen. *Sechs Monate*. Ein Gefühl, das er nicht benennen konnte, verzehrte ihn beinahe bei dem Gedanken an die verlorene Zeit. Ihm stockte der Atem und das alarmierte Nikola, der sofort Abstand zwischen sie brachte und ihn besorgt ansah.

„Es geht mir gut. Es geht mir gut, okay?"

„Tut mir leid. Ich … Ich kann dich nur nicht."

„Es geht mir gut", wiederholte Sivan sacht, bekam wieder Luft, ließ das Gefühl hinter sich. Er lächelte schief. Sparte sich den Kommentar, ein Stimmungs*killer* zu sein. Zog Nikola zurück in seine Arme. „Ich werde mich bemühen, mir nicht mehr von dir den Atem rauben zu lassen."

Nikola tätschelte seine Brust. „Gute Idee. Vielleicht werde ich dich aber einfach nur noch sehr schlecht küssen, um uns nicht mehr in diese Lage zu bringen."

„Ähm, das erscheint mir ein bisschen drastisch."

„Also, bis du mir ein Attest gebracht hast, das dir bescheinigt, dass du meinen Qualitätsküssen gewachsen bist … fürchte ich, ist das die einzige verantwortungsvolle Vorgehensweise."

„So ist das also, ich verstehe. Willst du auch ein Sex-Attest?" Sivan lachte. Er hatte so lange nicht gelacht, dass es sich ungewohnt anfühlte. „Gibt es die Möglichkeit, die Atteste nachzureichen? Bitte?"

„Vielleicht."

„Bist du bestechlich?"

„Ich bin leider unbestechlich, Sivan."

„Auch wenn ich mich bemühe …" Er küsste Nikolas Hals, strich über seinen Rücken, berührte nackte Haut, wo das Shirt nach oben gerutscht war.

Auf einmal vibrierte ein Handy neben ihnen. Es musste Nikolas Handy sein, weil Sivan sich nicht mehr sicher war, ob er ein eigenes besaß. Nikola seufzte und setzte sich auf, strich mit den Fingerspitzen über Sivans Lippen, während er abhob.

Sivan hörte nur verzerrt, was gesprochen wurde, doch Nikola ließ von ihm ab. *Steig aus.* Seine Augen glänzten. „Ich bin schon unterwegs."

Sivans Herz machte einen schmerzhaften Sprung.

Sicher?

„Ja."

Ich sag Bescheid.

Nikola lächelte und konnte die Traurigkeit nicht verbergen. „Danke."

Und etwas, irgendetwas in Sivan erkannte, was er soeben bezeugt hatte. Als Nikola das Handy zur Seite legte und ihn nicht ansah, wusste er seine Theorie bestätigt.

„Was wollte sie?" Die Frage tat weh, immer noch, nach Jahren, obwohl er wusste, dass es unangebracht war, dass er nichts daran ändern konnte. Das alte Leben, es war wirklich alt. „Warum jetzt?"

Das furchtbare Gefühl, etwas verpasst zu haben, machte sich in Sivans Körper breit. Das furchtbare Gefühl, zu spät zu sein, folgte ihm auf den Fuß.

Nikola atmete scharf aus. Er wischte sich mit den Handflächen über das Gesicht, und als er Sivan ansah, glänzten seine Augen noch stärker. „Es ist nicht, wie du denkst. Dan hat … Gott verflucht." Nikola brach ab. Mit bedachten Bewegungen ließ er sich wieder auf Sivan sinken, legte seinen Kopf auf seine Brust, und griff nach seiner Hand. „Ich glaube, wir müssen uns unterhalten. Über das, was … über alles, was passiert ist, als du im Koma warst. Aber du musst mir versprechen, dass du mir zuhörst, bis ich fertig bin."

Sivans Herz raste. „Okay. Aber noch nicht jetzt. Später. Können wir später darüber reden?"

„Ja", erwiderte Nikola leise und drückte seine Hand. „Vielleicht sollten wir auf Shanna warten."

Sivan sah, wie sein altes Leben davon schwamm und sein neues Leben Form annahm. Vielleicht sollten sie auf Shanna warten und vielleicht war das Unmögliche wirklich unmöglich. Vielleicht ähnelten sich sein altes und sein neues Leben doch.

(Was war schon das Leben? Unvermeidbar und halb so wild.)

CN medizinische Folter, Nadeln, Referenz auf gewaltsames Unter-Drogen-Setzen, Gewalt (explizit), Mord, Suizidalität, Thematisierung von Sterben und Tod, Blut

2025, MITTWOCH 30. APRIL

WIEN, UNTERGRUND

„Du hättest sie nicht verraten sollen."

Nikola zuckte mit den Schultern, lächelte halbseitig. „Ich weiß."

„Du hättest nicht zurückkommen dürfen", setzte Helena leise nach. Ihre Augen waren groß und schienen zu schwanken, als würde sich hinter ihnen das Meer verbergen, das gegen die Bullaugen eines Schiffes brandete. In Wirklichkeit war es der Effekt der Drogen, die ihr verabreicht wurden.

Sie saßen gemeinsam auf Helenas Bett – es war mehr eine Pritsche, ein Metallgestell mit einer dünnen Matratze, eigentlich ein Feldbett, und Nikola fragte sich, ob der Widerstand Unterstützung vom Militär bekam – und warteten. Ungefähr jetzt sollte ersichtlich werden, dass der Hinterhalt nicht geglückt war. Dass der Widerstand weder die Ermordung der Tyrannin noch ihres Bruders für sich beanspruchen konnte. Falls es die Operation überhaupt je gegeben hatte. Wie auch immer: Seine Zugehörigkeit zur falschen Seite war jetzt klarer denn je.

Helena zwirbelte eine Strähne ihres hellen Haars zwischen den Fingern, bis sie verfilzte. Dann wiederholte sie die Prozedur mit einer weiteren Strähne. Ihre Fingernägel waren abgekaut, fiel Nikola auf. Sie war verwahrlost. Es tat ihm weh, sie so zu sehen. Wenn Rowan wüsste, dass er sie hier unten verrotten ließ, würde sie ihn schneller töten als der Widerstand.

In dem vergangenen Jahr hatte er sie öfter gesehen, irgendwann war ihnen erlaubt worden, miteinander zu sprechen; wahrscheinlich in der Hoffnung, er würde sich im Kontakt mit einer anderen Unantastbaren verraten. Die Stunden, die er hier unten verbracht hatte, hatten ihm das Gefühl gegeben, rasant zu altern.

Und Helena … Sie war schon so lange hier. Ihr Los war schlimmer als der Tod und er brachte es nicht über sich, ihr zu helfen, obwohl sie ihn jedes Mal darum gebeten hatte. Sie zu töten. *Erlösen*, so hatte sie es genannt.

„Es war ein Test", sagte Helena schließlich und Nikola nickte. Er hatte es sich bereits gedacht. Die Droge machte Helena gesprächig, denn sie fuhr mit dünner Stimme und blanken Riesenaugen fort: „Sie haben mich immer gefragt, ob ich glaube, dass du ehrliche Absichten hast. Ich habe immer gesagt, dass ich es nicht weiß, aber dass ich dir kein doppeltes Spiel zutraue. Und du hast auch nicht doppelt gespielt." Sie lächelte flüchtig. „Ich wusste, dass du nicht auf ihrer Seite stehst. Aber ich glaube, dass sie das wissen. Sie wissen alles." Ein Schaudern lief über ihren Körper und ihr Lächeln zerfiel. Sie berührte Nikolas Arm. Ihre Haut war kühl. „Was werden sie jetzt mit mir machen?"

„Ich weiß es nicht." Gott, Nikola war so schuldig. Die Schuld zerfraß ihn. „Tut mir leid."

„Sie werden dich nicht töten."

Nikola machte ein zustimmendes Geräusch. „Vielleicht bekommst du einen Zellengenossen." Er wartete darauf, dass die Realität über ihn hereinbrach. Er wartete darauf, dass er endlich das Ausmaß an Angst spürte, das der Situation angemessen war. Aber alles, was er benennen konnte, waren Erleichterung und Akzeptanz.

Nur bei dem Gedanken daran, dass er sich beinahe anders entschieden hätte, wurde ihm übel.

Fast hätte er dem Pokerspiel zugestimmt, das Shanna vorgeschlagen hatte; fast hätte er Nesrins Warnung ignoriert; fast hätte er einen Test bestanden, dessen Preis er nicht kannte.

„Warum bist du hier?", fragte Helena nach einer Weile. Schatten prangten unter ihren Augen, zwischen ihren Lippen. „Du kannst doch nicht so naiv sein."

„Ich habe eine Nachricht für die Leiterin. Von Shanna." Er sah instinktiv nach oben. Der Lautsprecher hing über ihnen, alt und sperrig und auffällig. Ob sie abgehört und gefilmt wurden? Wahrscheinlich. Irgendwie war es dem Widerstand sicher gelungen, sich Spionagetechnik in die Tiefe zu holen und sie zum Laufen zu bringen.

Nikola schüttelte den Kopf, zwang sich, seinen Fokus wiederzufinden. „Ich will dich mitnehmen. Und alle, die hier gefangen sind. Im Gegenzug bekommt sie einige ihrer Leute zurück. Eine Art Gefangenenaustausch, hinter dem Rücken der Regierung."

„Dem wird sie niemals zustimmen. Die Enttarnten sind wertlos für sie."

„Das hat Shanna auch gesagt."

„Und trotzdem bist du hier."

„Ich schulde es dir, es zumindest zu versuchen, oder?", meinte Nikola sacht und Helena lachte. Ihre Stimme vibrierte durch die Liege. Ein schwaches Vibrieren, so schwach wie sie selbst.

Sie sah ihn nicht mehr an, als sie antwortete: „Du hättest mich lieber umbringen sollen."

Nikola schwieg und sagte ihr nicht, dass Shanna das ebenfalls vorgeschlagen hatte. Ihre Härte in Bezug auf Helenas Schicksal hatte ihn getroffen und er konnte nicht sagen, warum. Er wusste, dass sie praktisch dachte. Dass sie eher Helenas Leben opfern würde, das Leben der Partnerin ihrer besten Freundin, als Nikolas. Dass sie versucht hatte, ihn zu schützen. Sivan zu schützen.

(Irgendwann war er zu einer Priorität für Shanna geworden.) Tatsache blieb: Shanna wusste, dass die Leiterin nicht auf ihr Angebot eingehen würde. Nikola wusste es auch, irgendwie. Aber das Wissen hatte ihn nicht abgehalten. Er fragte sich, warum. Konnte es nicht beantworten, selbst wenn er ehrlich zu sich selbst war.

„Weiß Rowan, dass ich sie verraten habe?"

„Nein." Nikola versuchte, Helena in die Augen zu sehen, doch es gelang ihm nicht. „Und niemand wird erfahren, dass du sie verraten hast. Shanna hat es mir versprochen."

„Sie weiß nicht, dass ich noch lebe, nicht wahr? Rowan."

„Nein."

Helena schluchzte. „Dann könnte ich wirklich zurück."

„Ja", sagte Nikola leise und berührte Helenas Hand. Sie ließ sich gegen ihn sinken, wischte sich mit dem Handrücken über Mund und Nase, aber sie lächelte. Was war er für ein Mensch, ihr solche Hoffnung zu machen? Wo er doch *wusste* … Aber wie konnte er ihr die Hoffnung nicht lassen? Wie konnte er sie zunichtemachen? *Scheiße*.

Wenigstens würde er sie nicht wieder alleine lassen. Unmöglich, dass die Leiterin ihn gehen ließ, wenn sie Shannas Angebot ausschlug. Helena würde Rowan nicht wiedersehen und er würde Sivan nicht wiedersehen. Vielleicht war das ausgleichende Gerechtigkeit. Aber vielleicht konnte er Helenas Freilassung erwirken. Vielleicht konnte er ihren Platz einnehmen. (Das Szenario machte ihm mehr Angst als ein Todesurteil.)

Plötzlich knallte eine Tür, irgendwo in dem Stockwerk. Das dumpfe Dröhnen kündete von nichts Gutem. Wie auch? Es war also so weit. Nikola schluckte und wünschte sich, er hätte nicht in Erwartung der Angst gelebt; denn das machte es nicht besser, als die Angst ihm endlich vor die Brust schlug.

Helena sagte nichts. Sie nahm seine Hand, lehnte ihren Kopf gegen seine Schulter. Sie wog nichts, war so leicht, dass er sie kaum an seiner Seite spürte. Zumindest wusste er, wofür er alles riskierte. Resolution verstärkte Nikolas Rücken. Gut, sonst wäre er spätestens jetzt zusammengesackt.

Die Leiterin tauchte vor der Zelle auf, einen Begleitschutz von mehreren Vermummten im Schlepptau. Sie sah nicht wütend aus. Sie wirkte nicht überrascht. Eher in ihrem Glauben bestätigt. Mit einer Bewegung signalisierte sie, die Zelle zu öffnen. Helena war wie eingefroren, ein Schatten aus Eis. Zwei Personen folgten ihrem Befehl, packten Nikola und zerrten ihn unsanft vor ihre Füße.

„Nikola ... Du hast mich enttäuscht."

„Ich bin gekommen, um dir eine Nachricht von Shanna Delcar zu überbringen."

Die Leiterin wirkte noch unüberraschter, falls sie es denn sein konnte. „Wir verhandeln nicht."

Ich weiß. Nikola nickte gefasst und hielt ihrem Blick stand. Sein Herz schmerzte. Er hätte sich von Sivan verabschieden sollen. Etwas in ihm befahl ihm, zu kämpfen, zu sprechen, zu *agieren*, doch bleierne Passivität hielt ihn davon ab.

Auf ein Zeichen der Leiterin hin wurde er abgeführt. Die Zelltür schloss sich quietschend. Helena blieb zurück.

Schritte und das Rotieren der Ventilatoren begleiteten seinen letzten Gang. Nikolas Knie wurden zittrig.

Was hatte er sich nur dabei gedacht ...?

Der Raum war anonym. Weiß, steril, klein. Wie eine Medizinbox. Die Kamera starrte Nikola einäugig und gleichgültig an. Sein Herz flatterte. Er war an einen Sessel gefesselt; und die Assoziation zum elektrischen Stuhl war mehr als das, war eine gewollte Verbindung, sowohl für ihn als auch für diejenigen, die ihn hier sehen würden.

Scheiße, er wollte nicht vor Publikum hingerichtet werden. Alles, nur das nicht. Wenn er schon sterben musste, dann unter der Gnade von Privatsphäre. Aber das Privileg hatte er wohl verspielt.

Übelkeit wallte in ihm hoch, sein Speichel schmeckte bitter und ätzend, und nichts konnte ihn mehr vor der Todesangst abschirmen. Seine Hände zitterten.

Nikola fragte sich, ob es Mut gewesen war, der ihn hergeführt hatte. Mut. Dass er nicht lachte. (Verzweifelt und reuig und schuldig.) Er war alles – *alles* –, nur mutig war er nicht und jetzt würde er es auch niemals sein können. Sein Ende besiegelt zu wissen, fühlte sich so furchtbar an, dass es ihm nicht gelang, das Gefühl in Worte zu kleiden. Dabei ging es weniger um das Totsein per se, sondern um die Umstände des Sterbens. Wie hatte er nur … Gott, warum war er zurückgekommen? Er wollte nicht sterben. Er wollte nicht sterben …!

„Erstaunlich, zu welchen Entscheidungen ein schlechtes Gewissen die Menschen treibt, oder?"

Ein Mann, den Nikola nicht kannte, war in den Raum getreten. Er wirkte sehr ruhig, routiniert, begutachtete ihn. Laborkittel und Mundschutz machten ihn zu einem Diener der Forschungsarmee des Widerstands, anonym wie der Raum. Ob er an Helena experimentiert hatte? Ob er sie unter Drogen setzte?

„Es war vorhersehbar, aber deine Absicht war trotzdem nett."

„Was, habt ihr gewettet, ob ich so unverschämt sein würde, mich noch mal hier blicken zu lassen?", fragte Nikola flach. Magensäure brannte in seiner Kehle, doch er schluckte sie.

„Hier unten wird es manchmal ein bisschen eintönig. Es ist nichts Persönliches." Der Fremde schien unter seiner Maske zu lächeln. „Ein paar haben bis zuletzt gedacht, dass du dich von den Auserwählten befreien würdest. Allerdings standen die Quoten konsequent dagegen. Naja, jetzt ist es zumindest gewiss."

„Worauf hast du getippt?"

„Auf den Befreiungsschlag." Er sah Nikola mit einem Schulterzucken an. „Unter uns gesagt, ich glaube, deswegen wurde mir diese Aufgabe übertragen."

„Und was ist deine Aufgabe?"

Der Fremde antwortete nicht, ging nach hinten. Nikola sah ihn nicht mehr, hörte nur, wie Seiten umgeblättert wurden. Ein Stift kratzte auf papierener Oberfläche. Jedes Haar auf seinem Körper stellte sich auf. Panik wusch über ihn hinweg.

„Kannst du zumindest weiter mit mir sprechen?", bat Nikola und war sich schmerzlich bewusst, dass es sich wie ein Flehen anhörte. Er war noch nie gut in solchen Situationen zurechtgekommen, noch weniger, wenn sie sich in Schweigen dahinzogen. Nur eine weitere Schwäche auf einer langen Liste von Schwächen, die heute ihr Ende fand.

Der Fremde trat wieder in sein Sichtfeld. Er nahm seine Hand und hielt sie fest. Das Material der Handschuhe fühlte sich fremd an, falsch. Erst jetzt bemerkte Nikola das Besteck. Er biss die Zähne zusammen, biss die Tränen zurück.

„Das? Für den intravenösen Zugang. Ich gebe dir ein Beruhigungsmittel", meinte der Fremde ruhig. Als würde er mit einem Kind oder einem sturen Patienten sprechen. „Je weniger du dich bewegst, desto schneller bin ich fertig."

Nikola sah nicht hin, als ihm eine Nadel unter die Haut, in seine Vene geschoben wurde. Sein Handrücken juckte, seine Muskeln bebten. Ihm war speiübel. Etwas Kaltes floss in seinen Körper.

„Es wird gleich wirken."

Nikola wollte sich übergeben, aber der Brechreiz blieb zu schwach, steckte irgendwo in seiner Kehle fest. Während der Fremde sich wieder anderem widmete, begann seine Pulsfrequenz zu sinken. Sein rasendes, flatterndes, unstetes Herz fand zur Gleichmäßigkeit zurück. Alles schien gedämpft. Jedes Gefühl, jede Empfindung. Vielleicht das gleiche Zeug, das sie Helena gaben. Doch das warme Licht, das sie so liebte, kam nicht zu ihm.

„Wozu der Aufwand?", fragte Nikola schließlich, wohl wissend, dass er keine Antwort zu erwarten hatte. „Erschießt mich doch einfach. Hängt mich auf. Schneidet mir den Hals durch. Das ganze Theater meinetwegen? Als ob ich so verdammt wichtig wäre."

„Wer hier wichtig ist, entscheide ich", sagte die Leiterin. Ihre Stimme überwältigte ihn von hinten, doch sein Körper war zu betäubt, um entsprechend darauf zu reagieren. Also war ein minimaler Ruck in seinem Brustkorb alles, was passierte.

„Ist alles vorbereitet?"

„Ja. Die Werte sind im Normbereich, keine Irregularitäten", erwiderte der Fremde.

Nikola sah auf seine Hand. Sie zitterte nicht mehr. Es war fast so, als wäre er nicht da. Würde auf sich herabsehen. Interessant.

Neben ihm wurde ein Tisch aufgebaut. Ein Metallgestelltisch. Wie ein Beistelltisch. Ein OP-Tischchen, vielleicht. Nikola konnte es nicht sagen. Und was machte es für einen Unterschied? Die Metallstäbe glänzten kühl im weißen Licht.

Ein Ziehen in seiner Brust lenkte seinen Blick nach oben. Die Leiterin hielt ein Glasgefäß in der Hand. Eine Phiole. Sie war mit einer dunkelroten Flüssigkeit gefüllt, die golden schimmerte.

Nikola schüttelte den Kopf. „Das könnt ihr nicht machen … das ist … bitte. *Nicht*." Seine Stimme brach. Seine Gedanken brachen und er konnte nicht mehr denken.

Fassungslos, erfüllt von unfassbarem Grauen, bezeugte er, wie der Fremde das Dämonenblut in einer Spritze aufzog. Es neigte sich in seine Richtung. Entfernt vom Wirten, außerhalb eines lebendigen Körpers, noch immer darauf aus, ihn zu besitzen.

„Wenn du möchtest, verbinde ich dir die Augen", bot der Fremde nicht unfreundlich an. „Manche finden das einfacher."

Manche? Nikola begann am ganzen Leib zu zittern. Das Beruhigungsmittel kämpfte gegen den Adrenalinschock. Die künstliche Ruhe warf sich gegen das Wissen, was Dämonenblut bei Unantastbaren bewirkte. Manche fanden es einfacher, nicht zusehen zu müssen. *Manche*. Helena …

„Dann keine Augenbinde", entschied die Leiterin. „Viola Sokol sendet ihre Grüße. Fang an."

Viola Sokol …? Wer? Nikola schüttelte den Kopf und Tränen fielen auf seine nackten Arme. „Nicht. Bitte nicht."

Die Leiterin blieb unberührt.

Der Fremde sah ihm in die Augen. „Ich bin bereit."

Das rote Licht unter der Kameralinse blinkte rapide. Diesmal sah Nikola hin, als das rotgoldene Blut durch die Kanüle in seinen Körper drang. Er konnte nicht aufhören. Er konnte nicht wegsehen. Der Fremde trat beiseite, aus dem Blick der Kamera.

Nikola beobachtete, wie das Dämonenblut in seinen Organismus wanderte. Zuerst spürte er nichts. Dann färbten sich die Adern auf seinem Handrücken grau. Hitze spülte durch seine Hand, breitete sich rasant aus. Und plötzlich stand er in Flammen, badete in Säure, schälte sich die Haut vom Körper.

Nikola schrie.

Das Kameralicht blinkte.

Sirenen schleuderten ihr blaues Licht heulend gegen die Häuserfassaden. Auserwählte in Uniformen bevölkerten die nächtliche Szene. Nikola sah sie durch einen Schleier, der alles verlangsamte. Jemand untersuchte seine Hand, aber er spürte nichts mehr.

Das Mittel, das sie ihm in der Ambulanz gespritzt hatten, war so stark, dass es wie ein Puffer zur Realität wirkte. Wie ein Puffer zu seinem eigenen Körper. Er spürte den Selbstzerstörungsprozess nicht, den das Dämonenblut eingeleitet hatte. Er wusste nur, dass er stattfand. Aber das war alles weit weg.

Er war müde. „Darf ich gehen?"

„Das ist nicht möglich …"

Plötzlich war Shanna da. Wortlos traten die Sanitäter beiseite. Nikola wollte für sie lächeln, aber er schaffte es nicht. „Du hattest recht."

„Sei still." Sie umarmte ihn und er spürte, dass sie zum Zerreißen angespannt war. „Fuck. Nikola, es tut mir … Es tut mir so leid."

„Darf ich gehen?"

Sie wischte sich Tränen aus den Augenwinkeln, nickte. „Sivan holt dich ab. Er müsste gleich da sein." Der Zorn glänzte in ihren Augen. Sie war ein Engel und sie war unberührbar. „Sie werden es büßen."

Nikola war zu müde, um etwas zu erwidern. Er starb. Nicht auf einer metaphorischen Ebene, nicht am Lauf des

Lebens, nicht durch das Altern, er starb in genau diesem Moment. Sein Körper war im Begriff sich selbst zu vernichten. Was kümmerte es ihn, ob jemand dafür büßte? Es war alles umsonst gewesen.

Shanna sagte nichts mehr. Sie wusste es auch. Und so waren sie mit ihrem gemeinsamen Wissen alleine. Nikola wollte sie trösten, doch er hatte nichts.

„Shanna, wir haben …" Eine Auserwählte mit zerzaustem Haar lief zu ihnen. Sie wirkte durcheinander, ihre Stimme überschlug sich beim Sprechen beinahe: „Bitte verzeih die Störung. Ein Team hat gerade eine von uns aufgegriffen. Eine Unantastbare. Am anderen Ende der Stadt." Sie wurde leiser. „Wir glauben, es ist Helena."

Shanna maß sie mit einem zweifelnden Blick. „Ist sie so …?"

„Wie ich", ergänzte Nikola matt. „Haben sie sie auch infiziert?"

Die Auserwählte zögerte. „Es liegt uns keine Information über eine Infektion vor."

Nikolas Herz schlug schneller. Er wandte sich direkt an Shanna, bat sie eindringlich: „Geh und bring sie nach Hause. Bitte."

Shanna sah ihn an, Zerrissenheit in ihren Augen, auf ihrem Gesicht. Dann nickte sie knapp. „Ich komme sofort. Benachrichtigt Rowan." Sie schloss Nikola ein weiteres Mal in die Arme. „Wir treffen uns in der Notfallzentrale, okay? Du musst unbedingt in Behandlung."

„Wie viel weiß er?", fragte Nikola und fühlte sich kraftlos.

„Alles."

Die Erschöpfung breitete sich weiter in Nikola aus. „Das habe ich befürchtet."

„Versprich mir, dass ihr zur Notfallzentrale fahrt."

Nickend: „Versprich mir, dass Helena nichts passiert."

Shanna nickte und umarmte ihn ein letztes Mal, ehe sie in dem Meer aus Auserwählten verschwand. Nikola sank ein wenig in sich zusammen. Die Stelle, an der sie ihn mit einem Sack über dem Kopf, halb bewusstlos, gefunden hatten, war mit gelbem Plastikband abgesperrt. Es schwang im Luftzug hin und her.

Er betete, dass es sich bei der aufgetauchten Unantastbaren wirklich um Helena handelte und dass sie vom Dämonenblut verschont geblieben war. Nachdem er so elend versagt hatte, was ihre Freilassung betraf, nachdem er kaum einen Gedanken mehr an sie verschwendet hatte, als er in dem weißen Raum gefangen gewesen war, war es fast zu viel verlangt. Aber er betete ihretwegen. Gott, irgendeinen Sinn musste das alles doch haben.

Ein schwarzer SUV bog in die Straße, wurde durch die Absperrung gelassen. Nikola rutschte von der Trage und ging ihm entgegen. Es war, als würde er auf einem Trampolin gehen, federnd und irgendwie leicht, gleichzeitig aber zog ihn die Schwerkraft stärker auf den Boden als notwendig. Er brauchte keine Erinnerung daran, dass er fallen und nicht mehr aufstehen würde.

Sivan stieg aus dem Auto und öffnete wortlos die Beifahrertür. Er sah Nikola nicht an. Das hatte er wohl verdient. Nikola stieg ein und Sivan schloss die Tür. Die Scheiben waren getönt und verspiegelt und endlich fühlte Nikola sich nicht mehr beobachtet. (Er versteckte das Video in dem hintersten Winkel seines Bewusstseins.)

Sivan setzte sich ans Steuer und fuhr schweigend los. Er umgriff das Lenkrad so fest, dass seine Fingerknöchel weiß hervortraten. Sein Blick ruhte auf der Straße vor ihnen, nahm keine Notiz von ihm.

„Sivan …", begann Nikola und wollte ihn berühren, doch Sivan zuckte zurück. „Tut mir leid."

„Ich kann das nicht, okay. Ich kann nicht", sagte Sivan tonlos. Wenn er wüsste, wie sehr er Shanna ähnelte. Wenn er wüsste, wie gleich sie waren. Nikola nickte besiegt und legte seine unversehrte Hand über die ergraute. Ihm war schwindlig.

Die Straßen zogen an ihnen vorbei. Sie gewannen an Geschwindigkeit und Nikola konnte nicht sagen, ob das Absicht war. Ob es unter Kontrolle geschah. Er konnte nicht einschätzen, was Sivan vorhatte. Vielleicht hatte er vor, sie beide umzubringen. Es wäre gar nicht so schlecht. Dann würde ihm ... alles erspart bleiben, ein quälendes Dahinsiechen und ein noch quälenderer Abschied.

„Früher haben sie uns an Ort und Stelle getötet. Das haben sie während der Ausbildung behauptet. Es war ein Gerücht, aber ... Ich verstehe, warum." Nikola sah aus dem Fenster, auf die vorbeifliegende Straße. „Also, wenn du es beenden willst, dann nur zu, aber mach es bitte so, dass ich auf jeden Fall tot bin, okay? Lass mich meine letzten Minuten nicht in einem brennenden Autowrack mit deiner Leiche verbringen. Hörst du, Sivan? Mach es ordentlich oder lass es."

Das Auto wurde langsamer, bis es nur noch rollte. Es kam vor der Einfahrt zur Notfallzentrale zum Stehen. Das Neonzeichen wies ihnen unbeirrt den Weg.

Sivan sah Nikola immer noch nicht an. Tränen hingen in seinen Wimpern, liefen über seine Wangen. Er schaltete den Motor aus, hielt das Lenkrad fest, rührte sich nicht.

Nikola fuhr sich mit der Zunge über die Lippen. Er fühlte sich plötzlich so hilflos wie vorher, als er an den Sessel gefesselt gewesen war. Trostlosigkeit belegte seine Stimme. „Soll das so weitergehen? Du sprichst kein Wort mit mir und lässt mich hier alleine aussteigen? Verlässt du mich jetzt, bevor ... bevor ich dich verlassen kann?" Er wollte nicht weinen, konnte sich aber nicht mehr davon abhalten. Der Puffer versagte. Alles knallte aneinander, füllte seinen Mund mit Blut und Bitterkeit. „Du kannst das nicht, aber ich kann es auch nicht. Sie hätten mich töten sollen. Dann hätten wir uns das gespart."

Sivan drehte sich zu ihm. Seine Augen waren schwarze Abgründe. „Wie hast du mir vergeben? Dass ich gegangen bin, ohne mich zu verabschieden. Dass ich sechs Monate so gut wie tot und weg war. Wie konntest du mir vergeben und mich nicht hassen?"

Nikola wünschte, Sivan würde ihn endlich berühren. Aber er wartete reglos. Schulterzuckend, kraftlos meinte er schließlich: „Ich habe dich gehasst, aber ich habe dich mehr geliebt als gehasst. Und ich habe dich verachtet, aber ich habe dich mehr geliebt als verachtet. Und irgendwann war ich nicht mehr … Ich habe dir vergeben, dass du es getan hast. Es war ein Prozess."

„Ich wünschte, ich könnte dir …" Sivan brach ab, ballte die Hände zu Fäusten. „Ich hasse dich dafür, dass du dir das angetan hast." Erstickt, ein Flüstern und ein Schreien zugleich. „Und ich hasse dich, weil du hier sitzt und ich spüre, dass du stirbst."

Nikolas Lippe zitterte. „Tut mir leid."

„Ich hasse dich", brachte Sivan mit brechender Stimme hervor und kletterte zu Nikola auf den Beifahrersitz, presste sich mit bebendem Körper gegen ihn. Sie küssten sich unsanft, leidenschaftlich, voller ungesagter Versprechen, voller illusionistischer Lügen. Sie küssten sich, als könnten Tränen, Speichel, und Salz etwas ändern.

Nikola krallte sich so fest in Sivans Shirt, dass er glaubte, seine Finger würden brechen. Er konnte nicht aufhören zu weinen, konnte nicht aufhören, sich an Sivan zu drücken.

Sivan presste ihm einen weiteren Kuss auf die Lippen, heftig atmend, und versuchte, ihre Körper noch näher aneinander zu bringen. Verzweifelt, hoffnungslos. Sivan biss ihn in die Unterlippe, ihre Zähne krachten aneinander, und Nikola schmeckte Metall, das seinen Mund flutete.

Sivan fuhr in Nikolas Haare, neigte seinen Kopf nach hinten, drückte Nase und Mund gegen seine Kehle. Nikolas Puls raste. Sivan musste ihn an seinen Lippen spüren. Seinen Herzschlag. Dass er lebte.

Das sollte reichen, oder? Es sollte genug sein, dass er noch nicht tot war. Aber das war es nicht. Sogar sein Herz schrie förmlich mit jedem Schlag *tot, tot, tot, tot, tot, tot* …

„Ich liebe dich", flüsterte Sivan. Er atmete schwer. Küsste seinen Mundwinkel. Betonte Sanftheit und leise Reue, seine Berührungen waren zaghaft geworden. „Ich hasse dich nicht. Ich wollte das nicht sagen. Vergib mir."

Nikolas Kopf drehte sich, ihm war unterschwellig übel und der Schmerz kehrte in seine Hand zurück, doch er sehnte sich nach mehr. Mehr von Sivans Berührungen. Mehr seiner Lippen. Er wollte sich ein letztes Mal normal fühlen. Annähernd normal. Also sagte er nichts und küsste Sivan. Schlang seine Arme um seinen Hals, fand Halt in seinem Nacken, in seiner Umarmung. „Versprich, dass alles gut wird", sagte Nikola leise.

„Alles wird gut, Kleiner", log Sivan ohne zu zögern. „Versprochen."

Nikola lächelte verzweifelt und küsste ihn.

CN Gewalt (explizit), Blut, Thematisierung von Sterben und Tod, Nadeln (erwähnt)

2025, MITTWOCH 30. APRIL

WIEN, STADTRAND

Der erste Schlag kam erwartet. Zwar aus unerwarteter Richtung, ohne vorangehendes Wortgefecht, aber im Grunde kam er völlig erwartet.

Shannas Zähne knirschten. Sie hörte ihre Lippe platzen. Adrenalin überspülte den Schmerz. Ihr Kinn wurde heiß, ihr Mund schmeckte nach Blut. Vom Aufprall benommen taumelte sie einen Schritt nach hinten, spuckte aus. Gut, das hatte sie verdient. Vielleicht nicht in aller Öffentlichkeit, aber sie hatte es verd-

Der zweite Schlag kam unerwartet und traf sie an der Schläfe. Gold und bohrender Schmerz schossen durch ihr Hirn. Sie wich dem dritten Schlag mit dämonischer Koordination aus, fing den vierten ab. Den fünften Schlag versetzte sie Rowan in die Rippen, die ihn stumm hinnahm und zum sechsten ausholte. Nur am Rande bemerkte Shanna, dass Rowans Augen nicht goldgeflutet waren. Ihr Blick, menschlich, bezichtigte sie des Verrats.

Shanna packte Rowans Arm, bekam ihr anderes Handgelenk zu fassen und rang sie nieder. Rowan trat sie, rammte ihr das Knie in den Bauch, versuchte sie zu kratzen und zu beißen, doch Shannas Dämon ließ sich nicht aus dem Konzept bringen. Sie hielt Rowan mit ihrem Gewicht am Boden fixiert, atmete schwer, und grollte: „Reicht es jetzt? Oder muss ich dir erst wehtun?"

Rowan hatte offenbar Mühe zu atmen, doch das hielt sie nicht davon ab, verächtlich zu schnauben. „Mir wehtun? Fick dich, Shanna. Du hast sie dort ein weiteres Jahr leiden lassen. Du hast mir nichts gesagt. Du hast *ihr* wehgetan."

Die Nachricht hatte also ihre Runde gemacht. Kein Zweck, die Tatsachen zu leugnen. Der Schmerz punktierte ihren Schädel und bohrte sich in ihre Lippen, doch Shanna zwang sich, die Kontrolle zurückzunehmen. Sie blinzelte, bis sie das Gold verschwunden wusste. Ohne Dämon zitterten ihre Muskeln und das Adrenalin machte sie fahrig. *Fuck*. Nicht jetzt. Sie wollte sagen, dass es ihr leidtat, doch was änderte das noch?

Beistehende starrten sie an. Niemand wagte es, einzugreifen und das war auch besser so. Es war eine Angelegenheit zwischen ihr und Rowan. Sie würden sie gemeinsam klären oder sich so lange schlagen, bis es eine Siegerin gab. Shanna hoffte auf das Erste, rechnete aber mit dem Zweiten.

Doch Rowans Kampfgeist schien erloschen. Sie wartete wortlos, bis Shanna von ihr gestiegen war, und kämpfte sich dann hoch. (Sie würdige die ihr gebotene Hand keines Blickes.)

„Du redest nicht mehr mit mir? Auch gut", sagte Shanna und ignorierte das Pochen ihrer Lippe. „Aber wenn du mitkommen willst, fügst du dich meinem Kommando. Wenn dein Problem mit mir so groß ist, dass du das nicht kannst, musst du den Einsatz auslassen. Ist das klar?"

Rowans Lippe zuckte und ihre Augen funkelten zornig. „Glasklar, Boss."

Shanna setzte ihren Weg fort. Die Straßen rings um sie waren gesperrt. Blaues Licht flimmerte über die Häuser, spiegelte sich in Fensterscheiben. Es fehlte das Heulen der Sirenen. Stattdessen war es bedrückend still. Sogar Lärm wäre ihr lieber als diese Stille.

„Wo ist sie?", fragte Shanna das Team, mit dem sie verabredet gewesen war, bevor Rowan sie in den Faustkampf verwickelt hatte. Sie waren zu dritt – unterbesetzt, wie sie alle – und der Teamleiter trat vor. Sein Name fiel ihr beim besten Willen nicht ein.

Er deutete nach hinten. „Wir haben sie in Sicherheitsverwahrung in unserem Fahrzeug."

„Sicherheitsverwahrung?"

„Allerdings. Bei allem, was heute Nacht passiert ist, hielt ich es nicht für klug, sie in die Zentrale oder sonst wohin zu bringen. Es könnte eine Finte sein."

Rowans Fingerknöchel knackten. Shanna warf ihr einen Blick zu und sie erwiderte ihn eisig. Ihre Kiefermuskeln traten hervor. Wenn sie sich nicht gescheut hatte, Shanna anzugreifen, würde sie eine handgreifliche Auseinandersetzung mit diesem Teamleiter nicht scheuen. Ein Teil von Shanna wusste, dass sie in ihrer Situation wohl dasselbe getan hätte.

„Rowan", sagte Shanna betont ruhig. „Schau nach, ob es Helena ist. Wenn sie es ist, bring sie in die Notfallzentrale. Wenn sie es nicht ist, auch."

Rowan lief los, ehe Shanna zu Ende gesprochen hatte. Es war nur natürlich, dass Rowan sie hasste. Damit würde sie leben müssen. Shanna wandte sich an die drei, die Helena – *eine Unantastbare* – gefunden hatten. „Ihr untersteht Rowans Befehl. Lageveränderungen werden mir gemeldet."

Nicken, dann folgten sie Rowan.

Shanna berührte ihre Lippe mit spitzen Fingern. *Scheiße*. Sie würde sie nähen lassen müssen. Das konnte sie getrost in der Notfallzentrale erledigen, dachte sie bitter, immerhin schien sie dort zu wohnen. Zuerst Nesrin, dann Sivan und jetzt Nikola? Helena?

Sie fühlte sich verflucht. Egoistisch, in dieser Situation zuerst an sich selbst zu denken, widerlich egoistisch, aber sie konnte sich nicht helfen.

An Nikola zu denken, trieb Shanna die Tränen in die Augen. Den letzten Unantastbaren, der mit Dämonenblut in Kontakt gekommen war, hatte sie auf seine Bitte hin getötet. Sie hatte Sivan nie davon erzählt. Jetzt war sie fast froh darüber. Es war furchtbar gewesen. Vielleicht furchtbarer als Sivans Koma. Vielleicht sogar furchtbarer als Nesrins Tod. Und jetzt blühte Nikola dieses furchtbar beschissene Schicksal? Das war nicht fair. Das war einfach nicht fair.

Sie hätte ihn nicht gehen lassen dürfen. Shanna wusste das. Sie hätte ihn nicht aufhalten können, ohne Gewalt anzuwenden. Das wusste sie auch. Aber das machte es nicht besser, entlastete sie nicht von der Schuld, die sie trug. Sie fragte sich, was Rowan tun würde, wenn sie erfuhr, dass Shanna bereit gewesen war, Helena dem Widerstand zu überlassen, um Nikola zu schützen. Nicht nur um seinetwillen, auch um Sivans willen.

Sie fragte sich, was Sivan tun würde, wenn er erfuhr, dass es doch eine Möglichkeit gegeben hätte, Nikola aufzuhalten. Und es wäre so einfach gewesen. Ein simpler Vertrauensbruch. So einfach. So unmöglich. („Sag's ihm nicht." „Warum nicht?" „Er ist der Einzige, der mich davon abbringen kann.")

Ein Krachen in ihrem Ohr schickte eine Schmerzenswelle durch ihren Kopf. Das Earpiece. Dann erkannte sie Rowans Stimme: „Sie ist es. Ich wiederhole, sie ist es. Helena. Sie ist es."

Shanna nahm das Earpiece aus dem Ohr. Ein Lichtblick. Der einzige Lichtblick. Helena lebte und war wieder hier.

Die Frage, warum der Widerstand sie freigelassen hatte, warum sie Nikola hatten gehen lassen, schob sie von sich. Dafür war später genug Zeit.

Sie fühlte sich benommen, als sie eine Nachricht mit dem gleichen Inhalt an Nikola schickte: *Es ist Helena*. Ihr Kopf drehte sich etwas, als sie zum Auto zurückging. Sie sollte nicht mehr fahren. Aber sie musste in die Notfallzentrale und Rowan würde sie bestimmt nicht mitnehmen. Nicht, dass sie es ihr verübelte.

Shanna setzte sich hinters Steuer, schluckte zwei Schmerztabletten, und fuhr los.

Sivan fuhr herum, als Shanna den Raum betrat. Er war alleine. Zurück in dem Zimmer, in dem er so viel Zeit verbracht hatte. Wo sie so viel Zeit verbracht hatte. Wo Nikola ... *Wo Nikola sterben würde*. Als könnte er ihre Gedanken lesen, stand Sivan auf. Seine Lippe bebte und er sagte kein Wort, kam mit langsamen Schritten auf sie zu.

„Falls du auf eine körperliche Auseinandersetzung abzielst ... stell dich bitte hinten an", sagte Shanna müde und streifte ihre Jacke ab. „Oder warte zumindest, bis meine Lippe genäht ist, okay?"

Sivan schüttelte den Kopf. Grandios. Während Shanna sich innerlich seufzend mit der zweiten Nahkampfrunde dieser beschissenen Nacht abfand, fiel Sivan ihr um den Hals. Keine Schläge, kein einziges Anzeichen von Aggression – nichts als leise Tränen. Sie hasste sich dafür, ihn so falsch eingeschätzt zu haben.

Shanna umarmte ihn. Er wurde zu einem zitternden Häufchen Elend in ihren Armen. Sie hatte schon fast verdrängt, wie sich das anfühlte. (Als würde ihr das Herz aus einem winzigen Loch in der Brust gezerrt werden.) Hilflos strich sie Sivan über den Rücken.

„Wo ist er?"

„Sie wollten alleine mit ihm sprechen. Und sie haben ihn. Untersucht? Ich weiß es nicht, Shanna, ich bin nicht

…" Sivan brach ab und verbarg sein Gesicht an ihrer Schulter. Er weinte und brachte die grauenhafte Frage kaum hervor: „Hast du es auch gespürt?"

Hatte sie gespürt, wie, *dass* das Dämonenblut in Nikolas Organismus wirkte? Was für eine Frage. Sie hätte lügen können. Zu welchem Zweck wusste Shanna auch nicht, aber sie *hätte* lügen können. Und vielleicht hätte sie sich dann besser gefühlt, hätte Sivan sich besser gefühlt. Aber die Frage enthielt ihre Antwort bereits. Sivan kannte sie. Er fragte nur, weil er wollte, dass sie log. Sie schaffte es nicht.

„Ja", erwiderte sie tonlos.

Sivan atmete flach und zitterte noch heftiger als zuvor. „Dann stirbt er wirklich." Was eine Frage hätte sein sollen, verkam in ihrem Prozess zu einer Feststellung.

Shanna wollte nichts lieber tun, als jede Schuld auf sich zu nehmen. Sie wünschte, Sivan würde wie Rowan reagieren und ihr eine verpassen. Sie wünschte sich inständig, sie hätte einen Fehler gemacht. Ihre eigenen Fehler konnte sie wiedergutmachen, es zumindest versuchen, irgendetwas *tun*. Aber hier war sie machtlos. Sie konnte Sivan nicht einmal mit leeren Versprechen trösten, weil es in diesem Fall nur ein mögliches Ende gab. Egal, wie sehr sie sich dagegen verschlossen, wie sehr sie sich wehrten. Sie hatten verloren.

Nikola war todgeweiht und es gab keine Instanz, die dem etwas entgegenzusetzen hatte. Der Widerstand hatte genau gewusst, welche Wirkung das Exempel an einem der Ihrigen, einem *Unantastbaren*, haben würde.

Das Einzige, was Shanna nicht nachvollziehen konnte, war Helenas Freilassung. Diese Aktion trieb nur kleinflächig einen Keil zwischen sie und die anderen Auserwählten. Warum eine Verlorengeglaubte zurückgeben, wenn man sie umbringen und still entsorgen konnte? Warum der Silberstreif in dieser düsteren Nacht?

„Was soll ich … Wie soll ich …?", fragte Sivan tränenerstickt. „Wie kann ich …?"

Shanna hatte keine Antwort. Sie konnte ihn nur fester umarmen und jede verfügbare Macht in dieser Welt bitten, dass ein Wunder geschah. Sonst würden sie abwarten und die Konsequenz sehen müssen. Und Sivan, der Nikola auf diese Art verloren hatte? Das wollte sie nicht erleben.

Plötzlich wurde die Tür geöffnet. Nikola, flankiert von Pflegepersonal, trat ins Zimmer. Er lächelte matt. Grau. Sie hatten ihm in den unversehrten Arm eine Kanüle gelegt, aus der ein verstöpselbarer Schlauch ragte.

„Ich schaff's ab hier alleine. Danke", sagte er, wider die Umstände gewohnt höflich. Shanna nickte den beiden knapp zu und sie gingen. Sie spürte, wie das Dämonenblut um sich griff: ein sachtes, beständiges Kitzeln wie von Fühlern an der Innenseite ihres Brustkorbs. Sie wollte sich nicht vorstellen, wie es sich für Nikola anfühlte.

Sivan löste sich aus der Umarmung, fragte: „Brauchst du Hilfe?"

Nikola schüttelte den Kopf. „Ich möchte nur schlafen." Er sah Sivan an, dann Shanna. „Ich bin nicht böse, wenn ihr geht."

„Natürlich bleiben wir", sagte Shanna fest und Sivan nickte stumm. „Ich muss mich um ein paar Sachen kümmern, dann bin ich wieder hier. Nesrin wird auch kommen. Wenn ihr etwas braucht, sagt es mir und ich werde es in die Wege leiten, okay?" Sie hielt kurz inne, zögerte. „Wurde dir psychologische …"

„Ja. Danke." Nikola sah sie vorwurfslos an. Sie wünschte, sie könnte sich an ihm ein Beispiel nehmen und die Stimme in ihrem Hinterkopf – eine Mischung aus

Sivans und Nesrins, merkwürdig verzogen, hallend – ausschalten. Aber sie schaffte es nicht.

Sivan setzte sich neben Nikola ans Bett, schwieg, kämpfte offenbar mit sich selbst. Nikola lächelte erschöpft. „Komm, lass uns schlafen. Es ist ein bisschen … Es ist *sehr* unbequem, aber wir passen beide in dieses Bett. Ich habe es getestet."

Shanna musste gehen. Sie hielt das nicht aus. Nicht schon wieder. „Bis später", sagte sie und verließ das Zimmer mit entschlossenem Schritt. Zu entschlossen. Scheiße, *fuck*. Sie bog um die Ecke und ließ sich gegen die nächstbeste Wand sinken. Die Tränen kamen als eine heiße Sturmflut.

Wie sie es hasste. Wie sie all das hier *hasste*.

Nach einer Minute wischte sie sich über das Gesicht, atmete durch und erlaubte sich, in goldenem Licht zu schweben. Der Dämon übernahm. Effizienz und Professionalität bauten eine Mauer um ihre Emotionen. Mehr konnten sie heute nicht von ihr erwarten.

Shanna funktionierte. Und sei es nur aufgrund der verdammten Goldaugen.

Shanna fragte sich, wann es zur Gewohnheit geworden war, offizielle Krisensitzungen in den Räumlichkeiten der Notfallzentrale abzuhalten. Sie wurde das Gefühl nicht los, dass es an ihr und ihrem Führungsstil lag. Seit sie zur Ersten Auserwählten ernannt worden war, hatte es nur Probleme gegeben.

Der Widerstand war erstarkt, obwohl die Dämonenübergriffe zurückgegangen waren. Sie war nicht gegen Widerständige vorgegangen, solange sie keine aktive Sabotage begangen hatten. Sie hatte ihnen einen Mordversuch an ihrer Person, an *Nesrin* durchgehen lassen, ohne in Rage um sich zu schlagen und Exempel zu statuieren. Sie hatte es für das höhere Ziel getan.

Jetzt fragte sie sich, ob ihre Milde nicht ein Fehler gewesen war. Ein Fehler, der ihr Nesrin, dann Sivan, und jetzt Nikola gekostet hatte. Rowan. Hätte sie diese Verluste abwenden können, wenn sie mit aller Härte durchgegriffen hätte? Jetzt würde sie es tun. Ruf hin oder her, Diplomatie hin oder her. Sie würde als erbarmungslos in die Geschichte eingehen, nicht als milde und realitätsfremd. Nicht als schwach.

Sie fragte sich, ob aus ihr der Dämon sprach oder ob sie wirklich so empfand. Sie fragte sich, wo der Unterschied lag. Sie war der Dämon und der Dämon war sie. Immer zu unterscheiden ... um was zu erreichen? Menschlichkeit? Als wäre Menschlichkeit den Sterblichen vorbehalten.

Shanna machte eine mentale Notiz, herauszufinden, ob Danica etwas mit Nikolas Vergiftung zu tun hatte. Immerhin hatte sie für ihn den Kontakt zum Widerstand hergestellt. Vielleicht war es von Anfang an ein abgekartetes Spiel gewesen. Oder aber sie teilte sein Schicksal; war dabei zu sterben oder bereits tot. Shanna wusste nicht, welche Variante sie bevorzugen würde.

Rowan klopfte mit den Fingern auf die Tischplatte. „Werden wir die Verantwortlichen zur Rechenschaft ziehen?" Ihr Tonfall ließ vermuten, dass sie nicht nur die Verantwortlichen innerhalb des Widerstands gerichtet sehen wollte.

Shanna nickte. (Es blieb ihr keine andere Wahl.) Die Augen aller Versammelten ruhten auf ihr. „Es darf kein Medienspektakel daraus werden. Wir müssen jede Öffentlichkeit vermeiden. Das alles – es kann nur eine Provokation gewesen sein. Wenn es nach uns geht, ist heute

Nacht nichts passiert. Die Einsätze waren groß angelegte Probeeinsätze." Die Routine arbeitete für sie. „Wir arbeiten im kleinstmöglichen Team. Kein Detail verlässt das HQ. Weder die Regierung noch die Presse erfährt etwas. Wer sich nicht daran hält, muss mit Konsequenzen rechnen."

„Was ist mit Helena?"

„Sie bleibt hier. Ihr Zustand erlaubt es ohnehin nicht, sie zu verlegen. Das haben dir die behandelnden Ärztinnen sicher auch mitgeteilt."

„Personenschutz?"

„Stell Leute ab, wenn du es für notwendig hältst."

Rowan nickte knapp. Natürlich hielt sie es für notwendig. Und wenn sie Helenas Bewachung an Rowan delegieren konnte? Umso besser. Dann trug sie für eine Sache weniger Verantwortung. Aber was war eine Sache auf einem endlos hohen Berg an Sachen, die ihre Aufmerksamkeit verlangten? Nicht viel. Nicht genug.

„Ich will, dass ihr Danica Zíma ausfindig macht und herbringt. Fragt in Bratislava an, wenn sie sich nicht in Österreich aufhält. Falls sie verschwunden ist, grabt tiefer. Und wenn ihr dafür buchstäblich graben müsst. Bringt sie her."

Nicken.

„Außerdem möchte ich mit dem Forschungsteam sprechen, das unsere Langzeitstudien betreut. Shirin Gönül ist die Studienleiterin. Sie soll mich so schnell es geht kontaktieren."

Mehr Nicken.

„Aktiviert alle Kontakte, tragt so viele Informationen zusammen wie möglich. Das nächste Treffen ist", Shanna sah auf die Uhr, „in vier Stunden. Gleicher Raum. Bis dahin will ich stündliche Updates. Bei Auffälligkeiten oder Durchbrüchen will ich sofort informiert werden."

„Verstanden, Boss", sagte Rowan und erhob sich, verließ den Raum, ohne sie ein einziges Mal anzusehen. Die anderen blieben.

„Das wäre alles, danke." Shanna fuhr sich mit der Zunge über die Lippe, spürte scharfen Schmerz, als ihr Speichel auf offenes Fleisch traf. „Moment. Schickt mir vorher jemanden, der mir die Lippe näht. Dann seid ihr entlassen. Danke."

Nicken, kratzende Sessel, Schritte.

Shanna rieb sich die Augen. Die Situation war ein Albtraum. Sie würde ihre Eltern anrufen und um Hilfe bitten müssen.

Scheiße. *Scheiße*.

Es klopfte leise an der Tür. Nesrin trat ohne die Antwort abzuwarten ein. Sie hatte einen Papierbecher in der Hand. Ihr Gesicht verriet Mitleid. Alte Vorwürfe. Besorgnis, die nicht nur Nikola galt, sondern auch Shanna.

„Ich bin froh, dass ich dein Leben schon zerstört habe", meinte Shanna trocken und stand auf. Ihre Knie taten weh. Das war neu. Es wurde ja immer besser. Nesrin küsste sie auf die Wange, achtsam darauf, ihrer Lippe nicht zu nahe zu kommen.

„Kaffee", sagte sie, während sie den Becher abstellte. „Ich habe gehört, du könntest ihn brauchen."

„Danke."

„Wenn ich helfen kann …"

Shanna lächelte dünn. „Auf keinen Fall. Ich schicke nicht noch jemanden … Versprich mir, dass du dich raushältst. Bitte."

„Okay." Nesrins Augen waren ehrlich. Die Art von Ehrlichkeit, die hart war. Kein Erbarmen kannte. „Vorerst jedenfalls. Wenn ich mich nicht mehr raushalte, werde ich es dir sagen."

Shanna nickte, fühlte sich ein weiteres Mal in dieser beschissenen Nacht unterlegen. „Ich fürchte, mehr konnte ich nicht erwarten."

Nesrin lächelte flüchtig, nahm ihre Hand. Küsste sie. „Komm, jetzt erwarten dich erstmal Nadel und Faden. Und auch wenn du es nicht gerne hören willst: Danach erwartet dich eine Pause. Ich weiß aus zuverlässiger Quelle, dass das nächste Meeting erst in vier Stunden stattfindet."

„In Ordnung." Leiser: „Danke."

2025, FRÜHLING

WIEN, NOTFALLZENTRALE DER AUSERWÄHLTEN

Helena presste ihre Handflächen gegen die Scheiben. Draußen, an der Oberfläche – *der Oberfläche* – zerpflückte die Sonne die Dämmerung mit zarten Rosenfingern, streute Licht über Beton, Stein, und Wiese.

Der Park gegenüber der Notfallzentrale war übersichtlich und schmucklos. Gemähte Wiese mit dünn gesetzten Bäumen, durchkreuzt von ordinären netzartig angelegten Wegen, auf die stellenweise Kies gestreut war. Gesäumt von Mistkübeln, die in regelmäßigen Abständen zueinander standen, und ein paar Bänken. Früher hatte sie gedacht, dass der Park in seiner Gesamtheit lieblos wirkte. Keinen Trost spendete. Dass er nicht von der Realität – dem Sterben, Leiden – in der Notfallzentrale ablenken konnte.

Jetzt konnte Helena kaum glauben, dass ihr dieser prächtige Anblick vergönnt war. Sanftes, blasses Gelb rann wie Tau über die Grashalme. Die Sonne benetzte das Grau, durchnässte es, bis es sich auflöste.

Es wurde hell.

Heller.

Helenas Herz zersprang beinahe. Sie drückte sich gegen das Fenster, hoffte, einen Abglanz der Wärme zu spüren, die die Sonne bald spenden würde. Das Gefühl, den Sonnenaufgang zu sehen, ähnelte dem der Drogen; aber ohne Nebenwirkungen. Als würde sich auch endlich der graue Schleier um sie lichten und sie von der stumpfen, bleiernen Rüstung befreien, in der sie ihren Körper die letzten Jahre hindurch konserviert hatte.

Ein Klopfen an der Tür riss Helena von der Scheibe los. Ihr Puls jagte durch ihren Hals. Sie lief barfuß ins Bett zurück, zog die Decke bis zu ihrer Brust. Wahrscheinlich hatten sie noch mehr Fragen, wollten noch mehr Tests machen. Ihr graute davor. (In der hintersten Ecke ihres Bewusstseins echoten Nikolas Schreie.)

„Helena?" Sie kannte die Stimme, doch erst als Chloé eintrat, erinnerte sie sich mit Gewissheit. *Chloé*. Sie trug einen Karton unter dem Arm, deutete in die Ecke. „Rowan hat mich gebeten, dir Gewand zu bringen. Passt es da?"

Helena nickte. Sie traute ihrer Stimme nicht. Ihr Blick glitt zum Fenster, nach draußen.

„Es sind deine eigenen Sachen. Du kannst natürlich auch neue haben, falls dir das lieber ist", meinte Chloé, während sie den Karton abstellte, und Helenas Blick glitt zu ihr zurück. Sie strich eine lange Strähne des grauen Kunsthaars aus ihrer Stirn. Lächelte ein wenig, ohne ihr näherzukommen.

„Ihr habt meine Sachen aufgehoben?", fragte Helena leise und Chloés Lächeln bekam einen traurigen Schatten.

„Selbstverständlich."

Helena wusste nicht, was sie darauf sagen sollte. Sie war so lange fort gewesen, dass man sie für tot erklärt hatte. Inoffiziell jedenfalls – und Shanna hätte es jeden Tag offiziell machen können, hatte den Prozess nur auf Rowans Bitte hin angehalten.

„Danke", sagte sie schließlich tonlos und streifte die Decke ab. Helena stieg aus dem Krankenbett, öffnete den Karton. Der Geruch von *zu Hause*, ihrem Weichspüler, kitzelte sie in der Nase. Sie hatte keine Zeit, sich zu fragen, ob sie sich den Duft nur einbildete. Sie fand ordentlich gefaltete Kleidung, eine Jacke, und ein Paar solide knallgelbe Stiefel, die in jedem Kontrast zu dem grau gewordenen Stoffpaar, das sie an die Oberfläche gebracht hatte, standen.

Sie zog die Stiefel an.

Chloé sprach nicht, wartete geduldig.

Helena war dankbar, dass Chloé keinen Small Talk führen wollte. Sie nicht fragte, wie sie sich fühlte. Was passiert war. Was und wen sie gesehen hatte. Sie stellte sich ans Fenster. „Glaubst du, sie lassen mich rausgehen?"

Chloé trat neben sie. Sie roch nach Veilchen und Frühling und Tee. Darunter erkannte Helena die Note der Handcreme, die Chloé nach ihren Diensten auftrug – immer noch. „Ich wüsste nicht, was dagegen spricht." Ein Lächeln schimmerte auf ihren Lippen. „Also, falls du nach meiner Expertinnenmeinung fragst."

Helena lächelte zurück. Sie hatte verwischte Fingerabdrücke, nein, ganze Handabdrücke auf dem Glas hinterlassen. Ein Beweis, dass sie wirklich hier war. Oder dass ihre Träume zunehmend realistischer wurden. Oder dass der Tod ihren Wunsch erhört hatte.

„Ich bin sehr froh, dass du wieder bei uns bist", sagte Chloé sacht. „Hier." Sie zog einen Schlüsselbund aus ihrer Tasche und legte ihn aufs Fensterbrett. Helena kannte die Schlüssel. Es waren die Schlüssel zu Chloés und Rowans Wohnung. Sie wollte sie nicht haben, wollte die Implikation nicht wahrhaben. Schuld hielt Helena die Kehle zu.

„Oh, und bevor ich es vergesse …" Diesmal lächelte Chloé, als sie in ihre Handtasche griff. Sie holte eine Schachtel hervor, von der sie ein Kind in rotem Shirt breit anlächelte. „Das ist deine Lieblingsschokolade, ja?"

Helena nickte hastig. Bevor sie in Tränen zerfloss, schlang sie die Arme um Chloé. „Es tut mir leid", flüsterte sie erstickt.

Chloé strich ihr über den Rücken und schwieg.

Plötzlich war Rowan im Raum. Sie verschränkte die Arme vor der Brust, betrachtete sie mit hartem Ausdruck. Helena wusste nicht, wem der Blick galt.

„Ich komme dich wieder besuchen, wenn du möchtest", meinte Chloé sanft und löste sich von Helena. „Ich habe dich vermisst."

Helena nickte bloß.

„Chloé, können wir kurz reden?" Rowans Tonfall implizierte eine Bitte, doch ihr Stolz – oder was auch immer es war – ließ es nicht zu, dass sie die Frage als solche formulierte.

„Nicht heute, Ro." Chloé gab Rowan einen Kuss auf die Wange. Einen Abschiedskuss. Helena sah weg und ihr Blick endete auf dem Schlüsselbund. Ihre Finger zitterten vor Schuld.

„Wir sehen uns", sagte Chloé leise. „Pass auf dich auf, Helena."

Dann war sie weg und Helena war mit Rowan alleine. Sie wollte ihr so viel sagen, doch sie fand nicht die richtigen Worte. Sie hatte es in der Nacht versucht, wirr und verklärt, hatte versucht, um Verzeihung zu bitten – doch Rowan hatte nichts davon hören wollen. Auch, dass der Widerstand sich in das System gehackt, ihre Earpieces übernommen und jegliche Kommunikation manipuliert hatte, hatte Rowan sich ohne Reaktion angehört. Die Schuld, die sie beide umhüllte, wurde nicht durchlässiger.

Ein Klopfen. Helena beobachtete, wie Rowan an die Tür trat.

„Wenn das ein schlechter Moment ist …"

„Komm rein, Nikola", meinte Rowan zu Helenas, zu Nikolas Verwunderung. Ihre Blicke trafen sich. Er lächelte dünn. Nichts konnte seinen Zustand überspielen. Er sah beunruhigend bleich und zittrig aus. (Seine Schreie in Helenas Kopf wurden lauter.)

„Ich hab's gestern nicht mehr geschafft, tut mir leid", sagte Nikola und setzte sich auf Helenas Bett. Rowan beobachtete ihn mit undurchdringlicher Miene, als neidete sie ihm die Selbstverständlichkeit, mit der er sich in ihrer Nähe bewegte. Sie vergaß, dass er ihr ein Jahr voraus war.

Die Schuld machte Helena bewegungsunfähig, doch Nikola fuhr mit hörbarer Erleichterung in der Stimme fort: „Sie haben mir versichert, dass du gesund bist …?"

Helena nickte.

Nikola lächelte müde. „Gut. Wollen wir nachher in den Park gehen?"

Nachher. Bald. Solange er noch gehen konnte. Helena hatte das Wispern über Dämonenblut gehört, hatte das Schreien immer noch in ihrem Gehör. Für einen Todgeweihten wirkte Nikola dennoch unerschütterlich zufrieden. Vielleicht waren es aber auch nur die Medikamente. Sie kannte den Effekt. Das Licht, das durch die Adern strömte, sie zu einem Teil von ihm machte. In diesem Moment vermisste sie es.

„Die Belegschaft muss ihre Zustimmung geben, bevor ihr euch verabredet", erwiderte Rowan an Helenas Stelle. Dann schüttelte sie jäh den Kopf, als würde sie etwas Altes abstreifen, und ließ ihre Arme sinken. „Tut mir leid." An Helena gerichtet: „Ich werde mich bemühen, nicht für dich zu sprechen." An Nikola gerichtet: „Ich werde mich bemühen, dir zu verzeihen, solange noch Zeit ist."

„Beeil dich bitte", meinte Nikola erschöpft. Helena sah auf ihre Stiefel. Das Gelb verschwamm vor ihren Augen zu einer unklar gerahmten Farbfläche. Sie hörte, dass Nikola aufstand. „Ich muss zu Sivan zurück, bevor er aufwacht und sich Sorgen macht."

Helena fiel ihm um den Hals, ohne sich davon abhalten zu können. Sie schluchzte. „Danke."

„Nichts zu danken", sagte Nikola leise – und schien es zu meinen. „Wir sehen uns später, okay? Ich bin in Zimmer 203."

Sie nickte. Als Nikola sich von ihr entfernte, näherte sich Rowan. Sie verabschiedeten einander wortlos, aber in gegenseitigem Verständnis. Helena fiel Rowan in die Arme.

„Sag mir, was ich tun kann."

„Ich …" Helenas Atem ging zitternd, ihr Schluchzen war hemmungslos. Sie sehnte sich nach einem Bad. In Wasser und Sonne. Sie hatte nach ihrer Rettung – ihrer Freilassung – dem Ausgesetztwerden – zumindest duschen dürfen, aber sie hatte den Schmutz nicht abwaschen können. Die Verwahrlosung. Die Gefangenschaft unter der Erde haftete ihr an. Das traurige, strähnige Geflecht, die Filzmatte, die sich ihre Haare schimpfte, war nur ein weiterer Zeuge dessen.

„Kannst du mir bitte den Kopf rasieren?" Wie von selbst fanden ihre Fingerspitzen die kurzen Haare in Rowans Nacken. Sie fühlten sich angenehm an. Sie wollte sich angenehm fühlen. Sie wollte sich neu fühlen.

Rowan schluckte hart. Dann nickte sie.

Helena schloss die Augen. Das Sonnenlicht drang durch ihre Lider.

Ihr war endlich warm.

CN medizinische Gewalt/Folter (explizit), Nadeln, Mord, Referenz auf vergangene Ermordung, Referenz auf sexualisierte Gewalt

2025, FREITAG 2. MAI

WIEN, SHANNAS BÜRO

Die Aufnahme war professionell. Schnitt, Ton, Text: schlicht und makellos, effizient und packend von der ersten bis zur letzten Sekunde inszeniert. Klare Farbsetzung, ein Fokus auf Schwarz-weiß, die Wahl einer serifenlosen Schrift. Ein Produkt ohne ablenkendes Beiwerk. Kurz genug, um die Aufmerksamkeit des Publikums nicht zu verlieren, aber lang genug, um die Botschaft eindeutig zu übermitteln. Das perfekte Propagandavideo.

Nesrin lud die Seite neu. Ihr Herz pochte schmerzhaft. Sie konnte nicht fassen, was sie gesehen hatte. Was Millionen anderer Leute gesehen hatten. Es war so schnell geschehen, global, der gleiche Inhalt, andere Bilder. Andere Opfer. Ein Schlag, der von allen Seiten gleichzeitig, perfekt getimed, ausgeführt worden war. Ein Intro mit Informationen, die sie und ihre ermordeten Kolleginnen und Kollegen gesammelt hatten.

Weißer Grund mit schwarzer Schrift. Das Datum, die Uhrzeit. Eine Sprecherin mit ruhiger Stimme, die sich als Leiterin vorstellte. Kein Bildmaterial von ihr, aber Zeitungsausschnitte und Fotos von dem Tun der Auserwählten, die sie sachlich zusammenfasste. Eine Statistik der Besessenen, die auf der Straße oder in ihren Heimen hingerichtet wurden, um die Dämonen zu vernichten. Schnitt zu einem weißen Raum, in dem ein einzelner Sessel mit Fesselschnallen stand, auf der eine einzelne Person saß.

Nesrin gefror das Blut in den Adern.

Die Person wand sich, als würde sie aus sich herausbrechen wollen. Die Augen goldleuchtend und unstet, zwei Laternen, die im Wind hin und her schaukelten. Ein stark narkotisierter Besessener, der mit einem Knebel und den Fesseln ungefährlich gemacht worden war. Bis der Dämon in den nächsten sterblichen Körper fuhr …

Eine weiß gewandete Person trat in den Raum. Sie zog ein Gummiband um den Oberarm des Besessenen, machte sich daran, Blut abzunehmen. Es war rot mit einem goldenen Schimmer, der wie lebendig war, sich zur weiß Gewandeten neigte.

„Wir, der Widerstand, haben das erreicht, von dem die Auserwählten behaupten, es sei unmöglich. Wir haben eine Immunisierung gegen Dämonenbesessenheit entwickelt. Wir haben jahrelang unter widrigsten Umständen, unter ständiger Verfolgung, geforscht, um euch endlich Sicherheit zu schenken. Echte Sicherheit, keine Auserwähltenüberwachung, die unschuldige Opfer das Leben kostet. Während sie daran gearbeitet haben, die nächste Auserwähltengeneration zu optimieren und noch tödlicher zu machen, haben wir ihre Einmischung ins öffentliche Leben überflüssig gemacht. Es ist der Tag gekommen, an dem wir unsere Unabhängigkeit zurückfordern. Wir schreiben Geschichte."

Schnitt.

„Im Folgenden sehen Sie die Effekte des Dämonenbluts an mehreren Testsubjekten demonstriert. Sterbliche, Unantastbare, Auserwählte. Die Hälfte hat das Serum erhalten, die andere Hälfte ist nicht immunisiert. Beginnen wir mit den Sterblichen."

Der gleiche weiße Raum, eine andere Person. Ein Kurzüberblick über seine Eckdaten. Wieder ein mutmaßlicher Sexualstraftäter, der nicht verurteilt worden war. Das gleiche Vorgehen wie am Nationalfeiertag 2020. (Nesrin dachte an Milan Sokol und daran, dass der Widerstand ihn nicht ihrem Zweck geopfert hatte, und ihr Speichel wurde bitter.) Er rüttelte an seinen Fesseln, als der Besessene aus der vorherigen Aufnahme in den Raum geführt wurde. Sein Schreien schallte aus den Lautsprechern, als der Besessene einen Satz zu ihm machte, auf den Boden krachte und sich wand. Schaum vorm Mund, wie während eines epileptischen Anfalls, seine Augen golden lodernd, bis sie ihm buchstäblich aus dem Schädel gebrannt waren.

Der Sterbliche versuchte panisch, sich zu befreien. Vergebens. Ihm stockte der Atem, er schlug die Augen nieder, und als er sie wieder öffnete, schimmerten sie golden. Es blieb dem Frisch-Besessenen gerade noch Zeit, in die Kamera zu stieren, ehe ihm ein Sack über den Kopf gestülpt wurde.

Nesrin war speiübel.

Schnitt.

Eine Sterbliche, die fragil und unsicher wirkte. Eckdaten wurden eingeblendet. Ihre Hände waren nicht gefesselt. Als ihr Vorgänger in den Raum geführt wurde, blieb sie sitzen. Schweiß bildete sich auf ihrer Stirn, doch sie rührte sich nicht. Der Besessene schien keinerlei Notiz von ihr zu nehmen. Er blieb im Raum, ungefesselt, scheinbar ungefährlich. Eine weiß gewandete Person trat ins Bild und spritzte der Sterblichen das Dämonenblut. Auch jetzt keinerlei Reaktion des Besessenen, keinerlei Wirkung bei der Sterblichen. Ein Zeitraffer von angeblich hundert Minuten. Nichts. Eine Kugel schleuderte den Kopf des Besessenen zurück.

Schnitt.

Nikola auf dem Sessel gefesselt, während seine Eckdaten über den Bildschirm glitten. Nesrin wandte den Blick ab, bis seine Schreie verblichen.

Schnitt.

Helena auf dem gleichen Sessel. Eckdaten. Ihre Augen unfokussiert, als stünde sie unter Drogen. Der Ablauf wie bei Nikola. Dämonenblut im Körper einer Unantastbaren. Nur der Effekt blieb aus. Sie schrie nicht. Ihre Adern verloren nicht jede Farbe. Ein Zeitraffer von angeblich hundert Minuten. Keine Reaktion. (Keine Lüge, keine Manipulation, sie hatte Helena gesehen, viele Tage nach dieser Aufnahme, und sie wurde nicht von Dämonenblut zersetzt.)

Schnitt.

Eine Auserwählte, ungefesselt. Ihr Gesicht unkenntlich gemacht. Sobald das Dämonenblut in ihren Körper schoss, schoss das Gold in ihre Augen. Sie atmete schwer, angestrengt, erregt. Ihre Versuche, sich zu kontrollieren, blieben fruchtlos. Hundert Minuten später hatte sie sich noch immer nicht vom Dämonenbluteffekt lösen können.

Schnitt.

Ein Auserwählter, ungefesselt wie seine Kollegin. Sein Gesicht sichtbar. Nesrin kannte ihn, irgendwoher, aber sie konnte ihn nicht benennen. Eckdaten. Das Dämonenblut wurde ihm injiziert, doch seine Augen blieben menschlich. Der altbekannte Zeitraffer. Noch immer verrieten seine Augen keinerlei dämonischen Einfluss. Er lächelte in die Kamera.

Schnitt.

Schwarzer Bildschirm, weiße Schrift.

Ein Datum: **12. JUNI 2025, 12:00.** Die Stimme der Leiterin, die so ruhig wie vorher sprach.

„Wir, der Widerstand, werden die Immunisierung landesweit zur Verfügung stellen. Im Gegenzug fordern wir den Rücktritt der Auserwählten aus allen öffentlichen Positionen und den Entzug all ihrer Privilegien. Wir fordern Gerichtsverfahren für diejenigen, die besessene Sterbliche ermordet haben. Wir fordern Wiedergutmachung für die Verbrechen, die die Auserwählten im Namen des übergeordneten Wohls begangen haben. Des Weiteren fordern wir den Rücktritt der derzeitigen Regierung und die Bildung einer Übergangsregierung, die Mitglieder des Widerstandes miteinschließt. Sollten unsere Forderungen nicht bis zum 12. Juni erfüllt werden, werden wir Maßnahmen ergreifen. Wir haben eine Immunisierung entwickelt und wir haben Waffen zu unserem Schutz vor Auserwählten und ihren Unantastbaren entwickelt. Was auf den Markt kommt, ist Entscheidung der Auserwählten und Regierung. Die Zeit läuft."

Kein weiches Ausblenden, ein harter Schnitt. Das Video war zu Ende. Nesrin bemerkte, dass sie zitterte. Fassungslosigkeit und Zorn, dahinter eine vage Bewunderung für das, was der Widerstand geschaffen hatte. Sie hatte recht gehabt. Sie alle hatten recht gehabt.

Die Labors des Widerstands existierten, nur ihre Forschungen unterschieden sich so ganz von dem Programm der Auserwählten. Anstatt die perfekten Auserwählten zu züchten – denn das war es, eine Zucht – und ihre Verbindung mit den Dämonen zu stärken, hatte der Widerstand eine Präventivmethode entwickelt, die für alle Menschen gleichermaßen zu funktionieren schien.

Nesrin ließ sich in Shannas Sessel sinken. Das veränderte alles. Und die Veränderung kam nicht schleichend, schrittweise, nein, sie war über sie hereingebrochen wie ein Unwetter. Wie Gottesgewalt. Welche Wahl blieb Shanna jetzt noch? Sie musste zurücktreten. Sie musste den Forderungen des Widerstands nachkommen, oder das sterbliche Volk würde sie zerfleischen. (Zurecht …? Zurecht.)

Nesrin dachte daran, wie der Widerstand sie hatte ermorden lassen. Sie war sich nicht sicher gewesen. All die Jahre. Ein letzter Zweifel hatte sie immer gequält. Dass die Auserwählten hinter ihrer Ermordung steckten. Aber jetzt kannte sie die Wahrheit: Sie war dem Widerstand zu nahe gekommen. Auf eine Weise, die er nicht tolerieren konnte, obgleich sie für seine Zwecke oft nützlich gewesen sein mochte. Der Masterplan hatte ihren Tod verlangt. Den Tod all ihrer Mitstreitenden. Die Auslöschung des Kollektivs.

Nesrin lud die Seite erneut. Das konnte sie nicht vergeben. Nicht einmal für ein Wundermittel, das die Welt veränderte. Nicht einmal für den Anbruch des postdämonischen Zeitalters. Sollten sie mit ihren Waffen kommen. Sollten sie es *versuchen*. Der Zorn ließ sie erbeben.

Plötzlich Shannas Stimme: „Mach das aus. Bitte."

Nesrin schloss die Seite und drehte sich um. Shanna sah aus, als hätte sie das Ende der Welt gesehen. Und vielleicht hatte sie das auch, das Ende der Welt der Auserwählten. Ihr Herz tat weh.

„Ich werde es bekannt geben. Heute", sagte sie und ihre Stimme klang flach. Jeglicher Wille, sich dagegen zu wehren, fehlte in ihrem Gesicht. Da war nur Resignation. „Unsere Seite wird den Forderungen nachkommen. Ich werde der Regierung empfehlen, es uns gleichzutun." Nesrin setzte zum Protest an, doch Shanna unterbrach sie, nicht unfreundlich, nur erschöpft: „Das ist es nicht wert. Die Macht … Das ist es einfach nicht wert."

„Shanna, du hast nicht einmal …"

„Ich habe mich entschieden. Es obliegt meiner Verantwortung, die richtige Entscheidung zu treffen. Ich kann nicht. Ich werde diesen Fehler nicht noch einmal begehen."

Nesrin schwieg. Wut brodelte in ihrer Brust. Sie wollte Shanna an den Kopf werfen, dass sie die Forderung derjenigen erfüllte, die ihr das Messer in den Leib gejagt hatten, doch es würde nichts ändern. Sie hatte zu viel zu verschulden, um weitere Schuld zu riskieren.

„Tut mir leid, Nesrin. Ich weiß, dass …" Shanna brach ab. „Ich muss die Pressemitteilung schreiben. Wir können nachher reden, in Ordnung?"

„Du hast Leute dafür."

„Ich glaube nicht, dass das diesmal reicht."

Nesrin schüttelte den Kopf. Nein, es reichte nicht. „Ich helfe dir", sagte sie leise und versuchte den Verrat zu ignorieren, der ihr das Atmen schwer machte. „Ich war eine gute Journalistin, die gute Texte geschrieben hat. Du weißt schon, bevor sie mich abgestochen haben."

Shannas Augen waren traurig. „Ich weiß, Nesrin."

⚠ Suchtverhalten (Alkohol & Nikotin), Suizidalität bzw. Suizidvorhaben, Referenz auf Selbstverletzung, Thematisierung von Sterben und Tod

2025, SAMSTAG 17. MAI

WIEN, PARK HINTER DER NOTFALLZENTRALE

Rowan kickte die leere Weinflasche mit der Stiefelspitze über die Straße. Das Geräusch klatterte durch die Dunkelheit, die nur von ein paar Straßenlaternen und dem Neonschild der Notfallzentrale erhellt wurde. Es war spät und sie war betrunken und sollte nach Hause gehen. Aber was wartete dort schon auf sie? Nichts, für das es sich lohnen würde, das Trinken und Warten aufzugeben.

Sie schraubte die nächste Flasche auf. Säuerlicher Geruch brannte in ihrer Nase. Das billige Zeug schmeckte so, wie sie sich fühlte. Ungenießbar. Sogar der Wein aus dem Tetrapack war besser, aber hier ging es nicht um Geschmack, sondern nur darum, dass sie so wenig nüchtern wie möglich war. Und dieser Wein war eben in Reichweite gewesen.

Rowan warf den Kopf zurück, starrte durch schwarzes Astwerk in einen fahl-dunklen Himmel. Die Sterne sahen wie eine Krankheit aus, eine Hautkrankheit, die sich über ihm ausbreitete. Es könnten auch Muttermale sein, schwach leuchtend, unnatürlich.

Das Ultimatum würde bald ablaufen. Sie konnte nicht glauben, dass Shanna es ernsthaft in Betracht zog, klein beizugeben. Was dachte sie? Dass der Krieg damit beendet war, dass sie damit weitere Gewalt verhinderte? Sie alle wussten doch, dass es anders laufen würde. Sie hatten doch alle das verdammte Video gesehen.

Der Vorfall mit Nikola hatte Shanna gebrochen. Und dann auch noch Helena. Sie hatte ihren Kampfgeist verloren. Nein, falsch, sie hatte ihn aufgegeben. Zugunsten einer Zukunft, die noch tiefer im Schatten der Ungewissheit lag als die, die ihr vorangegangen war.

Rowan schüttete sich mehr Wein in den Mund. Er rann über ihr Kinn, unter ihren Anzug. Sie würde nach Alkohol stinken, wenn sie sich wieder unter Menschen wagte. Aber was kümmerten sie die anderen? Wer im Glashaus saß, sollte wohl nicht den ersten Stein werfen.

Die Unruhe in ihrer Brust ließ sich nicht mit Wein betäuben. Zu wissen, dass Helena wieder wie ein Versuchskaninchen behandelt wurde, wieder die gleichen Prozeduren über sich ergehen lassen musste wie im Untergrund, nur unter dem Banner der Auserwählten? Es weckte eine raue, eiskalte Wut in Rowan. Gemeinsam mit der Unruhe fühlte sie sich, als würde sie jeden Moment explodieren. Sie wusste, dass sie nur nach einem Grund suchte, einem Anlass, sich nicht mehr beherrschen zu müssen.

Immerhin, Schritt eins war getan. Ihr Kopf war schummrig, ihre Gedanken stießen einander an und verflossen teilweise. Sie trank weiter. In der Ferne hörte sie Sirenen, die Symphonie der Nacht, den Soundtrack der Stadt.

Eine Gestalt trat aus der Notfallzentrale, entzündete einen glimmenden Punkt und schickte Rauch gen Himmel. *Sivan*, meldete ihr Dämon. Für diesen Befund hätte sie aber wahrlich keinen Dämon gebraucht. Wer sonst trieb sich beim Hintereingang herum, um zu rauchen? Es wunderte Rowan fast, dass er nicht früher gekommen war. Sie winkte ihn zu sich. Zu zweit trank es sich besser. Sogar, wenn der Zweite ein Delcar-Zwilling war.

Sivan folgte ihrem Wink, ließ sich neben sie auf die Bank fallen. Sein Gesicht war ausdruckslos, sein Bein zuckte nervös. Alles wie immer. Oder alles wie seit Nikolas Vergiftung.

Rowan reichte ihm wortlos die Weinflasche. Er tauschte sie gegen seine Zigarette. Rowan inhalierte den Rauch, bis sie glaubte, ihre Lungen würden platzen. Sie krümmte sich hustend, während ihr Magen gurgelte. Widerlich. Schlechte Idee. Ganz schlechte Idee.

Sivan hingegen rang es ein Lächeln ab. „Und das sind noch leichte Zigaretten, Ro."

„Danke für die Info", grollte Rowan und nahm ihm die Flasche weg. „Das ist meine. Aber irgendwo unter der Bank müsste noch eine stehen."

„Mhm. Hast du noch nicht genug?"

Rowan lächelte beißend. „Ich habe genug. Aber nicht von diesem Wein."

Sivan nickte, zog die Knie an seinen Körper, und ließ Rauch aus seinem Mund quellen.

Er war am Ende. Rowan wusste das, weil sie auch am Ende war. Dass sie nach Jahren des parallelen Existierens um Shanna ausgerechnet auf diese Weise eine Gemeinsamkeit fanden, war … erbärmlich. Aber was sollten sie tun, die Dinge standen nun einmal, wie sie standen. Sie würden daran nichts ändern können.

„Ich begleite dich nach Hause, wenn du willst", meinte Sivan schließlich und sah sie an. Als hätte er etwas von Nikolas Verhalten adaptiert, das Angebot so unnütz und atypisch wie schmerzlich.

Rowan deutete ein Kopfschütteln an, das ihr Hirn gegen ihren Schädel zu schleudern schien. Ihr Sichtfeld verschwamm. „Chloé hat mich verlassen. Ich gehe nicht in diese leere Wohnung zurück."

„Scheiße", erwiderte Sivan und holte die zweite Flasche unter der Bank hervor. Er löste den Schraubverschluss mit mehr Fingerfertigkeit, als sie zustande brachte, prostete ihr zu, dass es klirrte, und nahm einen langen

Zug. Sie dachte daran, wie er sich bemüht hatte, nicht mehr zu trinken, nachdem Shanna ihren Entzug gemacht hatte. Daran, wie auch sie sich dieser Mühe angeschlossen hatte. Auch das vereinte sie, Loyalität. Und was hatte Shanna im Gegenzug getan? Sie beide verraten.

Rowan wollte lachen, doch stattdessen wurden ihre Augen nass. „Das ist alles so beschissen. Und es wird immer beschissener."

„Ich weiß." Sivan schnippte die Zigarette auf die Straße. Sie verglomm. „Er hatte heute Goldablagerungen in den Augen. Es dürfte nicht so schnell gehen. Aber hier sind wir." Er lachte zittrig. „Und wir machen nichts. Warum machen wir nichts, Ro? Wir können doch nicht hier sitzen und sie damit davonkommen lassen."

„Ich weiß", sagte Rowan leise. Helena hatte ihr erzählt, dass die Krampfanfälle und Ohnmachten begonnen hatten. Sie schlang einen Arm um Sivan und er ließ es zu. Und jetzt Goldablagerungen? Das war nicht gut. Das bedeutete, dass das Serum aus Helenas Blut nicht wirkte, dass es zu spät war. Aber in Wirklichkeit war es ab dem Moment zu spät gewesen, als das Dämonenblut in Nikolas Organismus eingedrungen war. Sie hatten sich nur von der Hoffnung blenden und ruhigstellen lassen.

„Sie haben dir Trauerbegleitung angeboten?"

Sivan lächelte leer. „Brauch ich nicht. Ich werde ihn nicht lange überleben."

Den Punkt stellte Rowan nicht infrage. Der Dämon würde ihn nicht ewig am Leben halten können. Sie erinnerte sich, wie es war, Helena verloren zu haben. Es hatte sie fast umgebracht. Es *hatte* einen Teil von ihr umgebracht. Unwiederbringlich, Jahr über Jahr über Jahr. Helenas Verlust hatte auch ihre Beziehung zu Chloé getötet. Der Sterbeprozess war erst zu einem Ende gekommen, als Helena wieder aufgetaucht war. Die Ironie hinterließ einen bitteren Geschmack.

„Ich will ihn nicht sterben sehen", sagte Sivan leise. „Ich kann es nicht. Ohne ihn bin ich nichts. So werde ich nicht …"

„Ich weiß." Rowan sparte sich die Beileidsbekundungen. Die Wünsche, es wäre anders gekommen. Sie hatte sie gehasst, diese Phrasen, die niemandem etwas brachten. Was waren Worte? Nutzlos. Es zählte nur die Tat und Fakt war, dass sie nichts tun konnte. Nicht in diesem Fall. (Sie wusste, dass es auch Shanna umbrachte, dass sie nichts tun konnte. Sie vermisste sie. Ihr Verrat war zu schmerzhaft. Sie würde sie trotzdem weiterhin vermissen.)

Sie saßen eine Weile schweigend beieinander.

„Shanna wird es wirklich tun", sagte Sivan und der Ton wich ihm aus der Stimme. „Und nichts wird eine Konsequenz haben. Nur wir werden die Konsequenzen tragen. Und damit leben müssen. Falls sie uns nicht ohnehin hinrichten und vernichten, wie sie angedroht haben."

„Sie können es gerne versuchen." Rowan klang bitter und hasserfüllt. Sie klang nicht nur so, sie war es auch. Der Dämon kribbelte hinter ihren Augen. „Wir sollten sie ausfindig machen. Es gibt ausreichend Anhaltspunkte, um uns ihrem Netz zu nähern. Wir könnten ihnen zuvorkommen. Und es gibt Leute, die sich uns anschließen würden."

„Und was sind wir dann? Abtrünnige?" Sivan zuckte mit den Schultern. „Wir können nicht in offener Rebellion gegen Shanna vorgehen."

„Vergiss Shanna, wir gehen nicht gegen sie vor. Wir gehen gegen den Widerstand vor." Sie schnaubte verächtlich. „*Widerstand*. Wir gehen gegen Verräter, Folterer und Mörder vor. Sie sind nicht besser als die Dämonen, die sie sich halten. Und wir jagen Dämonen. Wir ..." Ein Lächeln zersplitterte ihren Mund. „Wir sollten uns organisieren. Solange wir noch irgendeinen offiziellen Rang innehaben und uns wehren können."

Sivan nickte. „Alles ist besser, als nichts zu tun."

„Stimmt." Sie musterte ihn. „Du wurdest nie richtig ausgebildet, oder?"

„Ich habe Erfahrung mit dem Messer", entgegnete Sivan trocken. Ob er damit auf seine Arme anspielte oder den unglücklichen Zwischenfall mit Sokol – von dem sie wusste, dass er Sivan zum Opfer gefallen war, sie wusste es, brauchte keine Bestätigung –, konnte sie nicht sagen. Vielleicht beides.

„Das werden wir nachholen." Rowan spürte, dass ihr Körper warm wurde. Heiß sogar. Als würde sie endlich wieder brennen, nachdem sie erstickt worden war. Kalt und äschern, jetzt in Flammen. Ein Stück Lebendigkeit, das Chloé ihr genommen hatte, das Shanna ihr genommen hatte, das Helena ihr nicht hatte zurückgeben können. „Wir werden nicht kampflos abtreten. Sie haben den Krieg vor langer Zeit eröffnet und wir haben uns nie dementsprechend verhalten. Es ist Zeit, dass sich das ändert. Wir gehen in die Offensive. Wir töten sie."

Sivans Augen bekamen einen goldschimmernden Rand. Er hob die Flasche. Sein Lächeln war furchtbar. Ohne Hoffnung, ohne Gnade. „Wann fangen wir an?"

CN Sterben (Prozess - explizit), Selbstverletzung (implizit), Absetzen von Medikamenten, Suizidalität (implizit), Drogenkonsum (impliziert)

2025, SAMSTAG 31. MAI

WIEN, NOTFALLZENTRALE DER AUSERWAEHLTEN

Nikolas Welt wurde dämmrig. Das lag nicht nur an den Schmerzmitteln, die in Konkurrenz mit seinem Blut durch seinen Körper reisten, sondern daran, dass er erblindete. Goldpartikel um Goldpartikel wurden seine Augen heller und seine Welt dunkler. Ihm war die Ironie nicht verborgen geblieben. Aber was half Ironie im Angesicht des Todes?

Es war anstrengend dauernd erschöpft zu sein. Gerade, dass er es noch alleine ins Bad schaffte. Aber selbst dieser kurze Weg kostete ihn so viel Energie, dass er danach jedes Mal stundenlang einschlief. Minikoma nach Minikoma, spontaner Krampfanfall nach spontanem Krampfanfall. Das Sterben hatte er sich anders vorgestellt. Dramatischer. Doch es war nur tragisch. *Er* war tragisch. Seine Hilflosigkeit, die immer weiter fortschritt. Tragisch, nicht dramatisch. Er hatte sich damit abgefunden.

Nikola blinzelte. Sivan saß neben ihm, sah auf sein Handy. Als er eingeschlafen war, war er noch nicht hier gewesen. Das war sicher schon eine Weile her. Er hoffte, dass er nicht zu lange gewartet hatte, aber er wusste es besser. Kannte Sivan zu gut.

„Hey, Kleiner ...", sagte Sivan sanft. „Wie geht's dir? Möchtest du etwas essen, trinken?"

Nikola drehte seinen Kopf so, dass er ihn richtig ansehen konnte. Er wusste nicht, wie oft er ihn noch sehen würde. Flecken tanzten vor seinen Augen. Wie Licht, um das eine Aura der Dunkelheit schwebte. „Nein, alles gut."

Sivans Mundwinkel zuckte, doch er sagte nichts. Stattdessen holte er das Buch hervor, aus dem er ihm vorlas. Auf dem Cover drehte sich ein Pärchen, inklusive Schwebepose, vor rosafarbenem Hintergrund, gebannt in innigem Blicketausch. *A Princess in Theory*. Nikola hatte sich geschworen, zumindest das Happy End der beiden Hauptcharaktere mitzuerleben, bevor er starb.

„Sollen wir weiterlesen?"

„Du liest doch", sagte Nikola und lächelte flüchtig. „Wie war dein Tag? Erzähl mir etwas."

Sivan legte das Buch weg. „Ich hab nicht viel gemacht, bevor ich hergekommen bin. Alles ereignislos und langweilig."

„Das sagst du jedes Mal, wenn ich frage." Nikola schloss die Augen, weil es zu anstrengend wurde, sie offen zu halten. „Es ist gut, dass dein Leben weitergeht, weißt du? Ich will nicht, dass du meinetwegen … Du kannst mit mir noch immer über alles reden."

Sivans Finger glitten über seine Wange. „Ich weiß."

„Gehst du zur Trauerbegleitung?"

„Natürlich."

Nikola glaubte ihm nicht. Aber ihm fehlte die Kraft, darüber zu diskutieren. Seine Hand war schwer wie Blei, als er nach Sivans Arm tastete. Lange Ärmel. Sivan zuckte nicht zurück, doch seine Muskeln waren angespannt. Nikola kommentierte sein Wissen nicht, sagte nur leise: „Bitte pass auf dich auf."

Sivan reagierte nicht. Shanna hatte erwähnt, dass er seine Medikamente verweigerte. Sie hatte es nur ungern als wahr eingeräumt, erst auf mehrmaliges Nachfragen hin.

Wie Nikola es hasste, dass sie alle versuchten, ihn zu schützen. Sie verbannten ihn in die Nutzlosigkeit, anstatt, dass sie den Umstand nutzten, dass er noch lebte, solange er noch lebte. Wann konnten sie offen miteinander sprechen, wenn nicht jetzt?

Der Tod spielte seine Karten clever aus. Die Lebenden nicht.

Sivan atmete scharf ein. „Ich habe einen Auftrag. Und ich muss. Ich werde nicht so oft hier sein können."

Sein Geständnis hing zwischen ihnen. Nikola schluckte hart. „Verstehe."

„Es ist nicht … Es liegt nicht an dir, okay? Ich würde dich nicht. Es ist wichtig."

Das war also binnen eines Jahres aus *Nichts ist wichtiger als du* geworden. Aber Nikola war ihm nicht böse. Es war anstrengend, jemandem beim Sterben zuzusehen. Schon Sivans Koma war anstrengend zu bezeugen gewesen. Ausreichend, wenn einer von ihnen diese Anstrengung durchleben (durchsterben?) musste. Wahrscheinlich würde ihm seine Abwesenheit sowieso nicht auffallen, wo er die meiste Zeit schlief und nichts dagegen tun konnte. Sivan hätte es ihm einfach verschweigen können. Nikola wünschte, er hätte es getan.

„Es tut mir leid, Nikola", flüsterte Sivan und presste Nikolas Hand gegen seine Lippen. (Nikola spürte seine Lippen kaum.) „Du weißt, dass ich dich liebe? Das weißt du, oder?" Er klang verzweifelt.

„Dann sag mir die Wahrheit."

„Ich … Ich kann nicht."

„Dann sag mir den Teil, der mich betrifft."

Sivan legte Nikolas Hand vorsichtig auf das Bett zurück. „Zwing mich bitte nicht."

„Ich habe dich nie zu etwas gezwungen", erwiderte Nikola tonlos und zog seine Hand an seinen Körper. Es war die Hand, von der aus sich die Infektion ausgebreitet hatte. Er brauchte sie nicht anzusehen, um zu wissen, wie grau und verdorrt sie mittlerweile war. Sollte Sivan ihn im Dunklen sterben lassen: praktisch und metaphorisch.

Wieso er überhaupt etwas Anderes erwartete hatte ... Er lernte eben nicht. Er würde es auch nicht mehr lernen.

Sivan stand auf und seine Bewegung sandte eine Vibration durch das Bettgestell. Seine Schritte fielen auf den Boden, stoppten abrupt. „Du willst die Wahrheit wissen? Okay. Ich werde dir die Wahrheit sagen, aber mach mir nachher keinen Vorwurf."

Nikola öffnete die Augen, versuchte Sivan in der Distanz zu erkennen, doch er war von Lichtpunkten umschwirrt. Wie im tiefsten Winter, wenn der Schnee so dicht fiel, dass man kaum einen Meter weit sah. (Er würde nie wieder auf Schnee gehen.)

„Die Wahrheit ist, dass ich deinen Märtyrerakt nicht ertrage", begann Sivan mit zittriger Stimme. „Ich ertrage nicht, dass du dich stumm wie ein Opferlamm zum Altar tragen lässt. Ich ertrage es nicht, dass du dein Schicksal einfach hinnimmst und glaubst, dass Gott dich mit offenen Armen empfangen wird. Es macht mich krank. *Du* machst mich ..." Er kam wieder näher, fiel vor Nikola auf die Knie. Sprach nach unten, zu seinen Händen. „Ich kann gar nicht so high werden, dass ich es nicht spüre. Wie du. In dieser Sekunde spüre ich, wie du zugrunde gehst und es bringt mich um." Er lachte unglücklich, am Rande der Tränen. „Aber das Schlimmste ... Du hast keine Ahnung, wie es ist, wenn ein Teil von dir das Ganze genießt, sich danach sehnt, es zu spüren. Es ist abscheulich. Ich bin ein beschissenes Monster, Nikola. Und das ist die Wahrheit. Ich hoffe, du bist jetzt zufrieden."

„Hey ..." Nikola strich sacht über Sivans Kopf. Er war müde, aber er hoffte, zumindest genug Kraft aufzubringen, um so ehrlich zu klingen, wie er es meinte: „Ich liebe dich."

Sivan schluchzte, hob endlich den Blick.

„Hör auf so ein beschissener Heiliger zu sein."

„Das ist Blasphemie." Er lächelte. „Ich verstehe, wenn du gehen musst."

„Ich werde nicht gehen", sagte Sivan und richtete sich auf. Er nahm das Buch, legte sich neben Nikola ins Krankenbett, überraschte ihn. „Ich will auch wissen, wie es weitergeht." Er küsste ihn auf die Stirn und begann vorzulesen. (Er war nicht der beste Vorleser, aber der Einzige, der zählte.)

Nikola schloss die Augen. Seine Hand ruhte auf Sivans Herz, auf dem jetzt nur noch **DAMNATIONE**, gekrönt von Narben, prangte. Ironisch. Oder tragisch? Vielleicht beides.

Sicher beides.

⚠ Gewalt (explizit), Mord/Hinrichtung, Folter (physisch), Gore/Splatter

2025, SONNTAG 1. JUNI

WIEN, STADTRAND

Lektion 1: *Der Unterschied zwischen Mensch und Dämon liegt ausschließlich in ihrer Schmerzreaktion.*

Sivan verpasste dem Widerständler einen weiteren Faustschlag ins Gesicht, der seinen Kopf nach hinten schnalzen ließ. Die Wucht schleuderte den Körper zurück. Er hielt sich drei Herzschläge lang auf den Beinen, ehe er zusammenbrach.

Blut troff ihm aus Nase und Lippe, kontrastreich zu der weißen Haut, dem hellen Hemd, das es besudelte. Er schrie nicht mehr, wimmerte bloß. Der Schmerz vernebelte sein Gehirn, ihm fehlte der Fokus, den die Besessenen bei der Verfolgung ihres Zieles an den Tag legten, die Rücksichtslosigkeit. *Sie* würden alles riskieren und alles opfern.

Sivan ließ seine Knöchel knacken. Der Schlag hatte ihm Schmerz in die Knochen getrieben, der jetzt gleichmäßig durch seine Finger pulsierte. Die Taubheit saß nur in seinen Fingerspitzen. Er lächelte indifferent, während Wellen der Ruhe über ihn schwappten. Die Gewalt sollte ihn nicht erden, und dass sie es tat, sollte ihm zu denken geben, doch es war ihm egal. Was auch immer die Maschine am Laufen hielt, hielt sie am Laufen.

„Ich … bitte …", brachte der Mann hervor und hielt sich die Hände schützend vors Gesicht. Als würde ihm das helfen. Hier zeigte sich der Unterschied wieder deutlich: Er wurde nicht von Verlangen getrieben, sondern von Schmerz und Furcht. Er wollte nichts nehmen, er wollte verhindern, dass ihm etwas genommen wurde. Das

Leben. Er hatte so viel Angst vor dem Tod, dass die Angst als eigener Geruch in der Luft hing.

Als Sivan ihn angegriffen hatte, hatte sich das schon gezeigt. Allzu deutlich. Dass er den Nahkampf scheute, sich hinter dem Schild seines Widerstandes in den Gedärmen der Stadt versteckte, sein Leben nicht riskieren wollte. An der Oberfläche war er verloren. Wäre er nur nicht heraufgeklettert.

„Ich werde Ihnen alles sagen … über die anderen …"

Sivan lachte. Er dachte an Rowan, an Zoë und Dom, Philip, Ella, Nakia und Samuel. Sie waren zeitgleich zur Jagd aufgebrochen. Und sie waren effizienter als er, geübter, zielgerichteter.

„Die anderen?", wiederholte Sivan lächelnd. „Es gibt keine anderen mehr."

Lektion 2: *Mensch und Dämon sind ident, sobald du sie tötest.*

Es war nicht schwer, den Mann totzuschlagen. Sein Widerstand war gebrochen (*der* Widerstand ging in die Brüche), und er wehrte sich nicht mehr. Wie eine Marionette, deren Fäden gerissen waren. Wie ein Dämon, der seinen Wirten aufgab und dem Fleischkäfig zu entkommen suchte. Der Leib gleich. Sterblich oder besessen, der Unterschied existierte nicht mehr. Wie ihnen die Unterscheidung gelehrt wurde, wenn sie doch immer Menschenkörper zerstörten, war Sivan ein Rätsel. Gehirnwäsche mittels kognitiver Dissonanz. Eine Lebenslüge.

Warmer Nieselregen benetzte seine Haut. Insekten stoben in wolkenartigen Schwärmen über dem Gebüsch, das die Straße begrenzte, auf. Das Licht fiel gleichgültig auf das Autowrack, aus dem Sivan sein Opfer gezerrt hatte, und bezeugte die Mordszene mit träger Teilnahmslosigkeit.

Sivan hielt inne und blinzelte in die Sonne. Er war sich des Umstandes nur allzu bewusst, dass er einen Menschen tötete. Dass er ihn nicht nur tötete, sondern folterte. Dass er unnötig grausam war. Ihm war es egal. Ihm war alles egal. Wer einen Menschen ausgeweidet und gefressen hatte, konnte keine moralischen Ansprüche mehr stellen; am wenigsten an sich selbst. Und doch bereute er nichts, keine Sekunde lang. Sollte die Hölle ihn lebendig verschlingen, es würde nichts ändern.

Der Schädel barst und die Augen brachen. Das Leben verweilte nicht in der kaputten Hülle. Dämonenfinger wanderten über Sivans Leib, beschmierten ihn mit Blut und Gold. Seine Augen explodierten und die Klarheit des Tages, die Klarheit von allem, raubte ihm den Atem.

Lektion 3: *Manchmal sind Dämonen das kleinere Übel*.

2025, DONNERSTAG 12. JUNI

WIEN, INNENSTADT

Die Medien überschlugen sich mit Horrorbildern ermordeter Mitglieder des Widerstands. Angeblicher Mitglieder. Eine Gruppe abtrünniger Auserwählter – *Die Klippe* – deklarierte sich als verantwortlich, trug als Galionsfiguren all jene, die vom Widerstand entführt, misshandelt und getötet worden waren.

Nesrin wollte keine Galionsfigur sein. Sie wusste, dass Helena und Nikola keine Galionsfiguren sein wollten. Rowan und Sivan mussten das wissen. Dass sie involviert waren, war kein Geheimnis. Sie hatten sie sogar nach ihren Recherchen den Widerstand betreffend gefragt. (Nesrin hätte sie fast mit ihnen geteilt und sich derart dafür geschämt, dass sie ihr Spiegelbild nicht ertrug.) Seit der ersten Aktion waren beide untergetaucht. Mit dem gestohlenen Equipment, das sie für die Kameras der Stadt unsichtbar machte, waren sie nicht auffindbar. Wozu die Überwachung, wenn man nicht einmal die eigenen überwachen konnte?

Shanna war ... verändert. Am Ende.

Unter dem Bildersturm war der Rücktritt der Auserwählten und der Regierung fast in den Hintergrund getreten. Die Leute hatten Angst. Angst, versehentlich zum Opfer zu werden.

Nesrin musste gestehen, dass ihre Angst berechtigt war. Es gab keine Möglichkeit, zu wissen, ob die Personen im Visier der *Klippe* auch tatsächlich mitverantwortlich für irgendetwas waren, das sich in den letzten Jahren ereignet hatte. Im Grunde ging es auch nicht darum. Es ging nicht um Gerechtigkeit. Es ging um Vergeltung. Kollateralschäden waren in diesen Racheplan mit einkalkuliert.

Nesrin hasste sich dafür, dass sich bei der Vorstellung, ihre Mörder wären unter den Toten, warme Befriedigung in ihrer Brust ausbreitete. Vielleicht wollte sie keine Galionsfigur sein, aber der Wunsch nach Rache war nicht verschwunden. Sie stand nicht über den Dingen. Sie konnte nur so tun, als stünde sie über ihnen, und nach außen vorgeben, sie wäre mit den Methoden der Rache nicht einverstanden. Wie sie wirklich fühlte? Nesrin wagte es nicht, sich in diese Tiefen vorzuwagen. Im schlimmsten Fall würde sie an Sivans Seite enden. Sie war mindestens so verändert wie Shanna. Nur schon längere Zeit.

Shanna trat an ihre Seite. Sie hatte Auserwähltenuniform und Messer abgelegt und trug ein schlichtes schwarzes Kostüm. (*Kostüm*, das traf es genau.) Seltsam, sie so zu sehen, in zivil, wo sie doch jeden Moment der Öffentlichkeit entgegentrat.

All das kam Nesrin wie eine verzerrte Version der Realität vor, eine Parallelwelt, in der jede mögliche schlechte Wende eingetreten war. Und jetzt waren sie hier. Ihr Handy vibrierte und sie schaltete es aus.

„Wo warst du?", fragte Nesrin leise, als Shanna sie nicht ansah und keine Anstalten machte, das demnächst zu ändern.

„Zugeständnisse machen."

Selbstverständlich. „Für Sivan." Was eine Feststellung war, trug einen Vorwurf in sich. Nesrin wusste nicht, warum sie ausgerechnet deswegen so empfindlich war. Die Tatsache, die über allen anderen Tatsachen stand, war, dass Shanna ihn immer beschützen würde. Ungeachtet dessen, was er getan hatte oder tun würde, und ungeachtet dessen, was es sie kosten mochte.

„Ich werde ihn nicht aufgeben", meinte Shanna tonlos. Sie strich ihre Bluse glatt. Dann sah sie Nesrin an. Zum ersten Mal seit Auftauchen des Videos konnte sie Entschlossenheit und Unbeugsamkeit in ihren Augen erkennen.

Schmerz zuckte durch Nesrins Herz und sie nickte. Shanna würde ihren Bruder nicht aufgeben und war in einer Position, das durchzusetzen. Nesrin hingegen? Sie hatte keine andere Wahl gehabt, als ihre Familie aufzugeben. Es war so unfair, dass sie weinen wollte. „Verstehe."

„Ich glaube nicht." Shanna küsste Nesrin sacht, entschuldigend, und betrat das Podium.

Nesrin schwieg während der Fahrt zur Notfallzentrale. Shanna schwieg ebenfalls. Der Motor summte geduldig, die Stadt glitt an ihnen vorbei. Es hatte sich nichts verändert. Die Gebäude standen noch, die Kameras beäugten sie, und die Leute gingen ihren alltäglichen Geschäften nach. Aber alles war anders. Tränen standen Nesrin in den Augen.

Bald würde es keine Dämonengefahr mehr geben. Ohne Wirtskörper würden sie sich eine neue Dimension suchen, die sie besitzen konnten. Und dann, in ein paar Jahren, würde man über die Dämonenära als Abstraktum sprechen, als ein unglückliches historisches Ereignis, als eine Periode, über die in Schulklassen und Universitätsräumen referiert wurde.

Die Reihen der Auserwählten würden dünner und nach dieser letzten Generation zu Relikten einer Vergangenheit werden, der man sich nicht allzu häufig entsinnen wollte. Die Tests würden aufhören. Es würde keinen Unterschied mehr machen, ob ein Mensch sterblich oder unantastbar geboren wurde. Die Kategorisierung archaisch, irrelevant in der neuen Zukunft. Der Mensch würde siegen, nachdem er die Wissenschaft als Waffe gegen die dämonische Bedrohung geführt hatte.

Es war eine wunderschöne angstfreie Zukunft.

Für einen Teil der Menschheit.

Nesrin biss sich auf die Unterlippe. Es musste mehr Menschen geben wie sie. Besessene, die nur halb besessen waren. Was würde aus ihnen werden? Funktionierte die Immunisierung für sie oder zog sie schreckliche Konsequenzen nach sich? Wusste der Widerstand von ihrer Existenz oder waren sie ein sorgsam gehütetes Geheimnis weniger Eingeweihter, Betroffener?

Nesrin wünschte, sie hätte irgendeine Antwort, doch alles, was sie hatte, waren quälende Fragen. Welche Strafe würde die neue Regierung über die Auserwählten verhängen? Sie konnte sie schlecht ins Exil schicken. Sie konnte sie schlecht weiterhin als Organisation bestehen lassen. Sie konnte sie schlecht neu orientieren, außer zu militanten Zwecken. Was hatten die Auserwählten denn gelernt, außer zu jagen und zu töten? Sie waren eine Gefahr für die Gesellschaft und würden als solche behandelt werden. Halbdämonen.

Und im Angesicht der Bedrohung durch die *Klippe*, die ihre Gefährlichkeit so theatralisch inszenierte? Da gab es nicht viel zu diskutieren. Ein Leben in Gefangenschaft oder eine Hinrichtung. So würden ihre Optionen aussehen. Und warum auch nicht? Es ging um alles. Die Machtbalance musste zugunsten der Sterblichen geneigt werden, nachdem sie so lange im Ungleichgewicht gewesen war.

Global war das Votum 50/50 ausgefallen. Die Hälfte der Regierungen und Ersten Auserwählten war den Forderungen des Widerstands nachgekommen und abgetreten, die andere Hälfte hatte ihm den Krieg erklärt. Noch war es still, aber bald würde die Welt in Chaos versinken. Als hätten die Dämonen selbst diese Entwicklung orchestriert.

„Sag mir, dass du einen Plan hast", bat Nesrin stimmlos. „Du musst ... Das kann es doch nicht gewesen sein, oder?"

Shanna schüttelte den Kopf. „Ich hatte keine Wahl."

„Das beantwortet meine Frage nicht."

„Lass uns." Sie atmete hörbar aus, ein. „Ich kann dir nichts versprechen, Nesrin. Aber falls ich die Ergreifung der *Klippe* überlebe, gibt es einen Plan."

Nesrins Nasenflügel bebten zornig. „Falls?"

„Mach dir keine Sorgen. Ich habe dafür gesorgt, dass du das Land verlassen kannst. Ich gebe dir nachher die Mappe mit deinen neuen Papieren."

„Du hast es in die Wege geleitet, ohne mich ...? Ich soll schon wieder die Identität wechseln? Schon wieder auf der Flucht sein?" Nesrin schnaubte und schüttelte den Kopf, tränenfunkelnd. „Inwiefern soll ich mir keine Sorgen machen, wenn schon wieder meine gesamte Existenz auf dem Spiel steht?"

„Es tut mir leid", sagte Shanna matt.

„Und was ist mit Nikola? Hast du für ihn auch einen Fluchtplan?"

„Du weißt, dass er keinen mehr braucht." Shannas Stimme war sanft.

„Wage es nicht ...", begann Nesrin mit rissiger Stimme und musste abbrechen, weil sie von Tränen überwältigt wurde. Sie würde beide verlieren. Shanna an ihre Loyalität zu Sivan, Nikola an das Dämonenblut. Sie würde beide gleichzeitig verlieren und dann hatte sie niemanden mehr. Sie wäre wieder ganz alleine. Es war so *ungerecht*.

Shanna nahm ihre Hand und Nesrin brachte es nicht über sich, sie wieder wegzuziehen. Wie lange sie noch hatten? Einen Tag, vielleicht zwei?

„Den wollte ich dir schon lange zurückgeben …" Shanna legte den Goldring, *Nesrins* Goldring, in ihre Hand. Er war warm und vertraut und fand den Platz an ihren Finger wie von selbst. Ein Stück Vergangenheit, das sie nun in die Zukunft begleiten sollte. „Falls ich keine Gelegenheit mehr dazu bekomme …"

„Nein", unterbrach Nesrin sie bestimmt. Ihre Brust schmerzte. „Nicht so."

Shanna seufzte. „Darf ich die Braut trotzdem küssen?"

Ein trostloses Lachen entglitt Nesrin, während sie Trost suchend in Shannas Arme glitt. Sie küsste, ihre Lippen spürte, und sich fragte, ob es das letzte Mal sein würde. (Wie konnte es zwischen ihnen schon wieder ein letztes Mal geben?)

Nesrin wusste nicht, wie sie die Bruchstücke ihres Lebens noch einmal zusammensetzen sollte. Elif wusste auch keinen Rat. Ihre Zukunftspersona wusste ihn am allerwenigsten.

Sie wollte diese Zukunft nicht. Nicht so.

Manche Opfer waren zu groß.

⚠ Gewalt (explizit & implizit), Suizidalität, Selbstverletzung, Referenz auf bzw. Wunsch nach Rückfall in Suchtverhalten (Alkohol), Referenz auf Sterbehilfe, Blut

2025, SAMSTAG 14. JUNI

WIEN, INNENSTADT

Der Alarm heulte gellend durch die Straßen. Als er abriss, blieb nichts als Schweigen. Die Stadt war plötzlich wie tot. Sonnenstrahlen zersetzten die dämmrige Morgenstimmung und mischten rote, rosa- und gelborangefarbene Pigmente in den graublauen Farbbrei.

Sivan stand in blutigem Licht und ließ ihr keine Wahl.

Shanna stieg aus dem SUV. Sie war unbewaffnet, trug aber ihre Uniform. Ein letztes Mal, ein allerletztes Mal war sie eine Auserwählte. Sie ließ ihre Hände demonstrativ gesenkt, als sie auf Sivan zuging. Die erwachende Sonne wärmte ihre Haut und sie fühlte sich so lebendig wie seit Tagen nicht mehr.

Der Tag der Entscheidung war gekommen. Wie auch immer er ausging, er würde auf jeden Fall zu Ende gehen. Die Erleichterung darüber verlieh Shanna die Kraft, diese Farce durchzuziehen. Was sie auch kosten mochte.

Sivan sah entsetzlich aus. Shanna erkannte ihren Bruder kaum in dem lädierten Schatten wieder, der sich, glühend mit mörderischer Wut, von ihr bedroht fühlte.

Sivans Mundwinkel zuckte, als er sie ansah, und sein Hass durchstieß ihren Brustkorb. Seine Augen leuchteten golden.

Shanna rief sich zur Contenance, obwohl sie am liebsten zurückgewichen wäre – sei es, um Sivan Raum zu geben oder seinem Hass, seiner Enttäuschung zu entgehen.

Sivan wusste ja nicht ... Er wusste gar nichts. Nur deswegen schlug er diese verbale Schlacht, die er nicht gewinnen konnte. Jede Provokation, jeder schmerzhafte

Stich war gesetzt, um sie zu einer Handlung zu zwingen. Um eine tödliche Reaktion anzustoßen. Da hatte er sich verkalkuliert: Sie würde ihm nicht die Eskalation schenken, nach der er sich so sehnte.

„Das ist deine letzte Chance", sagte Shanna und blieb stehen. Sie blockierte die Schussbahn auf Sivan. Das Visier des Scharfschützengewehrs kitzelte sie im Nacken, doch sie bewegte sich keinen Millimeter. Shanna war nicht naiv. Sie wusste, dass der Widerstand den Schussbefehl erteilen würde, wenn ihnen das Prozedere zu lange dauerte. „Ich werde dich nicht noch einmal bitten, Sivan."

„Ich zähle darauf", sagte er leise und brach den Blickkontakt keinen Moment. Er starrte sie regelrecht an. Sein Blick war leer. Scheiße, es war ein denkbar schlechter Moment zu dissoziieren.

Shanna sprach ihn an. Er reagierte nicht, presste sein Messer gegen den Oberschenkel, bis sein Blut über die Klinge schnellte. „Sivan", sagte sie noch einmal, lauter, und er blinzelte.

Shanna blieb keine Zeit, aufzuatmen, da überkam Sivan bereits ein gehetzter Wortschwall: „Nein. Hör mir zu. Hör mir zu, verdammt. Ich werde alles erzählen. Alles. Von deinen Lügen und Ausnahmen und Vertuschungen. Dass du eine Verräterin warst, lange bevor du uns an den Widerstand verkauft hast. Ich werde sowieso hingerichtet, was kümmert es mich also, ob du an meiner Seite endest?"

Sivans Lippen verzogen sich zu etwas, was ein Lächeln hätte sein sollen. Es war eine Fratze. **DAMNATIONE** schrie sein Herz und schrieb es ihm auf den Leib, wo ihm der Anzug vom Körper klaffte.

„Wahrscheinlich macht es keinen Unterschied. Du würdest irgendwie überleben, nicht wahr? Dich bringt nichts um. Kein Verlust, kein Opfer, keine Wahrheit. Mich würde es nicht wundern, wenn du deine Position behältst. Das alte neue Gesicht der Auserwählten. Verbündete des Widerstands. Ein Happy End aus dem Bilderbuch. Für Erwachsene." Er grinste, hilflos und um sich schlagend. „Ich weiß nicht, was sie dir gegeben haben, aber ich hoffe, es hat dich befriedigt."

Es reichte. Das hier dauerte zu lange. Shanna war sich des lauernden Widerstands in ihrem Rücken bewusst, als sie sagte: „An deiner Stelle würde ich jetzt schweigen, Sivan."

„Oder was?"

Shanna hatte kein anderes Druckmittel. Sie zwang sich, keine Miene zu verziehen. „Oder ich werde das Handy zerstören."

Erkenntnis flatterte über Sivans Gesicht.

Nikolas letzter Anruf, bevor er gestorben … Seine Bitte, Sivan möge am Leben bleiben und sich die Aufnahmen auf dem Handy anhören, für ihn, bitte, er liebte ihn, das solle er nicht vergessen. Er verzeihe ihm, dass er nicht da gewesen war. Er würde auf ihn warten.

Daraufhin hatte Sivan den Anruf einfach beendet – das war das Ende, das Sivan kannte. Er wusste nicht, dass Shanna Nikolas Morphium danach überdosiert hatte. Er wusste nicht, dass Nesrin bei ihm geblieben war, während sie es nicht hatte ertragen können.

Shanna drängte die Erinnerung in den Schuldpool zurück, dem sie entstiegen war. Sie würde noch genügend Zeit haben, sich darin zu ertränken. Ihre Stimme blieb ruhig: „Lass das Messer fallen und ergib dich."

„Und dann? Zerstörst du es trotzdem, um mich zu foltern, wenn ich in den Katakomben sitze und auf den Tod eurer Wahl warte?", fragte Sivan und sein verzweifelter Schmerz wurde zu einer greifbaren Entität zwischen ihnen.

Shanna zeigte ihm das Handy mit dem gesplitterten Display und der unverkennbaren Hülle. Zweifellos Nikolas. „Lass das Messer fallen."

Sivan lachte, verzweifelter als noch einen Moment zuvor, und schleuderte ihr das Messer vor die Füße. „Grausamkeit steht dir."

„Hände hinter den Kopf."

„Erschießt mich endlich."

„Hände hinter den Kopf", wiederholte Shanna scharf und zwang sich, kerzengerade zu stehen. Schweiß prickelte unter ihrem Kragen. Ihrer beider Leben hing davon ab, dass sie überzeugend wirkte. Als hätte sie die Situation unter Kontrolle. Und auch wenn Sivan das nicht bewusst war, selbst wenn er nicht wusste, wie viel auf dem Spiel stand – sie musste daran glauben, dass er sich ihr, dass er sich *Nikola* fügte.

„Und wenn ich um Gnade flehe? Um einen raschen Tod? Wirst du ihn mir gewähren?"

Shanna spürte, wie ihre Miene entglitt. Nur für einen Augenblick, ehe sie ihre Züge vereiste und sich selbst die Kandare anlegte. Ihre Schwäche würde sie nicht umbringen. Sie würde nicht davor zurückschrecken, Sivan das Herz zu brechen, wenn es sein musste. „Das kann ich nicht."

Sivan nickte. Er schloss die Augen und verschränkte die Hände hinter dem Kopf. Sein Haar klebte ihm am Schädel und er zitterte so heftig, als würden Fieberschübe durch seinen Körper branden. Er blieb stehen.

„Auf die Knie."

Shannas eigenes Herz brach, als Sivan ihr gehorchte. Sie packte und fesselte ihn, zerrte ihn auf die Beine. Er ließ es willenlos geschehen.

Verzeih mir. Shanna berührte sein Gesicht. Sie konnte ihn nicht verlieren und permanent so vermissen, wie sie ihn während der letzten Wochen vermisst hatte. Es war unerträglich.

„Es tut mir leid, dass es so gekommen ist", sagte sie aufrichtig, ungeachtet der Kameras.

Sivan reagierte nicht.

Das verdiente sie wohl.

Shanna straffte die Schultern und wandte sich mit ruhiger Stimme der Ferne, den Gewehren und den Augen des Widerstands zu: „Sivan Delcar, ich erkläre dich hiermit zum Staatsfeind. Du bist deiner Pflichten entbunden und verlierst gleichzeitig jeden Anspruch, den du als Auserwählter gehabt hast. Man wirft dir unter anderem mehrfachen Mord, Folter, und Entführung vor. Sobald die Anklage feststeht, wirst du vor ein Gericht gestellt, das über dein weiteres Schicksal entscheiden wird. Bis dahin wirst du im Namen der Regierung in Sicherheitsverwahrung unter Aufsicht der Auserwählten und des Widerstands bleiben. Hast du verstanden?"

Lebendigkeit blitzte über Sivans Gesicht. „Ja, ja, ich habe verstanden. Ich kooperiere, ich mach alles, was ihr wollt, versprochen, okay?" Er sah sie beschwörend an. „Gibst du es mir jetzt? Bitte. *Bitte*, Shanna."

Wie gerne Shanna ihm seinen Wunsch erfüllt hätte. Wie gerne sie dieses Schauspiel hinter sich gebracht und mit einer Flasche Whiskey im Bett gelegen hätte. Aber es war zu früh und sie hatte zu viel geopfert, um jetzt aus der Rolle zu fallen.

Kühle Distanz dominierte ihre Stimme, als sie antwortete: „Einem Hochverräter ist der Besitz persönlicher Gegenstände im Rahmen der Haft nicht gestattet." Sie beugte sich näher zu ihm, wünschte, er würde *verstehen*: „Ich werde es für dich aufbewahren. *Zur Motivation*. Wenn alles glatt läuft, ist es sicher. Aber falls es zu Komplikationen kommt, kann ich für nichts garantieren. Tut mir leid."

Sivan sah sie aus blanken Augen an.

Beim nächsten Augenaufschlag waren sie goldgefärbt. Er begann, brüllend zu toben. Nur die Hand- und Fußfesseln hielten ihn in Schach. Frisches Blut drang an die Luft und erfüllte sie mit klirrendem Metallgeruch.

Shanna warf einen Blick auf die Dächer, wo Finger kosend über Abzüge geisterten. *Scheiße*. Sie winkte zum SUV. Ihr Team stieg aus und Shanna bemühte sich, Sivan nicht mehr anzusehen.

Harsch beendete sie ihren Auftritt: „Bringt ihn in die Katakomben. Und stellt ihn ruhig, sonst schafft er es nicht bis zur Anklagebank."

2025, FREITAG 23. MAI

WIEN, STADTPARK

Danicas Bullmastiffs beobachteten die Menschen, die an ihrer Bank vorbeigingen, mit konzentrierter Aufmerksamkeit.

Die meisten machten einen Bogen um die massigen Hunde, warfen Danica böse Blicke zu, weil sie nicht angeleint waren und ungeachtet der Vorschrift keine Beißkörbe trugen. Dabei hatten sie sich selbst auch nicht angeleint und hatten wohl auch ihre eigenen Beißkörbe vergessen, wodurch sie in der Gefahr schwebten, jeden Moment besessen zu werden. (Und eine unschuldige Familie auszulöschen.) Aber sagte sie etwas? Nein, sie sparte es sich und lächelte nur süßlich.

Danica hatte Wien nicht vermisst. Sie hatte nicht vor, lange zu bleiben. Ein Blick auf die Uhr verriet ihr, dass es kurz vor **15:00** war. Ihre Prothese reflektierte das Licht, fing das Grün des Parks ein, als wäre sie ein silberner Spiegel. Es roch nach Wasser und Wiese. Fast wie zu Hause. Nichts deutete darauf hin, dass schon bald ein Sturm über sie alle hereinbrechen würde, dem sie nicht gewachsen waren.

Danica tätschelte die riesigen Köpfe des Grafen und der Fürstin. Ihr Fell war sonnenwarm. Sie hechelten, wedelten träge mit dem Schwanz, ohne aber die Umgebung aus den Augen zu lassen. Mit ihnen an der Seite war ihr bei dem bevorstehenden Treffen mit Shanna schon etwas wohler.

Nur eine Närrin hätte sich darauf eingelassen. Und das machte Danica wohl zu einer Närrin. Der einzige Grund, aus dem sie nicht sofort untergetaucht war, als Shannas

Leute begonnen hatten, nach ihr zu fragen, war Nikola. Ihre Brust wurde beim Gedanken an sein Schicksal eng. Sie hätte ihm den Kontakt zum Widerstand verweigert, wenn sie geahnt hätte … Aber wie hätte sie vorhersehen können, was sie ihm antun würden? Nur ein Narr wäre nach seinem Verrat am Widerstand wieder vor ihren Toren gestanden. Und das machte Nikola wohl zu einem Narren.

Danica schüttelte den Kopf. Was für ein Paar sie gewesen waren. Wie sehr sie ihn manchmal vermisste. Nur ein weiterer Geist in ihrem Repertoire.

Die Fürstin drehte plötzlich den Kopf und legte ihre Stirn in Falten. Rehbraune Augen funkelten in der Sonne. Der Graf schmatzte und legte sich hin. Die Muskeln seiner Hinterläufe zuckten minimal.

Danica folgte dem Instinkt ihrer Hunde, entdeckte Shanna einige Meter entfernt, und gebot ihnen auf Slowakisch, auf dem Platz zu bleiben. Sie nickte Shanna zu und sie näherte sich mit kritischem Blick.

Unbewaffnet, fast leger gekleidet, wären da nicht die schweren Stiefel gewesen, die einfach nicht in den späten Frühling passen wollten, trat sie vor Danica. „Danke, dass du gekommen bist." Sie ließ die Hunde nicht aus den Augen, nahm ihre Sonnenbrille ab. „Ich nehme an sie beißen nicht, außer du sagst es ihnen?"

Danica lächelte halbseitig. „Warum hier?"

„Ich habe die Kameras in diesem Sektor deaktiviert."

„Für wie lange?", fragte Danica und musterte Shanna, als sie sich auf die Bank neben ihr setzte.

„Seit du hier bist und bis du wieder weg bist. Niemand wird dir folgen."

Danica erwiderte nichts. Sie hatte mehrere Fluchtrouten im Kopf, die sie von hier in einen Tunnel des Widerstands brachten und die sie auch mit Beinprothese und zwei großen Hunden bewältigen konnte. So sehr sie Shanna auch einen Vertrauensvorschuss geben wollte, konnte sie das Risiko nicht eingehen. Dass sie sie vor drei Jahren hatte gehen lassen – auf Nikolas Bitte hin, zweifellos –, bedeutete nicht, dass sie ihr die Freiheit ein zweites Mal gewährte. Nicht unter diesen Umständen. Nicht, wenn ihre Position davon abhing.

„Du wusstest es nicht, oder?", fragte Shanna schließlich.

„Nein." Danica kraulte die Nackenrollen der Fürstin. „Aber ich habe eine Information für dich."

„Einfach so?"

„Nein. Einfach ist hier gar nichts", entgegnete Danica und sah Shanna an. Sie hatte sie nie gemocht. Nicht so, wie sie Sivan gemocht hatte. „Es ist wichtig, dass du der Forderung nachkommst."

Shanna lächelte kalt. „Danke für den Rat."

„Das ist kein Rat. Wenn du es nicht tust, wird es hier bald keine Auserwählten mehr geben. Die Waffen sind keine leere Drohung. Ihr mögt krankheitsresistent sein und eure Resilienz mag fast unbezwingbar sein, aber das ..." Sie schüttelte den Kopf. „Das bringt euch um. Riskiere diesen Krieg nicht, bevor du nicht bereit dazu bist."

„Ist das die Information?", fragte Shanna und verschränkte die Arme, lehnte sich zurück. „Es geht dich nichts an, aber ich habe nicht vor, mich den Forderungen zu widersetzen. Ich werde nicht noch mehr Tote verantworten."

„Gut. Jetzt kommt der Teil, bei dem du mir genau zuhören musst." Danica konnte nicht fassen, dass sie diesen Verrat beging. Doch dann drängte sich Nikola in ihren Kopf und sie spürte, wie sich das Gefühl des Verrats auflöste. „Ihr habt das Blut dieses Mädchens getestet und die Antikörper gefunden, nicht wahr?"

„Korrekt. Irgendetwas daran macht den menschlichen Körper für Dämonen uninteressant."

„Ja. Weil die Immunisierung funktioniert. Aber sie hält nicht dauerhaft an."

Shannas Augenbrauen rutschten zusammen.

„Nach mehreren Auffrischungen bleibt der Effekt aus. Die Zeitspannen variieren, aber das Ergebnis bleibt: Der Schutz ist weg." Danica dachte an ihre Familie, daran, dass sie eine Immunisierung vielleicht kurzfristig vor dem Tod bewahrt hätte. Nur an diesem einen Tag. Aber auch das wäre ein Spiel mit dem Ungewissen gewesen.

Mit gesenkter Stimme fuhr sie fort: „Sie wissen das. Aber sie spekulieren darauf, den Fehler zu finden und das Problem zu lösen, bevor es jemandem auffällt. Indem zum Beispiel die Dämonenapokalypse über die Welt hereinbricht und es keine Auserwählten mehr gibt, um sie zu stoppen."

Shanna wirkte fassungslos, rang mit sich. „Ist das wahr?"

„Jedes Wort."

„Und wenn du damit an die Öffentlichkeit gehen würdest …"

„Gäbe es Chaos. Massenproteste. Panik. Übergriffe. Weder die Regierung noch die Auserwählten oder der Widerstand könnte den Schaden begrenzen. Nicht ohne einen Krieg mit den jeweils anderen zu provozieren."

Shanna nickte knapp. Ihre Nasenflügel bebten.

Danica zuckte mit den Schultern. „Du bist in einer unmöglichen Lage. Wenn du meine Meinung hören willst?" Shanna nickte erneut. „Sammle deine Leute um dich und verschwinde. Überlass ihnen die Oberfläche und geh in den Untergrund. Wir müssen uns neu organisieren. Gemeinsam." Sie lachte freudlos. „Dass der Tag kommen würde, an dem ich die Erste Auserwählte um ein Bündnis bitte ..."

„Niemand meiner Leute wird mit dem Widerstand gemeinsame Sache machen. Nicht, wenn sie nicht längst mit ihm involviert waren. Nicht nach Helena und Nikola."

„Tu nicht so, als wärt ihr Unschuldslämmer", meinte Danica trocken. „In Wien hat eine Fraktion die Führung übernommen, die ... eure Machtstrukturen mit ihren Leuten besetzen will. Das ist in vielen Hauptstädten passiert. Sie repräsentieren uns nicht. Wir wollen ein neues System. Und wir wollen, dass es irgendwann eine wirksame Immunisierung gibt, versteh mich nicht falsch, aber bis dahin ... seid ihr ein notwendiges Übel." Sie lächelte traurig. „Sind wir ein notwendiges Übel."

„Okay", sagte Shanna nur, ohne sich auf eine Diskussion einzulassen. Danica war überrascht. Sie hatte erwartet, Shanna überzeugen zu müssen. „Danke für deine Warnung."

„Glaub mir, es ist mir nicht leichtgefallen, das Richtige zu tun. Aber das kennst du ja."

„Es tut mir leid. Um deine Familie."

„Das ist lange her", sagte Danica, als wäre der Schmerz verblichen, als stünden die Geister von Alexander, Daniel, Gabriel und Katarína nicht hinter ihr. Der Graf drückte seine kalte Schnauze in ihre Hand. Sie lächelte ihn an.

Shanna stand auf, reichte ihr die Hand. „Ich schulde dir etwas."

„Ich weiß." Danica schlug ein. Sie wollte sie bitten, Nikola nicht sterben zu lassen, aber das war unmöglich, da müsste sie sich an Gott wenden und der hatte sie verlassen, erhörte sie nicht mehr. Darum meinte sie nur: „Tu das Richtige."

Shanna lächelte gequält. Danica lächelte gequält zurück.

CN gewaltsames Unter-Drogen-Setzen, Nadeln (erwähnt), Referenz auf Mord und Gewalt

2025, SAMSTAG 14. JUNI

WIEN, INNENSTADT

Sivan saß im Laderaum eines gepanzerten Personentransporters, Hände und Füße an Innenwand und Bank gefesselt, halb bewusstlos von der Hitze, die sich um ihn staute. Das Atmen fiel ihm schwer. Ein Nebeneffekt des Mittels, das sie ihm gespritzt hatten. Das er sich hatte spritzen lassen, obwohl sich jede Faser seines Leibes dagegen gesträubt hatte.

Aber welchen Sinn hätte ein weiterer Kampf gehabt? Sivan hatte verloren. Er hatte nachgegeben. Shanna, nicht dem Dämon. Jetzt gab es keinen Ausweg mehr für ihn. Er verdiente es wahrscheinlich nicht anders. Seine Endstation die Katakomben, wo er zu einem weiteren namenlosen Schädel für die Sammlung der Abtrünnigen werden würde. Falls sie ihn denn sterben ließen.

Sivans Körper gab langsam auf. Der Zusammenbruch nahte unausweichlich. Leider war er nicht so endgültig, wie er es herbeigesehnt hatte. Sein Herz tat weh, aber auch das würde vergehen. Es würde verkümmern und ertauben wie alles andere auch.

Eine einzige Sache ließ ihm keinen Frieden. Er wollte Nikola wiedersehen. Ein unmöglicher Wunsch. Selbst, wenn er an den Himmel glauben würde, würde ihm nur das ewige Höllenfeuer zuteilwerden. Seine Sünden waren zu zahlreich, sein Gewissen nicht vorhanden.

Er fragte sich, ob die anderen Mitglieder der *Klippe* ihm in den Katakomben Gesellschaft leisten mussten. Sie waren getrennt worden, als Nikola ihn angerufen hatte. Er hätte nicht abheben sollen. (Wie hätte er nicht abheben sollen?)

Eine jähe Bremsung zerrte Sivan fast vom Sitz. Die Schellen bissen ihm ins Fleisch.

Was jetzt? Ein Mob, der ihn zerfetzen wollte? Der Widerstand, der beschlossen hatte, dass eine Gerichtsverhandlung seinen Verbrechen nicht genüge tun würde? Das Adrenalin rauschte durch Sivans Blut, färbte es golden. Er bleckte die Zähne, als die Tür aufgerissen wurde.

Es war Shanna, umkränzt von Licht, und Sivan lachte. Seine Augen erloschen.

„Ich wusste, dass du diese Demütigung nicht hinnehmen würdest."

„Sei still", befahl sie scharf und kletterte zu ihm. „Wir müssen uns beeilen." Shanna löste seine Fesseln und packte ihn am Handgelenk. „Bevor du dir überlegst, auf wie viele Arten du mich töten kannst, warte bitte ab." Sie presste ihm einen Gegenstand in die freie Hand, ehe sie ihn weiterzog. Es war … Nikolas Handy?

Sivans Herz raste. Er stolperte hinter Shanna her, hinaus ins Freie, dann sofort wieder hinunter. Ein Kanaldeckel? Ein Kanaldeckel. Er hielt sich an den Sprossen der Leiter fest, rutschte ab, und fast wäre ihm das Handy entglitten. Sivan grollte. Lichtpunkte tanzten vor seinen Augen und er hatte das Gefühl, dass sich alles drehte.

„Werd jetzt nicht ohnmächtig", zischte Shanna. „Wir sind gleich da."

Von oben hörte er das Brummen des Motors, Reifenquietschen. Jemand bewegte den Transporter. Aber warum? Er verstand nicht. Er verstand nicht, warum Shanna … Sie hatte die Auserwählten verraten. Sie aufgegeben.

„Wieso …?", fragte er, als sie unten ankamen. Stiefel auf glitschigem Metall, graugrüne Wände. Shanna umarmte ihn so fest, dass er keine Luft bekam.

„Weil ich nicht ohne dich gehen konnte." Tränen schimmerten in ihren Augen. „Ich würde dich ihnen niemals überlassen. Ich würde eher sterben."

Die Schuld war ein Hammer, die Sivans Brustkorb zerschmetterte. Plötzlich war es sein eigener Verrat, der ihn mit Hass erfüllte. Wie hatte er an ihr zweifeln können? Die Reue, die er nie an sich herangelassen hatte, überfiel ihn und triumphierte. Sivan begann zu weinen. Er hatte alles verraten, woran er geglaubt hatte. Shanna. Nikola. Den Teil von sich selbst, den er nicht an Blutrausche, Goldbrand und Indifferenz verloren hatte.

„Es wird alles gut", versprach Shanna leise, strich durch sein Haar. „Komm. Es ist nicht mehr weit."

Sivan konnte nicht sprechen. Er wollte Shanna vorschlagen, dass sie ihn zurückließ, doch er wusste, dass sie sich weigern würde. Sie würde ihn tragen, wenn es nötig war. (So war sie und nicht so, wie er es sich in seinem Wahn eingeredet hatte.) Aber er konnte ihr nicht noch mehr zur Last fallen. Also folgte er Shanna stillschweigend und von Schuld zerfressen tiefer in den Tunnel.

Der Gestank bedeckte alles. Aber vielleicht war es nur Sivans Eigengestank, der sich hier manifestierte. Der abscheuliche Gestank seiner Seele. Falls er denn noch eine Seele besaß.

Der Rhythmus ihrer Schritte wurde von den Wänden reflektiert. Eine Zweipersonenarmee. Eine Einpersonenarmee, die einen erbärmlichen Mitläufer hatte.

Auf einmal ertönten Stimmen. Leise, eine Mehrzahl.

Sivan stellte es die Härchen am ganzen Körper auf. Er würde sie aufhalten, um Shanna die Flucht zu ermöglichen. Es war das Mindeste, was er tun …

„Allah sei Dank!" Nesrin lief ihnen entgegen, fiel Shanna um den Hals und küsste sie. Sie trug eine Uniform der Auserwählten, händigte Shanna ihr Messer aus, und drückte sacht Sivans Oberarm. „Wir warten da hinten. Der Rest stößt am nächsten Knoten zu uns."

Sivan schluckte hart. Sie waren wiedervereint. Jetzt konnte Shanna auf ihn verzichten. Sie würde es verstehen, hinnehmen, dass er nicht weitermachen konnte. Bevor er zu seiner Bitte ansetzen konnte, unterbrach Shanna ihn: „Ich lass dich nicht hier. Vertrau mir, du willst mitkommen."

Vielleicht war seine wahre Schwäche immer schon gewesen, dass er Shanna nichts abschlagen konnte. Schon gar nicht, nach allem, was er gesagt hatte. Was er *gemeint* hatte. Nach allem, was sie ihm verziehen hatte, worüber sie seinetwillen hinwegblickte. Er nickte knapp und bündelte seine letzte Kraft, um ihnen zu folgen. Shanna und Nesrin gingen Hand in Hand, fast im Gleichschritt.

Eine rote Energie schwebte zwischen ihnen, unberührt vom Strahlen der nackten Glühbirnen, die ihnen im Zwielicht den Weg wiesen. Es drehte ihm fast den Magen um.

Sie bogen um die Ecke und Sivan wurde mit einer kleinen Gruppe konfrontiert. Rowan …? Sie nickte ihm zu. Und da war Helena, die eine Tasche trug, aus der ein Kaninchenkopf ragte. Neben ihr stand – Chloé? Auserwählte, Unantastbare, Sterbliche, uniformiert, bewaffnet, reisefertig. Er verstand nicht.

Eine Hand berührte seine Wange.

Sivan fuhr herum.

Sein Herz blieb stehen.

Nikolas Augen waren golden, gebrochen, und sein Lächeln war sanft. „Lass mich raten. Du hast mich nicht gesehen?"

Sivan fiel auf die Knie. Nahm Nikolas Hände. Sie waren warm und lebendig. Er küsste sie. Da war keine Spur von Dämonenblut an ihm, keine Spur von Tod. Aber seine Augen ... Er war gestorben, Nikola war gestorben, und Sivan hatte ihm zugehört und war nicht bei ihm gewesen.

„Wie ...?"

„Gern geschehen", sagte Nesrin leise.

Nikola war – er war wie sie ...?

Die Tränen nahmen Sivan die Sicht und Nikola zog ihn vorsichtig wieder auf die Beine. Er umarmte ihn. Sein Herzschlag dröhnte durch Sivans Schädel. *Nikolas Herzschlag.* Fassungslosigkeit und Glück rangen in seiner Brust.

„Ich dachte. Ich hätte dich verloren. Ich dachte, alles wäre zu Ende."

„Nein, mein Herz", erwiderte Nikola sanft, „wir haben Zeit."

Sivan hielt ihn wortlos fest, schwor, dass er nie mehr loslassen würde. Sein Blick fiel über Nikolas Schulter. Hinter ihm schlich sich eine Ahnung von Sonnenlicht in den Untergrund, unbetroffen vom Chaos, das an der Oberfläche schwelte. Hier, in diesem Moment, waren sie sicher vor allem, was geschehen war und kommen würde. Sivan schloss die Augen, Nikola an ihm, um ihn, bei ihm. Er konnte es kaum fassen: Es war das Ende.

(Es war der Anfang.)

DANKSAGUNG

Jetzt, da die Geschichte zu Ende erzählt ist, wo anfangen?

Sanguen Daemonis ist ein Projekt, das mich zur Veröffentlichung (Herbst 2020) zehn Jahre begleitet haben wird. Selbstverständlich ist in der finalen Fassung von dieser ersten Idee – oder den ersten Ideen – nichts mehr zu finden. Das Textskelett, so wie es besteht, entstand zwischen 2016 und 2017. Dennoch: Sanguen Daemonis wurde über einen langen Zeitraum hinweg entwickelt, in dem viele Menschen meinen Weg gekreuzt, ein Stück begleitet haben, oder das immer noch tun.

Also, wo anfangen?

Allen voran möchte ich mich bei Ingrid Pointecker bedanken, die dem Manuskript in seiner geballten Eigenheit eine Chance gegeben hat. DANKE – von ganzem Herzen. Ohne dich gäbe es dieses Buch nicht, und selbst wenn, wäre es nicht dasselbe geworden.

A, für alles. Wirklich alles (du weißt Bescheid). Danke für deine Geduld bei den zahlreichen – und kontextlosen – late night/early morning messages über *something something demons [crying emoji]* während des Schreibprozesses, und deine praktische sowie dramaturgisch effektive Lösung für mein Zeitsprungproblem.

Meinem inner circle – besonders A, K, und L – danke ich dafür, dass ihr meine Funkstillen nicht persönlich nehmt, und mich anstupst, wenn ich zu lange abtauche. Einfach <3

Meiner Familie danke ich für den Allround-Support: Meinen Geschwistern, L, deren Text- und Kontextgespür in allen Lebenslagen beeindruckt (extra Liebe @ dich), und M, der das hier wohl nie lesen wird (viele Bussis trotzdem), sowie meinen Eltern, C, der meine Begeisterung für die Phantastik von klein auf gefördert hat und mit mir teilt, und K, die immer für mich da ist und mich regelmäßig auf den Boden zurückholt. Ich möchte euch nicht missen.

Mein Dank gilt außerdem allen, die diese Seite durch Lesen, Überfliegen, oder Blättern erreicht haben. Danke für das Vertrauen und danke für eure Zeit!!

Zu guter Letzt danke ich meinen Figuren – fürs Überleben.

ANNA ZABINI

Anna Zabini ist im Werktagsmantel als Texterin und Literaturwissenschaftlerin unterwegs und wird nicht müde, allen, oft mehrfach, von ihrer zerrütteten Beziehung zum Kanon und ihrer Begeisterung für die Phantastik zu erzählen. Anzutreffen ist sie meist in Begleitung zweier familiars, die – zur Annehmlichkeit aller Beteiligten – in Hundeform auftreten. Ein fixer Platz im Tagesablauf ist für Annas Langzeitprojekt reserviert: Ihren Duolingo-Streak (2.000 days and counting!). Sie ist auf Twitter @anna_zabini zu finden, wo sie versucht, cool zu bleiben.

Weitere Romane und Anthologien und viele andere schöne Dinge für Buchfreund:innen gibt es unter:

www.ohneohren.com

Viel Spaß beim Lesen!